渐悟

甲子春 著

作家出版社

图书在版编目（CIP）数据

渐悟 / 甲子春著 .-- 北京：作家出版社，2019.6（2021.2重印）
ISBN 978-7-5212-0532-9

Ⅰ.①渐…　Ⅱ.①甲…　Ⅲ.①长篇小说—中国—当代
Ⅳ.① I247.5

中国版本图书馆 CIP 数据核字（2019）第 093110 号

渐悟

作　　者：甲子春
责任编辑：杨新月
装帧设计：北京中尚图文化传播有限公司
出版发行：作家出版社有限公司
社　　址：北京农展馆南里 10 号　　　邮　　编：100125
电话传真：86-10-65067186（发行中心及邮购部）
　　　　　86-10-65004079（总编室）
E-mail:zuojia @ zuojia.net.cn
http://www.zuojiachubanshe.com
印　　刷：唐山嘉德印刷有限公司
成品尺寸：170×240
字　　数：508 千
印　　张：33.5
版　　次：2019 年 6 月第 1 版
印　　次：2021 年 2 月第 2 次印刷
ISBN 978-7-5212-0532-9
定　　价：68.00 元

人
物
谱

太原会馆九个分院里的街坊和相关联的人物——

（一）太原会馆后院的街坊：常三爷、高小燕、常老大、常小虎、沈悦、张大妈。

关联人物：常老大媳妇、常老七、老七媳妇、沈教授、沈悦妈妈、王大彪、二愣子、小全、老疙瘩、陈明启、小顺子。

（二）太原会馆东院系列

1. 东前院的街坊：小凤儿。

关联人物：许厂长、小豆子。

2. 东小院的街坊：金老爷子。

关联人物：郭区长、苏洋校长、小红。

3. 东院的街坊：刘婵、刘锋、大龙、二龙、大龙爷爷。

关联人物：优莉、大龙妈、龙芒种、金星、晨星、罗琅、老保姆、林老板、洪轩、苏师傅、阿里·查、沙斯、蒂拉尔、欧阳红、黄阿大、阿迪、周小姐。

4. 东后院的街坊：董二爷、二爷老娘、英子、英子婆婆、德福、秦老板、秋萍、秦彪、秦坤、秦玉、小妮、大丫、二丫、三丫。

关联人物：英子爹、娘、大舅、舅妈、虎子、秦玉姥姥、小妮爹、娘、二姨夫、赵区长、老魁头、黄阿贵、黄三生、三舅、煤老板、刘大哥。

（三）太原会馆西院系列

1. 西前院的街坊：孙福。

关联人物：杨秀琴、周满仓、铁蛋儿、马大发、小胡、武师傅、严老先生、刘全、砖头儿兄弟、余爷、秃爷、强子、张警官。

2. 西小院的街坊：杨世春老爷子、杨明、小娅、徐大婶、老铁、老铁媳妇、铁熊、铁虎、铁豹、田福余、张喜子、骨力儿、胖丫儿。

关联人物：张红、张德忠将军、张红妈、石磊教授、关世继、余副总、殷科长、安科长、耿书记、耿奶奶、王二姐。

3. 西院的街坊：赵大爷、赵大婶、赵武、娜塔莎、李大爷、李大妈、李松、李菊、李杉。

关联人物：娜塔莎妈妈、徐处长、康明。

4. 西后院的街坊：大庆、大庆媳妇、老郭、郭婶、小宝儿。

关联人物：侯魁、张姐、老王。

目 录

第一章

　　一九六五年的中秋节就要到了，北京南城太原会馆大院里的街坊们都忙碌了起来，东院的街坊发面蒸团圆饼，西院的邻居杀鸡炖肉准备团圆饭，一派过节的气氛。应景的是，这个时节各家房前屋后种植的蔬菜、水果全熟了。张大妈在自家门前的空地上种了十几棵西红柿，长得真是好，粉红色的果实，挂满了枝头，别提多诱人了。赵大爷家种的是圆茄子，黑紫油亮，透着那么新鲜。老郭家种了碧绿碧绿的大丝瓜，足有二尺多长，谁从丝瓜架下经过，忍不住都要多看几眼。最招人的是徐大婶家种的猪耳朵儿扁豆，个大肥壮，一个豆角紧挨着一个豆角，密密层层的，把篱笆墙都压弯了。徐大婶大方好客，谁要是夸夸她家的扁豆，她二话不说伸手就摘下几大把塞到人家手里，还热情地说："回去把它切成丝，用开水焯一下，吃炸酱面用它当菜码儿，没挑儿。"

　　在太原会馆大院里，更让人喜欢的是院子里的各种果树。就说东小院金老爷子家门前的那棵石榴树吧，秋天一到，满树的大石榴全都咧开了嘴，红彤彤的石榴果能把孩子们的馋虫勾出来。金老爷子乐呵呵地站在石榴树下，拿把小剪刀把熟透了的石榴剪下来，分给大院里的孩子们吃，这日子口儿东小院成了孩子们的乐园。

　　大院里的姑娘小伙子们，更爱往西院里跑，每天傍黑儿他们都聚到李大妈家葡萄架下，一边听李大妈给他们说古论今讲故事，一边品尝他们家种的玫瑰香葡萄，嘿，那叫一个爽！

西小院老铁家门前还有一棵大枣树，一粒粒红玛瑙似的大枣挂满了枝头。俗话说"七月十五枣红圈儿，八月十五枣落杆儿"，中秋节的时候大枣都熟透了，老铁的小儿子铁豹爬到枣树杈上，手里拿根大竹竿，噼里啪啦一通敲打，树下面杨明、小娅、骨力儿、胖丫儿等一大群孩子们蜂拥而上，满地抢红枣儿，小点儿的孩子刚抢着了枣立刻就塞进嘴里，发出了咯咯咯的笑声，那叫一个美！

今年中秋节大院里最忙活的是住在后院的常家，他们家在门前搭起了大棚，常三爷、高小燕、常小虎一家人里里外外忙活着。大棚里盘起了火灶，鲜鱼水菜、锅碗瓢盆摆放得到处都是，大家忙得四脖子汗流，没个识闲儿。他们家今天有件大喜事，常三爷的大哥著名评书演员常老大，自三五年从保定老家投奔天桥评书艺人陈明启老先生的门下学说评书，至今已经三十年了。他在评书圈儿里口碑载道，自成一派。今天，他在庆贺从艺三十年的好日子时要开门收徒了。

常老大为人谦和做事低调，招收徒弟这样的大事，他也不喜欢张扬。艺人们收徒大多是在酒楼或是戏园子里举行个收徒仪式，然后是大摆宴席，邀请八方宾客捧场祝贺，甚至还要登报宣传。常老大收徒不搞这排场，他觉得自己的师父陈明启老先生以及一些著名的评书艺人都还健在，自己在他们面前是个晚辈，做事不能太张狂，再者他几十年来勤俭惯了，搞大的排场花钱多，他心疼。于是他和三弟一商量就决定在家里办，搭个大棚，把评书圈儿里的同行和亲戚朋友请到家里吃顿饭就得了。

常家人蔫不出溜儿地忙活自己家里的事，可还是惊动了院里的街坊。西前院住着的孙福头天晚上瞅见常家搭大棚，一打听是常老大要收徒，这下把他气着了，整宿觉都没睡踏实。第二天大清早儿孙福让尿给憋醒了，这小子从小野惯了，除了解大手，撒尿从不上厕所，哪儿方便就在哪儿招呼。他对着墙根儿这通甩货，时不时地还打个激灵。他嘴上并不闲着，一个劲唠叨着："京油子，卫嘴子，保定府的勾腿子，这都是在论的呀！现如今可倒好，这大院里的京油子们有一个算一个，有哪个混得人五人六的呀？唯独这保定来的乡巴佬成精了，还收上徒了，你说这事儿气人不气人！"

孙福自打六二年刑满释放后，被安排到了一家街道工厂做清洁工，负责打扫厂子里的厕所和下水管道清淤。这又脏又臭的活计，对他这个从小娇生惯养的公子哥儿来说，那可真是活受罪了。孙福虽说不想干，可又不能不干，要不然上哪找饭辙去呀？每天是捏着鼻子噘着嘴凑凑合合地把活儿干了，心里那是七个不情八个不愿，一百二十个不乐意，脸拉得比头叫驴还长，看见谁都跟欠他二百吊钱似的，看哪儿都不顺眼。

在孙福眼里常家这几位爷不过是保定乡下来的土包子，他们怎么能跟我们比呢？我们北京爷们儿，生在天子脚下，住在皇城根儿，背靠三宫六院，眼观九州八荒，天下之事我们什么不知何事不晓啊？现在倒好，我这个北京爷们儿整天价撅着眼子给人家扫厕所掏下水沟，这土包子却越混越壮，还收上徒了。孙福越想越气不打一处来，他气哼哼地说："土鳖都飞上天了，这不是欺师灭祖吗？不成，我得去凑凑热闹，好好跟丫逗逗咳嗽，也让他们长长见识，我们北京爷们儿不是省油的灯。"

孙福嘴里絮絮叨叨的，人还没完全睡醒呢，他打了个哈欠，伸了伸懒腰，眨巴眨巴那双细篾儿似的小眼睛。这时一股炖肉的香味儿飘了过来，他耸着鼻子闻了闻，立马儿来了精神，赶紧嗛了下牙花子，把就要流出来的哈喇子又咽了回去。他四下里一趸摸，香味是从常家大棚里传出来的，屁颠儿屁颠儿地就奔常家来了。

高小燕正在屋里屋外地忙活。她人到中年了，岁月的痕迹在她脸上留下了几条细纹，乌黑的一头秀发也冒出了几根白丝，但是她那美丽的双眸依然清澈明亮，白皙俊俏的脸庞仍旧是风韵犹存，这两者的结合，更增添了她那成熟的美。高小燕一眼看见了孙福，立马儿热情地跟他打招呼："孙福来啦，吃了吗？要是没吃就在我这儿垫补垫补吧。"

"谢了您哪高姨，不怕您笑话，我家里什么嚼裹儿都没有了，饿得我跟狼饕似的，见了什么能吃的东西都想往嘴里概搂。"

"唉，看你这一个人儿的日子过得也是怪业障的，得了，中午甭走了，在我家吃吧，我们家今儿个吃好的。"

"高姨就是会疼人，不瞒您说，离老远我就闻见你们家大棚里炖肉的香味了，我是闻着腥过来的。"

"你可真是个馋猫儿！"

常老大听见屋外说话声，推开屋门走了出来。今天是他收徒的好日子，特意穿了件平时只在戏园子里说书才穿的蓝布大褂，衣服浆洗得干净平整，一个褶子都没有，透着那么利索。再加上新理的发刚刮的脸，更显得容光焕发，十分精神。孙福一看赶紧上前施礼，说："恭喜常大爷，贺喜常大爷，小的孙福给您老请安了。"

常老大乐了，说："街里街坊的，甭这么客气。孙福啊，屋里坐坐吧。"

"得嘞您哪，恭敬不如从命，我正想跟您老盘盘道呢。"

孙福嘴里答应着，也不理会人家说的是客气话，一抬腿进屋了。常老大只好跟着进了屋，张罗着要给孙福沏茶。孙福赶紧把茶壶接了过来，说："常大爷，哪能让您老给我沏茶呀，这不是折小的寿吗。待会儿您家里来了客人，沏茶倒水儿的活计我全包了，您老就瞧好吧。"

孙福拿起茶杯给常老大倒了杯茶，接着又给自己倒了一杯，大模大样地坐到了常老大对面，挤巴挤巴那对小眼睛，瞥了人家两眼，说："常大爷，今儿个是您家喜庆的日子，按说我不能扫您老兴。可我肚子里有一些事儿想不明白，想跟您这嘚啵嘚啵，您老有心情听小的絮叨两句吗？"

常老大呷了口茶，说："今儿个你小子透着这么客气，我还真不大习惯，有什么话，敞开说吧。"

"得嘞，那我可就说了。常大爷，您老是说评书的，爱这行那是没说的。只是我想问问您，咱们北京的老少爷们儿是爱听评书呢，还是爱听相声呢？"

"这分怎么说了，俗话说得好'萝卜青菜各有所爱'。相声和评书都有自己的票友，不好比呀。"

"我觉着喜欢相声的人比喜欢评书的人多。就拿马三立、侯宝林来说吧，谁不爱听他们的相声呀，评书哪能这么招人呢。"

"孙福，这你可说错了。在民国时期，说书人撂地说《三国》，听书的人里三层外三层的，人们都出来听书了，万人空巷。"

"相声多逗乐儿呀，听段相声能逗我乐半天，评书可没这么逗哏儿。"

"你是没听过逗乐儿的评书。其实评书与相声有很大的渊源，尤其是单口相声和评书的'片子活'技巧几乎相同，有些相声'段子'也来源于评书的章节。"

"相声可有年头了，这评书铆足了说也就是民国以来才有的吧？"

"你又说错啦。早在东周时期就有评书了，周庄王是评书的祖师爷。那会儿管这门艺术叫说话，明末清初才改叫评书。明末有个著名评话艺术家叫柳敬亭，他是说评书的第一人。"

"常大爷，我这么问您，您老不会生气吧？"

"看你说的，咱们这不就是聊天吗，我生哪门子气呀。"

"是嘞您哪，您老喝口茶，我再跟您聊两句。"

孙福拿起茶壶给常老大茶杯里续上了水，接着说："常大爷，您刚才说评书老早就有了，再早也不是我们北京地里长出来的蒿子呀，跟北京的老少爷们儿不亲呀。相声可就不一样了，是我们北京地里的独苗，是北京土生土长的玩意儿，北京爷们儿当然更喜欢听相声，您说是这么个理儿吧？"

"你说得不全对。中国相声有三大发源地呢：北京天桥，天津劝业场，南京夫子庙。现在不仅在这几处地方有说相声的，在南方有粤语相声，台湾也有说相声的，北京人听了也挺喜欢。"

"常大爷，您老不愧是说评书的，嘴上就是有功夫，我还真嚼扯不过您。"

孙福不甘心，挤了挤小眼睛，咬了咬后槽牙，说："我再问问您，您说相声和评书哪个更难说呀？"

"这两种艺术形式各有各的难度，分你怎么看了。"

"要我说呀，当然是相声难说了，要练四大基本功呢。说评书多省事儿呀，说书的只要把书背熟了，往桌子后面一站，惊堂木一拍，就说上了。这有什么呀，长着嘴就能说评书。"

孙福说完话不怀好意地冲常老大龇了龇牙，刚想笑出声，一看人家正盯着他，赶紧又把笑模样收了回去。

常老大说："孙福啊，你对评书太不了解啦！说书人必须具备多方面的素养，我们要练的基本功可多啦。我也不用跟你多说，古人给说书人写了一首《西江月》的词你听听，就知道说评书有多难了。'世间生意甚多，惟有说书难习。评叙说表非容易，千言万语须记。一要声音洪亮，二要顿挫迟疾。装文装武我自己，好似一台大戏。'孙福啊，你听明白了吧，评书好说吗？"

"可也是呀，小的我少见多怪，让您老笑话了。"

"那倒没有。其实评书和相声都是相通的，我以前也说过相声。"

"您后来怎么又说上了评书呢？噢，我明白了，您老是保定人，北京话说得不地道，一张嘴带着保定府的怯味儿，说评书还凑合，说相声就不招北京的老少爷们儿待见，没辙了就由说相声改成说了评书。常大爷，我说得没错吧？哈哈哈……"孙福说完话一通轻蔑的大笑。

"孙福，小看你常大爷是不是？"

"不敢，不敢，我就是小看我爸爸也不敢小看您呀。您老是谁？天桥说书的常老大，您多牛啊！"

"嘴不对着心说话是不是？"

"常大爷，您圣明，我知道你们说书人上知天文下晓地理，上下五千年没你们不知道的。可尺有所短，寸有所长，总有您老不知道的不是？就拿我们北京土话来说吧，相声里面常用，你们保定人哪懂这个呀。"

"孙福，别以为你是个京片子，随便抖搂几句北京土话就能把我唬住。别忘了，我从保定来北京的时候，你小子还穿开裆裤呢。"

"嘿！叫板是不是？常大爷，我还真不信您老对北京土话也门儿清！"

"门儿清不门儿清的，反正你码不住我。"常老大说完话轻声地笑了笑。

"是这话？得嘞，那我就受累说几句北京土话，看您老听得懂听不懂。"

"不就是京片子吗，尽管放马过来吧，你小子甭管说什么，常大爷我保准儿都接得住。"

"您听着：'昨儿个我大街上溜达，碰上个倍儿飒的圈子，大马金刀儿的。我逗秧子，掏叶子跟丫暴搓。丫挺的白斋完了不跟我去刷夜，这下菜了，全他妈的虾米了。'常大爷，我说完了，您老听懂了吗？"

听孙福说完话，常老大扑哧一声笑了，他眯缝着眼睛看了看孙福，说："孙福，你跟我聊天儿能不能说些上得了台面的东西呀，净说这些下三烂的玩意儿，我都一把年纪了，跟你聊这些个东西合适吗？"

"常大爷，看来这么说话埋汰您老了，可说雅的我也不会呀，北京土话里我就这方面熟，你老别见怪，小的就想睃夯睃夯你们保定府的爷们儿懂不懂北京土话。怎么样，瞎菜了吧？"

"这几句话能难住我吗？我就怕说出来脏了舌头。"

"又没当着外人，您老就受累把这几句土话解说解说吧。"

常老大瞪了孙福一眼，说："那我就说说，省得你认为我不懂北京土话。你刚才说的是：昨天你上街溜达，碰上个漂亮的女流氓，大模大样的。你跟她逗贫嘴，还掏钱请她大吃了一顿。她白吃白喝完了不同意跟你去过夜。你一看完了，傻眼了。孙福，你说的是这个意思吧？"

"哎哟喂，我的常大爷，您老连北京土流氓说的黑话也懂啊？"

"这不都是让你逼的嘛。我来北京三十年了，我们说书人三教九流什么人不接触啊。天上飞的，地下跑的，水里游的，我们什么事儿不懂啊。其实哪行哪业没有行话呀，我要是说几句我们评书圈儿里的行话，你恐怕连一句话也听不懂。"

"常大爷，您老太小瞧人了，我好歹也三十大几了，要是听人说话还听不明白，那不成了傻逼的儿子傻蛋了吗！"

"你要是真听不懂呢？"

"常大爷，我把话放这儿，您老要是说出一大堆话来，爷们儿我愣是一句都听不懂，立马儿给您磕一个。"

"当真？"

"一口唾沫一个钉，不磕是孙子！"

孙福身上那股痞子劲上来了，他斜瞄着眼死盯着常老大，一副气不忿儿的架势。

"那好吧，我就说几句让你听听：'说串花、丘山、浑水子，又来大黑脸、钻天儿、大瓦刀，都是蔓子活。愣是没有抽签儿起堂的。可要是蔓子海，非得驳了口儿不可。'就这些，孙福你给解释吧。"

"我的妈呀，常大爷您老说这是哪国话呀，我怎么听着都是土匪黑话呀！"

"甭废话，你就说你听得懂听不懂吧？"

"您都把我说晕菜了，我懂个屁呀！"

"没的说，那你就给我磕一个吧。"

"磕就磕呗……不成，您还没把那些个黑话说明白呢，要是现在就磕，回头一看您老是瞎编的，这里外里我不亏大发啦。常大爷您把刚才说的黑话解释清楚我才磕呢。"

"行呀。我刚才说的可不是黑话，全是我们评书圈儿里的行话术语。我说的是：说完了《济公传》《精忠传》《于公案》，又说《包公案》《西游记》《永庆升平全传》，都是长篇大书。听众没有半截就走的，要是拉长了说，书说散了就没人听了。"

"嘿，这可真让我开眼了。敢情你们评书圈儿里说的行话，比他妈土匪的话还黑呢，怪不得我听不懂呢。"

"孙福你怎么说话呢！"

"得，常大爷您老别生气，没的说，我这就给您磕一个。"

孙福说完话双腿一弯，"扑通"跪在常老大面前，一咬牙磕了个响头。常老大看孙福来真的了，赶紧伸出双手把他从地上扶起来，不好意思地说："都是说着玩儿的，你怎么当真了。"

孙福抬手擦了擦脑门儿上的土，说："没事儿常大爷，我没别的意思，不过是裤裆里拉胡琴嘛。"

"你小子少跟我这闲扯淡！"

"这句话您老也门儿清，我真服您了。"

孙福说完话冲常老大双手抱拳，作了个揖。常老大瞥了他一眼，嘴里轻轻哼了一声。

"大哥，客人来啦！"

听高小燕这声招呼，常老大赶紧从屋里走出来，抬头一看，师父陈明启老先生来了，他在自己的徒弟小顺子搀扶下，缓步来到了面前。常老大不由分说双膝跪倒给师父行礼，口中说道："师父在上，请受徒弟一拜。"

"行了，是个意思就得了。老大呀，今儿个是你收徒的好日子口儿，徒弟还没跪你呢，你倒先跪上我了，我这年近古稀的糟老头子，早就鼓了夯了，不要这么多礼儿啦。"

"师父，您虽说嗓子坏了，不登台说书了，您传授我说书的技艺徒弟是终身受益。今儿个您抱病前来，徒弟是感恩不尽！"

常老大边说边把师父搀扶进了屋里。孙福赶紧上前给老爷子沏茶，嘴里也不闲着：

"老爷子，看您老这精气神儿福气大了，再过五十年您还这么精神！"

"这是谁家的孩子呀这么会说话，再过五十年我还这么精神，那不成了老妖精啦。"众人听罢都笑了。

"大彪兄弟来啦。"

随着喊声王大彪带着北京摔跤队的几员虎将进屋了。现如今王大彪外表有了很大的变化，已经不留胡子，腮帮子刮得铁青，一头帅气的黑发也改成了板儿寸。身形依然是那么魁梧，胳膊上和胸脯子上的肌肉练成了大疙瘩向外翻翻着，透着那么虎势。他上身穿了件短袖运动衫，下身穿了条灯笼裤，脚上蹬着双白球鞋，这身短衣襟小打扮，一看就是个练家子。他现是北京摔跤队中国式摔跤总教练，带着队伍走南闯北，摔遍天下无敌手。跟着来的这几条大汉全是他徒弟，每人身上都挂着全国摔跤冠军的头衔，有的还是多次冠军获得者。

王大彪进了屋，先给常老大贺喜，随后四下里一瞧，没见着常三爷，大喇叭嗓立刻吵吵开了："我三哥呢，三哥，三哥！"

"大彪兄弟你小点儿声，你这嗓门儿都赶上打雷了。"

常老大笑呵呵手一指大棚，王大彪嗖地就从屋里蹿了出去。紧接着他眉开眼笑地把常三爷从大棚里拉了出来。常三爷如今也是五十出头的人了，外表看像四十来岁的模样。他常年练武摔跤，身子骨儿特别结实，前胸宽背膀厚，一双粗壮的胳膊依然有千钧之力。常三爷搂着王大彪肩膀，笑眯眯地问他："全国比赛哪天结束的？拿了几块奖牌呀？"

"三哥，上礼拜结束的，咱们北京队的成绩真不赖，冠军拿了五个，居全国之首。队里这几个小伙子真争气，今天我把他们全带来了。回头大哥的收徒仪式办完了，我让他们给大家撂几跤，助助兴。"

"好啊，二愣子和小全、老疙瘩他们几个今天也来，正好一起切磋切磋跤法。"

"那可太好了，我有四五年的光景没见到二愣子了，真想他呀！"

"他现在当师长啦，身边都有警卫员了。"

"这小子可真有出息呀，当了这么大的官儿。要是大牛从朝鲜战场上活着回来，保不齐能当上军长呢。我想他呀，有时候夜里睡觉还梦见他呢。"

说着话王大彪和常三爷来到了常老大的屋里。王大彪招呼着摔跤队这几个小伙子："来来来，你们小哥儿几个站起来，给长辈行礼，这是大师伯、这是三师伯。"

几个小伙子双手抱拳，声音洪亮齐声说："大师伯好！三师伯好！"

"嗬，这么热闹呀！"

说话的不是别人，是二愣子来了。他现在是解放军驻京部队某师的师长，一身帅气的军装穿在他身上分外精神。他进屋后先给几位长辈敬了军礼，随后便和大家攀谈了起来。北京队这几个摔跤冠军看着二愣子神采飞扬的样子都羡慕地睁大了眼。这时王大彪说话了："我说你们小哥儿几个别老盯着他这身军装看呀，你们知道他是谁吗？他可是个了不起的人物，是你们三师伯的二徒弟，是咱们天桥跤行里出来的英雄，参加过志愿军，在朝鲜战场打过大仗，多次负伤，九死一生。还有他师哥大牛，也是志愿军战士，在金城战役里身负重伤，还顽强战斗，牺牲前用师父教他的杀招儿'常三披'一连气儿摔死三个美国大兵，最后与敌人同归于尽，他们哥儿俩都是战斗英雄。"

王大彪说完话，大家都激动地鼓掌，就连坐在旁边的陈明启老先生也不住点头称赞。

这时大院里的老街坊赵大爷、李大爷、金老爷子、老铁、秦老板几位老人来了，大家伙儿纷纷向常老大表示祝贺，金老爷子特意写了一副对联——

上联：三十载从艺成就斐然；

下联：五十年人生继往开来。

横批：志存高远。

"好！"陈明启老先生看后率先叫好，众人也纷纷喝彩。王大彪看着眼热，说：

"老爷子，您这字、词写得都这么好，能不能给我们摔跤队写副对联呀？"

"写字没问题呀，它得有个说头啊。"

"当然有了，我带的北京摔跤队拿了全国冠军，老爷子您说，这算不算个说头啊？"

"算，算，你让我想想啊。"

高小燕看这架势，知道干爹要动笔了，赶紧把宣纸和笔墨为金老爷子准备齐全，摆放在八仙桌上。金老爷子略加思考后，欣然地拿起毛笔，在砚台上蘸满了墨汁，挥毫泼墨，一气呵成写完了对联——

上联：摔跤队豪气壮阔惊天；
下联：运动员雄威势不可挡。
横批：夺金封冠。

"太棒了，明儿个我去琉璃厂把它裱起来，挂在我们摔跤队训练场墙上，激励这些小伙子们多拿冠军，为我们北京争光！老爷子，多谢您了。"王大彪拿起对联一个劲地向金老爷子道谢。

常三爷环顾四周看了看，该来的人都来了，就是不见董二爷，他问媳妇高小燕："昨儿个不是请过二爷了吗，老爷子怎么还不露面儿啊，快去他们家看看，是不是他的老寒腿又犯了？"

"不用叫了，我来晚啦，对不住啊。"

随着洪钟般的话音，董二爷露面儿了。老人怀里抱着个酒坛子，浑身上下土夯夯的，脑门儿上、手上、衣服上都粘了不少尘土，他一脸歉疚，不好意思地看着大家伙儿。金老爷子看了看他乐了，说："董二兄弟，你这是打哪儿来呀，上土地爷家串门儿去啦？"

"咳，别提了，我抓蝎子来着。"

"大白天的，你抓什么蝎子呀？"

"今儿个不是老大收徒弟吗，我想着把家里那坛五毒酒带过来给大家伙喝。谁承想这岁数大了手脚不利索，一个没拿住，那坛子酒掉地上摔了个八瓣五，我急眼了，想着再泡一坛儿酒带过来，这越急越抓瞎，不留神又把装活蝎子的那个坛子踢倒了。这些个小东西四处乱爬呀，全跑出来了，我赶紧就抓，蝎子跑到哪儿我就抓到哪儿，它们钻床底下我就跟着钻进去抓，好不容易抓齐了，我赶紧又泡了这坛儿酒，这不就来晚了吗。"

"董二兄弟，你这真是应了那句话，'急了抓蝎子'呀！"金老爷子说完话大家伙儿都乐了。

"二爷，您老这么大岁数了，还爬床底下，这要是磕了碰了多悬呀？"常老大不放心地说。

"没事儿，我这身子骨儿结实着呢。老大呀，这坛儿五毒酒今儿刚泡上，药劲还出不来。过它个俩仨月以后再喝更好，泡的年头儿越长，药劲越大。"

"得嘞，二爷，我先把它存放起来，等有年头儿了再喝，谢了您哪。"

常老大收好了酒，对三弟说："老三呀，人齐了，开始吧。"

常三爷站起来看了看大家，说："各位长辈，各位朋友，我大哥从学说书至今有三十年了，是个值得纪念的日子。另外，他今儿个还要收小顺子为徒，也是个大喜事儿。我们把大家伙儿请来，是为了和我哥庆贺庆贺。三十年来风风雨雨无冬历夏的，大哥就靠着这么一嘴一嘴说书走过来的。他自己个儿省吃俭用，从牙缝里攒出钱养家糊口，还时常接济我们，大哥太不容易了！今天在这个好日子口儿，我先给大哥鞠个躬。"

常三爷说完话把媳妇、儿子叫了过来，王大彪一看赶紧招呼着徒弟们、二愣子、小全和老疙瘩等人全站了起来，大家在常老大面前站成了一排，拱手抱拳给常老大深施一礼。

常老大很激动，他用大褂的袖口轻轻擦了擦眼角，说："谢谢，谢谢，您看这是怎么话儿说的，弄得我这心里酸不溜丢儿的，大家伙儿赶快坐下吧，我说几句。"

常老大嗽了嗽嗓子，稳稳当当地站了起来，说："三十年确实不易呀，想想自己年轻的时候学徒卖艺吃了不少苦，受了不少罪，收获也不小。这些年来我从师父他老人家身上学会了说书技巧，更从师父身上看到了他的艺德和人品，让我从心里崇敬他。我琢磨着有朝一日，自己带上徒弟了，要按照师父的路数走，把他老人家的艺德和说书技巧传授给徒弟。今天就是我收徒的日子，请大家来做个见证，我收小顺子为徒。"

常老大说完话小顺子开始拜师。他先走到师爷陈明启面前，双膝跪倒磕头，然后走到常老大面前跪倒磕头，给师父敬茶。常老大喝了口茶，拿出来一块说书用的醒木，对小顺子说："徒弟，这块醒木是我学徒时，师父传给我的，现在传给你。它是咱们说书用的家伙什儿，有了它你就是说书艺人了。

从今儿往后啊，你要做个老实本分的好人，一辈子用心去说书，要对得起听众，那是咱们的衣食父母，你记住了吗？"

"徒弟牢记在心！"

小顺子接过醒木，抬起头来已是泪流满面。常老大把毛巾递给了他，拍了拍徒弟肩膀，说："小顺子命苦啊，这孩子一九四〇年生人，五岁的时候父亲去世，没过两年母亲也去世了。当时他刚满七岁，他下面还有个不满三岁的妹妹。他母亲去世前对小顺子说：'顺子，你无论如何也要把妹妹养活，只要你活着，就不能让妹妹饿死。'母亲说完话就咽了气。小顺子把母亲这句话记在了心里，他从七岁开始就挑家过日子。说实话，那么点儿大的孩子能干什么活呀，他怎么挣钱养家？为了养活妹妹，他要过饭、擦过皮鞋，在饭馆打过杂儿，只要是能混口饭吃，他不怕吃苦受累，什么活儿都干。"

常老大说到这儿叹了口气，接着说："我最初认识他的时候是在小面馆里，小顺子在后厨给人家刷碗。这孩子干了一天活儿，累得实在没劲了，他抱着一大摞刚刷干净的饭碗从厨房里出来，脚下一滑摔倒了，饭碗全摔碎了。面馆老板气得上来就踢了他两脚，还让他赔钱。这孩子哪有钱呀，他哭着央求老板开恩原谅他，老板就是不答应，非让他赔钱不可。我当时正巧在那家面馆吃饭，实在看不下去了，就帮小顺子赔了钱。这孩子看着我哭了，哭着哭着就晕倒了。我摸了摸这孩子的头，跟火炭儿似的，正发着高烧呢，也不知道他得了什么病。面馆的伙计们说他是饿的，一天没吃饭了。我赶紧买了碗热汤面，给这孩子往嘴里灌。没灌几口他醒了，二话不说抱着面碗往外就跑，我问他跑什么呀，他说妹妹饿一天了，正在家里等着他带吃的回去呢。"

常老大说到这儿眼泪流了下来，在场的人也都唏嘘不已。他接着说："我放心不下呀，就跟着去了他家。进屋一看，他妹妹饿得躺在炕上起不来了，看见我们都说不出话啦。小顺子赶紧把热汤面喂妹妹吃，妹妹狼吞虎咽一口气吃了个精光，留给小顺子的就剩下个空碗了。小顺子捧着空碗舔了好几遍，对我说'大叔我们吃饱了，谢谢您'。看到他们兄妹俩这副惨状，我的心都在疼啊。我也是有儿有女的人，当时真看不下去了。后来我收留了他们兄妹俩，小顺子在我们戏园子里干些零活。好在没过两年解放了，政府给小顺子兄妹俩发了救济粮，这孩子还上了文化扫盲班，也念书识字了。我发现他脑子好，记忆力强，嘴上表达能力也不错，就想教他学说评书，让这孩子学门儿本事，好养家糊口啊。"

"大哥做得对，我赞成您这做法。"王大彪快人快语，大声地说。

"老大做得好啊，像小顺子这么仁义的好孩子，该帮就得帮一把，我也赞成。"董二爷跟着说。

陈明启老先生嘱咐小顺子，说："小顺子，你今天拜师了，要好好跟师父学些真本事，将来你师父老了，你还要孝敬他，师徒如父子嘛。唐朝有个诗人孟郊说得好，谁言寸草心，报得三春晖，你一辈子也不能忘了师父的救命之恩呀。"

"师爷、师父、各位长辈，大家伙儿说的话我都记在心里了。我要好好跟师父学说书，告慰天上的父母，报答师父的再造之恩。"说完话，小顺子给各位长辈鞠躬行礼。

"好了，收徒仪式就到这儿吧，咱们开席了，吃完饭还请大家观看摔跤表演。"常三爷对大家说。

"摔跤有什么可看的呀，一帮天桥的把式，净他妈的光说不练。"孙福在一边低声嘟囔着。

"孙福，你小子欠拾掇了吧，这张嘴怎么比你爸爸孙有财还损呢？"王大彪听见了孙福刚才说的话，不客气地回了他两句。

"哟，王壮士，王大教头，一不留神冒犯您了，真是该死。您老大人不计小人过，开了席我自罚三杯，让您老消消气。"

"谁稀罕跟你喝酒啊，你小子酒后无德，要不然当年小凤儿姑娘也不会把你踢成个活太……"王大彪说到这儿不说了，哈哈哈一通大笑，脸一扭，不看孙福了。

孙福的脸立刻变成了猪肝的颜色，嘴唇气得直哆嗦，张了张嘴一个字也说不出来。他憋了半天说出来一句话："得，惹不起咱躲得起，走还不成吗。我算看明白了，压根儿就他妈不该来！"

孙福说完话两脚一跺，站起身头也不回地走了。

高小燕听见了孙福和王大彪的对话，眼瞅着孙福气哼哼走了，心里过意不去，走过来推了王大彪一把，说："大彪兄弟，你话说重了。"

"这小子就欠我这么说他，那张破嘴，跟他爹孙有财一个德行，一丁点儿口德都不留，对他这号人甭客气。"

"别这么说他。孙福里里外外也跟着忙活半天，什么都没吃就走了，多不合适呀。得啦，我给他拨点儿菜，再端碗面送过去，好歹让孙福填饱肚子呀。"

高小燕说完话扭头进大棚了。

第二章

孙福气哼哼地回到了家，伸手抓起水舀子，从水缸里抓了半舀子凉水一扬脖"咚咚咚"全灌下去了。他用袖口擦了擦嘴，胸脯一起一伏喘着粗气，后槽牙咬得"嘎嘣嘣"作响。他咬牙切齿地骂道："王大彪你他妈太不是东西了！今儿个当着那么多人的面，揭我的秃疮嘎巴儿，专戳我心窝子，恐怕别人不知道我是绝户，我忌讳什么你说什么，你妈没教过你打人不打脸，说人不揭短吗？"

他越说越气，举起手里的水舀子使劲摔到了地上，还觉着不解气，又走上去跺了两脚，挺好个葫芦瓢水舀子让他给踩烂了。

孙福抽风似的折腾了一大通，身上觉着累了，肚子也感到饿了，他四下里瞅瞅，什么吃食也没有，后悔极了，自言自语说："我今儿个去他们家就憋着解解馋，这倒好，王大彪一损我，我拔腿走了，那么好的饭菜任屁也没吃着，这不是倒霉催的吗！"

他突然想起来了，自己兜里还顺了人家一瓶酒呢，拿出来一瞧乐了，说："老白汾，真是好酒啊，就是你了，大爷今儿个全干喽，一醉解千愁嘛！"

孙福说完话把酒瓶子盖拧了下来，顺手从桌子上拿过来个茶碗，倒了满满一碗酒，放在鼻子边上闻了闻，不由得赞叹道："好酒，正宗的山西汾酒，味儿真正，今天没白去他们家，我看见那桌上就摆了两瓶这个酒，我顺走一瓶，也不知道他们发现没发现？嘻，管那些干什么呀，今朝有酒今朝醉，先喝痛快了再说吧！"

孙福端起酒杯一扬脖儿干了，接着又倒了一满杯，也干了。肚子里没食儿，两杯酒下肚后，孙福立马儿是晕头转向，有点儿扛不住了，他往床上一歪想眯会儿，可是脑子里老想着今天发生的不痛快事儿，说什么也睡不着，他把自己从进大狱和后来进街道工厂遇上的不顺心的事儿全想起来了……

孙福伙同强子以斗蛐蛐儿的名义骗小宝儿和二龙赌博，东窗事发，他被判了三年徒刑。当法官在法庭上宣读判决书的时候，孙福在下面听着都要哭出声来了，他怎么也想不到就因为赌了几局蛐蛐儿，招来了三年牢狱之灾，这可是倒霉到家了。进了监狱就要被工厂开除，自己这三级车工的手艺全泡汤了，就算有朝一日全须全尾儿从大狱里出来，身上也会背个劳改释放犯的臭名，还怎么在世面上混呀，他真是后悔了。

孙福以前虽然是个坏小子，可从没进过监狱，想起劳改犯的生活，浑身起鸡皮疙瘩。他对监狱一点儿也不了解，只是从《水浒传》里看到林冲、武松那些个绿林好汉进了监狱都遭老罪了，就拿这一百杀威棒来说吧，这也就是梁山的爷儿们还能扛得住，换了别人谁也受不了啊。孙福心说，也不知道现如今进监狱还打不打犯人了，要是再打，别说杀威棒了，就是拿鞭子抽我几下，自己个儿这小身板儿，也得背过气去，我还能活着出来吗？孙福越想越害怕，在法庭上两条腿止不住打哆嗦。

进了监狱以后，孙福和强子住在同一间牢房里，里面有个头上长了几块秃疮的犯人，人送绰号"秃爷"。这小子是因为猥亵少女被判刑的，进来三年多了，是这间牢房里的"老人儿"。后进来的犯人把他看成"老大"，没人敢跟他作对。孙福刚进来心里没底，看着屋里这几位犯人横眉立目的，心里直打鼓，琢磨着这要怎么折腾我呀？这时秃子说话了："犯什么事儿进来的，几进宫了，是哪个道上混的，给我报上来。"

孙福听了打了个冷颤，他扭头看了看强子，想让强子先说。强子是二进宫了，经过见过，再加上他平时常打架，浑横浑横的，对秃子这套话他根本不尿，头一歪不用正眼看秃子。孙福绷不住了，他一个劲冲秃子点头哈腰的，嘴里不住地说："大哥，烦劳您多罩着点。"

"谁他妈是你大哥，叫秃爷。"旁边的犯人插话说。

"是，秃爷。"

"罩着你可以，得让我开心。"

"是的秃爷，我一准儿让您老开心。"

"空说可不成。你他妈刚进来，这外面新鲜事儿知道得多，说点儿让我高兴的事儿吧。"

"秃爷，不知道什么事儿能让您老高兴呀？"

"看着你不傻呀，什么事儿让我高兴看不出来吗？"

"秃爷，我这人脑子笨，真看不出来，烦劳您老点拨点拨。"

"说两段黄段子，秃爷好这口儿。"有犯人插嘴说。

孙福原本不怵头聊这个，他张嘴就能说个十段八段的黄段子。可自从小凤儿姑娘把他下体踢成终身残疾后，孙福心里就落下了病，凡是有关男女之间的事，他都不闻不问，躲得远远的，更不愿意聊黄段子。眼下秃子想听这口儿，孙福就觉得心口窝上翻江倒海似的难受，他痛苦地低下了头。

"嘿，真够新鲜的，你个大老爷们儿有什么开不了口的呀，你小子是成心跟我过不去是不是？"

"不是，秃爷，真不是。"

"那你装什么孙子呀，又不是个娘儿们，有什么不好说呀？看你小子一身的贱肉，欠兄弟们拾掇拾掇了吧。"

秃子说完话脸拉了下来，一双三角眼露出了凶光。他身旁那几个打手撸胳膊挽袖子，就要动手。孙福见此吓得脸色土灰，小身板儿一个劲地筛糠。强子在旁边看不下去了，他撇了撇嘴说："你别再逼孙福了，他现在跟个娘儿们没什么区别。"

"哦，还有这种事儿？孙福啊，黄段子你先甭说了，就把你身上那些新鲜事儿跟秃爷我聊聊吧。"

孙福被逼无奈，硬着头皮把自己在小凤儿姑娘家里耍流氓，被人家姑娘踢了个终身残疾的事儿说了出来。他刚一说完，屋子里面的犯人是哄堂大笑，秃子笑得眼泪都出来了。他淫笑着看了看孙福，说："原来你小子比我还坏呀，真他妈没看出来。话说回来了，你这屎蛋包真是个废物点心，耍流氓把自己个儿搭进去了，一个大老爷们儿愣是让个丫头片子用脚丫子给踹了，成了活太监，你可真够寒碜的。今儿个放你小子一马，以后你就专门儿给秃爷我讲你的腌臜事儿，记住喽，越他妈冒坏水儿的事儿，秃爷我越爱听。"

打这以后，孙福的本名就没人叫了，牢房里的犯人们都管他叫"活太监"，孙福接长不短还得给秃子讲几段自己以前干的踹寡妇门儿、扒绝户坟儿、欺负老实人儿的坏事儿，秃子听了是坏笑不止。孙福感到很屈辱想到了死，他觉得自己也是个五尺男儿身，现在变成了活太监，既不能给孙家延续香火，还让监狱里的犯人们耻笑，自己个儿活得太憋屈了，不如一死了之。怎么个死法好呢？孙福费上心思了，他想起了杨老令公在两狼山一头碰死在李陵碑前的故事，那是他看《杨家将》小人书最受感动的一页。他模仿着，夜里偷偷用脑袋撞墙，用劲太小，脑门儿撞出来个包，皮儿都没破一摸还挺疼。他知道自己没那份勇气，也就打消了撞墙死的念头。他也曾想过，自己咬紧牙关不出气，一口气上不来就归西了。他只咬牙两分钟，再也憋不住气了，张开嘴呼哧呼哧地喘着粗气，他觉得这个死法太难受，不能这么死。最后他想起来，古人有咬舌自尽的，孙福也想试试，刚一咬血还没出来呢，疼得就受不了。孙福思前想后，实在想不出有什么不痛苦的死法，最后他只好放弃了这些胡思乱想，自言自语说："好死不如赖活着，唉，我他妈忍了吧。"

孙福蹲了三年大狱，总算盼着刑满释放了。出狱后，街道派出所警官小张和居委会治保委员高小燕找他谈话，小张说："孙福，你现在出来了，要遵纪守法，再也别干违法的事啦。"

孙福一个劲点着头，嘴里答应着："是，我受政府教育三年，明白了不少事，以后一定做个守法的公民。"

"考虑到你如今还没有工作，生活上会有困难，街道办事处安排你到一家街道工厂工作，你同意去吗？"

"同意，当然同意了。谢谢政府关心帮助，我会好好劳动，将功补过的。"

高小燕说："孙福啊，进了工厂就要好好干活儿，甭管干什么，都不能打斜吊歪的，要干出个样儿来。你生活上有什么困难就跟我们说，大家都会帮助你的。"

"谢谢，谢谢高姨，谢谢政府。"

孙福拿着派出所给他开的介绍信，去这家街道工厂报到。进了厂门孙福傻眼了，他看了看四周，这里哪像个工厂啊，跟农村的小作坊差不多。这家坐落在广安门河边上的小工厂，完全深陷在一个大土坑里，厂子里的几排厂房在大土坑北面，厂房的屋脊全在地面以下。厂子南面是个大土坡，坡上面堆满了工厂锅炉里倒出来的炉灰。几个灰头土脸儿的小孩儿在炉灰上捡煤渣，一阵风吹过，炉灰被风卷了起来，形成了一道灰色烟障，让人喘不过气来。

孙福心里难受，他想起自己以前所在的国营机床厂那叫气派，高大的厂房整齐排列着，厂房旁边是笔直的大马路，白杨树一棵挨着一棵，竖立在马路两边，一眼望不到头。每天上下班，近万名工人乌泱乌泱地从工厂大门进出，缕缕行行的人流透着一股子红红火火的氛围。

孙福不愿意再想下去，他无力地叹了口气，说："我可真是罐里养王八，越养越抽抽儿。"

孙福来到厂办公室，王主任热情接待了他，说："小孙呀，你的具体工作由后勤科马大发科长为你安排，今后你就归他管理。"

"王主任，我能问问您让我到后勤科干什么工作吗？"

"你的工作安排由科里负责，你还是去找马大发科长吧。"

孙福什么也没问出来，心里还暗自庆幸，他心说，后勤工作无非就是仓库和食堂，这两样工作我都不在乎，干什么都成。管仓库多轻省呀，整天往库房里一坐，来人取货我就发给他们，人走了我就猫在一边睡大觉，每天混个仨饱一倒，保准儿累不着。要是把我分到食堂那儿更好了，我他妈雁过拔毛的本事大着呢，用不了仨月俩月的，自己个儿绝对揣肥喽，俗话说厨子不偷，五谷不收嘛。

孙福脑瓜子里胡思乱想着走到后勤科，抬眼一看，这个后勤科真够隐蔽的，处在工厂最北头一个独立的小院里，紧挨着工厂北院墙。这院里只有这一间屋子，屋门和窗户全被木板子封得严严实实的，屋门上挂着一块小牌子，上面写了五个字：后勤科、库房。

孙福轻轻推开后勤科办公室的门，只见一个肥头大耳的中年男人正坐在椅子上看报纸，他面前放了个很大的玻璃杯，里面的茶叶足有半茶杯，茶水颜色很深。孙福心说，喝这么酽的茶，肚里油水儿大呀，看来这位爷伙食不错。这时看报纸的男人说话了："你是谁，这么没规矩，怎么进屋不敲门儿呀？"

"哦，对不住，我是新来的，不太懂规矩，下回一定改。请问您是马大发科长吗？"

"哦，是新来的，你是孙福吗？"

"正是，我叫孙福。"

马大发放下了手里的报纸，翻了翻眼皮看了孙福一眼，说："听说你在里边表现还不错，我们才决定要你。你进了我们厂也不能放松思想改造，要服从工作分配，不能挑三拣四的，让你干什么你就得干什么，还要好好干，不能偷奸耍滑不干活，你要是表现得不好，我们随时会把你退回街道去。听明白了吗？"

孙福听着很不是滋味，马大发说的话句句都像小刀儿似的扎在他心口窝儿上，心说听他这口气还是把我当成劳改犯呀，上来就拍唬我一通，这可真是人在矮檐下怎敢不低头啊。孙福答应着："请马科长放心，您安排我干什么我都会好好干的。"

"这就对了。我们安排你的工作是清洁工，具体负责每天打扫厂里男女厕所，疏通下水道。"

"啊？就让我干这个？"

"你不愿意干吗？"

"也不能说不愿意干，您能不能因人而异呀。我是有技术的工人，以前是国营机床厂三级车工呢。"

"那你还回机床厂干你的车工去呀。"

"您这不是跟我开玩笑吗，我一折进去就被工厂开除了，回不去啦。"

"这不就结了吗。我们厂车间不缺人，就缺清洁工，你愿意干就干，不愿意干你可以另谋高就，我们绝不勉强你。"

孙福就跟吃了苍蝇似的，别提多恶心了。马大发看透了孙福的心思，又对他说了几句解心宽的话："清洁工的工作虽说脏了点，劳保用品齐全，有工作服、手套和胶皮靴，弄不到你身上去。下了班洗个澡，身上什么味儿也没有，没有你想的那么脏。"

"可我整天干这个，回家还吃得下去饭吗？"

"习惯就好了。要照你这么说，人家掏大粪的清洁工人还不吃饭啦？"

孙福没词了。马大发接着说："打扫厕所的工作是次要的，疏通下水管道最重要。你也看见了，咱们厂坐落在个小盆地里，下雨天容易积水。要是不把下水管道疏通好，一旦它堵喽，下大雨就会把车间泡了，那损失可就大了。所以说，这个清洁工的工作很重要啊，孙福你可不能小瞧了这份工作。"

孙福心里明白，马大发给他派的这个脏活儿是没跑了。自己现在是劳改释放犯，这家街道厂子能收了也算是高抬贵手，哪容得挑三拣四呀，能有个差事混口饭吃也就得了，认命吧。

孙福虽说认头了，心里始终过不来这个劲儿。就拿清扫厕所来说吧，厂子里男女厕所全都在院子里，没有任何取暖设备，冬天人们撒的尿冻成了冰，拉的屎冻成了冰坨子，清理起来特别费劲，他得拿着铁锹和铁钎子反复敲打才能清除掉。在敲打时冰碴四处乱溅，经常会溅到身上、脖领子里，甚至会溅到嘴里。孙福时常恶心吐喽，饭都吃不下去，他心里腻烦死这项工作了。

就在孙福最难受的时候，马大发将女工杨秀琴调了过来，跟他一起打扫厕所，疏通下水管道。孙福看了看杨秀琴，三十四五岁的样子，高挑的个头，白白净净的，水灵灵的一双大眼睛透着善良和俊俏。孙福心里直犯蒙，他心说这位杨师傅一直在食堂干活，为人老实巴交的，她得罪谁了，让她跟我一块遭这个罪？是马大发怕我累着，给我加个人手帮帮我？不可能，我看马大发没有那好心眼子。八成是派她来监督我的，怕我偷奸耍滑不干活儿。那我还不顺坡下驴，有活儿都让她干得了，我还落个轻省呢。

孙福想到此，坏点子又来了。他对杨秀琴说："杨师傅，我这几天胃不舒服，得去医务室看看，打扫厕所这活儿您先干着，我看完病就回来干。"

"你去吧，有病你就歇几天，这活儿就交给我吧。"

"得嘞，杨师傅有劳您了。"

孙福高兴地一溜烟跑了出去，他软磨硬泡缠着医务室大夫给他开了两天病假，在家美美儿歇了两天，第三天孙福又硬着头皮上班来了。出乎他的意料，杨秀琴把全厂厕所打扫得一干二净，屎、尿冻成的冰坨子都被她清理掉了，孙福不知道说什么好了。杨秀琴看了看孙福，问："小孙呀，你病好利索了吗？"

"没有，时不时还难受。"

"那你得上大医院去看看，千万别厉害了。"

"我也想去看，可不上班就得扣工资，尽着扣工资，我吃什么呀。"

"这倒也是。"

杨秀琴低头想了想，对孙福说："小孙呀，有病可不能耽搁。我看这样吧，你每天来厂里点个卯，让马大发看见就行了，然后你就去看病，该歇就歇，打扫厕所的活儿我一个人先干着。"

"这多不合适呀。再说了，我老不露面也不成啊。"

"没事，别人问起你，我给支应着，说你出去了，一会儿就回来。再说了，咱们这扫厕所的临时工谁问呀，我把活儿干完了不就得了吗。"

"杨师傅您心眼儿真好，那我可不客气了，从明儿个起就照您说的办，我去大医院看病。"

"去吧，去吧，年纪轻轻的，千万别落下病根儿。"

孙福心里一热，还是毫不犹豫地脚底板抹油，溜了。

孙福掉腰子不上班在家泡病假，溜溜儿歇了十来天儿，歇着歇着他自己个儿毛了，心里犯嘀咕：我就这么在家装孙子，人家杨秀琴天天儿干俩人的活儿，一分钱不多拿，还不扣我一分钱，这工夫长了，她该蹿儿啦，回头向马大发一抖搂，我非得吃不了兜着走。孙福想到这儿在家待不住了，第二天他蔫不唧儿上班来了。

厂子里清洁工有一间休息室，屋里靠墙根儿放着两个小木柜，那是孙福和杨秀琴的更衣柜，每天上下班，他们就在这里更换工作服。窗户下面放着个二屉桌，抽屉里分别放着孙福和杨秀琴的饭碗和把儿缸子。二屉桌前面横着把用角铁焊成的大椅子，一米多高，两米来长，死沉死沉的，它既是椅子，人在上面一躺还是张窄床，孙福中午吃完饭经常会躺在上面闷一觉。

孙福刚走到休息室门前，隐约听见屋里有个孩子在哭，心里纳闷，赶紧推开了屋门，只见一个小男孩躺在椅子上，他两只手和脸蛋儿上都是大水疱。孩子疼得龇牙咧嘴直叫唤，眼泪顺着眼角一个劲往下流。

孙福急忙问他："你是谁家孩子呀？"

小男孩说："我是杨秀琴的儿子铁蛋儿。"

"你怎么弄成了这个样子？"

"今儿早上，我在大土坡上拣煤核儿，有一车刚出锅炉的煤核儿倒了出来，还没烧透呢，红红的冒着烟儿，大伙儿都上去抢，一个大哥哥在后边推了我一下，我没站住趴在了煤核儿上，就烫着了。"

"你妈呢？"

"扫厕所去了。"

"她怎么不带你上医院呀？"

"我妈说孙叔叔病了，她得替孙叔叔干完活儿才能带我去医院，让我先在这儿躺一会儿等着她。"

孙福心里十分愧疚，他觉得自己真不是个东西，整天在家泡病假，人家杨师傅儿子烫得这么厉害，她还要先把我的活儿干完了，再带孩子去看病，这都是为了我呀。杨秀琴虽说是个女流之辈，办事儿真仗义，是个大好人。想到这儿孙福对铁蛋儿说：

"孩子，你别着急，我就是孙叔叔，我这就去替换你妈，让她带你上医院。"

孙福赶紧换上工作服跑了出来。来到厕所一看，杨秀琴累得满头大汗，头上都冒着白烟儿，铁钎子敲打下来的冰尿渣子溅落得到处都是，她头发上都沾了不少，也顾不得甩掉，嘴里不住叫着："儿子，儿子，等着我……"

她眼里含着泪，双手用尽了全力，跟冰坨子拼了。

孙福眼圈红了，他赶紧上前抢过了杨秀琴手里的铁钎子，说："我接着干，杨师傅快带孩子上医院吧。"

"小孙，你病好了吗？"

"杨师傅，您别管我了，铁蛋儿疼得直哭。"

杨秀琴闻听此话，两腿一软，险些跌倒，孙福赶紧扶了她一把，问："杨师傅您没事儿吧？"

杨秀琴用袖口擦了一把眼角流下来的泪水，说："小孙，谢谢你，我带孩子上医院了。"

"去吧，身上的钱够不够啊，不够我这有。"

"不用了。"

杨秀琴心急火燎地跑了出去。

第二天是星期天，厂子里休息。孙福放心不下杨秀琴娘儿俩，买了些糖果上她家来了。杨秀琴家离工厂不远，溜达着也就十来分钟。她家是个独门小院，院墙也就半人来高。孙福是头次来，他往院子里看了看，里面有两间东房。房子很旧，房顶上长了不少蒿草，房檐下边的椽子和门窗都糟朽了，勉强在那里支撑着，墙面是用碎砖头垒的，已经有不少砖头脱落了，一个小坑连着一个小坑。孙福看着心里直发凉，心说这两间年久失修的旧房破损得太厉害了，下场大雨保不齐就会塌喽，杨师傅娘儿俩住在里面忒悬啦。

孙福轻轻拍了拍院门，说："杨师傅在家吗？我是孙福啊。"

东屋门吱吱扭扭地推开了，杨秀琴从屋里走了出来，边走边说："小孙来啦，大礼拜天儿也不歇着，找我有什么事呀？"

说着话，杨秀琴笑盈盈地打开了院门。

"杨师傅，铁蛋儿怎么样了，我心里惦记着他，夜里都没睡踏实。"

"还算好，就是表皮烫了几个泡，医院给上药了。"

两个人说着话进了屋。孙福走上前看了看孩子，铁蛋儿脸上、手上都涂抹着药膏，正躺在床上睡觉。孙福长出了口气，说："那天真让我揪心，生怕给孩子烫坏喽，谢天谢地，总算没大事儿。"

孙福抬眼扫视了一下屋子，猛然发现墙上挂着男人的遗像，不由得心头一紧。他低声问杨秀琴："杨师傅，相片上这位爷是？"

"铁蛋儿他爸，去年走的。"

"这么年轻就走了，是得了暴病没的？"

"唉，车祸。"

"没听您提过呀？要是知道您孤儿寡母的，哪能让您替我受那么大累呀。我真不是个东西！"

"别这么说小孙，你也不容易。咱们都是工友，谁有难处，互相帮一把呗，这不算什么，甭往心里去。"

杨秀琴伸手拿起茶壶给他倒了杯茶，孙福喝了口茶，问："杨师傅，您是什么时候来咱们厂上班的？"

"我是去年进厂的。铁蛋儿他爸原来是咱们厂食堂厨师，他因公去世后，厂里领导看我们孤儿寡母生活上有困难，就让我接铁蛋儿他爸的班，在厂里食堂当了一名临时工。"

"您在食堂干得好好的，怎么又把您调到我这儿，干这个脏活，遭这份罪呀？"

"唉，还不都是因为马大发。"

"您怎么得罪他了，他这么对付您？"

"一言难尽呀！小孙，你也不是外人，我跟你说的话，千万别对外人说。"

"那是，那是，我一个人儿知道就打住了。"

"马大发就是个畜生呀！"

杨秀琴把自己的遭遇向孙福讲了出来……

杨秀琴娘家在京郊平谷，她本人是个农村姑娘，一直在村里干农活。长年在庄稼地里摔打，秀琴姑娘养成了吃苦耐劳勤奋朴实的性格。村里人都很喜欢这个外表俊俏又心地善良的好姑娘，她二十刚过，提亲的人就踢破了她家门槛，秀琴姑娘很沉得住气，轻易不点头应允。直到二十五岁那年，经人介绍，她和周村的小伙子周满仓结了婚。满仓小伙子有手艺，他是一名厨师，红案白案都能干。他凭着这个本事在城里工厂找了份差事，具体工作是职工食堂炊事班长。

小两口儿一个在城里上班，一个在农村干活。满仓平时住在厂里，他每星期日回趟家。回家时他掉着样儿给秀琴买点儿粉肠、小肚、酱肉或是城里特色小吃豌豆黄、山楂糕、驴打滚什么的带回来。秀琴总是高高兴兴从自留地里摘些新鲜蔬菜择洗干净，她烧火满仓炒菜，夫妻俩说说笑笑中饭菜做熟了。香味扑鼻的饭菜端上桌后，满仓拿出酒瓶子，秀琴摆上两个酒杯，夫妻俩就着可口的饭菜还要喝上两口儿，小日子过得挺滋润。

结婚三年后，秀琴怀上了铁蛋儿。满仓为了照顾媳妇，在工厂旁边租了两间小平房，把秀琴接到自己身边来住。儿子出生后，秀琴就没再回农村干活，她一心一意照顾丈夫和儿子。凭着勤快又麻利的身手，秀琴把家务操持得头头是道，幸福的笑容时常挂在一家人的脸上。

天有不测风云，人有旦夕祸福。就在铁蛋儿两岁那年，秀琴家里祸从天降，满仓蹬着三轮车去菜市场给食堂买菜出事了。说来也是巧，那天负责采购的小徐因病请假，炊事班一时找不到合适的人手上街买菜，满仓就亲自上阵。他对买菜的路线不太熟悉，更不知道前面道路正在挖沟，要绕道走。他脑子里净合计着买什么菜，没有看清沟边的警示牌子，蹬着三轮车冲着大沟就骑了过去。眼瞅着到沟边了他才察觉，赶紧踩刹车，三轮车停在了大沟边上。满仓惊出一身冷汗，他掏出手巾正在擦汗的时候，一辆施工的卡车开了过来。卡车司机干了一宿很疲劳，看到三轮车，精神稍一恍惚，本应踩刹车的脚踩在了油门上，车头直接撞上了三轮车，满仓还没反应过来就连人带车摔进沟里，三轮车重重砸到了他头上，当时就昏死了过去。干活的工人们七手八脚地把他从沟里抬出来，人已然不行了。

秀琴听到凶信后，抱着孩子拼命跑到医院，满仓已经停止了呼吸。这可真是天塌了，她抱着满仓骨灰盒连着哭了三天。工厂的领导也十分难过，他们看着秀琴和铁蛋儿孤儿寡母的，生活上失去了经济来源，对他们娘儿俩非常同情。领导们商量研究后，一致同意让秀琴顶替满仓，作为一名临时工来工厂食堂上班。

秀琴虽说很能干，可在烹饪手艺上是个外行，担不起厨师的重任，只能是在食堂里打打下手、洗菜、切菜、刷碗、扫地、搞卫生。秀琴在工作上积极肯干，不挑不拣，领导安排她干什么，她就认真干好什么。儿子铁蛋儿也很乖巧，小小年纪就知道帮着妈妈干活。工厂离家不远，秀琴时常带着铁蛋儿一起来上班。秀琴在职工食堂忙活，铁蛋儿胳膊上挎个小竹筐，手里拿着个粗铁丝做成的小耙子，在工厂大土坡上拣煤核儿。

那时职工们生活上都不宽裕，省吃俭用是老百姓过日子的经，拣煤核儿就是一个省钱的招儿。当时厂子里烧开水的锅炉和职工食堂的大炉灶，每天都要多次添煤搅火，师傅们为了火旺，用火通条使劲通火膛，一些烧透的灰烬和没烧透的煤块顺着炉箅子缝隙掉了下来。师傅们把这些煤渣子用手推车推出来倒在大土坡上，拣煤核儿的孩子们就会争着追过去把没烧透的煤核儿拣回家，当煤球用。每天都有一些职工的孩子们来工厂拣煤核儿。

秀琴娘儿俩每天就这么平淡地过日子，生活上虽然紧巴了点儿，还能对付得过去。让秀琴想不到的是，平静的日子没过多久，她就被身边一双色眯眯的眼睛盯上了，这个人就是后勤科长马大发。自从秀琴顶替满仓在食堂上班以来，马大发不止一次在暗中观察过她，尤其是秀琴在食堂擦地的时候，弓着腰、翘着臀，两只胳膊伸得笔直，这时秀琴完美的身材便显露了出来。马大发边看边点着头，他心说，你看看这小寡妇长得多给劲呀！丰满的乳房，性感的屁股，长长的胳膊大腿，再加上白里透红的脸蛋儿，水灵灵的大眼睛，太馋人了！

马大发虽说五十出头了，精力挺旺盛，对待女色有特别的爱好。尽管老伴儿对他挺不错，一个心眼儿地跟他过日子，毕竟是年老色衰了，马大发早就有了移情别恋的心思，总想着来口老牛吃嫩草，在年轻女人身上尝尝鲜儿。现在他看着秀琴这么个年纪轻轻的小寡妇，长得这么俊，又在他管辖之下，就动上坏心眼儿了。

这一天下午两点来钟，食堂里很清静，只有秀琴一个人双手攥着墩布用力擦着地面。她把食堂地面擦得锃亮，都能照见人影子，秀琴累得通身是汗，上衣都湿透了。这时一只手轻轻扶在了她腰上，随即向着她屁股摸去，秀琴吓了一大跳，本能地挺直身子，回头一看是马大发，惊恐地问："马科长，您干什么？"

"秀琴呀，我看你太累啦，歇会儿吧。"

马大发色眯眯笑着，抬手摸了摸她脸蛋儿，给她擦了擦汗，接着手又摸到了她胸脯上，说："看你这汗出得衣服都湿透了。"

秀琴丰满富有弹性的乳房让马大发兴奋了起来，他嘴里一个劲说着关心的话，手上也不闲着，在秀琴的乳房上不停揉搓着。

秀琴惊呆了，她从没遇到过领导这样"热情关心"，说的话又那么体贴入微，令人感动，秀琴一时心慌意乱不知所措。

马大发看秀琴没有躲闪，以为这个小寡妇在犯骚，更来劲了，他的手开始解秀琴上衣纽扣，嘴里不住地说："看这衣服湿的，快脱下来，换件干松的……"

秀琴上衣扣子已经被马大发解开了两个，她贴身穿的白背心露了出来，汗水出得太多，白背心近乎透明，秀琴丰满的乳房若隐若现。马大发兴奋得直咽唾沫，他伸出手刚要抓上去的时候，秀琴满脸通红一把推开了马大发的手，向后退了两步，连忙系上扣子，生气地说："马科长，您这是干吗呀，动手动脚的多不好啊！"

"秀琴，我没别的意思，关心你嘛。"

"我不要这样的关心，马科长，忙您的去吧。"秀琴说完话扭头走了。

马大发看着秀琴的背影发呆，说："雪白、丰满，太给劲了！"

马大发色瘾上来了，他盘算着想个什么招儿能在秀琴身上占便宜呢？寻思了几天以后，他总算把坏点子想出来了。这一天午休的时候，后勤科小院安静极了，院子里空无一人。马大发瞅准时机把秀琴叫到了他的办公室，脸上笑眯眯着说："秀琴呀，你来厂几个月了，表现不错，我想升你做炊事班副班长，你高兴吧。"

秀琴感到很意外，说："我怎么能干得了呢？"

"有什么干不了的，凭你这能力干个副班长没问题。"

马大发说着话站了起来，他走到屋门口从里边把门插上了。

秀琴很紧张，问道："您插门干什么？"

"我有重要话对你说。"

马大发来到秀琴身边，伸手搂住了秀琴的腰，秀琴用力推着他的手说："您别这样，让外人看见了多不好啊。"

"放心吧，这会儿没人来。"

秀琴使劲挣脱，马大发生气了，大声吼道："秀琴你听我说！"

马大发一声大吼把秀琴镇住了，她以前总是看见马大发笑眯眯地说话，从来没见过他发怒，现在当他大喊一声并瞪圆双眼时，真把秀琴吓呆了，这个柔弱女子傻愣愣站在那里不敢动弹。马大发一看更来劲了，另一只手也伸出来，紧紧抱住了秀琴，他在秀琴耳边轻声说："秀琴呀，提升副班长是要涨工资的。以后还能由临时工转成正式工呢，这是多好的事儿呀，是我为你争来的。"

马大发越说把秀琴搂得越紧，秀琴使劲要推开他，推不动。她只得把头往后一仰，疑惑地凝视着他，她并不相信马大发的话，要从他眼神中找出答案。两个人的脸离着很近，鼻子和嘴几乎碰到了一起，彼此都紧张地喘着气。马大发抓住时机，张嘴就和秀琴的嘴亲到了一起，秀琴急忙躲闪，可自己头被马大发的一只大手摁住了，根本动弹不了，她想喊叫，嘴被他堵了个严实，说不出话来。他那条带着烟味和唾沫星子、长满厚厚舌苔、令人恶心的舌头在秀琴紧闭的嘴唇上磨来磨去，总想着伸到秀琴嘴里，与她舌头舔到一起。秀琴急眼了，一张嘴使劲咬住了马大发的舌头，疼得他一把推开了秀琴，血水顺着嘴角流了下来。马大发坐在椅子上呼哧呼哧喘着粗气，抬手擦去了嘴角上的血，一双色狼的眼睛还死盯着秀琴不放。

秀琴哭了，她手指着马大发说："不带你这么欺负人的！"

说完话秀琴使劲推开屋门，头也不回地跑了。

第三章

马大发在耍流氓，秀琴如果勇敢站出来，向厂领导反映，马大发一定会受到处分的。可秀琴是从农村来的小媳妇，丈夫活着的时候，家里大事小情都由满仓做主，她是一名家庭妇女，就知道一门心思伺候丈夫和孩子，从不抛头露面，也没见过什么世面。丈夫去世后，她不得不直接面对社会，她没有社会生活经验，本性善良又胆小。面对掌握自己命运的顶头上司，秀琴害怕了，她没敢找厂领导，只是回到家大哭了一场，第二天又不得不硬着头皮上班来了。

秀琴跑了以后马大发也很后怕，心里一个劲打鼓，生怕秀琴去厂领导那里告发他。马大发提心吊胆地在办公室里猫了一整天，没听着什么动静，第二天瞅见秀琴又上班来了，他悬着的心踏实了，心说一个农村来的小寡妇，就是好欺负，我都把她那样了，她连个屁都没敢放，看来我迟早能把她摆平喽！

有了这种邪念，马大发得寸进尺色胆包天了。他知道秀琴家住哪儿，心想厂子里人多眼杂不好下手，不如到她家去，只要把她的小儿子哄出去，屋里就剩下我们两个人，我不是想怎么着她就怎么着了吗！

第二天，马大发偷偷买了两张电影票交给后勤科办事员小胡。他对小胡说：

"你认识杨秀琴的儿子铁蛋儿吗？"

"我认识，不就是拣煤核儿的那个小胖子吗。"

"没错。今天快下班的时候你把铁蛋儿带出厂去，在外面饭馆吃顿饭，然后再带他看场电影，甭急着回家，在外边多玩玩儿。"

"科长，您干吗对这孩子这么好啊。"

"唉，他爸爸没了，这么点儿大就天天在大土坡上捡煤核儿，怪可怜的，我想替周师傅好好疼疼这孩子。"

"科长，您真是个大善人。"

"得了，就这么着吧，这是十块钱和半斤粮票你拿着，一会儿带孩子去吃顿饭。这是两张电影票，晚上八点的，看完电影你把孩子送回杨秀琴家。她家你认识吗？"

"认识，不就在咱们厂边上吗。"

"对。你不要事先告诉杨秀琴，我想给她个惊喜。"

"明白了科长。您今儿个交给我的是美差呀，谢谢您了。以后有这好活儿您可多想着我啊。"

"看把你美的！只要你小子把这件事儿给我办好喽，以后有美差全交给你。"

"得嘞，科长，您老就瞧好吧！"

小胡接过马大发的钱、粮票和电影票，一路小跑着找铁蛋儿去了。

下班时间到了，秀琴脱下工作服，洗了把脸，从食堂里走了出来。她来到厂南面的大土坡上，铁蛋儿不在，她跟一些捡煤核儿的孩子们打听铁蛋儿去哪了？孩子们都不知道。秀琴着急了，她大声喊着铁蛋儿的名字，急得眼泪都流出来了。

"甭喊了，铁蛋儿丢不了！"说话的正是马大发。

"是您呀，马科长。您说铁蛋儿这孩子多让人着急呀，每天他都在这儿等着我下班，我们娘儿俩一块回家。今儿个他这是上哪儿了，也不事先知会我一声，真急死我了！"

"嗨，我看你是瞎着急。小小子儿哪有定性啊，渴了饿了保不齐早回家了，你现在回家看看，他一准儿在家等着你呢。"

"您说得也是，我回家找他去。"

秀琴赶紧往家走，马大发不紧不慢地在后面跟着。走了没多远秀琴发觉了，她回头问："马科长，您去哪儿，怎么老跟着我呀？"

"我上前边办点事儿，路过你们家。顺便到你家看看，要是铁蛋儿不在家，我好帮你找找呀。"

"不用，不用，您挺忙的，铁蛋儿的事儿就不用您操心了。"

"看你这话说的，铁蛋儿这孩子多招人疼呀。周师傅走了，我得替他疼疼铁蛋儿呀。不瞒你说秀琴，我真想认铁蛋当干儿子呢。"

"哟，那我们可高攀不起。"

"看看，看看，又见外了不是。秀琴呀，咱俩谁跟谁呀！"

马大发紧走两步来到秀琴跟前，一只手搭在了秀琴肩膀上。秀琴推开了他的手，说："别这样，男女之间勾肩搭背地走道像什么话呀。"

"哟，还不好意思呢，咱俩早晚还不得走到一块去？"

"净瞎说！"秀琴生气地往前紧走了两步。

"好，好，不说了，到家再说。"

秀琴到家了，她推开院门一看，屋里没亮灯，顿时紧张上了，她转回身刚要去外面找儿子，马大发紧跟着进来了。秀琴着急地说："不好了，铁蛋儿没在家，我得出去找找。"

"不用，我知道铁蛋儿去哪儿了。"

"您知道？那您怎么不早告诉我呀，让我着这么大急。"

"这就告诉你，看把你急的。这一路上走得口干舌燥，先进屋让我喝口水再说行不行呀？"

"那您赶紧进屋吧。"

"哎，这就对了。"

秀琴和马大发一前一后进了屋。秀琴拿起茶壶给马大发倒了杯白开水，说：

"马科长您先喝杯凉白开，我这就给您沏茶去。"

马大发也真渴了，接过茶杯一口气喝干了。秀琴又给他杯里倒满了水，两只眼睛紧张地盯着他，等着听他的下文。马大发看了看秀琴，不紧不慢地说："铁蛋儿正在饭馆跟小胡吃饭呢，还要去看电影。完了事儿小胡会把铁蛋儿送回家来的。"

"哟，那得花多少钱呀？"

"不花你的钱，我请客。"

"马科长，让您破费了，这可让我怎么谢您呀？"

"秀琴呀，这话你算说到点儿上了，只要你跟我好，什么谢不谢的，往后天上掉馅饼的好事儿多了，我保证都让你捡了去。"

秀琴听了这话，脸绷了起来，说："马科长，这事儿我可不能答应您，其余的您让我怎么谢您都成。"

"秀琴，自打你进了咱们厂，我就喜欢上你了。在工作上生活上我一直挺照顾你的，你跟我好也不用担心什么，咱俩就私底下好，外人谁都不知道。"

"不行，我不能对不起满仓。"

"人都死屁屁了，他看不见也听不到，还有什么对得起对不起的，你就甭想着他啦，现实点儿吧。"

"我认命了。"

"你年纪轻轻的，长得又漂亮，认什么命呀！人得识时务嘛，就眼面前儿来说，你要是知趣儿往我怀里一倒，作为你的直接领导我能不关照你吗，今后你的好日子就开始了。秀琴呀，你就从了我吧。"

"马科长，您快别说了，您比我大十几岁呢，应该算是我的长辈了，说这种话多不合适呀，我不想跟您聊这些东西，太让人难为情了，您请回吧。"

秀琴把马大发用过的茶杯拿了起来，推开屋门儿，把茶杯里的剩水泼在了院子里，屋门也不关，自己往门框边上一站，等着马大发走人。

马大发被秀琴说得脸上红一阵白一阵的，他绷不住了，索性单刀直入。他紧走几步关上屋门儿，把秀琴拉了回来，说："秀琴，我今儿个钱可没少花，请你儿子又吃馆子又看电影，你就不念我的好啊？"

"您说吧，花了多少钱，我就是砸锅卖铁也把钱还给您！"

"我不是跟你算小账，你总得有点儿表示吧。我今儿来了，你家里又没外人，孩子也没在跟前儿，咱俩就亲热一次，就一次。干完事儿以后，我走我的，你忙你的，以后谁也不影响谁，你看怎么样呀？"

"我不是你想的那种女人，我绝对不做不知羞耻的事。再说了，你占了便宜，一次就能了事吗？只要有第一次，你就不会放过我，还会有第二次、第三次到无数次，以后我永远得受你欺负。你就死心吧，一次都不行！"

"嘿，我说你可真是猪脑壳，死不开窍呀，我这左求不成右求不成，你是存心不让马哥我爽一次，敬酒不吃吃罚酒，那我还客气什么呀！"

马大发说到这儿转身走到屋门口插门。秀琴一看不好，冲上去推门想要跑出去，马大发胳膊使劲一抡，将她摔倒在地上，趁机插好屋门，他转身将秀琴抱起来，放倒在床上，顺势骑在了她身上。

秀琴拼命挣扎也推不开他，她带着哭腔苦苦哀求马大发："您放过我吧，别欺负我成吗？"

马大发很冷漠，什么话也不说，上来就扒她衣服，用力一拽上衣扣子全绷开了，那件贴身儿穿的白背心露了出来。秀琴双手急忙护住胸前，马大发两只手抓住白背心使劲一扯，把它撕成了两半，秀琴的乳房露了出来，她"啊"一声惨叫，成串的眼泪流了下来。

马大发紧接着去解秀琴的裤腰带，秀琴赶紧用双手拽住裤子。马大发此时犹如一头凶猛的野兽，面对羔羊似的秀琴他显得力大无比，三下两下就把秀琴裤子脱了，扔到了旁边。秀琴身上就剩下裤衩遮羞了，在马大发伸手去抓它的时候，秀琴双手拼命按住裤衩，说："我答应你，你先等等，我有个要求。"

"你都快光眼子了，还提条件？料你也玩不出什么花活来。你说吧。"

"咱俩干这种事儿，不能让满仓看着，这样不吉利，对你对我都不好。"

"话说得也是，那就把满仓遗像放到床底下吧。"

"不行，绝对不能放在屋里，必须放到他看不见咱俩的地方才行呢。"

"放在哪啊？"马大发不耐烦说。

"就放在我们院儿那口空水缸里吧，上面盖块木板，再压两块砖头就没事儿了。"

"真啰嗦。行，你去弄吧，不许跑喽！"

"你都把我脱成这样了，我怎么跑啊？"

马大发听到这话乐了，他淫笑着瞥了秀琴一眼，说："可不是吗，身上就剩一条裤衩了，你个小女人家家光不出溜儿的往哪儿跑啊！去吧，快去快回，我这憋得都受不了啦。"

秀琴一听马大发答应了，如释重负，使劲推开了马大发的身子，一出溜儿下了地，刚要穿衣服，马大发急了，大声叫着："不许穿，光着出去。让你穿条裤衩就不错了，别蹬鼻子上脸。"

秀琴吓得直哆嗦，她摘下满仓遗像抱在胸前跑了出去。院子里有条新洗的床单在绳子上晾着，还滴答水呢，秀琴也顾不了那么多了，一把拽下来裹在身上。她猛地打开院门，站在当街大声喊着："来人呀，我家进流氓啦，快来人呀！"

马大发正在兴奋地脱衣服，刚脱光了身子，就听见秀琴高声呼救，吓得他立刻从床上蹦了下来，惊叫道："哎哟我的妈呀，被小寡妇耍啦！"

他三下两下穿上裤子，上衣和鞋子都没来得及穿，抓在手里就跑了出去。秀琴看着马大发跑远了赶紧把院门插上，接着又回到屋里插上屋门，她的心还怦怦怦激烈地跳动着。

秀琴用白手绢轻轻擦拭着满仓遗像，边擦边哭，说："满仓，是你救了我呀，你在那边也护着我……"

秀琴把遗像挂好后，捅开炉子烧水，她把洗衣服大盆拿出来倒好水，自己从上到下洗了个干净，身上凡是被马大发触碰过的地方，她都反复洗上好几遍。嘴上还一个劲说："我要洗得和原来一样干净！"

秀琴遭受马大发侮辱后气坏了，也豁出去了，第二天她直眉瞪眼地冲到后勤科，要找马大发算账。她想好了，只要见到马大发就薅着他脖领子找领导去，领导要是管不了他，就上派出所，反正今儿个和他拼了。可是马大发没来，过了一天他还没来，连着十几天也没见着马大发的影子，一打听才知道马大发病了。

那天晚上马大发从秀琴家里跑出去以后，唯恐被人抓住，玩命蹽丫子，差点儿没跑死。他光着膀子出了一身白毛汗，大凉天儿冷风一吹他着了凉，回到家就病了，先是感冒发烧，接着转成了肺炎，他心里有鬼不敢上医院，把病耽误了，转成了肺结核。

秀琴听说马大发得了重病，解气地吐了口唾沫，说："活该！真是恶有恶报！谁让你欺负我来着，这就是报应！"

秀琴解了气，这个心地善良的女人又和儿子一起平静地过日子了。

马大发住了三个多月医院，又在家里养了俩月才好利索。他心里这个气呀，心说自己花钱请寡妇儿子吃饭、看电影，溜溜儿花了小半拉月的工资，合着全白瞎了。这个小寡妇真有主意，我把她脱得就剩一条裤衩了，眼瞅着就给她干了，谁承想她用死鬼像跟我斗法，让她算计啦。也怪自己眼瞎，她家院子里晾着一条床单我愣是没看见，两只眼睛光盯着小寡妇看了，让她钻了空子。要是先把那条床单收了，她光着身子哪敢往街上跑啊。最可恨的就是她站在当街喊抓流氓，这招儿太损了，也就是我跑得快，要是慢一步，被群众抓住了，先得挨通臭揍，再扭送派出所，那可就是丢人现眼倒霉到家了。这个小寡妇太狠毒了，害得我大病一场，差点儿见了阎王爷。不成，不能白吃这么大亏，得想法子治她。

马大发上班后，整天对着秀琴鼻子不是鼻子脸不是脸地数落着，千方百计找碴折腾她。秀琴心里明白马大发不会善罢甘休的，他肯定要报复，为了养活儿子自己不能丢了工作，能忍就忍了吧。

马大发最后还是想出了狠招，他让人把铁蛋儿带到科里玩儿，他趁人不注意时往铁蛋儿拣煤核儿的竹筐里倒了两铲子新煤，又在表面放些煤渣盖住，秀琴和铁蛋儿对此全然不知。下班时，马大发让人在厂门口逐个检查拣煤核孩子们筐里的煤核儿，结果铁蛋儿被查了个正着。马大发为此在炊事班开会，非说秀琴怂恿铁蛋儿偷煤，一定要处理她。就这样，秀琴被贬到清洁班，让她和孙福一起扫厕所，清理疏通下水管道，干最脏最累的活儿，以此来出他这口恶气。

孙福听秀琴把话说完，气得七窍生烟，一拍大腿站了起来，张口骂道："马大发，我操你八辈祖宗！你欺负人家孤儿寡母算他妈什么玩意儿！你老丫挺等着，看孙爷我怎么折腾你，咱们走着瞧！"

秀琴见孙福气得不善，给茶杯里续上水，端到他面前，说："小孙，别跟那畜生一般见识，他都遭报应了。坐下歇会儿吧，别气坏了身子。"

"杨师傅，您放心，不能就这么便宜他，我早晚把这老小子收拾喽。"

"咱们不说他了，聊点儿别的吧。"

孙福这才平静了下来，他话题一转，说："杨师傅，再过十几天就是春节了，您打算怎么过呀？"

"每年春节我都回娘家，铁蛋儿他姥姥、姥爷和爷爷、奶奶都还健在，我得带着孩子给老人们拜年去。"

"应该。杨师傅，今年春节您回娘家院门儿别锁，我得在您家里待上几天。"

"为什么呀？"杨秀琴吃惊地问。

"看您住这房子也太危险了，房梁、椽子木头都糟了，门、窗也走形了，再不修它，夏季天儿大雨一来房子就得塌喽。我想帮您把房顶子挑了换新的，您住在里面也踏实呀。"

"小孙，那可真得谢谢你。我们早就想修这房子了，铁蛋儿他爸活着时候已经和房东说好了，房东负责备料，我们找人修。铁蛋儿他爸这一走，我们家全乱了。我整天在厂里忙得四脚朝天的，哪顾得上修房呀，再说了，我也不会修呀。"

"这个不用您操心，我有几个哥们儿是瓦匠和木匠，他们都是行家。明儿个我就去找他们，您这两间小平房，挑个顶子用不了两天的工夫就完事儿了。杨师傅，等您从娘家回来，直接住新房吧。"

"这可太好了。小孙，花多少钱，你说个数，我给你。"

"杨师傅，花不了几个子儿，您就别跟我见外了。"

"那哪成啊，你帮我这么大忙就非常感谢了，哪能再让你花钱呀。我这有一笔钱，是铁蛋儿他爸的抚恤金，一直存着呢。要修房子，你就拿去用吧。"

"杨师傅，说什么也不能用这笔钱，这是周师傅用命换来的钱，您给铁蛋儿留着吧，将来他用钱的地方多着呢。我那几个哥们儿人都特仗义，谁家有难处了，要钱出钱，要力出力，一句话的事儿。"

"那怎么行呢，你请他们帮我家修房，我就应该出钱。大春节的不让人家过年来修房子，还让他们出钱，这非亲非故的怎么说得通啊。"

"没事儿，我去跟他们说，您就甭管了。等干完活儿，我请他们哥儿几个喝顿酒就齐活了。"

"那多不好意思啊。"

"杨师傅，您别过意不去，我给您帮忙不是应该的吗。就说这次我在家歇病假，铁蛋儿烫着了，您把孩子放在一边先帮我干活儿，您这份仗义劲，我打心眼儿里佩服。"

"那点小事儿，别老挂在嘴上了。"

"不行，我得记着，古人说滴水之恩当涌泉相报。在我孙福人生最不得志的时候遇上杨师傅您，您像亲姐姐似的疼我，不瞒您说，十来年了，没人对我这么好过。杨师傅，以后我管您叫杨姐成吗？"

"好啊，我也想有你这么个弟弟呢。"

"得嘞，杨姐，咱们说定了，明天我就去找那几个哥们儿，您抽空找一下房东，让他把料备齐拉到院子里来，春节放假我们过来就招呼，三天之内完活儿，您就瞧好吧。"

"让弟弟受累了。"

孙福还真没说大话，他那几个瓦匠、木匠哥们儿人都挺实在。房东把修房子的材料拉过来以后，孙福带着他们哥儿几个来现场看了看，感觉料不太足也就勉强够修屋顶的，修墙面的砖差了不少。房东的意思是墙面还用碎砖头垒上就得了。孙福心里合计了一下，对那哥儿几个说："哥们儿，我有个想法，咱们好人做到底怎么样？"

"孙哥，你是不是想把这房子推平喽盖新的？"

"我是这么合计的，你们哥儿几个看啊，现在翻修房顶子的材料就算是齐了，两面山墙和前脸儿还差点儿砖，再有就是门窗还差点儿木料。我估摸着买这些材料花不了多少，我手头儿有些钱全拿出来买砖和木料，不够的话你们哥儿几个帮着凑点儿，咱们把旧房推倒盖新的，你们看怎么样。"

"孙哥，这房子里住的是谁呀？你要下这么大本儿帮她？"

"这房里住的是我们工厂里一个姐姐，对我特好，比亲姐姐还亲。她丈夫没了，孤儿寡母的，日子过得特别不容易，就因为这房子破，院墙矮，她差点让坏人糟蹋喽。哥们儿，你们说，咱们应不应该出手帮她一把呀？"

"那还用说吗，咱们应该帮。孙哥，你说个数吧，这钱我们出！"

孙福这番话，真把哥儿几个仗义劲煽呼起来了。大家不计报酬，出钱出力。其中有个外号叫砖头儿的哥们儿说："盖房子的料我家里都备齐了，拿来用吧，甭掏钱买了。"

"你家里怎么会有现成的呀？"孙福不解地问。

"这些料都在小井村我二叔家。我二叔有两个儿子一个闺女，大儿子今年二十三要结婚了，我二叔早在五年前就把给大儿子娶媳妇盖新房的材料准备齐全了，生产大队也给他家批了宅基地。我二叔大儿子的对象是个独生女儿，女方家要男方入赘，也就是为了传宗接代招女婿上门儿，我二叔拧不过人家，遂了女方的意。他们家不用急着盖房，材料全省下来了，咱们拿来用不是正合适吗。"

"你二叔家的小儿子不用啦？"

"小儿子还不到十岁呢，娶媳妇早着呢。"

"咱们用他们家的料人家舍得吗？"

"没问题。上个月我去二叔家，他还跟我说呢，老大不用盖房了，这些盖房用的料就在院里堆着，占地儿不说，等老二娶媳妇还得十来年呢，整天价日晒雨淋的，到时候这些木料不得全烂喽啊。他还为这些材料发愁呢，咱们拿来用，还解了他的急呢。"

"话是这么说，可这些材料都是人家花钱买的，咱们不能白使呀。"

"我给二叔俩钱儿就行了，你们甭管了。"

"那可不行，这是咱们大伙儿的事儿，不能让你一个人儿掏钱，来吧，咱们哥儿几个凑凑。"

孙福和他几个哥们儿，手头宽裕点儿的多出俩钱儿，手头紧巴的少出俩钱儿，七凑八凑总算凑够了钱，从砖头儿他二叔家把盖新房的材料买了回来。孙福征得房东同意后，把杨秀琴家两间破东房全部推倒了重盖。旧房子剩下的碎砖头他们也没浪费，拣出来砌在院墙上，院墙由半人来高增加到两米多高，院子规整也安全了。

春节刚过，杨秀琴带着铁蛋儿回家，找不着家门了。娘儿俩正犯蒙呢，孙福乐呵呵打开了院门，说："杨姐，屋里边请。"

秀琴和铁蛋儿都惊呆了，他们娘儿俩随着孙福愣愣磕磕走进院子，简直不敢相信自己的眼睛了，从前那两间低矮破旧的小房影儿都没了，眼前立着两间新房。跟旧房一比高大了不少，屋里四白落地，白灰吊顶，水泥地面儿，屋外青砖勾缝，新门新窗油漆锃亮，房檐两尺多宽，遮阳又防雨，活儿干得别提多地道了。

"弟弟，这是我家吗？"

"杨姐，房子是新盖的，您可能认不出来了，家具可没敢给您换，您进屋瞧瞧那些家具都认得吗？"

秀琴进了屋往四下里瞅瞅，惊喜地说："是我家，这真是我的新家呀！弟弟，姐姐谢谢你了。"

秀琴说着话给孙福鞠了一躬，抬起头时，两眼充满了泪水。

孙福心里美滋滋儿的。

秀琴说："弟弟，到底花了多少钱，你给我报个数，姐给你。"

"您怎么又来了我的姐姐，不是跟您说了吗，不用花您一个大子，都包在我身上了。"

"那怎么成啊，这么好两间新房，高大又敞亮，肯定花了不少钱，你要是不让我出钱，我住在里面不踏实呀。"

"您敞开了住，没什么踏实不踏实的。"

"这么着吧，正月十五那天，你把帮我盖房的那几个兄弟叫到我家来，我给他们煮元宵包饺子，顺便把账给你们结喽。"

"杨姐，就按您说的，我把他们哥儿几个拽到您家里温居，闹元宵，咱们好好乐和乐和，结账就免了吧。还是那句话，你甭跟弟弟客气。"

"来了再说吧，姐不能让你们受累还花钱。"

打这以后，杨秀琴和孙福的关系又进了一层，由普通同事关系，近乎于亲姐弟的关系了。在秀琴眼里，孙福虽说身上有点痞气，可他热心肠，在他们娘儿俩生活上有困难的时候，真出手帮助，很令人感动。秀琴自从丈夫走了以后，生活上失去了靠山，总是感觉心里发毛，一种说不出的恐惧时时折磨着她。现在，孙福出现了，虽说与他是姐弟相称，有时他就像自己男人似的，为她出主意，想办法，让她心里有了依靠，对孙福，一种特别的情感在秀琴心里慢慢孕育着。

孙福对这些一点儿没察觉，只是感到杨姐越来越疼自己了。每天上班，杨姐都给自己带点好吃的，她亲手做的小菜、豆包、糖三角，有时还做碗热腾腾的疙瘩汤装在饭盒里带给他吃，孙福心里热乎乎的。杨姐对他越好，他越想着要为杨姐出口气，一定要找机会收拾马大发。

孙福发现马大发有个习惯，他每天来工厂干的第一件事儿就是解大手，还只蹲最靠北墙那个茅坑。孙福曾问过马大发：

"马科长，您怎么不在家里解大手啊，厂里茅房又脏又臭的，有什么好的。"

"谁说不是呢。我住的是大杂院，院里就一个厕所，拢共仁茅坑，每天早上都得排队出恭。我们院里那几个厌小子，时常犯坏，占着茅坑不拉屎，成心憋老头，我们后院张大爷就让他们憋得拉了一裤兜子。我这是惹不起躲得起，才来厂里解大手的。"

孙福听明白了，马大发是没辙每天不得不在工厂里解大手，他心说就从这儿下手，好好折腾折腾这孙子。孙福在马大发常蹲的最靠北墙那个茅坑上做了手脚。他找了一把瓦匠用的刨锛，把茅坑边上的砖头撬下来几块，用刨锛都给敲掉了一个斜角，然后悄悄地又码放在原处。砖头表面是平的，下面是斜的，外表什么也看不出来，人脚踩上去，砖头吃不住劲，一下子就得滑到茅坑里去。为了不伤及无辜，孙福利用冬天滴水成冰的气候，给刨过的砖头下面浇上凉水，砖头很快就冻上了，别人踩上去一点事儿没有。准备停当以后，孙福就等着马大发上钩了。

第二天，孙福早早儿上班来了，他拿着铁锹把男厕所各个茅坑里的屎都铲到了马大发常蹲的这个坑里，还觉着不够，自己又亲自蹲上去拉了泡屎。他怕屎冻上，还从锅炉房提来了一大壶开水，每隔几分钟就往屎上浇点开水，始终不让它们冻上。他的小眼睛往厕所外面蹚摸着，贼着马大发。

马大发也该着倒霉，他今天闹肚子，夜里拉了好几次，一到厂里又憋不住了，捂着肚子就往厕所跑。孙福看得真真儿的，他赶紧把水壶里的开水往茅坑砖头上浇，砖头下面的冰化了，砖头松动了。孙福低头看了看放心了，提着水壶赶快跑了出来。

马大发只顾着低头往厕所跑，虽然与孙福碰了个照面，他也没看清楚是谁。孙福转回身看着马大发的背影儿心头一阵狂喜，他站在厕所外面听着动静。

"扑通"一声，接着听见马大发"哎哟，哎哟"地叫唤。孙福一蹦老高，摇头晃脑哼着京戏"我正在城楼观山景……"回了清洁工休息室。

秀琴每天上班都比孙福来得早，唯独今天孙福早早地就来了。秀琴看着自己喝水的把儿缸子里沏上了茶，她正纳闷呢，孙福大声笑着进了屋。秀琴问：“大清早儿的，你怎么这么高兴呀？”

"杨姐，您听了能乐晕喽。"

"什么可乐事儿，快说给我听听。"

"马大发掉茅坑里啦！"

"啊？哈哈哈哈……"秀琴笑弯了腰。

两个人都乐坏了。这时有人大声喊："清洁班有人吗？"

"有人。"孙福答应着推门走了出来。

后勤科小胡边喊边风风火火地跑了过来，对孙福说："孙师傅您赶紧换上工作服，跟我去趟厕所。"

"小胡，我说你可真够逗的，有拉人喝酒吃饭的，有拉人上厕所的吗？"

"孙师傅，我不是拉你上厕所，是请你帮个忙。"

"帮什么忙呀？"

"马科长掉茅坑里啦，我拽不上来他，请你帮我把他拉上来。"

"哎哟，这个忙我可得帮。"

孙福答应着，回过头坏笑着冲秀琴挤了挤眼，套上工作服和小胡奔厕所来了。

进厕所一看，马大发可糗大了，他下半身儿掉在茅坑里，两只胳膊搭在茅坑边上，正在那儿干号呢。

刚才马大发进了厕所，习惯地往最靠北墙那个茅坑边上一站，还没来得及脱裤子，脚下一滑，直接出溜儿进了茅坑里，脚也崴了，下巴颏儿磕在了茅坑边上，牙咬了舌头，血也流出来了。马大发本来就有洁癖，平时见什么都嫌脏，衣服总是洗得干干净净的。今天他两只脚全都踩在了稀屎汤里，恶心得直要吐，肚子里又特别内急，快憋不住了，他急着要从茅坑里爬出来，脚崴了使不上劲，茅坑边上又是冰，越着急越爬不上来，玩命一使劲，人没爬出来，肚子里的屎拉了一裤兜子。他都快气疯了，站在茅坑里大声喊着："来人呀！快来人呀！"

后勤科小胡正好上厕所吓了一跳，也顾不得脏了，上来就拉马大发，可他肉大身沉的，一个人拉不动，小胡说："您别着急，我找人去。"

小胡这才来找孙福帮忙。面对着狼狈不堪的马大发，孙福止不住偷着乐，甩片儿汤话这通恶心他："哎哟，这是怎么话说的，马科长怎么掉茅坑里啦，这臭了吧叽的，多恶心哪！"

　　马大发听到这句话实在憋不住了，"哇"一口吐了出来，黏糊糊的污物吐了满胸脯子。小胡赶紧捅了捅孙福说："恶心人的话就别说了，快帮我往上拉人吧。"

　　"是，是，我不说了，我再不帮你把他拉上来，这臭味儿非得把马科长熏出个好歹来不可。"

　　马大发闻听此话"哇"又吐了一大口。小胡急了，说："不让你说，怎么还说呀，甩片儿汤话上瘾是怎么着，存心看科长笑话呀！"

　　"得，得，得，我什么都不说了，赶紧拉人吧。"

　　孙福和小胡合力把马大发从茅坑里拉了上来，再看马大发，浑身上下，没一处干净地方了，孙福这时又说话了："科长，您现在是被屎浆子刷了一层漆呀，好嘛，就跟镀上了一身土金似的。"

　　马大发恶心得直哆嗦，他没辙了，一个劲地给孙福和小胡作揖，有气无力地说：

　　"二位，行行好，别再笑话我了，赶紧给我抬到职工浴室吧，我求求你们了。"

　　孙福心说你老小子也有今天呀，科长的派头呢，暴脾气呢，全他妈的让屎浆子糊上了吧。我就是要弄得你没脾气，恶心死你，替我杨姐出口恶气！

　　马大发在浴室里洗了俩钟头才出来，身上的脏衣服他全不要了，让小胡去他家取来了全套的干净衣服和鞋袜给他换上。马大发一瘸一拐地回到办公室后这个气呀，他把茶杯子和暖水瓶全给摔了，还觉着不解气，又把桌子上一大摞报纸抓起来一张张地撕了个粉碎。

　　小胡在旁边看着，大气儿不敢出，手里拿着笤帚和簸箕，马大发摔碎什么他就扫起来什么，倒进脏土箱子里。他边扫边叨咕："好不秧儿的怎么会掉进茅坑了，以前从没发生过这种事儿呀？"

　　小胡的话提醒了马大发，他一拍桌子，大声说："说得对！肯定有人害我。"

第四章

马大发的暴脾气在厂里是出了名的，他身边的人都怕他。他一拍桌子，小胡吓得就是一激灵，说："科长，谁会存心跟您过不去呀？"

"还能有谁，除了清洁班那两块料，厂里没人这么恨我。"

"杨师傅老实巴交的，她不会干这种害人的事儿，剩下就是孙福了，他跟您没冤没仇的，害您干什么呀？"

"你看孙福今天的那份德性，看见我倒霉，他幸灾乐祸，这通说片儿汤话气我，一丁点儿同情心也没有，就是这小子玩儿的坏，没错！"

"孙福有那么坏吗？"

"当然有了。一个劳改释放犯，什么坏招儿他都会使。小胡呀，你再去厕所看看，他动了什么手脚，让我一下子就掉进了茅坑。"

"是，我这就去看看。"

小胡不敢耽搁，一路小跑来到男厕所，站在马大发掉下去的那个茅坑旁边仔细地察看，茅坑边上的砖头换了两块新的，他站上去试着踩了两脚，很稳固。小胡回来报告，马大发听后哈哈大笑，小胡不解地问："科长您笑什么呀？"

"这案破了，我能不笑吗？"

"破了？您怎么破的？"

"小胡，你太老实了，你看不出这里的破绽吗？我今儿刚踩上茅坑边上的那块砖头，一下子就滑进茅坑里了，这就说明有人在砖头上动了手脚。你刚才去察看，那些砖头换新的了，这不是'此地无银三百两'吗？谁有机会老在厕所里折腾，只有清洁工有这个便利条件，除了孙福和杨秀琴还能有谁？男厕所卫生由孙福负责，我可以下结论了，孙福干的。"

马大发自负地点着头，左手两个手指头在办公桌上轻轻敲打着。突然，他左手握成了拳头重重砸在了办公桌上，大声对小胡说："去，把孙福给我找来。"

孙福趁马大发去浴室洗澡的工夫，着急忙慌地把厕所里他动过手脚的砖头换了。他心里清楚，如果不换这些砖头，过后马大发来查看就全明白了，我让他抓个现行，事儿可就大了，非得定我个"陷害领导"的罪名，把我开除喽。虽说换上新砖头也会让马大发怀疑，那就好找辙了，见招儿拆招儿呗。

孙福被叫来了，马大发坐在椅子上瞪着两只大眼珠子一动不动地瞪着孙福，足足瞪了五分钟。孙福站在他对面，斜瞄着眼盯着他。两个人谁也不说话，空气似乎都凝固了，彼此的心思都通过眼神儿释放了出来。马大发的眼神儿是恶毒的，它恨孙福到了极点，心说，你个劳改释放犯，用这么下三烂的损招儿害我，敢在太岁头上动土，纯粹是作死！孙福用挑衅的眼神儿瞄着马大发，心说，你个肥头大耳的家伙就是一头畜生，今儿个我就是要拾掇拾掇你，替我杨姐出口恶气，让你好好尝尝孙爷的手段，又奈我何？

马大发这时冷笑了两声，故作轻松地说："孙福啊，多大了，不是孩子吧，还这么淘气？咱俩谁跟谁呀，我看你表现不错还想给你转成正式工呢，用这么阴损的招儿害我，太不够意思了。得了，谁让我比你多吃了几年干饭呢，不跟你计较，以后可不许再这样对待领导了。说说吧小孙，今儿个为什么要这么干呀？"

"马科长，您说什么呢，我怎么越听越糊涂呀，您自己个儿掉茅坑里了，跟我有什么关系呀？"

"别装糊涂，就是你干的，我不是傻子。"

"你有证据吗？"

"证据在那儿明摆着，还用我提醒你吗？"

"还是提醒一下的好。"

"那好，我问你，厕所茅坑的砖头是你新换的吧？"

"我不换它，别人谁管呀？"

"承认是你换的啦？"

"有什么不敢承认的，这是我的工作呀。"

"你为什么要换它？"

"您洗澡的时候，我去厕所看了看，茅坑怎么会掉下人呢？敢情是茅坑边上的砖头碎了。我还纳闷呢，茅房的砖头不是又臭又硬吗？咱们厂倒好，武大郎卖豆腐，人尿货软，茅房的砖头，一踩就碎。再加上您的分量也忒重了点，它禁不住啦。我麻溜儿地把破砖头换了，要不然，指不定谁会接着掉下去呢。我这是在干好事儿呀，您不表扬我，反过来还怀疑我，这可真成狗咬吕洞宾不识好人心呀。"

"你——"马大发卡壳了，他突然意识到小瞧了孙福，没想到这坏小子轻描淡写几句话，给自己择得倍儿干净。马大发心说，孙福真是又贼又滑，如同池塘里的泥鳅，抓不住他的尾巴呀。

马大发毕竟是个老油条，他走过来拍着孙福的肩膀说："我听明白了。刚才问你的话都是工作需要嘛，小孙呀，别往心里去，没事了，干活去吧。"

孙福多贼呀，眨巴眨巴小眯缝眼儿，一琢磨马大发变招儿了，他的笑脸儿跟着就堆了出来，假迷三道地说："马科长，您没大事儿吧？用不用我推辆三轮送您回家歇着去呀？"

马大发心里干生气，他攥紧拳头，真想一记重拳，打孙福个满地找牙。可他有气发不出，如同是王八钻火炕，连憋气带窝火。他抬手将了将胸脯子，长出了口气，话中有话地说："不用，这点儿恶心事儿算个屁呀，我能栽在他手里，那也太小瞧我了。"

孙福从后勤科走了以后，小胡不解地问马大发："科长，您放过孙福啦，不生他气了？"

"放他妈的屁！不治了这小子我姓马的誓不为人！别看他现在得意，折腾不了几天，别以为我像个兔子似的好欺负，我是兔子成精，比老虎还厉害！早晚让我咬死他。"马大发说完话挥起拳头重重地砸在了桌子上。

孙福从后勤科出来，心里这叫美，哼着小调儿回到了清洁班。他关上屋门，在秀琴面前乐得直撅蹦儿。

秀琴也挺高兴，她笑呵呵地说："看把我弟弟高兴的，就因为马大发掉茅坑里了，你就乐成这样啊？"

"杨姐，你知道马大发怎么掉进茅坑里的吗？"

"谁又没推他，自己个儿掉茅坑里了，该着倒霉呗。"

"这事儿是我干的。杨姐，这次我可给你出气了，马大发让我气得放屁打饱嗝，上下都冒气。"

孙福接着就把自己干的损招儿和马大发掉进茅坑后的糗样儿跟秀琴学说了一遍，把秀琴乐得前仰后合。

"这么干，马大发没怀疑你呀？"

"能不怀疑吗？他把我找去一通威逼利诱，我给他来个软硬不吃，那老小子没辙了，乖乖把我放了回来。"

"小孙，这种事儿以后别干了，马大发不是省油的灯，要是让他抓到把柄，整人可狠了。"

孙福点了点头。

马大发把孙福放了回去，气儿没出了不甘心，仔细盘算着这个坏小子为什么要害我呢？他进厂后我们俩没红过脸，我没难为过他呀，见了面一直挺客气的，没什么过节，这里肯定有原因。马大发正琢磨呢，突然听见杨秀琴在院子里喊："小胡，我领把扫帚。"

马大发猛地一惊，明白了，拍着大腿说："就是为了她！"

马大发想到杨秀琴和孙福，整天在一起扫厕所，什么知心的话不说呀。他俩一个寡妇，一个光棍，干柴烈火的，很容易走到一块去。孙福为什么害我也就说通了，肯定是小寡妇把我上次要摆平她的事儿告诉孙福了，才招来这小子这么恨我。

马大发并不知道孙福性功能上有缺陷，他心术不正，以男女乱搞的心态来看待孙福和杨秀琴的关系，他越琢磨越不是滋味儿。

想明白了以后，马大发醋瓶子打翻了，妒火烧心呀。他心想，那天要是真把小寡妇干了，就凭她那胆儿小的性子，能把我怎么着，只能忍了呗。自己真是没福气，这么漂亮给劲的小寡妇愣是没能占为己有，白白便宜了坏小子孙福。这个劳改释放犯凭什么拥有这么好的女人呀，他哪点儿能和我比呀，除了比我年轻几岁，剩下的要钱没钱，要地位没地位，要模样没模样，他有什么能让小寡妇待见的呀？

马大发越是气恼，心里对孙福和杨秀琴就越放不下，这都成了他的心病。他有事儿没事儿老往清洁班跑，总想着偷窥他们俩的秘密。这天中午，人们都在吃午饭，马大发心病又犯了，连午饭也顾不上吃，直奔清洁班来了。

秀琴这些天心情特别好，她对孙福的情感又进了一步。在她看来，小孙虽说犯过错误，蹲了几年监狱，那不就是因为赌蛐蛐儿这点儿事吗？他俩在一起工作的这些日子，秀琴发现小孙是个有情有义的小伙子，好打抱不平，为了给自己出口气，不怕得罪马大发。虽然她也不赞成小孙搞的恶作剧，可事后秀琴也觉得挺解气的。她特地在家里包了饺子，煮熟后装在饭盒里给孙福带来了。

吃午饭的时候，孙福拿起饭盒刚要去食堂打饭，秀琴笑吟吟地说："别去食堂了，我给你带好吃的来啦。"

"杨姐就是疼我，给我带饺子来了。"

"你也太聪明了，怎么猜到的呀？"

"好吃不过饺子嘛，您说带好吃的来了，那一准儿是饺子。"

"姐给你带来的还真是饺子。来，张开嘴，尝尝好吃不好吃？"

说着话，秀琴打开饭盒盖，两个手指头捏出来个饺子送到了孙福的嘴边。孙福张着大嘴，刚要吃这个饺子，马大发拉开屋门正看到这一幕，他立刻醋意大发，阴阳怪气儿地说："哟，都喂上啦，还能怎么亲呀？"

秀琴顿时两颊绯红，急忙躲闪到了一边。孙福嘴里嚼着饺子，大大咧咧地笑了笑，说："马科长看不得我们姐儿俩亲热呀，这有什么呀，不就是吃个饺子吗？您想吃吗？坐下来一块吃。"

"我还没吃饭呢，你这一让我真饿了。秀琴包的饺子是够香的，我也尝尝，享享口福。"

说着话，马大发一屁股坐到凳子上，抓起一个饺子塞到嘴里，大嘴麻牙地吃了起来。秀琴急了，她走上来伸手抢过饭盒，红着脸说："你尝尝就行了，这饺子不是给你包的，你再吃我们俩中午饭就不够吃了。"

马大发尴尬地站了起来，说："我就是逗着玩儿的，你们吃，你们吃。"

回到自己的办公室，马大发气不打一处来，他抓起桌上的饭盒一甩手扔到了地上，米饭和菜撒得满地都是。

从这天起，马大发认准了杨秀琴和孙福在搞对象。他是过来人，从秀琴看着孙福那羞涩的眼神儿和通红的脸庞上，能看清这个女人的心思。他醋海翻波，又急又气，好比是掉进开水锅里的虾米，急红了眼儿，千方百计想招儿要拆散他们。

马大发行动了，他在后勤科，在全厂，到处散播杨秀琴和孙福俩人的谣言，说他们俩不正经，杨秀琴是破鞋，孙福是因强奸妇女被判的刑，还说他们俩工作时间在清洁工休息室乱搞，一时间厂子里谣言满天飞。秀琴和孙福也很纳闷儿，平时没人往清洁工休息室溜达，这些日子经常有人扒门缝往里看，还有人突然拉开屋门进来瞧瞧。

对这些反常的举动，孙福没当回事，秀琴坐不住了，出于女人的敏感，她心想这里面肯定有事。炊事班的王姐跟秀琴是无话不说的好姐们儿，她找王姐一打听全明白了，秀琴气坏了，哭着跑回了家。

夜里，秀琴说什么也睡不着，她披上衣服在床上坐了起来，脑子里乱极了。她把进工厂以来发生的事儿从头至尾想了一遍，眼前老有两个人影在晃动，马大发、孙福。这是她平时接触最多的两个男人，一个是她的科长，笑面虎，时刻在窥视着她，随时有可能欺负她，想起马大发秀琴不寒而栗。再一个是她的同事犹如她的亲弟弟，天天在一起工作，关心照顾她。想起孙福，秀琴就感到安全和温暖。

秀琴抬腿下了地，来到丈夫满仓的遗像前，双目凝视了许久，说："满仓，你在那边过得好吗？你知道我过的是什么日子吗？"

秀琴说到这儿眼泪止不住地流，她低声抽泣着，说："一个寡妇，最重要的就是名节呀！现在，我们科里、厂里到处都是糟蹋我名节的谣言。满仓，我要被谣言淹死了，要不是为了咱们的儿子铁蛋儿，我早就找你去了。满仓，现在有一个男人对我挺好的，他叫孙福。厂子里给我们俩造谣，说得可难听了，逼得我没路走啦。我想干脆就和他好吧，让他当我的靠山，这样别人也就不能再胡说八道，那个畜生马大发也就不敢再欺负我了，满仓你看成吗？"

秀琴边哭边说，一宿都没睡。

星期六，秀琴下班前对孙福说："小孙，你明天有空吗？"

"明天是星期日，我没什么事儿，就是在家里睡大觉。杨姐有事儿找我？"

"嗯。你明天中午到我家吃饭吧，我有事跟你说。"秀琴说完话，羞得两颊绯红。

孙福没注意到秀琴表情的变化，他高兴地说："太好了，明天又能吃饺子喽。"

星期日上午十点来钟，孙福高高兴兴地来到秀琴家，一看铁蛋儿没在屋里，问秀琴："杨姐，铁蛋儿呢？"

"我妈想他啦，孩子他舅舅昨天来接铁蛋儿去姥姥家住几天。"

"挺好，您一个人儿也过几天清闲日子。就您自己个儿住可要注意安全，用不用我找个姐们儿陪您住两天。"

"不用，我早习惯了。小孙，喝茶呀。"

"哎，喝茶。"

孙福端起茶杯呷了口茶，甜的。他抬起头问秀琴："杨姐，今儿您可是太疼我了，还给我沏糖茶水喝，您这唱的是哪出儿啊？"

秀琴脸"腾"的一下红了。她羞答答地说："甜吗？"

"那还用说吗，忒甜了，差点儿没齁儿着我。"

"小孙，你想一辈子都这么甜吗？"秀琴满脸通红，一直红到了脖梗子。

孙福咂摸出味儿脸也红了。他结结巴巴地说："杨，杨姐，您是要跟我……"

"跟你一辈子，你同意吗？"

孙福脑瓜子"嗡"的一下，乱套了。他是一点儿思想准备也没有，自从认了秀琴为姐姐，一直没往别处想。在他的眼里，秀琴心地善良，通情达理，是一个疼他爱他、知冷知热的好姐姐。在秀琴的身边，孙福找到了母爱，找到了家的感觉，他已经离不开这个姐姐了。可是，由于自己性功能上的缺陷，他从没有娶妻生子的奢望。今天这个好姐姐要和他往前走一步，孙福为难了，拒绝她，于心不忍；答应她，自己不配。孙福痛苦地寻找着答案，我现在应该怎么办？我怎么跟她说呀？

秀琴在旁边观察着孙福，发现他没有一丁点儿高兴的样子，还显得很痛苦似的，秀琴失望了，她的脸色由红变白直到发灰。她冷静地说："小孙，我不为难你，你要是觉得我配不上你，就直说，我能接受。"

"杨姐，我，我，我有苦说不出来呀！"孙福说完话双手捂着脸哭了。

秀琴平静地看着孙福，说："没什么大不了的，你要是同意，咱们就往前走一步，你要是不同意咱们就还是姐姐和弟弟。"

"杨姐，不是我不同意，您说我都三十大几的人了，能找到您这么好的女人做媳妇，那是积了八辈子德啦，我哪会不同意呢。"

"那是为什么呀？"秀琴感到很纳闷。

"我实话告诉您吧，我，我，我就不是个男人呀！"说完话，孙福呜呜地哭出了声。

孙福把自己年轻时对小凤儿姑娘耍流氓，被人家姑娘踢伤，造成终身性功能残疾的苦水全倒了出来。秀琴听得目瞪口呆，看着面前这个非常熟悉的人，突然间变得那么陌生，秀琴害怕了，止不住地浑身哆嗦着，孙福没注意秀琴表情变化，还在痛心地忏悔着，说：

"这是自己作的孽呀，谁让我年轻时不学好呢。杨姐，您是不了解呀，我底儿太潮啦，我原来比马大发还坏呢，我们俩是一类人呀。"

孙福掏心掏肺地向秀琴诉说自己不堪的过去，希望能让她了解自己，原谅自己。性格懦弱的秀琴没有悟出孙福的本意，吓坏了。她惊恐地说："什么，你们俩是一类人？你原来也是个坏人？我怎么没有看出来你？我怎么这么傻呀？"

秀琴说完话，转身趴在被卧垛上大哭了起来。孙福走到她身边轻轻推了推她，说：

"杨姐，你……"

"你别叫我杨姐，我不是你姐姐，你走吧，再也别来啦。"

孙福听秀琴说出这几句话眼泪流了下来，他知道现在说什么也没用，自己先回去，过两天找机会再来劝劝她。

孙福走了以后，秀琴失声痛哭，她怎么也想不到孙福竟然不是个真正的男人，自己满心满意要把后半生托付给他，可他亲口说比马大发还坏，他们是一类人。我怎么这么倒霉呀，周围接触的全是这么坏的人，我今后能有好日子过吗？铁蛋儿还那么小，孙福把孩子教坏了怎么办？天呀，我怎么能生活在这些坏人的身边呢？我得带着铁蛋儿赶紧逃出去！

孙福回到家喝了通闷酒，迷迷糊糊睡着了，夜里受了风寒，第二天发烧了，溜溜儿地病了一个星期才痊愈。病好后孙福来厂里上班，他来到休息室准备换工作服，进屋一看秀琴不在，打开抽屉秀琴的饭碗和把儿缸子也没了。他吃惊地跟后勤科里的同事打听，大家说秀琴辞职了，带着铁蛋儿回了老家。

孙福扔下工作服发疯似的跑到秀琴家，院门儿上了锁，孙福从院墙爬进去，屋门儿也上了锁，他趴玻璃窗往屋里一看，屋里全搬空了。一阵冷风吹来，孙福打了个冷颤，刺骨的寒冷从头凉到脚。他有气无力地坐在地上，眼泪一对对儿地掉下来，他悲伤地哭道："杨姐，你怎么走了？在咱们厂提起孙福就跟一泡屎似的，他们都嫌臭，躲得远远的，你来了以后不嫌弃我，还这么疼我，让我的日子有了奔头。你这一走，又回到了从前，这可让我怎么活呀！杨姐，你在哪儿，弟弟想你呀……"

——孙福躺在自己的屋里，回想着过去的往事，眼泪止不住地流着。这时一个女人甜美的声音从屋外传了进来："屋里有人吗？"

"杨姐，是杨姐看我来了。"

孙福惊喜地擦了把眼泪，一下子从床上蹦下来，推开屋门一看，高小燕左手端着面碗，右手端着菜盘子，笑盈盈地看着他，孙福哭了。

高小燕看着孙福，说："还生气呀，至于吗？你大彪叔就是那么个粗人儿，说话不走脑子，该说的说，不该说的也说，你别生他的气，得啦，我替他给你赔个礼儿吧。"

高小燕抬腿进了屋，顺手把面碗和菜盘子放在桌上。她回头一看，孙福像根木头似的傻愣愣地在那里杵着，又说："还愣着什么呀，这么好吃的菜还不趁热吃。"

孙福这才慢腾腾走过来，坐到了桌子旁边。高小燕看见了桌子上放着的汾酒瓶子顺手拿起来，说："就着这好酒，高姨陪你喝两盅。"

"对不住您高姨，这汾酒是我从您家顺的，我……"

高小燕不等孙福说完抢着说："嗐，什么顺不顺的，谁喝不是喝呀，咱们不说那个，现在就是高高兴兴地喝酒、吃饭。来吧大侄子，我给你满上。"

高小燕把两个酒杯倒满了酒，对孙福说："喝吧。"

孙福把酒杯举起来，在眼前晃了晃，又放到桌子上，眼泪止不住地又流了下来。

高小燕不解地问："你心里有什么不痛快的事儿吧，干吗这么难受啊？"

一句话又说到了孙福的痛处，他索性哇哇大哭起来。高小燕更纳闷了，她站起来走到孙福面前，推了推他，关心地问："孙福，你怎么了？"

孙福伤心地说："高姨，我心里苦啊！"

"别着急，慢慢说。"

孙福像个孩子似的哭了好一阵才止住。他坐在高小燕对面，痛苦地说："我三十大几的人了，不能娶妻生子，看着那些同学、发小们，人家现在都当爹了，孩子满地跑了。我就这么光棍一条，别说孩子了，病了连个倒水喂药的人儿都没有，您知道我心里有多苦吗？多盼着身边能有个说知心话的人儿呀。在厂子里好不容易碰上了一个对心缝的好姐姐，人家不嫌弃我，还表明了要嫁给我，谁想到跟她一说实话，她吓跑了，再想见，连影儿都没啦……"

孙福把他和秀琴的事一五一十地全对高小燕说了。

高小燕听孙福说完，感觉杨秀琴真是个好女人，她和孙福的姐弟关系听着真让人感动，她这么匆忙一走了之未免太草率了，对孙福打击也确实很大。高小燕正寻思着，孙福说话了："高姨您能帮我挪挪窝吗？"

"你不想在那家工厂干啦？"

"刚才跟您说了，我们那个后勤科长马大发就是个王八蛋，净想法子整我们。秀琴在的时候，我们俩能互相帮衬着，还能宽宽心。秀琴这一走，就剩下我自己个儿了，马大发什么气都往我身上撒，实在没法干啦。"

高小燕点了点头，说："那个姓马的，不是个好人，你在他手底下工作，确实不痛快。这么着吧，我琢磨琢磨，想法子给你找个新单位上班吧。"

"太好了高姨，我先在这儿谢谢您了。"

高小燕是个急性子，她第二天就到派出所找了张警官，跟他说了孙福的事儿。小张说："孙福是个临时工，工作调动比较简单，只要找好了接收单位，我们派出所给他出个证明就行了。我这里给他扫听着，高姐，您也给他打听打听，看看有什么合适的单位能要他。"

"好嘞，咱们都给孙福踅摸着。"

小张表情严肃，话锋一转说："那个马大发问题是很严重的，真要是像孙福说的那样，马大发对杨秀琴就是强奸未遂，是犯罪，要绳之以法。我会向分局汇报并通过街道党组织找到他们厂党支部，对马大发严肃处理。"

"对，像马大发这类坏人，不能让他逍遥法外。"

高小燕回到家，脑子里还在想着孙福工作的事。她心想，找谁说说能管用呢？这时儿子常小虎回来了。小虎五岁时就上了小学，今年十八岁，是大二的学生了。高小燕看着比自己高出一头的儿子，十分欣慰，她拉着小虎的手说："儿子，去看看金爷爷没有啊？"

"还没来得及呢，我喝口水就去。"

提起金老爷子，高小燕忽然眼前一亮，她自言自语说："对呀，找干爹商量商量去，老爷子朋友多，说不定能给孙福找个合适的工作单位呢。"

想到这，高小燕对小虎说："儿子，我找你金爷爷商量点事儿。今儿晚上吃锅挑儿，酱炸出来了，面条也擀出来了，在案板上，一会儿你爸爸回来你们爷儿俩先吃吧，吃完饭再去看金爷爷。"

说完话，高小燕麻溜儿地奔金老爷子家来了。老爷子如今喜欢上围棋了，正在棋盘前打谱呢。高小燕乐呵呵地说："干爹，您又琢磨围棋哪，小虎从学校回来了，一会儿让他陪您下两盘。"

"那可太好了。咱们家小虎就是聪明，学什么都快。就拿这围棋来说吧，半年前我还让他一先呢，现在跟他分先走，我下着都费劲，总是输多胜少。我琢磨着，再过俩月，他就得让我子了。"

"我跟小虎说说，叫他让着点儿爷爷。"

"那倒不必，不玩儿真的，下着没意思。"

"干爹，您能停会儿吗，我找您说点儿事。"

"说吧，什么事呀？"

高小燕把孙福的事儿跟金老爷子叨咕了一遍。

金老爷子听后点了点头，说："应该帮帮孙福啊，这小子变了。"

"您是说他变好了吗？"

"是。就拿他给秀琴家盖房的事儿来说吧，变化就很大。孙福以前是什么人？多鸡贼呀！只有他坑人骗人占人便宜的事儿，从来没见过他帮助过别人。这回对秀琴，可算是倾其所有，出钱出力给秀琴家盖新房，和他从前比是一个天上，一个地下呀。"

"干爹，您说的还真是这么回事儿。"

"再者说，他跟秀琴坦白自己的过去，这就是一个很大的进步呀！有谁愿意在外人面前诉说自己不光彩的过去，去揭自己见不得人的秃疮嘎巴儿？只有真心忏悔的人才有这个勇气呀。只可惜秀琴没悟出孙福的本意，反而被他不光彩的过去吓坏了，带着铁蛋儿辞职回了老家，实在是个误会呀。要是秀琴明白了孙福的本意，就不会跑了，即便是成不了夫妻，姐弟关系还是可以维持下去嘛。"

"可不是吗，我也挺替他们俩难受，怪可惜了的。"

"西晋思想家傅玄在《太子少傅箴》中说，'近朱者赤，近墨者黑'，一点儿都不假。孙福以前接触的是强子这些地痞流氓，他能学得了好吗，最后折腾进去了。现在他接触的是秀琴这样善良本分又老实巴交的好人，他的心灵逐渐地被洗礼了，让他由一个玩世不恭的小痞子一点点儿地往好了转变。"

"没错，干爹您看得真准。"

"要我说呀，孙福这是渐悟啊，逐渐明白了善恶，悟出了生活的真谛。等他真正觉悟了，就如老话说的'浪子回头金不换，衣锦还乡做贤人'了。我们要想方设法地帮助孙福逐渐转变，给他创造好的条件，争取把他变成个好人才是。"

"干爹，您说得太对啦，我也这么想的。孙福一个人儿过日子，多冷清呀，真是挺可怜的。要是工作再不舒心，整天以酒消愁，那保不准儿会变成什么人呢。咱们在这时候还得帮他一把。"

"是这么回事儿，得给他想想办法。我有几个老同学都是单位负责人，我跟他们打听打听，看看谁能接收孙福。"

"太好了，干爹，我可就指望着您了。"

"行啊，我明天就去找他们。你还有什么事儿吗？"

"没事儿了。"

"那就赶紧让小虎和我下盘棋吧，他回来了，我手都痒痒了，今儿个非得赢他一盘不可。"

"好嘞，我这就给您叫他去。"

高小燕耐着性子等了金老爷子一个星期，她估摸着干爹应该办得差不多了，星期日早上她又找金老爷子来了。

来到东小院，看见金老爷子一个人儿坐在围棋盘前复盘呢。高小燕说："干爹，下棋都是两个人儿对着下，您怎么自己和自己下棋呀？"

"我在打谱呢。上次我跟小虎下棋走了个大勺子，我们两条龙对杀，明明是我比他快一气，没想到他在一路跟我打劫，我的劫材不够啊，没办法，眼看着大龙愦死，中盘就撂了，真气死我了。"

"干爹，下棋就是个玩儿呀，您可别真生气，为它气坏了身子不值当的。"

"我就是随口一说，不会为盘棋真生气的。小燕，你找我是不是为了孙福调动工作的事儿呀？"

"我就是为这事儿来的。干爹，有谱儿了吗？"

"真差不离儿。我的老同学苏洋是一个中学校长，前天我去找了他一趟，跟他聊了孙福的事儿。他挺同情孙福的处境，跟我说，他们学校总务处仓库管理员老吴上个月退休了，正准备再配个管理员呢，要是孙福能来就不用再找别人儿了。"

"太好了，我这就跟孙福说去，谢谢您了干爹。"

"你把孙福找来，我还有几句话要嘱咐他。"

"知道了。"

高小燕兴冲冲地找孙福来了，进屋一看他正在费劲吧啦地洗工作服呢。高小燕二话不说，一把推开孙福，坐在了大盆前，帮着洗上了。

孙福不好意思地说："高姨，这工作服又脏又硬的，您别管了，还是我来吧。"

"你歇会儿吧，我洗衣服比你在行。以前我们那口子在天桥开跤场的时候，七八个人的脏衣服全是我洗，都干惯了。"

"谢谢您高姨，我给您沏茶去。"

"你甭忙了，大侄子，我有话跟你说。"

"您说吧，我听着呢。"

"你工作调动有谱儿了。金爷爷一个老同学是个中学校长，他们学校总务处缺个仓库管理员，这个工作你愿意干吗？"

"愿意，只要是不在马大发手底下干活儿，干什么工作我都乐意，谢谢您和金爷爷。"

"愿意干就好，回头我洗完衣服，咱们去你金爷爷家，他还有话对你说。"

高小燕三下五除二帮助孙福洗完了衣服，两个人说说笑笑地上东小院来了。见了金老爷子，孙福感激地说："金爷爷，让您替我操心了。想起以前我净惹您生气，真是觉得愧得慌。"

金老爷子看了看孙福，笑了。他对高小燕说："我说得没错吧，孙福变了。他知道惭愧了，这就是很大进步啊。孙福，你这份新工作是学校仓库管理员，技术含量不高，你能干得来。学校是教书育人的地方，对员工的素质要求是很高的。你到学校工作以后，要有基本的道德操守，不能打架骂人，不能酗酒，行动办事要讲礼貌。总之，你身上原来的那些痞里痞气的坏毛病都必须改掉，孙福你能做到吗？"

"金爷爷您放心吧，我这个人呀，见人说人话，见鬼说鬼话。碰上马大发那种人，我他妈说话没好听的。要是碰上老师和同学们，我也文明着呢。"

听了孙福的话，金老爷子和高小燕都笑了。

第五章

  第二天，孙福麻利儿地到厂里办辞职手续。手续办完后，孙福站在大土坡上看了看工厂，感慨不已，他想起了杨姐，也想起了马大发，心中仍有几分放不下。他下了土坡，来到清洁工休息室，拉开屋门走了进去，熟悉的两屉桌、更衣柜，那把大铁椅子都还是老样子，静静地摆放在原处。孙福轻轻抚摸着它们，说："老伙计们，咱们就要分别了，还真有点儿舍不得。"

  孙福从清洁工休息室出来后，不由得又来到了后勤科，一种复杂的心绪促使着他还要再见见马大发。他推开后勤科的屋门，坐在科长椅子上的人换成了小胡。孙福有些意外，他问道："马大发是不是又病了？"

  "他让公安局带走了。"小胡平静地说。

  "这老小子犯事啦？因为什么呀？"

  "具体的我也说不太清楚，只听说与杨秀琴有关。"

  "太好了！"

  孙福激动地从屋里跑了出来，对着天空大声喊道："杨姐，你听见了吗？马大发被法办啦，你的这口气，出啦！"

  孙福扯着嗓子不停地喊着，他真想让秀琴听到自己的声音，喊到最后，秀琴没有喊来，自己的眼泪流出来了。

  从工厂到学校，孙福工作环境有了很大变化。他每天到学校上班，心情都很轻松，特别是一些学生们见了他都习惯地叫一声"老师好！"，孙福心里美滋滋儿的，他有了一种受人尊重、被社会认可的感觉，似乎自己也是一名令人尊敬的教育工作者了。他从心里对高小燕和金老爷子又多了一份感激和报恩的心思。星期日，他买了些水果看金老爷子来了。

孙福进屋一看，高小燕正巧也在金老爷子家。他连忙给二位施礼，嘴里不住地说："谢谢二位恩人，我孙福能有今天，全靠了你们的帮助，今后一定找机会报答你们。"

高小燕乐呵呵地说："都一个院儿住着，街里街坊的，谁帮谁都是应该的，客气话甭老挂在嘴上。"

金老爷子问："新工作单位怎么样啊？"

"别提多好了。没想到中学生们都这么有礼貌，见了我的面儿，认识不认识的，都叫'老师好'！刚开始给我叫蒙了，也不知道该说什么了。俗话说傻子过年看街坊呗，没两天我就学会了。学生们再叫'老师好'，我立马儿向他们点点头，说上一句'同学们好'。怎么样，金爷爷，我这架势像老师不像？"

孙福边说边学着老师们彬彬有礼的样子，金老爷子和高小燕都让他逗乐了。

金老爷子语重心长地叮嘱孙福，说："进了学校啊看书学习方便，守着这么好的学习环境，尽量多读些书吧。你年岁也不大，正是学习的时候，看些好书充实自己，别把时间荒废喽。"

孙福点了点头说："金爷爷，我记住了。"

高小燕问："孙福，马大发的事儿你知道了吗？"

"知道了。我去厂里办调动手续那天听说的，马大发被公安局带走了，真叫一个解气！高姨，您怎么对我们厂的事儿也门儿清呀？"

"前两天我去派出所开治保主任会，小张警官跟我说了处理马大发的事儿。他对你挺关心的，让我告诉你在新单位好好干。"

"高姨，您再见到张警官，替我谢谢他。"

"小燕，处理马大发的事儿秀琴知道了吗？"金老爷子问。

"知道了。是秀琴把她那件被马大发撕破了的白背心交给了警察，才迫使马大发低头认罪的。"高小燕说。

"啊？杨姐找到啦，她现在住哪儿呀？我想看看她。"孙福急切地说。

"你想看秀琴就去呗。"高小燕说。

"这是怎么回事儿呀？"

"马大发被带走以后，厂领导又请回了秀琴，还让她在食堂工作。派出所张警官跟秀琴做了解释，消除了你们之间的误会。他们娘儿俩还住在老地方，你随时可以去看她。"

孙福听后激动得说不出话，两行热泪流了下来。第二天他迫不及待地来到了秀琴家，院门没上锁，孙福抬起手刚要敲门，又迟疑地放了下来，他想起了和秀琴分手那天她说的话："我不是你姐姐，你走吧，再也别来了。"

孙福尴尬地蹲了下来，掏出烟闷头抽着。这时就听见铁蛋儿在屋里说话："妈，您怎么包这么多饺子呀，咱们俩吃得了吗？"

"傻孩子，这是给你孙叔叔包的，那天他走得急，一个饺子也没吃，回到家就病了，我听说后心里挺不落忍的。咱们现在回来了，我寻思着，过了这么多天，你孙叔叔肯定想吃妈妈给他包的饺子了。"

听到秀琴和铁蛋儿的对话，孙福腾的一下站了起来，推开院门快步走了进来，嘴里大声地说："姐姐，弟弟看您来啦。"

秀琴赶紧从屋里迎了出来，看到多日不见的孙福，面容憔悴，消瘦了许多，秀琴走上来一把拉住了孙福的手，两个人都落了泪。孙福说："姐，我想你呀，你走后，我每天都惦记着你们娘儿俩。"

"好弟弟，姐姐回来再也不走了。"

姐弟二人再次相认，手拉着手，有说有笑地进了屋。孙福兴奋地对秀琴说："姐姐，马大发被抓起来了，您知道了吧？"

"知道了。前些日子民警同志找我了解马大发的事儿，我对他们全说了。民警同志说，'时间过去半年多了，要想惩办马大发，得有证据才行。'我想起了让马大发撕坏了的那件白背心，上面有马大发的血。那是我和他撕扯时把他的手抠破了，他的血流到了白背心上。民警同志见到白背心后说，'有这件物证就好办了。'"

"姐，您怎么这么聪明啊，还知道留下物证？"

"嗐，我当时也没想那么多，就想着不能让马大发白毁了我的衣服，我要让他赔。第二天到厂里找马大发，他病了没来上班，我就把这件白背心收在箱子里，想着等马大发上班了，再拿上它找马大发算账。没想到马大发得了重病，半年多才好利落。等他上班后，我想他也遭报应了，算了吧，就没再找他赔白背心。"

"这就叫该着！马大发现在肯定是把肠子都悔青了，那管什么用啊，晚了！"

孙福和秀琴都开心地笑了。

孙福低头瞅见桌上的饺子，感慨地说："又能吃到姐姐包的饺子，真是好啊。不怕您笑话，有几次夜里做梦，我都梦见您做的饺子，醒了一看，嘴边还流着哈喇子呢。"

秀琴笑了，说："你这么馋呀，没出息！"

"没办法，谁让姐姐做的饺子忒好吃了呢。对了，杨姐你能再多包几个饺子吗？"

"这么多还不够你一个人吃的？"

"不是我吃，我想带回去和金爷爷一起吃。老爷子也是一个人儿过日子，挺不容易的。这次要不是他帮忙，我还调动不了工作呢。我以前也坑过他一顿饭，这次还他一顿饺子，也就算补上我的过了。"

"包饺子没问题，我再多拌点馅儿，咱们今儿晚上带着饺子一起去看看金爷爷。"

"好嘞，我杨姐就是个爽快人儿。您做馅儿，我帮您和面。"

当天晚上孙福和秀琴娘儿俩一起看金爷爷来了。进屋一看，董二爷也在呢。孙福高兴地向他们介绍秀琴娘儿俩："二位老爷子，这是我姐姐秀琴和她儿子铁蛋儿。"

铁蛋儿乖巧地叫着："爷爷好。"

"嘿，看这个小小子儿嘴儿多甜呢，这就是妈妈教育得好啊。秀琴呀，我们早就听说你了，你是个称职的好母亲，也是位善良仁义的好姐姐，孙福慢慢转变好了都是受了你的影响呀。"金老爷子热情地说。

秀琴听后脸红了，说："金爷爷，您过奖了。我也常听孙福提起您，您是让我们晚辈尊重的老爷子呀。今儿个见了您，特别亲切，我也没给您带什么好东西来，就是给您包了几个饺子，您和董二爷尝尝吧，要是爱吃，我以后常给您包。"

董二爷没听说过秀琴，坐在一边心里直纳闷，他问孙福："从我给你们家拉包月起，你们家什么事儿我不知道啊，你什么时候有了个姐姐呀？"

孙福乐了，他眨巴眨巴小眯缝眼儿，故意逗董二爷："老爷子，您岁数大啦，健忘了，这位姐姐是我爸爸二房生的。"

秀琴使劲推了孙福一把，说："去你的，净瞎说。"

"你小子放屁！你爸爸孙有财抽大烟差点没把你卖喽，他会有能个儿娶二房？简直是胡说八道。"董二爷红着脸争辩着。

金老爷子说话了："孙福啊，你开玩笑也不分个人儿，董二爷是谁呀，可着咱们太原会馆大院，就数他最门儿清你们家的事儿，你能蒙得了他？"

"嘿，我怎么忘了'骗子最怕老熟人儿呀'。"

大家伙儿都乐了。

秀琴赶紧拿出了饺子，说："金爷爷，董二爷，你们先坐会儿，我煮饺子去，马上就好。"

董二爷说："我吃过晚饭了，你们吃吧，我先回去了。"

临出门儿时，董二爷对金老爷子说："金大哥，我们俩的事儿就烦劳您和小燕了，日子定在国庆节吧，喜庆。不是我着急，现如今我黄土埋半截了，再渗着黄花菜都凉啦。"

"放心吧，董二兄弟，就按你的意思办，一准儿办得体体面面、热热闹闹的。"

"得嘞，让您受累了，我可就在家等着了。"董二爷说完话，哈哈大笑着出了屋。

"董二爷有什么喜事儿呀，这么高兴？"孙福不明白地问。

"大喜事儿，董二爷找到了英子姑娘，他们国庆节要结婚了。"

"什么？这可是天大的喜事儿呀，董二爷找英子姑娘，太原会馆大院谁不知道啊，真找着啦，这是多大缘分呀！"

"可不是吗，人们常说'十年修得同船渡，百年修得共枕眠'，这缘分来得太不易呀。"金老爷子感慨地说。

"没错。您说英子姑娘掉河里就没影儿了，二十多年后董二爷又把她捞回来了，这缘分深不见底儿了。金爷爷，董二爷是怎么找到英子姑娘的，您给我们说说呀。"

金老爷子脸上露出了得意的笑容，他神秘地说："英子姑娘是我给找回来的。"

董二爷今年六十五岁，要娶媳妇了，这本身就是件新鲜事儿，何况他要娶的媳妇是他失散了多年的未婚妻，是一个从悬崖上掉到河里失踪了的姑娘，这怎么说都让人是丈二的和尚摸不着后脑勺呀。

说起这件事，那可就有年头儿了……

二十世纪三十年代，北京城里正在闹日本，小鬼子欺负中国人是无恶不作。西四牌楼药店掌柜白先生的女儿英子姑娘生得俊俏，让日本兵看上了，要强娶为妻。白先生施计让女儿逃脱，自己则被日本兵追杀。在生死关头，白先生让拉洋车的董二救下。英子姑娘倾慕董二哥的侠义之举，对他是一见钟情。在双方老人的赞许下，两人订了婚。在订婚的第二天，白先生带着女儿和董二进山采药，为董二的老母亲治病。不承想，英子姑娘在采药中从悬崖上掉了下去，被山下的河水冲走了。

董二悲痛欲绝，可他并没死心，脑子里老想着英子姑娘对他说的最后一句话"有河水托着我呢，死不了"，从此董二长年累月地寻找英子姑娘，始终没再娶妻。

金老爷子和董二爷是贴心的老哥儿俩，董二爷曾托付过金老爷子，他说："金大哥，您画画儿常进山里写生，要是去门头沟那边的大山里，您可别忘了帮我找找英子，她就是从那个地界儿的山上掉到河里的。我估摸着她没死，早晚有一天能够找到他。"

金老爷子为老兄弟的痴情不悔曾伤心落泪，他心想，这一晃几十年过去了，英子还在人世吗？就算她大难不死活了下来，她也是别人家孩子的奶奶了，跟董二爷还有多大关系呢？

金老爷子心里虽然这么想，可他不愿意让老兄弟伤心，总是答应他，也很认真地帮着找英子姑娘。

一九六五年夏末的一天，金老爷子进山写生，来到了门头沟的大山里。他被山里的美景陶醉，只顾着低头画画儿，忘了抬头看天儿。山里的天儿如同娃娃的脸儿，说变就变，刚才太阳还晒得人出油呢，转眼就是大雨倾盆。金老爷子让大雨淋得措手不及，浑身上下浇了个精湿冰凉。他慌不择路，抱着画板一个劲地瞎跑，最后在山里迷了路，怎么走也出不了大山。

金老爷子在深山老林里顶着雨摸着黑地走着，他是又冷又饿又害怕，他心说，这西山连着太行山呢，要是走错了方向麻烦可就大了，个数来月也出不了大山呀，我就是饿死在山里也没人知道啊。越是这么想心里越起急，深一脚浅一脚地使劲走，稍不留神还摔一跤，画板也扔了，人也掉进了水坑里，连滚带爬的，弄得跟个泥人儿似的，狼狈不堪。

雨渐渐停了，金老爷子也走不动了，他坐在石头上大口大口地喘着气，冷汗顺着脖梗子往下流。他绝望地往远处看了看，漆黑的大山，死气沉沉的。突然，他发现半山腰上似乎有一点亮光，金老爷子兴奋了，他知道有亮光的地方就是有人家儿，自言自语说：

"遇上户人家，我就有救了，真是命不该绝呀！"

他重新打起精神，奔着亮光的地方摸了过去。又走了个把时辰，总算看到这处房屋了。这是家农舍，两间低矮破旧的小屋，屋前面开垦出了一小片空地，种着玉米、蔬菜等农作物。金老爷子有气无力地走过去叫门："开门呀，劳您驾开门呀！"

"谁呀？"屋里面一个中年妇女的声音隔着屋门问道。

"我是来山里画画儿的，遇上大雨迷了路，求您开门给口水喝吧，我实在累得不行了。"

屋门"吱扭"一声开了道缝，屋里边的人隔着门缝仔细地打量了金老爷子一番后，敞开了屋门，说："这位大哥您进来吧。"

"得嘞，打扰您了。"

金老爷子迈步进了屋，借着油灯的光亮他看清了屋里有两个女人，给他开门的这位妇女，四十多岁的年纪，瓜子脸大眼睛，虽说人到中年了依然很精神。另外一位是个老年妇女，大约七十多岁，腰不弯，背不驼，身子骨很硬朗。

中年妇女招呼道："这位大哥，您先坐下歇会儿，喝杯水吧。"

她给金老爷子倒了杯热水，接着问道："您是哪儿的人呀？"

"我是城里人，是个画画儿的，到山里来画景儿，没想到赶上场大雨，再加上黑灯瞎火的，找不着回家的道儿了。这不，晕头转向地撞到您的门上，给你们添麻烦了。"

"大哥您甭客气，我们山里人有这个规矩，凡是拍门求救的，都要伸手帮一把。"

她从灶膛里拿出了两块热腾腾的烤白薯，送到金老爷子面前，说："大哥，您饿了吧，山里也没什么好吃的东西，您吃两块白薯垫补垫补吧。"

"谢谢，谢谢，我已然饿得前心贴后背啦，就不跟您客气了。"

"大哥，您把外衣脱了吧，我给烤烤，穿着湿衣服，容易着凉。"

"哎哟，这让我说什么好啊，谢谢大妹子。咱们这聊半天了，我还不知道您二位贵姓呢？"

"我们家姓刘，那是我婆婆。"

"噢，您爱人怎么没在家呀？"

"走了，二十几年前山里发大水，让山洪冲走了。"

"哟，我问了不该问的，对不起。"

"没事儿，已经习惯了。"

金老爷子喝了杯热水，又把两块烤白薯都吃了，他咂着嘴儿说："这烤白薯真香呀。"

"您吃饱了吗？灶膛里还有呢，我再给您拿两块？"

"饱了。我平时也就吃一块的量，上了岁数，没那么大饭量，今儿是饿极了，才吃了这么多。"

"爱吃，您走的时候再带上几块。"

"那哪成啊，这就很不好意思了，哪有连吃带拿的道理呀。"

"白薯是我们自家地里种的，有不少存货呢。过俩月一闹天儿大雪就封山了，我们就靠着玉米和白薯顶着，得挨到明年开春呢。"

"大妹子，你们一直住在这山里呀？"

"是，几十年了，就在这山里转。我们那口子活着的时候三天两头进山打猎，弄些山货贴补家用。我和婆婆就在这屋前面种些玉米、白薯，这是全家人的口粮。他走了以后，家里就没人打猎了，我和婆婆守着这块地过日子。"

"不易呀。在这大山里住着倒是清静，就是交通不太便利。远的不说，大妹子就是回趟娘家也费劲吧。"

"嗐，娘家早没人啦，打一过门儿我就没回过娘家，从没出过这大山。"

"你娘家也住在山里吗？"

"我娘家是城里人。"

"噢，府上是做什么的呀？"

"我爹是个大夫，我们家在西四牌楼开着个小药店。"

"什么？你们家在西四牌楼开了药店？大妹子，我跟你打听个人，你可知道西四牌楼有个开药店的白大夫？"

"我爹就姓白呀。"

"哦，会有这么巧？那我再问问你，白大夫的闺女英子姑娘你可认识吗？"

"我就是英子，您怎么知道我呀？"

"哎哟，我的老天爷呀，总算找到了！老兄弟，你没白等这么多年！"

金老爷子欣喜若狂，激动得泪水止不住地往下流。

英子是一头雾水，问："这位大哥，您怎么对我们家的事儿这么清楚？您是谁呀？"

"英子，你还记得董二吗？"

"董二哥，我当然记得，苦命的好人，他也早走了。"英子平静地说。

"哪儿的话，他活得好好的，一直在找你，这么多年他就没娶妻呀！"

"什么？我的二哥哥还活着！"英子哇哇地大哭了起来。

金老爷子在一边也不住地擦着泪。坐在旁边的老年妇女吃惊地看着他们俩，嘴里发出了"喔喔"的声音，金老爷子这才明白，原来她是个哑巴。

哭了好一阵英子才止住了哭声，她抬起头看着金老爷子说："这位大哥，您说的这些事儿都是真的吗？您贵姓呀？"

"我姓金，住在太原会馆大院，我和董二兄弟住前后院。我们哥儿俩进山找你有七八年了，董二兄弟不死心，他老对我说：'英子说了，有河水托着她，死不了，我早晚能找到她。'董二兄弟就靠你说的这句话支撑着，愣是找了你半辈子呀！"

听到这句话，英子泣不成声了。

"英子，你是怎么到了这个地方的？这些年你是怎么过的呀？"

听到金大哥的问话，英子止住了哭声，她把自己的遭遇原原本本地讲了出来……

当年，为了给董二哥的老娘医治偏瘫病，英子的父亲白大夫提出到门头沟大山里采摘野生的豨莶草，这种草药对治疗偏瘫病疗效显著。进了大山以后，在一处悬崖下边长着两棵豨莶草，英子主动系上绳子要下崖采摘。白先生不放心地嘱咐女儿："慢点儿下崖，看着点儿脚底下。"

英子说："放心吧，我掉不下去的。就是掉下去了也没关系，下面儿有河水托着我呢，死不了！"

英子顺着山崖下到了绳子所能延伸的最低处，在她的脚下长着两棵水灵灵的豨莶草，绳子短了点儿就是够不着。英子使劲拽了拽，绳子已经到头了。她不甘心放弃，情急之下她犯了一个致命的错误，把腰上缠了几圈的绳子解开了，用一只手攥着绳子头，另一只手一伸，刚好够长，她立马儿拔出了那两棵豨莶草。

英子暗自高兴准备再把绳子系好，这时意外发生了。她突然感觉到头顶上有种恐怖的声音，抬头观看，有条大蛇正吐着芯子向自己爬来。英子吓得"啊"地大叫一声，双手本能地去捂脸，攥着绳子头儿的手松开了，她立刻成了自由落体，一头栽进了山崖下面的河水里。当时就摔晕了，整个人立即被湍急的河水冲走了。

英子顺着河水漂了没多远，河面上漂着一根大木头撞到了她的腰上，她猛地疼醒了，伸出两只胳膊死死抱住了这根大木头，随着它顺流而下。也不知道漂了有多远，在一个河水转弯处，水流慢了下来，英子和木头漂到岸边停下了。英子想爬上岸，可腰疼得不能动弹，她抱着木头昏昏沉沉地睡着了。

第二天早上，有个住在附近的大娘抱着洗衣服盆来到河边，她一眼看见了英子，惊得她把洗衣服盆扔在了旁边，三步并作两步地跑了过来。她摸了摸英子的鼻子，还有气息，使劲摇晃英子的身子，嘴里发出了"喔喔"的声音。英子慢慢苏醒了过来，看到眼前这位慈善的大娘，英子哭了。

"大娘，这是哪儿呀？"

"喔喔，喔喔。"大娘嘴上出着声音，双手使劲地比划着。

英子明白了，大娘是个哑巴，但耳朵不聋，能听到自己说话。英子大声说："大娘，您能找个人来把我抬走吗？我腰疼得动不了窝。"

大娘比划着告诉英子，这里就她一个人，找不到外人。英子看明白了大娘的手势，急得哭了起来。大娘用手势安慰着她，表示要把她背走。

"大娘，不行呀，我一点儿都动不了，我爬不到您背上去。"

大娘也着急了，汗水顺着脸颊流了下来。她擦了把汗，低头看了看英子趴着的地方，有主意了。她用两只手在英子的身子下边刨了起来，河边是松软的沙土和细泥，刨着不太费力，很快就刨出了一个坑。大娘爬进了坑里，把她背在身上，刚要往起站，英子疼得"啊"地叫了一声，大娘吓了一跳，自己索性不站起来了，背着她在地上爬。

大娘家住在半山腰，她背着英子一寸一寸往家爬，山上的石头划破了她的衣服，她也不理会，继续爬，皮肤让石块磨破了，鲜血流了出来，她咬着牙，坚持着往前爬，爬！

英子看到大娘的身后洒下了一路的血迹，她在大娘的背上心疼得哭了，她说："大娘，您停下吧，再爬您会受不了的。"

大娘摆了摆手，擦了擦头上的汗，继续爬。终于爬到了大娘的家，她又费了很大的力气把英子抱起来，放到了床上。大娘累得全身的衣服都让汗水湿透了，她抹了一把脸上的汗，赶紧烧热水给英子擦洗身子，接着她又找出来几件干松的旧衣服给英子换上，英子感动得不停地流着泪。

"大娘，这儿就您一个人住啊？您家里没别人啦？"

大娘摇了摇头，叹了口气，比划着告诉英子，自己的老头子没了，有个儿子跟自己一块住，今天他进山打猎去了，要过个两三天才能回来。提起儿子，大娘脸上露出了幸福的笑容，她告诉英子，儿子特别孝顺她。

"大娘，您儿子多大啦？"

儿子三十岁了，还没娶媳妇。大娘比划到这儿停住了，她下意识地看了看英子，不自然地笑了笑。

"大娘，您怎么了？"

大娘冲她摆了摆手，拿起英子换下的脏衣服又去河边洗衣服了。

三天以后，大娘的儿子打猎回来了，收获还真不小，他身上背了三只野兔，手里还攥着一只山鸡，兴高采烈地冲着屋里喊道："娘，我回来了，您看我给您带什么来了？"

大娘不在屋，她到河边挑水去了。小伙子推门进屋愣住了，怎么自家炕上躺着个大姑娘呀？他惊讶地问："你是谁呀？"

"我是英子，你是大哥吧？大娘挑水去了，一会儿就回来。"

"你怎么躺在我们家呀？你病了？"

"我在山里采药，不小心从山崖上掉到了河里，河水把我冲了过来，我的腰受伤了，走不了路，是大娘救了我。"

"噢，是这么回事呀。我叫虎子，救你的是我娘。你歇着吧，我把这些兔子给你炖喽，补补身子，好得快点儿。"

说完话，虎子低头出了屋。英子心里十分感动，她心想，这娘儿俩都是这么好的人，自己让他们救了，真是不幸之中的万幸呀。

英子住在屋里，大娘的儿子再住屋里就不方便了，他在屋前面搭了个窝棚，自己住在里面。英子虽说过意不去，也没有更好的办法，她心里充满了感激。大娘每天不仅给英子做饭吃，还给她擦身子，接屎接尿，英子感动得哭了好多次。

英子整天躺在床上下不了地，虎子进山采摘了一些草药，回到家捣碎了，糊在英子腰上，使英子的病痛有所减轻。一晃两个月过去了，英子还是下不了地，大家都很着急，英子更是心急如焚。她估摸着爹娘和董二哥非得急坏了不可，她对虎子说："虎子哥，我爹娘就住在门头沟的山里，麻烦你能不能替我去看看他们，别让他们太着急。他们也都上了年岁，找不到我非急出个好歹来不可。"

"英子，你安心养病，我明天就去找他们。"

虎子第二天就奔了门头沟，由于地方太大，英子也没说清楚具体地点在哪儿，虎子白去了一趟，什么也没找到，空着两手回来了。英子急得直哭，虎子安慰她说："别着急，过两天我再去一趟，总会找到的。"

就这样，虎子接连又去了两次。最后一次他还真找对了地方，可没见到人。回来后他对英子说："我这回可能找对地方了，屋里没人。我跟村里人一打听，他们都说那屋里住着一个疯老头，整天往山里跑，说不准什么时候才回家呢。"

"什么？那是我爹吗？我爹疯了？我娘呢？"英子号啕大哭。

"也许我找错了门，英子你别往坏处想。以后得工夫我再去找找。"虎子极力地安慰着英子。

英子止住了哭声，她对虎子说："虎子哥，我觉得你肯定找错了门，我们家不会那么倒霉的。"

"英子，你这伤光靠这些草药不行，好得太慢了。我看得找大夫来治你的伤呀。"

"那怎么行呢，请大夫上家来给我看病，要花不少钱呀。"

"英子你别着急，我想好了再多去打几次猎，多卖点儿山货，攒够了钱给你看病。"

英子感动地点了点头。第二天，虎子就出门打猎去了。三个月以后，他真把大夫请到家里来了。大夫给英子按摩推拿结合针灸治疗效果显著，英子能从床上坐起来了，又治疗了几次，英子的两条腿可以下地了。虽说独自走路时腰还有些疼，但毕竟不用老躺在床上，也不用大娘再给她接屎接尿了。大夫在最后一次治疗时对她说："你现在伤已经好多了，我以后可以不来了。"

"大夫，我腰还疼呢，以后怎么办呀？"

"姑娘你甭担心，我是不来了，我可以教你一套操，是专门治腰病的。你每天做三次，坚持做些日子，就好利落了。"

"真的吗？"

"没问题。我的病人有一些上了年纪的，也跟你一样伤了腰，他们坚持做这套操，没多长时间伤病都好利落了，你这么年轻，肯定好得快。"

英子着急回家见爹娘，积极配合大夫治疗腰伤。大夫怎么说，她就怎么做。她每天认真做操，病情明显好转。半年以后，英子全好利落了。

这一天，英子主动给大娘家做了晚饭。吃饭的时候，英子在大娘面前跪下了，她哭着说："大娘，大哥，你们是我的救命恩人，我一辈子也忘不了你们的大恩大德。我出来这么长时间了，得回家看看父母，以后我时常回来看你们。"

大娘的眼泪流了下来，她把英子拉起来，又把虎子拉了过来，示意他们两个给自己鞠个躬。英子明白了大娘的意思，脸红了。虎子脸也红了。他不好意思地说："娘，您别这么着急，还不知道英子同不同意呢。"

"大娘，虎子哥，你们对我这么好，'不同意'这话我实在说不出口。可我有对象了，我这次进山采药就是为了给我对象的娘治病。虎子哥也是个好人，只是他晚了一步……我，我，我真不知道怎么说好了。"英子急哭了。

虎子很豁达，他笑了笑，说："不算事儿，这不算什么。既然英子已经有人家了，那就跟人家走吧。我祝福你们！"

大娘很伤心，她舍不得英子走，哭了一个晚上。

第二天，英子依依不舍地离开了大娘家。虎子陪在英子的身边，送她回门头沟的家。英子已经走出老远了，回头看时大娘还站在半山腰的屋门前向她招手，时不时地用袖口擦拭眼泪，英子也是泪眼模糊了。

虎子看着英子难受的样子就主动与她拉话，他说："回去看看老人，有什么需要我帮忙的，就回来找我。"

"虎子哥，我会时常回来看你和大娘，一辈子都孝顺她老人家，从今儿往后我就是她的亲闺女。"

"好的，英子妹妹，咱们今后就是一家人，常来常往。"

虎子和英子边走边聊，不知不觉已经走了很远，天黑前他们进了村。英子高兴地说：

"虎子哥，这就是我姥姥家的村子，我和爹娘分手前就住在姥姥家。他们肯定在这儿等着我呢。"

英子说完话，蹦蹦跳跳地走到前面去了。虎子在她的身后紧张到了极点，心提到了嗓子眼儿。这个村他上次来过，村里人告诉他这屋里的老太太走了老头疯了，整天喊着闺女的名字往山里跑，劝都劝不回来。虎子知道情况后没敢对英子实说，她当时伤得很重下不了地，说实话怕她接受不了。这次英子回家，心地善良的虎子坚持陪着回来，就是怕她知道实情后想不开。

英子对这严酷的现实没有思想准备，虽说虎子上次曾含糊地对她说过："我这回可能找对地方了，屋里没人。就有个疯老头，整天往山里跑……"英子从没有想过父母会突然地离她而去，因此宁肯相信虎子是找错了地方，也不愿意往坏处想。

第六章

　　英子来到自己家门前，惊呆了，院门和屋门都是敞开的，屋里乱七八糟，桌子上、床上都是很厚的一层尘土，一点儿没有家的样子，如同一个破庙似的。

　　一种不祥的预感向英子袭来，她十分惊恐，说："我们家怎么成了这样？我爹娘呢？虎子哥，你上次来过我们村吗？"

　　虎子说："我当时找到的就是这个院。"

　　"爹，娘，你们在哪儿呀？女儿回家啦，你们出来看看我呀！"

　　英子哭喊着跑出了院子，虎子紧紧地在身后追着她。虎子边追边说："英子，我记得你说过，你舅舅也住这个村，你去他家问问不就全清楚了吗？"

　　虎子的这句话让英子停住了脚，说："对呀，大舅肯定知道我爹娘上哪儿了，去大舅家。"

　　英子撒腿往大舅家跑，虎子寸步不离地跟着她。到了大舅家门口，英子也顾不得敲门，一把拉开门就进了屋。大舅全家人正在吃晚饭，冷不丁的英子闯了进来，把大家吓了一跳。大舅傻愣愣地站起来问："你是谁呀？"

　　"我是英子呀，大舅，您不认识我啦？"

　　"英子，你还活着？"

　　"我这不是好好的吗？你们以为我死了？"

　　"哎哟，我的英子呀，你怎么不早点回来呀！"大舅和舅妈全哭了，孩子们也跟着哭了。

英子哭着说："我摔伤了，是这位虎子哥和他娘救了我，我一直在他们家养伤。大舅，我爹娘好吗？他们去哪儿了？"

"他们……他们全走了！"

"啊？"英子听到这句话一阵眩晕站立不稳，直挺挺向后倒了下去，虎子伸手托住了她。英子放声大哭，舅舅和舅妈哭得也很伤心。

英子哭着问："我爹娘是怎么走的？"

舅妈说："那天你从崖上摔下去，你爹急坏了，在山里连着找了两天，没见着人影，回家一说你娘就急了，她进山又找了你两天，还是什么也没找着，她想不开在山里上吊了。你爹急火攻心疯了，整天往山里跑，劝都劝不回来，上个月他也走了。你们家出事儿后，我们都不敢告诉你姥姥，怕老太太受不了，我那老丫头小萍子不懂事儿，嘴上没把门儿的，她跟你姥姥一说，老太太心口疼病犯了，没几天也走啦。"

英子都要哭晕了，虎子在旁边一直劝着她。英子问："舅妈，我爹娘和姥姥都埋哪儿了，我得去看看他们。"

"离这儿不远，就在北边山上咱们村的那片坟地里。"

"我现在就看他们去。"

"英子，你先歇口气儿。现在天儿都黑了，上山的道儿不好走。明儿早上让你舅带着你们一块去。今儿晚上你和这个小伙子就在我们家凑合着住一宿吧。"

"舅妈，谢谢您。"

"谢什么呀，这不是应当的吗？你爹娘都走了，这儿就是你的家呀。"

听到这句话，英子上来紧紧地抱住了舅妈，娘儿俩都哭了。

大舅说："你们俩孩子还没吃饭吧？孩子他娘，赶紧的，给他们拿两双筷子。"

"虎子哥，你吃吧，我不吃了。"

"我也吃不下。"虎子说。

英子悲伤至极，在大舅家哭了一宿。大舅和舅妈也没睡着，老两口为姐姐一家人的遭遇悲伤落泪。第二天早上，大舅对舅妈说："早点做饭，英子昨晚上一口饭都没吃，这孩子心重啊。"

"是呀，英子小小的人儿遭这种难，哪受得了啊。大姐和姐夫活着的时候，英子就是他们的娇宝贝儿呀，爹娘天天围着她转，从没分开过。这冷不丁的再也见不着了，搁谁也受不了啊。"

"行啦，咱们别说了，回头要是让英子听见，又得哭了。你去做早饭吧。给英子做碗热汤面，放点儿香油，再卧个鸡蛋，香香的，哄着英子吃下去，要不然非得病不可。"

"知道了，我这就去做饭。"

工夫不大，一碗香喷喷的热汤面做好了。舅妈把英子叫了起来，看着她两只哭肿的眼睛跟个桃儿似的，心疼极了，说："孩子，往前看吧，人死不能复生，你爹娘在那边也会惦记着你的。今后你得学会照顾自己啦，该吃吃，该喝喝，保护好身子才是最要紧的。来吧，把这碗热汤面吃喽，你闻闻，多香呀。"

英子感激地看着舅妈，眼圈又红了。大舅走过来说："孩子他娘，你就做了一碗面呀，虎子昨晚上也没吃饭。"

"知道，知道。锅里还有呢，我这就给虎子盛去。"

吃了早饭，大舅带着英子和虎子直奔埋葬英子爹娘的坟地来了。坟地在村北半山坡的一片小树林里，全村故去的人都埋在这里。大舅来到两块插着木牌子的坟前对英子说：

"这就是你爹娘的坟。"

英子的眼泪唰的一下就流了出来。她跪在爹娘的坟前放声大哭道："爹，娘，你们走得太急啦，丢下英子不管了，女儿今后可怎么活呀！"

大舅和虎子在一边不住地擦着眼角的泪水。虎子走上前来把纸钱和供品递给了英子，祭拜老人。英子哭了许久不肯离去，虎子把她扶起来刚要往家走，英子看见爹娘坟旁有一座坟上也插着块木牌子，她不经意地瞥了一眼，顿时惊得站立不稳，牌子上两个大字像两把锋利的匕首刺入了她的眼睛。英子抬手揉了揉眼睛，再仔细看看，牌子上面"董二"两个字很清楚。

英子两腿一软瘫倒在地上。虎子赶紧过来扶她，问："怎么啦，又看见什么了？"

英子手指着牌子哭着说："董二，他就是我的二哥哥呀，他也想不开和我爹娘一道走了。我的命怎么这么苦啊，身边儿的亲人全走啦。"

大舅和虎子也很震惊，他们走上前来看了看，牌子上确实写着"董二"两个字。大舅轻声问英子："这个董二就是你对象吗？"

英子哭着点了点头。大舅心里很难过，说："这孩子心也忒重了，年纪轻轻的就这么想不开，太可惜了。"

英子此时是悲痛欲绝，脸色苍白心如死灰，傻愣愣地跟着大舅往家走。到了大舅家，英子躺在床上就起不来了，她水米不进两眼发直，别人叫她，她也不理。这一下把大家都急坏了，大舅赶紧请来了大夫给英子把脉，大夫说："她是急火攻心、悲伤过度所致，需要针灸和服汤药慢慢调理，方能痊愈。"

"大夫，您千万要治好了这孩子，她太可怜了。"舅妈哭着说。

大夫点了点头，当即给英子扎了针，接着又开出了药方。大夫说："这张方子里有几味药咱们这儿没有，城里的大药铺才能抓齐喽，药买回来赶紧给病人喂下，千万别耽搁，要不然病情就会加重。"

大舅一听急了，抄起药方就要进城抓药，虎子赶忙接过药方，说："进城道不近呢，您老歇着吧，我去抓药。"

"虎子，让你受累了。"

虎子二话没说，急匆匆地走了。

他心里着急，连跑带颠的当天由门头沟到北京城里打了个来回，累得他气喘吁吁，浑身上下如同水洗了似的全湿透了，回到村里已经是后半夜了。他敲开了大舅家的门，上气不接下气地对大舅说："药，英子的药。"

大舅很感动，他一把拉住虎子的手说："好小伙子，让你受累了。吃饭了吗？"

虎子摇了摇头，大舅赶紧对舅妈说："孩子他娘，快给虎子做饭去，这孩子饿一天了。"

虎子急忙说："不用做了，深更半夜的，让舅妈睡觉吧，我忍忍，明早上一块吃吧。"

第二天吃完早饭，虎子起身告辞，他对大舅和舅妈说："我出来好几天了，得回家看看我娘，她还在家里等着我呢。我看英子的病也见好，过两天我再来看她。"

"得嘞，我们也不留你了，快回去看你娘吧。这两天让你受累了，有空就过来玩儿。"

大舅和舅妈送走了虎子，回到院里，大舅说："多好的一个小伙子呀，通情达理，对咱们英子是知冷知热呀。"

"可不是吗，我看他俩挺般配的，英子跟了虎子绝错不了。"

"我也是这么看，既然英子的对象人都走了，也就没什么放不下的。她和虎子都没成家呢，我看虎子也对咱们英子有那个意思。等英子病好喽，你跟她叨咕叨咕，给他们俩撮合成了，我那老姐姐在地下也就安心了。"

虎子回到家，把英子家的遭遇全对娘说了，老太太哭得跟个泪人儿似的，她比划着告诉儿子，一定要多疼疼英子，这姑娘太可怜了。虎子点了点头，第二天就进山打猎去了。

三天以后，虎子是满载而归，打了好几只野兔和山鸡。虎子说："娘，这野兔给您留下两只，其余的我带上去看英子。"

虎子娘摇了摇头，她笑眯眯地把所有猎物都塞到了虎子的手上，让他带给英子。虎子明白娘的心思，激动得红了脸。

虎子来到英子的大舅家，大舅和舅妈都很高兴，他们告诉虎子，英子见好，这两天也吃饭了，你好好劝劝她，往开了想吧。虎子不住地点头。

英子见到虎子，眼圈又红了，说："虎子哥，真得好好谢谢你。听舅妈说，那天我生病，你急着给我进城抓药，一天都没吃饭，连夜从城里赶回门头沟，我听后就哭了。我爹娘和董二哥虽然都走了，可我在这个世界上还有亲人，我大舅和舅妈，还有你和你娘都是最疼我的人，我并不孤独。虎子哥，我说得对吗？"

"对呀。上次送你回来的时候，你说我娘就是你的亲娘，咱们就是一家人了，我们都是你的亲人。咱们都还年轻，今后的路还长着呢，要想活下去，就必须坚强。拿我娘来说吧，她受的苦难比咱俩都大，可她特别坚强。英子，你知道我娘是怎么哑的吗？"

"大娘是怎么哑的呀？"

"我娘原本会说话。在我十岁的时候，遇上了天灾，庄稼歉收，狠心的老地主硬逼着农户交租。我爹去跟他们理论，爹说：'天灾这么厉害，再交租，我们全家都得饿死，这租子今年说什么也交不上了。'老地主一听就急了，叫手下人把我爹绑起来打，打得他死去活来的。我爹就是不改口，他们就把他吊在场院里，要把他活活饿死。我娘知道后拿把镰刀夜里去救我爹，她趁着看守睡觉的空隙砍断绳子，把我爹背回了家。她怕天亮后地主再找上门来抓人，连夜带着我爹和我逃到了山上，在山洞里藏了起来。当时跑得急，一些吃的用的都没来得及带上。第二天我娘不得不回家去取，一不小心被老地主的手下人抓着了，他们打我娘，逼她说出我们藏在哪儿。我娘让他们打急了，一口咬掉了自己的舌头，誓死也不说出自己的亲人。"

"大娘真是个烈性子呀。后来怎么样了？"

"在场的乡亲们都看不下去了，他们纷纷出来为我娘说话。老地主看我娘失血过多脸色惨白，人快不行了，担心这个女人死在他手上晦气，才放了我娘。等我娘带着吃的，挣扎着爬到山洞里和我们见面时，她的嘴角还在往下流血，人已经不能说话了。我和爹看她没了舌头心疼极了，全家人抱在一起放声大哭。"

"你爹后来怎么样了？"

"我爹被老地主打伤以后，伤了元气，特别是看着我娘伤得那么重，他心里窝火，一下子就气病了，家里没钱买药治病，不到半年他就去世了。我娘为了躲避老地主的欺压，带着我进了山。我们在山上开出了一小块地种粮食，勉强能够生活下去。我十五岁开始就上山打猎，我们娘儿俩就这么相依为命地走到了今天。"

英子听完虎子的话，两只眼睛哭红了，她对虎子说："大娘真是太不容易了，那天她为了救我，背着我在地上爬，石头把她皮磨破了，鲜肉都露出来了，她也不怕，坚持把我背到家。大娘就像我的亲娘啊，她人太好了！虎子哥，我现在特想大娘，你明天带我去见她行吗？"

"行呀，我娘也想你呢，咱们明天就回家。"

第二天早上，英子收拾好东西后和大舅、舅妈辞行。英子说："大舅、舅妈，你们是我最亲的人，等你们老了，我像孝敬爹娘一样地孝敬你们，请你们受英子一拜。"

英子说完话跪倒在地，给大舅和舅妈磕了头。舅妈哭着把英子从地上拉起来搂在怀里，说："英子，大舅和舅妈就是你的亲人，这儿就是你的家，什么时候想我们了，回家来看看。你这次去了虎子的家，就留下吧，别忘了我昨天对你说的话。"

英子红着脸点了点头。

英子和虎子出了大舅家，照直地奔虎子家来了。一路上，英子一言不发，只是低头走路，哀伤的情绪始终缠绕着她。虎子看英子这份难受的样子很心疼，就东拉西扯，天南地北的给英子讲了很多新鲜事儿，想着法子让英子高兴。虎子说："英子，你到我家以后，我带你去打猎吧，可有意思了。"

"打猎得会打枪射箭的，我什么都不会呀。"

"不用打枪射箭也能打猎。"

"是吗？那怎么打猎呀？"

"就说这打野兔吧，根本不用使枪，下套索就行。英子，你知道野兔的习性吗？"

"它有什么习性呀？"

"野兔有三个习性：头一个是昼伏夜出，也就是白天睡觉夜里出来活动。第二个是喜欢走固定的老路，走的次数越多的路，它觉得越安全，就老在这条路上走。第三个是一旦钻进了猎人下的套，它不会掉头逃跑，而是不顾一切地往前冲，套子越套越紧，野兔也就跑不掉了。"

"虎子哥，你说得挺容易，山林子那么大，你怎么知道野兔走哪条路啊？"

"这个好办。要想找到野兔的影子，我们猎人有两个绝招儿，一个是看爪子印，再一个是看野兔拉的屎。野兔每天晚上都出来活动，它走过的地方都会留下新鲜的爪子印，只要看到这个，离抓到它们也就不远了。野兔的屎，模样就跟蛤蟆骨朵儿似的，新鲜的屎是黑色的，时间长了就成浅色的了。只要在一处地方看见了野兔的爪子印，又看见了新鲜的野兔屎，猎人就可以下套了。"

"下了套就能逮到野兔吗？"

"八九不离十吧。我们下套都选在野兔常走的路中间，在地上钉个木橛子，套索固定在上面。野兔总是循着它走过的道快跑，对前方的细套索不敏感，当它被套住后，都是拼命向前挣扎，结果越套越紧，一抓一个准儿。"

"虎子哥，看来抓野兔也有窍门儿呀。"

"是的。英子，去年为了请大夫来家给你治腰伤，我就用这种办法抓野兔，最多一次下了百十来个套，三天之内抓了几十只野兔，连着干了三个月，真抓了不老少。我把它们全拿到集市上卖了，总算把给你治腰伤的钱凑足了。"

英子心里很感动，说："虎子哥，谢谢你，要不是你这么没日没夜地在山里打猎，靠着卖山货挣钱帮我治腰伤，我根本站不起来，哪有今天呀。虎子哥，你真是个好人。"

听英子这么说，虎子有些不好意思了，说："这点小事儿不算什么，不就是些野兔和山鸡吗，没什么大不了的，英子你甭老挂在嘴上。"

英子有些兴奋了，说："虎子哥，山鸡会飞，下套逮它们就不行了吧？"

"那是当然了。不过这里面也有窍门儿，掌握了这些窍门儿逮山鸡也不是什么难事儿。"

"是吗，山鸡怎么逮呀？"

"山鸡的繁殖期在每年三月初到六月初，这时候它们常露面，尤其是公鸡，毛色好看，非常容易发现。每天一早一晚，公鸡总是找很显眼的地方显示自己，这时就特别好逮到它们。再有，每年九月中旬，小山鸡都长大了，开始合群了，它们没被人逮过，没有经验，警觉性不高，这时放箭射它，一打一个准儿。"

"虎子哥，现在都九月底了，还能打到山鸡吗？"

"不算太晚，运气好的话兴许能打到几只。"

"太好了！虎子哥，到了家你带我去打猎行吗？"

"行。咱们到了家看看娘，就进山打猎。"

英子笑了，脸上泛着红光，一双美丽的大眼睛也有了精神。她和虎子边走边聊，天黑前到了虎子家。

虎子娘这两天心里盘算着，英子年纪轻轻的，亲人都走了，我得好好疼疼这闺女。英子的对象也走了，她和虎子的亲事就能成了，我得先准备着。虎子娘立刻动手忙了起来。她从屋前面的玉米地里刨了几十棵玉米秆捆扎成排，在屋子中间一戳，当成了隔断墙，一间屋子立马儿变成了两间。虎子娘把自己的被卧褥子搬到了外间屋的炕上，把虎子和英子的被卧褥子搬到了里间屋的炕上，结婚的新房就算有了。她又把屋子归置得干干净净、利利落落的，累得气喘吁吁满头大汗。她抬手擦了擦脑门儿上的汗，看着自己的劳动成果，满意地笑了。

"娘，我们回来了。"

听到虎子的喊声，虎子娘高兴得双手一拍，兴冲冲出了屋。看到英子姑娘，刚几天不见呀，她就消瘦了许多，眼皮都哭肿了，虎子娘两行热泪忍不住流了下来。英子更是难以抑制悲伤的心情，她哭着叫了声"大娘"，便一头扎进虎子娘的怀里，娘儿俩是抱头痛哭。

虎子心里也很难受，看她们娘儿俩哭得那么伤心，赶紧上来解劝："娘，英子，伤心的事儿都过去了，别老想这些了，留神哭坏了身子。"

听到儿子的话，虎子娘止住了哭声，她抬手擦去了英子脸蛋儿上的泪珠，比划着说，咱们不哭了，遇事儿往开了想吧。

英子终于止住了哭声，说："大娘，您和虎子哥对我这么好，我这次回来就不走了。"

听到英子的这句话，虎子娘高兴得眼泪又流了出来，她赶紧擦了擦，拽起英子进了屋。虎子和英子进屋一看，屋子中间多了道玉米秆墙，他们明白了老人的用意，脸立刻羞红了。虎子娘坐到了炕头上，她把虎子的手和英子的手拉到了一起，示意他们俩给自己行婚嫁礼。

英子这次没有拒绝，她双腿一弯跪在了虎子娘的面前。虎子娘扭头看了看儿子，虎子也赶紧跪下了。英子说："娘，从今儿往后咱们就是一家人了，我和虎子哥一起孝敬您。"

虎子也说话了："娘，从今儿个起，您有儿媳妇了，咱们一家人和和美美地过日子。"

说完话虎子和英子给娘连磕了三个响头，虎子娘幸福的泪水流了下来。她把两个年轻人拉了起来，比划着问他们婚事打算怎么办，英子说："怎么办都成，我听虎子哥的。"

虎子说："咱们是穷人家，没什么可讲究的。我明天带着英子进山打猎，多打几只野兔和山鸡，再摘些蘑菇和山野菜，准备出一桌饭来。我去趟英子的大舅家，把大舅一家人请过来吃顿饭，热热闹闹地把婚事办了。英子，你看成吗？"

"挺好的。"

虎子说干就干，他把打猎的家伙什儿准备齐全，第二天一大早儿带着英子就进山了。初次进山打猎，英子兴奋极了，她高兴地说："虎子哥，你知道吗，我小时候最高兴的事儿就是跟着爹进山采药，特有意思。现在跟你进山打猎我更喜欢，觉得特新鲜还挺神秘的，就盼着立马儿见到那些欢蹦乱跳的野兔和山鸡。"

"快了，一会儿就能见到它们。"

虎子说完话从腰里抽出了一把猎刀交给了英子，说："你拿着这把刀防身，山里有狼。"

英子听了很紧张，问："它们吃人吗？"

"没那么厉害，它们白天见着人都躲着走。夜里咱们住在窝棚里，在门口点上两堆火就没事儿了，这些畜生见了火光都害怕。我给你这把刀就是让你壮壮胆，心里踏实点儿。别说狼不敢靠近咱们，就是它们真来了，有我在，保你一根汗毛都伤不着。"

英子把猎刀攥在手里，上下比划了两下，兴奋地问虎子："虎子哥，我像个猎人吗？"

"不光是像猎人呀，看你这架势，跟穆桂英都差不多。"两个人都开心地笑了。

这时虎子突然蹲了下来，低头看着地面。英子紧张地问他："虎子哥，你发现了什么？"

"看，野兔的脚印。"

"是吗，太棒了！"英子兴奋得睁大了眼。

虎子顺着野兔的脚印往前走了几步，回头高兴地对英子说："快看，野兔新拉的屎。"

"真是呀，黑色的。"

"咱们可以下套了。"

虎子说完话迅速拿出套索，钉在了地上，说："咱们今天夜里再回来收它们。"

"夜里黑灯瞎火的，怪瘆得慌的，干吗不等天亮了再来收野兔呀？"

"等天亮了恐怕只能收野兔骨头了，它一准儿会被狼吃喽。我们得抢在狼前面把猎物收走才行。"

"噢，是这样啊。我们跟狼抢猎物多危险呀，它伤了咱们怎么办？"

"这个你甭担心，我们每人手里举个火把，狼绝不敢靠近我们。"

"咱们今天夜里还能睡觉吗？"

"打猎就是很辛苦的，没白天没黑夜的。我每次打猎都带着大黄做伴。它真是条好狗，我夜里睡觉，它给我站岗，我白天上山，它给我驮东西，遇到危险，它总是冲在我的前面。"

"我这次回来怎么没见着大黄呀？"

"上个月它让山下边的猎户老魁头借去配狗了。要不然咱们也不用这么累，这些打猎的用具大黄都能帮我驮着走。"

虎子边说边干，很快十来个套索就安完了。他又带着英子继续往前走，在前边一处茂密的草丛前，虎子又蹲了下来，英子赶紧跑了过来，低声问道："虎子哥，又发现野兔了？"

"山鸡。"

"太好了！"英子高兴得直拍手。

"小点声，别惊了它。"

英子赶紧捂住了嘴，瞪大了眼看着虎子。只见他轻轻地抽出了弓箭，拈弓搭箭，弓满箭飞，嗖的一声，正射中二十米开外公山鸡的翅膀，山鸡惊叫着从树上摔了下来。英子兴奋得一蹦老高，她伸着大拇指说："百步穿杨，一箭中的，虎子哥，你太神了！"

英子乐得咯咯儿的，撒腿跑上前去，紧着抓弄了几下，薅住了还在扑腾翅膀的山鸡，回头对虎子大叫道："活的，虎子哥咱们逮到了只活的！再逮只母山鸡，回家让它们孵小鸡，以后咱们就省事了。"

看着英子天真快乐的样子，虎子爽朗地笑了。

他们俩连着在山里转悠了几天，虎子和英子满载而归，他们拢共逮了八只野兔、三只山鸡，英子还采摘了一篮子蘑菇和山野菜。两个人高高兴兴地回到了家，虎子娘看着摆了一地的山货，冲着英子伸出了大拇指。英子不好意思地说："就有一只山鸡是我射中的，其余的全是虎子哥逮的。"

虎子娘听说英子也射中了山鸡，更高兴了，她又伸出了一个大拇指，两个大拇指使劲在英子眼前晃动，英子开心地乐了。

虎子走过来说："娘，英子，地上的这些山货咱家留下一半办喜事用。余下的我给大舅家送去，再接他们来参加婚礼，你们看行吗？"

虎子娘和英子都点了点头。英子说："从大舅家到咱们家道可不近呢，大舅和舅妈都上了年岁，走不了这么老远。"

"我有办法。山下老魁头骑马打猎，这些日子他身子骨儿不得劲，在家歇着呢，我借他的马套挂大车接大舅正合适。"

"人家打猎用的马你牵来套大车，他乐意吗？"

"没事儿，我和老魁头交情深着呢，他借咱家大黄配狗，我二话没说就让他拉走了。这次借他的马，他不会不乐意的，顺便还能把大黄带回家呢。"

第二天虎子还真用老魁头家的马套挂大车，拉着英子和山货出门儿了，大黄也跟着回来了。来到大舅家，全家人看到英子姑娘几天不见跟换了个人儿似的，愁云哀伤的情绪都没了，精精神神，显得更漂亮了。舅妈看着英子高兴地说："这才是从前的英子呀。看来虎子家对英子真不错，这孩子过得开心，我们也就放心了。姐姐、姐夫在地下也可以闭眼了。"

当天下午大舅全家人坐着虎子的大车进山了。虎子娘几十年来头一次见到这么多亲戚来深山里看望她，可是高兴坏了。她给孩子们拿煮熟了的山鸡蛋吃，又捧出炒得嘎嘣脆的玉米豆，接着又从灶膛里捡出香喷喷的烤白薯，端到了大家的面前。大舅家的孩子们觉得很新鲜，虎子娘拿出什么好吃的，孩子们都抢着吃，嘴上连着夸好吃，虎子娘乐得两眼眯成了一条缝。虎子也很高兴，他不住地给大舅和舅妈茶碗里添茶水，人家喝一口茶，他就上来添上一次茶水，弄得舅妈直告饶，她说："虎子，你这孩子太实在，老往我茶碗里添水，我都快撑着了。看把你累的，满脑袋都是汗，别忙活了，坐下歇会儿吧。"

虎子不好意思地抹了一把脑门上的汗。舅妈回过头对大舅说："虎子娘儿俩都这么实在，人性都这么好，咱们英子算是摊上好人家儿了，这孩子今后的日子错不了！"

大舅不住地点着头，说："虎子家虽说穷了点儿，人好比什么都强。咱们英子能看上虎子，就是冲他人好这点儿来的。"

第二天上午，虎子和英子都换上了结婚穿的衣服，来到了长辈们的面前。舅妈仔细地打量着新人的穿戴，她看着新郎新娘穿的都是旧衣服，虎子的裤子上还有两块补丁，只是洗得干干净净的，不由得眼圈红了。她心想，英子是黄花大闺女，出阁连套新衣服都做不起，这要是爹娘都健在，说什么也不会这么寒酸地就把女儿嫁出去呀。她无奈地叹了口气，抬手擦掉了眼角的泪水。

虎子和英子没有在乎这些，一对儿新人手拉着手，高高兴兴地站在大家面前，一拜天地，二拜高堂，夫妻对拜之后，虎子把英子抱了起来，嘴上念叨着"送入洞房"，他撩起里屋门上的草帘子，把英子抱进了屋。大舅家的孩子们看着他们二人的背影儿都激动地拍起了巴掌，虎子娘和大舅、舅妈的眼里都充满了泪水。

结婚仪式虽然很简单，婚宴真不含糊，兔子肉、山鸡肉管够，可以往饱了吃。蘑菇和山野菜，菜量也很大，随便吃。只是酒不多，全算上也就多半瓶酒，这还是虎子从老魁头那淘换来的。

结婚以后，三口之家日子过得其乐融融。他们在自家门前的山坡上铲除了荒草和杂树，把石头挑出来垒成土坝，又从河边挖出泥土运到土坝上，在原有平地的基础上又新平整出了一片地，等来年开春种上玉米和白薯，秋后这些庄稼收获了，一家人就能囵囵着吃饱肚子了。

这年冬天下雪早，家里的粮食不够吃，虎子带上大黄进山打猎，英子总是跟着一起去。他们找到野兔藏身的洞穴以后，大声喊叫跺脚，用木棍敲打地面，点燃干草，用烟熏野兔窝，千方百计地惊动野兔，逼得野兔从窝里逃出来。山坡上都是雪，野兔跑不快，虎子撒开大黄就追，不一会儿的工夫野兔就跑不动了，趴在地上喘着气，大黄飞奔过来，一口叼住野兔的脖子，欢蹦乱跳地把猎物交到了虎子的手上。靠着这些山货做补充，虎子一家人熬过了这个寒冷的冬天。

第二年春天，英子怀孕了，全家人都高兴得不得了。虎子进山打猎次数更多了，他心里打定了主意，每天都让英子吃上肉，要让自己的孩子在娘胎里就能吃得足足的，长得棒棒的。虎子娘对儿媳妇更是没的挑，她不让英子干任何家务活儿，自己挑起了全部生活重担。英子特别感动，她看着已经年过半百的婆婆整天地操劳，脸上的皱纹更深了，白头发更多了，心疼得直掉泪。

虎子每次打猎回来都不空手，总是把猎物挂在身上，神气十足地出现在娘和老婆面前。每到这日子口儿，全家人就像过节似的喜气洋洋的。虎子娘杀鸡宰兔忙着炖出一大锅肉来，肉熟了她先盛出来一大碗端到英子面前，盯着儿媳妇吃光喽才算完。英子看着婆婆心满意足的样子，心里感到很幸福，甜蜜的笑容总是浮现在脸上。

可是他们谁都没想到，幸福是那么短暂。这一年雨水特别多，从春天起，三天两头的就下场雨。到了夏季天儿，雨水更勤雨量更大了，山上土地的含水量已经饱和，大大小小的石块都让雨水冲得松动了，一场巨大的灾难正在逐渐酝酿着。

这一天虎子带着大黄打猎归来，山里又下起了大雨。他心里惦记着娘和媳妇，撒腿往家就跑，还是晚了一步，在离家二三十米的地方，虎子看见娘带着媳妇从屋里跑了出来，紧接着屋子就被洪水冲塌了，娘和媳妇都掉进了水里，正在拼命地挣扎。虎子急眼了，他把身上背着的野兔和山鸡全扔了，大声喊着："娘！媳妇！"

虎子照着她们俩就冲了过去。他总算在水里抓住了一个，一看是媳妇，虎子二话不说，玩命地把媳妇拽到了土坡上。英子大口大口地喘着气，手指头指着前面说："娘，娘还在水里呢。"

"我去救娘，英子你先在这儿歇着。"

英子这时就感到肚子里刀绞似的疼痛，鲜血顺着裤腿往下流。虎子低头一看，当时就哭了，他哭喊着："血，英子你出血了！"

"先别管我了，快去救娘。"

"我去救娘，回来带你看大夫！"

英子怎么也想不到，这竟是虎子跟她说的最后一句话。虎子再抬头时，娘已经没影了，他一下就慌了神，顺着水边哭喊着，奔跑着。突然，他看见前面不远的地方，大黄从水里冒出了头，它的嘴里死死地叼着娘上衣的脖领子，正在艰难地往水边游。虎子兴奋地大喊着："大黄好样的！"

虎子一猛子钻进水里，拼尽全身的力气向娘游了过去。他很快游到了娘的身边，使劲抓住了娘的胳膊死死不放手。虎子拼命往水边游，大黄也在一边帮着拽，终于把娘拽上岸。虎子和大黄都累坏了，大黄有气无力地趴在岸边一动不动，虎子顾不上歇口气儿，抱着已经昏迷了的娘拼命拍她的后背，给她控水，嘴里不住叫着："娘，醒醒，您醒醒呀！"

由于抢救得及时，工夫不大娘总算缓过气来了，虎子抱着娘哭了。娘的眼泪也流了下来，她有气无力地比划着问虎子：英子，英子怎么样了？

虎子哭着说："娘，英子流血了，她下身流了很多血呀！"

虎子娘一听就急了，强挣扎着站起来，虎子赶紧扶住娘，向英子坐着的土坡走过来。大黄看着虎子走了，它四条腿打着哆嗦，艰难地站起来，吃力地跟在后边。眼看着离英子不远了，这时极恐怖的一幕发生了，山上一块足有房子大小的石块松动了，它后面是一股强大的泥石流推动着它狂野地向山下碾压过来。

虎子看得真切，他不顾一切地抱起娘往山坡上猛跑，已经来不及了，泥石流先是到了他的脚面，瞬间就到了腰部，虎子拼尽全力把娘推到岸上，他大吼着："娘，抓住树枝子，千万别松手！"

虎子娘死死地抱住了一棵树干，回头再看儿子，他已经被泥石流吞没了，虎子娘撕心裂肺地哭啊。英子在不远处看得清清楚楚的，她用尽全身的力气，拼命哭喊着："虎子哥，虎子哥！"

让人想不到的是大黄此时拼命了，它一头扎进泥水里，叼住了虎子的衣角要往岸上拽他。一股泥水将它打了下去，它顽强地钻出水面，叼着虎子的衣角没有撒嘴，又一股水流把它打了下去，它又拼命地钻出来。一股水流接着又是一股水流不断地向它压下来，大黄体力耗尽，渐渐沉入了水底。几天后，当洪水和泥石流退去，人们在山下边发现了大黄，它已经死了，嘴里还死死地叼着一块虎子的衣角。乡亲们看着这条忠诚的义犬，都流泪了。人们把大黄抬到山上，在虎子家附近给它建了座坟，坟上插了块牌子，上面写了四个字：义犬大黄。

第七章

　　虎子被泥石流吞没了，人们连他的尸首也没找到。大舅听说山里遭了灾，放心不下英子一家人，他叫上几个村里的强壮汉子，套了挂大车进山找他们来了。多亏大舅来得及时，再晚一步英子和虎子娘就都挺不住了。大家找到她们时，娘儿俩已经昏了过去，她们已经三天没吃没喝了，两人都在发着烧，挤在一棵大树下，互相紧紧地抱在一起。看到这个凄惨的情景，众人都难受地哭了。大家七手八脚地把这娘儿俩抬上大车拉回了村里。

　　英子流产了，虎子娘也病倒了，娘儿俩在英子大舅家躺了一个多月才缓过劲来。她们家没了，虎子没了，大黄没了，这一切对她们的打击太大了，成了她们心中永远的痛。大舅和舅妈很伤心，舅妈说："英子的命怎么这样苦啊，好不容易有了个家，一场大水过后，说没就没了，今后她可怎么活呀！"

　　大舅擦了把眼泪对英子和虎子娘说："你们娘儿俩就别走了，我让孩子们挤挤，腾出一间房，给你们娘儿俩住。今后咱们就是一家人，一起搭伙过日子吧。"

　　虎子娘很坚强，她比划着表示，自己还要回到山上去住，英子可以留在大舅家，以后遇上好男人就嫁了吧。

　　英子哭了，说："娘，您不要我了？您就是我的亲娘，娘在哪儿，我就在哪儿，咱娘儿俩永远不分开，我孝敬您一辈子。"

　　虎子娘眼泪流了下来，娘儿俩再一次紧紧地抱在了一起。

大舅拧不过她们，只好答应了虎子娘的要求。大舅找了一大群村里的壮劳力进山帮虎子娘在原地上重新盖起了房子，又把屋前的土地平整好，帮着种上庄稼才回了村。打这以后，英子和婆婆再也没出过大山，娘儿俩相依为命地过日子，寒来暑往几十年。

　　听英子讲完自己的遭遇，金老爷子两只眼睛都哭红了，说："命运多舛，真是命运多舛呀！还不知道我那董二兄弟听了你们的事儿会难过成什么样子呢？"

　　"金大哥，董二哥还好吗？"

　　"还行，除了胃不太好和老寒腿以外，其他地方没毛病。他这两处的病都是年轻时候拉洋车落下的病根儿，一直没好利索。解放后有了公费医疗，他又常喝自己泡的'五毒酒'，身子骨强壮多了，这两样老毛病不怎么常犯，他自己对付得还不错。"

　　"金大哥，我想见见董二哥行吗？"

　　"当然行了。你们要是见了面，非把我那老兄弟乐坏了不可。"

　　金老爷子说到这儿，低头想了想，忍不住问："英子，当初你和董二兄弟处对象，阴差阳错没有成婚，他为你始终没有娶妻，在等着你呀！现在终于找到你了，你们可以不可以……"

　　金老爷子欲言又止，两只眼睛一眨不眨地看着英子。

　　英子说："金大哥，婆婆对我有救命之恩，我要伺候她一辈子。能不能再婚，全听婆婆的。"

　　"明白了，我现在替你问问她行吗？"

　　"行呀，您问她吧。"

　　"老姐姐，我的董二兄弟……"

　　金老爷子话刚出口，英子的婆婆立马儿打断了他的话，急赤白脸地比划着，嘴里发出了"喔喔，喔喔"的声音，把金老爷子吓了一大跳。

　　金老爷子看着她满脸的怒气，不明白自己哪句话说得不合适，惹恼了老太太，他回过头傻愣愣地看着英子，一脸的茫然。

　　英子看明白了婆婆的意思，她对金老爷子说："金大哥，婆婆的意思是我的董二哥死了多年，坟地里有他的坟，上面插着牌子，清清楚楚地写着'董二'两个字。人死不能复生，过了这么多年，他又活过来了，这绝不可能，她认为你在骗我们，生气了。"

"噢，敢情是这么回事儿，肯定是个误会呀，董二兄弟结实着呢，我能作得了假吗？"

"我在坟地里确实看到了'董二'的牌子，要不然当年说什么我也要去太原会馆大院找董二哥呀。"

金老爷子寻思了一会儿，说："这个谜不难解开，我回去把董二兄弟给你带来，你们当面锣对面鼓地说道说道，不就全清楚了吗？"

"您话说得也是，那就有劳金大哥把董二哥请来见见面吧。"

"得嘞，天亮了我就回城。"

金老爷子说完话又不放心地看着英子婆婆说："老姐姐，我把董二兄弟带过来，您看成吗？"

老太太紧张地看了看英子，将信将疑地点了点头。金老爷子不由得长出了一口气，心里这才踏实喽。

第二天大清早儿，金老爷子就从英子家出来了，英子怕他不认识路，一直把他送到大路上才分手。分别时金老爷子说："英子，我这次回城肯定把董二兄弟给你带来，你们俩好好聊聊，虽说彼此都上了点儿年岁，要是相互还稀罕对方，那就把事儿办了吧。"

英子说："金大哥，我对董二哥的这份心一直都没变。当年他从日本鬼子的枪下救了我爹，特别感激他，后来听说他是义和团英雄的后人，对他又多了一层敬佩。我们俩聊得来，爹娘也很喜欢他，两家老人当天就订规了我们的婚事。后来接二连三的磨难打击太大了，我特别怨恨自己命不好，心说怎么谁对我有恩，早早的就都没了，觉得自己就是克夫命，要不是为了照顾婆婆，早就跳河一闭眼了。遇上您以后，知道董二哥还活着，心里又觉着有奔头了。"

"人的命运是会变的。你和董二兄弟失散了这么多年，你们彼此都遭了不少罪。如今要团聚了，这就是苦尽甘来，好日子在前边等着你们呢。"

听着金大哥的话，英子心里敞亮多了，说："金大哥，让您费心，我和婆婆在家里等着董二哥。"

英子说完话有些不好意思，金老爷子笑呵呵地回城里了。

回到太原会馆大院，金老爷子一刻也不敢耽搁，放下画板直奔董二爷家。

董二爷正在屋里鼓捣五毒酒，这是老爷子最常干的事儿。五毒就是毒蛇、蝎子、蜈蚣、蝎了虎子和癞蛤蟆，一般人见了它们就害怕，都躲得远远的。这位老爷子不仅不害怕，还敢活着吃它们。他是怎么养成了这个嗜好呢？这还得从解放前他拉洋车的时候说起。旧社会拉洋车的是社会底层最穷苦的人，他们吃不饱穿不暖，无冬立夏，下雨下雪都要拉着客人满街跑，很多车夫都患有风湿、肠胃方面的疾病。由于收入微薄，他们大都看不起病。得了病只能是硬扛着，最多也就是找些偏方治治就算完事了。洋车夫的寿命都不长，很多人四五十岁就拉不了车了，早早地结束了悲惨的一生。董二爷也患有胃溃疡和风湿性关节炎，幸运的是他年轻的时候拉过一位中医大夫，人家发现他身上有病，给他推荐了吃五毒的偏方。

五毒确实有些医药作用。比如用蛇泡酒，喝了能祛风除湿，可以治疗急性风湿性关节炎；蛇毒可以治疗胃病和十二指肠溃疡，延缓机体衰老；蝎子能解毒疗疮，降低血压；蜈蚣能治破伤风和淋巴结核；蝎了虎子可以滋补壮身；癞蛤蟆能增强心肌收缩力，减低心率并消除水肿与呼吸困难。五毒的这些药效治董二爷身上的病正适合。

起先董二爷是喝用五毒泡的酒，感觉挺对路，身上的病痛减轻了不少。这让董二爷解除了顾虑，心想就是它了，再犯病就喝五毒酒。穷人家抓条蛇逮个蝎子蜈蚣癞蛤蟆的容易，老是花钱买酒泡五毒，就是罗锅子上山，钱紧了。董二爷心想用酒泡的是五毒，直接吃的也是五毒，治病作用应该差不离儿。自己个儿没钱买酒，索性一不做二不休，直接上嘴咬吧！

就这样，一回生，二回熟，生性胆儿大的董二爷越吃越敢吃，越吃越会吃。就拿吃活蝎子来说吧，董二爷先用小木棍逗蝎子，让它把长有毒钩的大尾巴竖起来，然后用手指迅速地捏住蝎子尾巴，把它的毒钩掐断。没了毒钩，蝎子的威风就耍不起来了，董二爷张开大嘴，把蝎子往嘴里一扔，有滋有味地嚼了起来，吃得那叫香啊！长年累月吃五毒，使他身上产生了很强的毒性抗体，普通人被毒蛇咬了会浮肿，要马上注射抗毒血清，否则会有生命危险。董二爷不会，他被毒蛇咬了，只要把伤口处的血挤干净，用清水冲冲就没事儿了。

更让人不可理解的是，五毒见了董二爷都失去了往日的威风，一动不动，束手被擒。太原会馆大院里的很多孩子都见过董二爷抓蝎子，夏季天儿的夜晚，董二爷左手拿着手电筒，右手抓着大脸盆，在院子的犄角旮旯儿四处翻找。京城的老院子里容易隐藏着蝎子、蜈蚣之类的虫子，这些小东西胆子并不大，当人们翻开盖在它们身上的砖头瓦片时，受了惊吓的它们会四处乱钻。唯独董二爷扒开砖头瓦片，这些小东西就像被钉住了似的，在原地不敢动弹。只见董二爷用筷子稳稳地夹住它们，往脸盆里一扔，齐活！一个晚上董二爷能逮到二三十只蝎子和蜈蚣。

大院里的孩子们都很纳闷，纷纷跑去找金老爷子询问，这些毒虫子为什么见了董二爷就不敢跑了，甘愿被抓呢？

金老爷子说，他老吃它们，身上有那股子味儿，毒虫子怕他，就不敢跑了。

话是这么说，至今大家还是想不明白这是为什么。可董二爷的勇敢精神确实让孩子们赞叹，特别是董二爷帮张大妈家逮蛇的事儿更是让他们佩服得五体投地。那一年夏天，张大妈在院子里乘凉，天晚了她回屋睡觉，刚进屋就瞅见一条大蛇盘在床上，扬着头吐着黑紫的芯子。张大妈吓得一屁股坐在地上就站不起来了，她连哭带喊地从屋里爬出来叫人。街坊们听说屋里有蛇全害怕，谁也不敢进屋。这时有人想起了董二爷，立刻跑去把他找来了。

董二爷不慌不忙地走过来对张大妈说："老姐姐别害怕，不就是条菜活蛇吗，我把它抓出来明天给您炖着吃，大补啊！"

"大兄弟，我可不敢吃它，你赶紧把它逮走吧，我现在心里还打鼓呢。"

"得嘞，您看我的吧。"

董二爷闪身进了屋，他左手摇着毛巾吸引蛇的注意力，右手迅速抓到了蛇的七寸，一把将蛇从床上拉了下来，他攥住蛇尾巴的关节反方向用力捋到蛇头，这条蛇浑身骨节脱臼，蛇头朝下耷拉着，蛇身不动弹了。董二爷随后将这条大蛇往腰上一系，走人了。

董二爷胆子大和吃五毒在太原会馆大院是出了名的。他为了逮毒蛇经常和金老爷子一起进山，金老爷子是写生作画捉蝈蝈儿，董二爷是找英子外带抓蛇。老哥儿俩各取所需搭伴儿外出，一晃就是许多年。这回金老爷子独自进山写生，无意之中找着了英子，心里甭提多高兴了，他乐呵呵地来找董二爷。

金老爷子来到董二爷的屋门前，大声叫道："董二兄弟在家吗？"

"是金大哥吧，您先在院子里等会儿吧，我这儿腾不开手，马上就完事儿了。"

董二爷鼓捣五毒酒都是自己个儿闷在屋里干，这倒不是有什么秘密怕人看，而是人们见了都害怕。那一年东院的刘婶冒冒失失地闯进董二爷的屋里，正赶上老爷子配制五毒酒呢，只见毒蛇、蝎子、蜈蚣、蝎了虎子和癞蛤蟆装在一个个的脸盆里，乱爬乱蹦，给她吓得哭爹喊娘地往外跑，差点儿吓出毛病来。打那以后董二爷鼓捣五毒酒一般都不让人进屋。金老爷子心里着急，索性不管三七二十一，推门儿就进来了。

董二爷见金大哥进屋了赶紧说："金大哥，您别往地上的盆里看，留神这些毒虫子吓着您。"

"兄弟，哥哥我替你高兴呀，现在顾不上害怕啦。"

"什么事儿让您这么高兴呀？"

"你先忙活完喽我再告诉你。"

董二爷听金大哥这么说知道有好事儿，他麻利儿地忙活完了手里的活儿，问道："金大哥，您说吧，有什么高兴的事儿告诉我呀？"

金老爷子兴奋得一时语塞，急得满脸通红，眼泪先流了出来。他深吸了口气，颤抖着嘴唇说："英子，你的英子，我找到啦！"

"她还活着？"

董二爷惊得走上前来，双手紧紧攥住了金老爷子的胳膊，睁大了眼使劲看着他，两行激动的泪水涌了出来。

"千真万确呀兄弟，我和她聊了一个晚上，她没忘了你呀！"

董二爷再也控制不住自己的情感了，他转过身坐到床上，两只大手捂着脸哭出了声，嘴里不住念叨着："英子，我的英子，哥哥找了你二十多年，现如今黄土埋半截了，总算找到了你，这可真是老天有眼呀！娘，您在地下闭上眼吧，您的儿媳妇还活着……"

听着董二爷的哭诉，金老爷子也是老泪纵横，他擦了把眼泪走过来拍着董二爷的肩膀说："兄弟，别哭了，这是天大的喜事儿呀，我跟你说道说道英子吧。"

董二爷止住了哭声，他边擦着眼角的泪水边问："金大哥，英子这些年的日子是怎么过的呀？"

"唉，苦命的人呀！她这些年日子过得太不容易了……"

金老爷子把英子的遭遇跟董二爷说了，董二爷听着不住地掉眼泪，他说："英子命太苦了，她婆婆人真好，我以后和英子一起孝敬她，我要替虎子给他娘养老送终。"

金老爷子赞同地点着头，他试探着问董二爷："兄弟，英子年轻的时候和你订过婚，过了这么多年，她变化不小啊，你们见面以后，你还……"

金老爷子欲言又止，董二爷听明白了他的意思，立马儿说："我还要她，我还要娶她，只要她不嫌弃我这个糟老头子就成。"

"得嘞，有你这句话，我心里踏实了。明天咱哥儿俩进山，找英子去。"

"我这就上街，给她们娘儿俩买点儿东西。"

第二天清早儿，董二爷把三轮车收拾停当，车上放满了给英子和她婆婆的礼物，有吃的喝的穿的用的真是不老少。金老爷子也早早儿地过来了，他往三轮车上一坐，董二爷蹬着车出发了。

从城里去西山道可不近呀，董二爷拉着金老爷子溜溜儿地走了大半天儿，晌午了才到山根儿底下。董二爷心里着急，三轮车蹬得飞快，累得通身是汗。金老爷子心疼地说：

"兄弟，歇歇脚吧，你的衣服都往下滴答水儿啦。"

董二爷抬头看了看日头，刹住了车，说："歇会儿就歇会儿吧，咱哥儿俩吃点儿干粮再走。"

吃完饭，老哥儿俩继续赶路。下面的路就更不好走了，进了山没有大路，又是一路的上坡，三轮车蹬不动，董二爷下车拉着走，金老爷子在后边推着车。老哥儿俩走走歇歇，直到日头要落山才来到英子家的门前。金老爷子指着面前的这间小屋说："兄弟，这就是英子的家。"

董二爷掏出手巾擦了把汗，整了整衣服颤颤巍巍地走过来喊道："英子，你在家吗？我是你董二哥呀。"

屋门还没开，屋里面的哭声已经传了出来。随着句颤抖的叫声"二哥哥"，屋门推开了。英子在屋里，董二爷在屋外，两个失散了多年的恋人终于见面了。董二爷一把拉住英子的手，泪流满面地说："英子，真是你呀，让老哥哥我找得好苦啊！"

英子的眼泪一个劲流着，她上下打量了董二爷一番，说："二哥哥，您没变，还是原来的样子呀。"

"我都六十五岁啦，怎么会没变呢，再找不到你，过几年你就见不着哥哥啦。"

"看您说的，哪儿的话呀，就您这身子骨，到了一百岁还硬硬朗朗的。"

"硬朗，硬朗！咱们都得硬硬朗朗地活着，把前几十年丢了的日子找回来，不到一百岁，咱们谁也不许先走！"

金老爷子擦了把眼泪走上前来说："英子，别站在外面说了，有话屋里聊吧。"

"是呀，二哥哥，金大哥，你们快进屋吧。"

老哥儿俩随着英子进了屋。英子的婆婆在屋里听见了他们的对话，眼泪止不住地流了出来。看见他们进屋，她赶紧擦了擦眼泪从炕头上下了地。英子走上来给他们介绍说："娘，这位就是我常跟您说的，我的二哥哥。二哥哥，这是我婆婆。"

董二爷走上来不由分说就给老太太跪下了，大声说："老人家，多谢您对英子的救命之恩，我代英子爹娘还有我娘谢谢您，我给您老磕头了。"

董二爷给老太太连磕三个响头，英子和她婆婆都十分感动，两个人共同扶起了董二爷。金老爷子在一边高兴地说："老姐姐，董二这身板多结实呀，今儿个您和他见了面儿，放心了吧？"

老太太不好意思地点了点头，赶紧让英子给他们倒水喝，又比划着问董二爷这些年日子是怎么过的。董二爷叹了口气说："唉，小孩没娘，说起来话长呀。"

董二爷就把这些年找英子的事儿对她们娘儿俩说了出来——

英子从山崖上摔下去以后，英子爹要急疯了，他和董二爷沿着山下的那条河走了两天，什么都没找到，两个人都绝望了。英子爹说："咱们回吧，再不回去，咱俩就没劲走出这大山了，也得跟着英子一起走啦！"

回到城里，英子娘和董二爷的老娘听到这个噩耗，都哭得死去活来的。英子娘实在无法接受这个残酷的现实，她在那天半夜谁也没告诉，一个人离开了太原会馆大院，直眉瞪眼地奔了西山。她进山后边走边哭喊着英子的名字，溜溜儿地找了两天，连英子的影儿都没看见，她绝望地找了棵树上吊了。

英子爹第二天早上醒来，不见了英子娘，他惊恐地说："不好，她一定是找英子去了。我得赶紧追她去。"

"我跟您一起去。"

董二爷把老娘安顿好，抄起洋车拉上英子爹奔了西山。两个人在山里转悠了两天才找到了英子娘上吊的地方，英子爹抱住妻子的遗体哭晕了过去。董二爷把他弄醒了，说：

"咱们别再哭了，哭也不顶用啊，想法子把她埋了吧。"

英子爹止住了哭声，说："把英子娘埋到村里的坟地吧。"

他俩把英子娘抬到了洋车上，直奔英子的姥姥家而来。英子爹在后头扶着车边走边哭。走了大半天，总算到村口了，他对董二爷说："咱们不能进村，要是让英子姥姥知道了自己的闺女和外孙女都没了，非急坏了不可。你就在这儿等着我吧，我去英子大舅家报个丧，一会儿就回来。"

"行，您去吧，我在这儿等着您。"

英子的大舅和舅妈听到凶信悲痛不止，他们不敢公开操办丧事，怕英子姥姥知道后受不了，悄没声儿地准备好棺木寿衣在小树林里把英子娘安葬了。董二爷找了块木头插到了坟前，他哭着说："您老在这儿歇着吧，我找到了英子，一块来祭拜您。"

从坟地回来，董二爷扶着英子爹回了家。走进小院，他看着熟悉的房子和陈设，到处都有英子和她娘的影子，忍不住失声痛哭，他悲伤地说："这个家从前多温馨呀，我们一家三口和和美美的多好啊，现如今就剩我自己个儿，太冷清了，我还活什么劲呀……"

董二爷在旁边一个劲地劝，说："您别想不开，我估摸着英子没死，我肯定能把她给您找回来。"

"咱们找了这么多天，英子娘都找没了，你怎么能把英子找回来呢？"

"英子自己说，'有河水托着她，死不了！'我总有一天能把英子给您找回来。"

英子爹悲痛到了极点，他有气无力地歪倒在了床上。几天来没日没夜地奔走操劳，身心疲惫，昏沉沉地睡着了。董二爷给他盖好被子，打了个哈欠，刚想眯会儿。这时老娘的身影在他眼前一闪就消失了，董二爷打了个冷战，心想自己出来三天了，老娘在家指不定多着急呢。想到这儿他低下头对英子爹说："您先歇着吧，我得回家看看老娘，过两天再回来看您。"

董二爷一点困意也没有了，他抄起洋车撒腿往家就跑。三个时辰以后，他上气不接下气地总算跑到了家，推开屋门一看，老娘躺在床上两眼发直，使劲瞪着眼睛往屋外看。董二爷把娘抱在怀里，哭着问："娘，我回来了，您这是怎么啦？"

娘已经说不出话了，她依旧是睁大了眼，直勾勾地看着屋外边。董二爷明白了，娘是在等着英子回家呀。他抱着娘悲伤地说："娘，英子没死，过几天就回来了，我和英子一起孝敬您。"

听到儿子的这句话，老娘的眼睛瞪圆了，她多想再看看儿媳妇，最后竟然睁着眼在董二爷怀里咽了气。董二爷拼命摇晃着娘的身子，大声哭喊着，可娘再也回不来了。

一周之内，董二爷连失了三位亲人，打击太沉重了，他在老娘的尸体旁撕心裂肺地痛哭。哭声惊动了街坊，金老爷子、赵大爷、李大爷、秦老板、余先生、胡师傅、常三爷、高小燕等老街坊们纷纷前来看望。大家凑钱买了棺木和寿衣，帮着董二爷把老娘装殓了起来。李大爷关心地问董二爷："准备把老太太埋在哪儿呀？"

"我找好地方了，大家伙儿甭跟着忙活了。谢谢老街坊们，让你们花钱受累，都回去歇着吧。"

"发送老太太你一个人能行吗？"金老爷子不放心地问。

"能行，金大哥您放心吧。"

董二爷送走了街坊们，自己找来一辆平板三轮车，准备好了铁锹和三天的干粮。第二天清早，董二爷请常三爷帮着把老娘的棺木抬上车，直奔西山蹲了下来。他心里已经打好了主意，把老娘和英子娘埋在一处，让老姐俩做个伴儿。将来找到了英子，每年清明扫墓的时候，两个娘都祭拜了。

来到坟地以后，董二爷在英子娘的坟旁挖了个坑，把老娘安葬了。他环视四周看了看，心说这里坟头还真不少，我得立块牌子，免得时间长了分不清楚。他找了块木头牌子，进村请写字先生在上面写了三个大字"董二娘"，他把木牌子插在了老娘的坟前，跪在地上大哭了一场，这才离去。董二爷怎么也想不到，正是这块牌子惹的祸，让他与英子从此天各一方。

董二爷放心不下英子爹，来到英子家的小院，没想到仅仅过了两天，英子爹跟换了个人似的，两眼直勾勾地看着窗外，沉默寡言。问他话，就跟没听见似的，一句话也不说。冷不丁地从他嘴里喊两句："英子"，"孩子她娘"。

董二爷心里发慌，不知他中了什么邪，赶紧请村里的郎中给英子爹看病。郎中诊断后说，他是悲伤过度得了癔病，很不好治愈，要慢慢调理。董二爷听后难过地流着泪，紧紧攥着英子爹的手，说："我知道您心里想英子和她娘，英子娘走了，人死不能复生，您心里再难受她也回不来了，往开了想吧。您把自己个儿弄成了这样，今后这日子可怎么过呀？"

他依旧是低着头，时不时从嘴里咕哝出两句话："英子"，"孩子她娘"。

看着他这个样子，董二爷没辙了，他从随身带来的干粮中掏出来个窝头递给了英子爹，他两天没吃饭了，看见吃食伸手抢了过来，狼吞虎咽地吃着。董二爷眼圈红了，心说您现在成了这样，都不知道给自己做饭吃，我要是离开了，您不得饿坏喽。可我也不能老陪着呀，我得进城拉洋车挣饭钱。董二爷思前想后琢磨了半天想出了个办法，把英子爹带回城，让他住在自己的家里，请老街坊们帮着照看他，自己好出去拉洋车。

想到这儿，董二爷抱起英子爹放到了三轮车上，蹬着车子就走。没走出多远，英子爹惊恐地从车上骨碌了下来，撒腿往家就跑，嘴里还咕哝着："英子"，"孩子她娘"。

董二爷赶紧在后面追，追上了再抱到三轮车上，英子爹还是跑回来，反复试了好几次，他是死活也不离开家半步。董二爷累得呼哧呼哧喘着粗气，大汗珠子顺着脖梗子往下流。他自言自语说："我是拧不过了，您这么干都是病拿的。好歹您还认得窝头，知道往嘴里吃，我把干粮都留下，过两天我再来送吃的。等找到了英子，我们俩好好给您治病，说不定见了英子您这病就好了。"

董二爷随身带了三天的干粮，他一口都没舍得吃，全给英子爹留下了，自己空着肚子回了城。回到城里董二爷顾不上歇口气儿，立马儿就满大街跑着拉活儿，他要加班加点争取多挣几个大子，给英子爹买药送口粮。董二爷就这么拼死拼活拉着洋车在四九城奔跑着，挣了钱就买棒子面蒸窝头，三天两头去门头沟给英子爹送吃的。

董二爷尽了全力照顾英子爹，他的病情还是越来越重。经常往山里跑，也不知道回家。董二爷每次来门头沟先得费尽周折在山里把他找回来，再给他做饭吃，帮他理发，洗澡，洗衣服，收拾屋子。英子爹的身体越来越虚弱了，几个月以后，他的生命走到了尽头。董二爷与英子爹见的最后一面是在大山里，找到他时人已经咽了气，他的身旁就是英子娘上吊的那棵树。董二爷哭着把英子爹葬在了他妻子的坟旁。

说到这儿，董二爷难过得说不下去了。英子流着泪走到他的面前"扑通"一声跪下了，慌得董二爷连忙来扶她，嘴里一个劲地说："使不得，使不得，英子，你这是干什么呀？"

英子推开了他的手，说："二哥哥，您当年对我爹有救命之恩，末了您又代我尽孝，让爹走得体体面面的，我要替爹娘谢谢您，给您磕头了。"

说完话，英子不由分说给董二爷磕了个响头。董二爷赶紧把英子扶了起来，英子问："二哥哥，您把老娘埋在了我爹娘的坟旁边，为什么在坟头前插块牌子，写上'董二'的名字呀？"

"这个我也纳闷呢。"董二爷两只大手一摊，糊涂了。

金老爷子说："要解开这个谜呀，咱们非得去坟地看看才能弄清楚。"

英子想了想说："对呀，咱们去看看，正好祭拜一下爹娘和二哥哥的老娘。"

"那就赶紧走吧。"董二爷着急地说。

"今儿天晚了，去坟地道不近呢，明儿个早起去吧。"

"好吧。英子，你看我给你们娘儿俩带什么好东西来了。"

说着话董二爷打开了两个大包袱。头一个里面有两块布料。董二爷说："英子，这两块布料给你和你婆婆做身儿新衣服，你们娘儿俩都换换新的。

这些年你们窝在这深山老林里太不容易了，从今儿往后，这苦日子就熬出头了。"

英子高兴地将一块布料递给了婆婆，自己手里也拿着一块布料抚摸着，娘儿俩的眼圈都红了。

英子的婆婆擦了擦眼角的泪水，比划着叫英子赶紧做饭，招待客人。英子点了点头，她高兴地对董二爷和金老爷子说："估摸着你们今儿能来，我昨儿个去镇上买了白面、肉馅和大白菜，今天咱们吃饺子。"

"好啊，咱们一起包饺子。"金老爷子高兴地说。

"我这儿还有好吃的呢。"

董二爷打开了第二个包袱，从里面拿出了槽子糕、烧鸡、酱肉、水果罐头和两瓶白酒，摆了满满当当一小炕桌。

英子笑呵呵地说："二哥哥这是要给我们过年呀。"

董二爷张开大手捋了捋胸脯子，多年来为了找英子，落下了心病，今天治好了。他说："自从英子从崖上掉下去，我一直相信你还活着，溜溜儿地找了你这么多年，今儿个咱们总算团聚啦，要好好庆贺庆贺。"

董二爷打开酒瓶子盖，往碗里倒上酒，他把一个酒碗递给英子，自己端起了另一个酒碗，对英子说："咱们祭拜祭拜苦命的爹娘吧。"

英子流着泪接过酒碗，她和董二爷一起来到屋外，双双跪在地上，高举着酒碗拜天叩首。董二爷说："娘，我找到媳妇了，英子还活着，今后我们一起和和美美地过日子，您老放心吧。"

英子说："爹、娘，今儿个我和董二哥见面了，我们都活得好好儿的，您二老放心吧，今后的日子我们会越过越好的。"

两个人说罢，把酒洒在地上，连磕三个响头，这才相互搀扶着站起身回到屋里。英子的婆婆触景伤情，泪流满面，英子知道婆婆是想虎子了，她拿过一条手巾递给婆婆，说："娘，明儿个咱们一起去祭奠虎子吧，让他放心，我伺候您老一辈子。"

董二爷接过话茬说："老人家，我和英子一起孝敬您，您就放心吧。"

金老爷子插话说："大喜的日子，咱们不提伤心事儿了，聊点儿高兴的吧。"

英子说："是呀，咱们聊些别的吧。前天听金大哥说二哥哥还活着，我高兴得一个晚上都没睡觉，脑子里老是二哥哥原来的模样，晃来晃去的。我心想一个人过了这么多年会是个什么样子呀？不得老掉牙了？今天见到二哥哥，真出乎我的想象，您除了头发白了点，身子骨还是那么结实，人还是那么精神，跟以前一个样。"

董二爷听后哈哈大笑，说："听英子这么一说，我非得活到七老八十不可。"

"那哪成呀，在我看来，二哥哥、金大哥和我婆婆你们都得活过一百岁！"

大家全笑了。金老爷子举着酒杯说："借英子的吉言，咱们举起酒杯，为英子和董二兄弟的重逢，苦尽甘来，今后过上好日子，干杯！"

这一晚上几个老人痛痛快快地又吃又喝，敞开儿聊啊，不知不觉天都蒙蒙亮了。

第八章

第二天早上，英子收拾好上坟祭拜的物品，招呼着董二爷和金老爷子出了门，英子的婆婆也跟着一起去了。没走多远，英子的婆婆"喔喔"地叫着，让董二爷停车。老太太下了三轮车，朝着山坡上走了过去。大家都跟了过来，离近了，才看出来这里有两座坟。英子说："这两座坟有一座是虎子的衣冠冢，另外的那座坟是义犬大黄的坟，乡亲们为了祭奠它对主人的忠诚，特意给它立的坟，让它永远陪伴在虎子的身边。"

董二爷和金老爷子听罢，都走上来鞠躬致哀。英子和婆婆眼里含着泪，将祭品摆在坟前。她坐在坟前不停地擦着眼泪，董二爷要上来搀扶她，英子急忙冲他摆了摆手，小声说："让她哭会儿吧，哭不痛快会落下病的。"

过了好一会儿，老太太才止住了哭声，董二爷走过去把她搀了起来，重新坐在三轮车上接着赶路。

又走了两个多时辰，已经近晌午了才到了英子姥姥家的村子。董二爷对英子说："上坟前用不用先去大舅家看看他们呀？"

"不用去了，大舅和舅妈前几年都去世了，孩子们各自成了家。现在村里正在开展'农业学大寨'，他们平时挺忙的，咱们就别打扰他们了。"

几个人照直奔坟地来了。英子和董二爷先给英子的爹娘叩首祭拜，英子的婆婆也走上来给从没见过面的亲家鞠躬，她把从山里采摘的野花编成花圈放在了坟前，深情地凝视着。金老爷子跟着走上来鞠躬致哀。随后，大家来到董二爷老娘的坟前。英子眼尖，她手指着坟前的那块牌子说："快看这块牌子上的字，写的是谁？"

董二爷注目观看，木头牌子上的字虽然有些模糊了，仔细辨认还能隐隐约约地看出"董二"两个字的模样。他一只大手胡噜着后脑勺，说："这可真是奇怪了，我当年请写字先生明明是写了三个字'董二娘'呀，现在怎么丢了一个字呀？"

金老爷子琢磨过味儿来了，他说："董二兄弟，你把木头牌子拔出来看看。"

董二爷上前拔出牌子，递给了金老爷子。英子和婆婆也走了过来，大家注目观看，在木头牌子的下方还有一个"娘"字。金老爷子说："这就对上了，当年董二兄弟在牌子上确实写了'董二娘'三个字，他把木头牌子往地下插的时候，恐怕插不结实被风刮倒喽，牌子插得比较深，这个'娘'字已经接近地面了。再加上那年雨水大，这座坟和旁边坟头上的土被雨水冲了下来，把这个'娘'字埋在了土下边，后来英子看到的牌子，上面就剩下'董二'两个字了。她误以为董二哥也没了，就没去太原会馆院里找你。你们俩就阴差阳错地分开了这么多年。"

大家听金老爷子分析得有理，都不住地点头。英子说："就因为少了一个字，我和二哥哥分开了这么多年，真是命运捉弄人呀。"

董二爷说："都是这块牌子惹的祸，当初还不如不立它呢。这些年我给老人们上坟，哪留意过牌子上少了个字呀，太马虎了。"

……金老爷子把董二爷和英子之间悲欢离合的经历说到这儿总算是讲完了，孙福和杨秀琴都听呆了。孙福说："董二爷和英子的命太苦了，我听着心里不舒服呀。"

秀琴说："两个老人之间的爱情真挚感人，最终的结局还是圆满的。他们准备结婚了吗？"

"是呀，他们已经说好了，国庆节结婚，英子的婆婆也同意。你董二爷要把她们娘儿俩都接到城里来住。他家就一间屋子，两口子住没问题，再把英子的婆婆接过来一起住可就窄巴了点儿。我还为这事儿犯愁呢。"

孙福听罢低头想了想，说："这事儿好办，让英子的婆婆住我那儿呀。我在大院里有两处房，东前院的那间房原本是小凤儿姑娘的住房，虽说她把房子让给我了，我一个人也住不了两处，那间房一直空着呢，英子的婆婆来了没地儿住，住那间房不是正合适吗？"

"嘿，这可太好了。孙福啊，看来你现在真是变了，让我刮目相看呀。董二爷知道了，保准儿得给你伸出大拇指。他们不会白住的，房租是多少，你说个数，回头我跟你董二爷说，他一毛钱都不会少给。"

"金爷爷您这是打我脸呢，我孙福没那么不开眼，就冲我们家和董二爷这几辈子人的交情我跟他要房租，我爷爷在地下也不会答应。您就让英子的婆婆踏实住吧，住多少年都成，一分钱不收。您告诉董二爷，我明儿个就把房子给归置出来。"

"好兄弟，姐姐帮你归置屋子去。"秀琴向孙福伸出了大拇指。

董二爷听金老爷子说孙福把住房让了出来，还真受感动，说："孙福这小子还真有情有义的。当年他不学好，蹽寡妇门儿，扒绝户坟儿，欺负老实人儿，我特别生气，一直想替他们家大人教育教育他。后来看他被小凤儿姑娘踢成了残废，我还真可怜他。没想到他记吃不记打，又赌蛐蛐儿坑人，还骗了您的三河刘蝈蝈儿葫芦，末了自己个儿折腾进去了。我本以为这小子是头上长疮，脚底下流脓，坏透了。自打他从里边儿出来，这几年还真换了个人儿似的。"

金老爷子说："是呀，孙福经过政府的教育，再加上咱们大家伙的关心，还真是浪子回头了。这里面离不开秀琴对他的帮助呀。"

董二爷赞同地点了点头。他看了看金老爷子，说："金大哥，我九月三十号去接英子她们娘儿俩进城，十一上午办喜事，您看怎么样啊？"

"依我看你还是提前两天接吧，那么老远的路，让她们娘儿俩来了先歇两天，英子的婆婆岁数大了，这一路的颠簸别把老太太累坏喽。"

"您说得也是，我九月二十七号去接她们娘儿俩。"

"兄弟，你打算用什么车接她们呀？"

"金大哥，这事儿我还真动脑子了。接亲，按老理儿应该是吹吹打打，弄个轿子把新媳妇接进门儿。可她们家太远啦，一百多里地以外的门头沟。别说现在新事新办不时兴坐轿子，就是还让坐轿子，这一个来回儿非把抬轿子的累趴下不可。"

"那可不是吗？就得坐公共汽车才行。"

"坐公共汽车也够呛。这回去接英子娘儿俩，不是光接她们两个人，是接她们搬家。虽说穷家破业的没什么值钱的东西，可俗话说破家值万贯，就是一根擀面杖用年头多了也舍不得扔呀，都得带过来。这七下八下的一归拢，东西可不老少，坐公共汽车哪带得了啊？"

"你说得在理儿，那就得托人借辆大卡车了。"

"不用，卡车走山里的小道儿也不行呀。我想好了，就用我的三轮车拉。"

"三轮车是方便，山里的小道儿也能走。用你一辆三轮车，不得拉半个月呀，就把你累坏了。兄弟，你也六十多岁的人了，不能蛮干。"

"您说得是，这得靠大伙儿帮着才行。我们货运站的三轮车不少，那些蹬三轮的伙计们很多人都是我的朋友，我跟他们借三轮车用个一天两天的没多大问题。"

"你光借三轮，谁帮你蹬车呀？"

"咱们大院里好多年轻人都会蹬车，找五六个人帮我跑趟门头沟，凭我这张老脸一说，没有不给面子的。"

"还别说，你这个做法真有门儿。那就这样，兄弟你去借车，我帮你在大院里找人。"

"好嘞，金大哥咱就说定了。"董二爷说罢乐呵呵地出了金老爷子的家门儿。

董二爷要在十一娶媳妇，这件大喜事在太原会馆大院里传开了，没过几天，居委会、街道办事处和区政府都知道了。原来在几天前区政府召开迎国庆茶话会，高小燕作为居委会代表参加了。会上大家都踊跃发言，向区领导汇报工作。高小燕发言说："我们太原会馆大院今年国庆节有一件大喜事。"

主持会议的赵区长问道："什么大喜事呀？"

"六十五岁的董二爷和他失散了二十多年的未婚妻团聚了，他们要在国庆节结婚。我们大院的街坊们全都为他张罗喜事呢。"

"哦，这件事听着挺离奇的。小燕同志，你跟我们细细说说吧。"

"这董二爷可是不容易，他是义和团英雄的后人，解放前在脚行扛大个，后来又拉洋车，他是社会底层最穷苦的劳动者。抗日战争时期，他从日本鬼子的枪口下救了一个药店的大夫，感动了大夫全家人。大夫的闺女英子姑娘看上了他，还和他订了婚。没想到英子在山里采药时掉下了悬崖，从此与董二爷失散了。这段日子里，董二爷替英子照顾老人，为岳父养老送终。他自己孤身一人，二十多年一直没娶妻，坚持找英子。正像那句老话说的'有情人终成眷属'，前几天董二爷真找见英子了，他和英子商量好要在国庆节结婚，您说这是多大的喜事呀！"

赵区长听后说："董二爷的故事太感人了。他对老人的孝道和对爱情的忠贞不渝，是社会大力提倡的。他们举行婚礼的时候，我也去参加，为老人送上我们的祝福。"

"那敢情太好了，我先替董二爷老两口谢谢您！"高小燕兴奋地说。

区政府、街道办事处、居委会的同志和报社的记者都要来参加董二爷的婚礼，这下可忙坏了高小燕，她和金老爷子反复商量了好几回，终于把各项准备工作敲定了。其中头等大事儿是去门头沟把英子娘儿俩接过来，这是受累的活儿，得找体格棒的小伙子和老爷们儿。董二爷借了五辆三轮车，加上他自己的一辆，拢共是六辆车。高小燕把蹬车的人手也找好了，分别是常家父子俩，常三爷和儿子常小虎，铁家三兄弟，铁熊、铁虎、铁豹，还有大庆。按说董二爷自己也可以蹬车，大庆就不用去了。可大庆这孩子热心肠，他说："董二爷那么大岁数，不能让他再受累了，这件事儿包在我们晚辈身上，董二爷坐在车上指个道就行了。"

大院里的街坊们都忙活起来了。高小燕带着东后院的街坊秋萍和女儿秦坤，还有老郭家的大闺女，四个人给董二爷家刷房子，糊窗户；东前院的那间房子孙福也给腾出来了，他和秀琴把房子打扫得一干二净，就等着英子的婆婆来住；东院刘婶这通忙活，为董二爷缝制了结婚用的全套喜活儿；西小院徐大婶和女儿小娅姑娘特意剪了大红囍字贴在了太原会馆大院的门口，娘儿俩还剪了"喜事登门""百年好合"的窗花，贴在了董二爷新房的门、窗上；西小院捏面人儿的杨世春老爷子也没闲着，他给董二爷的新房里摆上了一对儿龙凤呈祥和鸳鸯戏水的大花馒头，透着那么喜庆；赵大爷、李大爷和秦老板带着儿子们在董二爷家门前搭起了大棚；喜宴大厨由西院老铁掌勺，他是国宾馆的特一级厨师。老铁说了："咱们少花钱多办事，别看就这些大路菜的食材很普通，我在炒勺里一扒拉，就能让您吃出国宴的味道来。"

董二爷看着全院街坊们都来帮忙，感激得不得了，说："远亲不如近邻。我董二有事儿，这些老街坊都出手相帮。住在这个大院里，这辈子值啦！"

九月二十七日那天早上，大院里特别热闹。一溜儿排开的六辆三轮车，每辆车的车把上都挂着个大红花。街坊们全出来道喜，缕缕行行的，足有好几十口子。董二爷穿了身新衣服，胸前戴着一朵大红花，当他从屋里走出来时，常三爷带着蹬三轮车的小伙子们同时按响了车铃，"丁零零……"铃声响成了一片，院子里大人和孩子们拍手叫好声加在其中，透着那么喜庆热闹。董二爷激动地双手抱拳，一个劲给街坊们作揖，扯开洪钟般的大嗓门说："谢谢啦，谢谢街坊们！"

董二爷脸上笑开了花儿，喜泪止不住流了下来。随着常三爷一声"出发"的口令，六辆三轮车开拔了。车子骑行到大马路上，一辆连着一辆，很有气势。每辆车上都挂着大红花，一下子引起了路人们的注意，有的骑车人主动上来打听："请问你们这一溜儿车队干什么去呀？"

大庆高兴地说："接新媳妇去呀。"

"新郎官是你吗？"

"您眼也太拙了，您看不出我们这帮人里谁是新郎官吗？"

"总不会是车上的这位老爷子吧？"

"当然是啦，您没看见人家胸前戴着大红花吗？"

"哟，这可真够逗的，这么大岁数的新郎官还是头一次见。还有这三轮车接新娘子也真够新鲜的。"

"那是呀，娶新媳妇嘛，就得搞出点儿新鲜事儿来才有意思呢。"

"好，好！老爷子，祝你们幸福！"

"谢谢，谢谢。"董二爷坐在三轮车上，一再地拱手抱拳向路人行礼。

将近中午时分，三轮车队来到了英子家的屋门前。乡亲们事先得到了信，知道今天是英子和婆婆要搬家进城的日子口儿，他们都纷纷赶来了。当看到三轮车队时，猎户老魁头点燃了鞭炮，噼里啪啦的声音响彻山谷。

听到清脆的鞭炮声，英子搀扶着婆婆从屋里走了出来，娘儿俩都换上了新衣裳，头发梳理得光亮整齐，幸福的笑容从她们饱经风霜的脸上浮现出来。董二爷急忙从三轮车上下来，在常三爷、大庆等人的簇拥下乐呵呵地走了过来。

"老人家，今天您就和英子一起上我那儿住去了，我们大院的街坊们特地接您来了。"董二爷大声地对英子婆婆说。

英子婆婆笑着点了点头，她扭过头留恋地看了看自己的家和屋前还没来得及收割的庄稼，眼泪流了下来，英子的眼圈也红了。这时猎户老魁头走上来拉着英子婆婆的手说：

"老姐姐，放心地进城吧。这个家我们帮着照看，地里的庄稼我们给收喽，都存放在屋里，你们娘儿俩再回家看看的时候，保准儿有的吃。"

英子说："谢谢啦，感谢大家这些年对我们娘儿俩的照顾。我们会常回来看乡亲们的，你们得空儿也进城走走，咱们常来常往啊。"

"常来常往。""抽空儿就回来看看。"乡亲们依依不舍地和英子娘儿俩道别，为她们送行。

常三爷带着大伙儿往车上搬东西。英子头几天就把要带走的东西都归置打包好了，大家搬起来很方便，没费多大工夫，就全装上车了。由于路程比较远，怕老人坐平板三轮车时间长了受累，常三爷特意从院里的华侨大龙家借了两个单人沙发，一个放在了大庆的车上，另一个放在常三爷的车上，英子和婆婆坐在上面，感觉倍儿舒服，董二爷看着开心地笑了。三轮车启程了，董二爷起身对送行的乡亲们再施一礼，大声说道："我们出发了，谢谢乡亲们啦！"

鞭炮声再次响了起来，它与三轮车队的铃声响成了一片，久久地在山谷里回荡，在向群山表明董二爷、英子和她的婆婆，三位老人从此告别了孤独，开始了崭新的生活。

董二爷娶亲的车队浩浩荡荡地进了城，沿途的行人都跟看西洋景儿似的好奇地看着他们，回头率别提多高了。蹬车的这几个小伙子在常三爷带领下，撒了欢儿地蹬着三轮车，一个比一个蹬得快。坐在车上的董二爷、英子和她的婆婆美滋滋儿地看着他们，心里特别的激动。

下午四点来钟，三轮车队来到了储库营胡同口，街坊们早早地就等在了这里。车队刚一露头儿，骨力儿、小宝儿、二龙、李杉、赵武、秦玉等一大帮孩子迫不及待地点燃了鞭炮。听到鞭炮声，等在太原会馆大院门口的杨明、孙福、大龙几个小伙子立马儿点燃了手里的"二踢脚"，"砰、啪"一声赛过一声的响，把整条胡同的街坊全从家里引出来看热闹了。高小燕挽着张大妈，金老爷子、李大爷、赵大爷、秦老板等人都出来迎亲了。张大妈说："就这份热闹劲，好多年没见过了。"

李大爷说："可不是吗，在我的记忆里这么热闹的场面就遇到过三次，一次是抗战胜利，打走了日本鬼子，人们那叫高兴啊，撒着欢儿地闹啊。第二次是开国大典那天，那鞭炮放的，溜溜儿地响了一宿啊。第三次是抗美援朝胜利，打败了美国鬼子，大家伙儿别提多高兴了，比过年还热闹呢。"

赵大爷说："李大哥说得是呀，这一蹦子有十几年没这么热闹了。今儿个董二哥结婚为什么闹出这么大动静呢？这一来呀是太不容易了，这是一场等了二十多年的婚礼呀。二来呢是董二哥的人品摆在这儿呢，全院的老老少少没有不敬重他的。"

三轮车队来到了太原会馆大院门口，小娅和胖丫儿每人手里拿着个小花篮，从里面拿出彩色碎纸，一把把地抛向了英子和董二爷，现场犹如下起了彩色花雨，透着那么吉祥喜庆。高小燕和刘婶走上来挽着英子的婆婆下了车，街坊们簇拥着新郎新娘高高兴兴地来到了董二爷的新房里。

英子进屋后抬眼观看，屋里新糊的顶棚，墙面四白落地，墙上贴着红囍字，窗户上贴着"喜事登门""百年好合"的窗花，桌子上摆着"龙凤呈祥""鸳鸯戏水"的大喜馒头，床上新被卧新褥子新枕头，绣着大红牡丹花的枕套铺在上面，别提多喜庆了。

董二爷对英子说："这些东西全是街坊们帮着准备的，你看挺好吧？"

英子点了点头，说："这和我心里的印象变化太大了。当初我来你家，顶棚破旧，墙面黑不溜秋，屋里乱七八糟都没有下脚地儿，我和娘溜溜儿地归置了大半天儿，才弄出个样来。"

说到这儿，英子叹了口气，董二爷疑惑地问她："你又想起了什么呀？"

"我和爹娘在这屋里住了一天，第二天就出事了。"

"可不是吗，我娘也就见了你一面，后来就阴阳两分了。"董二爷说到此，心里也很不好受。

英子说:"大娘特别喜欢我,她中风多年左手行动不便,吃力地用右手拿着饭勺,哆哆嗦嗦舀了一勺汤喂我喝,一勺汤洒了多半勺,我喝了汤,她满意地笑了。我爹娘也非常喜欢二哥哥,吃饭的时候他们轮番往你的碗里夹菜,还一个劲给你的杯里添酒,看着二哥哥狼吞虎咽吃饭的样子,爹娘乐得合不拢嘴儿。两家人坐在一块儿就吃了这么一顿饭,在我的记忆里是那么的温馨幸福。"

英子说到这儿眼泪又流了下来。

董二爷掏出手绢递给英子,对她说:"是呀,过去的事儿也时常在我脑子里出现,跟过电影似的。我原本以为和你成亲是下辈子的事儿了,谁承想咱们这把岁数了,又当上新媳妇和新郎官儿,这就是好事多磨。咱俩都往前看吧,过去的伤心事儿,打今儿个起就不再提了。"

"您说得对,咱们的苦日子熬出头了,今后都是好日子啦。"幸福的笑容又在英子的脸上露了出来。

当晚,英子和婆婆住在了东前院孙福腾出来的那间屋里。这间屋子也就成了英子的"娘家",国庆节结婚的那天,英子就从这里出嫁了。

一九六五年十月一日国庆节,太原会馆大院里张灯结彩喜气洋洋。东后院董二爷家门前的那块空地中间摆了两张八仙桌,上面摆放了几个大盘子,里面是喜烟喜糖、花生瓜子、蜜饯果脯、大枣和石榴,招待嘉宾,四周围摆满了凳子。赵区长和街道办事处、居委会的一些领导都来参加董二爷和英子的婚礼,英子的婆婆以及金老爷子、李大爷、赵大爷、秦老板、张大妈等老街坊代表都围坐在八仙桌前。街坊们早早儿地来了,院子里坐满了人。秋萍和秦坤娘儿俩每人手里端着一盘喜烟喜糖,招呼来宾和街坊们。全院人说说笑笑,其乐融融,就像个大家庭一样。

婚礼由高小燕主持。十点整,高小燕宣布:"婚礼正式开始。"孙福点燃了鞭炮,随着喜庆的爆竹声和人们的欢笑声,英子身穿红色毛衣,胸前戴着一朵大红花儿,圆脸蛋上还涂上了一层香粉,更加年轻漂亮了,猛地一看她就是个三十出头的新媳妇,在小娅和胖丫儿两个姑娘陪伴下走进了院子。董二爷穿了一身崭新的咔叽布制服,胸前也戴着一朵大红花儿,脸上的络腮胡子刮了个一干二净,整个人是容光焕发。老爷子也显得年轻了,外人一看他也就是四五十岁的一条汉子。董二爷笑容满面地从屋里走了出来，杨明和大龙陪伴在他的身边。

一对老年人也是一对新人，两双手拉在了一起，他们俩等了二十多年终于步入了婚姻的殿堂。此时此刻，夫妻二人眼里含着喜泪互相凝视着对方，心里是百感交集。

赵区长和街坊们纷纷发言向董二爷和英子送上祝福，这一对新人不断向人们鞠躬致谢。董二爷最后激动地说："我董二是个粗人，不会说什么客套话，就是俩字：谢谢！从今儿往后我们一家三口好好过日子。"

"明年生个大胖小子！"孙福这句话，把大伙儿都逗乐了。

董二爷不甘示弱，说："还别说，保不齐我媳妇就真给我生个带把的，你小子踏踏实实等着吧，我儿子一生出来，你又多了个叔。"

"哇！"人们笑声更欢了。整个婚礼在幸福美满的氛围里圆满结束了。

高小燕跟着忙活了一天，累得都打不起个了。傍晚她拖着疲惫的身子回到家，看见儿子常小虎坐在炕头上使劲捶腿，大汗珠子顺着脸颊成串地往下流。高小燕吓了一跳，问小虎："儿子，你的腿怎么了，伤着了吗？"

"没什么大事儿，就是那天蹬三轮车去门头沟，腿扭了一下。"

"当天回来也没听你说呀？"

"没好意思说。别人都没事儿，就我扭伤了，我怕老爸笑话我娇气。"

"他哪能笑话你呢，你爸疼你还疼不过来呢。再说了，门头沟那么远的道，一个来回二百多里地，当天蹬三轮车打个来回，就是铁打的汉子也够呛呀，何况你还是个孩子呢。"

"妈，我已经不是孩子了，我都过了十八岁了，算是成年人了。"

"妈可不这么看，自古以来，二十岁算是弱冠，你才十八岁，年未弱冠，当然还是孩子呀。"

"妈，您别拿我当小孩了，告诉您一件事儿吧，我已经填表了，系党支部下个月开发展会，我就要成为一名光荣的中共预备党员了。"

"哎呀，好儿子，让妈太高兴了。刚上大二就入党，这可是大喜事，给咱们老常家增光啦。"高小燕兴奋极了。

"妈，您先别把这件事告诉我爸呢。"

"为什么呀？这么大喜事儿让你爸爸知道了得多高兴啊，回头我还打算去你金爷爷家说说呢，让他们都跟着高兴高兴。"

"妈，您太沉不住气了，只填了入党志愿书，没开发展会还不算是共产党员，等我在党旗下宣誓以后您再告诉他们。"

"好，我不说，等发展会开完了，你亲口跟你爸爸和金爷爷说，给他们个惊喜。"

自打这一天起，高小燕心里就惦记上了，天天儿盼着儿子回家报喜。星期六这天下午，常小虎高高兴兴地从学校回来了，高小燕看着儿子的表情，就知道有好事，她一把拉住了常小虎的胳膊问："发展会开啦？"

"开了。"

"怎么样啊？"

"全票通过！"

"嘿！儿子你太棒了，妈就盼着这一天呢。只可惜你爸爸不在家，他去外地出差了。这么着吧，你先喝口水歇会儿，回头咱娘儿俩去你金爷爷家，给他报个喜，让老爷子高兴高兴。"

"好嘞！"常小虎痛快地答应着。

高小燕迅速忙完了手里的活儿，带着儿子奔东小院金老爷子家来了。

娘儿俩进院一看，金老爷子、赵大爷、李大爷和秦老板几个老人正在品茶聊天。金老爷子手里拿着一小罐茶叶说："这罐碧螺春是我的老同学苏洋去江苏出差，给我带回来的。这可是好茶叶呀。"

秦老板说："没错，碧螺春是中国名茶，我当年带着剧团在南方巡演时常喝它，真养嗓子呀。听老人们说它有一千多年的历史了，唐朝的时候就是贡品，人们管碧螺春叫'功夫茶'，沏茶以后杯中白云翻滚，清香袭人，口感特别好。"

赵大爷说："我也喜欢喝它，传说当年有个尼姑上山游春，顺手摘了几片茶叶，沏茶后香气扑鼻，张口说'香得吓煞人'，当地人就把这茶叫'吓煞人香'。到了清代康熙年间，康熙皇帝视察时品尝了一杯汤色碧绿、卷曲如螺的名茶，龙颜大悦，康熙爷觉得'吓煞人香'名字不雅，赐名'碧螺春'。金大哥请我们喝的这罐洞庭山碧螺春是上等好茶，它的产量很少，每年春分的时候采摘，到了谷雨就完事儿了。"

李大爷说："这个茶味道挺好，喝着清爽舒服，就是太贵了。老北京人还是爱喝花茶的多，我们李杉他姥姥就爱喝'高末'，进了茶叶店什么茶都不看，直眉瞪眼的就要它，您说逗不逗啊。"

"是呀，老百姓经济上不宽裕，喝'高末'省钱，像这种特级碧螺春实在喝不起。"赵大爷说。

这时金老爷子一扭头才看见高小燕和常小虎娘儿俩来了，赶紧招呼他们坐下喝茶。他说："你们娘儿俩有口福，刚沏上，坐下喝两口儿。小虎去屋里拿两个杯子，自己倒着喝。"

高小燕笑嘻嘻地说："干爹，小虎给您报喜来了。"

"什么喜事呀，跟我们大家伙说说。"

"金爷爷，我入党了。"

"嘿！你们看小虎多有出息呀。自打六岁上小学，一个月后直接跳班到二年级，当时我就说小虎'人才难得'呀。他八岁的时候跟韩爷爷学会了捏脚手艺，这些年来没少给我和院子里的长辈们捏脚治病，这孩子真是个品学兼优的好孩子。你爸妈这些年在你身上花了不少心血呀，小虎啊，你可要好好地孝敬父母。"

高小燕乐得合不拢嘴，她对常小虎说："儿子，金爷爷夸你是对你的鼓励，可不许骄傲自满，要继续进步才是。"

常小虎点了点头，说："妈，我记住了。"

第九章

　　一九六六年开春，太原会馆大院里的街坊们都忙活上了，各家在房前屋后点瓜种豆，栽花播绿，过着平淡祥和的日子。立夏以后一场大的运动开始了，人们习惯了的生活氛围发生了变化。

　　六月初的一天，常小虎兴冲冲地从学校回家来了。他穿着一身褪了色的旧军装，胳膊上戴着红袖章，两只袖口整齐地挽到了胳膊肘的上面，腰上系着武装带，头顶绿军帽，脚蹬绿色帆布球鞋，一个军用挎包斜背在肩上，浑身上下透着英武帅气。

　　常三爷和高小燕刚要吃午饭，看见儿子进屋了，都放下了手里的筷子，赶紧张罗儿子吃饭。高小燕从橱柜里拿出了碗筷，常三爷从笼屉里拿出了几个馒头。常小虎伸手抓起个馒头，张嘴就咬下了大半拉，狼吞虎咽地吃上了。

　　"也不洗洗手就吃，多不卫生呀。"高小燕说。

　　"妈，这几天可把我饿坏了。我们学校运动开始了，每天从早忙到晚，哪顾得上吃饭呀。您知道吗，我是校《大学生特刊》的总编辑了，事儿可真多，累得够呛。"

　　看着儿子兴奋的样子，常三爷不放心，问："你们可是学生呀，整天忙这些个东西还上得了课吗？"

　　"学校都停课了，不光我们学校，其他学校也停课了。"

　　"儿子，考上大学不容易呀，咱们大院的孩子们都挺佩服你的，千万别把学业荒废喽，再忙也得看看课本，要不然毕业考试的时候就傻眼了。"常三爷再三地叮嘱着儿子。

"爸，我知道了，您的儿子各方面都不会给家里丢脸的。"

"咱们家小虎从小就争气要强，孩子他爸，你就放心吧。"

高小燕满意地看着儿子，紧着往小虎碗里夹菜。

"妈，您给我准备几件换洗的衣服，我明天要出远门儿。"

"上哪儿去呀？"

"韶山、井冈山、古田、遵义、延安和上海。我们是去大串联。"

"要去多长时间呀？"

"少说也得一个多月吧。"

"带多少钱和粮票呀？"

"您什么都不用准备。我们大串联，吃、住、行全都免费。带张介绍信就能领到铁路部门的'乘车证'，各地的火车站，都安排了师生接待处，专门接待从四面八方来的学生们。"

"这回我儿子可开眼啦。"

"妈，不能这么说，这多庸俗呀。我们这叫经风雨，见世面。"

"要注意身体，别累病了，到哪儿了想着给妈捎个信儿回来，别让我和你爸担心。"

"知道了。"

小虎和同学们大串联走了以后，家里发生了不小的变化。常三爷是中国式摔跤名家，在体委机关上班，随着运动的深入，他被单位办了学习班。

常三爷整天回不了家，高小燕急坏了，她去单位找了好几趟，门卫不让进。高小燕情急之下找到了王大彪，她说："大彪兄弟，你三哥进了学习班也不知道怎么样了，我这心里快急死了。"

"嫂子，您先稳住了神儿，给三哥办学习班的一个小伙子是我的徒弟，我去找他打听打听，您等信儿吧。"

"那可太好了。你三哥腰上有病，血压也不稳定，时高时低的，你能想办法帮我送些药给他吗？"

"没问题，这事儿您交给我吧。"

王大彪拿着药急匆匆地走了。他通过徒弟帮忙和常三爷见了面。常三爷说："兄弟，见过你嫂子了吗？"

"见了，就是她让我给您带来的药。"

"大彪，你现在怎么样，在运动中受冲击了没有啊？"

"我还行，哪派都不参加，他们说我是'逍遥派'。我心说了，爱什么派什么派，反正整人害人的事儿，我王大彪不干，咱爷们儿向来都是凭良心办事儿。"

"好啊，做人就得这样。大彪，哥哥现在身不由己出不去呀，我特别担心你嫂子。"

"嫂子挺好的，您甭担心她。您在这里该吃吃，该喝喝，按时吃药，照顾好自己个儿就行了。"王大彪尽量宽慰着常三爷。

"我还是不放心呀，你嫂子是从莳花馆里出来的人，我怕有人翻她的旧账。"

"嫂子是从小被卖到妓院的，也是受苦人呀，不会有什么事儿的。"

"唉，是福不是祸，是祸躲不过呀。大彪兄弟，三哥我就托付你了，时常地过去看看你嫂子，家里有什么难事，你给照应着点儿，能帮就帮她一把。"

"三哥，您放心吧，您家里的事儿，就是我的事儿，我会时常地去看看嫂子。"

"师父，时候差不多了，别再聊了，回头让我们头儿看见就不好办了。"王大彪的徒弟在门外焦急地说。

常三爷和王大彪紧紧地握了握了手，依依不舍地分开了。

高小燕的处境还真让常三爷说着了，她因为处理了一件治安事件，招来了疯狂的报复，让她措手不及，精神崩溃。

七月初的一天，高小燕从居委会出来，看见前面不远处有人在打架，高小燕赶紧跑过去一看，地上躺着三辆自行车，三个小伙子纠缠到了一起，两个打一个，拳脚相加，大打出手。那个被打的青年人两只眼睛已经被打肿了，被迫用两只胳膊支撑着，眼看就要顶不住了。

高小燕在旁边大喊道："不许打人！"

当时镇住了两个正在打人的青年，那个被打的青年趁机跑到了高小燕的身边，说："高姨，强子打我。"

听着声音耳熟，高小燕仔细一看，被打的青年是二龙，打人的是强子和他的一个哥们儿。他们为什么打架，高小燕心里有数了。

这个强子就是住在三庙街的流氓，几年前他和孙福以赌蛐蛐儿为名骗二龙巨款，二龙告发了他俩，结果他俩都被判了徒刑。强子出狱后，对二龙怀恨在心，伺机报复。今天，强子和他的哥们儿骑着自行车从储库营胡同穿过，迎面正碰上二龙骑车回家。强子眼尖，认出了二龙，他对哥们儿说："兄弟，迎面来的那小子，就是告发我的人。"

"那还不抽丫挺的。"

"对，打他。"

二人说着话，骑着自行车冲着二龙的车就撞了上去。二龙没有防备，一下子就被撞倒了。强子他们两个人跳下自行车，拽着二龙就是一顿暴打。等二龙看清了打自己的人是强子，两只眼睛已经被打肿了。

高小燕对强子说："打人是犯法的，你们几个人跟我去居委会。"

"你是谁呀，我们跟你走得着吗？"

"我是居委会治保主任高小燕，你们在我们胡同打人，这事正归我管。"

"你算老几呀，想管我，姥姥！哥们儿，咱们颠儿啦。"

强子说完话，推起自行车就要跑。高小燕也不拦他，只是不紧不慢地说了一句话："行凶打人还想跑，可以呀，你跑吧强子，晚上警察就会上家里找你，你就等着再进去吧。"

听高小燕这么说，强子当时就迈不动步了，心想他们认识我，知道我住哪儿，自己底儿又潮，二龙真要是为挨打的事把我告了，保不齐又得折进去。想到这儿强子说软话了："高主任，我们俩骑车被二龙撞了，他不道歉还骂人，我们这才打了他两下。"

"胡说！分明是你们俩撞我，我也没骂你们，高姨不要听信他的瞎话。"

"甭管你们谁说得对，先跟我去居委会，到地方自然能说清楚。"

强子没辙了，只得跟着高小燕去了居委会。强子没想到，高小燕处理纠纷的能力这么强，她只说了三句话，强子就没词了。高小燕说："我不管你们谁撞的谁，也不问你们谁骂了人，我就看你们谁身上有伤。"

二龙说:"我眼睛被他俩打得都看不清东西了,我根本没打人,他们身上没伤。"

高小燕问强子:"二龙说得对吗?"

强子和他的哥们儿都无话可说了。

"事实已经清楚了,二龙是被打者,强子你得带二龙上医院,他治伤的一切费用由你们俩出。如果你们不同意,我现在就给派出所打电话,警察马上就到。"

"我还有事呢,没工夫带他上医院。"强子气哼哼地说。

"你不去医院也行,把钱留下,我带二龙去医院,他伤情如何看医院的诊断结果,事后再找你。"

强子傻眼了,不知该如何是好,他的哥们儿小声对他说:"给丫俩钱儿算了,破财免灾呀。"

强子摸了摸兜,不情愿地掏出了十块钱,说:"我身上就这么多钱。"

"可以,先拿这钱给二龙看伤,不够了再找你。"

高小燕写了十块钱的收据,几个当事人都在收据上签了字,高小燕也签了字,收据一式三份,强子、二龙和高小燕各有一份。打架纠纷就这样解决了。

强子和他的哥们儿回到家心里这叫别扭,强子使劲地往地下吐着唾沫,骂道:"真他妈晦气,没打服了二龙,还赔了丫十块钱,这个高小燕太他妈厉害了,一下子就抓住了我的软肋,真拿这娘儿们没辙。"

强子气得直跺脚,他看着手里的收据,在地上来回走遛儿。忽然他想起了一件往事,说:"在牢里的时候,我听孙福说过这个高小燕,以前是八大胡同的名妓,她生不了孩子,还抱了个儿子。她家的那些破事,我他妈的门儿清。别看她今天人五人六的,底儿也够潮的,跟我这装什么孙子呀!"

强子的哥们儿一听来劲了,凑过来说:"强子,那你还犹豫什么呀,写大字报臭她呀。"

"对!现在时兴贴大字报。她让咱哥们儿不舒服,咱让她也好受不了!现在就写,明天早上趁着没人,我把大字报贴到居委会的墙上,让丫的在整街筒子人面前丢人现眼。"

强子他们两个人这通写呀，连着写了三篇大字报，写完以后两个小子一宿都没敢睡觉，怕睡过了头，有人在场他们是不敢贴的。第二天早上五点多，趁着人们还没起床呢，两个小子偷偷摸摸地来到居委会，把三张大字报全贴在了居委会大院的墙上，题目很刺激："高小燕是封资修的破烂货，是封建社会的寄生虫，是八大胡同最烂的妓女。"

大字报内容胡编乱造，满纸都是羞辱和人身攻击的话。

两个小子贴完了大字报，心满意足地走了。可这突如其来的沉重打击，让高小燕精神崩溃了。她跌跌撞撞地从居委会往家走，深深地低着头不敢看人，似乎所有人都在用鄙视的眼光瞄着她，似乎自己身上的衣服都被人扒光了，毫无隐私可言，似乎自己真成了八大胡同最烂的妓女，让人看不起，被人唾骂。她有气无力地走着，从居委会到家仅有五分钟的路程，今天显得特别漫长。她终于走到了家，进了屋扑倒在床上号啕大哭。

高小燕怎么也没想到，自己这个在旧社会被摧残得遍体鳞伤的女人，今天被人当作贱货、烂货随意地羞辱，今后还有谁会看得起我，我怎么面对儿子，今后这日子还怎么过？

高小燕晚饭也没吃，在屋里哭了一宿，直到天亮了才迷迷糊糊睡着。这时儿子回来了，常小虎去外地大串联走了五个省和一个直辖市，真是经了风雨，见了世面。为了留作纪念，他每到一地都特意买些纪念品，装满了一书包，抱在怀里兴奋地回家了。

小虎推开屋门看见妈妈正在床上躺着呢，心里一惊，大白天的妈妈怎么还不起床呀，以前每天都是她起得最早，生火、做饭、扫院子，等我们起床时，里里外外都归置得干干净净，早饭也摆在桌子上了。今天这是怎么了？常小虎四下里瞅瞅，桌子上碗筷都没收拾，暖水瓶是空的，火炉子是凉的，屋地上、院子里乱七八糟的都没有打扫过。妈妈是不是生病了，也可能是太累了，让她多歇会儿吧。想到这儿常小虎放下书包，拿起笤帚轻手轻脚地把院子打扫干净，又把屋里收拾整洁，蜂窝煤炉子也给点着了，又拿起铁壶烧开水，忙活完了他进屋一看，妈妈还在昏沉沉地睡着。她在做噩梦，梦见自己被日本鬼子摧残时可怕的情景，她拼命反抗，大声呼喊着："你们这些畜生，不得好死！"

小虎吓了一跳,只见妈妈双眼紧闭,脑门上渗出了汗珠,眼角上还有泪痕。他推了推妈妈,轻声说:"妈,我回来了。"

高小燕惊醒了,翻身坐了起来,见到儿子回来了,一阵惊喜,随后一种恐惧袭来,全身都在颤抖。小虎看着妈妈害怕的样子,心里不明白,问:"妈,您怎么了?"

高小燕伸出双手死死地抱住了小虎,哭着说:"妈的好儿子,你一定要相信妈妈呀!甭管遇到什么事,都不要离开妈妈。"

小虎被吓了一跳,他使劲抱着妈妈,安慰她说:"妈,您在做噩梦,谁说我要离开您了?您和爸爸这么疼我、爱我,我还没来得及孝顺你们呢,咱们一辈子也不分离!"

"真的吗?"高小燕带着哭腔将信将疑地看着儿子,眼泪一串串往下流。

看着妈妈憔悴的面容和红肿的眼睛,小虎很心疼,他赶紧打开背包,把纪念品一件件拿了出来,他兴奋地说:"妈,您看我带回来的纪念品多棒呀!这是韶山冲的纪念章,它是我们伟大领袖毛主席诞生的地方。这是革命摇篮井冈山,革命圣地延安,中共一大会址……"

高小燕含着泪不住点头说:"真好,真好,妈妈太喜欢了。"

"妈,我饿了,家里有什么吃的呀?"

小虎简单的一句话又让高小燕回到了眼前。她紧张地说:"我上街买菜,回来就做饭。儿子,你想吃什么呀?"

"我特想吃妈做的炸酱面,在外地的这些日子吃的大多不顺口儿,我夜里做梦还馋这一口儿呢。"小虎说完话调皮地冲妈妈做了个鬼脸。

"好,炸酱面,就吃炸酱面。"

高小燕机械地答应着,抄起菜篮子要走,常小虎关心地说:"妈,您要是不舒服就歇着吧,我上街买菜去。"

高小燕听了极度紧张,她不敢让小虎出门,生怕他听到别人的议论,生硬地喊道:"你不许动,就在屋里待着!"

说完话,她踉踉跄跄地走了出去。常小虎吓了一跳,自己长这么大妈妈从来没有这么说过话,向来是温柔地跟他谈心聊天,他已经习惯了。今天的妈妈紧张惊恐,有些神经质,让他感到陌生。妈妈这是怎么了?常小虎歪着脑袋想了想，实在想不明白，索性不想了，往床上一倒，等着吃炸酱面了。

高小燕刚从家里出来就看见了张大妈，老太太站在屋门口眼巴巴地看着她，一句话也不说，只是不住地流着眼泪，高小燕鼻子一酸，眼泪也流了出来，扭过脸赶紧往外走。

太原会馆大院今天显得很躁动，高小燕从后院往外走，看见各个院里的人们三三两两地凑在一起交头接耳低声议论着。她看见赵大婶在跟西院的街坊们连说带比划着，像是在解释着什么，她心里很感动，知道干妈肯定是在为她辩解，向人们说出事情的真相。她看见刘婶、徐大婶和老郭媳妇在东院里和一些街坊在争论着什么，老郭媳妇嗓门挺大，她说："燕子嫁到咱们院这么多年了，谁都看得见，是个多好的媳妇啊，谁家有困难她都伸手帮一把，对张大妈就像是亲妈似的孝敬，给老太太洗衣服做饭，洗澡擦身，老太太生病住院了还陪住伺候，是个热心肠的好人呀。她自个儿省吃俭用地把儿子小虎培养成大学生，小虎能在大二就入了党，这与他们的家庭教育也有关系呀。她绝不是大字报上说的那种人！"

高小燕再一次感动了，眼泪不住地往下流，她不敢停留，生怕人们看见她，问长问短的，怎么回答呀，低着头快步走出了太原会馆大院。

常小虎躺在床上感觉很舒坦，他自言自语道："还是家里好呀，舒舒服服往床上一躺，等着吃妈妈做的香喷喷的炸酱面，这是多大的福气呀，有妈疼真好！"

小虎感觉有些胀肚，一骨碌从床上下了地，说："我得赶紧去趟厕所，为炸酱面腾腾肚，好多吃两碗。"

厕所在胡同里，男女厕所中间隔着一堵两米来高的砖墙，墙头上没有封死，两边厕所里人们聊天的话，彼此都能听得见。常小虎痛痛快快地解了个大手，提起裤子刚要走，就听见女厕所那边有人说话："王姐，您说高小燕平时一本正经的多神气呀，原来都是假正经呀。"

"可也是呀，看她那模样文文静静的，谁会想到她是八大胡同最烂的妓女呀！"

小虎听到这两句话脑袋"嗡"的一声，腿一哆嗦差点儿掉进茅坑里。他气坏了，两只手攥紧了拳头，紧闭着嘴唇，牙齿咬得"嘎嘣嘣"直响，横眉立目地从男厕所走了出来。他要等女厕所说闲话的那两个女人出来，跟她们玩儿命。

工夫不大，两个女人从厕所出来了，常小虎拦住了她们，怒气冲冲地说："刚才说高小燕坏话的是你们两个人吧？敢再说一遍吗？"

两个女人吓了一大跳，王姐稳了稳神说："你这孩子干吗这么凶啊，谁说高小燕坏话了，明明是大字报上说的嘛，全胡同的人都知道了，你装什么傻呀。"

"大字报？在哪儿贴着呢，我怎么没看见？"

"小伙子，我们没跟你瞎说，你去居委会看看就明白了，墙上贴了好几张大字报呢。"

常小虎听罢扭头就跑，一口气跑到了居委会的院子里。今儿个人可真不少，大家都在惊奇地看着大字报，三三两两地低声议论着。常小虎走到近前仔细观看，那些恶毒的话就像尖刀扎在自己的身上，心在流血，胸口阵阵剧痛，喘不上气来，难过得要昏厥了，终于他支撑不住瘫倒在了地上。

人们这才注意到他，大家把他搀扶了起来，人群中有太原会馆大院的街坊认识他，帮着把他扶回了家。众人走后，常小虎渐渐清醒了过来，此时他的脑海里不断闪现出妈妈慈爱的面容——

自己生病了，妈妈给我端水喂药；饿了，妈妈把好吃的红烧肉全夹到了我的碗里；三九天，妈妈把棉鞋拿在火炉边烤暖和了亲手给我穿上；三伏天，妈妈流着汗在床边给我扇扇子……

想到这些常小虎委屈地哭了，他自言自语道："妈妈，多慈爱的妈妈呀，她怎么会是那种人呢？"

这时他又想起了大字报上的话："她自己生不了孩子，从穷苦人家买个儿子回来，她是心满意足了，人家亲生父母心里得多难受啊。"

常小虎心里刀绞似的疼。他心想，是呀，我的亲生父母得多痛苦呀，他们现在还活着吗？他们在哪儿呀？

他又想起了大字报上那些最难听的话："她虽然是治保主任，却是个烂货！她外表很干净，内心很糜烂，骨头都是脏的！"

想起这些话，常小虎气得浑身哆嗦，双手颤抖着抓起茶壶，狠狠摔在了地上，"啪"的一声，茶壶摔了个粉碎，碎碴子溅得满屋都是。

高小燕买菜回来推开屋门惊呆了，看到眼前的情景，心中已然明白了八九分，她强忍着悲伤的心情，脸上勉强挂着微笑，对小虎说："茶是昨天沏的，不能喝了，我这就给你沏壶新茶去。"

"不用了，我不想喝！"

"你歇会儿吧，炸酱面这就下锅。"

"别做了，我不想吃！"

"你刚才还闹着要吃，我这肉和酱都买回来了，你怎么又不吃了？"

"我嫌脏！"

高小燕闻听此话一屁股坐在地上站不起来了。她哭着对小虎说："儿子，你都听到什么了？"

"我不仅听到了，还亲眼看到了，墙上的大字报说的就是你。你的过去……"常小虎痛苦得说不下去了。

高小燕悲伤地哭出了声，她哀求着儿子："孩子，不要听他们胡编乱造，不是他们说的那样，我永远都是你的好妈妈。"

常小虎不想听了，他抓起军用挎包，抬脚就要走。高小燕惊恐地问："孩子，你要干吗去？"

"找我亲娘去！"

高小燕闻听此话如同五雷轰顶，眼前发黑直冒金星，她不顾一切地伸出双手死死地抱住小虎的大腿，大声哭喊着："儿子，你刚才还说了一辈子不和妈妈分开呢，儿子，妈的好儿子，你爸爸也进了学习班，妈妈身边就剩下你了，求求你别走，我离不开你呀！"

听到这句话，常小虎心头一颤，低头问道："我爸爸怎么了，因为什么事呀？"

高小燕抽抽噎噎地说："我也说不清楚。"

常小虎不知所措，愣住了。

"儿子，我和你爸爸都是被冤屈的呀！"

常小虎看着妈妈哭成了个泪人，心里一阵难过，眼圈也红了。他蹲下身子扶着妈妈的胳膊说："我不走也行，就一个条件，你是亲娘我就不走。你是我的亲娘吗？"

高小燕痛苦地摇了摇头，闭上了眼睛。

"看来大字报上说的都是真的，你竟然骗了我这么多年！"小虎推开了妈妈，头也不回地走了。

高小燕想追他，自己瘫坐在地上腿软得已经站不起来了，她在地上爬着，哭喊着："儿子，好儿子，回来呀……"

常小虎走了，也可以说是跑了，他拼命地跑着，唯恐院子里的街坊拉住他。他边跑边哭，莫大的屈辱和极度的失望把他打蒙了。想到妈妈，那么疼爱自己，关心自己的成长，教我做人的道理，为我操碎了心。从小到大，自己总是仰视着妈妈，觉得她说的每句话都是对的。她心地善良，街坊们人前人后谁不夸她呀，自己一直以妈妈为骄傲。现在，妈妈身上的光环被人无情地打碎了，妈妈在自己心里的美好形象，被残忍地撕毁了！妈妈，妈妈，你到底是个什么样的人呀？真是大字报上说的那种坏女人吗？他不敢想了，一种莫名的恐惧驱使着他必须离这个女人远远的，似乎只有这样才能抵消心灵上的冲击，才能甩开残酷的情感上的折磨。为此他发疯似的在马路上狂奔，他使出了浑身力气跑，跑……

常小虎气急败坏地跑了。高小燕趴在屋地上哭晕了过去，地上的茶壶碴子扎破了手，脑门上还扎着碎碴子，鲜血流了出来，她已经感觉不到疼了。大字报的中伤，儿子的离去，一个接着一个沉重的打击彻底击垮了她。

第十章

　　王大彪来了，他看见高小燕倒在地上吓坏了，三步并作两步跑过去，把高小燕搀扶起来，刚要把她扶到床上，一看满床都是碎碴子，他也顾不上扎手，伸出大手把碎碴子胡噜干净，这才让高小燕躺在床上。他投了把手巾擦去她头上和手上的血迹，又赶紧去烧开水。王大彪顺手拿起笤帚扫干净地上的碎碴子。水开了他沏上茶，倒出来一小杯端到高小燕的床前，轻声地叫着："嫂子，醒醒，喝口茶吧。"

　　高小燕蒙眬之中感觉有人在叫自己，由远及近，她慢慢睁开了眼睛，仔细一看是大彪兄弟站在自己身边，正在焦急地看着她。高小燕可见到亲人了，哇哇大哭起来。王大彪赶紧安慰她："嫂子，别着急，有什么事您跟我说，我给您办。"

　　高小燕擦了把眼泪手指着院子说："小虎走了，他不认我这个妈啦！"

　　"怎么回事，他听到什么了？"

　　"有人把大字报贴在居委会，小虎看见大字报跑了，我没法活了。"

　　"嫂子，您千万别这么想，遇上坎儿咱们绕道走，没有过不去的火焰山。"

　　"小虎怎么办呀？我离不开他呀。"

　　"这个您甭着急，我这两天抽工夫去学校找他，想法子把小虎给您带回来。"

　　"大彪兄弟，多亏有你在呀，要不然我们这个家就完啦。"

"嫂子，甭跟我客气，有事儿您就招呼一声，我随叫随到。"

王大彪劝着高小燕喝了口茶，又帮着做了饭，可她根本吃不下去。王大彪没办法，只能是好言相劝，看着高小燕情绪稳定了，这才从她家里出来。

王大彪刚走到大院门口，正碰上赵大婶，他眼睛一亮有主意了。他拉着赵大婶的袖口说："大婶，赵大爷在家吗？"

"在呢，上家里坐会儿吧。"

"哎。"

两个人说着话，来到赵大爷家。赵大爷看见王大彪来了，甭提多高兴了，他拉着王大彪的胳膊从上到下仔细看了一遍，问道："大彪啊，你挺好的？"

"挺好，挺好。您老身体怎么样啊？"

"还行。"

"赵大爷，赵大婶，我是为三哥家的事儿找您二老帮忙来了。"

"是吗，什么事儿呀？说吧。"

"当年我三哥从小鬼子枪下救了我三嫂，是您和赵大婶亲自给我三嫂做的手术，让她得以生还。我三嫂还把自己悲惨的遭遇跟赵大婶说了，这些往事儿您老两口还记得吗？"

"记得，我们当然记得。"

"咱们都是见证人。现在有人把大字报贴到了居委会墙上，整街筒子的人都对我三嫂产生了误解，流言蜚语传到常小虎的耳朵里。现在小虎不认我三嫂是他妈，吵着闹着要去找他亲娘，我三嫂都哭死过去了。"

"啊？碍事儿不碍事儿呀，我赶紧过去看看。"赵大婶说。

"现在缓醒过来了。她不吃不喝的，嘴里老是叨唠着'儿子没了'，'没脸见人'，她受刺激不小啊。我三哥又在学习班里不能回家，我真担心三嫂，怕她想不开呀。"

"可不是吗，小燕这回受打击太大了。我今天晚上就过去陪她，大彪你放心吧。"

"谢谢您了赵大婶，您是她干妈，解劝的话，她一准儿能听进去。还有件事儿麻烦二老。"

赵大爷冲王大彪摆了摆手说："大彪，甭客气，有事儿就说。"

"现在最让我三嫂动心动肝的就是小虎。我想请您二老出面，去学校找小虎谈谈，你们老两口了解事实真相，最有发言权，应该把真实情况告诉他，解除他对我三嫂的误解，别在孩子心里留下阴影。"

"这个主意好，我们去找这孩子最合适，我们能说清楚他妈妈的经历和遭遇，小虎听了不会无动于衷的。"

"赵大爷，还有一件难办的事儿，小虎知道我三嫂不是他亲妈，他坚持要找亲娘，可怎么办呀？"

赵大婶说："纸里包不住火呀，小虎坚持要找亲娘，拦是拦不住的。孩子都这么大了，不像小孩子似的一哄就过去了，我们现在必须要面对现实。"

"小虎见了亲娘，不再理我三嫂怎么办呀？"

赵大爷说："不至于吧，小虎是个孝顺的孩子，他八岁时从韩爷爷那儿学会了捏脚的手艺，回到家就给他爸爸捏脚，这些年就没断过。只要他爸、妈身上哪儿不舒服，立马儿就给他们捏脚，累得满头大汗，我看着都心疼。这孩子能这么做就是孝顺，爸妈对他的疼爱，他都记在心里了。小虎是个懂事儿的孩子，我们下礼拜去学校找他聊聊，他能想明白喽。"

"那就拜托你们了，大老远的，还烦劳您二老跑一趟。"

赵大爷说："老伴儿你过去看看小燕吧，她现在身边不能离开人呀。"

"好，我这就去，这孩子准没吃饭呢，我给她做碗面端过去。"

王大彪说："我明儿个再去看看三哥，把家里出的事儿跟他说说，让三哥拿个主意。"

当晚，高小燕用毛巾盖住了脸，迷迷糊糊地蜷缩在床上，忍受着心灵上的折磨，她为自己叫冤，为丈夫担心，更不放心摔门出走的儿子，这个家还会存在吗……

这时门外一声亲切的呼唤："闺女，睡觉了吗？妈看你来了。"

高小燕闻听此言，眼泪就像决了堤的洪水哗哗地往下流，她强撑着身子从床上下了地，推开屋门叫了声"干妈"，身子一侧歪险些摔倒，赵大婶急忙腾出一只手扶住了她。

赵大婶端着一碗香喷喷的热汤面，热情地张罗着："闺女，你看妈给你做的热汤面卧了俩鸡蛋呢，点了香油炝了葱花儿可香啦，先把这碗面吃喽。俗话说'人是铁，饭是钢'，甭管什么事儿，先吃饱了再说。"

高小燕搂着赵大婶哭了，她就像是走丢了的孩子再次见到妈妈一样，无所顾忌，毫不掩饰地放声大哭，哭得浑身直抽搐。赵大婶拿出手绢不住地给她擦着泪水，说："孩子，别难过了，有妈呢，你什么都甭担心，一切都会过去的。"

"干妈，这日子口儿您还来看我，不怕别人说闲话呀？"

"嘴长在他们身上，爱说什么就说什么，咱们行得正坐得直，身正不怕影子歪。我就认准了一个理儿，谁要是让我闺女受委屈，就不行！"

赵大婶这番贴心话，让高小燕泪流不止。她依偎在赵大婶怀里委屈地说："他们变着法败坏我呀。我幼年被卖到妓院抵债身不由己，他们说我是八大胡同最烂的妓女，完全是胡说八道！"

高小燕越说越生气，脖子上的青筋都鼓了起来。赵大婶同情地点了点头，说："造谣诽谤是站不住脚的，我们都是你那段历史的见证人，会向上级领导反映的，早晚能还你清白。闺女，既然事儿已经出来了，咱们就不怕事儿。我今天跟街坊们说了真相，大家都很同情你。咱们不生气了，往开了想吧。孩子，你一天没吃饭了吧？"

"嗯。"

赵大婶赶紧把热汤面端了起来，说："那怎么成呢，来吧，妈喂你吃，全吃干净喽。"

高小燕含着泪把一碗热汤面全吃了，赵大婶说："这就对了。明儿个，我给你包饺子，越是这种时候越得吃饱喽。"

"干妈，我放心不下小虎呀，他看了大字报，吵着闹着要找他亲娘，我劝他，他也不听，一甩手就跑了。小虎这孩子自尊心特别强，我真怕他经受不住这种打击，干出傻事儿来。"

"小虎这孩子从小就要强，事事走在前头，现在因为家里的事让他丢了面子，他是气儿不顺呀。我和老头子商量好了，下礼拜就去大学找他，把他劝回家来，给你认个错。"

赵大婶总算把高小燕劝过来了，娘儿俩挤在一起睡着了。接连几天，赵大婶都在家里陪着她，给她做好吃的，和她拉家常，不让高小燕出门，免得再受刺激。

王大彪也没闲着，他第二天就到学习班找常三爷来了。这一段时间常三爷惦记着家里，吃不下睡不着，人瘦了一圈。看见王大彪来了，常三爷急切地问："大彪兄弟，我家里怎么样了？"

王大彪叹了口气，说："不太好啊，真让三哥您说着了，有人揪辫子，把我三嫂在八大胡同的历史贴出了大字报，败坏她的名声呀。"

"真可恶！我现在是身不由己出不去呀，要不然我非得找这些贴大字报的人把历史的真相说清楚。"

"大字报上没写名字，也不知道是谁贴的。"

"兄弟，小燕怎么样了，她没气坏了吧？"

"唉，最让我三嫂难受的是这些大字报让小虎看见了，他不认我三嫂这个妈了，吵着闹着要见他亲娘，三哥您说这可怎么办呀？"

常三爷听罢面如死灰，王大彪赶紧伸手扶住了他，说："三哥，您千万别着急，我们现在必须得面对现实，您拿个主意吧。"

常三爷这位中国式摔跤名家，曾一跤摔死日本少佐的英雄，如今也是泪湿衣衫，无奈地一声长叹，嘴里念叨着："小虎，我的儿呀，两岁把你过继给我，三岁你得了哑病，为了给你治病我遍访名医，跑遍了四九城，急白了头发呀。你四岁学说话，六岁上小学，我们日陪夜伴，直到送你上了大学……"

常三爷越说越伤心，王大彪把手巾递给了他，说："三哥，您别太难过了，留神伤了身子。"

常三爷摇了摇头，叹了口气说："没想到几张大字报，就把你从我们身边夺走了，十几年的父子情，本指望你在膝前尽孝，为我们养老送终，如今竹篮打水一场空啊，老天爷呀，这太不公平了！"

王大彪听着心里也非常难受，一时不知该怎么劝三哥好了，他抹了把眼泪，站起身对常三爷说："三哥，我这就找小虎去，他要是不认你们，我给他跪下，我不信这孩子心这么硬。"

王大彪说着话站起身就要走，常三爷急忙拉住了他说："算了，儿大不由娘啦，随他去吧。"

"三哥，您放宽心，赵大爷和赵大婶下礼拜去学校找小虎，好好劝劝他，兴许这孩子能回心转意。"

"但愿如此吧。"常三爷说完话双手捂着脸不说话了，王大彪忧心忡忡地走了。

赵大爷和赵大婶惦记着常小虎的事儿，这天早早儿地出了家门，去大学找常小虎。一进校园大门，两个学生拦住了他们的去路，其中一个说："为人民服务，同志你找谁？"

赵大爷一愣，马上明白了，也按照他们说话的方式回答："愚公移山，我找常小虎。"

"前途是光明的，北楼二层。"

"道路是曲折的，谢谢。"

赵大婶在一边听着想笑又不敢笑，等两个学生走远了，她才笑出声来，冲着老伴儿伸出了大拇指，说："老头子，你怎么跟得这么快呀，一点儿不打奔儿。"

"嘻，我早就听人说了，现在大学里都这么说话，看来我还得多准备几句，要不然再往下说真没词了，那不就麻烦了吗？"说罢，老两口都笑了。

来到北楼跟学生们一打听，常小虎在202房间，赵大爷走到屋门口一瞅"大学生特刊编辑部"的牌子挂在门上，他长出了口气，对赵大婶说："总算找到了，老婆子拍门叫人吧。"

赵大婶迟疑了一下，说："用不用打个电话请他出来呀？"

赵大爷急了，说："你现在哪找电话去呀，怕什么呀？你一边站着吧，我来。"

老两口正说着话，门开了，走出来个学生，赵大爷赶紧说："同学，我们找常小虎。"

学生说："常总编正在开会，现在没时间接待客人。"

"我们不是客人，是他的爷爷和奶奶，你跟他通报一声，我们在楼下等着他。"

工夫不大，常小虎风风火火地跑了出来，看见是赵大爷老两口不由得打了个愣儿，问："爷爷、奶奶，您二老怎么上我这儿来了？"

赵大婶鼻子一酸，拉住了小虎的手说："孩子，你怎么不回家呀，你妈都快急死了，我们来是想带你回家。"

小虎眉头紧皱，干脆地说："让您二老费心了，我现在不想回那个家。她不是我亲妈，我不想见她。"

赵大爷闻听此话气愤地说："就算她不是你亲妈，从小把你养大，冲这十几年的养育之恩，你也不能太绝情了吧。"

常小虎紧张地环视了一下四周，说："爷爷、奶奶，这里不是说话的地方，咱们换个地方说话吧。"

常小虎带着赵大爷老两口离开了北楼，在学校的中心花园里，找了一处僻静的角落，三个人在一张椅子上坐了下来。赵大婶说："孩子，我们都是亲眼所见呀，你从小到大爸妈操碎了心，没人比他们俩更疼你。"

"哼，亲爹、亲娘会更疼我的。"

"他们对你的疼爱胜过亲爹娘呀！"

"奶奶，咱们不争论这个好吗？我又没见过亲生父母，没法下结论。"

"好吧，咱们不说这个，就说说你妈妈的过去吧，你真了解她吗？"

"有什么好了解的，大字报上都说清楚了，八大胡同的名妓，浑身上下都是脏的。"

"胡说！小虎，不许这么说你妈。"赵大爷生气地打断了小虎的话。

"孩子，你太单纯了，人家别有用心，败坏你妈的声誉，你怎么就不用脑子分析呢？他们说什么，你就信什么，你妈受了多大的冤枉呀！"

"冤枉不冤枉的，是妓女这一点没说错吧？这不就结了吗？妓女都是脏的，能有什么区别呢？我必须要断绝和她的关系。"

赵大婶含着眼泪近乎在哀求常小虎，说："孩子，回家吧，妈妈多疼你呀，你不能寒了她的心呀。"

"奶奶，不是我不想回家，我得回亲娘的家。"

"这么做不成白眼狼了吗?！"赵大爷气得脸色铁青。

"这没办法，现在就得这么做。赵爷爷，赵奶奶，希望你们能理解我。"

"我不理解！"赵大爷说完话，气得呼哧呼哧喘着粗气，脑袋扭向了一边。

常小虎面无表情地看了看赵大爷，冷冷地说："我还有个会，不能再和你们聊了，二老回去吧。"

说完话，他冲赵大婶点了点头走了。赵大爷看着他的身影气愤地说："这孩子怎么变成这样了，冷血无情！可怜小燕两口子那么疼他，到头来就换个断绝母子关系，太让人失望啦。"

赵大爷无奈地叹了口气，赵大婶眼泪流了下来，她看着走远了的常小虎，自言自语说："回去以后可怎么跟小燕说呀，她还眼巴巴盼望着小虎能回心转意呢。"

赵大爷说："算了，跟小燕实话实说吧，让她有个思想准备，免得冷不丁的小虎真和她断绝了母子关系，对她打击太大呀。"

"唉，也只能如此了。"

高小燕在家里提心吊胆地等着赵大婶回来，心里就像有十五个水桶打水，七上八下的，坐立不安，又不敢出去找，只是隔着窗户不停地朝外张望着。天擦黑儿了才看见赵大婶的身影，心里这块石头总算落了地。她赶紧推开屋门把赵大婶迎进屋，两只带着血丝儿的眼睛不安地盯着赵大婶，唯恐她带来不好的消息。赵大婶为难地叹了口气，高小燕的心一下子又提到了嗓子眼儿，带着哭腔问道："干妈，小虎怎么说的？"

"小燕你要有思想准备呀，我说出来你可别太难受。"

高小燕当时就哭了，她难过地说："干妈，您说吧，我听着。"

"小虎这孩子不明白事理呀，要与你们断绝关系，只认他亲娘呀。"

听到这句话，高小燕肝肠寸断两眼发直，赵大婶急忙伸手拽住了她的胳膊，说："孩子，你千万别着急，遇到事儿要往开了想啊。"

高小燕声泪俱下痛苦地说："小虎，你可知道妈妈的命多苦啊，不能和我断绝关系呀……"

赵大婶难过地和高小燕一起流泪，说着宽慰的话，总算把她劝睡了，自己守在她的身边一整夜都没敢合眼。

第二天早上下起了雨，赵大婶连日操劳揪心不得休息，她的身体顶不住了。看到雨水从窗口溅了进来，她起身关窗户，感觉天旋地转，脚底下跟踩了棉花似的，两腿一软险些摔倒。她心里清楚自己高血压的老毛病犯了，必须得回家吃药。她看了看身边的高小燕还在睡着，心想别惊醒她，这些日子可够她受的，好好睡一觉吧。我先回家吃药，再做好早饭给小燕端过来。

想到这儿赵大婶双手扶着墙走出高小燕的家，在院里迎面碰上常老大，他手里打着伞，急急忙忙往外走。赵大婶赶紧叫住他："老大，怎么老没看见你呀？"

　　"是赵大婶呀，您挺好的，我回老家了。"

　　"不说评书了？"

　　"现在老段子不说啦，我们也清闲了。我媳妇身子骨儿弱，上个月住院，我回老家照看她，在保定溜溜儿待了一个多月，昨儿个才回来。"

　　"你三弟家出事啦，你听说了吗？"

　　"哟，出什么事儿了，我不知道啊。"

　　"唉，一言难尽，你跟我到家说去吧。"

　　赵大婶说完话身子一侧歪，常老大赶紧扶住了她，说："您病啦？"

　　赵大婶摆了摆手说："不碍的，老毛病了，我会对付。"

　　常老大搀扶着赵大婶回了家。

　　赵大爷看见常老大来了百感交集，他拉着常老大的手说："老大呀，咱们得帮着你三弟家过这一劫呀！"

　　常老大一听迫不及待地问："我三弟家出什么事啦？"

　　赵大爷刚要说话，张大妈气喘吁吁地推门进来着急地说：

　　"快，快，快去找小燕吧，她奔护城河了。"

　　"啊？这是什么时候的事儿呀？"大家的心都提到了嗓子眼。

　　"我刚才在上斜街胡同口上看见她的，下着大雨也没打伞，披头散发直眉瞪眼地奔了护城河，我喊她两嗓子，也没搭理我。你们快去看看吧，再晚就来不及了。"

　　"哎哟，我苦命的闺女呀，你可不能寻短见呀！"赵大婶当时就哭出了声。赵大爷急得鞋都没穿好，趿拉着鞋就从屋里跑了出去，常老大什么都顾不得想了，撒腿往外就跑。

　　赵大婶今天早上从高小燕家走了以后，下雨的声音把她吵醒了，高小燕没有起床，脑子里还在想着儿子，常小虎从小到大成长中的经历就像过电影似的，一幕一幕不停地转动着，每一幕都让她落泪，最让她难受的就是小虎那句冰冷的话："我不走也行，你是亲娘我就不走。你是我亲娘吗？"

高小燕心碎了，她怎么也想不到自己把全部的爱都倾注到了小虎身上，苦熬苦业地把孩子养大，到头来被儿子无情地抛在了一边，他的心里已经没有我了，他的情感全给了他的亲生父母。自己算什么？一个被旧社会摧残得遍体鳞伤的女人，一个被侮辱迫害而又无处申冤的女人，一个没有温暖绝望的女人，自己在这个世界上还这么委屈地活着有什么意义？高小燕的心里第一次出现了死的念头，这个平时她根本不会去想的念头，如今清楚地在她心里产生了，越来越清晰，越来越真实，似乎伸手就能触摸到它。死亡这个令人胆怯的字眼儿，如今对她来说却有几分亲近，似乎这是她最好的归宿，正如人们常说的，死了，死了，一死百了。自己再也不用战战兢兢地活着，再也不用家里家外地操心受累了，死亡是一种解脱，是一件轻松的事情，又是一件很容易做到的事情，自己可以了却这一生的悲哀，去安安静静地休息，去见故去的父亲母亲……

她想起了八大胡同那些年老色衰走投无路的妓女们，最后悬梁、服毒、跳井，结局都极其悲惨。那些恐怖的场面在她心中留下的伤痛太深了，一辈子都忘不了。因此她发誓要养个儿子，自打把小虎抱回来以后，她把全身心的爱都倾注到了儿子的身上，指望着他为自己和常三哥养老送终。谁承想等来的却是断绝母子关系的噩耗，她什么指望都没有了，万念俱灰，绝望地哀叹道："难道不是亲生儿子，就留不住吗？难道我和那些悲惨的妓女是一样的结局吗？"

复杂而又痛苦的心绪搅得她肝肠寸断，越想心里越窄，自己似乎走到了生命的尽头，在这漆黑冰冷的屋子里，她浑身颤抖着，恐惧地等待着地狱之门的打开。

她静静地等着死亡的降临，此时除了雨水的落下，什么也没等到，她焦躁地站了起来，两眼发直，头也不回地奔了护城河。

她站在护城河边，一步一步往河里走，河水已经没过了膝盖。她含着泪两眼直勾勾看着河水的深处，突然脚被一块尖利的石头扎了一下，她疼得眉头紧皱，本能地停了下来。说："河神呀，你别拦着，让我去死吧。我这辈子太苦了，遭日本鬼子祸害，遭人泼脏水，还遭到儿子的抛弃，真没法活了。三哥呀，我对不起你啦，你自己多保重吧，咱们夫妻阴曹地府里见吧……"

高小燕在河水中的哭诉为常老大赢得了宝贵的救人时间，他最先跑到了护城河边，看见高小燕正在往河里走，河水已经漫过了腰。常老大顾不上自己不会水，噼哩扑通地下了河，来到了高小燕的身后。高小燕听见了动静，本能地一回头，正与大哥碰了个正着，不由得哇哇大哭起来。常老大也不说话，拽着高小燕的胳膊就往河岸上拉。高小燕使劲要挣脱大哥的手，常老大说话了："弟妹，我不会水，你再拉我，咱俩可就一块堆儿淹死了。"

听到这句话，高小燕愣住了，她突然觉得自己手上攥着两条性命，就算自己不想活了，也不能把大哥拉下水呀。于是她使劲往岸上推常老大，说："大哥，别管我，您快上岸吧！"

常老大哪能松手啊，两只眼睛瞪圆了，双手死死地攥着高小燕的胳膊拼命往岸上拽她，高小燕还是头也不回地要往河中心走，正在相持不下时，赵大爷赶到了，老爷子不由分说下了河，来到高小燕跟前一把攥住了她的胳膊，说："闺女，不能走这条道！有什么话，咱们回家说去。"

高小燕看着年近古稀的赵大爷也站在河水里拽自己，她叫了一声"干爹"，扑在赵大爷怀里放声大哭。赵大爷趁势和常老大一起把高小燕拉上了岸，这时赵大婶和张大妈也呼哧带喘地赶到了河边，两个老太太看着浑身湿透的高小燕都哭了。张大妈说："孩子，别想不开呀，有什么话跟我说。"

赵大婶说："闺女，你不是没人疼了，有大家伙儿在，儿子不在身边没什么大不了的，千万要往开了想啊。"

众人连说带劝，把高小燕拉回了家。

第十一章

　　高小燕发起了高烧，无力地躺在床上，紧闭着双眼一句话不说。大家伙儿围坐在四周，想着法儿解劝她。

　　常老大说："弟妹，我昨儿个才回来，刚知道你们家里的事儿，你放心吧，明儿个我就去学校找小虎，一定把他劝回来。"

　　赵大婶清楚高小燕的心结在儿子身上，就对着她心缝说："闺女，我想了个办法，能让你们娘儿俩见上一面。"

　　高小燕打了个激灵，睁开了眼，问："干妈，您有什么办法呀？"

　　"我是这么想的，小虎这孩子不是想见他亲娘吗，见就见吧，他都这么大了，什么事儿不懂啊。再者说了，你都承认了不是亲妈，他想见亲娘，这也是人之常情。何况又不是外人，是你们弟妹呀，一笔写不出两个常字来，原本都是一家人，就是小虎认了亲娘，又能与你远到哪儿去？"

　　高小燕的身子像遭受电击似的抽搐了一下，赵大婶说的话句句都在理儿上，她努力平复着自己的情绪，想了想说："孩子大了瞒不住，我知道早晚得有这么一天。"

　　"我想小虎闹着要去找亲娘，你越回避，他越有好奇心非见不可。与其被动地让他们母子相见，不如小燕亲自带他去见，这么做一来去掉了他的好奇心，二来显示出你这个当妈的做事光明磊落。再者说老七两口子这么多年不见小虎心里也是挂念，让他们见上一面双方都踏实了。小燕这么做也会让老七两口子心存感激，反而会做小虎的工作，让他还认你这个妈。"

常老大说："赵大婶说得好，小虎不是老三买来的孩子，是从兄弟家过继来的，这没有什么见不得人的。让小虎见见亲娘，对比一下妈和娘谁更疼他也没什么不好，省得他身在福中不知福。"

大家说得高小燕心绪好了起来，她说："干妈，我可以带小虎去见老七两口子，只是有一样，他见了亲爹娘不能提居委会大字报的事儿，也不能说我过去的事儿，在亲戚面前要给我和三哥留点儿脸面。"

"这是当然了，我想小虎这孩子也不会那么没有分寸的，你放心吧。"

赵大爷说："小虎在学校大小也是个负责人，家里出了这么大的事儿，他现在回太原会馆大院不太方便，万一被人看见反映到他们学校，对这孩子不利呀。"

"那可怎么是好啊？"高小燕又为难了。

"我看不如你买好了去保定的长途汽车票，你们娘儿俩直接到长途汽车站见面得了。"

"唉，这倒是个办法。"

常老大按照大家商量好的，第二天去学校找到了常小虎。见了面，常老大开门见山，说："孩子，你想不想见见亲娘呀？"

常小虎惊喜地说："当然想了，做梦都想。大爷，当年我爹娘为什么要把我卖了呀，您知道吗？"

"我什么不知道啊，这事儿就是我张罗成的，不是卖，是过继。你七叔就是你亲爹，他家里有六个孩子，你最小，生活很困难，为了帮他家减轻生活负担，也为了你三大爷家后继有人，我出的主意，你两岁那年过继给了三大爷。这种亲兄弟之间过继孩子的事，在咱们这儿很普通。这些年来，你爸妈年年都往你亲爹家汇钱，时常还给他们寄些穿的用的，没短了接济他们，帮他家过上了好日子。"

"这些事儿我怎么都不知道啊？"

"你还小。有些事儿也不便对你直说，怕你误解呀。"

"大爷，您哪天带我去见爹娘呀，我可想他们了。"

"我最近团里有演出，离不开。让你妈带你去吧。你哪天回家呀？"

"这个……"常小虎犹豫了，不知该如何是好，急得他双手使劲揉搓着，汗珠子从脑门儿上渗了出来。

"我看这样吧，你要是觉得回家不方便，就让你妈买好了长途汽车票，你们娘儿俩直接到长途汽车站见面，不就得了吗？"

"那好吧，就按您说的办。"

常小虎去保定见亲爹娘的事儿就这么定下来了，时间选在了星期日上午。高小燕在星期六就买好了车票，给儿子准备了过节时才吃的团圆饼，给常老七一家人带了好些穿的用的，包成了个大包袱，又从银行取了一百块钱带在身上。

星期天早上天刚透亮，高小燕就起床了，她生怕被人认出来，脸上蒙着纱巾，身后背了个大包袱，手里拎着装得满满当当的大网兜，急急忙忙出了太原会馆大院。她走得很快，头也不敢回，胸口就像有一团乱麻堵着，憋闷，喘不上气。想到马上能和儿子见面了，她的心里多少有些宽慰，可是儿子就要和老七一家人团聚了，人家母子相认，自己成了外人，这十几年来的母子情将被大风刮跑了。想到这些，高小燕的心犹如刀割似的疼痛，眼泪又流了下来。

高小燕到了长途汽车站，一阵冷风吹落了她的纱巾，头发吹散了，她赶紧把手里的网兜放在地上，借着路边房子的玻璃窗整理着自己的头发。她惊讶地发现白头发爬满了鬓角，脸庞消瘦了许多，两腮缩了进去，颧骨凸了出来，抬头纹和眼角的皱纹更深了，双眼无神，布满了血丝，自己仿佛一夜之间老了二十岁。她痛苦地闭上眼睛，不愿意再多看一眼镜子里的老妇人，她的心在绝望地呼喊："那是我吗，怎么会变成了丑八怪？我是不是快死了？"

"我来了。"这时一个熟悉而又冰冷的声音在耳边响起。

高小燕惊慌地睁开眼睛回头一看，正是儿子站在她身后。常小虎嘴上戴了个大口罩，头上的帽檐压得很低，似乎是怕被人认出来。

终于见到儿子了，高小燕兴奋地将小虎搂在怀里，泪水模糊了双眼。

常小虎没有流泪，木呆呆地站着，冷冷地说了一句话："咱们上车吧，车快开了。"

常小虎说完话一脸的迷茫，痛苦地低下了头，任凭高小燕再说什么话，也不搭理她了。高小燕看了看他，说："小虎，我再嘱咐你一件事，我遭别人泼脏水的事儿，到了保定你不要跟他们提，别败坏了我和你爸爸的声誉。你能做到吗？"

"能。"

常小虎轻声地从嘴里吐出了一个字，接着就紧紧地闭上了嘴。他面无表情眼神麻木，高小燕在旁边看着心里直发凉。她无奈地叹了口气，说："那就行了，咱们上车吧。"

高小燕背起包袱，拎着大网兜，头也不回地往前走，常小虎低着头，跟在高小燕的身后上了汽车。

一路上母子俩跟陌生人似的，谁也不说话，都在想着自己的心事。常小虎心想，我亲爹亲娘生活在贫困的乡下，他们如今日子过得怎么样呀？我两岁多就离开了，现在他们能认出我吗？高小燕心里更不是滋味，她心想，见了老七两口子我怎么张口说呀？

母子俩各怀心腹事，尽在不言中，任凭老旧的长途汽车上下颠簸得难受，他们都强忍着身体的不适，谁也不主动和对方说话。

一阵冷风吹来，常小虎打了个冷颤，他双手抱肩斜靠在座位上不停地咳嗽着。高小燕皱了皱眉，问："感冒了？吃药了没有？"

"我没感冒，不用吃药。"常小虎冷冷地回了一句。

"你饿不饿呀？"

常小虎默默地摇了摇头。高小燕心疼地看了看儿子，叹了口气，打开网兜从里面拿出了一块团圆饼递给小虎，说："今天这么早出来的，肯定没吃早饭吧，这是我特意给你蒸的团圆饼，你从小就爱吃，打个尖儿吧。"

常小虎心头一热，眼泪流了下来。他已经两天没吃饭，饿得眼珠子都绿了。他学校的饭票两天前就用光了，身上仅有的几块零花钱都用来给亲爹亲娘买罐头和点心了，在学校还不敢让同学们看见，都偷偷地藏在被卧里。今天一大早儿同学们还没起床呢，他抱着这些好吃的，奔了长途汽车站。身上没有钱，他也坐不了公共汽车，愣是用了两个多小时从学校走到长途汽车站。这一路上，他饿得眼前发黑，好几次都要晕倒，硬是咬牙坚持着才没趴下。

现在看到香甜的团圆饼，小虎眼前又浮现出了小时候每逢中秋佳节，妈妈给他蒸团圆饼的情景。团圆饼小虎平时吃不着，只有到了中秋节才能吃得到。那时每到中秋节，家境好点的人家儿会买些五仁月饼、自来红、自来白吃。普通人家儿买月饼嫌贵，动手自己蒸团圆饼吃。这团圆饼做工比较复杂，先用芝麻酱、蜂蜜、桂花、青丝、红丝和红糖拌起来，和成馅儿均匀地撒在发面薄饼上，一层层地摆起来，团圆饼能有五六层，上屉蒸熟。吃的时候用刀切成小块，张嘴一咬带着桂花香味儿的蜂蜜糖稀从各层渗了出来，好吃极了。那时爸爸妈妈总是每人尝一口，余下的团圆饼就全让小虎吃了。

团圆饼成了小虎从小到大最爱吃的美食，往往是离中秋还有一两个月呢，小虎就缠着妈妈蒸团圆饼吃。那时候芝麻酱和红糖等副食品凭本供应，数量有限，平时吃了，中秋节就没的吃了。高小燕不得不好话说尽，哄着小虎再多等几天。今天，虽然还没到中秋节呢，高小燕倾其所有，把家里的红糖、芝麻酱全用上了，她还特意跑了趟稻香村，买了蜂蜜桂花一起拌馅，蒸出来的团圆饼散发着桂花的清香味儿，别提多诱人了。

小虎两眼死死盯着团圆饼，使劲咽了咽口水，手却没有伸出来。他紧张地前后踅摸着，生怕被学校的同学看见。

"我都看了，没有认识你的，放心吃吧。"高小燕说。

常小虎放心了，他抓起团圆饼，张嘴就咬了一大口，呼囔呼囔地吃了起来。

"饿坏了吧，慢点吃，别噎着。"

高小燕话音未落，常小虎"嗝"的一声就噎住了，他立马儿站了起来用手捋着脖子，想把食物捋下去，根本不管用，噎得他满脸通红，太阳穴上的青筋都鼓了出来，眼泪也流了下来。高小燕见状赶紧掏出水壶递给小虎，水壶里是满满一壶凉白开，小虎"咚咚咚"喝了大半壶，这才把噎着的糖饼顺下去。他长出了口气，把水壶递给高小燕说："妈，您准备得真齐全，要没有这壶水，我今天非得噎出个好歹不可。"

听到小虎又管自己叫妈了，高小燕眼泪夺眶而出，她爱抚地捋了捋小虎的头发，问：

"干吗吃这么急呀，又没人跟你抢。"

"我两天没吃饭，都快饿晕了。"

"因为什么不吃饭呢？"

"没钱买饭票。"

"你怎么不回家来拿钱呀？"

"我……"常小虎这时忽然想起了什么，他一屁股坐在椅子上，头一低，又不说话了。

高小燕心里明白，这又触到了小虎心中的痛处，她鼻子发酸，眼泪在眼眶里打转，赶紧把头扭向了车窗外。

车窗外是一望无际的华北大平原，眼下麦收已经结束了，绿油油的青纱帐长势喜人。农民们三三两两地在玉米地里劳作，耪地，施肥，汗流浃背地忙活着。高小燕触景生情，想起了一九四九年初春，她坐在常三爷赶着的大车上，头次来保定常老七家时的情景。当时常小虎才两岁多大，站在地头上看着全家人在地里干活。孩子穿得很单薄，上身儿穿了一件不合体的破衣服，衣角过了膝盖，一看就是哥哥穿剩下的。下身儿光着小屁股，站在地上瑟瑟发抖。孩子双手抱着只空碗，正在用力舔着碗边上残留米汤的痕迹。他的父母和哥哥姐姐们正拼尽全力在大田里拉犁。老七媳妇费劲地扶着犁，老七拉头鞭，大儿子和三个闺女每人身上套着一根绳子，吃力地帮着爸爸拉犁。四岁大的二儿子小鼠儿把小手放在犁把子上，使着吃奶的劲帮妈妈扶着犁。

全家人合力向前拼命地拉着。老七和孩子们的身子尽量朝前倾斜着，双脚使劲蹬着地，嘴里喘着粗气。汗珠子从他们脸上大滴大滴往下流，无声地掉在了泥土上，摔成了八瓣。一路走下来，全家人洒下的汗水被干涸的土地无情地吞噬了。

虽然天气还很凉，老七和大儿子都光着膀子，裤腿挽到了膝盖上，身上还冒着热气。父子俩每人肩膀上都垫着一块破布头，盖住了膀子上被绳子磨出来一道道血红的痕迹。三个闺女肩膀头上的布也被绳子磨破了，血迹从衣服里渗了出来。

看着老七一家人拼着命在土坷垃里刨食吃的情景，深深触动了常三爷和高小燕，现在回想起来还让她很激动。她不知道老七一家人现在生活得怎么样。十九年了，虽说年年都给他们写信、汇款、寄包裹，他们很少回信，偶尔来封信也很简短，只是报个平安，说些让哥嫂放心的客气话。高小燕心里很不踏实，她知道老七媳妇身子骨儿弱时常闹个病，几次请他们来北京看病，他们一直没来过。高小燕和常三爷猜想他们怕见了小虎感情上受不了，总是躲着不肯见面，为此也只好顺坡下驴，很少和老七家走动。这一蹦子就是十几年没见面了，眼下一个招呼也不打，冷不丁的娘儿俩回来了，常小虎还要认亲爹亲娘，是不是太唐突了。

高小燕还在瞎想着，这时就听见售票员高声喊道："常家村到了。"

高小燕一惊，赶紧抱起包袱，拎着大网兜，招呼着常小虎下了车。

高小燕虽说来过一次常家村，毕竟是十七年前了，这次再来，看哪儿都眼生。村口一间房屋的山墙上，醒目地写着三个大字"常家村"。村子里的房屋变化很大，解放前高小燕来常家村时，农民们住的房子多是土坯墙、茅草顶。今天来了一看，各个农户家里大都盖了新房，换成了红砖墙、石板顶。大队部院子里几间房盖得更好些，一水儿的大瓦房。

现如今村子里电力设施还比较落后，全村没有路灯，每到夜晚全村一片漆黑，伸手不见五指，农民们早早都睡下了，依然沿袭着老祖宗日出而作、日入而息的简朴生活。在村子东西南北的四个把角上竖立着四根木头杆子，上面架着高音喇叭，它一出声，全村都听得见。大队给每户社员家里安装了一个小喇叭，队里播个通知、找个人、开个动员会什么的，在小喇叭里一说，每家就都知道了，也挺方便快捷的。

每天早上五点半村里的大喇叭就准点播放《东方红》乐曲，之后是中央人民广播电台的"对人民公社社员广播"，接着便是"新闻和报纸摘要"。村里人听见《东方红》乐曲一响就都起床了，接着是听着广播烧火做饭，广播结束，早饭也吃完了，社员们便拿起家伙什儿下地了。

高小燕娘儿俩今天来得挺寸，正赶上村子里开社员大会，各家各户的人们三五成群地来到了大队部的院子里。他们娘儿俩进村后看到人们都往一处走，不明白是怎么回事儿，也就跟在人群后面进了院子。

院里北房的屋檐下挂着一条横幅，上面写着"农业学大寨誓师大会"，房前摆放着一张桌子，几把椅子，就算是主席台了。大队党支部书记，大队长，贫下中农代表坐在椅子上。大会开始后先是宣读文件，接着是领导讲话，最后是贫下中农代表发言。高小燕和常小虎无精打采地在后面听着，今儿个起得早，又是一路颠簸，两个人都直打瞌睡。这时就听见会议主持人说："下面，请贫下中农代表常老七同志发言。"

高小燕一激灵，顿时睡意全无，睁大了眼使劲盯着主席台。

常老七大步走到台前，稳了稳神儿，朝大家伙儿看了看。高小燕认出来了，真是老七，眉眼和脸型跟三哥都有点儿像，只是年近半百的人了，白头发长了不少，再加上整日在田间劳作，日晒雨淋的，脸上刻满了一缕缕皱纹，老七身板很健壮，是个魁梧的庄稼汉。高小燕心头一热，眼圈红了。她看了看小虎，他还在打瞌睡，高小燕赶紧推了他一把，附在他耳边轻声说："下面发言的就是你亲爹。"

常小虎一下子惊醒了，他不由得往前走了两步，眼里含着泪紧盯着生父看。常老七说话声音洪亮，他推开别人递给他的麦克风，说："用不惯这个，我一嗓子地头上都听得见。"

人们都笑了。常老七说："我没文化，不会说什么，我就记住一个道理，没有共产党就没有新中国，是共产党让我们贫下中农翻身过上了好日子，我这辈子就跟着党走。毛主席号召我们农业学大寨，没说的，我们就种好庄稼，多打粮食，支援国家建设。大家伙说对不对呀？"

"对。""说得对！"

人们都跟着喊，常小虎激动地擦了把眼泪，也大声喊着。

会散了，人们三三两两地往院外走。常小虎木呆呆站在原地，两只眼睛紧盯着常老七不放。高小燕走上前拉起小虎的胳膊，朝着常老七走了过来。

"三嫂，您怎么来了？"常老七认出了高小燕，惊讶得睁大了眼。

"老没见面了，想你们啦，这不，带着孩子一块儿来了。"

"孩子，这就是小虎吗？"常老七不错眼珠紧盯着小虎看。

"是呀，正是小虎呀，你看他都长多大了，快比你高了。我今天带着他认你这个亲爹来了。"

"哎哟，三嫂您怎么把这个话茬提起来了，咱们不是说好了吗，小虎过继给您和三哥当儿子，你们就是这孩子的父母，跟我们没关系了。"

"唉，有关系没关系的，咱们去家里慢慢聊吧。怎么没看见弟妹呀，她挺好的？"

"她眼神儿不好，得了青光眼，看不见东西了。"

"啊？病得这么重呀，你怎么也不知会我们一声呀，把弟妹接北京去看病，兴许能治好喽。"

"嗐，她得的是急性青光眼，两三天工夫眼就瞎了，上哪儿看都不管用，也就没告诉你们。"

"唉，我这弟妹，真是个苦命的人呀！"高小燕说着话拿出手绢擦了擦眼角的泪水，常小虎在旁边听着已是泪流满面了。

他们边走边聊，工夫不大来到了常老七家。高小燕抬头一看，嗬，竟然是三间青砖大瓦房，她说："老七，你家房子不错呀，比我解放前来的时候强多了。"

"这房子原来是地主家的，土改那年，贫协认为我家是全村最穷的，就把这房子分给我家住了。"

他们说话的声音传到了屋里，老七媳妇站了起来，双手摸索着来到了门前，推开屋门问："谁在院子里说话呀？"

"是三嫂来了。"常老七说。

"啊？三嫂来了。昨天听见树上喜鹊叫，我心说可能有好事儿，谁承想今儿个您就来了，真是太巧了。三嫂啊，十几年没见面了，我真想你们呀。"

"弟妹，我也想你们呀。"高小燕说着话走上前来，紧紧搂住了老七媳妇，老姐儿俩都流出了眼泪。

高小燕擦了把眼泪说："这日子过得多快呀，记得那年我头次来你家，给孩子们每人做了身新衣服，看把孩子们高兴的。我也给你们两口子做了新衣服，孩子们催着让你们俩穿上试试，你们穿上新衣服那高兴劲我现在都忘不了。"

"我也记得呢，当时我看了老七一眼，说，你怎么穿得跟个新郎官似的。他看了我一眼说，你看看你，穿得跟个新媳妇似的！屋子里的人全让他给说乐了。"

"我三哥挺好的，他怎么没来呀？"常老七问。

"他单位里有会，不让请假。"

"这日子口儿就是会多呀。"

"孩子们都结婚了吧？"

"是呀。咱们农村孩子们成家早，三个闺女都嫁到外村去了。两个儿子也都娶了媳妇，大儿子有两个娃啦，我们现在也是当爷爷奶奶的人啦。"老七媳妇说到这儿高兴地笑了。

"他们不跟你们身边过呀？"

"老大住在我们家原来的那间旧房里，他给重新翻盖了，一家四口住那儿。二儿子和媳妇跟我们一起过，他们两口刚结婚半年，现在还没孩子呢。"

"怎么没看见他们呀？"

"我们亲家前几天病了，儿媳妇回娘家看看，儿子也跟了去。"

"儿女们都成家了，你们老两口的拖累也就减轻了。"

"是呀，现在我们家日子好过多了。话说回来，三嫂啊，要没有您和三哥这十几年的帮助，我们家也到不了今天呀。我和老七打心眼里谢谢你们呀！"

"得嘞，一家人不说两家话，咱们谁也甭跟谁客气。我估摸着孩子们都出去了，就没做他们的衣服。这次来给老七和你每人赶着做了一身棉袄棉裤，今天带过来了，弟妹，你和老七试试，看看合适不？"

"哎呀三嫂，怎么还让您破费呀，我们家现在不像以前了，八口人盖一条被卧，孩子们合不上一人一条裤子，自打解放以后，我们家的日子越过越好，您不用再惦记着我们啦。"

"这是我和三哥的一份心意，你们就收下吧。"

"得嘞，收下收下，再客气就见外了。"常老七憨厚地笑了笑，接过了高小燕送上的棉袄棉裤。

常小虎这时咳嗽了几声，老七媳妇吓了一跳，她赶忙问："三嫂啊，您不是自己个儿来的吧，你身边是不是还有个人呀？"

"是呀，我不是一个人来的，弟妹，你猜我带谁来啦？"

"这我哪猜得出呀，我又看不见。"

"是小虎，你的老疙瘩小虎回家来了。"

"三嫂啊，您怎么带小虎回来了，您和三哥不要他了？"

高小燕的泪水一下子就流了出来，她擦了把眼泪，努力控制着情感，平静地说："我们怎么会不要他呢，是小虎想见他亲爹娘啦！"

话一出口，高小燕实在控制不住了，低声抽泣了起来。老七媳妇也流了泪，说："小虎啊，过来让我摸摸你。"

常小虎愣磕磕地走了过来，仔细端详着亲娘，和善的脸庞，灰白的头发，深深的皱纹，两只眼睛睁得很大，黑眼球变成了青绿色，眼角不断流着泪，常小虎看着特别心疼，眼泪也流了出来。

老七媳妇一把抓住了小虎的胳膊，急切地把他左胳膊的衣袖捋了上去，伸手抚摸着。十七年前小虎从家里抱走时，她为了以后还能认得出来儿子，狠心在小虎的胳膊上咬了一口，留下了两排深深的牙印。现如今儿子长大了，胳膊上还留着牙印呢。老七媳妇一下子摸到了，嘴唇哆嗦着说："小虎，是我的小虎回家来了……"

常小虎哭着跪在了亲娘面前，双手抱着娘的腰悲伤地说："娘，我回来晚了，您再也看不见儿子长什么样了……"

老七媳妇抱着小虎的头大哭了起来，边哭边说："儿呀，你那会儿才两岁半，天天在娘的怀里撒娇，把你抱走后娘整天想你，睡不着觉呀，一闭上眼就是你伸着小胳膊，嘴里哭喊着'娘，娘'的样子，我夜里老是哭醒喽啊……"

听着老七媳妇的诉说，高小燕也跟着流泪。她掏出手绢擦了擦眼睛，伸手捋了捋头发，把来时带的包袱皮卷了起来，往胳肢窝里一夹，从椅子上站了起来，对常老七两口子说："我把小虎给你们送回来了，你们一家人拉拉家常吧，我回去了。"

"三嫂，您可不能就这么走啊，这算怎么档子事儿呀？咱们两家说好了的，小虎过继给你们当儿子，我和媳妇从来没反悔过呀。"常老七红着脸说。

"老七，我明白，这事儿不怨你们两口子，孩子长大了，有自己做主的能力了，正如老话儿说的，儿大不由娘，咱们就听他的吧。"

"三嫂，话可不能这么说，您和三哥这些年多疼小虎呀，你们培养他上了大学，长大成人了，多不容易呀。他这刚有了点儿出息，就翻脸不认你们了，那我们也不能答应啊。您还得把小虎带回去，让他在你们身边尽孝。"常老七说。

"老七，谢谢你们的好意，别为难孩子，我得赶紧走了。"

"十几年没见面了，哪能说走就走啊，住几天再走也不迟呀。"老七媳妇也跟着劝说。

"我这几天身子骨儿不得劲儿，还想明天去医院抓两服中药吃呢，就不住了。等过阵子有空儿，我和三哥一块儿来。"

"那也得吃了晚饭再走啊。"

"不价了，我买了回程票，再过一会儿就赶不上车了。我走了，你们和孩子好好聊聊吧。"

高小燕一个劲要走，常老七两口子怎么也拦不住，没办法只能依着她。老七媳妇赶紧对老七说："当家的，你把咱家的小米给三嫂带走点儿，回去给三哥熬粥喝，他就爱喝这口儿。"

常老七应声从米缸里扤了一口袋小米，转手递给了常小虎，对他说："帮你妈背到汽车站。"

常小虎应了一声，背起米口袋抬腿就走。高小燕跟常老七两口子告别后跟在常小虎身后走了出来。娘儿俩到了汽车站，常小虎把米口袋往地上一放，对高小燕说了句"我回去了"，转身就要走。

高小燕急忙叫住了他，伸手从衣兜里掏出了个小布包，她打开包拿出了一百块钱，对常小虎说："这钱给你换饭票用，别再饿着自己个儿了。"

"太多了，我一个学期也用不了这么多钱。"

"余下的给你亲爹亲娘买点儿好吃的，多年没见面了，在他们身边尽尽孝吧。你小时候跟韩爷爷学的捏脚手艺忘没忘啊？"

常小虎摇了摇头说："一辈子也忘不了。"

"那就好，给你亲爹亲娘捏捏脚吧，他们现在都上了年岁。"

"我会的。"常小虎说完话又要走。

高小燕再次叫住了他，说："你回学校刻个人名章吧，以后我每月通过邮局给你汇饭钱，省得你回太原会馆大院不方便。"

常小虎听了这句话心存感激，眼睛湿润了，他怕让高小燕看出来，头一低快步走了。高小燕看着小虎的背影，眼里充满了泪水，渐渐地小虎越走越远，看不见了，高小燕还在使劲地看着，嘴里轻声念叨着："儿子，儿子，妈的好儿子……"

第十二章

　　高小燕被强子贴了大字报以后，太原会馆大院不平静了。赵大爷、赵大婶、常老大等人纷纷出面，向街坊们讲明事实。赵大爷坐在李大爷家葡萄架下对金老爷子、董二爷、秦老板等老哥儿几个说："要说常三和高小燕这两口子是抗日英雄一点儿都不假。高小燕自小被卖到了妓院清吟小班，卖艺不卖身，身子是干净的。没想到后来被小日本翻译官发现了，他想强占小燕的身子，被小燕拼死拒绝了。这家伙不死心，找来了个鬼子少佐强闯莳花馆把小燕祸害了。那两个畜生还把她的两个乳头咬了下来，惨无人道呀！小燕疼得昏死了过去，剧烈的疼痛又把她疼醒了，她挣扎着从床上坐起来，看到两个畜生都已经烂醉。鬼子少佐躺在自己的身边呼呼大睡，鬼子翻译官上身靠在床边，下身坐在地上睡得跟头猪一样，他咬下来的乳头还含在嘴里。

　　"小燕强忍着钻心的疼痛，轻手轻脚从床上爬了下来，把衣服穿上。乳房还在流着血，她已经顾不上这些了，迅速从床褥子下面抽出了一把刀，双手紧紧握住，使尽了全身的力气，一刀扎了下去，尖刀深深地扎进了鬼子翻译官的心脏，这家伙张嘴刚要叫唤，那个乳头不偏不斜正好堵在他的气嗓管上，他连声儿都没吭出来就见阎王爷去了。"

　　"好！""痛快！"秦老板、董二爷拍手叫好。

　　"扎死了鬼子翻译官，小燕再次举起了刀，刀尖对准了床上的鬼子少佐。可她的身体遭受了鬼子的严重摧残失血过多，晃晃悠悠站立不稳，刀尖已经对不准他的要害了。她一刀扎下去，扎在了鬼子少佐的胳膊上，这家伙疼醒了，从胳膊上拔下刀冲着小燕甩了过去，没有扎中。他又张开双手来抓她，小燕本能地往后躲闪。鬼子少佐醉咕隆咚的，身体已经失去了控制，他从床上一脚蹬空，来了个狗吃屎，重重地摔在了地上。小燕见此扭头往外就跑，没跑多远，鬼子少佐就追了出来，边追边开枪。鬼子酒喝高了，枪就打不准了。虽然相距没几步，一枪没打中。

"莳花馆门房的人，看到小燕跑了出来，本想上前阻拦，一眼看见她身后边的鬼子拿着枪，疯狂地乱打枪，谁还敢拦呀。就这样，放小燕跑到了大街上。当时常三和常老大、王大彪哥儿仨正在莳花馆外面的小摊上吃卤煮火烧，小燕朝他们跑了过来，边跑边喊'救命啊！救命啊！'跑到常三面前时，腿一软摔倒了，当时就昏了过去。常三赶紧伸手来扶她，这时候，那个气急败坏的鬼子也冲到了跟前，他举枪照着小燕的脑袋就要开枪。常三急忙抬起左脚一个后蹬，正踢在鬼子的裆上，一脚把他踢得蹲了下来。紧接着常三整个人飞快地往外扭腰鞭腿，左脚落地支撑，右脚借着扭腰的力量飞了起来，脚背正抽在鬼子的脑门上。这一脚叫'玉环步，鸳鸯腿'，当年武松醉打蒋门神用的就是这招。一下子将鬼子踢出了三米开外。

"王大彪看三哥动了手，他也急眼了，抄起凳子照着鬼子就砸了过去，一下子将鬼子手里的枪砸掉了。他跟着跳过来骑在鬼子的身上抡起拳头一通暴打。这时远处传来了伪警察的哨子声。常老大看见警察要来了，跑过来拉王大彪。可是被打的鬼子少佐双手死死抱住王大彪的大腿不放，要和他拼命。王大彪使劲抽腿，就是抽不出来。

"常老大看得真真儿的，他怕大彪吃亏，抬起腿铆足了劲，一脚正踹在鬼子的裆上。这家伙那个冒坏水儿的地方，五分钟内被常家兄弟连踹了两脚，可把狗东西疼坏了。他无奈地松开手捂着裆，玩儿命地嚎叫：'八格！死了死了地！'"

"活该！就应该一脚踢死这个畜生。"董二爷解气地说。

"常老大踹躺下鬼子，拉起王大彪就跑。哥儿俩跑了没几步，鬼子捡起了地上的王八盒子冲着他们俩开枪了，一枪正打中跑在后头的常老大的肩膀。常老大一个趔趄，重重地摔倒在了地上。"

"哟，老大中枪了。"大家伙都很紧张。

"常三和王大彪看见常老大中枪倒地全急眼了。常三眼珠子都要瞪出来了，他冲上来抬脚踢飞了鬼子手里的王八盒子，一把将鬼子从地上薅了起来，说：'你个不知死活的小鬼子，欺负我们中国女人，还开枪打我哥哥，我今天就送你回老家！'常三浑身血往上涌，他两只手抓着鬼子，运足了全身的力气，迅速转身，钻肩，填腰，立肘，嘴里大喊一声'出去！'"

"怎么样了？"大家同时问道。

"常三把鬼子少佐从自己的头顶上扔出了两米多高，四米多远。鬼子头冲下脚冲上直挺挺地摔了出去，脑瓜子正撞在四合院门口的石头礅儿上。就听见'哼嚓'一声，鬼子是七窍出血，脑浆迸裂，像死狗似的摔在了地上，一命呜呼了！"

"好啊！"大家齐声叫好。

赵大爷声情并茂地讲述，老哥儿几个听着是激动不已。以前出于对高小燕身世的保密，这些往事始终没能向街坊们说，如今高小燕的身世公开了，赵大爷也就无所顾忌了，把尘封了二十多年的往事说了。这下轰动了太原会馆大院，高小燕的苦难身世让大家伙儿同情，她不屈的反抗精神受到了老街坊们的尊重。

张大妈知道了高小燕的身世在家里坐不住了，老太太七十多岁，腿脚不好，走路要拄棍，可她步履蹒跚地挨家挨户串门子聊天，一张嘴说的都是高小燕。老太太说："人心都是肉长的，说话要对着良心说。我老太太上了岁数干什么都不方便，这些年过日子全靠了燕子，她跟我不沾亲带故，可什么事儿都管，不论是洗衣服做饭，还是我生病住院的时候陪着伺候，接屎接尿的，比亲闺女都亲。燕子是个多好的人呀，我不听别人的胡说八道，就看事实。"

打这以后，三天两头的有街坊们往高小燕家里送东西，她每天清早起床一推开屋门，时常见到门旁边放着几棵葱，一把猪耳朵扁豆，几根丝瓜，一瓶酱油或是一袋盐。高小燕看到这些，被街坊们的爱心和情义深深感动了。

高小燕宽心了，她觉得自己不再是旧社会那个被人看不起的妓女，街坊们是通情达理的，他们能分清好人和坏人，在关键时刻保护着我，正如那句老话儿说的，远亲不如近邻，生活在这么好的街坊当中，真是一种福气。高小燕回想这些天来的经历就像做梦一样，让她的心久久不能平静。她坐在窗前，看着天上的一层层云朵，说："白云呀，给我捎个话儿吧，我盼着三哥早点儿回家，我盼着小虎再叫我一声妈妈。"

常小虎在常家村汽车站与高小燕分别后，走了几步忍不住回过头，看到妈妈的头发让风吹乱了，时不时抹一把眼角的泪水，一动不动站在那里眼巴巴望着自己，小虎心里很不是滋味，低着头跑了。

小虎进了村，寻思着自己十几年没和爹娘见面了，没在二老身边尽过孝，亲娘双目失明了，我一天也没照顾过她，亏欠他们太多了。这次回家，我虽然省下学校的饭费给他们买了些点心，实在是少得可怜，爹娘一人吃两口也就没了。现在正好，高小燕妈妈给了我一百块钱，我可以买好多东西孝敬爹娘。

他来到村里供销社，仔细踅摸着货架上的商品，吃的、喝的、穿的、用的挺齐全。他心里高兴，给娘选了件外罩，给爹选了件上衣，又买了二斤槽子糕和两瓶水果罐头。看看买得差不离儿了，小虎心里挺得意，他心说娘身上的褂子洗得都发白了，爹穿的上衣还有好几块补丁，我给爹娘买了新衣服，哥哥姐姐们回家来看到爹娘精精神神的，他们一说这是小虎买的，我多有面子呀。也让村里的乡亲们看看，我常小虎是个孝顺爹娘的人。他高兴地把身上的钱掏出来往柜台上一拍，对售货员说："您看这些钱够了吧。"

"钱够了，工业券、布票、糕点票。"

"什么，还要这么多票呢？"

"你从来没买过东西吗，怎么啥事都不懂呀？"

小虎脸红了，尴尬地收回了钱，臊眉耷眼儿走出了供销社。

他心里一阵阵起急，心说早知道要这么多票，我事先就找妈妈要了，现在倒好，看上眼的一样也买不了，有钱都没处花去，这让人多着急呀！

小虎正没着没落地低头走着，迎面走过来个老大爷推着独轮车，车上装着满满两麻袋大枣。小虎高兴了，心想枣是好东西呀，又甜又解馋，我买回去爹娘肯定稀罕。

小虎紧走几步追上了老大爷，问："大爷，您车上的枣是自己家里种的吗？"

"是呀，自家枣树上结的。"

"您这是上哪儿卖去呀？"

小虎的话把老大爷吓着了，他低声说："孩子，你小点儿声，现在不让我们社员自己做买卖，上头说了，要割我们的尾巴。"

小虎扑哧一声笑了，说："不是割您的尾巴，是割资本主义的尾巴。"

"对，对，就是割那玩意儿的尾巴。"

"那您还带这么多枣出来，不就是想卖去吗？"

"不是卖，是去赶集，二十里地外的刘家村，他们那儿管得松，我去他们村的集市上碰碰运气。"

"您这两麻袋枣能卖多少钱呀？"

"一麻袋两三块钱，两麻袋也就五六块钱吧。"

"就为了这么几块钱，您要跑二十多里地呀？"

"没办法，我老伴病在床上俩月了，我得想法子挣俩钱儿，给老伴儿看病。"

小虎听了心头一热，他拽住老大爷的胳膊，说："大爷，您甭跑那么远了，这两麻袋大枣我要了。"

说着话，常小虎拿出了十块钱，塞到了老大爷手上。老大爷看了看十块钱大票，为难地说："我身上没钱，找不开你零钱呀。"

"不用找钱，全给您了。"

"那怎么成呢，用不了这么多钱呀。"老大爷红头涨脸地说。

"大爷，您别跟我争了，您拿钱快给老伴儿看病去吧。"

"哎哟，我可真是碰上贵人了！孩子，你这心太善了，将来会有好报的。"

"行了，什么也甭说了，麻烦您把这车大枣推我家去吧，我好把麻袋给您腾出来呀。"

常小虎带着老大爷高高兴兴回到家，进院子一看，爹下地干活去了，娘在屋里歇着呢。小虎四下里找了找，没有合适盛枣的家伙什儿，索性解开麻袋口，两麻袋大枣全倒在了地上，好大一堆呀，小虎看着心里美滋滋的。

常老七收工回到家，看着一地的大枣愣住了，问："这枣是哪儿来的？"

小虎从屋里跑出来说："我买的。"

"你买这么多枣干吗呀？"

"孝敬您和我娘呀。"

"嘿，这可真是邪门了，你抬眼看看，咱们这院子里三棵大枣树，结的枣咱家都吃不了，你再去西屋看看，那里堆着三麻袋呢。你也不问问就买这些枣回来，熬着吃呀。去，去，这枣哪儿弄来的送哪儿去。"

"这怎么送呀，我是大街上买的，卖枣的人都走了，我也不知道他在哪儿住呀。"常小虎委屈地说。

"唉，你这孩子，办事儿不走脑子。你去打听打听，庄户人谁家没有枣树，有谁买枣吃。你让我说你什么是好。"

小虎傻眼了，他小声嘟囔着："那就慢慢吃吧，反正这枣是好东西。"

"这得吃到猴年马月去呀，没等吃完，枣就全烂了。"

常小虎没话可说了，张罗着烧开水，常老七不明白是怎么回事儿，问道："这不当不正的，你烧开水干吗呀？"

"给您和我娘捏捏脚，能治病。"

"这事儿一会儿再说，我先问问你，你是怎么知道我三哥三嫂不是你亲爸亲妈的？"

"从大字报上看的。"

"大字报？有人给我三哥贴大字报啦？"

"不是，是给高小燕贴的。"

"你怎么不叫妈呀，点名道姓的没规矩，高小燕是该你叫的吗?！"

"我……"小虎想申辩几句，看见爹严厉的目光瞪着他，话到嘴边，又缩了回去，委屈地低下了头。

老七媳妇说话了："孩子，不是我们不认你，是不能认你呀。十七年前，快要解放那会儿你两岁多，咱家穷得揭不开锅，眼瞅着你们几个孩子吃不饱饭，一个个瘦得都是皮包骨呀。我心里别提多着急了，真没辙呀。这时候你大爷带着三哥三嫂来咱家，他告诉我们，三哥三嫂不能生养，老了以后没人在跟前尽孝，想从咱们家过继个孩子，留在我三哥身边，将来好有人为他们养老送终。他们想过继你当儿子，我当时是真舍不得，可心里一琢磨，家里孩子这么多，我们养不起，要是把你饿出个好歹来，还不如过继给他们，上城里享福去呢。我盘算着又没把你给出常家门儿，都是亲哥们儿弟兄，狠了狠心答应了，你这才有了一条活路。现如今你长这么大了，成了结结实实的大小伙子，好好想想吧，谁养活的你呀？我们现在怎么能从三哥三嫂的手上把你要回来呢？有那么做人的吗？孩子，你说是这么个理儿吧？"

常老七说："我和三哥从小就投缘儿，他一直护着我。那年他来咱家，眼瞅着一家老小在地里干活累死累活的，还吃不饱饭，当时就急眼了，张罗着给我们家买了一头老黄牛帮着耕地。那时候牛可贵了，一头牛的价钱能买一处院子。我三哥眼都没眨，拿出了全部家当儿，愣是把牛给我牵了回来。"

"小虎，你知道这头牛对咱家帮助有多大吗？这么说吧，要是没有这头牛，咱家人就是累吐了血，也吃不饱饭呀，你们几个孩子指不定有谁熬不到今天呢。"老七媳妇说到这儿眼泪流了下来。

"自打你过继到我三哥家，他们不仅劳心受累地把你养大成人，还没短了接济咱们家，年年都给我们汇钱过来，还时常寄过来衣服、被褥，特别是遇上天灾，粮食歉收的年景，他们都及时寄来钱和粮票，这些年咱们家就是靠着我三哥三嫂的帮助才走到了今天呀。"

常老七说到这儿从兜里拿出了装烟叶的小布袋，抄起桌子上的旱烟袋，装满了烟叶，从灶膛里抽出来一根燃烧着的柴火，烟袋锅对着它使劲吸了几口，烟叶点着了，浓烈干辣的烟味儿呛得他一阵剧烈的咳嗽，脑门儿上的青筋都鼓了起来，眼泪也呛出来了，顺着眼角往下流。他张开大手抹了把脸，随后又吧嗒吧嗒猛抽了几口，这锅烟抽完了以后，他把烟袋锅子往鞋底儿上使劲磕了磕，这才长出了口气，稳稳当当往炕头儿上一坐，盯着小虎说："孩子，做人要知恩图报。我三哥三嫂对咱家的恩情不能忘，他们把你养大成人，上了大学，多不容易呀！他们对你有养育之恩，你这辈子也不能忘！将来他们老了，你要床前尽孝报答他们。"

常老七本来嗓门儿就大，他话说到最后一句时有意提高了嗓门儿，声音在屋子里回荡，震得窗户扇哗哗作响。他看了一眼小虎问："我说的话你听进去了吗？"

小虎点了点头，常老七接着说："做人还要讲信用。把你过继给我三哥三嫂当儿子，不是他们生抢硬逼的，是我们自觉自愿的，是我们两家说好了的。我们答应了，就不能反悔，无论他们家遇上什么天灾人祸，你都是他们的儿子，要和他们一起担着。我们都要信守承诺，这是做人的本分。孩子，你记住了吗？"

"记住了。"

老七媳妇说："孩子，今儿个在家住上一宿，明儿个见见你的哥哥姐姐们，他们都挺惦记你的。后儿个就回城吧，别让你妈伤心。你认识咱家门儿了，什么时候想我们就回来看看。"

"知道了，我给您捏脚吧。"

小虎在爹娘身边住了三天。这几天，农村的生活环境让他感到陌生，很不适应。农民的生活习惯与他这个城里来的学生反差太大，让他很不自在。就拿每天一早一晚来说吧，小虎每天早上都爱委窝子，能多睡会儿就多睡会儿。高小燕妈妈也总是由着他的性儿，从来不叫早儿。到该起床的时候妈妈也不催他，而是把他爱吃的香喷喷的荷包蛋煎好了，端到他的床前，轻声说："乖小儿，吃早饭了，快闻闻，香不香啊？"

在香味儿勾引下，小虎才伸个懒腰，睁开了眼睛。可在常家村，每天早上五点半，自己睡得正香呢，村里高音喇叭就广播上了，接着就是爸爸急切的催促声："小虎，该起了，拿柴火烧水做饭。"

用柴火烧水做饭，这在农村人来说是再平常不过的事情了，大人孩子都会干。可对城里人来说，不费点儿工夫学习学习，你还真点不着它，经常是烧得满屋子黑烟，不见火苗子。小虎也不例外，点了半天灶火，给自己熏得鼻涕眼泪全下来了，一点儿明火也没见着。气得他把柴火往地下一扔，跑到屋外喘气去了。这时，性格直爽的爹还要说他两句："挺大人了，连个灶火都点不着，除了多认几个字，你还会干什么呀！"

小虎心里那个憋屈劲就别提了。到了晚上，小虎有熬夜看书的习惯。在北京家里时，妈妈从不打扰他，从他身边走过时轻手轻脚的。到了夏天，妈妈怕蚊子叮咬他，还默默站在他的身后，轻轻地给他扇着扇子。在常家村，天一黑人们就上炕睡觉了，谁也没有挑灯夜读的习惯。小虎被迫跟着上了炕，一时半会儿的睡不着，净在炕上"折饼"了，好不容易刚睡着，没多一会儿村里高音喇叭又开始广播了，简直要把小虎烦死。

小虎还很难适应爹抽的旱烟。在北京的家里，妈妈不会抽烟，爸爸以前抽烟，后来小虎得过一次肺炎，爸爸为了儿子狠心把烟戒了。可到了爹家里，他的烟瘾太大了，每天是烟袋锅子不离手，烟袋嘴儿不离口，有事儿没事儿都要抽上两口儿。到了晚上睡觉前，他更是要狠命地抽上两锅烟才睡觉呢，整间屋里弥漫着浓烈干辣的旱烟叶子味道，呛得小虎头都疼。可爹娘却能在烟雾缭绕中安然进入梦乡。

才住三天，小虎就想北京城里的家了。他一个人来到村头大寨渠边，漫无目的地走着，脑子里乱极了。他深刻地反省自己：爸爸和妈妈心地善良为人正派，自己的亲爹亲娘从心里感激他们，过了这么多年，这种感恩之情依旧那样强烈。自己不是他们从穷人家买来的，而是亲兄弟之间过继的，这无可厚非。那几张大字报完全是胡编乱造，是恶意的诽谤，可为什么自己那么幼稚，竟信以为真了呢？看来是错怪了高小燕妈妈，虽说她当过妓女，那也是旧社会逼的，妈妈是值得同情的，而我还这么绝情地要与她断绝母子关系，这不是往她的伤口上撒盐吗？妈妈太可怜了！

小虎心里惦记着还在学习班里的爸爸什么时候能落实政策回家，他更担心妈妈被贴了大字报以后，怎么面对生活……

小虎越想越不放心，他归心似箭，强烈地渴望能马上见到爸爸妈妈。

渠边上的水草里青蛙鼓着腮帮子此起彼伏叫个不停，小虎本来心里就烦，听到这一声连着一声的叫唤更烦了，他从地上捡起一块土坷垃，向出声的地方掼了过去，顿时无声无息了，小虎解气地拍了拍手上的土，接着往前走。没走出几步，青蛙们又叫上了。小虎气得大声吼道："你们这些小坏蛋，也跟我作对，太可恶了！"

小虎没辙了，索性撒腿猛跑，他要尽快离开这块"是非之地"。他一口气跑回了家，站在院子里的大枣树下，使劲揪着自己的头发，脑袋一下一下向树干上碰，他恨死自己的幼稚了，脑子里总是闪现着高小燕妈妈美丽慈祥的脸庞和含着眼泪憔悴的面容，他恨不得一步回到太原会馆大院的家里，向妈妈说声"对不起"。

第三天早上，他向爹娘和哥哥姐姐们做了告别，急匆匆地回北京了。来到太原会馆大院门口，小虎犹豫了，他心说，虽然妈妈是冤屈的，可批判她的大字报在居委会的墙上公开贴了出来，尽人皆知，我就这么不顾一切地住在家里，要是让同学们知道了，他们会怎么对待我？小虎心里没底，不敢贸然行事。他在太原会馆大院门口转悠，心里乱极了。

这时李杉、赵武和秦玉小哥儿几个有说有笑地从院子里走了出来，大家看到常小虎都挺高兴，李杉说："虎子哥，你回来啦，今儿有事儿吗？"

"我没什么事儿。"小虎有些尴尬地说。

"没事儿跟我们上文化宫看露天电影《地道战》去吧，挺好看的。"

"我看过了，你们去吧。"

赵武说："小虎哥，你不看电影跟我们去玩玩也行呀，帮我们拍个婆子，完了大家去老莫暴撮一顿，怎么样，一块走吧。"

赵武的话让小虎红了脸。他没想到这几个小学还没毕业的小屁孩儿就知道"拍婆子"了，也太早熟了吧。他顾不得瞎想，一把拽住李杉的胳膊拉到一边急切地问："兄弟，我妈没事儿吧？"

"没事儿呀。"

小虎悬着的心放了下来。他想了想，从兜里拿出了五块钱对李杉说："兄弟，我再托你办件事儿行吗？"

"虎子哥，咱们谁跟谁呀，甭说一件事儿，十件事儿也能帮你办。"

"那好。我给你五块钱，你给我妈买两瓶水果罐头，送到我妈手上。记住，买橘子和黄桃的，她最爱吃这两种口味。余下的钱你们小哥儿几个去达智桥包子铺吃顿包子。"

"虎子哥真会疼人，你自己怎么不去送罐头呀，你妈肯定正想你呢。"

"我学校还有急事儿呢，先回学校了。"

"得嘞，虎子哥你交办的差事一准儿办好。"

常小虎轻轻叹了口气，揪心地往院子里看了看，扭头快步回学校了。

自从高小燕动了轻生的念头儿以后，院子里的这些老街坊们都很关心她。大家怕她一时糊涂再有想不开的时候，就轮流到她屋里看望她，和她聊聊天儿，尽量为她解心宽。今天金老爷子和常老大过来了，金老爷子对常老大说："以前我还真不知道我这干闺女的身世，就知道她人性好，知书达礼，孝敬老人。你金大婶活着的时候，我们就认了小燕当干闺女。现在我才明白，敢情小燕受了这么多苦难，她可真不容易呀。"

常老大说："是呀，我弟妹这辈子没少遭罪呀。现在我三弟还在学习班里，她遇到事儿连个商量的人都没有，难为她了。"

高小燕在一旁听着，两只眼睛红红的，眼泪在眼圈里打转，她抬起手轻轻抹去眼角的泪水，说："干爹，大哥，我的命还不算坏，有你们在，有咱们院子里的这些老街坊们，大家伙儿这么护着我，帮助我，我知足了。以后遇到事儿，我会尽量往开了想的。"

常老大点了点头，有意岔开了这个沉重的话题，尽量说些轻松的事情。他说："长安街要改名了，你们知道吗？"

"是吗？改成什么名字了？"

"我昨天经过西单路口，看见路牌上贴了一张红纸，上面写着几个字'共产主义大道'，听说是学生们给改的。我还听说颐和园改名叫首都人民公园……你们说新鲜不新鲜呀？"

金老爷子笑了，接着说："嗐，现在新鲜的事儿多着呢。在我们学校里，前些日子听学生们说，他们给中央写信，要把'红灯停，绿灯行'改过来，改成'红灯行，绿灯停'。还说车辆靠右前行是反动的，应改成靠左前行。反正这些孩子看着旧事物都不顺眼，都要改。"

几个人聊得正热闹呢，李杉手里拎着一网兜水果罐头来了。本来常小虎给了他们小哥儿几个五块钱，让他们给妈妈买两瓶水果罐头，剩下的钱去吃顿包子，解解馋。小哥儿仨一商量，李杉说："人家现在正遭难呢，咱们吃人家的不合适。"

"对，咱们别那么没出息，都给高姨买了罐头吧。"赵武和秦玉也是这么想。

"高姨在家吗？"

"谁呀？哟，是你们小哥儿几个呀，快屋里坐吧。"

李杉、赵武和秦玉前后脚进了屋，李杉说："高姨，这罐头给您放桌上吧。"

"你们小哥儿几个干吗这么客气呀，来就来吧，还买什么东西呀。你们的这份好意高姨心领了，把东西拿走。"高小燕说着话就把罐头往李杉手里塞。

"高姨，这罐头不是我们花钱买的，是小虎哥给的。他给了我们五块钱，让我们给您买罐头，补补身子。他说了，您最爱吃橘子和黄桃的，您看，我们给您买的全是这两样。"

"什么？我的小虎，他看妈妈来了。"高小燕激动得难以自持，扭头就往外跑。

李杉叫住了她："高姨，小虎哥回学校了，都走老半天了。"

高小燕有气无力地坐到了床上，两眼看着这一兜水果罐头发呆。

"高姨，东西我们送到了，您歇着吧，我们回家了。"

"在家里吃晚饭吧。"

"不价了。高姨，有事儿您说话。"

常老大心里纳闷，说："都到家门口了，这孩子怎么不进来呀？"

"他还是不愿意见我呀。"高小燕难过地说。

金老爷子摇了摇头，说："不能这么看，小虎能想着给妈妈买罐头补身子，说明这孩子心里惦记着你，换句话说，他还认小燕这个妈呀。"

"干爹，您说得对。小虎他还认妈妈，我明天就去学校找他。"

"先别着急，小虎虽然认你是妈妈，但又不肯进院子，说明他还有顾虑，他还有自己个儿的想法，这不是着急的事儿。我原来说孙福变好了是有一个渐悟的过程，小虎也一样，他对事情的看法、他的心态也要慢慢转变，也要有一个渐悟的过程。你踏实在家等着吧，小虎早晚会回到你身边来的。"

听了金老爷子说的话，高小燕脸上的愁云散开了，眼中充满了期盼，恍惚中小虎回来了，双手抱着罐头，笑呵呵地捧在她的面前，她刚要伸手去接，一眨眼的工夫，小虎不见了，她急忙四下里寻找，连小虎的影子都没了。高小燕眼里含着泪，久违的笑容挂在了脸上。

第十三章

　　常小虎回到学校，正遇上同班同学张霖手里拿着药盒迎面走了过来。小虎问他："你病了？"

　　"我没病，这药是沈老师的女儿送来的。"

　　"沈老师，是中文系的沈教授吗？"

　　"是呀，他进学习班了。"

　　"哟，因为什么呀？"

　　"他是学术权威嘛。"

　　"我跟你一块去看看他。"

　　中文系的沈教授，小虎是他的学生。在小虎心里，沈教授知识渊博，为人正派，是位令人尊敬的师长。沈教授的课最受欢迎，他的声音富有磁性，非常好听，他讲解历代著名文学家的代表作品时，声情并茂，感人至深。李白的《将进酒》，从他口中讲出来，诗人借酒消愁、豪纵狂放的个性，表现得酣畅淋漓；他讲述岳飞的《满江红》，能让民族英雄的气概和报国之情在学生们的心中激荡；而讲述《葬花吟》，他把林黛玉的多愁善感、浓烈而忧伤的情思都充分展现了出来，学生们听得是潸然泪下。每当他给学生们讲授《中国文学史》时，大讲堂里座无虚席，过道里都站满了学生。

　　今天看见沈教授这样优秀的老师也进了学习班，小虎很震惊。看着沈教授神情恍惚的样子，小虎很心疼。他走到沈教授的身边，问："老师，您身体哪不舒服吗？"

沈教授抬眼看了看，认出他来了，嘴角上露出了一丝苦笑，无声地摇了摇头。

"您有什么需要我帮助的吗，您告诉我，我给您办。"

沈教授眨了眨眼睛，又叹了口气说："你忙去吧，别给你找麻烦了。"

常小虎说："老师，您甭有什么顾虑，有什么需要您尽管说。"

"好吧，请你帮老师个忙，我爱人身体不好，正在住院，我不放心她，你能替我去医院看看她吗？"

"这个没问题，我下午就去医院。"

"还有就是我女儿，她叫沈悦，现在是个中学生。受我的影响，这孩子很喜爱文学，对古诗词很偏爱，对现在的新生事物看不惯。我担心她跟不上形势，会吃亏的，你也替我开导开导她吧。"

"好的，我跟她交流交流思想吧。"

"我告诉你个小秘密，沈悦这孩子接触人喜欢找知音，跟她对不上口的，她可是不爱搭理。"

"怎么才能对上口啊？"

"其实也很简单，她有来言，你得有去语，她说上句，你得对下句。这孩子不是喜欢古诗词吗，她说一句，你得对上一句才行。"

"这可够难的，我知道她嘴里会冒出来哪一句呀？万一答不上来多尴尬呀。"

"你甭紧张，她才是个中学生，她肚子里的那点儿古诗词，在你这个中文系的大学生面前，不过是班门弄斧而已。"

"好吧，我试着跟她聊聊。"

第二天，小虎买了些水果上医院来了。沈教授的夫人患脑血栓住院治疗，正躺在病床上输液。她身边坐着一位十五六岁的姑娘，文文静静的，皮肤白皙面容姣美，手里正在捧着一部线装本的《楚辞》认真地阅读。

小虎在病房外轻轻地敲了敲门，听到"请进"的答话推门走了进来。沈夫人和沈姑娘都惊奇地看着他，小虎把水果放到了沈夫人的床前说："阿姨好，我是沈教授的学生常小虎，我替沈教授来看您。您现在感觉怎么样啊？"

"谢谢你，我见好，老沈怎么样啊？"沈夫人不放心地问道。

"还好，身体没什么问题，精神也挺好的。"

"那就好，拜托你们要善待他呀，他都五十多岁的人了，血压也高，禁不起折腾呀。"沈夫人说着话眼泪流了下来。

沈姑娘赶紧掏出手绢给妈妈擦去泪水，轻声说："妈您别着急，医生说您只能静养，不能激动。"

"沈悦姑娘说得对，您千万别着急，我会照顾好沈教授的。"小虎说。

沈悦回过头吃惊地问道："你怎么知道我的名字？"

"你爸爸告诉我的。"

沈悦头一低，不说话了。

小虎接着说："你爸爸还希望我能和你聊聊。"

"有什么可聊的，你看我们家这个样子，'悲莫悲兮生别离'。"

小虎一惊，心想真如沈教授说的，姑娘的古诗词这就上口了。他赶紧答道："别那么伤感，'乐莫乐兮新相知'嘛。"

沈悦抬眼看了看小虎，又来了一句："呦呦鹿鸣，食野之苹。"

小虎答曰："我有嘉宾，鼓瑟吹笙。"

沈悦乐了，她问小虎："你也喜欢读《楚辞》吗？"

"那是当然了，中国古典诗词歌赋对于中文系的大学生来说，都是必读物。"

"你是学中文的？太好了，这本书里有些部分我看不太明白，你能给我解释一下吗？"

"完全可以，只是这里不太适合，别影响阿姨休息，咱们到外面花园里去说吧。"

"好吧。"沈悦高兴地答应着，跟着小虎走出了病房。

医院的中心建有一个小花园，苍松翠柏环绕四周，奇花异草点缀其间，花园里建有一座简洁古朴的凉亭，亭旁竹林掩映，流水潺潺，充满了诗情画意。沈悦带着小虎来到了这里，她轻声问："你看这里行吗？"

"太好了。这里真安静呀，在这儿探讨《楚辞》真是再合适不过了。"

"我很喜欢这个小花园，每次来到这里，都很舒心，时常想起白居易的诗'好看落日斜衔处，一片春岚映半环'。"

162

"是的，这座凉亭古色古香的，它让我想起了杜牧的诗'日晴空乐下仙云，俱在凉亭送使君'。"

"大哥哥，眼下还能碰上你这样文绉绉的大学生真不容易。"

"我们也不能脱离这个时代，你这么沉浸在古诗词中是不是与周边的环境有些格格不入呀？"

"然也。同学们给我起了很多外号呢，什么'老夫子''旧文人''满清遗少'，可是不少。无所谓，嘴长在别人身上，想怎么说由他去，本人照样我行我素，懒得搭理他们。"

小虎皱了皱眉，说："这样可不太好，现实社会是无法回避的，你不可能做到'躲进小楼成一统，管他春夏与秋冬'。在别人都满口革命词汇时，你一上来就'之乎者也'的，很不合群。你现在还只是个中学生，没什么大碍，将来你长大成人走入社会了，还是这样为人处世，恐怕就要吃亏了，这也是你爸爸最为你担心的地方。"

"我爸爸是不是让你来开导我的？"

"有这个意思，我想你还是多听听大人们的话，俗话说'听人劝，吃饱饭'嘛，何况大家都是为你好呀。"

沈悦听进去了小虎的话，她认真地点了点头，说："我想想。大哥哥，你给我讲《楚辞》吧。"

小虎用了一个下午给沈悦讲《楚辞》，讲得是口干舌燥，身心俱疲。沈悦听得却是如醉如痴，心想他怎么懂得这么多呀，跟他一比，我的那点文学常识真是小巫见大巫了，沈悦打心眼里佩服这个大哥哥。

夕阳西下，小虎总算讲完了，他对沈悦说："快回病房看看你妈妈吧，该给她打饭了。"

"大哥哥，听君一席话，胜读十年书。今天你给我讲了很多知识，我真得好好谢谢你。"

"甭客气，还想听什么就说，我再来给你讲就是了。"

"真的吗？你下次能给我讲讲《风》《雅》《颂》吗？我对《大雅》和《小雅》的区别搞不太清楚。"

"没问题，我研究过《诗经》，下次来给你讲。"

"好呀，我等着你。"

沈悦开心地笑了，脸蛋上泛起一层淡淡的红晕。小虎下意识多看了她两眼，这才发现沈悦长得很美，不由得脸红了。

打这以后，小虎每个星期天都来给沈悦讲课。沈姑娘求知欲旺盛，对古典文学兴趣极高，听着小虎娓娓道来的讲解，真是如饥似渴。她仰视小虎，对这位英俊又学识渊博的大哥哥心生爱慕，觉得跟他一见如故。小虎讲的每一课，沈姑娘的内心都得到了满足。

小虎也很快慰，面对着这个漂亮的姑娘，那么好学，那样的纯真，虽然家里发生了很多伤感的事情，可她依然拥有一颗真诚柔软的心，拥有一双清澈明亮的眼睛，依然追求清风明月，依然保留着对美好事物的感怀，这一切都使小虎对冰清玉洁的沈悦姑娘心生怜爱。

一个月以后，沈夫人痊愈出院了，沈悦请小虎到家里来讲课。沈夫人也盼着他来，从他嘴里能了解到丈夫的状况，还能托他给沈教授送些穿的用的。时间一长，小虎成了沈教授家最受欢迎的人。

小虎对沈教授很挂心，时常地去学习班看望。管理学习班的学生是他的同班同学，关系不错，小虎来去自如，没人管他。有一天他又去学习班看沈教授，只见老师脸色苍白，双眼紧闭，头靠着墙，显得很难受的样子。小虎问他的同学："沈老师这是怎么了，病了吗？"

"可能是血压高又犯病了，老毛病。"

"给他吃药了吗？"

"吃了，好像没什么效果。"

小虎听了很着急，说："我给他治治病吧。"

"你会治病？"

小虎点了点头，他把暖水瓶里的热水倒进了洗脚盆里，端到了沈教授的身旁，说："沈老师您泡泡脚吧。"

沈教授强打着精神睁开眼，看见是小虎，一股暖流涌上心头，坐直了身子，说："是小虎呀，谢谢你又来看我。"

"老师，您是不是高血压又犯了？"

"可能是吧，这一阵子时常这样。"

"您先泡泡脚吧，然后我给您捏捏脚。"

"捏脚能治病吗？"

"能呀，我以前跟清华池的师傅学过捏脚手艺，能治很多病呢。"

"真是好孩子。"

沈教授泡过脚后，小虎开始给他捏脚。小虎抱住沈教授的脚丫子，手指头在他脚上的涌泉穴、昆仑穴和大敦穴上反复按摩，不断发力，沈教授逐渐觉得头不晕了，身上也有了力气。小虎给他按摩了半个小时以后停住了手，问道："老师，您感觉怎么样啊？"

"好多了，看来捏脚真能治病呀。"

"管用就好。我明天还来给您捏脚，连着十天是一个疗程，捏上两个疗程您的老毛病就会明显缓解了。"

"小虎啊，真没想到你还有这个本事，在老师不舒服的时候，你给我捏脚治病，真是雪中送炭呀，老师谢谢你。"

小虎腼腆地说："老师您甭客气，照顾您是应该的。"

沈教授惊喜地看了看小虎，说："以后你甭管我叫沈老师了，该是我叫你常师傅了。"

沈教授说完开心地笑了。小虎半年来头一次见到沈老师的笑容，自己也欣慰地笑了。

转眼三年过去了，在落实对知识分子"再教育，给出路"的政策中，沈教授从学习班里出来了，小虎也大学毕业了，分配到青海省教育系统工作。小虎走之前来到沈教授家里辞行，沈教授设家宴为他饯行。沈悦已经出落成漂亮的大姑娘，她以父母身体不好需要照顾的理由没有上山下乡，被分配到一家工厂上班。

今天，沈教授家就跟过年似的，沈悦把家里打扫得干干净净，沈夫人做了一桌子好菜，沈教授也穿戴整洁，精精神神的。十点来钟，小虎提着果脯、葡萄酒和糕点兴冲冲地来了。他刚一敲门，沈悦喜盈盈地跑出来迎接，美丽的大眼睛笑成了一条缝，开口叫道："大哥哥好，常老师好！"

小虎乐了，他上下打量了一下沈悦说："叫哥哥就别叫老师了，都叫生分啦。"

"好呀，以后我们就兄妹相称了。"

沈悦一只手接过小虎手中的礼品，另一只手挎着小虎的胳膊高高兴兴地进了屋。

小虎见了长辈恭恭敬敬鞠了一躬，嘴里叫道："老师好，师母好。"

"小虎呀，悦悦早就盼着你来呢。"沈夫人乐呵呵地说。

"不光是我，我爸爸妈妈昨天就念叨你呢。大哥哥你打喷嚏没有啊？"

"怪不得我打了一天喷嚏呢。"小虎的话把大家都说乐了。

沈教授请小虎坐下，拉着他的手说："好孩子，我在学习班的这些日子多亏有你照顾呀，我身上不舒服的时候，你还给我捏脚，我才挺了过来。不仅如此，你师母的病你也没少费心，悦悦这孩子也让你开导得不错，懂事多了，我们全家人都要好好谢谢你呀。"

"沈老师，您千万别这么客气。在大学里您教给了我文化知识，提高了我的文学修养，使我终生受用，我要好好地谢谢您。"

沈教授脸上浮起了慈祥的笑容，他欣赏地看着小虎，稍后他说："小虎呀，老师有一件事想拜托你去办，不知道你能不能答应？"

"老师您说吧，只要是力所能及的事情，我一定努力去做。"

"好的。"

沈教授从书柜里拿出了一个厚厚的纸包，打开后里面是一大摞手稿。沈教授说："我研究中国民族诗歌多年了，准备撰写一部《中国民族诗歌发展史》，为此我走访了一些少数民族，从他们那里收集了不少的素材。还准备再去采访的时候，运动来了，就全停了下来。现在运动结束了，我们要把耽误的时间抢回来，完成未干完的工作。只是经过这场浩劫，老师的身体垮了，再去边疆走访力不从心了，我希望你能抽时间去采访，咱们师生共同完成这部学术著作，不知道你意下如何？"

小虎听后很激动，他捧着老师的手稿，双手都有些颤抖，说："老师，谢谢您这么相信我，我一定努力完成您交办的这项意义非凡的工作，不辜负您的期望。"

"小虎呀，你要到外地工作了，不知道你挤得出来时间吗？"

"我觉得可以。我这次被分配到青海省教育系统工作，我不想坐机关，我要申请去中学教书，这样既可以去基层支教，也可以利用寒暑假的时间去少数民族采访，一举两得。老师您看怎么样？"

"太好了。只是辛苦你把假期都搭上，你的身体吃得消吗？"

"我这么年轻没问题。"

"大哥哥，你去边疆少数民族地区采访，风餐露宿一定会很辛苦的，你可要照顾好自己，让我们放心。"

"我会的。每去一个地方，那里的风土人情和山川景色，我都会给你和老师写在信上，让你们跟着我去游历祖国的风光。"

"好呀，好呀，大哥哥，我就盼着你的来信了。"

打这以后，常小虎利用中学的寒暑假去采访少数民族。第一年他走访了青海省玉树藏族自治州，他在给沈悦的信中说："在茫茫的青藏高原上，有一个美丽的地方，这里有着富饶的草原和远古的传说，这里留下了文成公主和松赞干布的足迹，这里展现着藏族人民的旷世英雄格萨尔王赛马登基的雄威，这里清澈的扎曲河环绕着碧绿的巴塘草原，到处盛开着灿若云霞的格桑花。这里映照着巍巍昆仑的皑皑白雪，这里流淌着三江之源的涓涓细流，这里游动着可可西里藏羚羊的神秘踪迹。这里就是人间仙境的青海省玉树藏族自治州。

"这里的藏族同胞朴实善良，这里的卓玛姑娘能歌善舞，这里的康巴小伙威武雄壮。千百年来，他们靠着勤劳的双手和聪明才智，打造了著名的唐蕃古道，创造了蜚声雪域高原的康巴文化。四面八方的人们纷纷慕名而来，欣赏热情的康巴歌舞，观看奔放的玉树赛马，品尝丰富的美味佳肴。来过这里的人们异口同声赞颂着：大美青海，美在玉树！"

沈悦欣喜地读着常小虎的来信，心里充满了美好的向往。

小虎每个假期都要给沈悦来信，有时他写道："我来到了呼伦贝尔大草原，这里是一代天骄成吉思汗的故乡，这里也是牧草的王国，风吹草低见牛羊，大草原太美了……"

有时他写道："我来到了伊犁河谷，这里是哈萨克民族的家园，他们热情地接待了我，用他们民族的美丽诗歌给我演唱……"

还有时他写道："我来到了十万大山，这里树木参天，路少人稀，壮族儿女的诗歌感动了我……"

一年年的寒来暑往，小虎用了整整五年的时光，走访了五十六个民族，素材搜集齐了。随后，他又用了三年时间编辑整理，终于在沈教授交给他这项任务的八年后，小虎拿出了著作的初稿。当他双手捧着《中国民族诗歌发展史》初稿交给沈教授时，老师激动得流下了眼泪。

这一年正赶上教育系统整顿教师队伍，已经担任大学常务副校长的沈教授在办公会议上说："转眼十年过去了，我们教师队伍人才匮乏，青黄不接，我们要不拘一格降人才，把优秀的师资力量引进来。"

沈教授在会上推荐了常小虎，他还特别展示了常小虎花了八年时间完成的《中国民族诗歌发展史》初稿，他说："这个年轻的中学老师，有着严谨的治学精神和顽强的意志。八年来，他没花国家一分钱，自费走访了五十六个民族，他的足迹踏遍了祖国的山山水水。他撰写的这部著作，学术价值很高，是我们大学教学急需的重要读本。因此，我推荐把常小虎选调进我校的教师队伍。"

与会人员热烈鼓掌，一致同意沈教授的举荐。

常小虎和沈悦的爱情长跑，经历了时间的磨炼，它如同一坛老酒，时间越长，味道越纯。八年来，小虎寄给沈悦的信有上百封，每封信都让她感动，一封封书信的往来，增加了她对小虎的思念，他们之间的情感也升华到了一个新的高度。

沈教授和老伴儿眼看着女儿老大不小的了，早到了谈婚论嫁的年龄，曾试着要给沈悦相亲，被女儿一口回绝了。女儿心里是怎么想的，老两口也猜了个八九不离十。沈教授对老伴儿说："咱们女儿眼睛里就看上了一个人，你知道是谁吗？"

"常小虎呗，每次小虎到咱们家来，你看沈悦高兴的，眼睛都放光。"

"我也是这么看。既然如此，咱们也别着急了，水到渠成，瓜熟蒂落，咱们就踏踏实实等着吧。"

沈教授老两口是踏实了，可常三爷和高小燕一直是心神不定。运动结束后，常三爷从学习班里回了家，常小虎也回家来了。他当面向妈妈认了错，他说："妈，我年轻，听信了大字报上的谣言，对您有误解，我错了，请您和爸爸原谅我吧。"

听小虎这么说，常三爷和高小燕眼睛都湿润了。常三爷语重心长地说："孩子，你说得对，年轻、幼稚，这都算不了什么，谁都是从年轻的时候过来的嘛。儿子，你记住喽，我和你妈不会变，以前怎么疼你，以后还怎么疼你。"

高小燕说："儿子，虽说咱们娘儿俩没有血缘关系，你从小到大，我们一直是用心在疼你呀。孩子，这个世界上有两个妈妈和两个爸爸都在疼你，这是多大的福分呀。"

小虎流泪了，说："爹娘对我有生育之恩，爸爸妈妈对我有养育之恩，恩重如山！我要用一生来报答，请爸妈放心，您的儿子是个孝顺的儿子。"

小虎的话把爸妈都说哭了。

自此以后小虎就去了青海支教。这些年来，常三爷和高小燕与小虎的联系只是书信往来，小虎每到一地都会给爸爸妈妈写信。老两口对儿子的婚事也很挂心，常三爷时常在嘴里念叨："小虎这孩子早到了结婚的年龄了，娶媳妇的事儿怎么从来没听他说过呀？"

高小燕说："这还不是随你呀，你当年不也是挺晚才结婚的吗，为这事儿大哥也没少为你着急呀。"

"时代变了，我那会儿在天桥开跤场，十几口子人的饭辙得我操心，每天一睁眼就得想着挣钱去，挣不到钱大家伙儿连窝头都吃不上。哪像小虎啊，他现在自己个儿吃饱了，一家子都不饿。他不想着娶个好媳妇让我抱上孙子，整天都想什么呀？"

"小虎不是忙事业吗，你甭着急，我看他心里有数，没准儿早就找好了，你就踏实等着吧。"

老两口虽说心里着急，可谁也不便催儿子，只能是干等着。

这一天常三爷和高小燕正在家里吃晚饭，猛然间屋门开了，小虎从青海回家了，他高兴地说："爸爸妈妈，我回来了。"

高小燕乐得眉开眼笑，她上下打量着小虎，说："好儿子，你让爸妈想死了。看你瘦的，小脸儿都一条了，在外面吃了不少苦吧？"

常三爷拉着小虎的手，摸摸头，拍拍肩膀，把他搂在怀里久久不想松开。

小虎在爸爸怀里激动地说："爸、妈，告诉你们个好消息，我这次回北京就不走了！"

"小虎，你调回北京了，干什么工作呀？"

"妈，我在北京的大学里当老师。"

"这可是天大的好事儿呀，从今儿往后咱们一家三口见天儿的都能在一起了。"高小燕边说边用袖口擦着喜悦的泪水。

"还有件好事儿也要跟你们说，我有女朋友了，明天带她来家见爸妈，您二老要是没意见，我们俩就成了。"

"哟，这更是大喜事儿呀，我们今天还念叨你的婚事呢，没想到你都搞好了，真是蔫有准儿呀。"

一家人是欢天喜地。高小燕下厨房又炒了俩菜，从橱柜里拿出了瓶酒，满满地倒了三杯，共同举杯相庆。

第二天上午，常小虎把漂亮大方的沈悦姑娘带到家里来了，常三爷和高小燕都乐坏了。高小燕拉着沈悦的手问："姑娘，你属什么的？"

"阿姨，我属龙的，比小虎哥小五岁。"

"哎哟，这可真是巧了，小虎他爸爸也属龙，我比他爸也小五岁。"

"阿姨您是属鸡吗？"

"是呀。"

"叔叔您和阿姨一个属龙，一个属鸡，这是绝配呀。"

"怎么个绝配呀？"

"龙凤配呀，这要是在过去，你们这是有当皇上和娘娘的命呀，婚姻是很幸福的。"

常三爷和高小燕听了哈哈大笑。常三爷说："这姑娘说话真对人心缝。"

沈悦看了看常三爷说："叔叔，看您的身板多硬朗呀。"

"我爸爸是摔跤运动员出身，长年锻炼，体格就是棒。"小虎自豪地说。

"是的，我听小虎哥讲过叔叔的英雄事迹，您的绝活'常三披'让我佩服得五体投地。叔叔，有空您给我讲讲打小鬼子的故事吧。"

沈悦姑娘小嘴儿嘣儿叭的，说起话来一套一套的，特别让人爱听，常三爷和高小燕打心眼里喜欢这姑娘，认定她就是常家未来的儿媳妇。

第十四章

在这几年里，太原会馆大院除了常小虎找到了自己的终身伴侣，老铁的小儿子铁豹也收获了一份真挚的爱情。

那一年冬天，太原会馆的孩子们都迷上了滑冰，每天晚上院子里的十几个半大小子都爱去北海冰场滑冰。冰场是年轻人聚集的地方，京城一些老泡儿、顽主和学生们都爱去那儿消遣，因此打架，甚至打群架都时有发生。太原会馆大院的孩子们为了不被欺负，就一个劲拉着铁豹去滑冰。

铁豹那年上高三，他不仅有文化，身上还有功夫，他和两个哥哥铁熊、铁虎从小就爱看常三爷摔跤，只要人家一练摔跤，他们哥儿仨就凑在边上看。常三爷看这几个孩子打心眼里喜欢摔跤，时不时教他们几招。偏巧铁豹这孩子悟性高，一来二去就学会了。人们都说中国式摔跤，大绊子三十六，小绊子似牛毛，铁豹会的绊子少说也有二十几个。铁豹脾气暴，点火就着，凭着一身撂跤的功夫和又高又壮的身板儿，经常和人打架，遇上不对茬口的，一言不合，拉开架势就招呼，当年把孙福打得满地找牙就是他干的。就为这，老铁没少在铁豹身上费吐沫星子，也正是为此，铁豹在太原会馆大院孩子们中间挺有威信，小兄弟们都以他为头，干什么事儿都推他打前阵。

铁豹对滑冰还是挺感兴趣的，他在上初中的时候也常去滑冰，冰上技巧还真不错，只不过上高中以后，功课多学习紧张，铁豹为了考上大学，把精力都用在高考复习上了，没工夫去冰场。现在学校停课了，他整天闲着难受，院子里的小哥儿几个一撺掇，他也就滑上冰了。

北海冰场是当时京城条件最好的冰场，它历史悠久，被称为宫里专用冰场。当年每逢冬季，老佛爷慈禧太后和光绪皇帝等都到这里欣赏冰嬉表演，享受冬趣。久而久之，一到冬天它就成了京城老泡儿茬冰的首选。当时冰场就设在仿膳饭庄和五龙亭之间这一大块冰面上，四周用竹席围挡起来，里面分成了冰球场、速滑场和练习场几个区域。由于冰面开阔，不同水平的滑冰爱好者都能找到适合自己的场地尽情玩耍，因此很受欢迎。

这天傍晚天刚擦黑儿，铁豹和赵武、秦玉等几个孩子就在北海冰场上滑开了。赵武滑冰是个二把刀，刚上冰就摔了个屁股蹲儿。铁豹扑哧一笑，说："你不要着急滑冰，要先学会趟冰，你看我怎么滑。"

铁豹滑出一段距离后返回头向着赵武飞快地滑了过来，眼看就要撞上了，赵武吓得直往边上闪，这时铁豹漂亮地单脚趟冰，冰刀在冰面上滑出了个半月形，带出了一片冰沫后稳稳地停住了。

"豹哥，你滑得真牛！"赵武双手竖起了大拇指。

这时候冰场的喇叭里正播放《骑兵进行曲》，铁豹兴奋地在冰上跑开了大圈，他按着乐曲节奏，模仿着骑兵的动作，左手牵着马缰绳，右手挥动着马鞭，一边滑一边跳跃，就像骑兵在大草原上狂奔。他动作逼真，节奏感强，很有感染力。他的出色滑技博得了人们的称赞，很多人都停下来观看铁豹的表演，这其中有个穿戴时尚的女孩子，身穿绿军装，一件将校呢的大衣披在身上，亭亭玉立，格外吸引人们的目光。她刚开始学习滑冰，技术很生疏，推着辆冰车站在那里羡慕地盯着铁豹看。

赵武在旁边看得真切，当铁豹滑到他跟前时，他赶紧叫住了铁豹，低声说："豹哥，那边有个婆子正看你呢，你看看她，盘儿亮，条儿顺，多飒呀！配豹哥你再合适不过了。把那婆子拍过来，给哥哥你做压寨夫人吧。"

铁豹乐了，他看了看赵武，说："你小子狗嘴里吐不出象牙来，本来挺浪漫的事儿，经你嘴一说就成他妈的土匪抢亲了，真倒胃口。"

"得，得，都怪兄弟我不会说话，拍婆子是正格的，赶紧过去吧。"

铁豹朝那姑娘看了两眼，她还真是在看自己呢，两个人的目光碰在了一起，姑娘不好意思地红了脸，赶紧把头扭向一边。赵武在铁豹的身后推了他一把，大声说："阿米尔，冲！"

铁豹下意识地朝姑娘滑了过去，来到她面前，姑娘紧张地瞪圆了眼睛看着铁豹，不知他要干什么。铁豹也不知说什么是好，情急之下他使出了自己滑冰的绝活"醉八仙"，他像个醉汉似的，围绕着姑娘倒滑转圈，身体后仰，眼看就要摔倒了，两只脚飞快地反方向跳冰，一个鲤鱼打挺，身子又直了起来，接着再重复这一动作。他这么滑冰让人看得眼花缭乱提心吊胆的，他就像个不倒翁似的，身体夸张地倾斜，可总是倒不了。周围的人纷纷为他鼓掌，姑娘也高兴地拍起了巴掌，不由得脱口而出："太棒了，太棒了！"

听到姑娘的表扬，铁豹一分心，一屁股摔倒在了她面前，姑娘会心地笑了。铁豹赶紧爬起来，拍了拍裤子上的冰碴，不好意思地说："让你见笑了。"

"怎么会呢，你滑得这么好，我哪有资格笑话你呀。不过看你倒下的样子，我想起了一个俄罗斯诗人的话：'在失败面前无所谓高手'。"

"这是普希金说的，他还说：'在失败面前，谁都是凡人'。"

"你也了解普希金吗？"

铁豹没急着回答姑娘的话，他背着手围着姑娘潇洒地倒滑小圈，深情地看着她，同时声情并茂地朗诵普希金的诗："我记得那美妙的一瞬，在我的面前出现了你，有如昙花一现的幻影，有如纯洁之美的精灵……"

姑娘被深深打动了，忘情地和铁豹一起朗诵了起来："如今心灵已开始苏醒，这时在我的面前又出现了你……"

当最后一段美丽的诗句朗诵完，铁豹漂亮地一转身，滑到了姑娘面前，他这才发现姑娘眼里充满了泪水。铁豹不解地问："你怎么了？"

"你朗诵得太好了，完美地表达了普希金的诗意，你打动了我。"姑娘忽然觉得说走了嘴，顿时红了脸。

铁豹说："我家里有一本《普希金文集》，有空就读它。不夸张地说，整本书我都能背下来。"

"聊了半天，我还不知道你叫什么名字呢，咱们认识一下吧，我叫张红，八一中学的。"

"我叫铁豹，北京四中的。"

张红摘下手套，大方地向铁豹伸出了手，两个年轻人的手握在了一起，心似乎一下子贴近了。张红说："铁大哥，我刚学滑冰，技术不怎么样。你滑得这么好，能教教我吗？"

"没问题，只要你认真学，不怕摔跤，十天之内教会你。"

"好的，一言为定！"

铁豹比张红大三岁，正好一个上高三，一个上初三，都算是老三届的中学生。他们两个人身上有很多共同点，都爱滑冰，都是文学青年，性格爽朗大方，单纯善良，彼此特别聊得来，头一次见面相互之间就留下了良好的印象。

铁豹一米八五的个头，虎背熊腰，浓眉大眼，浑身上下透着青春的活力，尤其是他在冰上风驰电掣的身手，十分出众。张红修长的身材，白净的皮肤，一双美丽的大眼睛忽闪忽闪的，楚楚动人。他们两个人犹如金童玉女一般，在冰场上格外显眼。俗话说树大招风，他俩刚认识三天就出事了。张红长得漂亮，又是一身"婆子"的打扮，在冰场上被一群海淀大院的孩子盯上了。

这一天，张红来到了北海冰场，租了辆冰车推着，顺便等着铁豹。突然有个男孩子飞快地滑到张红面前，唰的一下停住了，张红吓了一大跳，仔细瞧瞧，这个男孩全身穿的将校呢制服，头上顶着羊剪绒的皮帽子，肩上披着条大围脖，嘴里叼着烟，透着那么狂气。

他围着张红转了两圈，冲她挤了挤眼说："姐们儿盘挺亮呀。"

看着眼前这个流里流气的男孩子，张红心生厌恶，转身推着冰车走了。没想到这个男孩又追了上来，继续说：

"姐们儿，我是海淀大院的，看你这身打扮也是大院里出来的吧，咱们都是革命战友，交个朋友吧。"

张红听不下去了，生气地说："谁跟你是革命战友，小屁孩上来就想交朋友，你不觉着轻浮吗？"

说完话张红扭头滑走了。这个男孩站在那儿挺生气，张嘴骂道："你个臭婆子牛逼什么呀，今儿个我非得把你丫追到手。"

男孩骂完了刚要追张红，铁豹及时赶到了，一个单脚跳冰挡住了男孩的去路。铁豹对他说："兄弟，别费心了，名花有主儿了，你想拍婆子，找别人去吧。"

男孩一听就急了，瞪着眼对铁豹说："你说她有主儿了，是你吗？"

"你看不出来吗？"铁豹傲慢地看着他。

"你想卖油郎独占花魁，姥姥！你去打听打听我是谁，我一跺脚海淀就得翻了天，你想跟我抢婆子，门儿都没有！"

铁豹本来就是个暴脾气，看这孩子不识好歹，口出狂言，火气腾地就上来了。他咬着后槽牙说："小兔崽子，跟豹爷我这儿拔份，你算瞎了眼，留神我摔得你找不着北。"

"嘿，你丫的还敢骂我，你别跑，看我的兄弟怎么收拾你。"

男孩把小拇指插进嘴里吹了一声口哨，顿时从冰场各个角落滑过来二十几个男孩子，每人手里都拿着冰杆，把铁豹围在了中间。太原会馆大院来滑冰的十几个孩子看见铁豹被围都急了，纷纷凑了上来。冰场上正在滑冰的一些老泡儿、顽主们都好看热闹，听着这边儿骂起来了，觉得有好戏看，也都纷纷围拢上来。短短几分钟的工夫，冰场中央聚集了上百人。人多，分量加重，冰面承受不住"咔嚓"响了一声，人们全害怕了，有人喊道："冰响了，散了吧。"

众人顿时鸟兽散，向四面滑开了，这场架没打起来。

铁豹滑到张红身边说："今天冰场太乱了，咱们早点走吧。"

"我看也是，那几个海淀大院的没把你怎么样吧？"

"没事儿，明天咱们上什刹海滑去，离开那帮小子，过几天就什么事儿都没了。"

铁豹往周围看了看，刚才那个要打架的孩子没影了，就对赵武说："你们哥儿几个玩儿吧，我先送张红回去了。"

"好嘞，豹哥你先走吧，要是遇上刚才那帮孙子，你就回来招呼我们一声。"

"不怕，我对付得了。"铁豹并没把那些孩子当回事儿。

铁豹和张红有说有笑地出了北海公园南大门，朝汽车站走去。谁承想，刚才那十几个海淀大院的男孩子正在汽车站候着铁豹呢。他们每人骑着一辆崭新的锰钢自行车，嘴里叼着烟卷，手指头使劲按着自行车上的转铃，发出了一片"丁零零"的响声。他们手里都拿着家伙，有的握着冰杆，有的拿着冰刀，就等着收拾铁豹了。铁豹看见这阵势心里就明白了，他看了看身边的张红，心说那帮小子对她没打好主意，我不能让张红吃亏，看来今天这场架是躲不过去了。张红也看见那帮孩子了，紧张地对铁豹说："铁大哥，他们没走，看来是要对付你的，你快跑吧，我帮你拦着他们。"

"不行，他们找的就是你，我要是走了，他们会对你不规矩的。你先躲旁边去，记住，甭管我这儿打得多热闹，你也别过来。"

铁豹说完话把张红往身后一推，径直朝那几个孩子走了过去。铁豹说："今天咱们怎么练呀，是你们单个来呀，还是一块儿上呀？"

"你丫还挺牛逼，胆子不小啊。小子，我给你指条明路，先给我认个错，再把你身后那婆子让给我，咱们好说好散，我们绝不伤你。"

"瞧你这份德行，你配吗？人家看得上你吗？老老实实回家睡觉去吧，别找不自在。"

"嘿，叫板是不是，看来不收拾你丫的不行了。哥儿几个还愣着干什么呀，一块儿上！"

随着那个男孩一声招呼，十几个孩子从自行车上下来了，举着冰杆和冰刀就冲了过来。铁豹并没慌张，他看准了最先冲上来的孩子，抬脚踢在了他的裆上，那个孩子顿时"哎哟！"一声叫喊，扔掉了手里的冰杆，痛苦地捂着裆蹲了下去，铁豹顺手捡起冰杆就抡上了。铁豹又高又壮，力量也大，这通打呀，一连气打趴下七八个。对方仗着人多，把铁豹围在了中间，有个孩子从他身后冲了过来，一板砖照着铁豹的脑袋就拍了上去，"啪"的一下，砖头碎成了两半，鲜血当时就流了下来。

张红在旁边看见了，着急地大叫："血，铁大哥，你流血了。"

铁豹一看自己让人给花了，急眼了，他就像头暴怒的公牛，挥动着冰杆，在这群人里横冲直撞，一通乱打。这时有个解放军同志骑着自行车经过这里，张红赶紧跑上去拦住了自行车，哭着央求道："解放军叔叔您管管吧，他们欺负人，我男朋友被他们打伤了。"

解放军同志停住了车，看了看，大声喊道："住手！不许打人！"

那几个围着铁豹乱打的孩子被这句话镇住了，他们停下了手，回头看见解放军同志正在瞪着他们，一时不知该如何是好了。铁豹顺势从人群中冲了出来，跑到解放军同志的身边。张红急忙拿出手绢捂住铁豹的头说："铁大哥，你受伤了，赶快去医院。"

在医院急诊室，医生给铁豹清理了伤口，缝了七针，脑袋裹上一层厚厚的纱布。张红扶着铁豹说："头晕吗？会不会脑震荡呀？"

"不会，我没那么娇气。"

"这都是为了我呀，铁大哥，让你受了这么重的伤。我送你回家休息吧。"

"不用，先把你送回家。"

"那怎么行，你受着伤呢。"

"不碍事，头上破点皮儿，这对男孩子来说是常有的事，甭往心里去，回家吧。"

看到铁豹的实在劲儿，张红很受感动，她不好再推让了，带着铁豹回了自己的家。他们走到京西一片二层小楼的外面，张红停住脚步，说："就送到这儿吧，再往前有警卫，你进不去。"

铁豹抬眼看了看这群楼房，说："这里是干休所吧？"

张红点了点头，说："对，里面住的都是老革命。"

"你爸爸是干什么的呀？"

"他是老八路，抗战时在太行山打鬼子。"

"原来你也是大院里的孩子。"

"是的，可我跟那帮海淀大院的孩子不一样。"

"当然了，他们太狂了，你很高雅嘛。"

"我可没那么看自己，不过就是个黄毛丫头嘛。"张红说完开朗地笑了。

铁豹忽然想起了什么，问："你今天怎么找的那个解放军叔叔，他是你爸爸的部下吗？"

"什么呀，人家根本不认识我。"

"那他怎么会听你的话，帮我解围呀，你是怎么跟他说的？"

"我当时都急哭了，我对他说'解放军叔叔您管管吧，他们欺负人，我男朋友被他们打伤了'。"

"你承认我是你的男朋友了？"铁豹兴奋得两眼发亮。

张红的脸一下子就红了，她争辩说："当时情况紧急嘛，再说了，你是我的朋友，又是个男的，说成男朋友不对吗？"

铁豹笑了，说："按你这个说法，也可以说你是我的女朋友了？"

"是，是呀。"张红没想到铁豹这么会钻空子，说起话来口吃了，脸更红了。

"张红，你看咱俩像不像中国的保尔和冬妮娅？"

"铁大哥你太能联想了，如果说你跟保尔还有几分像的话，我跟冬妮娅差得可太远啦。她是资产阶级大小姐，我是红色后代，她出身俄国大资本家，我爸爸是老八路，我们走的不是一条路。"

"我没说冬妮娅的出身，我是说你和少女时的冬妮娅有几分像，都那么单纯善良。"

"是的，我也喜欢少女时的冬妮娅，她长大了我就不喜欢了，浑身都散发着资产阶级大小姐的味道。"

"所以保尔才没和冬妮娅走到一起。但愿咱俩的关系不要重复他俩的悲剧。"

"怎么会呢，咱俩都是革命青年，志同道合……"

张红说到这儿发现自己又说走了嘴，立马儿不说话了，不好意思地把头扭向了一边。

铁豹笑了笑，说："张红，咱俩确实志同道合，我很喜欢你。虽说咱们认识时间不长，彼此还需要再了解，我真心希望有一天你能成为我的女朋友。"

张红头压得很低，从牙缝里挤出了一句话："有这个可能。"

铁豹和张红这对冰场情侣，这两个稚气未脱的中学生，在朦朦胧胧中确立了恋爱关系，他们彼此都是初恋，那么纯洁，富有诗意。张红在羞涩的心态下接受了铁豹，一种从未体验过的兴奋感让她夜不能寐。她看着窗外的松树，高大，挺拔，脑海中又出现了铁豹的身影，在冰场上他就像一道闪电，在被人围殴时，他又像一头雄狮，无所畏惧。张红忽然感到在铁豹身上有父亲当年的影子。

张红的父亲张德忠将军是"三八式"的老干部，是个英勇善战的八路军团长。在抗日战争中，他率领着部队在太行山打游击，与日本鬼子进行了浴血奋战。在历次战斗中，张团长都是身先士卒，越是艰苦的战斗越冲在前面，他手里的那把大刀将一个个凶残的鬼子兵变成了刀下鬼，一提起他的名字，敌人是闻风丧胆。他带着八路军在太行山打出了威风，打下了一大片根据地。

张红从小就听爸爸讲过他杀鬼子的故事，在她的心里，爸爸是英雄，是战神，她一直以爸爸为骄傲。今天铁豹以一当十，为了保护她把命都豁出去了，他的勇猛威武多像爸爸当年的雄姿呀，在铁豹身边自己有了安全感，他是个可以依靠的人。想到这儿，张红幸福地笑了，甜蜜地闭上眼睛，进入了梦乡。

铁豹回到家，父母都睡了，他没敢惊动他们，轻轻上了床，头一沾枕头伤口就疼，只能半坐了起来，这时张红的身影不断在眼前晃动。她是个热爱文学的好姑娘，俊俏，大方，她那美丽的双眸，闪动着温柔善良的目光，在她面前，自己的清高自傲都是多余的，一种相见恨晚的情怀在心中涌动着。伤口虽然很痛，想到自己保护了张红，并得到了她的爱，心里美滋滋的，铁豹带着对未来的美好憧憬坐着睡着了。

铁豹和张红都是应届中学毕业生，按照当时规定要去上山下乡。张红家遇到了不小的困难，她爸爸妈妈要离开家去"干校"，她本人再走，家里就剩下年仅八岁的弟弟一个人了，弟弟这么小还不会独立生活，家里大人们都出去了，谁来照顾他呀？

星期天，在颐和园秀美的西堤，张红忧心忡忡地和铁豹见面了，她还没张嘴眼圈先红了，铁豹不知道出了什么事，不安地问道："遇上什么事了，情绪怎么这么不好呀？"

"我爸爸妈妈要去'干校'，我再走家里就剩下弟弟了，他才八岁，今后怎么生活呀？"

"你爷爷奶奶，姥姥姥爷不能帮着带一下弟弟吗？"

"老人们都没了，只有个姑姑在江西老家，多年不联系了。就算姑姑还健在，把弟弟送到江西去也不现实呀。"

"说得也是。要不就把你弟弟接到我家来吧，我爸妈会很疼他的。"

"这能行吗？他们可是素不相识呀，我弟弟又挺淘气的，时间一长，该讨厌他了。"

"那怎么会呢，冲你的面子，我们家人也会善待小弟弟的。"

"我有那么大面子吗？"

"当然有了。我告诉你件事儿吧，上次我让海淀大院那帮孩子打破了头，第二天我爸妈看见都急了，逼我说出为什么打架，谁把我打成了这样。我说你们甭管了，我是为了保护一个姑娘受的伤。他们问我和这个姑娘是什么关系，我说她是我女朋友。"

听铁豹这么说，张红脸红了，羞涩地推了铁豹一把，说："人家还没答应你呢，你这么早就在二老面前挑明了，这要是见了他们多不好意思呀。"

铁豹乐了，说："你猜怎么着？爸妈听说我有女朋友了，都挺高兴，他们也不再追究我打架的事儿了，都对你特感兴趣。我妈一个劲问我这姑娘好看吗，个儿有多高呀，脾气怎么样，家里条件如何呀。"

张红害羞得双手捂住脸说："羞死了，羞死了，人家才多大呀，就让你在家长面前品头论足的，多难为情呀。"

"这是早晚的事儿，俗话说丑媳妇总得见公婆嘛。"

"我丑吗？"

"我就是打个比喻。"

张红转过身，背对着铁豹，羞答答地问："你对妈妈是怎么说我的呀？"

"其实我对他们就说了一句，'这姑娘没挑儿。'"

"这么简单呀？"张红显然有些失望。

"我当时头疼着呢，不想多说话。不过可以再补上，我今儿回家就对妈妈说张红可是个好姑娘，温柔贤惠，美丽大方，可谓是倾国倾城呀！我这么说你满意吗？"

"去你的，净耍贫嘴。"张红开心地笑了，她的脸蛋上出现了两个美丽的小酒窝，调皮又可爱，铁豹被她的美貌迷住了，睁大了两只眼睛，一眨不眨地看着她。

张红见铁豹这个样子，感到很羞涩，说："干吗那么看我呀，又不是没见过。"

铁豹忍不住了，走上前伸出两只胳膊，一把将张红抱在了怀里。张红吓了一跳，本能地要推开铁豹的胳膊，她被铁豹紧紧地抱着，根本推不开，她有些害怕，说："让人看见多不好啊！"

"这么隐蔽的地方没人来。"

张红不再挣扎了，她感到在铁豹的怀里温暖、幸福，一种从未有过的满足感让她十分享受地把头深深地扎进了铁豹的怀里，美丽的大眼睛轻轻地闭上了。

这时她感到铁豹低下了头，热乎乎的嘴唇吻在了自己的嘴唇上，她想躲开，怎么也躲不掉，铁豹的舌头伸进了自己的嘴里，她有些排斥，牙齿紧闭。铁豹热烈地亲吻着张红，舌头不停在她的嘴里蠕动，她坚持不住了，慢慢地把紧闭的牙齿张开了，两个人的舌头缠绵到了一起。她感到很兴奋，那种从未体验过的快感像电流一样传遍了全身，她微微颤抖着，伸出双臂搂住了铁豹的脖子，两个人的嘴唇紧紧地吻着，五分钟，十分钟……

激情接吻之后，张红很紧张，说："铁大哥，咱们这就算结婚了吧，我现在是你的人了，今后你可要好好地待我。"

铁豹对结婚的理解也是朦胧的，他说："说实在话，我长这么大还是头一次和姑娘接吻，咱俩都属于'大姑娘上轿头一回'。真正的结婚两个人要睡在一起，读遍对方的身体，就像鲁迅先生在《伤逝》里描述的那样。"

"太难为情了，快别说了。"张红的脸已然羞成了一块大红布。

铁豹也有些不好意思，岔开了话题："让小弟到我们家的事就这么说定了吧。"

"这我还得征求一下爸爸妈妈和小弟本人的意见。"

"对，必须要他们同意才行。"

铁豹这时忽然想起了一个重要的问题，他问张红："你下乡准备去哪儿呀？"

"我们学校大部分同学都去云南。我爸说太远了，怕我去南方水土不服，他想让我去他打过游击的革命老区太行山。我爸说太行山虽然条件艰苦，但是群众基础好，那里的乡亲们救过八路军伤员的命，人们都很朴实，他们会像亲闺女似的待我的。"

"好啊，我跟你一块儿去太行山。"

"你们学校不是去东北兵团吗？兵团条件多好呀。"

"条件再好没有你呀，你去那么偏远的山区，我不在你身边，谁保护你呀？"

看着铁豹的憨厚劲儿，张红被感动了，她扑到了铁豹怀里，两个年轻人的嘴唇再次吻到了一起。

张红和铁豹分别后高高兴兴回到家，把铁豹出的主意跟爸妈说了，妈妈高兴地问：

"这个铁豹是谁呀，他怎么对你这么好呀？"

"他是北京四中的高才生，很有文学修养，人还特仗义，我们俩很谈得来，他是我新认识的好朋友。"

"你了解他吗？"

"已经很了解了。"

"你这个小丫头片子，向来好自以为是，仅凭谈得来就给人定性啦，太草率了吧。"张红的爸爸张德忠将军说话了。

"老爸您太武断了，您知道吗？他特别勇敢，和您年轻的时候很像。"

"越说越不着边了，一个小青年怎么能和一个老八路相比呢？"

"怎么不能，上回我在北海滑冰，有个坏小子对我不怀好意，是铁豹保护了我，他们十几个人围着铁大哥打，砖头拍在他脑袋上碎成了两半，血流得把衣服都染红了，他也没在乎，以一当十，把那帮小子打趴下好几个。他受了那么重的伤还坚持把我送回家，您说他是个多好的人呀！"

"你这丫头净出去惹祸，真不让人省心。"妈妈嗔怪地说。

"这个小伙子这么勇敢吗？很好，我就喜欢勇敢的战士，哪天有工夫你带他来见我，我要看看你的这个朋友到底怎么样。"

张红一听老爸同意见铁豹了，那叫高兴，第二天就把铁豹约到家里来了。铁豹有些腼腆，站在张红的爸妈面前不知如何是好。张红的妈妈看着身材高大精精神神的这个大男孩很喜欢，关心地问道："头让人打破了，还疼不疼啊？"

"阿姨，我早没事儿了。"

"小伙子，你今年多大了？"张将军问。

"我十九岁了。"

"多好的年龄呀。想不想当兵呀？"

"做梦都想，暂时不想。"

"这是为什么呢？"

"我要陪张红去太行山。"

"你也去太行山？你了解太行山吗？"

"我只知道太行山是革命老区，有着光荣的历史，那里的人民朴实、勤劳、勇敢，他们身上有很多值得我们学习的革命精神，我们去太行山一定会大有作为的。"

"说得不错。"

张将军冲铁豹微微地点了点头。张红站在爸爸身后，高兴地伸出了大拇指，张着嘴无声地说："精彩，精彩！"

张将军感觉到了女儿的气息，回过头问道："你演哑剧呢？"

张红吐了一下舌头，冲爸爸做了个鬼脸，扭头跑了。张将军和铁豹都笑了。

张将军请铁豹在家里吃了晚饭，饭后张将军语重心长地对铁豹说："我和张红妈妈要去'干校'，张红要去太行山，她的小弟还要上学，没人管他可不行，看来暂时只好托付你们家先帮助照看一下。我听说'干校'今后也可以带家属去，等那里的学校建好了，我就把小弟接过去，估计有个一年半载的就可以去了。"

"张叔叔您甭着急，我们家会照顾好小弟的，多长时间都行，您尽管放心吧。"

"放心。看你这么懂事，有出息，我就能看出你的家教很好，把小弟放在你家我很放心。现在最让我放心不下的是张红，她刚初中毕业，很单纯，也很任性，没有社会经验，再加上又是城市里长大的孩子，没吃过什么苦，这一下子到山区里劳动、生活，条件又很艰苦，我担心她会受不了。"张将军说到这儿眉头拧成了个疙瘩。

"张叔叔，我和张红一起去太行山，我会帮助她的，有什么困难我们共同克服。"

"好的。到了那里你们不要搞特殊化，要和贫下中农打成一片，同吃同住同劳动，不要开小差当逃兵，不能私自回北京。"

"叔叔，我们记住了。"铁豹点头答应着。

"爸爸，我们不会给您丢脸的。"张红也坚决地表了态。

铁豹回到家把接张红的弟弟来家里住一段时间的事情跟爸爸妈妈说后，两个老人都同意。老铁说："能帮人一把，就帮人一把，这是积德行善的好事。过去不是常说'但行好事，莫问前程'，我看就这么着吧。"

铁豹妈妈说："不就是吃饭时多摆双筷子吗，这算得了什么呢，把小家伙接过来吧，我帮着带。"

事情就这么定归好了，可谁承想，天有不测风云，铁妈妈上街买菜被车撞倒了，大腿骨折。铁妈妈做完手术后，医生对老铁说："老人的腿骨接上了，但是老年人恢复得慢，在医院里可能要住上一两个月。"

这可真是飞来横祸，老铁家顿时乱了营。太原会馆大院的街坊们知道信儿后纷纷去医院探望。老铁也在单位请了假，陪在老伴儿的身边。铁妈妈躺在病床上不住流泪，大家都跟她说着宽心话，高小燕说："伤筋动骨一百天，过仨月您就没事了，这点儿小病甭往心里去。"

"我心里急呀，下个月张红的弟弟就要上我们家来了，我这出不了医院，谁管他呀？"

"张红是谁呀？"

铁妈妈有些神秘地说："是铁豹的女朋友……"

铁妈妈把事情的原委对高小燕说了一遍，最后说："我们答应了人家的事，现在一下子不行了，就跟成心似的，这让人家怎么看我们家呀，弄不好铁豹交的这个女朋友都得吹喽。"

高小燕想了想说："我看这么着吧，让张红的弟弟该什么时候来还什么时候来，先让孩子住我那儿，我给他做饭吃。"

"那多不合适呀，还让你跟着受累。"

"这算得了什么呀，您甭跟我客气。正好我们家小虎在大学里住校，一时半会儿也回不来，他那张床空着呢，让孩子睡小虎的床，我没事儿的时候还能辅导孩子做功课，什么事儿也耽误不了。"

"燕子，你可真是个大好人呀，太谢谢你了。"

"行了，老姐姐，咱们就这么说定了。"

正在这时，铁豹领着张红一家人到医院探望铁妈妈来了。铁家出事儿后，

184

铁豹对张红说了，他们全家人都挺着急。张妈妈说:"我们把小弟托付给人家，本来就打算登门道谢的，现在他们家里出了事儿，我们更应该去看看人家呀。"

"要去就得早去，下星期部队去'干校'的人员就要集合出发了。"张将军说。

张红姐弟俩陪着父母上医院来了。两家人见面后，铁豹热情地给大家做了介绍:"妈，这是张红，这是她的爸爸妈妈，这就是小弟。张叔叔，阿姨，这是我的爸爸妈妈，这是我们大院里的街坊高阿姨。"

铁妈妈见到张红顿时眼前一亮，她拉住张红的手说:"好闺女，坐我身边来，让我看看你。"

张红害羞地叫了声:"阿姨您好。"

"张司令，怎么是您呀?"老铁认出了张将军，惊讶地说。

"铁师傅?"张将军也认出了老铁，两个人激动地拥抱在了一起。

第十五章

　　孩子们全愣住了，不知道这是怎么回事。张将军乐呵呵地说："一九五八年英国的蒙哥马利元帅来中国访问，毛主席接见了他，周恩来总理陪同他到我们部队视察，我组织战士们打靶表演给他看。我们的战士们都是神枪手，百发百中，蒙哥马利元帅被震惊了，事后他说：'毛泽东麾下名将如云，天才云集，我奉劝自由世界千万不要跟他们打仗。'后来我们在国宾馆宴请他，我也参加了宴会，那天宴席上的菜就是铁师傅亲手做的，色香味俱全，特别好吃。"

　　老铁激动地说："宴会开始前，张司令到后厨看望我们，他说'我们的战士们凭着过硬的军事素质征服了这位英国名帅，希望师傅们也要使出真本事，在胃口上也要征服他。'我当时对张司令表了态，我说'您放心吧，我保证让他吃一次我做的菜就忘不了，下次来中国还想吃我做的菜'，果不其然，这个英国小老头一下子就记住我了。在这之后他又几次来中国，每次都点名吃我做的菜。"

　　老铁和张将军久别重逢真是喜出望外，他们说的往事让孩子们都听直了眼。张红高兴地说："爸爸，您和铁叔叔都为国争了光，你们太棒了！"

　　高小燕在一边笑眯眯听着，她插话说："你们两家人真有缘分，这是父一辈子一辈的交情呀。张将军，您把孩子放在我们这儿就放心吧，铁大姐伤着了，她先养病，孩子我帮您带，我儿子也是大学生，我带孩子错不了。"

　　张将军两口子听着都很感动，一再点头道谢，他们满意地离开了医院，一周后就去了"干校"。张红和铁豹也打点行装准备去太行山，这时秦玉找铁豹来了。他说："豹哥，我想跟你们一起去。"

"你不是七〇届的吗，还没毕业呢，你凑什么热闹呀？"

"我是没毕业呢，我想好了，过两年我们毕业的时候也得去下乡，晚走不如早走，我跟豹哥一起走，有你关照着，我不会吃亏的。"

"你爸妈同意吗？"

"我们家老爷子和我妈都去'干校'了，现在没人管我，我的事情自己做主。"

听着秦玉的话，铁豹心里有一丝酸楚，他感到自己身上有了一份沉甸甸的责任，既然秦玉决心已下，那就带着他一起走吧。

一九六九年初春，铁豹、张红和秦玉过完春节就奔赴了太行山。铁豹他们和其他二十几名知青被分配到沁县东岭村，这是黄土高原上的一个丘陵山区，平均海拔一千米，最高的山峰是西部的棋盘山，主峰海拔一千七百四十五米，比东岳泰山还高出二百多米。这里也是著名的革命老区，抗战时期，八路军总部机关曾在这里驻扎，张德忠将军率领着部队在这里与日本鬼子打过仗。

知青们进村后，村里给他们上的第一堂课是大队党支部书记带着他们参观村史展。在一间低矮的小平房里，二十几个知青挤得满满的，屋里只有一个电灯泡，即使大白天开着灯，屋里也显得很昏暗。在土坯垒起的墙上，贴着几张发旧的照片，这就是村史展的重要文物。党支部耿书记是一个五十多岁的老汉，他操着浓重的晋东地区口音向同学们讲话："同学们来到我们村，我代表党支部和全村的贫下中农对你们表示热烈的欢迎。"

大家拍起巴掌，耿书记停顿一下接着说："我们村是县里的贫困村，条件比较差，但是我们村有着光荣的革命传统。当年八路军总部就驻扎在我们村，大家看看墙上那几张旧照片，那是一九三八年三月第二战区东路军高级将领会议在我们村召开的照片。当时国民党的一些大官来了，我们八路军的领导彭老总、左权将军、一二九师的刘伯承师长、李达参谋长等领导也来了。所以说我们这个小村子在历史上还是挺有名的。"

大家听耿书记这么一说，不由得小声议论起来："这个小村子不简单，在中国革命史上有一号呀。"

"这个村里的老农民经过风雨，见过世面。"

大家的议论让耿书记听见了，他慢条斯理地说道："同学们说得不错，我们村里的人是经过风雨，见过世面。你们知道我们见过最大的世面是什么吗？就是和八路军一起打鬼子！"

听到这句话，知青们都激动地鼓起了掌，铁豹和张红更是兴奋不已，手掌都拍红了。耿书记接着说："当年我二十出头，是村里的民兵队长，我们配合八路军张德忠团长的部队一起打鬼子。"

张红听到这句话不由得"啊！"了一声，铁豹赶紧拉了一下她的衣角，让她冷静点儿。耿书记说："在战斗中我们民兵主要负责运送弹药和八路军伤员。张团长带领的老八路个顶个都是英雄，他们团牺牲的战士没有一个是背后中枪的，都是牺牲在冲锋的路上。有一次战斗，他们团子弹打光了，张团长抄起大刀就冲上去和小鬼子死拼呀！这一仗张团长身上被鬼子兵捅了好几个窟窿，那血流得衣服都湿透了。"

张红听到这儿"哇"的一声就哭了，耿书记止住了话，惊讶地看着张红。铁豹赶紧冲耿书记摆摆手说："她被感动了，耿书记您接着讲。"

耿书记说："张团长真是个铁打的汉子，受了那么重的伤，硬是没有倒下，直到战场上最后一个鬼子兵被消灭，他才昏了过去。后来医生给他做手术，没有麻药了，张团长就咬牙挺着，全身缝了六十多针，张团长一声都没吭。同学们，这就是咱们的八路军，这就是咱们的民族英雄啊！"

张红此时已是泣不成声，铁豹激动地举起拳头高呼："八路军万岁！"

在场所有的人都振臂高呼，张红擦了把眼泪也跟着喊了起来。

知青们进村后被编成一个排三个班，两个男生班，一个女生班。铁豹被指定为排长，张红是女生班班长。休息了一天后，耿书记带着大家下地干活了。他们的任务是挑粪，每个人一根扁担两个竹筐，从村头的农家肥堆上装满粪土，挑到二里地以外的大田上，为即将春播的谷子地施肥。

这些城里来的学生从来没干过这么又脏又累的活，男孩子们挑两趟粪就累得不行，女生们挑一趟粪就累趴下了。大家的汗出彻了，到了地头上把扁担一扔，东倒西歪地瘫坐在地上喘着粗气。耿书记乐呵呵地看着他们说："头一次干重活是累得不行，多干几次就习惯了。"

"书记，咱们挑粪要干几天呀？"秦玉说。

"起码要干个数来月吧。"

"要干这么长时间啊？这些臭粪撒在地里不得把庄稼熏坏呀？"

耿书记笑了笑说："同学们，你们今天挑的不只是粪土，更是养料啊。你们知道吗，这农家肥是最好的肥料，它能改良土壤，肥效持久，还能防止病虫害，我们种地离不开它呀。"

"噢，是这么回事呀，怪不得城里老有农村来的拉粪车呢。"秦玉明白了。

张红也问道："耿书记，咱们这地里种什么庄稼呀？"

"沁州黄。"

"是小米吗？"

"是全世界最好的小米。"

"这么牛啊，耿书记您给我们说说这'沁州黄'吧。"大家都好奇地围了过来。

耿书记从兜里掏出烟袋锅，装满了烟叶子点着了，抽了两口，得意地说："在咱们山西有个谚语，说的是'金珠子，金珠王，金珠不换沁州黄'，也就是说用金珠子都换不到'沁州黄'，你们说咱们地里产的小米有多珍贵吧。"

"这是公认的吗？"秦玉疑惑地问。

"那是当然了。当年八国联军进北京，慈禧太后和光绪皇上跑到我们山西，山西的地方官给他们吃鸡鸭鱼肉，慈禧太后心里有火呀，她看这些大鱼大肉的心里发腻，根本吃不下去。厨子想办法，给她熬了一碗'沁州黄'的小米粥，太后一喝，嘿！真叫香，她一下子就喜欢上'沁州黄'了，下旨封名叫'太后香'，成为贡品，代代耕种，年年进贡。"

"这人要是饿了，吃糠都香，那段相声'珍珠翡翠白玉汤'，不就是说的这种事儿吗？"秦玉还是有些不相信。

铁豹瞪了他一眼说："就你小子乍古。"

耿书记说："这'沁州黄'可不是我们自吹的，国际博览会上它拿过金奖，在咱们国家被评为'四大名米'之一，我们的八路军就靠着小米加步枪打跑了日本鬼子。'沁州黄'现在是五粮液、汾酒、小米黄酒和老陈醋的主要原料。

你们说说咱们这'沁州黄'多金贵呀。"

秦玉这会儿相信了，他眼巴巴地看着耿书记，说："老书记，我们挑粪费这么大劲种'沁州黄'，秋后它熟了能给我们熬碗小米粥喝吗？"

秦玉说完话直咽口水，大家看着他那份馋样都乐了。

耿书记说："喝碗粥不算什么，有句话说得好，'樱桃好吃树难栽，不下苦功花不开'，要想吃上'沁州黄'，我们还要花很大的力气呢。咱们现在干的是第一步，整地施肥，然后是深耕土壤，增强保水能力，这些活要干个数来月，到了谷雨的时候就可以播种了。谷子长出来以后，我们还要进行田间管理，蹲苗促壮，中耕除草，适时浇水，合理追肥，还要防治病虫害，及时喷施杀虫剂。这些活都干完了，就等着收割吧。"

"我的妈呀，喝碗小米粥要费这么大劲呀？"秦玉直吐舌头。

铁豹说："多明白呀，你不是学过那首古诗吗？'锄禾日当午，汗滴禾下土。谁知盘中餐，粒粒皆辛苦。'你这么辛劳地干出来，将来就不会浪费粮食了。"

头一次干重活儿，这些城里长大的孩子们每个人累得都吱歪吱歪的，到了收工的时候是又累又饿，恨不能立马儿吃上几大碗炸酱面才舒坦呢。回到宿舍，摆在桌子上的只有窝头咸菜和清汤寡水儿的一盆稀菜汤。看到这样的饭菜标准，同学们全泄了气。秦玉说："我从小到大就没吃过这么次的饭。"

铁豹说："你将就点儿吧，能让你填饱肚子就不错了，别忘喽咱们来的是贫困村。"

铁豹说的是实话，东岭村是整个沁县最贫困的一个村子，它就是这个条件。知青来村里第一年每个人的口粮是国家配给的，能保证大家的基本定量，而吃得好坏就要看各个村的自然条件了。村党支部和大队为了接待好这批知青，尽了很大的努力，他们把大队部院子里的两排房子腾出来，当作他们的宿舍，又专门给他们盖了一间厨房，垒了一口大灶，供他们烧水做饭。每个月拨给知青的口粮全放在厨房里，做饭的炊事员是大伙儿轮流担任，一些体弱生病的知青不下地干活，也来帮厨做饭。

要说这些年轻人也真是不容易，他们都是十几岁的孩子，在家时父母的疼爱使他们大多是衣来伸手，饭来张口，而且吃的也都是大米白面。现在冷不丁来到这么偏远的山区，条件比城里差很多，一切都要自己动手，确实得有一个适应的过程。

铁豹和张红心里已经做好了吃苦的准备，来之前张将军一再叮嘱他们："太行山是革命老区，条件比较艰苦，你们不是去游山玩水，而是要和贫下中农一起改天换地，必须要有吃苦耐劳的精神。"

现在看见这些粗茶淡饭，铁豹不怵头，抓起个窝头就咬了一大口，他边吃边对大家说："香，这是新棒子面蒸的窝头，比城里的棒子面好吃，快吃吧。"

大家真是饿了，经铁豹这么一说都狼吞虎咽地吃上了。这顿饭窝头管够，只是菜汤不足，每人也就分了小半碗。上午干活大家流了不少汗，都很饥渴，菜汤喝完了，再烧开水很费时，大家等不及，就纷纷从水缸里扎凉水喝。

张红也没少喝凉水。她从小有个毛病，一喝凉水就拉稀，这回也是这样。水缸里的凉水是从大队部院子里水井打上来的，特别凉，张红喝下后马上就有了反应，当天就拉稀了，一连三天都止不住。俗话说"好汉子架不住三泡稀"，张红一个姑娘家，白天要干那么重的体力劳动，还一个劲地拉稀，她顶不住了，这天早上起床浑身软得一点劲儿也没了，身上还在发烧，她不得不托同屋的姐妹给她请了病假。

耿书记见张红没出工，问铁豹："张红怎么没来呀？"

"听说是病了。"

"哟，病得重不重啊？"

"没什么大事儿，喝凉水拉稀了。"

"发烧吗？"

"嗯，头有些热。"

"那可不能耽误喽，一会儿收工后，你陪我去看看她。"

"好啊，耿书记，谢谢您。"

张红躺在床上心里很不是滋味，心想要是在北京的家里，自己生病了，妈妈会把自己照顾得很周到，端水喂药，还会给自己做好吃的。在这里生病了，吃不到病号饭，一会儿自己还要担起炊事员的工作，为下地干活儿的同学们做午饭。她感到有些委屈，眼泪流了下来，想家了。

她从箱子里翻出来个旧镜框仔细地看了又看，这是她十岁时拍的全家福照片。当时弟弟还不到三岁,妈妈抱着他。爸爸站在全家人中间,他穿着一身海蓝色的将官礼服,头戴大顶帽,胸前的八一勋章、独立自由勋章、解放勋章金光闪闪。爸爸挺着胸脯目光炯炯,特别英武帅气。全家人都幸福地笑着。

张红看着看着哭了,她不知道爸爸妈妈去"干校"后身体适应不适应,爸爸身上受过那么多伤,现在干农活儿他受得了吗?她心里也惦记着小弟,他在高小燕阿姨家里淘气不淘气呀,他听高阿姨的话吗?张红很为家里人揪心,强烈地思念着他们。这时闹钟响了,她一看十点整,该给大家做午饭了。她把镜框放在炕桌上,自己去厨房忙活饭去了。

耿书记心里惦记着张红的病,仰脸看了看日头,估摸着快十二点了,对身边正在往筐里铲粪的铁豹说:"时候不早了,收工吧,咱俩看看张红去。"

铁豹心里正琢磨这事儿呢,听耿书记一说,赶紧收拾起农具,回宿舍来了。他们来到女生宿舍前拍了拍门,屋里没人吱声,铁豹说:"是不是睡着了?"

耿书记站在门前叫道:"张红,我们看你来了。"

屋里还是没动静,铁豹不放心了,他把门轻轻推开了一条缝,往屋里瞅瞅,没有人,他对耿书记说:"可能是上厕所了,耿书记,您屋里坐吧,一会儿她就回来了。"

耿书记点了点头,推开屋门进来了。他坐在炕头上四下里看了看,说:"屋子归置得挺整齐,看来这闺女爱干净,手脚也勤快。"

"是,屋子乱她看不下去,必须打扫干净喽她才踏实呢。"

"哎,这张照片是张红一家人吗?"耿书记发现了炕桌上的镜框,拿起来仔细端详着。

铁豹看了看说:"没错,就是张红一家人,那个解放军是张红的爸爸。"

"这个解放军我怎么看着这么眼熟啊?铁豹,你知道张红的爸爸叫什么名字吗?"

"知道,张德忠。"

"什么?真是张团长呀!太好了,老团长,我可找到你了,我们东岭村的乡亲们想你呀!"

耿书记说到这儿眼泪流了出来,他双手捧着那个镜框,浑身都有些颤抖。

耿书记说："怪不得那天我给大家讲村史时，提到张团长打鬼子负伤，你看把张红哭的，稀里哗啦的。我当时就纳闷，这闺女怎么哭得这么伤心，原来是父女连心呀。铁豹，你怎么不早跟我说呢？"

"张叔叔不让我们说，他怕我们用他的名声搞特殊化，所以我们就没敢告诉您。"

"话不能这么说，张团长是谁呀，他是我们全村的恩人，我们东岭村的乡亲们能有今天，是张团长带着老八路舍命保护下来的。铁豹，你知道吗，三九年鬼子大扫荡，把我们村给包围了，他们把全村人都赶到地头上，让我们说出八路军总部去哪儿了，不说就用机枪把我们突突喽，我们周围好几个村子就是这样让鬼子灭了村的。我们村的乡亲们没一户软蛋，谁也不说，大家都做好了牺牲的准备。就在这时，张团长带人冲了过来，他亲自端着一挺机关枪，见鬼子就扫，眼看着十几个鬼子兵被他打倒了。他带领的八路军战士们见了鬼子都杀红了眼，一下子就把小鬼子的猖狂劲打下去了。为了不让乡亲们受伤，他们用身体替我们挡子弹呀，全村人得救了，很多八路军战士为我们牺牲了。事后，在为这些牺牲的战士们安葬的时候，全村人都跪下了，乡亲们看着倒在血泊中的这些后生们，就像死了自家的亲人一样哭得撕心裂肺的。打这儿以后，张团长和他带的老八路就成了我们全村人的靠山，直到现在，逢年过节，乡亲们还像原来一样给八路军贴春联送福字，求老天爷保佑张团长，保佑八路军。我们还教育后代，世世代代要记着张团长、八路军的救命之恩呀！"

耿书记说到这儿，抬起袖口擦了擦眼角的泪水，铁豹听着眼圈也红了。这时张红推开屋门进来了，她一看耿书记和铁豹好像刚哭过，吃了一惊，问道："你们这是怎么了？"

耿书记颤颤巍巍地走了过来，一把拉住了张红的手，激动地说："好孩子，你是张团长的闺女呀，他现在还好吗？"

张红看见耿书记手里端着镜框，明白了，她说："您都知道了。"

"是呀。自从抗战胜利后，张团长就带着队伍离开了太行山，这一别就是二十多年，我们村里人想他呀。"

"我爸爸也想乡亲们，一直念叨着抽空回太行山来看望大家，可他平时工作太忙了，抽不出身。这次特地让我代他看看你们，他给了我二百块钱，让我给村里最困难的乡亲们买些吃的用的，给他们解决一些困难。我刚来，不知道哪家最困难。耿书记，我把这钱给您吧，您给乡亲们发下去。"

"老团长，您的心里还是这么惦念着我们，我代表全村的乡亲们谢谢您！"耿书记双手捧着二百块钱，泪流满面。

"哎哟，我这肚子又来劲儿了，耿书记你们先坐着，我得上趟厕所。"张红说完话扭头就往外跑。

耿书记看着张红的背影对铁豹说："带她上公社卫生所看看吧，紧着这么拉肚子不打针止不住呀。铁豹你下午不用出工了，用队里的独轮车推着她去看病吧。"

"好，我一会儿就送她去看病。"

吃完中午饭，铁豹推着独轮车，让张红坐上，奔公社就走去了。铁豹看张红脸色发黄、无精打采的样子，有意逗她开心，说："张红，你今天可是享受新娘子的待遇了。"

"人家这挺难受的，你还瞎说八道，拿我开心。"张红撇了撇嘴。

"这你可冤枉我了。我听说山区里娶亲，很多新郎官就是用独轮车把新娘子娶回家的。你今天穿了件红毛衣，又坐在我的独轮车上，像不像是我的新媳妇呀？要不，等你从公社看病回来咱俩就拜堂成亲吧。"

张红说："铁大哥，你这嘴里真敢跑火车呀，别说我现在不可能和你拜堂，就是我答应今天咱俩成亲，你敢娶媳妇吗？"

"嘿嘿，让你说着了，我还真没这胆子。现在提倡晚婚晚育，咱俩都不到二十岁呢，这要是结婚，人家非把咱们当反面典型批判不可。"

"那你干吗还这么说呀？"

"我也就是过过嘴瘾，逗你一乐儿。"

张红虽然没乐，可心情好多了，她话锋一转说："铁大哥，你说耿书记是个多好的人，和咱们一起劳动，不摆书记架子，特有亲近感，我很尊敬他。"

"是呀，咱们在太行山碰上这么一位好书记也算是福分了。咱们得好好干，不能让人家失望啊。"

"咱们除了下地劳动，还能帮村子里干些什么呀？"

"要干的事儿可不少呢，比如说帮村里建个广播站，给不识字的老乡们办个文化扫盲班，还可以买些农业科技图书，建个小图书馆，帮助乡亲们科学种田，你看行吗？"

　　"我看行，咱们今天去公社就上新华书店看看，买些图书回去，乡亲们一准儿欢迎。"

　　"好，就这么办。"

　　张红在公社卫生所打完针就和铁豹去了新华书店，他们把身上带的钱全花了，买了三十多本农业科学方面的普及读物，兴冲冲地回村了。

　　张红进屋一看，十几个老乡在她屋里坐着呢，把她吓了一跳。耿书记对张红说："闺女，乡亲们听说老团长找到了，他的闺女在咱们村，别提多高兴了，都要来看看你，拦都拦不住啊。"

　　村里的烈属耿奶奶怀里抱着个小砂锅从炕头上下了地，来到张红的面前，说："孩子，听说你闹肚子，我给你熬了锅粥，你趁热喝了吧，咱们地里长的小米能治跑肚啊。"

　　耿书记说："耿奶奶说得没错，咱们这'沁州黄'有这个本事，你喝了这锅粥，就不会再拉肚子了。"

　　军嫂王二姐也走了上来，她手里捧着个饭碗，里面有三个红皮鸡蛋。王二姐说："好妹妹，这是咱家鸡刚下的蛋，我给煮熟了，你摸摸还热乎呢，赶紧吃了，病就好了。"

　　乡亲们有带大枣来的，有带核桃来的，都拿出来摆在了炕头上。张红感动得眼泪在眼眶里打转，她激动地说："谢谢爷爷奶奶叔叔阿姨们，你们的心意我领了，东西我不能要，请你们拿回去吧。"

　　"为什么呀？"大家都不明白了。

　　"我爸爸说了，八路军不拿群众一针一线，我是老八路的女儿，也要执行这条纪律。"

　　"嗐，这么说话多见外呀。"乡亲们都不认这个理儿。

　　耿书记说话了："好闺女，你只说对了一半，八路军是不拿群众的一针一线，可是你忘了，八路军与老百姓还有军民鱼水情呀，我们村里年年都搞拥军优属活动，你是老八路的女儿，就是军人家属，是我们的优待对象。我们村的乡亲们听说张团长的女儿生病了，大家心里都很着急，都想来看看你，今天来的只是一小部分，明后天还会有人来看你的。"

铁豹说："谢谢乡亲们的好意，现在春耕生产挺忙的，大家就别来了。要是想见张红好办，今天晚上大家都到大队部来，我和张红有些话要和乡亲们聊聊。"

耿书记有些不明白，问铁豹："你们想说什么呀？"

"耿书记，我们正想跟您汇报呢。今天我们在公社买了一些农业科普读物，我们想发给乡亲们看看，科学种田，提高粮食产量，您看行吗？"

"你们这个想法很好，只是村里识字的人没有几个，你发给他们书，他们也看不懂呀。"

张红说："这个我们也想到了，我们准备办个农民识字班，发挥知识青年的特点，教乡亲们学习文化科学知识，还可以建个广播站，直接把科普书籍读给乡亲们听，这样即使不识字，也不影响学习科学知识呀。"

耿书记被打动了，说："毛主席说，'广阔天地大有作为'，真是一点不假呀，孩子们，你们好好干吧，我代表党支部全力支持你们。"

铁豹和张红没想到事情进展这么顺利，他们想干的事情在村党支部的支持下说干就干起来了。村里从张将军给的二百元钱里拿出了一部分购置了广播器材，建立了广播站，张红自告奋勇担起了"播音员"的责任。村里又买了一批图书，腾出一间空房，建了图书室。"农民识字班"的牌子也挂了出来，铁豹毛遂自荐当了"教书先生"。东岭村的文化建设在党支部和同学们的共同努力下，有声有色地开展起来了。

铁豹和张红成了大忙人，他们每天下地劳动收工后，吃完了晚饭，就忙活识字班和广播站的工作。社员们每天晚上足不出户就能从小喇叭里听到张红甜美的声音："东岭村广播站，农业科普读书开始了……"

在大队部的农民识字班里，十几个大字不识的乡亲们坐在教室里上课。铁豹老师站在讲台上，他手指着黑板上的字，一字一句地教大家念着："好好学习，天天向上……"

第十六章

　　转眼两年过去了，广播站和农民识字班都取得了很好的成绩。社员们反映说，听了张红的广播，心里亮堂，知道怎样种地才能多打粮食，现在一天不听她的广播就觉得少了点儿什么。上了铁豹办的农民识字班的社员，大部分都能读书看报了，农民识字班也扩建成了农民夜校，全村的老老少少都来夜校上课，学生由最初的十几个人发展到六十多个人。铁豹是夜校校长，他发动知青们到夜校兼任教师，村里人都很尊重这些年纪轻轻的教书先生们。

　　铁豹和张红凭着一腔热情，苦干实干，乡亲们看在眼里记在心上，拿他俩当成了自家人，有什么问题都找他俩出个主意。两年多的时间里，他俩在东岭村有了很好的群众基础，村党支部开会研究了发展铁豹和张红入党的问题，耿书记和党支部成员找他们俩谈了话。耿书记说："你们来到东岭村两年多了，乡亲们反映很好。你俩政治上要求进步，积极靠拢党组织，主动写了入党申请书和思想汇报，村里的党员同志们经过讨论，同意发展你俩为中国共产党党员。你们要认真填写入党志愿书，我们会选择时间召开党员发展大会。"

　　铁豹和张红都激动得流了泪。在填写了入党志愿书半个月以后，党支部召开了党员发展大会，他俩都是全票通过，成为光荣的中国共产党党员。

　　铁豹和张红一步一个脚印地走着，成了知青们的表率。俗话说"五个手指头伸出来还不一边齐呢"，也有些知青路走得不大顺当，秦玉就是磕磕绊绊走过来的。这孩子刚上初一就下乡了，比其他知青岁数都小，承受艰苦环境的意志力也最差。

秦玉是京剧名家大武生秦老板的老疙瘩，他妈妈秋萍生他时已经四十多岁了，秦老板老两口这个岁数上，得了个高鼻梁大眼睛、白白净净的大胖小子，甭提多喜欢了。秦玉从小到大没受过一丁点儿的委屈，好吃好喝，百依百顺，即使是困难时期，秦玉不仅没饿过肚子，连窝头都没吃过，家里的白面父母都尽着他吃了。

去太行山秦玉不是想明白了，他是打错了算盘，他认为中学生将来都得去上山下乡，与其说早晚都得走这一步，不如现在就走，跟着铁豹一块去，豹哥又高又壮身上还有功夫，有他罩着，自己在农村吃不了亏。他把这个想法跟家里一说，父母哪舍得让他走啊，说什么也不同意。班主任高老师也不同意他去，高老师说："中学三年的学业，你才上了一年多，七〇年才毕业呢。现在急着去上山下乡，中学的文化知识不学太可惜了。"

秦玉一看父母和老师都反对，急眼了，他说："农村那么大地儿，我学什么不成啊，我想好了，就跟豹哥走，你们再反对，我就退学！"

秦玉从小就任性，在家里说一不二，家长和老师都没辙了，只能放手让他去太行山。来到东岭村以后，秦玉傻眼了，他没想到这个小山村这么苦，吃得也太次了，那些个窝窝头他一口也咽不下去。他从北京走的时候，妈妈给他烙了几张芝麻酱糖饼让他带上，接连几天他都躲在被窝里偷着吃糖饼。没两天工夫糖饼吃完了，接下去再不吃窝头就得饿着了。他肚子饿得咕咕叫，晚上根本睡不着，瞪着两只大眼珠子盯着屋顶，脑瓜子里净想歪点子。他看见老乡家的鸡大都散养着，满街溜达，天黑了才回窝呢。秦玉坏招儿来了，他把老玉米豆钻出一个小洞，用细线穿进去，系个死扣，他手里攥着一把这样的老玉米豆，第二天就去村子里抓鸡了。他见了鸡把老玉米豆往地上一撒，自己蹲在一边等着。

这些鸡满街溜达就是在刨食吃，看见老玉米豆急着上来就吃。老玉米豆是吃下去了，它上面拴着的那根线在秦玉手里攥着呢，他没事人儿似的站起身，背着手往前走。鸡不会反刍，它们吃进肚子里的食物根本吐不出来，嗓子眼里有根线牵着，鸡也叫不出声，只能一声不吭地跟在秦玉的身后，他走到哪，它们就跟到哪，秦玉这样逮鸡还真闹不出多大动静。

秦玉一下子逮了三只鸡，今天正好是该他轮值在伙房做饭，他把三只鸡全宰了，炖了一大锅鸡肉，等不得同学们回来，自己先吃了一只，吃完了拿把铁锹在院子里挖了个坑，把鸡毛和自己吃剩下的鸡骨头都深埋了，这才打着饱嗝，美滋滋儿地往炕上一躺，等着知青们回来吃饭。

大家收工回来一进院子，闻到炖肉的香味全兴奋了，都往厨房跑。秦玉乐呵呵地从厨房走出来对大家说："昨天我家里汇钱来了，我买了两只鸡给大家改善伙食。"

知青们一听全乐了，都夸秦玉够哥们儿。铁豹有些怀疑，他把秦玉拉到旁边问："这鸡真是你买的吗？是不是偷老乡家的？"

秦玉把脖子一梗说："豹哥，我给大家改善生活还招你猜疑，把好心当成驴肝肺了，这么说兄弟差点儿意思吧。我特地给你和张红姐留了鸡大腿，你们到底吃不吃？"

看着鸡大腿，铁豹犹豫了，他怕这鸡不是好来的，自己是不会吃的，想到张红大病刚好，身体还很虚弱，确实需要补补身子，他说："要是这鸡是老乡家的，你告诉我是谁家的，不用你出钱，我赔钱给人家。这鸡是谁家的？"

"豹哥你怎么没完没了啊，你不信去问问我爸爸，他是不是给我汇钱了？"

"真是买的？"

"哎呀错不了，你就放心吃吧。"

铁豹不再问了，他去了张红的宿舍，让她把两只鸡腿都吃了。知青们都夸秦玉炖的鸡肉香，秦玉心里这叫一个美。他尝到甜头也就收不住手了，后来又偷着抓了两次鸡，每次都收获不小。俗话说"要想人不知，除非己莫为"，秦玉再抓鸡时让老乡看见了，他们向大队部反映："咱们村的知青里出了个'鸡司令'，鸡都听他的话，他走到哪，鸡都乖乖地跟在他屁股后面走，也不知道他给鸡施了什么魔咒嘞。"

耿书记经过调查找到了秦玉，对他说："你这孩子怎么净琢磨邪门歪道啊，好几家社员的鸡都让你吃了。我要不是看你岁数小，就把你送派出所了。你必须写深刻检查，保证以后不再干了。再让我抓着你偷社员的鸡，就让民兵绑了你送派出所。"

秦玉被吓坏了，再也没敢动偷鸡的念头，老老实实地吃了一阵子窝头。时间一长他又觉得素得慌了，抓耳挠腮地琢磨，不能吃鸡了，找点什么吃食能解馋呢？他正在胡思乱想，一条大黄狗冷不丁地跑过去，吓了他一大跳，捡起块石头就拽，大黄狗汪汪叫着跑了。秦玉看着它的背影乐了，心说弄只狗吃可比吃鸡解馋呀。

秦玉想起来前些日子听村里的耿爷爷说，他儿媳妇去坟地上坟被野狗咬了，这些野狗经常偷吃人们上坟的供品，也时常偷吃老乡家养的鸡。提起野狗，村里人恨得牙根儿痒痒。秦玉心说，我得去坟地转转，看看能找到野狗吗。第二天秦玉称病没下地干活，他扛着把铁锹就奔了坟地。

在东岭村的西头，有块坟地，村里故去的老人都埋在这里，经常有后人们去上坟。秦玉在坟地里转了几圈，还真看见野狗拉的屎了，他高兴极了，挥动铁锹在地上挖了个一人多深的陷阱，表面用树枝子搭上，又铲了一些浮土盖在上面，心说只要野狗踩上准得掉下去，我就能逮着它了。

秦玉挖好坑，看看外表没什么破绽，高高兴兴地回家等着去了。第二天一大早跑来查看，什么也没逮着，他稳了稳神回去了。连着三天，连根狗毛都没发现。秦玉蹲在陷阱旁边寻思着，这狗怎么不上套呀？想了一会儿明白了，没放诱饵怎么能逮住狗呢，他从厨房里拿来个窝头放在了陷阱的表面。第二天早上兴冲冲地跑来一看，气坏了，陷阱原样未变，窝头没了。他知道这不是让狗吃了，一定是让上坟的人捡走吃了。

秦玉站在坑边骂道："谁他妈的这么不开眼，连个窝头也不放过！"

骂归骂，秦玉并没泄气，他想起来一句话"狗改不了吃屎"，心想我在陷阱上面拉泡屎，是人都会躲得远远的，是狗就会上来吃，那不就有戏了吗？他脱下裤子，两条腿叉开，踩在陷阱的两边，骑马蹲裆式，高难度地拉了泡屎，又回去等着。功夫不负苦心人，没过两天真有一条狗掉进陷阱里，让秦玉逮了个正着。

这条大狗炖了以后，知青们吃了足有一个星期，真让大家解馋了。铁豹当时问秦玉狗是哪儿来的，秦玉实话实说坟地里逮的野狗，他把自己逮野狗描述得跟武松打虎似的紧张惊险，说得唾沫星子四处乱溅。铁豹听了以后也没说什么，当时确实有野狗在坟地里出没，还咬伤过上坟的老乡，秦玉逮野狗吃肉还算说得过去。可是铁豹担心秦玉吃馋了嘴，野狗吃完了，再往后他就会盯上老乡家的狗，又该闯祸了。铁豹心说这孩子是为了跟着我才来太行山的，不能眼看着他走歪道儿不管，我得多关心他，想法子帮帮他。

铁豹对秦玉说："咱们村的农民夜校要开地理课，我想让你兼任地理课老师，给村里人上课，你干吗？"

"豹哥，你可太抬举我了，不瞒您说，我长这么大除了太原会馆大院就是东岭村，其他地方我哪儿都没去过，讲地理课您另请高明吧。"

"你可以先学呀，咱们有中学地理课本，你先学一遍，再给村里人讲不就得了吗？"

"现学现卖呀？"

"差不多吧，就是这个意思。"

"那也不行，我每天下地干活儿都快累傻了，晚上哪有精神给老乡上课呀。"

"不让你白干，耿书记说了，多劳多得，给上课教师记工分，一晚上记三分呢。"

"哦？这倒有点儿意思，我看可以试试，省得我每天晚上没事儿干，净他妈琢磨吃了。"

农民夜校开设地理课还挺受村里人欢迎，村里的这些孩子，生在山村，长在山村，从小到大没走出过大山，对外面的世界充满了好奇。秦玉也认真备了课，讲起来绘声绘色的，学生们都听直了眼。

上地理课的学生班长是个二十岁的大姑娘，名字叫小妮，她比秦玉大三岁，她刚走进教室，就引起了秦玉的注意。小妮姑娘长得挺好看，圆圆的脸蛋上挂着一层红晕，又粗又长的大辫子过了腰，她那双水汪汪的大眼睛妩媚动人，秦玉与她四目相视时，时时感觉心跳加快。

小妮姑娘心里也很稀罕这个地理课老师，他人长得那么俊，说话声音就跟唱歌似的，悦耳动听，他讲的地理知识那么神奇丰富，栩栩如生，自己的心完全被他带走了，一天不上他的地理课就跟丢了魂儿似的。

自打认识了小妮姑娘以后，秦玉像变了个人儿。人变得勤快了，也爱干净了，每天晚上去上地理课之前总要洗把脸，拢拢头发，换上身干净的衣服，显得整洁帅气。

在课堂上，秦玉总要向学生们提问题，每次他都把最简单的问题让小妮回答，她轻松地答上来，秦玉马上给予表扬，带着全班同学给她鼓掌，弄得小妮姑娘脸更红了，两只大眼睛越发的含情脉脉。秦玉很开心，每逢这时，他的目光都很温柔，散发着浓浓的爱意，让小妮姑娘想入非非。

一次次的感动，一天天爱的积累，小妮姑娘心中的情感爆发了。这天下课以后，秦玉走出教室，突然从大树后传来姑娘的声音："秦老师，请等等。"

秦玉站住脚，回头看是小妮姑娘。她从兜里掏出个鼓鼓囊囊的小包塞到秦玉的手上，秦玉一摸是鸡蛋，问她："小妮，你这是？"

"吃吧，煮熟了的。"小妮说完话，大辫子一甩，羞答答地跑了。

秦玉被感动了，他手里握着鸡蛋，看着小妮姑娘的背影，心潮起伏难以平静，夜里做梦都是小妮姑娘甜美的笑容。

第二天上课，小妮姑娘给秦玉带来包红枣，过了几天又带来包核桃……

秦玉接二连三收到小妮姑娘送来好吃的，起初他很感动，后来明白了，这是小妮姑娘在向他表达爱意。秦玉深思了一整夜，他觉得小妮是个好姑娘，跟她在一起自己很快乐，在眼下的艰苦日子里，能得到姑娘温馨的爱，是多么幸福呀。秦玉感到自己能和小妮姑娘走到一起是缘分，是命运使然，是老天爷有意成人之美，自己要抛开顾虑拥抱幸福，全身心去追求她，大胆地向她袒露心声。

这天下课后，秦玉对小妮说："咱们出去走走好吗？"

小妮脸红了，低着头"嗯"了一声。

两个人走出了教室，沿着村东的小河边缓步走着，月亮在天边悄悄地升了起来，小河里的水哗啦啦地流动着，明媚的月光照在河面上闪烁着一层层的银光。山村的夜晚，静谧中又饱含着喧嚣——

往远处看，浩瀚的夜空繁星点点，一望无际的庄稼地寂静幽深，月光均匀地飘落在沉睡的大地上，清幽中又多了一层神秘；乡村农舍冒出袅袅炊烟，静静地向天空飘散开来，形成了一层薄薄的云雾，青山在薄雾遮掩下时隐时现，透着浓浓的诗情画意。

往近处瞧，清脆的河水声伴随着草丛里蛐蛐儿、蝈蝈儿的鸣叫声，还有青蛙们此起彼伏呱呱的叫声，组成了一曲优美的乡村交响乐；河岸上一株株的谷穗压弯了腰，阵阵清风吹得它们点头摇摆，发出了沙沙的响声，从它们身边走过，让人的心都醉了。

秦玉和小妮姑娘并肩走着，他说："我来东岭村好几年了，头一次发现它这么美，东岭村的田野就是一幅画儿呀。"

"是的，我的家乡可美了。"

"月光下的你，也很美。"

小妮很羞涩，她小声地说："我看你也是。"

秦玉很激动，他鼓足了勇气说："小妮，你爱我吗？"

小妮姑娘羞得满脸通红，她深深地低下头，从嘴里挤出了一个字："嗯。"

"小妮，我也很爱你，咱们交朋友吧。"

小妮轻声说："现在就是朋友呀。"

"你爹娘知道咱们的关系吗？"

小妮摇了摇头，说："我常在他们面前夸你是个好老师，爹娘想请你哪天有空上我家吃饭。"

"好啊！头一次去你家我不能空着手，总得带些礼物去呀，我带什么好呢？"秦玉为难了。

小妮说："你们知青挺不容易的，你人去就行了，不必那么多礼。"

"不行，头一次去你家，什么礼物都不带，让人看了多不懂事儿呀。小妮，你父母爱吃什么，我去买。"

"你别瞎花钱了，明天晚上我带你去抓田鸡，我爹最爱吃田鸡腿。"

"嘿，这个主意不错，学会了抓田鸡，我以后就有解馋的嚼谷裹儿了。"

小妮第二天傍晚带着秦玉到河边抓田鸡。小妮手里拿着手电筒，腰上别着个布口袋，裤腿挽到膝盖以上，光着脚丫在河边走着。她对秦玉说："抓田鸡有窍门，要等天黑了抓它们，听到它们的叫声后用手电筒照它的眼睛，它们当时就什么也看不见了，趴在原地不敢动，这时你要眼疾手快，一把捂住它，就抓到了。"

小妮给秦玉做了示范，果然，按照小妮说的去做，秦玉很快就抓到了一只田鸡，他高兴地对小妮说："你看我抓的田鸡有多大呀，一只手都快抓不住它了。"

秦玉说完话再看小妮，愣住了，她手指头缝里夹着田鸡的大腿，四个指缝都夹满了，手心里还攥着一只，一手就抓了五个，秦玉佩服地说："小妮，你真能干！"

这天晚上他俩收获很大，总共抓了一百多只田鸡，小妮带的布口袋装了多半袋，她麻利地从河边抓了两把水草搓成了草绳，把布口袋嘴一扎交给了秦玉，说："咱俩抓了不少，我爹吃不了这么多，你给他留几只就行了，其余的给知青们吃吧。"

"别价，二十多人吃这点田鸡，那是玉米花喂骆驼，不够塞牙缝的，没解了馋倒把馋虫勾出来了，也就没你爹的份了。这次抓的田鸡全给你爹拿过去，老爷子吃不了还有我哪不是？"

小妮乐了，说："你尝尝吧，田鸡腿特别好吃，我敢说你今天吃了明天还想吃。"

秦玉一听，故作为难地说："哟，这会不会上瘾呀？我要是顿顿都想吃它可怎么办呢？"

小妮说："那也行呀，你就搬到渠边住，想吃了就下渠抓两只呗。"

两个人都开心地笑了。

第二天中午，秦玉手里拎着装田鸡的口袋上小妮姑娘家来了，小妮的父母热情地把他迎进了门。老两口上上下下打量着秦玉，眼睛笑成了一条缝。小妮娘说："真好，这后生长得多俊呀，和我们家妮子真是天生的一对嘞！"

小妮爹说："北京来的知青，住在毛主席身边，见过大世面，在我们村当教员，这后生有出息嘞。"

秦玉没想到，头次见小妮的爹娘，人家对他喜欢得不得了。小妮爹高兴地多喝了两口儿，歪在炕头上睡着了，小妮娘把他们俩推到小妮的屋里，从外面关上了门，说："你俩说说体己话吧。"

秦玉很兴奋，对小妮说："看来你爹娘对我挺满意的。"

"是呀，他俩可高兴了。"

"我今儿晚上在你家住下，他们也会同意吧？"

"不行，哪能不守规矩呢。"

"我逗你玩呢，看你脸红成啥样了。"

小妮是农村姑娘，她没有城里的女孩子放得开，在恋爱过程中也是如此。小妮和秦玉恋爱两年多，从来没接过吻，也没拥抱过，最多只是拉拉手。秦玉其实很冲动，他总盼着那激情一刻早日到来。直到他们恋爱进入第三个年头，机会终于来了。

这一年谷子长势喜人，眼看着丰收在望。年年到了这时候，大队都让各个生产小队派人"看青"，就是夜里在谷子地里值班，守护庄稼，防止被人盗割。看青一般都是男人的差事，这周轮到小妮姑娘家出人看青，小妮爹前两天受了风寒还在发烧，躺在床上下不了地。小妮打算替爹去看青，娘不放心，说："女娃娃一个人，在荒郊野地蹲一宿，你不害怕吗？"

"娘，我怎么会不害怕呢，要不您跟我去？"

"你爹病着，我走了谁照顾他嘞？"

"那可怎么办呀？"小妮急得直搓手。

"你去找秦玉嘛，让他跟着你看青，娘也放心嘞。"

娘的话提醒了小妮，她跟秦玉一说，秦玉没二话，跟着小妮就上地里来了。生产队在地里给看青的人搭了窝棚，大部分都搭在地上。也有一些窝棚搭在半地下，就是挖个地窖，上面盖上树枝和木板。这样的地窖比较隐蔽，对保护庄稼更有利，只是它高度不足，人们钻进去直不起身，只能平躺在地窖的土炕上，小妮看青去的就是这种半地下的地窖。

秦玉和小妮进了地窖后双双躺在了土炕上。两个人身体挨得很近，秦玉有些激动，他的手不由得向小妮的胸上摸去，小妮推开了他的手，身子躲到了旁边。秦玉干了一天活很疲劳，躺在土炕上眼睛就有些睁不开了，不知不觉打上了呼噜。小妮可不敢睡觉，她身上担着责任，再加上又有些害怕，两只眼睛瞪得圆圆的盯着外面，耳朵也小心听着外面的动静。

几个小时过去了，已经是半夜三更了，外面什么情况也没有，小妮也困倦了，不住地打哈欠。这时一只野猫来到了地窖口探头往里看了看，喵地叫了一声，小妮打了个激灵，睁开眼正看见野猫两只发着绿光的眼睛，吓得她"娘呀"一声惊叫，扑到了秦玉的怀里。

秦玉吓了一跳，从睡梦中惊醒，往外看了看，什么也没有，野猫早跑了。他见小妮倒在自己的怀里，身体抖动着。两个人都是第一次拥抱对方，秦玉很兴奋，抱着小妮柔软的身子，冲动感上来了，他解开了小妮的衣服扣子，姑娘美丽的躯体展现他的眼前，他轻轻抚摸着，亲吻着。小妮头一次在异性面前裸露身体，羞涩，紧张，任凭秦玉温柔地爱抚，她木然不知所措。突然她的敏感神经被触摸到了，浑身立刻兴奋了起来，她使劲地抱着秦玉，抱紧，再抱紧……

两个人伴随着撕裂似的刺痛和激情的宣泄之后，一切归于平静了。他们谁也不说话，默默躺了很久，小妮哭了，她抽泣着说："身子被你占了，日后要是你爹娘看不上我，不同意我做你们家儿媳妇，我可咋办？"

小妮哭得很伤心，几度哽咽。秦玉把小妮搂在怀里，轻轻抚摸着她，说："放心吧，我不是陈世美，我自己的事情我做主，谁反对也没用。我会爱你一辈子的。"

他们俩谁也没想到，偷吃禁果代价是严重的，秦玉和小妮的第一次就结出了果实，小妮怀孕了。

起初两个人谁也没有意识到会捅这么大的娄子，他们重新坚守着以前的规矩，彼此之间再也没有激情碰撞。转眼三个月过去了，小妮姑娘一直没来月经，她害怕了，把实情告诉了秦玉。她着急地说："快想办法吧，再过俩月我就显怀了，你要再不娶我，村里人会把我当坏女人批斗游街的。"

秦玉也着急了，他说："我看这样吧，今天你就跟爹娘说了实情，让他们准备咱俩结婚的事，明天我就买火车票带你回北京见我爸妈，等咱们从北京回来立马儿登记结婚，你看行吗？"

"也只有这样了，反正不着急是不行啦。"

秦玉带着小妮姑娘踏上了回北京的路。秦玉自从去了太行山至今已经六年过去了，他始终没回过家。不是他不想家，而是手里没钱。他在东岭村不好好干，常泡病假，结果年底一结算，他挣的那点儿工分根本不够自己的伙食费，反过来还欠生产队的钱。每年春节前妈妈都来信催他回家看看，还汇来路费。秦玉接到妈妈汇来的钱还上生产队的欠账后，也就没剩几个钱了。秦玉是个自尊心很强的孩子，不愿意寒酸地出现在家人面前，总是期盼着有一天能够漂漂亮亮地衣锦还乡，在亲友们面前挣足面子。为此他一直没回家。

秦玉最难受的就是大年三十，看着知青们都回城了，自己只能躲在被窝

206

里哭。秦玉好面子，这些伤心的事儿从来不对外人说，自个儿默默地忍受着。

今天，由于情况紧急，秦玉顾不了这些了，买火车票的钱还是跟铁豹借的。火车一进北京的地界，秦玉的心就开始激动上了，他不知道爸爸妈妈变样了没有，他们身体还好吗？长白头发了吗？六年前他离开家时爸爸生他的气，都没去火车站送他，今天他还生我的气吗？自己和小妮谈恋爱始终没敢告诉家里，冷不丁一回来就跟他们说结婚的事，他们能接受吗？这次自己不是一个人回家看爸妈，是带着他们未来的儿媳妇回来的，老人见了这么漂亮的儿媳妇肯定会喜欢她的吧。

秦玉脑子里琢磨着见了父母该怎么说，如果二老喜欢小妮自然就不用多说了，万一看不上她，怎么圆场？反正跟小妮姑娘是生米煮成熟饭了，谁反对也没用。现在自己已经是二十岁的人了，马上要结婚并且是要当父亲的人，该有大人样了，不能再惹二老生气。

第十七章

　　火车进了北京站，秦玉带着小妮走出站口，看着熟悉又亲切的北京城，秦玉心潮起伏，一种久违了的怀旧情感搅动着他的心，不由得大喊一声："故乡啊，我回来了。"

　　小妮姑娘也很兴奋，公共汽车拉着她经过天安门、历史博物馆、人民英雄纪念碑和人民大会堂，这些平时只在书本上见到的雄伟建筑，今天都亲眼看到了，她的眼睛不够使了，看哪儿都新鲜，激动地说："北京太美了，我要带爹娘来看看，他们这辈子都没出过东岭村。"

　　秦玉带着小妮在达智桥车站下了汽车，小妮手里拎着一个大包，里面有小米、大枣、核桃等东岭村的土特产。这些都是小妮娘让她带来的，娘说："咱们庄稼人家里没啥稀罕物，只有地里产的东西，他们城里人平时吃不着，看见这些他们会高兴嘞。"

　　小妮记住了娘的话，一路上都抱着这个大包，生怕弄丢喽。秦玉带小妮来到金井胡同口上停住了脚，他说："进了前面的储库营胡同就到家了，你先在这儿等会儿，我回家看看再来接你，让他们也有个准备呀。"

　　"我就站在街上等着你？"小妮有些不乐意。

　　"这么着吧，你先在这家小酒馆里坐会儿，我很快就回来。"

　　秦玉来拿小妮手里的大包，说："这包我先给他们吧。"

　　"这是我娘让带的礼物，还是让我给吧。"小妮没松手。

"谁给都一样，只是我这回走得急，什么礼物也没来得及给爸妈买，你说我到东岭村六年多了，头一次回北京，两手空空多不像话呀。"

"你说得对，包给你吧。"

通情达理的小妮姑娘松开了手，紧张地看着秦玉的背影，直到远远地看他进了太原会馆大院，这才回身进了小酒馆。

秦玉一进大院门眼泪就止不住了，来到东后院，终于看见自家的屋门了，秦玉站在门外面带着哭腔叫了一句："爸，妈，我回来了。"

"谁呀？是秦玉吗？"屋里传出了妈妈的声音。

屋门推开了，秦玉和妈妈终于见了面，妈妈一把抱住秦玉放声大哭，说："儿子，你可回家啦，妈都想死你了！"

爸爸这时也红着眼圈走了过来，接过了秦玉手里的包，说："进屋里说话吧。"

秦玉来到屋里，让爸爸妈妈坐下，自己在他们面前跪下，说："儿子不孝，六年了一直没回来看你们，我给二老磕头了。"

秦玉给爸妈磕了三个响头。妈妈赶紧把他扶了起来，说："让我好好看看你，黑了，瘦了，这胡子都长出来啦。"

爸爸说："在农村干得怎么样啊？生活上习惯吗？"

"还行吧，头一两年不太习惯，现在没什么问题了。"

"当初你要是不急着走多好啊，你们七〇届都留在北京了。你看李杉、赵武他们都进了工厂。你这孩子呀就是太拧。"爸爸说完话无奈地叹了口气。

"唉，都过去那么多年了，没有吃后悔药的，秦玉这不是回来了吗？"妈妈在一边打着圆场。

"这不节不年的，你怎么现在回来了？遇上什么事儿了吧？"

爸爸的问话让秦玉很紧张，他红着脸憋了半天才说话："真让您猜着了，是遇上点儿事，我要结婚了。"

"什么？结婚，跟谁结婚呀？"爸妈同时惊讶地问道。

"是我们村里的小妮姑娘，她人可好了，我们俩情投意合……"

"啪"，爸爸没容秦玉再往下说，一巴掌拍在桌子上，八仙桌顿时就裂开了。

他手指着秦玉，暴跳如雷，气得嘴角都在抽搐，说："好小子，你可真有出息呀，结婚这么大的事，你跟谁商量了，你还拿我们当老家儿吗?！"

"秦玉呀，不怪你爸爸生气，你才多大呀就想结婚，还找个当地姑娘，这要是有了孩子就得上当地户口，你这辈子就甭想回北京啦！"

"爸，妈，你们别生气，我这不是没办法吗？"

"什么没办法呀，不是还没登记吗？吹喽，必须吹喽！"爸爸近似咆哮地大叫着。

"小妮挺好的，她家里人对我可好了，您看这包吃的全是人家给您的，这小米'沁州黄'，是最好的小米，可好吃了，爸妈我给你们熬锅小米粥喝吧。"

"我不稀罕，这包东西你哪拿来的，退回哪去，想结婚，门儿都没有！"

秦玉哭了，哽咽着说："我是真没法子了，小妮她有了。"

"什么，你给人家肚子弄大了？哎哟，我的儿子呀，你可太不着调了！"妈妈一屁股坐在床上呜呜地哭了起来。

"滚！你给我滚，从今往后再也别回来了，我没你这个儿子！"爸爸手指着秦玉，脸都气变了形。

"我娶个农村媳妇就这么招你们讨厌呀，好，我走，再也不回来啦！"秦玉也急了，他推开屋门气哼哼地走了。

没走几步他就站住了脚，蹲在地上伤心地哭着。妈妈这时醒过味了，她埋怨老伴儿说："孩子他爸，你脾气也太急了，孩子六年没回家，刚进家门就让你骂走了，他可是咱们的亲儿子呀！"

妈妈赶紧追出了屋门，看见秦玉蹲在地上，松了一口气，说："回屋吧，就是有天大的事儿，这也是你的家呀。"

"妈，小妮人都来了，就在金井胡同口等着我呢，我怎么跟她说呀？"

"唉，你这孩子，什么事儿都好自己做主，吃多大亏了，也不长个记性。不跟我们打招呼就把人带来了，有这么办事儿的吗？更不像话的是没结婚就怀孕，这让街坊四邻知道了不笑话咱们家呀。你爸一辈子是要强的人，你这么做让他怎么有脸见人呀！他这两年血压高，就怕着急生气，看你把他气的，血压不高才怪呢，再让他见那个闺女，不得把他气出个好歹呀。我看还是别见了，你带她回去吧。"

"妈，我回不去了，回北京的车票都是跟铁豹借钱买的，我身上一分钱都拿不出来，我们俩两顿饭都没吃了。"秦玉说完话，眼泪止不住地往下流。

"你呀，你这个尿孩子呀，让我说什么好啊！"妈妈手指头戳着秦玉的脑门，哭着数落他。

数落归数落，毕竟是亲妈，看儿子潦倒成这个样子，秋萍心都在疼啊，她擦了把眼泪，一转身回屋了。工夫不大，她左手提着网兜，右手拿着饭盒出来了。她把这两样东西交到了秦玉手上，说："这饭盒里是刚煮的挂面，卧了俩鸡蛋，回头你跟那闺女趁热吃了吧。这网兜里是我昨天蒸的馒头、花卷还有几个腌鸡蛋和一瓶酱黄瓜，你们带在路上吃吧。"

秦玉含着眼泪说："妈，以后我挣了钱，好好地孝顺您和我爸。"

"唉，盼着有那一天吧。我给你带上一百块钱，你们买回去的火车票，剩下的钱想着还给铁豹，人家也不容易。"

秦玉接过钱，再次跪倒在妈妈面前，磕了个头，站起身拿着东西垂头丧气地走了。爸爸在屋里看着儿子的背影既气恼又心疼，默默地流泪。突然，他感到胸口发热，一口鲜血吐了出来。

秦玉来到金井酒馆，小妮都等急了，她说："你可来了，酒馆老板看我不喝酒干坐着，人家不乐意呀。"

秦玉看了酒馆老板一眼，说："来二两酒，一盘花生米。"

"都到家了，干吗还在这儿喝酒啊？"小妮不明白。

"先不回家了，我爸病了，不愿意见外人，下次回来再见他们吧。"

"我娘给带的东西呢？"

"我给爸妈了，他们挺喜欢的，让我谢谢你娘。"

小妮高兴了，她急着问："咱俩的婚事你跟爸爸妈妈说了吗？"

"说了。"

"他们同意吗？"

"同意，我妈还给了我一百块钱，让咱们回去操办婚事。"

"太好了！"小妮激动得满脸通红，秦玉的眼泪含在眼眶里打转。

在东岭村，小妮的家里已经乱成了一锅粥。父母听女儿说自己怀孕了，把他们吓得不轻，小妮娘急得直哭，不停唠叨着："这可咋办，这可咋办嘞？"

小妮爹急的是秦玉不到结婚年龄，这个婚事可咋办？当时的计划生育政策主要规定是："晚、稀、少"，"晚"是指男二十五周岁以后、女二十三周岁以后结婚，女二十四周岁以后生育。"稀"是指生育间隔为三年以上。"少"是指一对夫妇生育不超过两个孩子。当时提倡"一个不少，两个正好，三个多了，一个家庭有两个孩子最理想"。现在小妮二十三岁，刚到结婚年龄，可秦玉刚满二十岁，距离有关规定还差好几岁。人家不批他俩结婚可咋办呢？

眼下小妮是有孕在身，要想不结婚只有一个办法：人工流产。小妮娘绝不答应这么办，她对小妮爹说："咱家娃怀的是头胎嘞，要是做掉，以后还咋怀嘛。"

小妮爹也说："一个大姑娘家就打胎，这要是让村里人知道，咱家娃咋有脸见人嘞。"

老两口商量来商量去，最后想出来个办法："托人"。当时年轻人结婚，村里出证明，结婚证要到公社去领。小妮的二姨夫是公社的干部，找他帮帮忙吧。

第二天早上，小妮爹推着独轮车，小妮娘坐在上面，怀里抱着一篮子鸡蛋奔了公社。从东岭村到公社有十多里山路，他们溜溜儿地走了两个时辰，将近晌午了才走到。小妮的二姨夫姓吕，是公社的会计。他人老实厚道，在公社机关里人缘不错。当小妮爹娘出现在他面前时，吕会计吃了一惊，问："大姐，姐夫，你俩咋来了，找我有事嘞？"

"她二姨夫，我家遇上难办的事嘞，找你拿个主意。"小妮娘说着话把一篮子鸡蛋递了过去。

吕会计一看急忙推开了小妮娘的手，说："自家人，这么客气干啥嘞，什么难事说来我听听。"

小妮娘就一五一十地把小妮怀孕以及打算结婚的事说了一遍。吕会计听完后皱了皱眉说："你俩先坐下歇歇脚，我去计划生育办公室打听打听。"

过了一袋烟的工夫，吕会计回来了，脸上紧皱着的眉头打开了。小妮娘赶紧问他："人家咋说嘞？"

"他们说呀，结婚年龄对女方的要求是不能变的，男方可以酌情考虑嘞。"

"这是啥意思呀？"

"打个比方吧，男方到了结婚的年龄，女方岁数小，还不到结婚年龄，这个不能办结婚证嘞。反过来，女方到了结婚的年龄，男方还不到，有时候可以办结婚证嘞。"

"这又是为啥嘞？"

"女方要生娃嘛。就拿你家的情况来说吧，要是等男方到了岁数，还要等五年嘞，小妮那时就二十八了，再生娃娃容易难产嘛，何况小妮现在怀孕了，硬给打掉会伤身子嘞。"

小妮爹乐了，他说："这么说来，他们同意我家妮子结婚嘞？"

"差不太多，这也算是特例嘞，要等领导签个字才行。我们公社领导这几天都在县里开农业学大寨工作会议，下星期才回来，你们先回去等等吧，领导签字了我上家里告诉你们。"

"她二姨夫，那就把这鸡蛋送给领导吧，你的那份等你到家里来我再给你。"

"不用，都不用。我要是拿鸡蛋给领导，这事反倒办不了嘞。"

"这是为啥嘛？"

"大姐，我们领导不是爱小的人，你给他鸡蛋再让他帮你办事，这不是羞臊人家吗？我在公社里从来没求人办过事，现在一张口，人家都给我面子嘞。"

小妮爹娘总算松了口气，高高兴兴回村了。在回家的路上小妮娘说："娃她爹，咱家妮子这婚事咋办嘞？"

"入赘嘛。"

"不是秦玉那后生娶媳妇，倒让他入赘啦？那后生会答应吗？"

"不答应又能咋办嘛，咱家就妮子这么一个娃，他不入赘，咱俩老了谁管嘞？"

"对着嘞，等那后生从北京回来，你慢慢说，可别让他起急上火。"

秦玉在回来的火车上一直在暗暗地流泪，他心想我该怎么办呀？不和小妮结婚，孩子生下来算什么？小妮的爹娘也不答应呀。要是结婚，家里不同意，自己手里也没钱娶媳妇呀？再说了，结了婚住哪儿？总不能住在集体宿舍吧？将来孩子出生了，他哪受得了啊……

小妮心里也直打鼓，结婚本是该高兴的事嘛，可秦玉总是闷闷不乐，也不主动跟我说话，他的眼睛里看着老是湿润润的，就像刚哭过似的，这是为啥呢？她心里寻思，秦玉的爸妈为什么不见我呢？是不是他们不喜欢我呀？秦玉是不是没跟我说实话？想着想着，她的眼泪也流了出来。

两个人各自都是心事重重，谁也不多说话，突然秦玉一拍大腿把小妮吓了一跳，惊慌地问他："你这是咋的了？"

"我忘了给你爹娘买喜礼了。"

"喜礼是啥东西？"

"按我们北京娶媳妇的规矩，新亲要互相送礼的，我回北京一趟，走得这么急，什么也没给你爹娘买，两手空空回来见他们，多不合适呀。"

"没事，没事，我爹娘心疼你，不会计较这些小事的。"

"不光是给你爹娘买东西，还应该给你买东西呢。"

"给我买啥呀？"

"给你做身新衣服、新鞋子、新被卧、新褥子，穿的用的都要买新的，这才像个结婚的样子嘛。可是我手上就这一百块钱，买了火车票，再还了借铁豹的钱，就剩不了多少了，要办咱们的婚礼还差不少钱呢，这可怎么办呀？"

"你别着急，回到家里跟我爹娘商量一下再说吧。"

回到东岭村，秦玉不好意思两手空空去见小妮的爹娘，两个人就先各回各家了。秦玉找到了铁豹和张红，毫无保留地把自己的情况全对他俩说了，越说越伤心，眼泪顺着脸颊往下流。他说："人家结婚都是欢天喜地的，可我一点儿都高兴不起来，弄得小妮也跟着掉眼泪，我的命太苦啦！"

铁豹和张红很同情秦玉，铁豹说："六年前你一门心思跟着我来太行山，当时还那么小，这几年也吃了不少苦。你今天走到这步，哥哥我也有责任，有些事儿应该早点提醒你。既然已经这样了，咱们就一起面对，我们帮你渡过难关。"

张红也说："咱们来到东岭村，集体宿舍就是咱们的家，全体知青都是家里人，家里数你岁数最小，你的婚事我们帮着操办。"

听到这句话，秦玉感动得不知说什么好了，他憋了半天说出来一句话："哥，姐，弟弟我这辈子都记住你们的好！"

这时小妮着急忙慌地找秦玉来了，她在宿舍外面叫："秦玉，你出来一下。"

秦玉推开屋门说:"进屋里说吧。"

小妮进到屋里,看见铁豹和张红顿时脸就红了,支支吾吾的不好意思说话。秦玉说:"有什么事?说吧。"

"咱俩的事,我得跟你一个人说。"

"我哥姐不是外人,咱俩的事儿我都跟他们说了。没事儿,你说吧。"

"是,是这么个事,我爹想让你入赘我们家,你同意吗?"

"入赘是什么意思呀?"秦玉还不太明白。

"就是倒插门,不是你娶媳妇,是人家招女婿上门。结婚以后你住人家,生了孩子姓人家的姓。"铁豹补充说。

"这可不是件小事,秦玉,你要不要跟家里商量一下呀?"张红说。

"能商量得了吗?结婚他们都……"秦玉说到这儿看了小妮一眼不说话了。

小妮接着说:"我爹说新事新办,上门女婿不用更名改姓换祖宗,只是将来有了娃,姓我们家的姓就行了。"

"你爹干吗这么想呀?"秦玉问。

"我爹说家里就一个女娃子,我结婚走了,家里剩下他们两个人了,他怕将来老了没人管。爹还说,他也是为你着想,如果你答应入赘,结婚的事就由我们家操办,不用你花钱。"

秦玉低下头陷入了深思。过了十几分钟,他抬起头,眼睛里满含着泪,长叹一声,说:"入赘就入赘,反正我手里也没钱娶媳妇,听天由命吧。"

说完这句话,秦玉冲着北京的方向跪下了,他哭着大喊一声:"爸,妈,儿子不孝,又自己做主了,你们体谅儿子的苦处吧。"

听着秦玉凄厉的哭喊声,铁豹、张红和小妮都哭了。

秦玉和小妮结婚的事就算定下来了,小妮的二姨夫来家里通知他们俩,办理结婚登记的事情公社领导已签字同意,他们可以去公社领取结婚证。

听到这个消息,大家都挺高兴,所有知青都为秦玉庆贺。张红带着几个女同学剪窗花和红囍字,表达对新人的祝福。大家纷纷出钱凑份子,铁豹用这些钱为秦玉做了一身新衣服,买了一双新球鞋,他说:"这是我们知青宿舍第一个新郎官,我们要让秦玉精精神神地从这里走出去。"

小妮家里,全家人都忙活上了。布置新房,买香烟糖果,杀猪炖肉,里里外外透着喜庆的气氛。张红也带着几个女同学过来帮忙，一进院子就闻到了炖肉的香味，她对小妮娘说："大娘，给您家道喜了，明天我们都来参加婚礼行吗？"

"行呀，全来嘛，我家欢喜着嘞。"

她们来到了新房里，新被卧新褥子新枕套整整齐齐地全码放在炕头上了。张红惊讶地问："大娘，我们还说给您家帮忙呢，没想到您这么快就把结婚的东西都准备好了。"

小妮娘美滋滋地说："我家妮子是个大姑娘嘞，当娘的咋能不给娃操持结婚的东西，我早早就准备好了，你们看看，我家妮子结婚穿的、用的、铺的、盖的全有嘞。你们再看看这新房，多喜气呀。你们北京来的知青眼界高，看看还差些啥嘛？"

"大娘，挺好的，我们再帮着添点彩吧。"

张红招呼着大家拿出剪好的窗花和大红囍字贴上，又帮着打扫院子，归置屋子，里里外外都布置好了，才带着小妮回宿舍睡觉。

按照当地的风俗，新郎入赘，结婚头一天晚上，新郎要到女方家住，新娘要到男方家住，结婚的当天，新郎抬着花轿把新娘从男方家"娶"回去，这也是小妮家和秦玉事先商量好了的。只是现在结婚不用花轿了，秦玉从生产队借了匹大白马，用它把小妮迎娶回来。

小妮来到张红的宿舍，姐俩挤在一起睡。张红问小妮："肚子里的小宝宝几个月了？"

小妮脸红了，她不好意思地小声说："快四个月了。"

"你是喜欢男孩还是女孩呀？"

"我啥都行，只是秦玉想要个男娃娃。"

"农村男孩是比女孩受欢迎呀，他们长大了成了壮劳力，可以帮着家里干活嘛。女孩结了婚就是人家的人了，家里的活她们帮不上忙呀。"

"是呀，我爹就是这么想的，他可喜欢男娃娃了。他对我说要使劲生个男娃娃，我都觉得好笑。大姐，你说这生娃的事光我使劲咋行嘛！"

张红笑了，她说："看来你爹太想让你生个男孩了，你和秦玉任重道远呀。"

"可不是嘛。张姐，明天我就成新娘子了，我这心里可高兴了。"小妮兴奋地憧憬着婚后的幸福生活，一宿都没睡好。

结婚当日，秦玉很早就起来了。其实他一宿都没睡，夜里躺在新房的炕上思绪万千。插队六年了，自己所经历的生活，一幕一幕闪现了出来。这六年里自己吃过不少苦，也从小妮姑娘那里找到了幸福和快乐。看着身边崭新的被褥，他很兴奋，心想我也是小妮家的乘龙快婿，再过几个月就当爹了，也有人管我叫爸爸，一种得意的心态让他有些飘飘然。他抬眼往窗外看看，天空晴朗，月明星稀，思绪飞往了遥远的北京，一片愁云又向他飞来，仿佛看到妈妈含着眼泪揪心的样子，爸爸怒目圆睁的表情，他躺不住了，从炕上坐了起来。痛苦地思索着，我这胆子也太大了，愣是不理爸爸妈妈，就自己个儿结婚了，而且还来个"倒插门"，给岳父家当儿子，爸妈养我这么大算是白养了，自己把后路都给断了，再回北京他们肯定不认我，我这是房顶扒门呀，自己怎么混到了这一步田地。

秦玉心里觉得憋闷，他披上衣服下了地，轻手轻脚打开屋门，一个人来到了庄稼地，对着开阔的田野大声喊着："爸，妈，我给人家'倒插门'，实属不得已呀！等你们老了，我就是再苦再难也回去，为你们养老送终！"

秦玉擦了把眼角流下来的泪水，看着天边发出了鱼肚白，新的一天开始了。今天自己将迈过人生的门槛，告别孩童时代，成为拉家带口的一家之主，今后的日子怎么过，自己柔弱的肩膀能挑起家庭的重担吗？心里一点儿底都没有，只能是头也不回地走，走……

清晨，村子里很宁静，沉睡的人们还没有醒来。早起的公鸡伸着脖子，清脆地打出一声鸣叫，牛棚里的老黄牛被惊醒了，发出哞哞的叫声。夜里的露水凝结成了一滴滴的小水珠附着在地面和植物的叶子上，空气很清新并带有丝丝凉意。秦玉从田间往回走，深吸了几口带着泥土芳香的气息，浑身为之一振，大步向家里走去。

小妮的爹娘起得比平时早，今天家里要办喜事，老两口大清早儿就忙活上了。在自家不大的小院里，七拼八凑地摆下五六张桌子，在院墙下新垒了口大灶，办喜宴用的食材摆了一地。村里的几个年轻后生也早早儿地过来帮忙。

新郎官秦玉和接新娘子小妮骑的那匹大白马是重点关照对象。秦玉洗漱完毕，穿上了知青们凑份子钱买的新制服和军绿球鞋，胸前戴上一朵大红花，小伙子顿时变了个人，透着那么精神。那匹大白马系上红肚兜，马头上也戴上了朵大红花，四个马蹄子上面分别绑上了小红花，透着那么喜庆。

党支部耿书记和村里的一些干部、社员纷纷前来贺喜，小妮爹娘高兴得脸上笑开了花。十点整，院子外面放起鞭炮，秦玉牵着大白马在众人的簇拥下来到张红的宿舍。新娘子小妮让张红她们打扮得漂漂亮亮，她头上插着花，脸上擦着香粉，嘴唇也用红纸描红了。她穿了件大花袄，黑灯芯绒的裤子和扣襻红布鞋，胸前戴上一朵大红花，真是个俊俏的新媳妇。

知青们看见秦玉来了，立马儿点燃了鞭炮，张红扶着小妮骑上了大白马，秦玉在前面牵着马，全体知青前呼后拥地跟着来到小妮家。婚礼主持人是铁豹，他在众人面前宣读了一对新人的结婚证书，又让他俩给伟大领袖毛主席的画像三鞠躬，耿书记上来说了通祝福的话，随后喜宴开席了，肚里缺少油水的知青们在小妮家吃了个肚圆，婚礼热热闹闹地结束了。

晚上，客人全走了，小院子又恢复了平静。小妮的爹娘劳累了一天早早就睡了。秦玉和小妮都很兴奋，谁也睡不着。秦玉将小妮搂在怀里高兴地说："今天真好，我一辈子都忘不掉。"

小妮说："是呀，我从来没有体会过，当新娘子真是挺美的。"

"再过几个月孩子就出生了，你还会头一次当母亲，那个滋味也是很美好的。"

"提起生娃娃，我现在心里还怕呢，听老人们说生产的时候可痛了。"

"不怕，当母亲都要过这一关，挺挺就过去了。"

"咱们已经结婚了，哪天你带我回北京见见公婆好吗？"

"这个……"秦玉为难了，小妮一句话又说到了他的痛处。

"我想早点去北京，晚了，我挺着个大肚子见公婆多羞臊呀。"

秦玉想了想说："我看这样吧，你有孕在身，不能长时间坐火车，别动了胎气。等孩子出生后，咱们带着孩子一起回去，给我爸妈个惊喜，那样不是更好吗？"

"这些事我都听你的。"

半年以后，小妮足月生下个女婴，白白胖胖的，很惹人喜爱，全家人都很高兴。小妮爹对秦玉说："先生个女娃娃好着嘞，先开花后结果嘛，再生准是个男娃娃。"

秦玉听着老丈人的话，心里有了压力，他私下对小妮说："咱们还得生个男孩，我看你爹心里盼着呢。"

"没错，他也老跟我说，看来不生个男娃娃，爹不甘心呀。"

秦玉和小妮两口子心里都憋着劲，要再生个男孩让老人高兴。很快，老大还没断奶，小妮又怀上了老二。这次全家人都特别在意她，小妮娘时常问她："娃呀，你想吃酸的还是想吃辣子嘞？"

小妮的胃口也很奇怪，刚开始她说想吃酸的，全家人顿时都兴奋了，俗话说"酸儿辣女"嘛，小妮娘给她拎来一口袋山里红，每天都逼着她吃，吃得小妮看见山里红就反胃。没过些日子，小妮又说想吃辣子，这一下全家人都泄了气。

就这样反反复复折腾了好几次，全家人在焦虑和惶恐中等来了小妮临盆的日子。孩子出生这天，全家人聚集在产房外，紧张地听着动静，随着产房里传出婴儿响亮的哭声，小妮爹双手一拍大声地说："成嘞，是个男娃娃。"

第十八章

秦玉问："爹，您怎么知道就是男孩呢？"

"听哭声嘛，这娃哭声有多响，女娃娃没有这么大哭声嘞。"

秦玉高兴了，说："好啊，真像您说的'先开花，后结果'，我也有儿子了。"

爷儿俩都开心地乐了，翘首向产房里张望。

工夫不大，产床推出来了，小妮神情沮丧地躺在床上，刚出生的婴儿用小被子紧紧包裹着，躺在母亲的身旁。小妮爹兴奋地上来就解婴儿身上的被子，小妮很紧张，问："爹，你要干啥？"

"我看看乖孙的小鸡鸡。"

小妮眼泪流出来了，说："是个女娃娃。"

"怎么可能，我听娃的哭声分明是个男娃嘛，推出来咋变成了女娃娃？是医院给掉包嘞！"

推着产床的护士不愿意听了，她大声说："别胡说，今天就她一个产妇生孩子，屋子里没别人，不信你进去看看。"

护士的这句话让小妮爹傻了眼，他双手抱头，蹲在地上呜呜地哭了。

老二的出生使这个家庭原来温馨和谐的氛围改变了，老丈人经常鼻子不是鼻子脸不是脸地数落着秦玉，小妮也跟着挨骂，新出生的外孙女，姥爷就没抱过一次。

秦玉心里苦闷极了，他时常暗自掉泪。这天晚上孩子们都睡着了，他轻轻推了小妮一下，小声对她说："咱们外面走走，说说话。"

小妮轻手轻脚下了地，跟着秦玉从家里走出来。秦玉深深吸了几口田间的空气，使劲吐了出去，他内心很痛苦，说："我都快憋死了，你爹快给我逼疯啦。"

小妮哭了，说："自打二丫出生，我就没见爹笑过。"

秦玉说："我就想不明白了，您爹娘老了是咱俩给他们养老送终，这跟我们的两个女儿有多大关系嘛。退一步说，就算咱们生的是男孩，长大以后他就能指望得上吗？俗话说'眼珠子指不上，还能指望眼眶子吗'。"

"啥眼珠子眼眶子嘛，我听不明白。"

"我就是说呀，对老人孝不孝顺不能指望孙辈，关键看儿女孝不孝顺。儿女要是白眼狼，指望孙辈孝顺那才是瞎掰呢。"

"我俩都很孝顺的。"

"就是嘛，那你爹还生哪门子闲气呀。"

"爹是为咱俩着想嘛，怕咱们老了没人管。"

"你爹也是好意，可咱俩猴年马月才老呢，想这个，早了点儿吧。"

"早晚都会老嘛。"

"那就天天看着你爹那张苦瓜脸呀，他还没死，我先气死了。"

"你别那么说我爹，我听了不舒服。"

"行了，不说这些扫兴的事儿了，想想到底怎么办才能让你爹高兴吧。"

"最好的办法就是生个男娃娃嘛，爹就高兴了。"

"还生呀？要是再生个女孩呢？"

"真是乌鸦嘴，还没怀上就瞎说八道。"

"我当然也盼着生男孩，可这是违反政策的呀。你没听说吗，'一个不少，两个为好，三个多了'，你要是怀上三胎，计划生育部门该让你打胎了。"

"这个我知道，我有办法对付。"

"你有什么办法？"

"再怀上，我就去姥姥家躲上一阵子，等到肚子里的娃七八个月大的时候回来，就没人让我打胎，只能等着娃生下来啦。"

"那是呀，七八个月打胎有生命危险，人家当然不会让你打胎。你姥姥家在哪儿呀，人家要是找去怎么办呀？"

"他们找不到，我姥姥家在大山那边，远着呢。"

"好吧，就听你的再怀一个。我就不信了，我秦玉就没有得儿子的命，说什么也要赌一把。"

两口子计划得挺周全，一切都很顺利，小妮怀上老三几个月后，她趁没显怀的空当，跟生产队说姥姥病了要去伺候一阵子，就和秦玉一起带上两个闺女去了姥姥家。

可悲的是，这两口子押错了宝，老三生出来还是个女孩。那年是一九七九年，国家已经实行独生子女政策了。他们两口子四年内连生三个孩子，严重违反了计划生育政策。没别的，罚款是躲不过去了。尽管爹娘为此又去公社找小妮的二姨夫帮忙，人家也无能为力，因为他们的问题很严重，已然成了反面典型。

秦玉身上没钱，交罚款的钱是老丈人替他出的，这一下秦玉算是捅了马蜂窝，老丈人给他俩堵在屋里溜溜儿地骂了一整天，最后秦玉给老丈人跪下了，哭着说："爹，都是我不好，生老三是我的主意，您别骂小妮了，她还得给孩子喂奶呢，要是她生气断了奶，孩子可怎么养呀？您交的罚款我给您写个字据，我还您。爹，我求求您千万别生气了。"

老丈人气哼哼地走了，秦玉和小妮抱在一起哭了。

经过一整夜的思考，第二天秦玉对小妮说："我决定了，出去挣钱，一年内把欠爹的钱还上。"

小妮不放心，说："你打算上哪儿挣钱去呀？"

"我去煤矿挖煤。咱们山西产煤，到处都是煤矿，挖煤挣钱多，用不了几个月就能还上欠爹的钱，他也就不生气了。"

秦玉说得不错，山西煤矿多，挖煤工挣钱也多。秦玉在一家私人开的小煤窑里干了半年，不仅挣够了欠爹的钱，还有不少富余钱。他向煤窑老板告了假，怀里揣上钱兴冲冲地回家了。他给老丈人买了两瓶酒，给丈母娘买了盒点心，给小妮和三个女儿都买了新衣服，在自己身上他一分钱都没舍得花。

秦玉进了家门，把钱往老丈人面前一放，说："爹，您老数数，这是我还您的钱，您看数对吗？"

老丈人迟疑地看了看秦玉，抓起钱一数乐了，说："对着嘞，好像还多了几百块，这是为啥？"

"多出来的钱是利息，您都收下吧。"

"你这后生也真是的，家里的钱还提啥利息嘛。"

"爹，我真得谢谢您帮了我，以后要是再用您的钱，我还给利息，不会让您吃亏的。"

"好着嘞，以后用钱就说话嘛。"老丈人高高兴兴收了钱。几年了，到今天他才对秦玉有了笑模样。

秦玉又把各项礼物拿了出来，全家人都很高兴。小妮赶紧下厨房做饭，她和秦玉摆上酒菜，陪着爹娘喝了个痛快。

晚上，秦玉躺在床上想想今天的事，止不住地乐。小妮也喜滋滋儿的，她倒在秦玉的怀里，说："丫她爹，让你受苦了，挖煤累不累呀？"

"能不累吗？说实在话，我们就跟牲口似的干活。那私人开的小煤窑特别窄巴，直不起身子，我们在下面挖了煤背在身上，只能从煤洞子里爬出来，一个个累得跟孙子似的。"

小妮心疼地哭了，说："都是为了这个家，丫她爹，让你受了大累，别再干啦。"

"不行，我还得去干，要挣钱养家呀。累是累了点，可比种地挣得多。我再玩几年命，挣够了钱，把你和三个女儿捯饬得漂漂亮亮的，咱们回北京去见我爸妈，孩子们还没见过爷爷奶奶，你也没见过公婆呢，我要衣锦还乡，让你们体体面面去北京。"

小妮感动极了，一头扎进秦玉的怀里。

俗话说"人算不如天算"，秦玉想得挺好，可他忽略了私人开的小煤窑挣钱虽多，安全保障不行，井下经常出事。一九八一年开春，秦玉第二次去挖煤就遇上事了。这天下午，他背着一筐煤上到地面，在收煤的地方把煤卸下，准备再挖第二筐，刚从井下上来的刘大哥对他说："兄弟，别再下去了，我看见头顶上那块煤石松了，要出事。"

"大哥，谢谢您，我再挖一次才够今天的数。昨天我就看见那块石头了，心里有数，躲着它点就是了。"

223

"可千万小心呀！"

"知道了。"

秦玉不听人劝，硬是冒险下井挖煤。在井下掌子面头顶上有块大煤石几天前就已然松动了，它的裂缝越来越大，由于井下照明不足，秦玉没有看清它的变化，还是一个心思地挖煤。幸亏刘大哥事前提醒他，秦玉没敢直接在大煤石的下面挖煤，他侧身在旁边挖煤，眼睛时不时往头顶上瞄两眼。正挖着，突然他听见头顶上一声恐怖的巨响，大煤石砸了下来，秦玉本能地往后边闪身没有砸着，煤石的一角碰到了他的脖梗子，秦玉当时眼前发黑，立马失去了知觉。

井下塌方了，消息传到地面，人们都惊慌失措不知该怎么办。煤窑老板气急败坏地说："真他妈晦气，封井吧。"

"不能封井，秦玉兄弟还在井下呢，救人要紧！"刘大哥大声喊着。

"你说得轻巧，现在谁敢下去呀？"

"我下吧，秦玉还年轻，家里孩子小，一家老小都指望着他呢，他不能走啊。"

刘大哥一个人冒死来到井下，找到了昏迷不醒的秦玉，把他背在身上，费了九牛二虎之力，爬到了地面上。小煤窑老板看到砸伤了工人，怕主管部门罚他，抛下受了重伤的秦玉不管，关了煤窑溜之大吉。为了给秦玉治病，花光了家里所有的积蓄。他颈椎受了伤，虽然没有瘫痪，头却抬不起来了，永远都得低着头，看人时只能歪着身子侧着脸，十分的痛苦。

秦玉在病房里躺了一个来月才出院，可怜兮兮地回到家里，老丈人看着成了个废人的女婿气不打一处来，劈头盖脸就是通数落。他说："你这个丧门星，把家里都败光嘞。看你这个样子，重活干不了，今后吃啥？喝啥？孩子咋养活嘛。我没钱养活你们一家子，今后咋活，你想办法吧。"

小妮搂着秦玉哭了，她说："爹呀，秦玉为了咱们这个家把自己伤这么重，你不心疼他，还骂他，让他怎么受嘛。"

秦玉推开了小妮的手，颤颤巍巍走到老丈人面前，使劲侧着脸说："爹，谢谢您为了救我花了不少钱，您放心吧，欠您老的钱，我一个大子也不少全还给您。孩子我来养，我就是出去要饭也要养活她们。"

晚上，秦玉对小妮说："小丫还没有断奶，先在你身边。明天我带着大丫和二丫回北京，找她们爷爷奶奶去，我爸妈再不乐意，也不会眼睁睁看着儿子和孙女饿死。"

小妮趴在秦玉怀里伤心地哭了。

两天后，秦玉带着女儿大丫和二丫回到了北京。这两个可怜的孩子，大的才四岁，小的只有三岁。小姐俩拽着秦玉的衣角，睁着两双惊恐的大眼睛，寸步不离地跟着爸爸走。

秦玉没敢直接带孩子回太原会馆大院，自己这副模样怕父母见了受不了，先带着孩子去了槐柏树自己的姥姥家。姥爷已经不在了，姥姥眼神不好，患白内障好几年了，秦玉心里也挺惦念着姥姥。

姥姥已经看不太清楚人了，听秦玉说带孩子来了，甭提多高兴了，她急忙从兜里掏出了二十块钱递给了秦玉，说："穷姥姥没什么钱，这点儿钱就算是给孩子们的见面礼吧。"

秦玉心里很感激，他把两个孩子拉到姥姥跟前，姥姥爱抚地摸着她们的小脸蛋儿特别高兴，她问孩子："你们饿吗？"

小孩不会撒谎，姐俩异口同声说："饿。"

姥姥说："小玉呀，柜橱里有挂面，还有鸡蛋，你捅开炉子煮锅挂面，卧几个鸡蛋，你们爷仨一块吃，到了姥姥家绝饿不着你们。"

秦玉心里很愧疚，自己有十年没来姥姥家了，姥姥还是那么疼我，我什么好吃的都没给她买，对不住姥姥呀。唉，以后补上吧。秦玉和两个女儿吃了顿饱饭，他把孩子暂且安顿在姥姥家，自己就回太原会馆大院了。

到了太原会馆大院门口，他心里一个劲地打鼓，不敢进去。李杉骑着自行车从外面回来了，他冲秦玉说："劳驾，借光了您哪。"

秦玉低着头急忙闪身，一下没站稳，坐了个屁股蹲儿。李杉赶紧下了车，说："您看这是怎么话说的，惊着您了，对不住啊。"

说着话，他走上来拉秦玉，两个人四目相对，互相都认出了对方，李杉惊讶地叫道：

"秦玉，怎么是你呀？"

"小屁子，是你呀！"秦玉惊喜地叫着李杉的小名。

哥儿俩激动地抱在了一起。李杉这才发现秦玉抬不起头来，脖子上还有一大块伤疤。他说："哥们儿，你怎么变成这样了？"

"唉，一言难尽呀，兄弟我这些年受老罪了。"

"上我家聊聊吧。"

"行啊。李大爷身体还好吧？"

"不行了，老年痴呆。"

"哟，这可让你受累了。"

哥儿俩来到李杉家，李大爷在床上睡着了，秦玉走上前看了看说："李大爷瘦了，我一看见他就想起了李大妈，小时候我是听着李大妈讲故事长大的，现在听不到了，真想她呀。"

李杉从橱柜里拿出了瓶二锅头，一盘煮花生，他对秦玉说："多年不见了，咱哥儿俩喝一个，你先坐会儿，我再拍个黄瓜摊俩鸡蛋，咱们边喝边聊。"

工夫不大酒菜摆了上来，李杉给酒杯里倒满了酒，说："庆贺咱哥儿俩重逢，干一个。"

秦玉没说话，端起酒杯一饮而尽，他也没吃菜，连干了三杯。李杉说："兄弟，慢点儿喝，吃口菜。喝太猛容易醉喽。"

"哥哥，兄弟我现在就他妈想醉呀，真想一醉不醒。"

"这是为什么呀？"

"你是不知道啊，我这些年是一步走错，步步走错呀！当年我自作聪明，非认准了中学生以后全得去上山下乡，刚上初一就跟着铁豹去了太行山。人家铁豹和张红在农村入了党，一九七八年又一块考上了大学。我们村的知青们全回城了，就剩下我一个人儿留在了东岭村。谁让我爱上了个村里的姑娘，还和她结了婚。为这事儿我跟家里掰了，当时身上锛子儿没有，没辙了给她家'倒插门'当了人家的儿子。老丈杆子重男轻女非逼着我们生儿子，我是真他妈不争气呀，四年生了仨，全是丫头。老丈人撅儿了，公社罚了款，还给我做了绝育手术输精管结扎。你知道什么是劁猪吧，兄弟我就让人给劁了，这辈子甭想有儿子啦。"

秦玉边说边鼻涕眼泪往下流，他把这些年的委屈和不幸全跟自己的发小儿一股脑儿说了出来。李杉听着，眼泪在眼眶里打转。他问秦玉："兄弟，你今后打算怎么办呀？"

"我得听家里的，要是我爸妈不认我，那我就带着孩子上街要饭，活到哪天算哪天吧。"

李杉听不下去了，他擦了把眼泪，说："兄弟，千万别走这条路，有我们大家伙在，不会看着你有难不管的。"

李杉站起身从箱子里拿出了一个书包，掏出了两份钱，他对秦玉说："这是我刚发的工资，还有我爸爸的退休工资，不多，拢共也就七十多块，你先拿去，解解燃眉之急。我还有一笔死期存款，下个月到期，到时候我给你取出来。另外，你的困难我再跟大院里的发小们说说，大家给你凑点儿钱，一家老小先得活下去呀，不能把孩子们饿坏喽。"

李杉说得秦玉泪流满面，他说："哥哥，谢谢您这份好心。您千万别跟大院的街坊们提这档子事，我爸是特要强的人，他要是从街坊们的嘴里知道我这么不争气，非气坏了不可。"

"话说得也是。你现在有什么需要我帮忙的？"

"我们家老爷子有血压高，我现在这份德行不敢见他。求哥哥你跟我妈说一声，我在姥姥家等着她。"

"这没问题，我这就去找你妈。"

秦玉又喝了几杯酒，眼珠子都红了，李杉不敢让他再喝了，把两份工资塞进了他的兜里，送他出了门。看着秦玉跌跌撞撞的背影，李杉叹了口气，一转身去了东后院。

秋萍正在院子里晾衣服呢，李杉轻声招呼："婶，您过来一下。"

"是李杉呀，屋里坐吧。找我有事儿呀？"

李杉低声说："您快去槐柏树姥姥家吧，秦玉回来了。"

"是吗，他怎么不回家里来呀？"

"秦玉怕老爷子见了他生气。"

"这孩子，误会他爸爸了。上次秦玉从家里出走，他爸爸心疼得都吐血了。"

"哟，病得这么厉害呀，现在身体怎么样了？"

"对付着呗，他就怕着急生气，夜里经常做噩梦，喊秦玉的名字，把我都喊醒喽，看他泪流满面的，让我心疼啊。"

"婶，您见秦玉要有个思想准备，他受伤了。"

"什么，我儿子伤着哪儿了？"秋萍的眼泪顿时就流了出来。

"他伤了脖子，老低着头，脑袋抬不起来了。"

"哎哟，我苦命的儿子呀！"秋萍哇的一声就哭了。

"秦玉说让您一个人去，不敢让秦叔去，他知道秦叔有病，怕他看见了心里难受。"

"唉，这么大事，能瞒得住吗？得了，李杉，谢谢你。"

秋萍擦了把眼泪回屋了。秦老板正坐在藤椅上看报，一抬头看见秋萍哭着进来了，问她："又遇见什么事了，哭天抹泪儿的？"

"除了你那老儿子还会有谁呀。"

"你是说秦玉呀，那小兔崽子又惹什么事儿了？"

"他伤着了，脖子砸坏了，脑袋抬不起来了。"

"什么？"秦老板一下子从椅子上站了起来，感觉胸口发热，赶紧捂住了嘴。秋萍吓坏了，喊道："别吐，千万别吐，赶紧吃药。"

秦老板总算忍住了，这口血没有吐出来。他吃完了药，缓了缓神儿，心情平静了一些，问秋萍："儿子在哪儿呢？"

"在他姥姥家。"

"走，咱们找他去。"

"你这身子能行吗？"

秋萍这句话把秦老板问哭了，他说："我怎么病的你又不是不知道。他六年了才回家一次，我两句话给他骂跑了，这一走又是四年呀，加起来就是十年，我还能活几个十年呀，再不见他，指不定哪天我们爷儿俩就再也见不着了。"

秦老板的话也给秋萍说哭了，她说："你想见儿子就见吧，我只说两句，第一你不许再骂他了，第二你不能太激动。"

秦老板点了点头，什么话也没说。

秦玉喝多了，他躺在姥姥家的床上，两个孩子躺在他的身边都睡着了。姥姥见了隔辈人高兴啊，打算给孩子们做红烧肉吃，她拄着拐棍，摸索着上街买肉去了。"吱扭"开门的声响，惊醒了秦玉，他猛然看见爸爸妈妈来到了床前，吓得他从床上骨碌了下来，赶紧给父母磕头，嘴里一个劲地说："爸，妈，不孝儿……"

妈妈不等他说完，一把将他拉了起来，搂着他放声大哭。秦老板看见儿子这副惨样，心疼得直流泪。两个孩子被吵醒了，看见大人们都在哭也跟着哭开了，她们搂着秦玉的大腿叫着："爸爸，爸爸。"

秦玉这才醒过昧来，他把两个孩子推到爸爸妈妈面前说："爸，妈，我有三个闺女，这是老大老二，我实在养不起她们了，才带她们姐俩上北京来，你们要能养就帮我养着，不能养就把她们卖了吧。"

小姐俩听到爸爸这么说全吓哭了，她们死死抱着爸爸的大腿说："爸爸，别卖了我们，我们听话，以后不惹爸爸生气了，别卖了我们……"

秦老板气得上来抽了秦玉一个大嘴巴，骂道："你个混蛋，她们俩是谁呀，你的亲闺女，我的亲孙女，你敢动卖孩子的心思，看我抽不烂你。"

秦玉揉了揉脸忽然明白了，他拉着两个女儿的手说："孩子，别哭了，爷爷奶奶认你们了，快磕头，叫爷爷奶奶。"

秦玉按着小姐俩的脑袋给爷爷奶奶磕了三个响头，秦老板和秋萍一人抱起了一个，爱抚地在孩子的小脸蛋儿上亲着。两个孩子很懂事儿，抱着老人的脖子，带着山西口音奶声奶气地叫着"爷爷""奶奶"，两个老人让孩子叫得热泪盈眶，秦玉在一边看着眼泪止不住地流。秦老板扭头对秦玉说："过几天把你媳妇接家里来住吧，就别回去了。"

听到这句话，秦玉再也控制不住了，他扑上来抱住了爸爸泣不成声，哽咽着说："爸，谢谢您！"

秦老板抬起一只手抚摸着秦玉的脖子说："快跟我回家，找你赵大爷看看脖子。"

"哎。"秦玉兴奋地长出了一口气，含着泪笑了。

一个月以后，小妮带着小女儿三丫来到了北京，秦玉一家五口团圆了。秦老板和老伴儿秋萍见了俊俏脑腴的儿媳妇都很喜欢，秦老板悄声对秋萍说："难怪我儿子非得找个农村姑娘，这丫头长得这么俊，他能不动心吗？"

"是呀，这闺女长得不赖，人也挺老实，给你当儿媳妇说得过去。"秋萍的话把老伴儿说乐了。

秦老板说："我儿子不能这么蔫不出溜儿地带着老婆孩子在大院里晃悠，让街坊们看见，这算怎么回事儿呀。我想重新给他们补办个婚礼，时间就定在五一节吧。"

"哎哟，老头子你可真会选呀，五一节咱们太原会馆大院有三家都张罗办喜事儿呢。"

"是吗，都是谁家呀？"

"骨力儿和胖丫，这对儿娃娃亲就在五一节办喜事儿。"

"骨力儿不是当兵去了吗？"

"是呀。他去年参加边境自卫反击战受了伤，打完仗就复员了。胖丫在街道工厂上班，这孩子是真孝顺，骨力儿当兵的时候，胖丫在家里不仅把自己的爸爸伺候得周周到到的，还替骨力儿照顾他爸爸，两个爸爸虽说老伴儿都没了，有胖丫这个好闺女在身边儿，照样舒舒坦坦的。这不，骨力儿刚一复员，老田大哥和喜子兄弟就合计着把孩子们的婚事办了。"

"也该着了，这俩孩子快三十了吧？"

"他俩同年同月生的，都是二十九岁，老大不小啦。"

"还有谁结婚呀？"

"铁豹和张红。"

"铁豹都三十大几了吧，怎么才结婚呀？"

"这不都让运动给耽误了嘛。铁豹和张红从农村考上了大学，今年刚毕业，老铁盼孙子心切，就张罗着给他俩办喜事儿。"

"噢，是这么档子事呀。你刚才说有三对儿都赶在五一节结婚，除了这两对儿还有谁呀？"

"你猜猜，可着咱们太原会馆大院，还有谁耍单呢，该结婚了？"

"这大院儿里上百口子人，孩不愣子一大帮，我哪儿猜去呀，你就别卖关子了，快说吧。"

"是常小虎和沈悦姑娘结婚。"

"常小虎有好几年没在大院儿里露面，这冷不丁的就要结婚了，还真是有些意外呀。"

"可不是吗，常小虎现在是大学老师了，他是咱们大院儿的孩子里面最有出息的，常三爷和高小燕一提起儿子那真是从心里乐呀。"

"我记得运动开始的时候，小虎不是还跟他妈闹了点儿误会，高小燕还差点儿想不开，后来这娘儿俩说开啦？"

"小虎是个明白孩子，他不仅体谅了妈妈，还在大学里保护了个老教授，人家教授的闺女沈悦姑娘爱上了他，两个人相爱十几年了。常三爷拍板，常小虎和沈悦姑娘的婚礼就定在五一节。"

"嘿，真好，这就叫有情人终成眷属。"

第十九章

太原会馆大院儿里可真是热闹了，算上秦玉和小妮补办的婚礼，拢共有四对儿新人要在五一节结婚，院儿里人都替这几家高兴。在这喜庆的节骨眼儿上，已搬到唐山居住多年的小凤儿回太原会馆大院来了。

小凤儿每次回来都是直奔董二爷家，因为老爷子过去没少帮她的忙，也可以说有恩于她。小凤儿给董二爷带了不少唐山当地的土特产，有栗子、香菇、花生等，一大包沉甸甸的，累得她出了一身的大汗。

如今董二爷家变化很大，自打董二爷和英子结婚以后，真是天遂人愿，英子怀孕了，董二爷在六十六岁的时候当爹了，英子给他生了个七斤多重的小子。这一下轰动了半拉北京城，孩子满月的时候，报社记者都来了，董二爷把不太可能的事变成了活生生的现实，记者为董二爷总结道：这老爷子整天"吃五毒"，身体里积蓄了特殊的能量。英子虽然是年近五十的人了，可她长年在山里劳动，体质特别好，就跟三十多岁的妇女差不多，因此才能生育。董二爷给儿子取名叫德福，现如今这孩子也是十四五岁的半大小子了。

今天金老爷子正在董二爷家聊天，他最近又去英子山里的老家写生，回来后拿着这幅画儿给董二爷和英子看，英子的婆婆也戴上老花镜凑上来看，不住地冲着金老爷子伸着大拇指。高小燕也来了，她先是去金老爷子家找他商量常小虎的婚事，一看老爷子没在家，估摸着他可能上董二爷家来了，就找了过来。大家伙儿聊得正热闹呢，就听门外有人说："董二爷在家吗？"

"在屋里呢，谁呀？进屋说话吧。"董二爷大声说。

小凤儿拉开门进来了，大家一看是她都挺高兴，高小燕拉着小凤儿的手说："妹妹，你来得真巧，我们正商量着办喜事儿呢，你现在回来，赶上喝喜酒了。"

"太巧了，我来也是请院儿里的老街坊们喝喜酒的。"

"你儿子要结婚啦？"

"哪儿呀，他才十岁，还小呢。是我要结婚了。"

"怎么，你又结婚了，跟谁呀？"

"咱们太原会馆大院的街坊，你们都认识。"

"谁呀？"

"孙福。"

"什么？你们俩怎么走到一块儿啦？"

大家全是一头雾水，谁也不明白了。英子给小凤儿倒了杯茶，小凤儿喝了口茶，慢条斯理地说开了……

一九六六年六月份，孙福已经调到学校工作好几年了，他是学校仓库管理员，在"破四旧"的风潮中，学生们把收上来的字画、瓷器等老玩意儿集中在一起，暂时存放在仓库，让孙福负责看管，准备在下星期召开的誓师大会上统一销毁。

孙福的爷爷和爸爸都是古玩商，他是在古玩行里长大的，对古瓷器有很强的鉴别能力。他在清点这些物品时，惊奇地发现这里面竟然有两件国宝，一件是宋代汝窑天青釉洗，另一件是明代成化斗彩鸡缸杯。宋汝窑天青釉瓷器，釉中含有玛瑙，色泽青翠华滋，釉汁肥润莹亮，具有"青如天，面如玉，蝉翼纹，晨星稀，芝麻支钉釉满足"的特点。明代成化斗彩鸡缸杯，堪称明成化斗彩器之典型。以红彩点鸡冠和羽翅，绿彩染坡地。施彩于浓淡之间，素雅、鲜丽兼而有之，收五代画师黄筌花鸟画的敷色之妙。整个画面神采奕奕，尽写生之趣。这两件瓷器，都是中国古瓷器中极为名贵的珍品。

孙福轻轻地捧着这两件国宝，爱不释手，他心想，这么宝贵的好东西，平白无故让他们给摔喽，太不像话了！说什么我也要保护好这两件瓷器。他琢磨了一番，觉得硬顶着干肯定不成，不如"智取"。他知道学校负责这件事的人是总务处的刘全，他是个酒腻子，嗜酒如命。孙福投其所好，下班后买了两瓶酒和酱肉、腌鸭蛋等一些酒菜找刘全来了。

刘全今天在学校值班，一个人坐在屋里闲着没事干正烦着呢，就听门外有人喊："老刘在吗？"

"谁呀？"刘全推开门一看孙福手里拎着酒瓶子，立马儿就乐了。

"老刘，我听说您今儿个值班，怕您吃不好饭，这不，陪您喝两口儿。"

"老孙，我这正犯酒瘾呢，你就拿酒来了，兄弟你真会心疼人。"

"那是当然了，我知道您好这口儿啊。"孙福乐呵呵地拿了两个茶杯，倒满了酒。

"老孙，咱哥儿俩能在一块堆儿喝酒就是兄弟，这时候咱就以兄弟相称怎么样？"

"行嘞，就按您说的办。咱哥儿俩谁大呀？"

"我今年三十六，本命年。"

"您比我大一岁，您是哥哥，刘哥我敬您。"孙福说着话举起酒杯一饮而尽。

"爽快！兄弟，我就喜欢和你这样的人喝酒，你看我的。"刘全一扬脖也干了。

"刘哥好酒量，来来，给您满上。"

两瓶白酒，工夫不大都见底了。刘全红头涨脸地看着孙福说："兄弟，没想到你也这么能喝，咱哥儿俩真投脾气儿，以后咱们常喝。"

"哥哥，您是海量呀，看来今儿我酒带少了，下次再喝，我拿四瓶来。"

"对喽，那样喝才叫喝酒呢。今儿个让你破费了，下次我请。"

"不用，不用，您是哥哥，当弟弟的孝敬哥哥喝口酒那不是应当应分的吗？"

"够意思，真是我的好兄弟。以后有什么难事儿找我，只要兄弟你张嘴，没说的，一句话的事儿。"

"是这话？哥哥，我现在就有件小事儿想麻烦您。"

"什么事儿呀？说吧。"

"咱们仓库里有一大堆老年间的玩意儿，是不是下个礼拜就都销毁了？"

"那是当然了，都是些过去的破烂货嘛，必须彻底砸烂！"

"哥哥，这里面有两件小东西我觉得有点意思，想借走玩玩儿行吗？"

"哦，这里有你喜欢的，都是什么呀？"

"就是一个小盘一个小碗，我最近正在练毛笔字，想用它们洗洗毛笔。"

"是为了干这个用，这算什么呀，你拿走吧，玩儿腻了想着还回来就行了。"

"谢谢哥哥，明儿个我还请您喝酒。"

"甭客气兄弟，咱哥儿俩谁跟谁呀。"

孙福如愿以偿，他回到仓库把宋代汝窑天青釉洗和明代成化斗彩鸡缸杯两件国宝用软纸包好，抱在胸口窝儿上回家了。

国宝拿回了家，孙福不敢耽搁，抱着它们就找杨秀琴来了。秀琴正在家里做饭，看见孙福来了挺高兴，说："弟弟吃饭了吗？没吃在我这儿吃吧。"

"谢了杨姐，铁蛋儿没在家呀？"

"在外面踢球呢，一会儿就回来。"

"杨姐，我帮您在院子里挖的那个地窖填平了吗？"

"不用填，冬天还要存储大白菜呢。这个地窖真好，大白菜放进去既能保鲜，菜还烂不了，我现在还在里面放着咸菜缸呢。弟弟，你提它干吗呀？"

"我寻思着地窖挖了好几年了，还结实不结实，我去查看一下，留神它塌喽砸着人。"

"你的心可真细，行呀，你去看看吧，完了事儿过来吃饭。"

"哎。"

孙福嘴上答应着，快步进了地窖。这间地窖在秀琴家的院子里，是两年前孙福帮着挖的，原本就是为了冬天储存大白菜用的。当时孙福挖得足有一人多深，两米见方，跟一小间地下室似的，能放不少东西。秀琴把腌咸菜的大缸也搬了下来，还有些杂物也堆在里面。

孙福看着这个咸菜缸乐了，心说有了你的保护，谁也找不到这两件国宝。他把咸菜缸轻轻挪了个窝，在地下又挖了个一米多深的大坑，他把两件国宝放在一个结实的铁盒子里，安放在大坑底部，上面一层层地把松土压实，在填平大坑以后，上面又压上了咸菜缸，孙福心说，谁也不会想到这地方会埋着国宝。

孙福把国宝藏了起来，也就为自己埋下了祸根。几天以后刘全慌慌张张找到孙福说："兄弟，你借走玩儿的那两样东西明天必须还回来。"

孙福听了很紧张，问："干吗这么着急呀？"

"昨天上面开会了，有些单位看管不严，准备销毁的物品有丢失的，上面说了，凡是监守自盗的人均严惩不贷。"

"这可麻烦了，我拿回家的那两样小玩意儿一不留神让我给摔了，我还寻思着跟您说一声呢，谁摔不是摔呀，反正也不能留下它们。"

"怎么会这么巧？你可让我为难了，我只能如实上报，对不住了兄弟。"

刘全根本不替孙福瞒着，他跟上级汇报说："孙福肯定是见财起意，他说摔了，哪有那么巧啊？"

上级指示说："如果孙福真是没拿住摔了，就让他把摔碎了的瓷片拿出来，要是能对得上号，就算了。如果什么也不拿出来，就是监守自盗，立刻抓起来。"

刘全这回来了精神，他把办公室变成了审讯室，他和两个手下坐在办公桌后面，对面摆放着一把椅子，墙上还贴了"坦白从宽，抗拒从严"的大标语，整间屋子阴森森的，让人看着很不舒服。

孙福被带了进来，他抬眼看了看四周心里明白了，心说他们回过味儿来了，这是拿我当贼了，要给我来个"三堂会审"呀。无所谓，反正不能把国宝再交给他们摔喽。自己尽量跟他们周旋，实在过不去就听天由命吧，这是我命中的一劫呀。

刘全说话了："孙福，我也不跟你来虚的，咱们小胡同赶猪，直来直去。看在咱俩有点儿交情的分上，你把借走的玩意儿交回来，我就只当什么事儿也没发生，该喝酒咱还一块喝酒去，我请你喝。怎么样，哥哥我够意思吧？"

"哥哥，那破玩意儿交不回来了，不是跟你说了嘛，我给摔了。"

"好，好，就算是摔了，把碎片交回来，只要能对得上数，我还是不怨你，谁让我答应你拿走玩儿两天呢。"

"哥哥，你们家平常要是摔个碗还留着碗碴子吗，当场就得扫干净倒喽呀，省得碗碴子扎手呀。我留它干什么呀？"

听着孙福的辩解，刘全怒了，他一拍桌子大吼道："孙福，你小子敬酒不吃吃罚酒是不是？别以为你这一套花言巧语能蒙得了谁，实话告诉你，我们早猜到你会这么说。组织上了解你，也了解你们家，你爷爷、你爸爸都是开古玩店的资本家，你是在古玩行里长大的，你小子懂行，你越是不把东西交出来，越说明你拿走的东西值钱。你是见钱眼开！"

"我没你说的那么下三烂。你说它值钱，那你们干什么还要摔了它呀？"

"这些过去的破烂货必须销毁，你盗窃它们，说明你不是好人，我们不会对你客气的。来呀，把他绑起来，关到地下室去！"

刘全变脸了，他不容孙福再说话，立马儿把孙福押了起来。随后，他们抄了孙福的家。孙福早就做了准备，他们除了抄出几张旧照片，什么也没抄到。刘全不甘心，又审了孙福几次，还是一无所获，实在没辙了，他们把孙福交了出去。

孙福未经正规的司法审判，就以"盗窃犯"的罪名，被判了五年徒刑，押送到唐山监狱服刑。

孙福是二进宫了，当年他因赌蛐蛐儿被判入狱三年，一九六二年刑满释放，没想到出狱仅四年自己又进来了。孙福心里憋屈呀，他心说，第一次进来自己确实犯了法，可这次自己是在保护国宝，干的是好事儿呀，还被判了这么重的刑，这上哪儿说理去呀！他担心金老爷子高小燕和太原会馆大院的老街坊们知道了会怎么看他。要是杨秀琴知道了还会认我这个弟弟吗？以后出了狱我还能回北京吗？孙福夜里躲在被子下面伤心地哭了。

金老爷子很快就知道孙福出事儿了，凭着对孙福的了解，金老爷子觉得这件事不简单，他对高小燕和杨秀琴说："那天看见孙福的家被抄了，我就想到他出事儿了。我的老同学苏洋原来是孙福那个学校的校长，现在虽说靠边站了，可学校里的大事儿小情他都门儿清。他对我说孙福是拿了两件库房里的瓷器，自己说不小心给摔了，人家让他把摔碎了的瓷片交出来，孙福说都倒了，他们不信，这才判的刑。"

"孙福到底摔没摔那两样瓷器呀？"杨秀琴着急地问。

"肯定没摔。孙福对古瓷器识货呀，不是好东西他不会往家拿的，既然拿回来了，哪会粗心大意给摔了。退一万步说，他要真是不留神摔碎了，于情于理上说也不会给瓷片倒掉呀。"

"留着一堆碎碴子有什么用啊？"高小燕也问。

"当然有用了，古瓷器摔碎了的瓷片也有保留价值，孙福能不清楚吗？这是其一。其二呢，要是真摔碎了，为了避嫌也应该拿着碎碴子给人家看呀。这么简单的道理就孙福那脑瓜子他能想不明白吗？"

"您说得是这么个理儿呀，孙福为什么不这么干呢？"杨秀琴还是不太明白。

金老爷子摇了摇头说："孙福宁肯被判五年徒刑，也不交出手里的瓷器，说明它们一定很贵重，很可能是国宝级的，他不忍心看着那些人把它们摔喽，这才把自己豁出去保护国宝呀。如果真是这样的话，孙福是立大功了，他对国家是在尽忠啊！"

听了金老爷子的话，高小燕说："孙福这么做付出的代价可不小啊，二进宫，坐五年大牢，等出来了还有哪个单位愿意接收他呀。"

杨秀琴说："孙福的胃不好，经常犯病，这一说就进去五年，孙福可受罪了。"

孙福进了监狱后，牢狱生活让他度日如年，他反复琢磨着自己这么做值得不值得，心说就为了这两件瓷器让自己失去五年的人身自由，而且即便刑满释放出了大狱，要是"破四旧"风潮还在刮，自己花了这么大代价保护的这两件国宝还是见不了天日，也许它们永无出头之日，将来就跟着我一起告别这个世界了。想到这儿，孙福哭了。在痛苦的反思之中，他想起了自己小时候听爷爷讲过古人守护国宝的故事。爷爷说："在春秋时期，楚国有一个叫卞和的琢玉能手，在荆山里得到一块璞玉。卞和捧着璞玉去见楚厉王，厉王命玉工查看，玉工说这只不过是一块石头。厉王大怒，以欺君之罪砍下卞和的左脚。厉王死后武王即位，卞和再次捧着璞玉去见武王，武王又命玉工查看，玉工仍然说只是一块石头，卞和因此又失去了右脚。武王死后文王即位，卞和抱着璞玉在楚山下痛哭了三天三夜，眼泪流干了，接着流出来的是血。文王得知后派人询问为何，卞和说：我并不是哭我被砍去了双脚，而是哭宝玉被当成了石头，忠贞之人被当成了欺君之徒，无罪而受刑辱。文王受了感动，命人剖开这块璞玉，果真是稀世之玉，这就是著名的和氏璧。"

这个故事对孙福影响很大，他觉得古人为了向国家推荐和氏璧宁肯被剁掉双脚也不放弃，我今天为了保护国宝被判了五年徒刑又算得了什么呢！那两件瓷器太宝贵了，一旦砸了就再也无法复原了。今天虽然我遭了罪，但是将来社会一定能还我个公道！

在这种精神力量支撑下，孙福坚持到了出狱这一天。一九七一年十月，孙福刑满释放了。当时像他这样的二进宫劳改释放人员，被就近安排到了唐山砖厂工作。

说来也巧，小凤儿姑娘当年走投无路时就来到这里应聘，她被砖厂的许师傅收为徒弟，当了砖厂工人。后来小凤儿又和许师傅恋爱结婚，生了个儿子。小凤儿和许师傅早年都是孤儿，家里老人全没了，孩子出生后没人照看，小凤儿就辞去了砖厂的工作，专心在家带孩子。许师傅是砖厂的老职工了，他入了党，新近又被任命为厂长，工作上劲头儿十足。

这一天人事干部小杨拿着个牛皮纸口袋来到厂长办公室，她对许师傅说："厂长，有个劳改释放人员被分到了咱们厂，这是他的档案，让他具体干什么，请厂长安排。"

许师傅接过档案打开一看，姓名：孙福，家庭住址：北京市宣武区太原会馆，刚看到这几个字，他的脑袋"嗡"的一下，就要炸开了。俗话说仇人相见，分外眼红。一看到孙福的名字，他就想起了当年那个对小凤儿姑娘耍流氓的坏蛋，后来听小凤儿跟自己哭诉时，他气得当时就要上北京找孙福算账，如今这个坏小子落到了自己的手里，许师傅攥紧了拳头，恨不得抡圆了揍孙福一通。

晚上回到家，许师傅饭也吃不下，坐在一边闷闷不乐地抽着烟，心里十分不痛快。小凤儿关心地问："孩子他爸，你这是跟谁生气呢？"

"跟那个坏蛋生气呀。"

"坏蛋，是谁呀？"

"孙福呗，除了他还能有谁是坏蛋呀。"

"咳，我以为谁呢，都过了这么多年，你犯不上再为他生气，孙福自己也遭报应了，现在指不定躲在哪儿哭呢。得了，吃饭吧，别庸人自扰啦。"

"什么庸人自扰呀，孙福上咱们厂来了。"

小凤儿吓了一跳，问："他打上门来啦？"

"那倒不是，这坏小子犯了事儿，被判了五年徒刑，最近刚释放，安排到咱们厂就业。你说，这不是冤家路窄吗？！"

"是吗，孙福又干什么坏事了？"

"材料上写的是监守自盗，具体他偷了什么没写清楚。我得当面问问他才知道呢。"

"孙福知道我也在这个厂吗？他知道咱俩的关系吗？"

"他谁也不认识，不可能知道。"

"那就好。孩子他爸，你千万别让孙福把咱家的情况弄清楚了，就他那人性指不定会干出什么坏事儿来呢。"

许师傅叹了口气，说："唉，时间长了，纸包不住火呀，我也为这事儿堵心呢。"

孙福走进唐山砖厂的院子，他看了看四周无奈地叹了口气说："这厂子比马大发的那个街道工厂还破呢，地方是不小，到处都是砖头，人们顶着太阳脱砖坯，这一天活儿干下来，身上非得晒脱了皮不可呀。"

孙福正站在那儿发呆呢，听见有人叫他："孙福，去趟厂长办公室，许厂长找你。"

孙福低着头，无精打采地来到厂长办公室，他站在许师傅面前习惯地喊了一声："报告政府，我是孙福。"

许师傅上下打量着孙福，瘦高个儿，略微有点儿驼背，身子骨儿很单薄，其貌不扬。许师傅平静地说："别那么说话了，叫我老许吧。"

许师傅拿起茶杯倒了杯热水递到了孙福的手上，示意他坐下说话。孙福端着茶杯，感到一股温暖。他抬头看了看许师傅，五十来岁的年纪，身体很结实，皮肤黝黑，是个纯朴的男人，给人一种亲近感。

许师傅沉思了片刻，问道："孙福，你今年多大了？"

"报告厂长，我今年四十了。"

"你这些年都是怎么过的呀？"

"唉，怎么说呢，瞎混呗。虽说我也是四张的人了，二进宫啦，在那里头前后脚儿忍了八年，人生最好的年岁我他妈都献给大牢了。"

"你因为什么二进宫啊？"

"咳，我他妈让窦娥给拽进去的，里里外外就是一个字，'冤'呀！"

"你的意思是判你五年是个冤案？"许师傅很吃惊。

"是呀。"

"那你跟我说说你冤在哪儿了？"

"厂长，我也甭跟您细说，我就问您一句话，保护国宝的人被判了五年徒刑，您说这事儿是不是个冤案呀？"

"哦，你是说你保护了国宝？"

"那能有假吗？"

"国宝呢？"

"不知道。厂长，不是我信不过您，谁问也是这句话，要是国宝再让人给毁喽，我这五年徒刑不是白受了，那才是冤到家了呢。"

"孙福，我能打听打听你说的国宝是什么东西吗？"

"这个可以告诉您，古瓷器，是难得一见的宝贝。"

第二十章

　　许师傅听明白了，重新审视了一下眼前的孙福，发现他不像信口开河的样子，一种复杂的心态扰乱了自己的思路，眼下也难辨真伪，只得换了个话题说："孙福，你到了砖厂能干什么工作呀？"

　　"这得听您的呀。我一个刚放出来的人，姥姥不疼舅舅不爱的，不把我当成臭狗屎甩喽，我就感恩不尽了。"

　　"我们厂可没有轻省活儿，都是出力流汗的差事，你先跟着脱砖坯吧，如果身体顶不住再说。"

　　"厂长，谢了您哪。"孙福冲许师傅躬了躬身，走了。

　　晚上回到家，许师傅把孙福说的话跟小凤儿学舌了一遍，问小凤儿：

　　"你说孙福说的话是真的吗？他真是为了保护国宝被错判了五年徒刑吗？"

　　小凤儿想了想，说："他说的保不齐是真的。他爷爷那辈就开古玩店，孙福是行家，尤其是看古瓷器他眼特尖，一看一个准儿，要不是国宝，孙福才不会花这么大代价，在大牢里忍五年呢。"

　　"要真按你这么说，孙福算是个好人了，我们还真不能用老眼光看他了。"

　　"但愿他能变成个好人吧，我也就不用担惊受怕了。"

　　许师傅对孙福的第一印象还不算坏，也没有完全相信他，时常在暗中观察他。

　　孙福第二天就开始干活了。脱砖坯是个强体力活儿，孬主儿还真干不了这个。孙福虽说也是个大老爷们儿，可他身子骨儿太弱了，他有胃病，平时吃得少走路都打晃，现在脱砖坯一天定额两千块，孙福哪干得完呢。头一天他连跑带颠地忙活了一整天，才出了五百多块砖坯，给他累得通身是汗，收工的时候全身跟要散了架似的，就连几十米外的厕所他都没劲走过去了，索性在砖坯旁边就解上大手了。

孙福这一天的表现，许师傅看得是真真儿的，他觉得孙福虽然没完成定额，倒也没偷懒，劳动态度还算端正。晚上他跟小凤儿又聊起了孙福。小凤儿说："咱们厂的定额可是不低呀，你还记得我刚来的时候吧，吃奶的劲都使出来了，才完成了一千多块，要不是你暗中帮着我，说死了也完不成定额呀。现在给孙福也定这么高，真难为他了。"

"生手来了，最初都完不成定额，干一阵子再看吧。孙福虽说自己是冤枉的，可在外人看来他就是个劳改释放犯，我现在也不便照顾他。"

打这以后，孙福天天是真卖力气，可定额是天天完不成。一个月下来，他脱的砖坯跟定额指标差了一大截。发工资的时候，他被扣了一些钱。晚上，孙福心里堵得慌，他买了两瓶白酒，一个人坐在砖坯旁边喝开了。由于是喝闷酒，孙福很快就喝醉了。当夜里巡厂的工人发现他时，只见孙福身边放着两个空酒瓶子，他躺在地上人事不省。

人们抬着孙福进了医院，一检查孙福喝得胃出血了，要住院治疗。许师傅知道后立马儿赶到医院，只见孙福脸色惨白，虚弱地躺在病床上，微微闭着眼。他摸了摸孙福的脑门儿，很热，正在发高烧。孙福睁开眼，看见厂长坐在自己的身边，他哭了。孙福说："厂长，谢谢您来看我。那两千块砖坯的定额是谁定的呀，也太高了吧，能把人累死，我都玩命了还完不成定额，到头来还扣工资。本来挣得就不多，这样扣下去，连吃饭的钱也挣不出来啦。您把我开除了吧，我在社会上捡破烂儿也能混口饭吃，好歹也不用受这么大累呀。"

说到这儿，孙福伤心地哭出了声。

许师傅拉着孙福的手，说："别瞎想，你先安心养病吧。你的身子骨确实弱了点儿，干强体力劳动不太适合。今后让你干什么，我和其他领导商量以后再说。"

听到这句话，孙福擦了把眼泪，双手抱拳直给许师傅作揖。

许师傅回到家里，小凤儿不放心，问他："孙福怎么样啊？"

"病得不轻，没想到他体质这么差。"

"唉，咱们还得多帮帮他呀。当初我要不是一脚把他踢成了废人，孙福如今也应该成家立业了，哪会像今天混这么惨呀，说了归齐还是怨我当年下脚太狠了。"

"我不同意你这么说。他要不对你耍流氓你能踢他吗？混到今天这个地步，是他自作自受，怨不得别人。"

"行了，杀人不过头点地，咱们别再埋汰他了。都是太原会馆大院的老街坊，看着孙福今天混这么惨，我心里也不是滋味儿。孩子他爸，回头你把咱家的老母鸡杀了吧。"

"那只鸡还下蛋呢，杀了它怪可惜的。"

"管不了那些了，今儿个我把它熬成鸡汤，明天给孙福送到病房里去，让他补补身子吧。"

"见孙福，你不怕他了？"

"压根儿我就不怕他，要不然当年我也不会一个人回太原会馆大院，跟孙福了结这件事儿。"

"你是想去医院照顾孙福吗？"

"是呀，我当初就是这么跟孙福说的。"

"你怎么说的？"

"我说：'孙福，你怕将来老了病了没人管你，只要我小凤儿还活着，我管你。'今天他病了没人管，我得说话算话，去医院照顾他。"

许师傅睁大了眼看了看小凤儿说："没想到你一个妇道人家，为人处世挺仗义，我赞成。"

第二天，小凤儿抱着一砂锅鸡汤来看孙福。孙福已经退了烧，昨天又听许厂长说要给他调换工作，心情好多了，人也就有了精神，正坐在病床上往外趸摸呢。猛然间他看见小凤儿笑不唧儿地走了进来，孙福吓了一跳，以为眼花了，使劲揉了揉眼睛，没错，正是小凤儿活灵活现地站在自己的病床前。孙福试着问道："小凤儿，你是小凤儿吗？"

"是我呀，你看着不像吗？"

"这可真神了嘿，是哪阵香风把你吹来的？"

"听我们家老许说你病了，我让他把家里的老母鸡杀了，给你熬了鸡汤，快趁热喝吧。"

"老许？你是说的许厂长吗，他是你们当家的？"

"没错，我们结婚都十几年了。"

孙福真没想到在自己最倒霉的时候，能碰上太原会馆大院里的老街坊，还这么关心自己，他很感动，说："小凤儿啊，想起当初我那么对不住你，你一点儿也不记仇，还这么惦记我，让我说什么好呀。"

"得啦，都过去那么多年了，那些陈芝麻烂谷子的事儿别老挂在嘴上。你现在哪儿不舒服呀？"

"不瞒你说，我就是心里苦啊。"

"我听说你被判的五年刑是冤枉的？"

"唉，可不是吗，我孙福总算挺直了腰杆做了一回好人，谁承想，好人没有好报，让我遭了这么大的罪。"

"真是这样的话，你也别跟自己个儿过不去，俗话说得好，真的假不了，假的真不了。只要孙福哥你行得正，是非曲直早晚能说清楼。你说是这么个理儿吧？"

"凤儿啊，听你这么一说呀，我这心里宽畅多啦。"

孙福在医院里住了十天，小凤儿见天儿来看他，孙福感动极了，他出院后做的第一件事儿就是去小凤儿家道谢。

星期天的下午，孙福手里拎着一兜水果来了。许师傅和小凤儿都在家，他们一看孙福来了挺高兴。小凤儿张罗着给他沏茶，许师傅拉着他的手，问："病全好了吗？"

"厂长，托您的福，我好了。"

"好啊，以后可别那么喝酒了，酒大伤身呀。"

"厂长，我这回算是明白什么是患难见真情，我也算是找到铁哥们儿了，就是您和小凤儿。你们两口子全是大好人，在我孙福无依无靠的时候，你们拉了我一把，我这辈子也忘不了你们的大恩大德。"

许师傅说:"咱们都是工友,关心你是应该的。"

许师傅扶着孙福坐下,说:"在你生病的这些日子,厂里也对你进行了外调,发现你的案子确实疑点很多,主要集中在两点上:第一,你说瓷器摔碎倒掉了,他们不信,认为是你私吞了,可他们并没有找到实物证明你有罪,仅凭着怀疑就匆忙给你重判了五年徒刑是不妥的。第二,你从始至终也没有签字认罪,一直在喊冤。这是两大疑点。那天你说保护了国宝,我想你敢这么说,也证明两点,第一,国宝没有损坏,在你手上。第二,你心怀坦荡,不想私吞国宝。当然,你现在不肯交出来我们也能理解,现在的客观形势确实比较复杂,对保护国宝不利,我们相信将来形势好了,你会把国宝交给国家的。"

听到这番话,孙福哭了。他拉着许师傅的手说:"厂长,您真是明白人呀!"

许师傅接着说:"依据这些调查和分析,我们认为不能把你当犯罪分子看待,我们把你当同志。你身子骨弱,不适合强体力劳动,厂里决定调换你的工作,以后你就到后勤部门,继续干你熟悉的仓库管理员吧。"

孙福的眼泪哗哗地往下流,他一个劲给许师傅作揖,说:"厂长,您就是救苦救难的观世音菩萨,能认识您,是我这辈子的福分呀。"

打这以后,孙福就把许师傅当成亲哥哥看待。工作上许师傅是孙福的领导,下班后他们就是好哥们儿,几乎每个星期天孙福都在许师傅家里过,小凤儿做好饭菜招待他,孙福也总是换着样给小凤儿的儿子小豆子买些小衣服、糖果、饼干什么的,还千方百计哄着小豆子玩儿。许师傅在一边乐呵呵地看着,他对小凤儿说:"你看孙福还真有耐心烦儿,他和小豆子就像亲爷儿俩似的。以后孩子长大了,明白事了,就让他认孙福当干爹吧,这样孙福老了也就不愁没人管了。"

"你这个主意不错,孙福肯定高兴。"小凤儿也点头同意。

孙福和许师傅一家人平静幸福地过了五年,谁承想,一场巨大的天灾打破了这个平静。

一九七六年七月二十八日这一天,许师傅在厂里值班。凌晨三点多,他在厂子里巡视,发现孙福宿舍的灯还亮着,就走了过去,推门一看孙福又喝多了,趴在饭桌上睡着了。许师傅摇了摇头,说:"这酒就是戒不了呀,又喝成了这样，好了伤疤忘了疼啊。"

许师傅把孙福拽起来，扶到床上躺下，给他搭上毛巾被，关了灯，这才走出来。没走几步，他忽然发现天空闪出一道白光，一声惊雷随即炸响，随着一阵狂风呼来，脚下的大地恐怖地晃动开了，许师傅站立不稳，摔了个大马趴。他爬起来惊恐地大喊："地震，大家快出来，地震了！"

人们都没有反应过来，还在熟睡着。房屋在剧烈的摇晃中发出了"嘎吱吱"吓人的响声。许师傅最先想到了孙福，他喝多了，肯定醒不了。许师傅一脚踹开了孙福的屋门，拉起他往外就跑。来到屋外的平地上，许师傅放下孙福，惊出一身冷汗，擦汗的工夫，孙福醒了，他嘴里嘟囔着："干吗让我在院子里躺着呀，该着凉了。"

孙福说着话又钻进屋里。许师傅回头看见孙福进屋了，急坏了，他一头扑进屋里，揪着孙福抽了他两个大嘴巴，疯了似的吼道："醒醒，地震了！"

这时屋子已经严重倾斜了，在它倒塌前的一刹那，许师傅拼尽全力将孙福推出屋门，自己被埋在了里面。孙福让许师傅打醒了，他回头一看，房子塌了，厂长被埋在了里面，孙福急了，拼命地挖着砖土，嘴里大喊着："厂长，大哥，您快出来呀！"

这时又跑来了两个工友，他们听说厂长被埋在里面，全急了，几个人不敢用铁锹挖，怕伤着厂长，就用手拼命扒土，每个人的手指头都磨出了血，总算看见厂长的身体了，当他们把他挖出来后，许师傅已经奄奄一息了。孙福抱着许师傅的身体号啕大哭，他说："大哥，我的好大哥呀，本来伤不着您，您都是为了我呀，才……"

许师傅这时身体抽搐了一下，孙福停止了哭声，趴在许师傅的嘴边问："大哥，您有话说？"

"去看看……小凤儿……小豆子……"

许师傅说完这句话，长出了口气，带着难舍难离的遗憾走了。孙福差点没哭晕过去，旁边的工友推了他一下说："别再哭了，还得救人呢。"

孙福这才醒过味来，猛然想起了许师傅临走前交代他的话，一下蹦了起来，朝着许师傅家就跑了过去。虽说他家离砖厂不远，孙福已经认不出道了。眼前是一片废墟，到处都是房倒屋塌，如同被原子弹轰炸过一样，惨不忍睹。

孙福在黑夜中摸索着，他凭着原来的记忆，朝着大致的方向找了过去。突然，他听到哭喊声："救命，救命啊！"

这声音听着那么耳熟，是小凤儿，是她的声音。孙福激动地喊道："谢天谢地，小凤儿还活着！"

孙福循着声来到了跟前，只见许师傅家的屋子已经塌了，两面的山墙倾斜着靠在一起，小凤儿的声音是从山墙的缝隙里传出来的。孙福扒开外面的砖瓦，朝里面看看，说："我是孙福，小凤儿，你在里边吗？小豆子也在你身边吗？"

"孙福哥，是我呀，我们娘儿俩在一块呢，在八仙桌下面躲着呢。"

听到这句话，孙福长出了口气，说："你们千万别动，我这就过来救你们娘儿俩出去。"

孙福挖开了一条通道，他顺着通道爬了进去，在摸索中他的手和小凤儿的手碰到了一起，小凤儿激动地哭了。孙福说："你拉着我的手，我给你拽出去。"

"先把小豆子拉出去，再拉我吧。"

"行啊，小豆子呢？"

"他在我身后呢。哎哟，被砖头挤着，我们俩掉不开身呀，怎么办？"

"那就先把你拉出去，回头再拉他吧。"

孙福不敢怠慢，拽着小凤儿的胳膊就往外爬，总算爬出来了。孙福大口大口喘着气，汗水把衣服都湿透了。他看了看小凤儿说："你怎么样，砸着没有啊？"

"还算幸运吧，哪儿也没伤着。刚才正好我起夜，赶上地震了，我拉着小豆子就钻到了八仙桌下面，才保住了命。你是从厂里来的吧，老许怎么样啊？"

孙福的眼泪在眼睛里打转，他不敢把噩耗告诉小凤儿，怕她当时接受不了，就说："我先把小豆子拉出来再跟你说吧。"

孙福又钻了进去，他刚拉住小豆子的手，正要把孩子从八仙桌下拉出来，这时强烈的余震发生了，一大块墙垛子倒了下来，砸在了孙福的小腿上，当时就把他小腿的骨头砸折了。孙福"哎哟"大喊一声，就晕了过去。

小凤儿在外面不知道出了什么事，她大叫着："孙福哥，你怎么了？你说句话呀？"

孙福一点儿声也不出，小凤儿吓哭了，她站在地上大喊着："来人呀，救命呀！"

过了好久，小凤儿听见了孙福的呻吟声，孙福醒过来了。他低声叫着小凤儿的名字，小凤儿悬着的心放了下来，说："孙福哥，我听见了，你怎么样啊？"

"有一堆砖头砸在我小腿上，我动不了窝儿，你得帮我把砖头搬开，小豆子没事，还在八仙桌底下呢。"

"行，我帮你搬开砖头，你忍着点疼啊。"

小凤儿摸索着找到了孙福的小腿，上面实实拍拍压着一大块砖垛子。她轻轻地晃了晃，孙福疼得当时就叫出了声。小凤儿为难地说："孙福哥，它太重了，我搬不动，你看怎么办呀？"

"搬不动也得搬呀，我的腿一直在流血，不搬开它，我的血就止不住，时间长了就麻烦了。"

小凤儿听后真急眼了，她咬着牙说："我说什么也要把它搬开！"

人在没有退路的情况下，会爆发出超出想象的能量来，小凤儿眼下是真急了，浑身上下每一根汗毛的力量都用上了，她两只胳膊死死抱住砖垛子，运足了一口气，大喊着"嘿！"，砖垛子被她抱起来扔到了旁边，她累得趴在地上大口大口喘着气。孙福感激地说："小凤儿，谢谢你。你在外面等着吧，我这就把小豆子给拉出去。"

孙福伤得很重，由于失血过多，他很虚弱，身上一点儿劲也没了，已然拽不动小豆子了。他对小豆子说："孩子，别怕，慢慢爬到叔叔的背上来，叔叔带你出去。"

小豆子很听话，他一点点爬到了孙福的背上，孙福咬着牙，一寸一寸地在地上爬，鲜血不住地从断腿上流了出来，染红了爬过的路。当小凤儿终于从孙福的背上抱起儿子时，孙福冲他们娘儿俩笑了笑就晕了过去。

天渐渐亮了，小凤儿娘儿俩看着自己残破的家和倒在地上昏迷不醒的孙福都哭了。正当他们六神无主的时候，远方人头攒动，随着他们军帽上的五角星在阳光照映下闪闪发光，小凤儿激动地脱口而出："解放军，解放军救我们来啦！儿子，咱们有救了！"

第二天下起了大雨。孙福躺在部队搭起的帐篷里，他的小腿打上了石膏，解放军的医生已经把他的小腿骨接上了。小凤儿和小豆子娘儿俩经过一整夜惊吓和折腾，都累坏了，他们躺在旁边的地铺上睡得很沉。

孙福慢慢醒了过来，他看了看身旁的小凤儿娘儿俩眼泪止不住流了下来。他心想许师傅走了的事儿，他们还不知道，巨大的悲痛还在等着他们。这个幸福美满的家庭，一夜之间就阴阳两隔了，太悲惨了，他叹了口气，念叨着："老天爷，你太无情了！你把我带走，把许师傅换回来吧，小豆子不能没有爸爸呀！"

小凤儿睡醒了，她看见孙福也醒了，问道："孙福哥，你的腿还疼吗？"

"疼是疼呀，打上石膏就行了，要过些日子才能长好。"

"那就好。孙福哥，谢谢你昨夜里救了我们娘儿俩，等老许回来，我让他给你记上一大功。"小凤儿说到这儿笑了。

孙福听着，眼泪流了出来。小凤儿发现孙福的表情不对，心头一紧，问："孙福哥，我们家老许有事儿吗？他怎么不来看看我们娘儿俩呀？"

"许厂长他，他再也回不来了。"孙福说完呜呜地哭出了声。

"你说的是真的吗？"小凤儿哭着问道。

"我现在不能带你回厂了，你自己回去再见他一面吧，他就在厂里躺着呢。"

"老许！"小凤儿一声惨叫，号啕大哭。

孙福也是泣不成声。小凤儿哭着走到小豆子身边把他推醒，说："儿子，快跟我见你爸爸去！"

晚上，小凤儿和小豆子都戴着黑纱，哭着回来了。孙福含着泪问道："见着啦？"

小凤儿默默点了点头，把儿子搂在怀里，母子俩抱头痛哭，孙福也跟着掉眼泪。过了好一会儿，孙福说："许大哥是为了救我把命搭上的，我今后就为他活着了。他的家就是我的家，他儿子就是我儿子，我要和你小凤儿一起尽心尽力地把小豆子养大，让这孩子有出息，让许大哥安心。"

"孙福哥，你也救了我们娘儿俩，为了我们，把你伤成了这样。今后我也会好好照顾你的。"

唐山大地震的毁坏程度是空前的，千千万万个家庭一夜之间家破人亡。孙福、小凤儿和小豆子是幸存者，可他们的心里没有一丝一毫的庆幸，失去亲人朋友的痛苦在无情地折磨着他们的心灵。

震后很长一段时间，小凤儿都是以泪洗面，丈夫没了，家没了，经济来源也没了，今后的日子可怎么过下去呀？她愁得整日里眉头紧锁，时常地唉声叹气。

孙福看出了小凤儿的心思，他对小凤儿说："别着急，现在政府给咱们发了救济粮，解放军给咱们盖了简易住房，咱们现在吃、住都不愁啊。"

"这也不是个长事儿呀，咱们不可能吃一辈子救济粮吧。"小凤儿还是很发愁。

"凤儿啊，你看我这腿也快好了，咱们砖厂的重建也差不多了。过些日子我就可以回厂上班，我挣钱养活你们娘儿俩。"

"那哪成啊，我又不老不残的，怎么能让你养活呢？"

"你也可以找个工作嘛，现在重建工作量这么大，很多地方都缺人手，肯定能找到一个适合你的工作。"

"这个我也想过，我找个工作没问题，可小豆子还这么小，明年才上小学。我上班，谁管他呀？总不能整天把孩子锁在屋里吧？"

"孩子你交给我吧，我上班带着他。仓库管理员的工作不是很忙，我可以边工作边看着小豆子。"

孙福的话让小凤儿打消了后顾之忧，小凤儿在一个菜市场里干起了售货员的工作。

孙福天天带着小豆子上下班，一年以后，孩子上小学了，孙福又像亲爹似的，每天辅导他做功课，星期天还带着他上公园玩儿，使这个童年失去了父亲的孩子，没有失去幸福和快乐。这些小凤儿都看在了眼里，心中对孙福的印象也在逐渐转变。

两年以后，小豆子已经是三年级的小学生了。这天放学，他的胳膊上戴着少先队大队长的标志笑嘻嘻地回来了。小凤儿一看高兴极了，她摸着孩子的头说："看我儿子多有出息呀，都三道杠了，妈妈为你自豪。"

小豆子拿出了一张通知书，对小凤儿说："妈妈，我们学校星期天开家长会，您去参加吧。"

小凤儿为难了，说："孩子，星期天妈妈要加班，家长会我去不了啊。"

"那就让我孙爸爸去吧。"

"这孩子，净胡叫，明明是孙叔叔，怎么能叫爸爸呢？"

"他天天和我玩儿，给我买好吃的，辅导我做功课，要不是他帮助我，我的成绩也不会全年级第一。您看他多像个好爸爸呀。"

小豆子的话触动了小凤儿心里的痛处，她感到孩子不能没有爸爸，不补上这个遗憾，家就不完整，孩子的心里就会有很大的缺失。今后提起爸爸，就会让小豆子想起那伤心的往事。这些年来，孙福对我们娘儿俩可算是尽心尽力了，他把小豆子带得这么好，是在做老许应该做的事，他在尽父亲的义务。唐山大地震以后，很多家庭都残缺不全了，人们为了过上好日子，都往前看，重新组成了一个个新的家庭，过上了新生活。小凤儿心里念叨着：老许呀，为了孩子，我往前走一步吧，我和孙福还有小豆子重新成个家，今后的日子就会好过了，你在天国也可以放心啦。

小凤儿打定了主意，这一天她对孙福说："孙福哥，咱们也组成个家庭吧，你同意吗？"

孙福脸红了，说："说实在话，我琢磨过，咱们在一块儿搭伙过日子，是件挺好的事儿。可我不是个健全人儿，让我给小豆子当爹没问题，给你当丈夫就不行了，你知道我没那功能呀。"

小凤儿脸也红了，说："孙福哥，你听说过那句话吧？'少来的夫妻，老来的伴儿'，咱们都是奔五十的人了，也有了儿子，没什么更多的要求了，我们彼此组成个家庭，就是互相找个伴儿，老了好有人管，你说是不是这样呀？"

孙福想了想说："小凤儿啊，你说得全对，我同意啦，你看咱们什么时候办喜事儿呀？"

"我想咱俩都没有老人了，办喜事儿显得缺了点什么，你看我回趟太原会馆大院请请董二爷怎么样？"

"那敢情太好了。只是二爷那么大岁数，不知他肯来不肯来呀？"

"我觉得老爷子保准儿能来。"

就这样，小凤儿回太原会馆大院来了。

大家听完小凤儿的叙说，都很激动。董二爷说："没想到孙福这猴儿崽子变得这么好了，看来他们家的坟头儿上得冒青烟啦。就冲这点儿，我答应参加你们的婚礼。"

金老爷子说："这样的好事儿别落下我呀，我也去。"

"好啊，大家伙儿都去，我们才高兴呢。"小凤儿激动得满脸通红。

高小燕想了想，说："董二爷和我干爹都这么大岁数了，再跑唐山参加婚礼，这道儿可不近呢，别把老人折腾坏了。我倒有个想法，你们看成不成？"

"姐姐，您要有好主意就说吧，我们全听你的。"小凤儿笑盈盈地说。

"好吧，那我就说说。你们看啊，算上小凤儿和孙福这一对儿，今年五一咱们太原会馆大院有五对儿结婚的。这结婚本身也不是件省心的事儿，各家都要费时费力费钱地好好准备一通，其实形式都差不多，不如咱们办个集体婚礼，这样既省钱又省事儿，还特别热闹，你们看怎么样？"

"这可是件新鲜事儿，好是好，谁家有这么大的地方一下办五对儿婚礼呀？"董二爷问。

"二爷，咱就不在家里办了。地方我都想好了，在康乐里小学的大礼堂办集体婚礼，离家近不说，小学食堂的大师傅还能为我们的婚宴掌勺，人家的手艺可不错呀，老师和同学们都在夸呢。咱们星期天办喜事儿，学生们都放假，不影响他们小学的学习和工作。你们看怎么样？"

"这主意靠谱，就这么着吧。"

"嗯，不错，我看可以。"

董二爷和金老爷子都点了头，这件大喜事就这么定下来了。

第二十一章

一九八三年五月一日这天，康乐里小学的大礼堂热闹非凡，五对儿新人共同举行婚礼，这在当时可是件新鲜事儿，惊动了各级领导。区政府、街道办事处、居委会的同志们都来贺喜。铁豹、张红、秦玉上山下乡时东岭村的知青，骨力儿部队的战友，常小虎大学的同事，小凤儿、孙福砖厂的工友代表都来了。太原会馆大院的老街坊，金老爷子、董二爷、英子和婆婆、赵大爷、赵大婶、张大妈、李大爷、杨世春老爷子、徐大婶、刘婶、老郭两口子，都穿戴整洁，喜气洋洋地来了。

新人们的家长也都聚齐了。老田大哥和喜子兄弟老哥儿俩都换上了新衣服，喜子还一个劲地问闺女："胖丫，我这身行头还行吗？"

"爸，您太帅啦，现场这些老头儿数您最精神。"

喜子咧开大嘴乐了。

今天康乐里小学的大礼堂摆了十来桌，最外面的这一桌，孙福、小凤儿、小豆子一家人和杨秀琴、铁蛋儿娘儿俩，还有唐山砖厂的工友代表们坐在一起，喝着茶，抽着喜烟，吃着喜糖，有说有笑。工友张师傅说："孙师傅，恭喜您和凤儿姐还有小豆子组成了新家，我们看着都替你们高兴呀。"

小凤儿接过话茬说："是呀，大家伙儿全为我们高兴，特别是孩子他祖爷爷乐得合不上嘴儿。"

"孩子他祖爷爷？你们双方的老人不是都不在了吗？"

"哪儿呀，老爷子硬朗儿着呢。你们看他老人家那身板儿比我都结实。"孙福说着话笑不唧儿地指了指坐在旁边的董二爷。

"还真是嘿，这老爷子的身子骨儿透着那么硬朗，孙师傅、凤儿姐给老人家请过来和我们认识一下吧。"

"没问题，你们等着。"

说话的工夫，孙福和董二爷的儿子德福搀着老爷子过来了。工友们都站了起来，给老爷子施礼。董二爷连忙招呼说："大家伙儿别这么客气，快坐下吧。"

孙福不认识德福，跟着说："这位大侄子也坐下吧。"

董二爷听得真切，不干了，他眼睛一瞪，说："你管谁叫大侄子呢？"

"不是这孩子吗，看他这岁数也就十三四呀，我都奔五张的人了，当他叔不算托大吧？"

"孙福，你小子知不知道什么叫萝卜虽小，长在辈儿上了？"

"那能不知道吗，二爷我明白了，这孩子辈大，我是不是应该叫他'大兄弟'呀。"

"那也不成，他是我儿子，你应该管他叫什么呀？"

"哎哟，我这眼也太拙了，连叔都没认出来呀。叔您好，大侄子孙福给您请安了。"

孙福赶紧给德福作揖，又把小豆子拉过来说："儿子，见过你小爷爷。"

大家都给逗乐了。孙福挤巴挤巴小眯缝眼，嘴凑到董二爷的耳朵边上说："老爷子，您老可真有两下子，这么大岁数了，还能造小人儿，不赖呀您！"

"这还得谢谢你小子。"董二爷大声地说。

"您谢我干什么呀？"

"你忘啦，那年我结婚的时候你说什么来着？"

"哦，我想起来了，我说了'明年生个大胖小子'，您说：'还别说，保不齐我媳妇就真给我生个带把的，你小子踏踏实实等着吧，我儿子生出来，你又多了个叔。'二爷，我真服您了，说到做到啊。"

"那是呀，人活着就得争口气。幸亏你当年说的是让我媳妇生个大胖小子，你要是说生对双胞胎，今天你小子又得多个小姑，你信不信？"

听老爷子这么说，大家伙儿全乐喷了。杨秀琴从桌上的盘子里拿了块糖，剥了皮递给董二爷说："老爷子，您老吃块喜糖吧，你们两家的日子，今后都会越过越好的，我从心里为你们祝福。想想我和孙福大兄弟是有缘没分呀，当初要是想到'少来的夫妻，老来的伴儿'这个道理，我们铁蛋儿今儿个也就有爸爸了。"

孙福听着心里不好受，说："杨姐，在我最倒霉的时候，是您一门心思地帮着我，您对我的好，弟弟这辈子都忘不了。将来您和铁蛋儿甭管遇到什么难事儿，尽管说，孙福没二话。"

听孙福这么说，杨秀琴激动地点了点头。

秦玉和小妮的这一桌，秦老板和秋萍今天是格外高兴，看到儿子一家人生活安定了，老两口都松了心。他们把小妮的父母从太行山脚下的东岭村接了过来，两家人围坐在桌子旁边说说笑笑都很开心。

秦玉和小妮又把当年他俩结婚时穿的那身衣服从箱子底儿翻了出来，当时家里穷，他俩就这么一身新衣服，结婚后舍不得穿就收起来了，留着过年的时候再穿。这些年来秦玉和小妮整日为生活操劳，谁也没发福，还是那么精瘦，今天一试那身衣服，依然能穿。

秦玉穿的这身衣服，是当年知青们凑份子钱买的新制服和军绿球鞋，今天穿在身上就跟演电影似的，又把人们带回了那个年代。他胸前戴上了一朵大红花，小伙子顿时变了个人，透着那么精神。

小妮头上插着花，脸上搽着香粉，嘴唇也用红纸涂红了。她把当年结婚时穿的大花袄、黑灯芯绒裤子和扣襻红布鞋，重新穿在身上，胸前戴上了一朵大红花，立马儿变成了俊俏的新媳妇。

秋萍本来想给儿子和儿媳做身新衣服，秦玉不让，他说："妈，我和小妮是自由恋爱结婚的，我永远珍视我们俩的这份感情。当年我们结婚穿的衣服都保存好好的，今天再穿上它，就又回到了那天，我想让您和我爸看看当年我们结婚时的样子。"

秦玉的这番话又给妈妈的眼泪说出来了。

秦玉回北京后，父亲带他找了赵大爷，请老爷子给秦玉疗伤。赵大爷不愧是一代名医，他通过针灸和按摩推拿各种手法并用，疗效显著，秦玉现在已经能抬起头了。赵大爷说再医治两三个疗程就能把秦玉彻底治好了。

如今两家人亲亲热热地坐在一起，秦老板抱着孙女三丫，在她的脸蛋上左边亲亲，右边亲亲，喜欢得不得了。秦玉的老丈人在旁边看着不大自然，说："亲家比我想得开呀，对个女娃娃喜欢着嘞。"

秦玉笑了笑，说："孩子都是亲生骨肉，只要他们孝顺，男孩女孩一个样。"

秦老板说："亲家，秦玉和小妮都是孝顺的好孩子，对老人错不了。你们老两口就小妮这么一个女儿，过些年你们老了，在村里干不动农活了，就来北京吧，让他们小两口还有这三个外孙女伺候你们安度晚年。"

"好着嘞，谢谢亲家。"秦玉的老丈人满脸通红，既感动又有几分愧疚。

骨力儿和胖丫这一桌，年轻人活力四射，除了老田大哥和喜子兄弟老哥儿俩，余下的全是骨力儿当兵时部队的战友。骨力儿十六岁当兵，在边境自卫反击战中，已是侦察连长的骨力儿带着战士们勇猛出击，打得敌人溃不成军。在激烈的战斗中骨力儿负了伤，左胳膊被流弹击中，血流不止。骨力儿没有从战场上退下来，他靠着另一只胳膊顽强阻击着敌人的反扑，直到战斗胜利他才撤了下来。由于伤势过重，他的左臂被截了肢。骨力儿带着荣誉退伍了。

回到家，老田大哥看着儿子少了一只胳膊难过地哭了，骨力儿安慰父亲说："爸，您甭难过，您看我身体还是这么棒，少只胳膊我照样孝敬您。"

喜子看到女婿成了伤残军人也心疼得不得了，他擦了把眼泪，拽着骨力儿的空袖口说："就这么没啦，再也长不出来了。"

"爸，你们别难受，我虽然伤残了，可我没给你们丢脸，我立了功，为维护国家的荣誉做了奉献，儿子值得你们骄傲！"

胖丫在旁边听着，感动得哭了。她说："哥，你也甭有什么负担，今后家里活儿我包了，我会把你照顾好的。"

两个同吃一个妈妈奶水长大的孩子深情地拥抱在了一起。老田大哥脸上露出了幸福的笑容，他说："你们两个孩子打小玩儿过家家那会儿，淑芳妈妈就给你俩定下了娃娃亲，现在终于要喜结良缘啦。"

喜子兄弟很感慨，他说："虽说淑芳的愿望成真了，可她和竹云嫂子都没见到这一天，只能在梦里给她们捎个信吧。"

今天，当好日子到来的时候，一大早儿两个孩子将两个妈妈的遗像摆了出来，他们双双跪在妈妈的相片前，骨力儿说："妈，我今天和胖丫结婚，您在那边可以安心了。今后我们俩要好好孝顺爸爸，让您放心。"

胖丫说："妈，女儿今天出嫁了，遂了您的愿。我和骨力儿哥会和爸爸一起好好地过日子，您就甭惦记我们啦。"

老田大哥和喜子兄弟在旁边听得是老泪纵横。

铁豹和张红的这一桌，老铁和张德忠将军两家人都来了。老铁今天是穿着大师傅的工作服来的，虽说今天的喜宴人家康乐里小学食堂的厨师们全承担了下来，可老铁特别想在亲家张德忠将军面前再露一手，把当年征服了蒙哥马利元帅胃口的拿手菜做出来让他亲口尝尝，也向大家显示显示自己国家特一级厨师的手艺。老伴儿看着老铁的这身打扮无奈地摇了摇头，说："你这个老头子呀，真是受累的命，平时天天给人做饭吃，今天总算能吃回别人做的饭了，你还这么招呼，真没见过你这样的，做饭都上瘾。"

老铁乐了，说："我是要让张司令品品，看看我这手艺有没有长进。"

张将军说："铁师傅，品不品我都相信，您的手艺没挑儿，就是蒙哥马利元帅今天再吃您做的菜，照样会竖起大拇指。"

老铁得意地笑了。

张将军看了看女儿，说："铁师傅，我这个丫头从小娇惯坏了，身上毛病不少。今天她嫁给了铁豹，往后就要靠你们调教这匹小野马啦。"

老铁说："张司令说哪儿的话，张红多懂事儿呀，能把这么好的儿媳妇娶进门，是我们铁家的福分。"

要说铁豹和张红这对恋人生活和事业上真是一帆风顺。在太行山的时候，他俩互相帮衬着，无论是生产劳动还是开展东岭村的文化建设都搞得有声有色，两个人是太行山地区第一批入党的知青。一九七七年九月，教育部决定恢复已经停止了十年的全国高等院校招生考试。铁豹和张红得到这个消息是欣喜若狂，铁豹把张红紧紧地搂在了怀里，两个人都激动地流出了眼泪。

铁豹说："总算等到这天了，我们上大学的梦想就要实现了。"

"是呀，我们俩从中学毕业后就没有放弃上大学的理想，在东岭村也时常复习高考的课程，高考虽说晚了十年，我们也认真复习准备了十年，功夫不负有心人，我想咱们的努力不会白费的。"张红说起来也是十分感慨。

当时恢复高考招生的对象是：工人农民、上山下乡知识青年、复员军人、干部和应届高中毕业生。全国有五百七十多万人参加了考试，按当时的办学条件只录取了不到三十万人。铁豹和张红政治上过硬，文化基础好，再加上早早就进行了复习准备，他俩都顺利通过了高考，成了北京著名大学新闻专业的大学生。

在离开东岭村的那天，党支部耿书记带着全村的乡亲们都来给他俩送行。乡亲们舍不得他俩走啊，很多老乡眼里含着泪。耿书记抱着一袋"沁州黄"小米，对张红说："把这袋小米带给老团长尝尝吧，有工夫请他回村里看看，我们全村人都想他呀。"

张红哭了，她激动地说："谢谢老书记，谢谢乡亲们，这些年你们拿我当亲闺女似的疼爱，我永远也忘不了乡亲们的这份恩情，我会和爸爸一起回来看望你们的。"

耿书记嘱咐铁豹说："上了大学就是知识分子了，有了文化也别忘了我们这穷山村，这里就是你们的家。将来大学毕业了，别忘了常回家看看。"

铁豹的眼泪也流了下来，他大声地对耿书记和乡亲们说："我们在东岭村的这些年，是乡亲们培养了我们，请你们放心，我和张红在大学里学到的知识，都会回报给东岭村，回报给乡亲们的。"

铁豹和张红与耿书记和乡亲们依依惜别，他们坐在马车上走出了老远，回头看时耿书记和乡亲们还在向他们招手，两个人的眼睛都湿润了。

在大学新闻专业学习了几年以后，他俩大学毕业了，一个被分配到报社工作，另一个被分配到了杂志社。看着这两个孩子完成学业走上了工作岗位，老铁和张将军这才张罗着给他们操办婚事。今天，这两个孩子就要成婚了，老人们都心满意足，甭提多高兴啦。

常小虎和沈悦这桌最热闹，在座的有沈教授和老伴儿，常三爷和高小燕，常老大和媳妇，常小虎的亲生父母常老七和老伴儿，再有王大彪、二愣子、小全、老疙瘩等天桥跤行的兄弟们全来了。有意思的是，坐在四周围的宾客是截然不同的两种人，女方家是以沈教授为代表的典型的知识分子，温文尔雅，举止斯文。男方家则是以常三爷为代表的天桥跤行里出来的武把式，一个个血气方刚，作风彪悍。这一文一武的两家人，绝对是门不当户不对呀，今天坐在一块儿不免有些尴尬，很难找到共同语言。

常小虎看着有点着急，心说这两家人互相不交流怎么行呢，于是他就把今天早上在沈悦家"过关"的经历当成话题聊了起来。他说："爸，妈，今天你们差点儿见不到儿媳妇的面儿。"

"哟，怎么回事儿呀？"高小燕问。

"我早上去沈悦家接她的时候，被她表妹挡在了门外，非要让我答三道题，答对了，才开屋门，答不对就要被人家轰回来了。"

"沈姑娘是逗你玩儿呢，出的题肯定特简单，保准儿让你能答上来。"

"妈，可不是那么简单，让我急出了一身汗呢。"

"是吗？都出的什么题呀，快跟我们说说。"

"一共出了三道题，是三首古诗，每首诗她写了两句，让我答出另两句，还有诗的题目、作者、写作年代都答上来才算过关。"

"我的妈呀，这可太不容易了！嫂子，我王大彪要是遇上这么考我的媳妇，一道题也答不上来，索性拍拍屁股回家打光棍儿去了。"

王大彪的话把沈教授都给逗乐了，沈悦姑娘更是乐得前仰后合。高小燕挺感兴趣，她追问道："都是哪三首诗呀，你给我们说说。"

"头一首诗她写的两句是：'凤兮凤兮归故乡，遨游四海求其凰。'这首诗我熟悉，当时就答上来了，两汉，司马相如写的诗《凤求凰》。我接着答了这首诗里的另两句：'凰兮凰兮从我栖，得托孳尾永为妃。'"

"真好。沈姑娘这诗题出得好，我儿子答得也好。后面两首诗呢？"

"第二首也相对容易答，她写的是：'我悦子容艳，子倾我文章。'我知道这是唐朝大诗人李白写的诗《代别情人》，就跟着和了里面的两句：'起折相思树，归赠知寸心。'"

高小燕说："李白的这首《代别情人》我也很喜欢，年轻的时候整首诗都能背下来。"

小虎冲妈妈伸出了大拇指，接着说："上面这两关我过得没费什么劲。第三关可真让我出汗了，她写道：'皑如山上雪，皎若云间月。'这两句我听着耳熟，使劲想了想，答出了里面的两句：'愿得一心人，白头不相离。'"

"这首诗的题目《白头吟》我也答上来了，当时心里一紧张就是想不起作者和朝代了，我蹲在地上这通想啊，还是沈悦心软，她从门缝里伸出两个手指头，一下提醒了我，这是两汉卓文君的诗，我这才过了关。"

"这怎能算过关呢，沈姑娘给你伸出两个手指头就是露题了，你们这是作弊，不行，不行，还得重来。"王大彪起着哄地嚷嚷着。

"大彪叔，您是不想让我把媳妇娶回来呀？重来也行，您得帮我答道题。沈悦，给大彪叔出道简单点的，让他答。"

王大彪傻了，一个劲摆手。沈悦也不客气，张嘴就来："昨夜星辰昨夜风，画楼西畔桂堂东。"

王大彪赶紧求饶："这么难的诗我哪会呀，这不是赶鸭子上架吗？"

"这还算难呀，连我都知道后两句：'身无彩凤双飞翼，心有灵犀一点通。'这是唐朝李商隐的无题诗。儿子，我答得对吗？"

高小燕说完话，神气十足地看着常小虎和沈悦。

"完全正确！"常小虎和沈悦都给妈妈鼓起了掌，沈教授也笑盈盈地冲亲家点头赞许。

大家正在说笑中，金老爷子走过来对高小燕说："人来得差不多了，时候也不早了，集体婚礼开始吧。"

"好的，我这就招呼他们。"

今天集体婚礼的主持人是高小燕，她站起身走上舞台，站在麦克风前面大声说："各位领导，各位街坊，各位新郎、新娘以及远道来的亲朋好友们，大家好！今天我们在此为太原会馆大院的五对儿新人举办集体婚礼，完成他们人生中的大事。下面，我们请新郎、新娘上台。"

在欢快的乐曲声和大家热烈的掌声中，骨力儿、胖丫、铁豹、张红、常小虎、沈悦、秦玉、小妮、孙福、小凤儿，五对儿新郎和新娘互相牵着手，顺序走上了舞台。新郎官们一个个是笑逐颜开，新娘子们则有几分娇羞挂在脸上。大家喜气洋洋地站成一排，幸福地看着台下。

高小燕这时带领着新人们给男女双方的家长、大院的街坊和来宾们鞠躬，新郎、新娘互相面对面鞠躬。然后是亲友们致辞。张德忠将军第一个走上台，他声音洪亮地说："我是个带兵打仗的军人，我们这代人在毛主席的带领下，抗日战争，我们打跑了日本鬼子；解放战争，我们推翻了蒋家王朝；抗美援朝，我们打败了美国鬼子！我们这一生是同中华民族的命运结合在一起的。如今，我们这代人老了，把接力棒传给了下一代。铁豹和张红都是合格的接班人！今天他们结婚了，希望他们明年能生个大胖小子，让我们的革命事业，长江后浪推前浪，永远向前进！"

张将军的话引来了大家热烈的掌声。接着沈教授风度翩翩走上舞台，他手里拿着一大张宣纸，他让沈悦帮着展开后，上面书写了一首诗，沈教授朗诵道：

百阅红颜情书函，
年岁相思梦里连。
好似信使牵红线，
合首共度今生缘。

沈教授最后把藏头诗的四个字念了出来："百年好合！"

"好！"全场的来宾都给沈教授热烈鼓掌。

金老爷子接着走上舞台，这位大书法家给五对儿新人写了五副对联。他给铁豹、张红写的对联是：

"志同道合好青年，心心相印喜结缘。"

他给骨力儿、胖丫写的对联是：

"一母之乳养育恩，同心报孝两父亲。"

他给常小虎、沈悦写的对联是：

"诗词结缘情义久，恩爱夫妻永相守。"

他给秦玉、小妮儿写的对联是：

"上山下乡喜联姻，苦尽甘来一家亲。"

他给孙福、小凤儿写的对联是：

"凤舞龙翔筑爱巢，福运昌隆架新桥。"

金老爷子念完对联，分别赠送给了五对儿新人。婚礼现场的喜庆气氛达到了高潮。

接下来是新人致辞。骨力儿第一个走上来，给大家敬了个标准的军礼，他说："我是名伤残军人，在为国而战时负了伤，我不后悔，革命军人身残志不残，虽然离开了部队，照样要保持军人风范，绝不向困难低头。我今天和胖丫结婚，就要担起家庭的责任，我一只胳膊也能撑起这个家！"

大家热烈地给他鼓掌，很多人的眼睛湿润了。

接下来是铁豹致辞，他说："刚才我岳父讲的话，是一个八路军老战士对我们年轻人的希望，我和张红不会让他老人家失望的。我们结婚了，组成了小家庭，将来我们有了孩子，要让他们记住长辈们为中国革命的胜利，洒下的鲜血，我们要努力把孩子教育好，把他们培养成革命的接班人！"

大家听了都很激动，张将军站了起来，郑重地给新人们敬了个军礼，铁豹带着大家给张将军鞠了一躬，亲友们都为他们鼓掌。

在铁豹发言之后，秦玉迈步走到了台前。他打趣说："今天结婚的这五对儿新人，数我们家人丁兴旺，婚礼仪式还没完，我都鼓捣出仨丫头来了。"

大家全笑了。秦玉接着说："我结婚早，要孩子也早，四年生了仨。由于没搞计划生育，我家经济上遇到了不小的困难，为了养活孩子，我下煤窑挖过煤，百十多斤重的煤块压在身上，我背着它从几百米深的井下爬上来，每天要背四五次，那吃的苦受的累就别提了。可以说，我们干的活儿，牲口都干不了。"

秦老板听着儿子的话，心中阵阵绞痛，他赶紧捂住了胸口，秋萍和小妮早已是泪流满面了。秦玉话锋一转说："回想下井挖煤的经历，对我是有好处的。那就是这些大苦大累我都经受过了，今后再遇上什么样的苦我也不怕！"

"好！"秦老板激动得大喊一声，带头给儿子鼓起掌。大家也跟着给他鼓掌。

秦玉致辞后，常小虎走到了话筒前，他手里捧着一本厚厚的装帧精美的书籍，说："我和沈悦相爱了十五年，走过了一段漫长的恋爱之路。在这段时间里，我受沈悦父亲托付，完成他老人家未竟的事业。为此，我走遍了祖国的山山水水，采访了五十六个民族，用了八年时间，写作完成了这部《中国民族诗歌发展史》。这部著作已经正式出版了，并作为我们大学中文系的教科书。今天，我把它献给我的导师，也是我的岳父沈教授。"

常小虎说完话，从台上下来走到沈教授面前，先给岳父深鞠一躬，他双手举着这本书说："老师，学生没有辜负您的期望，完成了您交给我的任务，我现在把它送给您，请您斧正。"

沈教授激动地抱住了常小虎，说："好孩子，我没有看错你！"

常老大、常三爷、常老七、王大彪等人都站起来为常小虎鼓掌，整个礼堂爆发出了热烈的掌声。

掌声过后，孙福肩上斜背着个书包，四平八稳地走到话筒前，他先嗽了嗽嗓子，眨巴眨巴那对儿小眯缝眼，朝台下看了看，等大家都安静下来，他才说话："各位老少爷们儿，太原会馆大院里的老街坊都知道我孙福不是个全乎人儿，有人说我是'绝户'，有人叫我'活太监'，此话一点儿不假，我孙福就是这份德行。那我今天为什么还要结婚呢，我可不是学宫里的那个太监总管，娶媳妇解闷儿。我今天和小凤儿结婚就是天意。以前我孙福不是个好鸟儿，蹭寡妇门儿，扒绝户坟儿，欺负老实人儿，街坊们都说我是头顶长疮，脚底下流脓，坏透了，这还真没说屈枉我。"

听孙福这么说，大家伙儿全不说话了，都严肃地看着他。孙福接着说："我今年奔五张了，早些年里二进宫，前后脚在大牢里过了八年。值得庆幸的是，两次从大牢里出来，碰上了两个好女人，她们在我人生最倒霉的时候伸手相帮。第一次刑满释放后，遇上了杨秀琴，杨姐不嫌弃我，像对亲弟弟似的关心、呵护，她的这份爱心使我长这么大头一次有了家的感觉，人性儿也慢慢地往好了变，按金老爷子的话说，这叫'渐悟'。人变好了，也就有了正义感，以至于当年眼看着'破四旧'摔了很多老玩意儿，心疼啊，就挺直腰杆做了回好人干了件好事儿，利用工作之便保护了两件古瓷器，也是两件价值连城的国宝啊。为了保护这两件国宝，我被错判了五年徒刑。"

现场的一些街坊不了解孙福的这段经历，不由得交头接耳，议论纷纷。孙福拍了拍手，示意大家安静，他接着说："五年刑期满了以后，我被安排到了唐山砖厂，干强体力活儿脱砖坯。咱这小身板儿哪是个呀，根本干不了，累死也完不成定额。就在我最想不开的时候，碰上了另一个女人，小凤儿。老街坊们都知道，我年轻的时候不学好，对小凤儿不规矩，让人家一脚踢残了，踢成了他妈的'活太监'，没办法，只能自认倒霉。谁承想，一个唐山大地震成全了我们俩。小凤儿的丈夫许大哥在地震的时候为了救我，把自己的命搭上了，他临走前把小凤儿娘儿俩托付给我。过去人们常说大恩不言谢，人家的救命之恩用什么回报？只能用下半辈子去报答他的大恩大德，替许大哥照顾好小凤儿娘儿俩，就这样，我和小凤儿走到了一起。老话儿说'少来的夫妻，老来的伴儿'，我和小凤儿就是老来的伴儿，为了今后的好生活，我们组成了一个新家。"

大家听了孙福的话都很欣喜，不由得给孙福鼓掌。孙福停顿了一下，接着说："被错判的这五年徒刑，至今想起来我也不后悔，因为这两件国宝完好无损，全须全尾儿地保护了下来。我今天在集体婚礼的这个好日子口儿，把国宝带来了，请诸位掌眼。"

孙福说着话，小心翼翼地从书包里掏出了宋代汝窑天青釉洗，交给小凤儿拿着，又掏出了明代成化斗彩鸡缸杯拿在手里，他俩走下舞台，挨桌让大家观看。人们都稀罕地睁大了眼，不错眼珠儿地仔细观瞧。转了一圈，孙福又回到台上，他大声说："我虽然花了巨大代价，保护了这两件国宝，可它们不是我孙福的私人财产，明天我就把它们献给国家！"

"好！""孙福好样的！""好小子，孙福！"人们都为孙福鼓掌叫好，孙福激动得满脸通红。

高小燕赶忙走过来说："快把它们包好了吧，千万别摔喽。"

坐在台下的嘉宾，区政府的郭区长也很感慨，他对坐在身边的金老爷子说："这个孙福变化还真大呀，就像您说的，是'渐悟'了。"

金老爷子说："年轻人在人生的道路上，总会遇到一些沟沟坎坎的，很多人是在碰了一鼻子灰以后，才会明白人生的真谛。就拿今天这五对儿新婚夫妇来说吧，至少有三对儿夫妻都是有着'渐悟'的经历过程。"

"是吗？除了孙福还有谁呀？"郭区长感兴趣地问。

"您就拿常小虎来说吧，那场运动开始后，是一个热情极高的大学生，对自己母亲遭受诬陷，他分不清是非，甚至要断绝母子关系。可是后来，事实教育了他，以至于他主动照顾进了学习班的沈教授，这里就有一个'渐悟'的转变过程。"

"您说得很有道理。"郭区长点了点头。

"再说秦玉吧，这孩子从小娇生惯养，从来没吃过苦。上山下乡去了农村以后，也是不好好干农活，偷懒耍滑、偷鸡摸狗的。可是生活的磨难，让他明白了一个简单的道理：不干活不流汗，就吃不上饭。一个吊儿郎当的小伙子，最后竟然下煤窑挖煤，受了那么大的苦累也心甘情愿，这里面不就是有一个对生活、对家庭的认识，以及对作为丈夫和父亲责任的认识，这就是一个'渐悟'的过程呀。"

"是呀，其实作为一个人是如此，往大了说，一个国家和一个民族，在前进的过程中，对正确道路的选择，也是在不断地探索，也有一个'渐悟'的过程呀。"

郭区长和金老爷子把"渐悟"这个话题谈得很深入。

高小燕再次回到舞台上，说："下面一项议程：宣读贺信。"

这次太原会馆大院举行的集体婚礼动静闹得比较大，远在广东外贸部门工作的杨明和小娅两口子都知道了这件大喜事，特地写来贺信。他们两口子大学毕业以后就结婚了，第二年生了个宝贝儿子，孩子刚过满月，他们就把儿子交给徐大婶带着，一头扎到了广东，从事进出口贸易的工作。今天杨明发来贺信说："欣闻从小一起光着屁股长大的发小们都结婚了，特别高兴。时光过得真快，转眼大家都成家立业了。我们祝哥儿几个，新婚幸福美满，生活越来越好。"

远在香港开旅游商品公司的大龙也发来了贺信。他说："现在咱们国家已经改革开放，人民生活水平也提高了，估计你们很快就能来香港旅游了。哥儿几个，携家带口来香港玩儿吧，我给你们当导游，保你们玩儿个痛快。"

集体婚礼的最后一项议程是领导讲话。郭区长代表区政府向五对儿新人表示了祝贺，他最后特别表扬了孙福，号召大家向他学习。孙福乐得都找不着北了，在喜宴上，他又喝高了。

第二十二章

一九七八年末，党的十一届三中全会召开了，提出了把全党的工作重点转移到经济建设上来，吹响了改革开放的号角。人们开始下海经商了。太原会馆大院，最先忙活的就得算大龙。他本人是印尼华侨，二十年前，年仅十八岁的大龙就是巴厘岛百货公司和大饭店的双料总经理。小伙子懂经济，经营管理上有一套，脑瓜子也活泛。在外经贸大学读书期间，宿舍里上铺的哥们儿洪轩就特别崇拜他，把大龙家在巴厘岛的发家史视为传奇，并张罗着有机会以大龙家为原型拍部电影。

洪轩是香港人，父亲在香港经营着自家开的洪氏百货商店。由于老人年事已高体弱多病有些力不从心，经常催着洪轩来接手商店的管理。偏偏洪轩对经营上不开窍，也不感兴趣。小伙子是个电影迷，幻想着将来去拍电影，当个影星、导演什么的。他和大龙大学毕业以后就分开了，大龙在国内一个经济管理部门当个科员，洪轩回香港接手了父亲的差事，成了洪氏百货商店的老板。

要说洪老先生把百货商店交给儿子打理也真是看走了眼，洪轩开百货商店，那真是麻袋做龙袍，不是这块料。他的兴趣压根儿就不在经商上，在洪轩手上洪氏百货商店越来越走下坡路，已经到了关门倒闭的地步。没办法，洪轩给大龙写了封信，他想把洪氏百货商店卖给大龙，自己得到笔钱，好一心一意地去拍电影，干自己想干的事儿。

大龙收到信后动心了，香港当时经济很发达，已经是亚洲四小龙之首了，它对年轻人很有吸引力。大龙觉得洪轩的请求，对自己来说是进入香港经商难得的机遇。国家已经改革开放了，自己本人又是华侨，能得到政策的扶持，进入香港经商，不会有什么阻碍。问题的关键是，要买下洪轩家的百货商店需要一大笔资金，这钱从哪儿来？

大龙想到了自己家在巴厘岛的产业，自己的父母都是印尼华侨，他们在印尼打拼了几十年，创办了巴厘岛百货公司和大饭店，成了当地华侨首富。一九六〇年大龙的父母先后悲惨离世，大龙在印尼生活不下去了，他安葬了父母，被迫把家产托付给了印尼本地的姑娘、自己的妻子优莉，便搭乘中国政府派出的撤侨船只回了国。由于印尼当时的政治环境，印尼与中国的邮路基本上中断了，大龙曾多次给优莉寄信，都没有回复。后来中国又开展了运动，人们对有海外关系谈虎色变，都躲得远远的，为了避免惹祸上身，大龙没办法，只能放弃与优莉的联系，这一晃已经有二十年了。妻子怎么样啊？家产保住了没有？这一切都是未知数，大龙虽然忧心如焚，可是干着急一点儿办法也没有。现在自己手头急需一笔钱，即便自己在印尼有着丰厚的家产，也是远水解不了近渴呀。

大龙愁眉紧锁，一个人在大院里来回走溜儿。这时秦老板正巧推着自行车从外面回来，看到大龙心急火燎的样子，问他："孩子，遇上什么事儿啦，给你急成这个样啊？"

"哟，是大伯呀，您老挺好的？"

"我挺好，你怎么样啊，有什么难事儿吗？"

"也没什么大事儿，倒是有件好事儿，需要点儿头寸，只是我这手头不宽裕，让我这着急上火的。"

"哦，是为了这呀。大龙啊，上我家吧，咱爷儿俩好好聊聊你的事儿。"

"行嘞，让您费心了。"

大龙跟着秦老板进了家门。秋萍一看大龙来了，赶紧张罗沏茶，问道："大龙，你爷爷奶奶身体怎么样啊？"

"婶，让您惦记着，我爷爷奶奶挺硬朗的，每天不少吃不少喝的。"

"老人今年有八十多了吧？"

"可不是吗，我爷爷下个月就八十三了，我奶奶也八十一了。"

"真好。这两位老寿星在咱们太原会馆大院算是最年长的了，说了归齐还是你和二龙照顾得好呀。"

"是呀，我们哥儿俩这些年没少为他们操心，只是我以后去了香港，照顾爷爷奶奶的事儿，就要靠二龙他们两口子了。"

"你要去香港？"秦老板听后吃了一惊。

"现在还只是个打算，不知道能不能去成呢。"

"到底是怎么档子事儿呀，你跟我说说。"

"是这么回事儿……"大龙接着就把洪轩信里提到的事儿说了一遍。

"哦，这可是个好机会呀，大龙你想好了吧，就去香港了？"

"我是想去，只不过是罗锅子上山，一时半会儿筹不来钱呀，我就为这事儿着急呢。"

"我明白了，大龙你先坐会儿，我这就来。"

秦老板说完话转身进了里屋，工夫不大，他手里拿着个纸包出来了。他打开了纸包，里面是一个存折，他对大龙说："这存折上的钱能够保你盘下香港的铺面，你拿走吧。"

"大伯，这是您的钱，我不能要。"

"不，这是你父亲的钱。当年我从巴厘岛回国时，你父亲趁着我喝高了偷偷地把这笔钱塞进了我的行李箱。这么多年来，甭管家里多难，我一个子儿都没动它，就想着用这笔钱来帮助你们家。现在正好，你用这笔钱像你爸爸当年在巴厘岛一样，在香港干一番大事业吧。"

大龙很感动，说："大伯，这些钱是您当年帮着我爸妈在巴厘岛打拼的辛苦钱，是您劳动所得，我不能要这个钱，要不然我爸妈在天上也不会答应的。"

"孩子，大伯老了，没有什么花大钱的地方了。再说了，我有退休工资，你看我这家里头不愁吃不愁穿的，日子过得去，花不上这笔钱。你今天等着钱用，就拿去使吧，正好把钱用在刀刃儿上，这是多好的事儿呀。好孩子，不许跟大伯客气。"

大龙说："大伯，当初我爸妈在巴厘岛创业时就得到了您鼎力相助，今天您又帮着我，我们龙家父一辈子一辈，两代人都受您的恩惠，我可怎么谢您呀？"

"咱两家还用说谢吗？再说了，当年我受汉奸牛旅长迫害，亡命天涯。在走投无路的时候，是你爸爸帮着我去了巴厘岛，才逃过了这一劫。要不是你爸爸出手相救，我哪能活到今天呀，芒种兄弟对我有救命之恩。要说谢，我还得谢谢你们家才对呀。"

"大伯，咱们谁也不客气，这钱我要了，但不白要，您用这笔钱入股，享受分红待遇。等我的商店开张了，年年给您分红。您只有答应这个要求，我才敢要这钱。要不然，说死了我也不要这笔钱。"

秦老板见大龙把话说到这个份上了，点了点头说："好吧，就依你。孩子，带上这笔钱，大展身手吧。大伯我祝你成功！"

大龙的困难迎刃而解了，他给洪轩回了封信，让他把出售洪氏百货商店的文件准备好，自己很快就过去，与他签收购协议。接着大龙回单位辞了职，又去公安部门办理好了去香港的手续，机票也买了，可以说万事俱备，就等着出发了。临行前，大龙去秦老板家辞行。秦老板很高兴，他让秋萍下厨做了一桌子好菜，为大龙饯行。席间秦老板说："当年抗战胜利后，我在巴厘岛听说汉奸牛旅长和那个坏蛋崔副官一块堆儿被政府镇压了，那个高兴劲儿就别提啦，说什么在巴厘岛也待不下去了，就想着回国看看孩子。"

"这是人之常情呀，大伯，您当时有多少年没和孩子见面了？"

"二十年有余了，你说能不想吗？"

"那可不是，这搁谁身上也受不了啊。"

"你说这人吧，就是个感情动物。我在巴厘岛的时候想孩子，回到北京久了，我又想你爸妈，总盼着能再和他们见见面，毕竟我们风风雨雨的在一起打拼了十年，谁会想到我和他们这一别竟成了永别。他们两口子为人那么厚道，多好的人性呀，怎么会遇到这场大难呢，两口子那么早就前后脚都走了。听到这个惨信儿对我打击太大了，我难受了小半年儿呀，想起他们我这心里就疼得难受。从那以后，我得了心脏病，这病根儿八成就是那会儿落下的。"

秦老板说到这儿眼睛又湿润了，秋萍赶紧把毛巾递给他，说："老头子，今儿个是给大龙饯行，说点高兴事儿吧，过去的事儿就别提了，回头让大龙也跟着难受算是怎么回事儿呀。"

"好，好，难受的事儿不说了。大龙呀，香港毕竟跟咱们这边儿不太一样。离家这么远，还没人帮着你，大事小情全得靠你自己个儿去处理。你事事处处都要多加点儿小心，遇上什么困难了，就告诉大伯，我会想办法帮助你的。"

"知道了，我会小心办事儿的。"

"你爷爷奶奶那边尽管放心，除了二龙两口子照顾他们，我们也会搭把手的，我让你秋萍婶平日里常过去看看老人，需要我们帮什么忙，一句话的事儿。"

"大伯，我在这儿先谢谢您和婶，您二老也上了年纪，就甭费心了，您心脏不太好，千万要保重身体，这一大家子都指望着您呢。"

"大龙，你把铺面盘下来准备干点儿什么呀？"

"大伯，不是有句话说嘛，生意做熟不做生。我还是干老本行，百货生意呗。我那个同学家在香港开的商店原来就是个百货商店，我接手不会有什么弄不懂的业务。他们家的商店之所以经营不景气，除了洪轩不上心，我估摸着经营品种上可能也比较单一。我打算过去后先搞市场营销调研，把准市场定位，看看周边的消费人群是些什么档次，什么商品滞销，哪些商品适销对路，哪些商品供不应求，有针对性地供货，我想一定能打开局面，也就能赚到钱了。"

"毕竟是大学本科毕业，所学专业与你干的事业正对路。再加上你原来在巴厘岛就是百货公司的经理，有理论知识也有实践经验，脑瓜子里有玩意儿，把香港的百货商店经营好，我看不是问题。我想说一点，你爸妈原来在巴厘岛开的商场和大饭店里都贴着八个大字，那是你们家的经营法宝，大龙，你还想得起来是哪八个字吗？"

"'以诚取信，以信取胜。'这我怎么能忘呢？我肯定会照着这八个字的要求去做，以我们诚恳的服务态度和优质的服务质量，赢得消费者信赖，创出好声誉，买卖就好干了。"

"说得好！孩子，你这么干错不了。"

大龙从秦老板家出来，收拾好行李，第二天早上就坐飞机走了。当航班在香港启德国际机场落地后，大龙走下了飞机，他兴奋地环顾四周，不由得感叹道："香港，我来了！美丽的维多利亚海湾，你将是我实现梦想的新起点！"

大龙踌躇满志地走出机场，洪轩的身影出现了，跟在他身旁的有几个香港姑娘，为首的那位姑娘手里捧着鲜花。洪轩和大龙热烈拥抱，他随后向大龙介绍道："这几位姑娘是咱们商店的管理人员，这位是门店的欧阳红经理。她们都是自发地来接你的。"

欧阳红赶紧把鲜花献给了大龙，客气地说："欢迎龙先生，请您多多关照。"

大龙彬彬有礼地和每位姑娘握手，说："今后全仰仗各位同仁了。"

大家乘车来到宾馆，大龙把行李放下后，洪轩就带着大龙来到了洪氏百货商店。商店地处铜锣湾，这里是香港的主要商业及娱乐场所集中地。商店有一千多平方米，二十几位员工。大龙围着商店四周看了看，感叹道："地势不错，是个热门的铺面呀。"

"谁说不是呢，有好几家老板要买这间铺子，我都没答应。谁让咱俩是同窗好友呢，我把这块肥肉就给你留着了。怎么样大龙，兄弟够意思吧？！"

"真是我的好兄弟！"大龙高兴地搂着洪轩的肩膀，两个人进了商店。

今天商店没有营业，全体员工都在店里面静静地坐着，他们在等着欢迎新老板。在商店的墙上挂着一条横幅，上面写着"签约仪式"几个大字。

大龙刚进门，员工们全都起立鼓掌。大龙有些不好意思，他问洪轩："今天就签约呀，你用不用再考虑一下，这可是个不错的地界儿呀，你卖了它不心疼吗？"

"龙兄，我的心思你又不是不知道，我已经和一位导演签了意向书，我是编剧、制片人兼男一号，将来影片拍出来，我会赚不少钱的，比开个百货商店刺激，你说我不把它卖掉，哪有钱拍电影呀。"

"明白了。看来是人各有志呀，我祝你将来片子大卖，也祝你胜利进军电影界。那咱们就签约吧。"

洪轩还请了个报社记者，在签约仪式上这通拍照，大龙不太适应，他问洪轩："有必要搞这么大排场吗？"

"当然有必要了。龙兄，我这是在给你打广告呀，明天报纸头条就会登出一条新闻：'中国龙收购洪氏百货'，并配上咱们签约的照片，在香港会引起轰动的，为龙兄你今后打拼开个好头嘛。"

大龙点了点头说："谢谢兄弟用心良苦啊。"

签约仪式结束后，洪轩和大龙握手告别。洪轩抬起头最后看了看洪氏百货商店，一种不舍的表情在脸上浮现了出来，他自言自语道："走了，以后这里就剩下回忆啦。"

洪轩眼睛湿润了，他咬着下嘴唇，扭头走了出去。

大龙看着洪轩的背影，心头也涌起了一层酸楚，不由得轻轻叹了口气。这时欧阳红说话了："龙老板，请您训话吧，大家都等着洗耳恭听。"

大龙掏出手绢擦了擦眼睛，迅速梳理了一下思路，面对全体员工，他说："各位员工，我初来乍到，对这里的情况还不是太熟悉，在座的各位，不吝赐教。下面我想开个座谈会，给各位出道题：以前我们这家商店经营上都有哪些问题。请大家畅所欲言，和我说说。"

门店经理欧阳红说："咱们商店天天都要走流水，必须要有足够的进货资金。可是老板洪轩先生平时从不关心经营情况，他好长时间不到店里看看，一来就从店里提钱，他总是说急着用钱，把我们准备进货的钱都提走了，好卖的商品我们没钱进货，只剩下一些不好卖不赚钱的大路货，摆在货架上充门面，商店能不亏损吗？"

老员工黄阿大说："以前洪轩的父亲洪老先生做老板的时候，对商店和店员都特别关心，洪老先生几乎每天都来商店看看，缺什么货、进什么货他心里都明白，对我们店员也特别关照，谁家里遇上事，他都出手相帮，他就像我们自家的老人，对我们可好了。自打换了洪轩当老板以后，一切都变了。"

大龙认真做着记录，听到这里他向大家摆了摆手说："咱们不要把问题都推到洪轩身上，看看我们商店自身还有什么问题。"

店员周小姐说："以前铜锣湾就数咱们家百货商店最大、货最全，买卖挺好做的。可是这两年附近先后开了三家百货商店，跟我们形成了竞争，买卖一下就不好做了。"

大龙认真地点了点头，说："周小姐的话说到点子上了，看来我们这家商店要想生存下去，再卖过去那些商品是不行了。"

"那我们今后经营什么商品呀？"周小姐兴奋地问道。

"这个你不用着急，咱们老板肯定胸有成竹了。"欧阳红用信赖的目光看着大龙说。

"是呀，龙老板，我们听洪老板说，您十八岁就是巴厘岛百货公司和大饭店的总经理了，特别有本事，我们都盼着您来呢。"周小姐说。

大龙笑了笑，说："你们甭听洪轩瞎吹我，那都是些过去的事了。感谢大家提供这些宝贵意见，今后具体经营什么，我还要再认真考虑考虑。现在有个初步打算，在这里跟大家说说。大家先放两天假，请各位回去想一想，今后还愿不愿意在这里谋职，不愿意干就甭来了，要想继续干，就要有个思想准备，我们的商店管理会比以前严格，经营时间也会变成全天候，二十四小时开门营业，员工三班倒，每个人的工作量会比以前提高一些。当然，工资也会相应增加。另外，请把你们的衣服尺码报上来，我要给大家做新工作服，咱们统一着装，以新的精神面貌开门营业。"

座谈会开得很好，大龙把百货商店当前存在的主要问题搞清楚了，员工们对今后在他领导下工作也充满了期待。晚上，大龙吃完了晚饭回到宾馆，他躺在床上陷入了深思。

他感到洪氏百货商店优势和劣势都是非常明显的，就优势来说，商店位置好，地处铜锣湾中心，客流量大，潜在购买能力强。而且商店营业面积也不小，具有很大的发展空间。就劣势来说，商店经营品种单一，都是日常的百货用品，商品利润低，再加上周边又新开了三家百货商店，竞争压力极大，给我们的经营逼上了绝境。怪不得洪轩急着出手他家的百货商店，肯定是同行们都不看好它，洪轩怕砸在手里，才以低价卖给我。我现在该怎么办呢？大龙感到很无助，他走到阳台上，抬头看着星空，喃喃说道："爸，妈，您二老在天上帮帮儿子吧，让我在香港续写咱们家在巴厘岛的辉煌。"

大龙不由得想起了自己家在巴厘岛创业的往事……

大龙父亲龙芒种，原本是山西晋中地区一个普通的庄稼汉，是个老实巴交勤劳本分的小伙子。他与同村的小兰姑娘青梅竹马，彼此深爱着，在贫苦的生活中也能得到甜蜜爱情的慰藉。

时光回到了二十世纪二十年代初的时候，中国大地上军阀混战民不聊生。天灾、人祸，害得农民苦不堪言，龙芒种一家在晋中实在是熬不下去了，为了活命，全家人选择外出逃难。他们逃到北京后，龙芒种在舅姥爷举荐下去了南洋，在巴厘岛一家小饭馆打工。

芒种很快就适应了。由于是苦出身，年轻力壮，工作特别勤快。他刚开始的工作就是饭馆勤杂工，洗碗、扫地、擦桌子、倒垃圾，什么活都干。晚上睡觉前，他还要给老板打洗脚水。老板生病了，他还主动去端水喂药，把老板伺候得舒舒服服的，饭馆卫生也搞得干干净净。凭着这种认真、勤快和吃苦耐劳的精神，芒种赢得了老板的信任。

有一天老板对芒种说："芒种呀，你从明天起上灶，跟师傅学点儿手艺吧。"

"好啊，谢谢老板。"

芒种边学边干，不到半年的工夫，他已经掌握了几十种菜肴的烹饪方法，可以独当一面了。

芒种在巴厘岛埋头苦干，心里非常惦记自己的父母和未婚妻小兰。他抽工夫向老板请了婚假，带着自己一年多舍不得吃舍不得穿攒下的工钱回北平了，他在太原会馆大院和小兰成了亲。

新婚过后，芒种告别了父母，带着媳妇一块儿回到了巴厘岛，继续干着饭馆的差事。媳妇小兰也没闲着，她在芒种饭馆旁边儿租下了一间小门脸儿，开起了缝纫铺。

大龙还记得小时候家里很穷困，爸爸妈妈带着他挤在饭馆后面的一间小平房里住。这里既是他们的卧室，又是饭馆的仓库。各种鱼、虾、肉和蔬菜堆了半间屋子。晚上睡觉的时候，鱼虾散发出来的腥臭味，不仅窜鼻子，还招来了蚊蝇骚扰，闹得大龙难以入睡。

爸爸妈妈心疼他，在他睡下后，轮流着守在他的床边为他扇着扇子。大龙夜里下地撒尿时，看到爸爸坐在他的床边闭着眼低着头，鼻子里发着鼾声，手里还在不停地摇着扇子为他驱赶蚊蝇。大龙心里不落忍，就轻轻把扇子从爸爸手里抽了出来，又拿了一件外衣给爸爸盖在身上，这才上床接着睡觉。

第二天早上大龙一觉醒来，爸爸不在他身边了，妈妈接替了爸爸坐在他的身边，继续在摇动着那把扇子。大龙心里纳闷，轻轻推醒了妈妈问："妈妈，昨天夜里是爸爸坐在我床边的，怎么天一亮就变成了您？我是不是在做梦啊？"

"儿子，你不是做梦。你爸爸一大早就要上班卖早餐，是妈妈接替了爸爸。"

"妈妈，爸爸上班多累呀，我看他坐着都睡着了。以后你们不用给我扇扇子了，我睡得可香了。"

"乖儿子，这么小就知道心疼爸爸，真是个好孩子！"

大龙心疼爸爸妈妈，每天晚上都让他们先上床睡觉，看着他们睡着了自己才上床。可是到了夜里爸爸妈妈依旧轮流着为大龙扇着扇子，从小扇到大。后来家里条件改善了，买得起蚊帐和电风扇了，爸爸妈妈手里的扇子才停了下来。

转眼十几年过去了，随着芒种的舅姥爷和他在巴厘岛的合伙人相继过世，这家小饭馆的所有权转到了龙芒种的名下，才算有了自己的产业，夫妻俩更加精心，靠着诚实守信的精神和热情周到的服务，买卖越做越红火。二十年以后，芒种的小饭馆变成了富丽堂皇的大饭店，媳妇小兰开的缝纫铺，变成了巴厘岛上数一数二的大百货商场。当年逃难的山西农民一家人，凭着自己勤劳的双手在美丽的巴厘岛上，实现了淘金的梦想，过上了幸福美满的生活。小兰在婚后第二年生下了大龙，新中国成立后，她又有了二龙。

大龙清楚地记得，爸妈在巴厘岛发了家，心里始终没有忘记自己的祖国。在大龙十岁的时候，新中国成立了。有一天爸爸双手捧着一张折叠的大纸高高兴兴地回到了家里，他把那张大纸打开放在桌子上冲着妈妈说："孩子他妈，你们娘儿俩过来看看，我带回来什么好东西了？"

"爸爸，这好像是张图吧？"大龙抢着说。

"孩子，这是中国地图，是咱们祖国的地图。"

"你怎么弄到的？"妈妈高兴地说。

"今天有一个中国大陆来的朋友在咱们家饭店吃饭。他夸赞咱们做的中国菜地道，口味醇正，非要见见我这个老板。当他知道我是华侨，家就住在北京的时候特别激动，他亲切地握着我的手说：'中国现在变化可大了，抽空回祖国看看吧。'临走时，他从书包里拿出了这张中国地图，送给了我。"

"太好了！"大龙和妈妈仔细地看着地图。

"爸爸，在这张地图上能看到北京吗？能找到爷爷奶奶住的地方吗？"

"孩子，这个红五角星就是咱们的北京，爷爷奶奶就住在这里。等你长大了，一定要回北京去看爷爷奶奶，他们可想你这个大孙子了。"

"孩子他爸，我也特想家呀！就把这张中国地图挂在墙上吧，想家的时候，我就看看。"

"好的。我还要找人把中国地图画下来挂在饭店的大堂里，让来吃饭的中国人，都能看到自己的祖国。"

爸爸花了很多钱，请人按照中国地图的样子，放大装裱成一面墙那么大的图，挂在饭店大堂的墙上，客人们一进大门就能看到。很多印尼的华人，就冲着这张中国地图，大老远地赶过来吃饭。一些头发花白的老华侨，在这张地图前驻足良久，含着热泪看着自己的祖国。离开的时候，他们都会给祖国深深鞠上一躬。

妈妈为此特地给大龙做了一身儿新衣服，在上衣的前胸上，用针线绣出了一个中国地图的图案。大龙穿着这件衣服上学，引来了同学们羡慕的眼光。

长大后，衣服小得不能穿了，妈妈就把它洗得干干净净叠得平平整整的，放在了箱子里。六〇年大龙回国时，很多好衣服都带不走了，唯独带上了这件衣服，他是带上了爸爸妈妈想念祖国的一颗心回家呀。

大龙想着想着不由得两行热泪流了下来，他猛然醒悟到，这里不是印尼，是香港，这里是中国的土地，香港市民都是中国人，我主打中国特色商品一定会受欢迎的。今后就以经营中国旅游商品为主，打开经营局面，让商店起死回生。想到这儿，大龙高兴地冲着天上说："爸，妈，我有辙了。"

一个月以后，洪氏百货商店彻底改头换面，店名改成"大龙旅游商品公司"，店内正面墙上挂着一张巨幅的中国地图，两边各贴着四个大字，右边是"以诚取信"，左边是"以信取胜"。店员全换上了崭新的工作服，女员工穿的是大红色的中国旗袍，男员工穿的是紫红色的唐装。一个个分外精神，特别抓人眼球。

大龙为什么要选择中国旗袍作为女店员的工作服呢，这里面蕴含着他对妻子优莉深深的思念。大龙记得当年他第一次看优莉穿旗袍真是太美了……

当时优莉一家人到大龙家的饭店吃饭，大龙的妈妈为这个未来的儿媳妇特意做了一件旗袍，妈妈对优莉说："我按照你的尺寸给你做了件旗袍，送给你。你试试看，合身儿不合身儿呀？"

大龙的母亲打开提包，拿出了一件大红色的真丝旗袍。

"哇，太漂亮了！"优莉高兴地叫了起来，他们全家都被这件精美的旗袍震惊了。

"隔壁房间没人，孩子你去屋里穿上，让我看看合不合身儿。"

"谢谢夫人！"

优莉欢快地接过旗袍，进了隔壁的屋子。两分钟后，当优莉穿着旗袍款款地从屋里走出来时，在场所有的人全惊呆了。精美的旗袍穿在身上，让优莉那修长的身材，性感的曲线，完美地表现了出来。展现在人们面前的，已经不是一个印尼姑娘，而是一个地地道道的中国古代大美人儿了。

大龙目不转睛地看着优莉，喃喃说："沉鱼落雁，闭月羞花呀！"

"大龙哥，你说我是什么？能给我解释一下吗？"

优莉无知的问话，让大龙羞红了脸。他赶紧掩饰着："我，我不是说你，我是说该上菜了。"

大人们都听明白了大龙的话，不由得为他那笨拙的回答笑了起来。优莉的父亲罗琅先生笑着说："女儿呀，你真得好好学学中国文化了。要不然人家夸你，你都听不出来，还蒙在鼓里呢。"

"是吗，大龙哥，刚才你说什么鱼呀雁了的，是在夸我呀？我像动物吗？"

优莉傻乎乎的问话，让在场的人都笑翻了。大龙幽默地说："你像好看的动物呀。"

"那你像什么动物啊？"

"我当然像难看的动物了，比如说大狗熊、大笨象，是不是呀？"

"你太丑化自己了！要依我看呀，大龙哥，你也像那些鱼呀雁了的，只不过你是只大男雁，我是只小女雁。"

往日的回忆历历在目，大龙对旗袍是情有独钟，因此他要用旗袍作为女员工的工作服，同时让唐装作为男员工的工作服，让他们穿上最传统的中国服装，向世人展示中国文化。

商店里原来摆放的日用百货商品全部撤掉，换成了旅游商品。其中有旅游食品、轻工业品、纺织工业品、手工业品、工艺美术品、文物、土特产、旅游纪念品等。其中许多商品驰名中外，如技艺精湛的工艺美术品、独具一格的金石字画、文房四宝，以及丝绸刺绣、文物古玩、名贵的中药材，反映传统特色的日用小商品和纪念品。可以说是琳琅满目，应有尽有。

商店大门两侧的橱窗，大龙也进行了精心安排，他知道世界各地的游客来香港，总想买一些香港特色的纪念品。因此他在商店门口左边的橱窗里摆满了香港旅游纪念商品，这里面有各种各样的毛绒挂件和小摆件，而香港特产珍珠，码放在了中心位置。香港珍珠除了是一种贵重的装饰品外，也是一种珍贵的药材。游客在商店门口第一眼就看到了他们想买的纪念品，自然就要进商店选购。

商店门口右边的橱窗里摆放着北京传统的旅游商品，这里面摆放了泥塑脸谱，这是北京人的骄傲，也是具有鲜明特色的中国符号，透过这个橱窗，人们可以看到原汁原味的老北京特色。还摆放了绒制品，包括小孩帽子上红彤彤的毛绒装饰品、妇女头上戴的绒花、小壁挂和盆景。还摆放了栩栩如生的毛猴，这是一种三四厘米高的工艺品，浑身布满密密麻麻的棕色或白色的细绒毛，通体有些透明，乍一看，还以为是真毛猴儿的标本，其实，它只是一种供人们玩赏的精巧手工艺品。此外，橱窗里还摆放了绢花绢人、拨浪鼓、风筝、空竹等商品。

橱窗的中心摆放着太原会馆大院杨世春老爷子和儿子杨明爷儿俩亲手捏的面人儿，有刘备、关羽、张飞、福禄寿、八仙、嫦娥、哪吒、唐僧师徒、杨家将、水浒英雄、金陵十二钗、白毛女以及黄继光、董存瑞等解放军英雄形象的造型。每一件作品均精美至极，游客们在橱窗前拥挤不动，看不够，爱不够，一股脑儿地涌进商店，点名要买橱窗里的面人儿。

这可让大龙为难了，这些面人儿只是展品，库房里没有存货。这是大龙在来香港之前，特地跑到杨明家，借了人家收藏的面人儿精品。杨明本人还不知道这件事，他和媳妇小娅现如今在广州工作，大龙是向杨明的父亲杨世春老爷子张口借的。他对老爷子说："杨大爷，我要去香港开百货商店了，柜橱窗里没的摆，想借您和杨明哥捏的面人儿摆上一阵子，用不了半年就给您还回来。"

杨老爷子挺开通，说："你开家商店不易呀，应该帮一把。我们爷儿俩捏的这些玩意儿你拿去摆着吧，留神别摔喽，一年半载的还回来就成。"

大龙本想拿这些面人儿在橱窗里摆上一阵子，就给杨明家还回去。现在看着它这么受顾客欢迎，职业的本能让他看到了商机，立即往广州打了长途电话。他在电话里对杨明说："杨明哥，报告您个好消息，我在香港开的旅游商品公司成立啦，您知道顾客最喜欢什么商品吗，就是您和杨大爷捏的面人儿。"

"什么，你拿我们家的面人儿到香港卖去啦？"

"准确地说只是展出，顾客特别喜欢，纷纷预约登记，要买你们爷儿俩捏的面人。"

"我捏的这些面人儿，都是随便捏着玩儿的，艺术水平一般，拿不出手的。"

大龙笑了，说："这样精美的面人儿作品还说拿不出手，哥哥您可太自谦了。我是个外行，评价不了您面人儿作品的艺术价值，咱们让市场说话，顾客中藏龙卧虎，有懂行的，你们家的面人儿作品这么受欢迎，就说明问题了。"

杨明说："我现在工作很忙，抽不出工夫再捏面人儿，可能帮不上你呀，抱歉啦。"

"我知道您忙，不麻烦您，杨大爷在家闲着有时间呀，我想请老爷子出山，给我们捏些面人儿，我拿到香港来卖，您看行吗？"

"只要老爷子乐意，我没意见。"

"得嘞，杨明哥，要的就是您这句话。过几天我就回太原会馆大院，跟杨老爷子把这事敲定，要是老爷子愿意，还可以请他来香港，在我们商店里现场表演捏面人儿，肯定红火。"

"好啊，兄弟恭喜你发大财！"

大龙和杨明商量妥当了，他又马不停蹄回了太原会馆大院。大龙跟杨老爷子一说，人家没二话，带着捏面人儿的原料和家伙什儿就上香港来了。

大龙开的旅游商品公司一炮打响，第一个月就迎来了开门红，之后营业收入如同芝麻开花节节高。大龙心里的高兴劲儿就甭说了，这个胸怀大志的年轻人站在自家商店的门前，环顾左右，心里又有了更大的抱负。

第二十三章

　　时光如流水，一转眼三个月过去了，大龙是旗开得胜，赚了个盆满钵满。晚上回到宾馆，他开了瓶红酒，切了点儿肉肠，自斟自饮，心情好不爽快。

　　一阵海风吹动了窗帘，大龙站起身推开阳台门向外眺望，顿时感到心旷神怡，只见天空群星璀璨，幽静而深远；海面轮船穿梭，灯光点点；城市霓虹闪烁，万家灯火。香港，好一派大都市风光！

　　大龙看着天上的星星，耳边响起了那首动听的印尼歌曲《星星索》……

　　"呜喂，风儿呀吹动我的船帆，船儿呀随风荡漾，送我到日夜思念的地方。姑娘呀我要和你见面，向你诉说心里的思念……"

　　大龙记得当年他把这首优美的歌曲，唱给心上人优莉姑娘听的时候，曾让她如醉如痴，热泪盈眶，情不自禁地合唱了起来："呜喂，风儿呀吹动我的船帆，船儿呀随风荡漾，送我到日夜思念的地方。情郎呀我要和你见面，向你诉说心里的思念……"

　　在晴朗的夜空里，在寂静的大海边，他们优美的歌声传得很远，很远。歌词里那情真意切的含义，在两个恋人的心里埋得很深，很深。

　　休息日，大龙带着优莉爬上了巴厘岛的阿贡火山。白天他们参拜火山上著名的百沙基母庙，夜晚他们在山坡上支起帐篷，点燃了篝火。大龙在火堆上烤起了美味的串烧印尼沙茶，优莉则摆上了啤酒和咖啡。

　　两个年轻人围着篝火欢快地唱歌跳舞，品尝着美味佳肴。大龙说："亲爱的，你是我见过的最温柔善良也最美丽的印尼姑娘，我太喜欢你了！"

"大龙哥，你也是我见过的最棒的小伙子，我也非常非常爱你！"

"亲爱的，你想到咱们的以后了吗？"

"当然想到了，我和你一起搭建咱们爱情的小窝呗。"说到这儿优莉脸红了。

"是的，要搭建好我们的爱巢。再往后呢，你想到了吗？"

优莉轻轻摇了摇头，撒娇地说："大龙哥，我听你的。"

"我们还要有更高的志向，更大的追求啊。"

"要有什么志向和追求呀？"

此时天将拂晓，东方现出了鱼肚白。大龙指着天边最明亮的那颗星星对优莉说："你看到了吗，它就是金星。清晨出现在东方时它叫启明星，傍晚出现时它叫长庚星。在我们中国的古典神话里又叫它太白金星。"

"噢，它有这么多好听的名字呢，它有什么特殊的地方吗？"优莉睁大了双眼，好奇地看着大龙。

"金星是在日出前和日落后能看到的最亮的星星，我们的一生也要像它一样，发出最明亮的光芒！"

优莉认真地点点头，若有所思地说："我明白你的意思了，我们年轻人要干出成绩来，要做得最棒最好！大龙哥，我说得对吗？"

"对呀。我们就是要有所作为，靠自己的努力开创出一片新天地来。"

"说得真好，我支持你！没想到这颗金星给了你这么大的启示呀。"

"是的，你看金星那么的明亮，日夜不息闪耀着光芒。亲爱的，等我们结婚以后有了第一个孩子，不论是男孩还是女孩，名字就叫金星。你同意吗？"

大龙的话一出口，优莉姑娘羞红了脸。她赶紧把手里的串烧沙茶塞到了大龙的嘴里，"咯咯咯"地笑着跑开了。

大龙急忙起身，没两步就追上了优莉。他将优莉搂在了怀里，认真地问道："我给孩子起的名字，你同意吗？"

优莉双手搂着大龙的脖子，把嘴凑到了他的耳边，一字一顿地说："我——同——意！"

大龙激动得紧紧抱住了优莉，两张炽热的嘴唇吻到了一起。

山顶上这美好浪漫的一夜，深深印在了两个恋人的心里。大龙回来后，就去首饰店打造了纪念品。在优莉生日这天，大龙把它拿了出来。

优莉打开首饰盒，一条精美的项链展现了出来。项链坠是用纯金打造的两颗相连的心，下面连着一个金光闪闪的小金星。优莉读懂了这里面的含义，深情地亲吻了项链，她对大龙说："这个小金星就是我们的……"

优莉脸红了，不好意思再说下去了。大龙笑了笑说："亲爱的，他是我们爱情的结晶。"

"大龙哥，我非常喜欢你的礼物，给我戴上吧。"

大龙高兴地把项链戴在了优莉的脖子上，说："优莉，你真漂亮！"

……往事的回忆，好像都是昨天发生的事。自己和心爱的妻子优莉分开已经二十年了，她如今怎么样，生活得好不好？大龙都急切盼望着找到答案。大龙遥望着南方的星空，大声呼喊着："优莉我想你！"

喊着喊着，大龙伤心地哭了。夜里做梦，他满脑子都是优莉的影子在眼前晃动，大龙伸手去抓，优莉笑嘻嘻地跑开了，大龙拼命追呀，追呀，直到天亮了他也没追上，睁开眼一看，枕巾都让泪水和汗水打湿了。

大龙看了看手表可是不早了，他知道今天店里要来几拨旅游团参观，自己要亲自接待，他麻利儿地洗漱完毕，连早饭也顾不上吃，就赶到店里来了。

欧阳红经理迎上前来说："龙老板，早上好。"

"早上好。旅游团来了吗？"

"快了，今天来的都是东南亚的旅游团。"

大龙听后愣了一下，随后说："有印尼的游客你告诉我，我亲自接待。"

"知道了，老板。"

十点钟过后，旅游团陆续来了。在印尼旅游团里有位年过花甲的老者，两鬓斑白，面颊清瘦，鼻梁上架着一副金丝眼镜，手里拄着根精致的拐杖，透着副儒雅的气质。他站在商店门前抬头看了看商店的招牌，不由得念出了声："大龙旅游商品公司。"

老人愣住了，嘴里叨咕着："大龙，大龙，这是他吗？太巧了吧。"

这时欧阳红经理走上来热情地说："老先生，您是印尼旅游团的吗？您听得懂我的话吗？"

"我会说汉语。"

"那可太好了，您请进吧，一会儿我们老板会亲自陪同您参观的。"

欧阳红搀扶着老人进了商店。迎面墙上挂着的那幅巨大的中国地图，两边墙上的八个大字"以诚取信，以信取胜"，立刻吸引住了老人的目光，他凝神观瞧，不住地点头说："是，是，是龙家开店的风格，这下对上号了。"

老人激动得流了泪，他扭头对欧阳红说："请问你们的老板是叫大龙吗？"

"是呀，老先生您认识他呀？"

"快，快把龙先生请过来，我要见他。"老先生说罢，摘下眼镜，一个劲地擦着眼角流出的泪水。

欧阳红不知道这是什么情况，赶紧说："好的，老先生，您别着急，我这就把老板请来，您先坐这儿歇会儿。"

欧阳红给老人搬了把椅子，请他歇歇脚儿，自己赶忙朝老板办公室跑去。

大龙刚沏上茶，坐在椅子上打开了销售报表，正在仔细观看。这时欧阳红经理气喘吁吁地跑来了，急切地说："老板，有一位印尼老先生好像认识你，听到你的名字他就哭了，要马上见到你。"

"什么，印尼的老先生？"大龙吃惊地站了起来。

"是的。"

"快带我去见他。"

大龙跟着欧阳红一溜烟儿地跑了过来。走到老人的面前，大龙注目观看，似曾相识，毕竟过了二十年，人的变化太大了，没认出来。大龙正在迟疑，老人却先认出了他，颤颤巍巍地站了起来，带着哭腔说道："大龙啊，你不认识我啦，我是优莉的爸爸。"

"是您呀岳父，我可找到您了！"大龙咕咚就给岳父跪下了，抱着老人的大腿呜呜地哭了。

老人边哭边伸手搀大龙，欧阳红赶紧帮着把大龙搀了起来，大龙又和岳父紧紧地拥抱在一起，爷儿俩是抱头痛哭。过了好一会儿，两个人才平静了下来，大龙说："您上我办公室坐吧，咱爷儿俩好好聊聊。"

来到办公室，大龙给岳父沏上茶，问道："您老身体怎么样啊？"

"你不是都看到了吗，挺好的。"

"我岳母怎么样啊？"

"她也挺好的。"

大龙眼里含着泪问道："优，优莉还好吗？"

"很好呀，她把你们家的商场和饭店都经营得可好了。她一直在等着你。"

听到这句话，大龙的眼泪哗哗地往下流。

岳父说："大龙啊，你还不知道吧，你当爸爸了。优莉给你生了个漂亮女儿，名字叫金星。"

"是吗，我有女儿啦？"大龙开心地笑了。

"金星今年十九岁，已经是个大姑娘了，她在印尼航空公司上班，是个空姐，每两个星期从印尼飞一次香港。你要想见她，买下个航班的机票就能见到她。"

大龙听岳父这么一说，幸福得都不知道说什么好了，他回过头跟欧阳红说："快，给我买下个星期去印尼的机票。我要和亲人们团聚。"

晚上，大龙在香港大饭店设宴招待岳父。席间爷儿俩聊的话题全是优莉，那些刻骨铭心的往事又说了起来——

一九六〇年，大龙登上中国政府撤侨的轮船时，与妻子难舍难离的心情达到了极点，他记得在中国大使馆同志的帮助下，他终于与优莉通上了电话，当时他说："每年到中国清明节的时候，请你代替我去给爸爸妈妈扫墓，代我尽孝吧，拜托啦！"

"……"电话那边没有了声音，传来的是优莉悲伤的哭泣声。

"放……心……吧。"优莉哽咽地答应着。

"我回到祖国会给你写信的。"

"你把地址给我写清楚，我一定要回信的。"

"好了，不多说了，别人等着打电话呢。再见了，亲爱的，我永远爱你！"

"我也爱你！你一定要回来呀，我永远等着你！！"

大龙听得出，优莉是用了最大的声音喊出来的，他心酸地哭了，握着话筒的手久久不愿意松开。

"呜！"随着一声沉闷的汽笛声，轮船缓缓驶离了码头。大龙站在船舷边使劲地寻找着，他多么希望能从送别的人群里看到妻子美丽的脸庞。没找到，大龙有些沮丧。

忽然间，一个小亮点儿晃了他的眼，大龙顺势望去，是优莉！只见她手里拿着大龙做的那个小五角星，正在用力向大龙晃动着。大龙激动万分，他顺手摘下了船上挂着的五星红旗，拼命向优莉挥动着。

船，渐渐远去。岸上的小亮点儿一直在闪，在闪……船上的小红旗一直在挥，在挥……

大龙人回到了北京，心留在了巴厘岛。他深情地怀念着慈祥的父亲和母亲，日夜思念着结发妻子优莉。经常是流泪到深夜，即便是睡着了，也时常哭醒。

在优莉这边，日子过得很不容易。她按照大龙的嘱托，好不容易保住了饭店和百货商场，自己把全部的精力都放在了经营和管理上。可是，阿里·查这个人一天到晚地纠缠她。

阿里·查是优莉的父亲罗琅先生的学生，当年罗琅在学校当高中老师的时候与阿里·查有过三年的师生情。当阿里·查看到罗老师有个貌美如花的女儿以后，就动上了心思。他先是通过自己家里的人脉关系，想方设法让罗老师当上了校长，之后便把自己为罗老师的晋升所做的努力巧妙地让罗老师知道。罗琅感念阿里·查为自己做出的努力，对他总是另眼相看，时常把他请到家里来做客，阿里·查就此有了接近优莉的机会。可是优莉自打见了阿里·查的第一面开始，就对他华而不实阔少爷的那套做派看不惯，因此一直对他没有好印象。

这次阿里·查从美国留学回来以后，顺利地在政府部门里谋得了一个很不错的职位。他的工作权限正管大龙家的企业。

当大龙回国时，处在当时印尼政府特殊政策下，不得不把家产转到妻子的名下，否则就会被印尼政府没收了。妻子优莉是印尼本地人，大龙和优莉是秘密结的婚，外人不知道，连罗琅夫妇也被蒙在鼓里，因此把家产转到优莉名下是安全的。

优莉拿着相关材料去办理股份转让手续的时候正巧让阿里·查看到了。他觉得机会难得，一定要好好利用一下。他让下属以"材料不全"为由，把她拒之门外。就在优莉急得不知如何是好的时候，阿里·查出现了，热情地将她让到了自己的办公室，给她倒了杯咖啡，说："优莉小姐找我有事吗？"

"我不是找你，我是到这里办事来了。"

"可这里归我管呀。"

"是吗？那可太好了，我这儿有个很着急的事要办，你能给帮帮忙吗？"

"没问题，只要是优莉小姐交办的事情，我一定尽力。"

优莉把材料拿了出来交给了阿里·查。他随便翻阅了一下材料问道："这个大龙是谁呀？"

"是我丈夫。"

"什么？你再说一遍。"

优莉发现说走了嘴，大龙在走之前给她的信里特地嘱咐说："对外千万别挑明咱俩的关系，否则股份转让就不行了。"

优莉想起了大龙的话，急出了一身汗，赶紧改口说："我说错了，大龙不是我丈夫，他是我男朋友。"

"吓了我一跳，优莉小姐，不带这样开玩笑的。大龙现在上哪儿了？"

"他回国了。"

"那可太好了！"阿里·查高兴地脱口而出。

优莉冷冷地瞪了他一眼。阿里·查发现自己失态了，马上又严肃了起来。他说："按照规定转让股份的协议，要当事人双方到场办理。"

"可大龙已经回国了，现在回不来。这里有他的签字还不行吗？"

阿里·查一听大龙回不来了，内心一阵欢喜。他控制住自己的情绪，平静地说："就一个签字，连个印章都没有，谁知道这个签字是真是假呀？最起码也得有当事人大龙写的一份委托书才行呀。"

"那怎么办呀？别说是委托书了，就是他到了中国以后马上再回来办股份转让手续也来不及了。"

"为什么呢？"

"法院给规定的时间就十天，现在就剩三天了，这可怎么办呀？"优莉急得直要哭。

"优莉小姐别着急，我为你想想办法。你看这样成不成，我先给你把股份转让手续办了，但是你必须答应我两个条件才行。"

"什么条件，你说吧。"

"第一，你不能和大龙结婚，否则这份转让协议就是假的，我们随时可以宣布作废。第二，我破例为你办理股份转让手续是担了很大风险的，我希望优莉小姐要报答我。"

"当然要报答，办完这件事我请你吃饭。"

"优莉小姐又开玩笑了，一顿饭有什么呀，我没吃过饭吗？"

"那你要我怎么报答？"

"我要你做我的女朋友。"

"这个……"优莉为难了。不答应他吧，大龙家的股份转让协议就肯定办不成了。答应他吧，自己绝对是违心的。思前想后，优莉觉得先把股份转让协议手续办完了再说，就是把自己豁出去了，也要保住大龙家的产业。

想到这儿，她爽快地说："女朋友还早了点，我们还需要互相了解一段时间才行呀。我们先做好朋友吧。"

"也行，我有信心赢得优莉小姐的芳心。"

优莉终于把股份转让协议手续办妥了，大龙家的产业保住了。

阿里·查利用自己手里的权力，帮了优莉一个大忙后，他觉得有恩于优莉家了，越发得寸进尺。他变着花样地亲近优莉，不是送花，就是约优莉吃饭、跳舞、游泳。优莉虽然从心里讨厌阿里·查，表面上还得逢场作戏，尽量与他周旋。每当他说出暧昧的语言或做出轻浮过分的举动时，聪明的优莉都巧妙地避开了。

一晃三个多月过去了，阿里·查按捺不住了。他每天看着楚楚动人的优莉姑娘在自己的眼前晃动，虽然是触手可得，但总是功亏一篑。他就像一个馋猫似的，急得抓耳挠腮。

这一天他终于等不及了，打电话约优莉到宾馆见面。优莉准时过来了，她穿了一身素雅的长款衣裙，把自己包裹得严严实实的，生怕自己性感的曲线引起阿里·查的非分之想。即使这样，由于天生丽质，优莉依然是光彩照人。

进屋以后，阿里·查急忙把房间的门上了锁。优莉见状立刻从椅子上站了起来，走到窗边推开了窗子。

"优莉小姐，你坐到窗边干什么呀，那里多危险呀！"

"这里空气好，我喜欢坐在这里。你锁门干什么呀？"

"我有重要的话对你说。"

"你说吧，我听着。"

"那好吧，我说了。我，我想今天就和你结婚。"

"做梦！"

"那你让我等到什么时候？我的忍耐是有限的。"阿里·查把眼睛瞪了起来。

优莉沉思了片刻，眼睛一亮，想明白了。她轻松地说："三个月以后再说吧，到时我答复你。"

"为什么要等三个月？我等不了！"

"等不了就算了。现在，要么你开门让我走，要么我从这个窗口跳下去。"

"别跳！千万别跳，它有五层高啊，跳下去会没命的。好吧，我答应你，等你三个月。优莉小姐，三个月以后你肯定答应我对吧？"

"等我的好消息吧。"

"那好吧，你可不许骗我！"

"我有一个条件，你必须要做到才行。"

"什么条件呀？你说说吧。"

"三个月之内，你不许打扰我，不能跟我见面，否则，我绝不理你了！"

"好吧，我答应你，我全答应！我相信优莉小姐是不会让我失望的！"

"再见。"

"再见，再见！"

阿查·查没有识破优莉的计策，点头哈腰地把她送出了宾馆，并信守约定，三个月内真没有骚扰优莉。

三个月后的一天晚上，阿里·查迫不及待地给优莉打电话："我的小姐，你知道今天是什么日子吗？"

"对不起，阿里·查先生，我净顾着忙了，真把今天是什么日子忘了。"

"你这个小宝贝儿啊，就是太粗心了。这么重要的日子你都给忘啦？人家可苦苦等你三个月啦，你和我的约定没忘吧？"

"噢，这个约定没忘，我记着呢。阿里·查先生，谢谢你信守承诺，三个月里没有打扰我。"

"那你就快来吧，我都等不及了。我盼着听到你的好消息呢！"

"好的，我现在就去你那里吧。"

"太棒了！我的小心肝儿呀，我就等着你这句话呢！"

"一会儿见！"优莉爽快地答应了阿里·查，对于见面的时间和地点，没有提出任何异议，起身就来了。

阿里·查早有准备，他这次约会优莉在宾馆见面，楼层由五层换到了地下一层。他想得很周全，心说了，地下一层，别说跳楼了，你跑都没处跑！进了屋，你就是我的了。一不做二不休，先把你占有了再说！

"哈哈哈……"放下电话，阿里·查放浪地淫笑着。

他赶紧换上了睡衣，还一个劲往腮帮子上喷香水。又赶忙跑到浴室，把浴盆放满水，他要跟优莉来个鸳鸯浴。他等这一天，已经心急火燎地等了半年多了。

门铃声响了。阿里·查双手使劲一拍说："嘿！我的宝贝儿呀，你可来了！"

门打开以后，优莉头还没进来，肚子先进来了。这时的优莉比三个月前胖了两圈儿，脸色红润，大腹便便，分明是一个身怀六甲的孕妇了，老保姆在旁边搀扶着她。

阿里·查见状惊呆了，他往后退两步，一屁股坐到了床上，傻愣愣地看着优莉说："你，你，你怎么变成了这样？"

"这不很正常吗？我结婚了，就会怀孕的。"

"你什么时候结婚的，我怎么不知道？"

"半年前，我丈夫大龙回国之前，我们就结婚了。"

"那你还骗我，让我三个月后等你的好消息？"

"我没有骗你呀，这不是让你等到我怀孕的好消息了吗？！"

"你为什么三个月前不说？"

"当时孩子还小，不知道落得住落不住，所以不好说。再说了，当时告诉你，你信吗？你肯定会说我编瞎话骗你的！"

"我被你耍了！"阿里·查气得捶胸顿足。

优莉轻轻走过来，一只手扶在他的肩上，亲昵地对他说："阿里·查大哥，你不要想不开了。你还这么年轻，又有这么好的工作，你肯定能找到一个好姑娘的。我已经有了丈夫，我的心全属于大龙了。你就是非要和我成亲，咱们两个同床异梦，生活会幸福吗？"

优莉通情达理的一番话语，让阿里·查平静了下来。这时优莉从包里拿出了一个信封说："阿里·查大哥，感谢你半年前帮我继承了我丈夫的家产。我这里有百分之十的股份要送给你，如果你接受的话，你就是我们董事会的一个大股东了，每年你都会得到丰厚的分红回报的。"

阿里·查惭愧得羞红了脸，他抬起头不好意思地看着优莉说："没想到优莉小姐办事这么周全，太佩服你了。"

"这么说你同意做我们公司的股东了？"

阿里·查点了点头，不自然地伸出了手，与优莉的手握在了一起。

优莉高兴地说："谢谢你的支持！我们合作愉快，希望我们成为好朋友！"

"一定会的！"

优莉巧妙地处理了一场感情危机，保住了自己的家庭，也保住了大龙家的产业。数月后，优莉足月儿产下了一个跟自己一样漂亮的女婴，她给孩子取名叫金星。

大龙听岳父说到这儿，激动的泪水又流了下来。他问道："当您和我岳母知道优莉怀孕的时候生她的气了吗？"

罗琅有些尴尬地说："怎么会不生气呢？你也知道我当时一门心思想让优莉嫁给阿里·查，最担心你们俩先斩后奏，生米做成熟饭，所以才千方百计限制你们俩来往。现在细想想我当时做得是有些不近人情，大龙，对不起了。"

罗琅站起身要给大龙鞠躬，大龙赶紧扶住了岳父，说："使不得，千万使不得。其实我们当时先斩后奏做得也很过分，我还得求您原谅呢。"

大龙站起身给岳父鞠了一躬。

罗琅说："没想到你们俩胆子真不小，愣这么干了。知道优莉怀孕后把我气坏了，非逼着她去打胎。后来优莉和她妈妈一起给我跪下了，很长时间不起来，我心软了同意优莉把孩子生下来，前提是要送孤儿院，不答应这个条件，马上就去打胎。我当时是把话说死了，她们娘儿俩没办法只好答应了。"

"看来优莉跟她妈妈给您使了缓兵之计呀。"大龙开心地说。

"当时我们父女关系闹得很僵，听老保姆说，优莉下了决心，要是把孩子送孤儿院，她就去庙里出家。我当时还跟她斗气，爷儿俩谁也不退让。等金星一生出来情况就变了，小姑娘漂亮极了，一双大眼睛水汪汪的，小脸蛋儿又白又嫩，特别可爱，长得很像她妈妈，活脱脱的就是小优莉呀。我当时心就软了，毕竟这是亲外孙女，血浓于水呀，哪还舍得送孤儿院呢。金星就在我们身边长大了，她是家里的小公主，天真活泼，招人喜欢，我们老两口从外孙女身上享受到了天伦之乐，晚年生活很幸福啊。"

大龙激动地听着，脸上洋溢着幸福的笑容。他问岳父："老保姆还好吗？"

"走了三年啦。你回国以后，优莉没忘了你的嘱咐，把无儿无女的老保姆留在了我们家，还和金星一起照顾她，直到她离开人世。老保姆走之前还想你呢，她说你是个好孩子，求我把你接回家来。"

大龙说："老保姆在我们家几十年，我出生后她就来了。她勤勤恳恳，热心地照顾我们全家人，从早忙到晚，做在前头，吃在后头，真是特别好的老人，我们都把她当成了亲人。"

"是呀，优莉也很尊重她。"

大龙说："您知道吗，在我爸爸妈妈去世后，我难过得喝醉了酒，老保姆就像妈妈一样守护在我的身边，守了两天两夜，不断地用凉毛巾敷我的脸，一声声呼唤着我的名字，终于让我清醒了过来，她还帮我联系上了优莉。那段时间多亏有了她的帮助，我才顺利回了国。在国内我时常地想念她，还打算有机会把老保姆接到中国来养老，没想到再也见不到面了。"

"老保姆临终前说：'我没有亲人，老板和夫人待我如亲人，他们故去了，我死后要和他们在一起，陪在亲人的身边。'我们尊重她的遗嘱，把老保姆安葬在了你父母的墓旁。"

大龙说："这样很好，以后我给父母扫墓，同时也给老保姆扫墓，他们在地下团聚，是很好的归宿。"

第二十四章

　　欧阳红经理第二天就给大龙买好了去巴厘岛的机票，办妥了相关的手续。大龙把商店的经营安排好以后，就开始了他的寻亲之旅。

　　大龙去巴厘岛的机票是头等舱，宽敞又舒服。他坐下后，整理了一下领带，拿出小梳子对着镜子梳理头发，心想第一次与女儿见面，要给她个好印象，老爸还是蛮帅的嘛。忙活完了，他就开始寻找女儿金星。他看了看在头等舱服务的空姐，感觉她有二十几岁的样子，比金星大一些。他又起身到经济舱寻找，这时走过来一位空姐，对他说："先生请回座位，系上安全带，飞机马上就要起飞了。"

　　大龙没理会她说什么，只顾往她脸上看，也不像金星。那位空姐又用英语重复了一遍刚才说的话，大龙这才意识到该回头等舱了。

　　飞机在一阵轰鸣后起飞了。大龙有些失望，心说莫非金星今天休息，不在飞机上？正在胡思乱想时，广播里传来了一个姑娘甜美的声音："各位旅客上午好，欢迎您乘坐印尼鹰航，去巴厘岛旅游度假……"

　　大龙听这声音怎么有些耳熟呢？他觉得这声音跟优莉的声音有点像，听人说母女的声音会遗传的，这是不是女儿金星呢？大龙吃不准，他抑制不住激动的心情，抬起手指按下"求助"的红色按钮，一名空姐立即走到他的身边，问："先生，有什么需要帮助的吗？"

　　"请问，刚才广播里的那个姑娘叫什么名字？"

"她的英文名字叫……"

"不，她有没有中文名字？"大龙不等人家说完，急切地插话。

"有的，金星。"

大龙的眼泪夺眶而出，他哽咽了，说："快，快把她给我请来。"

"好的，稍等。"

五分钟后，一个漂亮姑娘来到了大龙的面前，问道："先生，您是要找我吗？"

大龙已经泪眼模糊了，他掏出手绢擦了擦眼睛，仔细端详，优莉！这分明就是年轻时的优莉呀。大龙再也止不住泪水，任凭它们顺着脸颊一串串地往下流。

"先生，您哪儿不舒服吗？您怎么哭了？"

"孩子，咱们总算见面啦，你知道我是谁吗？"

姑娘疑惑地摇了摇头，说："我不认识您呀？"

大龙手指着姑娘脖子上纯金打造的项链坠，说："你这个项链坠是两颗相连的心，下面连着一个金光闪闪的小金星，你的名字就叫金星，你戴的这个项链坠是不是妈妈送给你的呀？"

"是呀。叔叔您认识我妈妈？"

"你妈妈叫优莉对不对呀？"

"对呀。叔叔您是？"

大龙没急着答话，他摘下自己脖子上的项链，打开了心形的项链坠，那是一个精美的小盒子，自己妻子优莉的美丽照片就镶嵌在里面。大龙把项链坠递给了金星，说："金星呀，这照片上的人你认识吗？"

"这，这是我妈妈。"金星吃惊地看着面前的这个人，她悟出了其中的含义，眼泪从她美丽的脸蛋儿上流了下来。

"女儿呀，我是你的爸爸。"

"爸——爸！"金星一下子扑到大龙的怀里，父女俩抱头痛哭。

金星边哭边说："我从小就问妈妈，我爸爸是谁呀？妈妈说你爸爸是个非常优秀的中国人，他回中国看爷爷奶奶去了。我说怎么老见不到他呀？妈妈说早晚有一天他会回来找咱们的。"

大龙擦了把眼泪说："你妈妈说得对呀，我回来找你们来啦。"

"是呀，您回来了，我就能看见妈妈笑了。"

"你妈妈平时不笑吗？"

"我从小到大很少看见她笑，时常看见她流着泪唱《星星索》，呜喂，风儿呀吹动我的船帆……"

金星说着，轻声哼唱了起来，大龙眼里含着泪跟着一块唱道："姑娘呀我要和你见面，向你诉说心里的思念……"

"爸爸，您是怎么知道我在这儿的？"

"是你外公跟我说的。"

"您见到我外公了？"

"是呀。他参加旅游团去香港玩儿，我们见了面，我才知道宝贝女儿在这架飞机上。孩子，你出生以来，咱父女俩还是头一次见面，今天爸爸给你带来了一件礼物。"

"什么礼物呀？"金星好奇地问。

大龙从行李箱里掏出了一个发旧的笔记本，双手捧到了金星的面前，说："这是一本我写了二十年的日记，里面记录了我对亲人的思念和对你的期盼，你从中能够了解爸爸这些年的心路历程呀。"

金星郑重地接过日记说："我马上就看。爸爸，我不能和您聊太长时间，我还有工作，现在要回到工作岗位上去了，过一会儿我再来看您。"

"快去忙吧孩子。"大龙欣慰地看着女儿的背影，幸福地笑了。

广播里又传来了金星甜美的声音："各位旅客，巴厘岛是咱们这次航班的目的地，下面我给您介绍一下美丽的巴厘岛……"

金星的话，把大龙的思绪带回了他在巴厘岛和优莉一起度过的幸福时光……

记得有一次优莉到家里来玩儿，这个调皮的姑娘非要和大龙玩儿捉迷藏的游戏。大龙为了让她高兴，就用手绢蒙上眼睛在院子里摸了起来。眼看就要摸到优莉的时候，一棵露出地面的大树根绊了大龙一下，他的头磕在大树上破了。

这下把优莉吓坏了，她说："都怨我，是我藏得太深，让你受伤了。大龙哥你别生我的气行吗？"

"看你说的，这跟你没关系。怨就怨这棵树，是它伸脚绊了我一下，看我明天怎么收拾它！"

"对！是要收拾收拾它们了。"

其实大龙只是随口一说，第二天就忘了。而优莉姑娘当真了，她买了很多的花卉，又请花匠把它们全种在了大龙家的院子里。大龙下班回家后，一推院门把他吓了一跳，以为是走错了门。

优莉欢蹦乱跳地从屋里出来了，笑盈盈地说："大龙哥，好看吗？"

"这些好看的花儿都是你买的吗？"

"当然了。所有的空地都种上花啦，你的头再也磕不破啦！"

大龙幸福地笑了。

他又想起了另一件可笑的事儿……

有一天，优莉愁眉苦脸没精打采地找大龙来了。大龙看她难受的样子问道：

"亲爱的，哪儿不舒服吗？"

优莉张开嘴，指了指牙床子说："肿了，嗓子也疼。"

"怎么搞的？"

"昨天大吃了一通串烧沙茶，吃完了就这样了。"

"哎呀，小笨蛋，你这是上火啦。"

"上火？什么叫上火呀？"

"说了你也不懂。我们家有'特效药'，专治你这个病。"

"太好了，快给我吃吧。"

大龙端出了一碗豆汁对优莉说："这就是'特效药'，你连喝三天病就好了。这药的味道有点怪，我得帮你捏着鼻子。"

"你这是要灌我吧？看来这药一定挺苦的！"

"良药苦口嘛，你就喝吧，别瞎想了！"

大龙一只手捏住了优莉的鼻子，另一只手端着碗，送到了优莉的嘴边儿。优莉刚喝了一口就尝出味不对来了，本能地想把碗推开。大龙早有准备，他使劲捏着优莉的鼻子不松手。优莉疼得直想叫，嘴被豆汁碗堵着，一股脑儿将豆汁全灌了下去。

优莉喝完恶心得直想吐。她弯着腰，把手指头塞进了嘴里，要把豆汁抠出来。她的那副窘样，让一旁看着的大龙笑弯了腰。他笑着说："太夸张了吧，有那么难喝吗？"

优莉捂着嘴巴说："快扶我去卫生间，我要吐。"

"不能吐！吐了就不灵了！"大龙一声大喊，还真把优莉要吐的感觉镇住了。

优莉傻愣愣地看着大龙问道："大龙哥，你这是什么破药啊，明明是泔水呀。你是不是成心要我难堪，跟我搞恶作剧呀？"

"哪能呢。你刚喝下的叫豆汁，是我们北京的美食。它有三百多年的历史呢，它有养胃、解毒、清火的功效。这豆汁是用绿豆做完粉条剩下的残渣发酵做成的。第一次喝豆汁，那股子泔水气味是难以下咽。你连着喝几次，感受就不同了。很多老北京人喝它都上瘾。"

"噢，是这样啊。"

"对呀，你坚持着别吐，第二天上火的症状就能减轻。连着喝三天豆汁，不仅你的牙床子不肿了，嗓子不疼了，保准儿你还会爱上豆汁的。"

"真的吗？那我就试试吧。"

第二天优莉上火的症状还真减轻了，她乐呵呵地找大龙来了。大龙一看她的表情，心里就有数了，说："怎么样，良药苦口，龙大夫药到病除了吧？"

"大龙哥，真有你的！我喝完那碗臭泔水病情减轻了不少。你们中国真够神的，什么东西都能治病呀？"

"小姐，你换个词行不行呀，治好了你的病，就别管它叫臭泔水啦。记住喽，它叫豆汁。"

"噢，豆汁呀。我今天还能再喝一碗吗？"

"喝一天就上瘾啦？"

优莉调皮地笑了。大龙为了让优莉喜欢喝豆汁，还亲手给她做了可口的小咸菜儿，炸了香脆的焦圈儿，就着豆汁吃。连着喝了几次以后，优莉成了豆汁迷。

大龙又回忆起了他和优莉秘密结婚的那一天。在大龙回国前，优莉的父亲逼着她和大龙分手，在这紧要的时刻，优莉找到了大龙，对他说："咱俩今天把自己的事儿办了吧！"

"办什么事儿呀？"大龙没听懂优莉的话，紧张地问她。

"大龙哥，今晚咱们结婚吧！"优莉的脸通红通红的，可说话的语气很坚决。

"亲爱的，结婚可是个大事呀。不通知双方的父母，咱们自己就办了，是不是太草率啦？"

"现在已经是火烧眉毛了，过几天你就要回中国了，再晚就来不及啦！"优莉看到大龙犹豫不决的样子，心里一阵阵儿起急。

"你爸爸知道了会生气的。"

"管不了那么多了，咱俩先把婚结了再说吧。以后他们知道我是你的人了，就不会逼我嫁给阿里·查了。你们中国不是有一个说法吗，先……什么来着？"

"先斩后奏？"

"对！我就是这个意思。"

"亲爱的，你太勇敢了！你是要木已成舟，米已成炊呀。现在这种特殊的时候，这也是没办法的办法了。我同意你的主意，就这么办了！"

大龙心里一阵感动，他和优莉的心贴到了一起。当时大龙的父母都身患重病躺在医院的病房里，老保姆在旁边守着，家里没别人。

两个年轻人紧张地准备开了，他们把大龙的卧室认真装饰了一番。好在大龙的妈妈为了操办儿子的婚事，把大龙结婚的用品早就备齐了。他们把大红囍字贴在了客厅里，把大龙床上的被子、床单和枕头全换成了新的，又在条案上点燃了红蜡烛。

大龙换上了新郎官穿的长袍马褂，优莉换上了新娘子穿的大红旗袍。大龙把红盖头盖在了优莉的头上，拉着她双双跪在了条案前。

大龙说："爸、妈，儿子不孝，没能等着你们二老参加我们的婚礼，我们就把事儿办了。请你们不要责怪儿子，为我们祝福吧。"

优莉眼里含着泪水轻声说："爸爸、妈妈，女儿今天背着你们把自己嫁了，因为我爱大龙，今生今世跟定他了！请你们体谅女儿的做法吧，我们会幸福的！"

说完话，两个人开始行礼。大龙嘴里喊着："一拜天地，二拜高堂，夫妻对拜，送入洞房。"仪式完毕，大龙抱起了新娘子，进入了洞房。

第二天清晨，大龙早早儿就起来了，他放心不下医院里的父母，想赶紧去看看他们。他抓紧时间做完了早餐，又回到卧室，看着还在沉睡中的妻子，仔细端详了一会儿，无比爱怜地在妻子额头上轻轻亲了一下，说："老婆，早餐做好了，你起来后自己吃吧，我上医院了。"

优莉睁开蒙眬的双眼，冲着大龙妩媚地一笑，双手搂住大龙脖子，撒娇地说："人家还没睡醒呢，老公你再陪陪我好吗？"

新婚燕尔小夫妻正是百般恩爱的甜蜜时刻，大龙看着美丽的妻子真是舍不得离开半步呀。他抱起爱妻一阵热吻后，对她说："老婆，好乖，你再睡会儿吧。我要上医院看看爸妈去，我还要把咱们结婚的喜讯告诉他们呢，他们一高兴，病就会好了！"

"对呀！是要赶快告诉他们，我跟你一块去。"

优莉掀开被子，从床上蹦了下来，一下子扑到了大龙怀里，幸福地亲吻着他。大龙神秘地把新婚之夜用的白手绢拿了出来，在优莉眼前一挥，笑嘻嘻地说："按照我们中国的老理儿，这块手绢应该由新媳妇亲手交给婆婆哟！"

"什么手绢，给我看看。"

优莉抢过了手绢，大大咧咧地打开一看，立刻羞红了脸，嗔怪地说："多不好意思啊，哪有给婆婆看这个的。"

"嘿嘿，这你就说错了。在我们中国，新人结婚以后，第二天婆婆必须要看到这个。这说明你是良家女子，是黄花大闺女呀！"

"还有这么多说法呢，你们中国的讲究可真多。"

小夫妻俩嬉笑着出了家门。

大龙和优莉只做了一天的夫妻，第二天罗琅就把女儿找了回去，软禁在了家里。大龙和优莉被迫分开了，自己的父母又先后去世，大龙带着失去双亲的巨大悲痛和与爱妻分别的伤感回了中国，他和妻子这一别就是二十年。

在大龙陷入对往事的回忆时，金星广播完了，她坐在一边，打开了爸爸的日记本，静静地看了起来——

1960 年 12 月 31 日　星期六

明天就是新年了，我从巴厘岛回到北京已经十个月了。这些天里，爸爸妈妈慈祥的笑容，妻子优莉美丽的脸庞，总在脑子里浮现，几乎每天夜里都会梦见，可是一觉醒来，他们都像浮云一样飘走了。我心里想呀，恨不能马上就和他们见面。但是，不可能了。爸妈已去了遥远的天国，妻子也在大海的南端。我真恨自己没有长着一对翅膀，飞不过去呀。

现在，只有白酒与我做伴儿，正如古人所说："离恨如旨酒，古今饮皆醉。只恐长江水，尽是儿女泪。"

人生的悲欢离合，痛苦至极的生离死别，一朝喝醉就全没有感觉了。我愿长醉不愿醒，酒啊，酒，带我走吧，远离这纷繁的世界，去遥远的天国，寻找我的父母，去大海的南端，寻找我的爱妻！

1970 年 12 月 31 日　星期四

回国已经十年有余了，仍然没有妻子的任何消息。我失望极了，残酷的现实就这么无情地把我们这对恩爱夫妻拆散了。地上的牛郎与天上的织女每年七月七日还能在鹊桥上会面，而我和爱妻已分别十年了，还是后会无期呀！

优莉，我爱你！我永远等着你！！

金星看到这一页日记上洒下了很多泪珠的痕迹，而且最后一句话是用血写的，可见父亲当时有多么痛苦，金星难过地哭了。

在最后一篇日记上，则充满了欢乐的情绪。

1980 年 7 月 6 日　星期天

今天，我高兴得难以自持，二十年的苦海渡过去了，今天看到了彼岸的绿洲。感谢上天还我一个公道，让我知道了爱妻优莉的消息，她还在等着我！感谢优莉给我生下了美丽的小公主——金星。

女儿呀，你是爸妈爱情的结晶，你是我们生命的延续，你代表着我们家美好的未来！

　　我马上就要与爱妻一家人团聚了，激动的心情让我夜不能寐。我站在阳台上，遥望南方，双手合十，祝愿我的爱妻、女儿、岳父岳母幸福快乐，祝福好人一生平安，祝愿我们的好日子天长地久！

　　金星轻轻合上了爸爸的日记本，眼里充满了泪水。她激动地站起身来到头等舱，大龙这时微闭双眼，似乎是睡着了，而嘴角上还留有一丝笑意。金星坐在他的身边，仔细端详着爸爸，眼角已出现了皱纹，满头的青丝中已露出了几根白发，当年帅气的小伙子，现如今已到了不惑之年。爸爸这些年经历了人生的大喜大悲，他活得很不轻松。但是不管生活对他打击有多大，他和妈妈的爱情矢志不渝，金星心里很感动。

　　巴厘岛到了，大龙从睡梦中惊醒，赶紧把行李箱拎在手里，准备下飞机。这时金星走过来对大龙说："爸爸，您下了飞机在贵宾休息室等我一会儿，我和您一起去见妈妈。"

　　"好的，女儿，我等着你。"

　　工夫不大，金星来了，她高兴得就像一只欢快的小鸟，围在爸爸身边又说又笑，大龙看着她的样子，跟当年的优莉简直区分不出来。大龙忍不住说："太像了，真是太像了！"

　　"爸爸，您说什么太像了？"

　　"我说你和妈妈长得太像了。"

　　"哎哟，谁说不是呢。每次我和妈妈一起逛街，人们都以为我们是姐俩呢。那天碰上一位老夫人，她说要不是我比妈妈年轻点，她还以为我们是双胞胎呢。您说多逗啊，有母女双胞胎的吗？"

　　金星发出了银铃般的笑声，大龙也跟着笑了。走出机场，优莉家的司机阿迪师傅已经早早地等候他们了。他是个中国人，为人老实勤快，给优莉家开车十多年了。金星问他："阿迪叔叔，我外公回来了吗？"

　　"还没回来呢，他随着旅游团上北京玩儿去了。"

　　"他跟我妈妈说什么了吗？"

"说了。他给家里来了一份电报，说过几天家里会来一位神秘的客人，跟金星小姐一块回来，让我们做好接待。"

"看来外公是要给你妈妈一个惊喜呀。"大龙兴奋地说。

"没错，外公就是这个意思。阿迪叔叔，我妈现在去哪儿了，她怎么没来接我们呀？"

"董事长参加华侨子弟学校的毕业典礼去了，她说客人来了，就先去咱家的饭店休息吧，她办完事就过来，晚上给客人接风。"

"妈妈想得挺周到的，那就去饭店吧。"

"我看直接去学校吧，我想早一点见到你妈妈。"大龙已经等不及了。

金星理解爸爸此时的心情，说："好吧，直接去学校。"

"孩子，咱们家现在还办了华侨学校？"

"是的。这个学校是咱们家出资兴建的，有两百多学生，每年七月份都有一个班毕业。妈妈是学校的名誉校长，学生毕业，她都要去参加毕业典礼。"

大龙点了点头，说："真好，你妈妈对华人很有感情呀。"

"是呀，妈妈深爱的人就是华人嘛。"

说着话，汽车来到了华侨子弟学校。这里是一处风景秀丽的海湾，学校就坐落在海边茂密的森林里。高大的乔木，茂盛的棕榈树，粗壮的菠萝蜜树，上面结满了果实，它们和旁边一排排凤梨树错落有致地搭配在一起，几乎是遮天蔽日。几栋奇丽的教室巧妙地点缀在其中，它们杏黄色的圆弧屋顶，白色的墙壁，粉红色的门窗，其造型就像一个个彩色的大蘑菇，犹如童话故事里白雪公主和七个小矮人的家园，透着梦幻般的意境。学校的前面是一片细细的白沙滩，上面长着几棵形态优美的椰子树，微风吹来，尽显它们婀娜多姿的身影。远处是蔚蓝色的大海，一阵阵的海风，掀起了一层层白色的浪花，其幽雅的景色如诗如画。

大龙尽情地享受着眼前这人间仙境般的美景，他问金星："把学校建在这里，是谁的主意呀？"

"当然是妈妈的主意了。"

"把校舍建成了这样，也是你妈妈想出来的？"

"这是外公想出来的。他以前一直是校长，想法很独特，他说：'这样的环境设计可以增添学生们的学习兴趣。'妈妈就按他的想法建的学校。"

"确实不错。看到这样的学习环境，我都想坐下来在这里读几年书。在这里学习真能陶冶情操啊。"

金星带着大龙沿着林间的小路走进了学校。由于处在假期，其他班的学生都放假了，只有毕业班的教室里灯光明亮。他们来到教室的外面，悄悄地往屋里观看，大龙一眼就看见了优莉，她的模样与当年没有多大的变化，只是稍微胖了些。她坐在主席台上，举止大方文雅，依然是那么的漂亮。她穿了件大红色的真丝旗袍，大龙认出来了，这是当年妈妈亲手给优莉缝制的，大龙的眼泪夺眶而出，他赶紧捂住了嘴，生怕自己哭出声来。

优莉并没有发现他们，她正在聚精会神听着毕业生代表的发言。最后一个发言的学生说："我今天毕业了，心里特别高兴。非常感谢老师对我的教导，在这个童话般的学校里，我们学到了知识，增长了才干，将来我们要用知识服务社会，用优异的成绩报效我的母校。"

大家热烈鼓掌，接着优莉起身讲话："同学们今天就要毕业了，我舍不得和你们分别。刚才那个同学说要用优异的成绩报效母校，我非常感谢。同时我也希望同学们长大以后要报效祖国。你们都是华侨，都是中国人，希望你们在世界上无论走到哪里也不要忘了自己的祖国，那里的亲人想念你们呀。"

优莉说到这里哽咽了，大龙在屋外听着低声抽泣了起来。哭声惊动了优莉，她紧张地问道："谁在外面？"

金星一听赶紧推开了屋门说："妈妈，是我。"

优莉抹去了眼角的泪水，说："你这个调皮鬼，净搞恶作剧，怎么还在外面装哭啊？"

金星眼圈红了，激动地说："妈妈，不是我装哭，真是有人在哭，您看看他是谁呀？"

大龙泪流满面地走了进来，说："优莉，我回来啦。"

"啊？是你吗，大龙哥！"

优莉哇的一声就哭了出来。

历尽磨难的恩爱夫妻今天终于相见了，巨大的惊喜让他们难以自持，不顾一切地冲上来拥抱在了一起。泪水犹如决了堤的洪水尽情地流啊流……

老师和同学们都吃惊地看着他们俩，不明白这是怎么回事，金星走到台上对大家说："这是我的爸爸妈妈，他们分别了二十年，今天终于相见了。"

大家都热烈鼓掌，向他们表示祝贺。

大龙说："我不是在做梦吧？今天的相见，我梦了千百次。"

"我也是，很多个长夜都是以泪洗面呀。"

大龙久久看着优莉，深情地说："我知道总有一天我们会相见的，这些年来我就靠着这个信念支撑着没有倒下。"

优莉含着泪激动地点了点头，久违的笑容露了出来，特别的甜美。

金星对大家说："咱们这所华侨子弟学校的学生都是中国人，我爸爸也是中国人，我们家就在北京！"

同学们听了都激动地给大龙鼓掌。优莉接着说："同学们，你们知道吗，咱们这所华侨子弟学校，是用我丈夫龙先生的家资兴建的，我们现在请龙先生给学校正式命名。"

大龙迟疑地问优莉："学校不是有名字了吗？"

"那个名字是暂定的，我一直在等着你回来给学校命名，我还要举行命名仪式呢。"优莉说。

大龙低头想了想，说："我看这所华侨子弟学校的名字就叫'华文轩'吧。"

"好听，'华文轩'的校名很有内涵呀。"优莉高兴地说。

金星在一边听着，对同学们说："大家都听见了吧，'华文轩'的校名好听不好听呀？"

"好听！"

同学们异口同声地大声说，教室里爆发出了一阵热烈的掌声。

金星又说："同学们，今天是你们毕业的纪念日，也是我爸爸妈妈相见的好日子，我提议，咱们开个联欢会好不好呀？"

"好！"同学们都鼓掌赞成。

"大家谁先出个节目啊？"

金星这一问，同学们你看看我，我看看你，谁都不吱声了。金星看到要冷场，眼珠一转有主意了。她说："我提议，先让我妈妈给大家表演个节目好不好啊？"

"好！"又是一阵热烈的掌声。

"你这丫头，净出我的丑，我哪里会演节目呀？"优莉瞪了金星一眼说。

大龙这时说话了："优莉，你会跳舞呀，你忘了吗，我爸妈在世的时候，你时常给他们跳印尼舞呢。"

"哎哟，都多少年不跳了，早忘得差不多了。再说了，我都老胳膊老腿了，哪还跳得了呀。"

"你怎么能称老呢，才三十多岁，离老远着呢。优莉跳吧，我也想看看。"大龙恳切地说。

优莉听大龙这么说，不再推辞了，她轻舒长臂，扭动腰身，有节奏地跳了起来。老师和同学们都看呆了，不住地为她的精彩舞姿鼓掌。大龙激动地看着，思绪又回到了从前，似乎爸爸妈妈也在旁边看着，他们那温柔的眼神轻轻落到了优莉的身上，是那么的幸福慈祥。

一支舞跳罢，优莉擦了擦头上的汗珠，说："献丑了，让大家见笑了。"

大龙点了点头，说："真好，跳得好极了。"

金星又说话了："大家说，我妈妈舞蹈跳得好不好啊？"

"好！"同学们齐声说。

"妙不妙啊？"

"妙！"

"再来一个要不要啊？"

"要！"又是一阵更热烈的掌声。

"猴丫头，净折腾你妈干什么，要跳你接着跳吧，我可不跳了。"

金星笑嘻嘻地走上来说："好吧，您先歇会儿。爸爸，下面该您表演了。"

大龙一听，又是摇头又是摆手，说："我可没有文艺细胞，什么也演不了，女儿，你可千万别拿老爸开涮。"

金星俏皮地一撇嘴说："老爸，就别自谦了，我点个节目，不仅您会演，我妈妈也会跟着演，您信不信？"

大龙和优莉同时说道："不信！"

金星这时转过身冲着同学们说："下面请听男女声二重唱，印尼名歌《星星索》。"

金星报出了这首歌曲的名字，大龙和优莉都不说话了。大龙低头想了想，嗽了嗽嗓子，首先唱了起来："呜喂，风儿呀吹动我的船帆，船儿呀随风荡漾，送我到日夜思念的地方。姑娘呀我要和你见面，向你诉说心里的思念……"

　　优莉接着唱道："呜喂，风儿呀吹动我的船帆，船儿呀随风荡漾，送我到日夜思念的地方。情郎呀我要和你见面，向你诉说心里的思念……"

　　他们深情地注视着对方，眼泪不知不觉中流了出来。

第二十五章

　　大龙和优莉这对患难夫妻，挨过了二十年的漫漫长夜，经受了苦苦的等待和揪心的折磨，最终幸福地团圆了。夫妻俩手牵着手，来到了大海边，他们走在细腻松软的沙滩上，看着天边绚丽的晚霞，心情很惬意。大龙说："夕阳多美呀，很多时候白天下了雷阵雨，傍晚云开雾散，晚霞特别灿烂。回想咱们的人生不也是这样吗？虽然老天爷让我们分开了这么多年，终归我们团圆了，今后的人生路一定会像这晚霞一样辉煌。"

　　优莉说："想念和等待的时间太久了，我觉得自己都要变成老太婆了。在这些年里，我时常抱怨自己命苦，你看很多年轻人相识、恋爱、结婚、生子，从始至终爱人都陪伴在身边，是那么的幸福美满，可这些幸福对我来说都只是梦。大龙哥，你知道吗？你不在我身边的这些年里，我经历了多么大的痛苦煎熬呀。"

　　"我听你爸爸说了，有一个叫阿里·查的人给你找了不少的麻烦。"

　　"他还不算什么，我一个人就能对付得了。我遇到的那些麻烦比他大多了。"

　　"是吗，都是什么麻烦呀？"

　　优莉轻轻闭上了眼睛，沉默了片刻之后，平静地说起了那段难忘的经历……

　　大龙的父亲龙芒种是巴厘岛龙氏集团的董事长，大龙是总经理。一九六〇年，龙家遇上了灭顶之灾，在十天之内龙芒种和妻子接连不幸去世，大龙又被迫回国了，他们家的百货公司和大饭店一下子没人管理了，处于群龙无首的境地。虽说优莉按照大龙的嘱托很快将龙氏集团的股份转到了自己的名下，可当时优莉只有十八岁，对企业经营管理一窍不通。

优莉由一个活泼快乐、无忧无虑的年轻姑娘，一下子变成了两大企业的老板，跨度实在太大了。别的不说，就说企业每天给她送来的经营报表，优莉就跟看天书似的，一点儿也看不懂，陪伴在她身边的老保姆也看不懂。优莉急得口舌生疮，眼底出血，人瘦了两圈儿。最后还是老保姆给她出了个主意，她对优莉说："龙老板在世的时候，也不是天天在门店盯着，这两家店里老板都聘用了主管。小姐可以把这两个主管找来，向你解释这些报表的意思，你不就明白了吗？"

"对呀！把他们找来，当我的助手，还有搞不懂的事吗？"

优莉第二天就把两个主管找来了，虚心向他俩求教，不懂就问，不会就学，聪明的优莉，很快就对企业管理了解了个大概齐。使两家企业都没有停摆，继续经营下去了。

这个困难解决了，更大的困难又来了。在当时印尼新政策的影响下，印尼与中国的很多贸易往来被迫中断了，其中纺织品供货也断了，这对大龙家的百货公司来说，影响是巨大的。原来商店里经营的服装、面料、丝绸等商品大部分是从中国进口的，这一下全断货了，不少货架上空空如也，顾客在店里买不到商品，也就不来了，商店顿时门可罗雀，经营亏损的报表报到了优莉的手里。

优莉干瞪眼没辙，企业经营马上就面临恶性循环：商店没货可卖就没有营业收入，一百多口子店员的人吃马喂就没有着落，接下来就是企业亏损，裁员减薪，直到关门倒闭。

百货商场的主管沙斯先生，把要出现的这个可怕的结局跟优莉汇报以后，她脑袋都大了。大龙回国前，优莉曾口口声声向他保证，要保住大龙家的产业，现在刚过了两个月的时间，企业就经营不下去了，这可怎么向大龙交代呀，更对不起离世的公公呀。

优莉整整哭了一宿，第二天是饭不吃茶不饮，全身软弱无力，打不起精神，就跟大病了一场似的。老保姆心疼极了，揪心地看着优莉，想着法安慰她。老保姆说："小姐想开点吧，实在不好干就不干了呗。"

"那怎么成呢，百货公司是龙家打拼了几十年的心血，要是大龙回来看到它倒闭了，会多难受呀。"

"其实大龙早就做了最坏的准备，他走之前对我说：'咱们家饭店、商场里还有几百号员工，他们都靠着我们发工资养家糊口，我们尽量要保住他们的饭碗。阿姨，您告诉优莉，要是饭店和商场能继续开下去，她就是老板，今后就由她说了算。要是开不下去了，我这银行账号里有钱，让优莉全取出来，发给员工，当作安家费吧。'小姐你看，大龙已有打算了，百货商场实在干不下去了，他也不会怨您的。再说了，还有大饭店开着呢，这也挺好嘛。"

优莉听罢，低头想了想，倔强地抬起头说："我是不会认输的，只要还有最后一线希望，我也会拼尽全力干到底。"

优莉的话感动了老保姆，她说："龙老板在世时常说一句话，'天无绝人之路'，我们想办法呗。"

"您说得很对！我也是这么想的。"

老保姆起身给优莉倒了杯茶，脑子一直在努力寻思着，突然她眼睛一亮，说："咱们别坐在家里瞎想了，龙老板在的时候有很多生意上的朋友，找他们帮帮忙好不好？"

"好呀！阿姨您这个办法我看行。"优莉兴奋了，精神头儿也提了起来。

老保姆说："龙老板过去与朋友交往的书信都由我保管，我还留着呢，咱们找出来看看有没有用处好吗？"

"好呀，现在就拿出来看吧。"优莉站起身，搀扶着老保姆上大龙家来了。

大龙家的宅院已经是人去楼空，优莉推开院门，看到地上的鲜花已经枯萎了，杂草乱七八糟长得哪儿都有，映入眼帘的是一片衰败的景象，她伤心地哭了。

老保姆在屋里四处翻找，从书柜下层找到了一个小皮箱，她高兴地对优莉说："小姐你看，就是这个箱子，老板的书信全在里面。"

"快打开箱子。"

优莉如获至宝。其中有一封新加坡林老板的来信，引起了优莉的注意，信中说:"芒种吾兄安好,您的汇款如及时雨,解了弟燃眉之急,目前一切运转均已正常,在此深表谢意!所欠款项含带利息,下半年如数奉还。弟永世铭记兄之教诲:天下华人是一家,兄弟同心,其利断金。今后兄有何事需求,弟当尽心竭力。祝吾兄生意兴隆,大吉大利。一九六〇年元旦,林子华于星洲"。

优莉看了这封信后很惊喜,说:"我公公生前借给这个新加坡林老板一笔钱,他还没有还款呢,我们去新加坡找他要款,顺便请他帮个忙,阿姨您看怎么样?"

"这个林老板我认识,他是咱们老板的至交,常到家里来,他肯定会帮忙的。"

优莉走上来抱住了老保姆,感激地说:"阿姨,多亏有了您呀。"

第二天,优莉就买了去新加坡的船票,老保姆陪着她一起去。在路上两个人都受了不少罪,优莉有孕在身,老保姆上了年纪,刚开船,她俩就都呕吐不止,吃不下饭,睡不着觉。经过两天两夜的海上颠簸,第三天的早上总算到了新加坡。轮船停靠码头后,两个人都没力气下船了,最后在服务生搀扶下才走上了陆地。

优莉仍然觉得天旋地转,站立不稳,她问老保姆:"阿姨,您还晕吗?"

"晕呀,我怎么有一种倒立的感觉呀,好像天在脚底下,我就想躺下。"

"千万别躺下,地上凉,咱们靠着大树坐会儿吧。"

两个人坐在大树底下,闭着眼睛休息了两个多小时。一辆汽车从她们面前疾驰而去,车轮子轧过地上的水坑,脏水溅了她俩一脸,两个人不由得打了个激灵,都睁开了眼。老保姆苦笑着说:"看咱们这副样子,都成泥猴了,这怎么去见林老板呀。"

"是呀,太脏了,咱们先找个旅店住下,洗个澡,吃点东西再去见他。"

优莉虽然怀有身孕,毕竟年轻,她强打着精神搀扶着老保姆走进了旅店。她们洗完澡,没来得及吃东西,躺在床上就睡着了。这几天船上的颠簸把她俩累坏了,她们一觉醒来天都黑了。优莉说:"算了,索性咱们今天就休息吧,好好养养身子,明天再去找林老板。阿姨,您饿不饿呀?"

"怎么会不饿呢,三天没好好吃饭了,肚子饿得直叫唤呢。"

"我也饿了，咱们去找当地的美食吃饱了再说。"

她俩来到牛车水美食街，进了一家饭馆。服务员向她们推荐了当地名菜辣椒螃蟹、海南鸡饭和肉骨茶。老保姆看着菜单悄声对优莉说："小姐，你有孕在身，最好别吃辣椒螃蟹，对胎儿不好。"

"阿姨，这道菜我是给您要的，我吃鸡饭就行了。"

她俩吃得正香呢，有一位中年男子从身边走过，无意间看了她俩一眼，顿时愣住了，他对老保姆说："这位大姐，您是本地人吗？"

老保姆抬头一看认出来了，激动地说："先生，您是林老板吧？"

"是我，您是巴厘岛芒种大哥家的阿姨吧，您上新加坡玩儿来啦？"

老保姆摇了摇头说："我不是来玩的，我和我们家小姐特地来找您的。"

林老板这才注意到优莉，问："这位小姐是？"

优莉站起身礼貌地说："林叔叔好，我是龙老板的儿媳妇优莉。"

"哎哟，敢情是少夫人来了，有失远迎，失敬，失敬。"林老板说着话双手抱拳行礼。

"林叔叔，您怎么也上这儿来了？"

"咳，我是这儿的常客。这牛车水是新加坡的唐人街，这儿的中国菜做得地道，我是华人呀，就好这口儿。不过话说回来，还是你们家巴厘岛大饭店里的中国菜正宗，我每次去都在你们家的饭店里吃饭。"

林老板看优莉和老保姆欲言又止的样子，想起了刚才老保姆说的话，问："刚才听阿姨说少夫人是找我来的？噢，我明白了，是为了那笔款子来的吧？"

优莉不好意思地点了点头。林老板说："那笔款子都准备齐了，本来打算下星期就给芒种大哥汇过去。既然少夫人亲自来了，想必是芒种大哥急等着用钱。好说，明天上午你们来公司吧，我把汇票给你带上，明天中午我给少夫人接风。"

优莉没想到林老板这么爽快，连忙说："谢谢林叔叔。"

"少夫人说这话就远了，咱们两家是什么交情呀，我和芒种大哥认识几十年了，我们是铁哥们儿。"

"林叔叔，我们来新加坡找您不光是为了这笔款，还有事求您帮助。"

"说什么'求'呀，有事您就张嘴，好说，一句话的事儿。今儿个晚了，你们先回宾馆休息，明天上午到我的公司咱们再聊。"

"林叔叔，您在哪儿办公呀？"

"乌节路，星洲批发零售集团总公司。你们到了那儿就能看见，我们公司那座楼最高，上面挂着牌子呢。"

林老板说完话把服务员叫了过来，说："这桌客人的饭钱，记在我账上。"

"好的。林老板您慢走。"

林老板说："您二位慢慢吃，我回去了，明儿见吧。"

看着林老板的背影，优莉感慨地说："我公公交的朋友真义气。"

老保姆说："看来他还不知道龙老板去世了，失去了这么好的朋友他得多难过呀。"

优莉点了点头说："他和我公公不只是朋友了，亲如兄弟呀。我公公走了，他如同失去手足，肯定难过至极。"

第二天上午，优莉和老保姆一进入林老板的办公大楼，他的秘书迎了上来，说："是少夫人吧，林先生让我接你们上去。"

"好的，谢谢你。"

秘书把优莉和老保姆带到会客厅，说："请少夫人在此休息，我们老板今天上午有个会，他稍后就来。"

优莉点头示意后，秘书退了出去。她环视四周，感觉很新奇。这是间典型的中式会客厅，布置得十分古朴典雅。客厅正面是木板壁墙，墙正中挂着中堂字画，它是宋朝夏圭画的一幅江南雪景图。画两侧配着一对条幅，左边的条幅上写着：福禄欢喜长生无极；右边的条幅上写着：仁爱笃厚积善有徵。在木板壁墙的两端立着一对抱柱，柱子上附着一对匾额楹联，左边的匾上写着：善心纳百福应重言行；右边的匾上写着：慈念消千灾胜如香火。

客厅里配置了一整套小叶紫檀家具，分别是木板壁墙前面放着的长条案，条案两边摆着一对清中期的哥釉青花掸瓶，中间是紫檀雕刻的福禄寿三星雕像。条案前是一张八仙方桌，桌子的左右配着太师椅。在客厅的两侧各摆放着两对端庄、大气的四出头官帽椅和茶几，茶几上面是一盘盘新鲜的热带水果。

整个会客厅庄重、高贵，家具、陈设相得益彰，起坐之间自成天地，透着浓浓的中国古典风格，体现着鲜明的东方气派。优莉和老保姆都很新奇，优莉说："林老板不愧是中国商人，这间客厅的中国味太浓啦。"

老保姆说："这屋子里的东西可值钱了。"

两个人正在赞叹的时候，林老板一推门走了进来，他抱歉地说："让少夫人久等了，见谅，见谅。"

"林叔叔别这么客气，我们刚到。"

双方坐下后，不等优莉张口，林老板掏出了一张国际汇票，他说："少夫人请看，这汇票上的日期是上周就填好了的，如果您不来，我这几天就打算给芒种大哥送去。今天您来了，就把它带走吧。"

优莉接过汇票一看，好大的一笔款项，吃惊地问道："有这么多钱？"

"没错，本金和利息全在里面了。少夫人来时芒种大哥没跟您交代吗？"

听到这句问话，优莉的眼泪流了下来，说："我公公婆婆都去世了。"

林老板闻听此言很震惊，问道："这是什么时候发生的事？"

"已经有两个多月了……"

优莉把公公、婆婆的悲惨离世和丈夫大龙被迫回国之事，原原本本向林老板说了一遍。

林老板说："芒种大哥对我就像亲哥哥似的，嘘寒问暖，关怀备至。就拿这次借款来说吧，起因是我们公司竞标收购泰国的一家公司。当时竞争很激烈，好几个国家的买家都瞄上了这家公司，卖方趁机加价，使我们陷入了被动的境地，如果我们不加价，其他国家的买家就会乘虚而入，我们到手的鸭子就飞了，那将使我们公司蒙受巨大的损失。可答应卖方加价的要求，我公司当时头寸紧张，在银行还有欠款，要贷款是不可能了。

"在走投无路的情况下，我给芒种大哥写了封信，求他能否出手相助。没想到他马上就回了信，并派人把汇票送了过来，使我们收购成功。我特别感动的是芒种大哥说的那两句话：'天下华人是一家，兄弟同心，其利断金。'我为有这么一位好大哥而庆幸，谁承想他竟撒手人寰了。大哥，兄弟想你呀！"

林老板说到这儿双手掩面，失声痛哭，优莉和老保姆也跟着落泪。

"龙公子回中国啦？"林老板问。

"是呀，他已经回国两个多月了。"

"这么说来现在龙氏集团就靠少夫人苦撑了？"

"可不是吗，林老板，我们家少夫人还有孕在身呢。"老保姆说。

"哎哟，既如此为何还要坐船来星洲啊，这一路的颠簸，少夫人得受多大罪呀。"

"林叔叔，受几天罪我还能承受得住，就是公司要关张我承受不起呀。"

"这又是为何呀？"

优莉把公司的现状和找林老板的因由说了出来。林老板听罢沉思了片刻，说："这事好办，不就是供货中断了吗？你要的货我公司库房里全有，我明天就让下面的人给你们发货。"

"林叔叔，您这是雪中送炭呀，我都不知道该怎么感谢您了。"

"不用客气，当年你公公对我也是这么做的。以后你们再要货就找星洲集团，我们从中国进货不受限制。我还可以保证，只要是龙氏集团要货，我们不加价，原价发给你们。"

优莉感动得流了泪。

在林老板的鼎力帮助下，优莉有惊无险地渡过了百货公司关张倒闭的难关。优莉本以为可以松口气了，让她想不到的是摁下葫芦起来瓢，龙氏大饭店又出了问题。

问题主要出在饭店主管蒂拉尔先生的身上。他是印尼当地人，在龙氏大饭店做主管也有三四年了。这个人比较自私，他总想利用手里的职权把亲戚和朋友安排到大饭店工作。以前大龙是总经理，饭店用人由大龙说了算，蒂拉尔的小算盘始终没得逞。现在大龙回国了，没人管他了，优莉又不懂业务，并且十分依靠他，蒂拉尔觉得机会来了，他先后把五六个乡下的亲戚安排进饭店当了服务员。为此他无故开除了好几个老员工，弄得饭店的服务员人心惶惶，服务质量明显下降，客人投诉越来越多。

蒂拉尔的所作所为虽然让店员们很愤怒，但是大家看到老板优莉很器重他，他是老板眼里的红人儿，谁还敢惹他呀，店员们都是敢怒不敢言。蒂拉尔一看员工们逆来顺受，就更加大胆地折腾上了。他把自己的弟弟招进饭店厨房当主厨，让原来的中国主厨苏师傅给他弟弟打下手，气得苏师傅撂了挑子，其他几名中国大厨也跟着苏师傅一起走人了。这下饭店的中国菜没人会做，客人们按照饭店菜单上点的中国菜味全不对。客人们炸锅了，点名要找老板出来评理，否则就要告上法庭，说龙氏饭店搞欺诈。

蒂拉尔顶不住了，只得派人把优莉从家里请了来。客人们看到身怀六甲大着肚子，行动很不方便的优莉亲自到场，怒气小了点儿，可仍然举着盘子里的菜让她评理。一位上了年纪的顾客说："我是你们这家饭店的常客，我最爱吃你们家的拿手菜北京烤鸭。可现在你看看这道菜做成什么样了，它根本就不是烤鸭，是只炸鸡，这不是欺骗人嘛！"

优莉接过菜盘一看，真的是只炸鸡，疑惑地问蒂拉尔："是不是把菜送错了？"

"菜没送错，送的就是炸鸡，我跟客人解释说烤鸭不做了，只有炸鸡，我们按炸鸡收费，客人不干，非要吃烤鸭，不行就去告状。没办法了，我才把老板您请来。"

"烤鸭为什么不做啦？"

"苏师傅走了。"

"就算他走了，其他师傅也能做呀。"

"那几个中国厨师都走了。"

"都走了，为什么？"

"可能是嫌薪水低，另谋高就了。"

优莉看了看蒂拉尔，他说话闪烁其词很不自然，优莉心中起疑，决定要亲自调查清楚这件事。面对这位怒气冲冲的老年顾客，她态度诚恳地说："真是不好意思，没让您吃好。今天不收您钱了，我们立刻查找原因恢复原味，过几天请您再来吃烤鸭，口味不对不收费。老先生，您看这样处理行吗？"

"你这么说，我们这气就消了。老板，谢谢你。"

优莉把风波平息后，自己顾不上休息，马上找蒂拉尔谈话，让她失望的是，蒂拉尔东拉西扯，总谈不到点上。优莉有些生气了，说："龙氏大饭店是我公公创办的饭店，中国菜是我们饭店的特色，很多客人就是冲着中国味道来这里吃饭的。你现在把这些全变了，这不是砸我们的招牌吗?！"

"老板，不能怪我，是那些师傅们不干了，才……"

优莉打断了他的话，说："我不管什么原因，一周之内，你必须给我恢复中国风味菜，否则你就别在这里干了。"

优莉说了重话，蒂拉尔吓坏了，不得已去找苏师傅，请他来饭店上班。苏师傅是个脾气耿直的人，他问蒂拉尔："你让我上班，还是给你弟弟打下手吧？"

"也不能这么说，我是看您太累了，让您省点力气，您在一旁指导他不就行了吗？"

"你说得好听，你那个弟弟有什么资格当主厨呀，中国菜他一道都不会做，还流里流气的，平时不正经干活，净和年轻的女服务员打情骂俏，这样的人你让我给他打下手，对不起，我不伺候，另请高明吧。"

蒂拉尔在苏师傅家里碰了一鼻子灰，他不甘心又去找了其他几个厨师，没想到这几个中国厨师特别心齐，谁也不买他的账。眼看着优莉给他的期限就要到了，蒂拉尔没办法，索性称病在家不上班了。

听说蒂拉尔病了，优莉估计他肯定是找不回来那几个中国厨师，才泡病假的。心想他甩手不干了，我不能不干呀，要不然怎么跟客人交代。优莉让老保姆陪着，买了鲜花和水果亲自上苏师傅家来了。

苏师傅没想到老板身子这么不方便，还亲自登门拜访，很受感动。苏师傅也不藏着掖着，把蒂拉尔在饭店的所作所为一股脑儿全说了。优莉听着心里阵阵发紧，眉头皱成了个疙瘩。她没想到，自己这么信任蒂拉尔，把整个饭店都交给他管理，为此还提高了他的薪水，可他却这么的胆大妄为，把饭店搞得一塌糊涂。优莉很生气，说："这个蒂拉尔太不像话了，必须换掉！"

"老板，只要您把蒂拉尔和他弟弟从咱们饭店请出去，我立马儿把那几个中国厨师找回来，我们还像以前一样，该怎么干还怎么干，保证饭菜的质量，让客人没的挑儿。"

"苏师傅，谢谢您的支持，我还想给您增加一项工作，您除了继续干主厨，还兼饭店主管怎么样？"

"哎哟，老板承蒙您抬举，这么看得起我，只是我这个人没那么大本事，我能干好主厨就相当不错了，主管我可干不了，您请别人干吧。"

"我会给您加薪的。"

"谢谢老板，那我也干不了。"

优莉好说歹说，磨破了嘴皮子，苏师傅死活就是不干。优莉没办法，只好亲身兼职饭店主管，每天挺着大肚子准时来饭店上班。这一干就是三个多月，在她临盆的当天，优莉还来上班了。跟在她身边的老保姆突然发现优莉羊水破了，急得大喊大叫，优莉也吓坏了，苏师傅和服务员听到喊声都跑了过来，他急着说："快给老板送医院！"

急救车来了，众人帮着把优莉抬到了担架上，优莉临上车前，一把拉住了车门，回过头对苏师傅说："苏师傅，请您看在我公公龙老先生的分上帮帮我吧，我生育不能上班的这些日子，饭店不能没人管呀！您就把饭店主管的工作兼起来吧，我求您了。"

优莉恳切的话感动了苏师傅，他点了点头，说："老板，我答应了，您就放心吧。"

优莉拽着车门的手这才松开，急救车飞快地开走了……

大龙听优莉说到这儿很感动，说："亲爱的，真难为你了，为了保住龙家的产业，你都把自己豁出去了，我替爸妈谢谢你。"

大龙给优莉深深地鞠了一躬，夫妻俩幸福地相拥，彼此炽热的嘴唇猛烈亲吻着。金星在旁边看着咯咯咯地笑了，大龙和优莉这才意识到女儿在身后看着他们呢，尴尬地分开了，大龙不好意思地对优莉说："咱们急了点，现在还不是时候。"

优莉脸红了，大龙小声说："晚上再说。"

两个人会心地笑了。

大龙问优莉："那个蒂拉尔和他弟弟你是怎么处理的？"

"蒂拉尔的弟弟表现不好，我没留他，他们家的那几个亲戚，表现好的，继续留在饭店当服务员，表现不好的，也给请走了。至于蒂拉尔本人，业务能力还是值得肯定的，最初也帮了我很大的忙，就留下了，只是不在龙氏大饭店干了，被派到了星洲饭店，还干主管。我给他约法三章，特别规定不许把自己的亲戚拉进星洲饭店工作，否则就给我走人。他吸取了教训，干得还不错。"

"星洲饭店？咱们家在新加坡也开饭店了？"

"是的。一九六〇年你回国以后，我一下子成了两家企业的老板，刚开始很不适应，没办法，边干边学吧，我集中精力学习企业管理知识，学着当好老板。当时的想法就是千方百计要保住龙家的产业，绝不能让它们垮掉。五年以后，我熟悉了业务，也积累了一些管理经验，就试着把企业往大了发展，在新加坡林老板的帮助下开了星洲饭店，餐饮和住宿都有，三千多平方米的营业面积，一百多间客房，三个风味餐厅和娱乐厅，年赢利两百多万。"

"优莉你太能干了。"大龙钦佩地竖起了大拇指。

"还不止这些，在第二个十年里，咱们家在雅加达、泰国曼谷和马来西亚吉隆坡各开了一家酒店。现在咱们龙氏集团旗下，已经有五家酒店，可以说是名副其实的跨国酒店集团了。"

大龙很吃惊，说："亲爱的，你真有魄力，我自愧不如啊。你今后还有什么打算呀？"

"咱们家还投资建设了华侨子弟学校，我想今后继续把它办好。"

"我赞成。亲爱的，你对龙氏集团的发展，还有什么想法吗？"

优莉看了看面前的大海，说："我打算开一家旅行社，利用咱们家的饭店资源，把旅游业搞起来。"

"这个想法很好。旅行社成立后，以巴厘岛、雅加达为依托，开展新、马、泰、香港等地十日游，这条线路一定很受游客喜欢。将来发展起来了，我们还可以形成北京、上海、广州的中国游，欧洲、美国、南美、非洲、澳大利亚的洲际游，把咱家的旅行社办成国际级的大旅行社。"

"大龙哥，你的魄力也不小呀！"

大龙摆了摆手，说："我是受了你的启发。亲爱的，你比当年那个无忧无虑的小姑娘可是有了天大的变化呀，现在成了女企业家了，真是士别三日，当刮目相看呀。"

"大龙哥，我知道中国有一个说法，将门出……什么来着？"

"将门出虎子。"

"那是指的你。还有一个说法是'强将手下无弱兵'，这应该是说我了吧？"

"完全正确！"大龙说完，两个人都笑了。

"亲爱的，你抓紧把手里的事情安排一下，下个月我带你回北京。"

"你带我回北京？这可是我梦里的愿望呀。"优莉欣喜地说。

"咱们结婚二十年了，你还没去过我们北京的家，这是多大的缺憾呀，何况我爷爷、奶奶还健在，他们一直盼着见见你这个孙媳妇呢。从今天起，我们要把所有的缺憾都补齐喽！"

"太好了！去北京，见爷爷、奶奶，梦想就要实现了，好幸福啊！"

优莉欢快地跑进大海，两只手拍打着浪花，大龙看着她的背影，心想当年的优莉又回来了。他走上前，拍了拍优莉的肩膀，两个人幸福地依偎在了一起。金星在后边拿起相机偷偷给他们拍了照，把这幸福的一瞬，定格成了永恒。

第二十六章

　　优莉原本是个柔弱害羞的女孩子，磨难使她养成了坚强的性格，无论是在龙氏集团董事长的位子上，还是与国外企业集团的业务谈判中，她都表现出了女强人的形象，以至于公司里的员工对她都是毕恭毕敬的。当大龙回到她的身边后，优莉变了，自然地又回归了原来的本性，成了一个乖巧的小女人。

　　说来也是，优莉和大龙相识时只有十六岁，还是个天真活泼的女孩子，在随后两年的相恋之中，她对大龙很依赖，整天小鸟依人地黏着他。后来形势突变，大龙要回国了，优莉勇敢地做出了决定，和亲爱的人秘密完婚，当时她才十八岁，根本没有做好思想准备就为人妻了。她与大龙婚后仅生活了一天，就遭到父亲的棒打鸳鸯，活生生地把他俩拆散了，而优莉已然怀孕，还是在没有准备下又为人母了。今天面对自己丈夫的突然回来，优莉依旧没有准备，对大龙的情感一下子又回到了二十年前的状态，充满了激情和新鲜感，有大龙在身边，她把自己变回了小女人。

　　大龙也如是，当年与优莉爱得如胶似漆、死去活来的。这个美丽的姑娘给他的印象太完美了，虽说和她只做了一天夫妻，而妻子的温柔和性感让他惊喜和满足，在心里打下了深深的烙印，长久以来挥之不去。今天与妻子团圆了，他感觉优莉比二十年前更丰满也更有女人味儿了。自己心中压抑了很久的激情像脱缰的野马，放纵不羁；像壶口瀑布，汹涌澎湃。然而当着女儿的面，大龙不敢造次，表现得很矜持，只是当女儿走远了后，他才低声问优莉："今天晚上咱俩在哪儿休息呀？"

听大龙这么一问，优莉不好意思了，二十年孑然一身，从没有与异性深度接触过，想到马上要和他睡在一起了，优莉的脸羞得绯红。她羞答答地说："随你吧，在咱家的饭店里也行，在集团总部我的休息室也行呀。"

"这些地方对我来说都显得生疏，我看还是回我家吧，回到咱俩的结婚地，重温那幸福的时刻多有意义呀。"

"好吧，听你的。"

优莉高兴地大声答应着，把大龙和金星吓了一跳，她这才发现自己失态了，冲着他们父女俩吐了吐舌头，做了个鬼脸。金星笑嘻嘻地说："见到爸爸，妈妈变成小女孩了，原来您这么会撒娇呢，让我好嫉妒呀。"

"我的好女儿，二十年了，你在妈妈怀里撒娇多少次了，今天妈妈就这么一次，你就嫉妒了，太不公平了吧。"

"什么呀，女儿也二十年没见到爸爸了，您老黏着爸爸不放，我想和爸爸聊天的工夫都让您给抢走了，还说我不公平，有您这么讲理的吗？"

金星说到这儿小嘴一噘，眼泪就要流出来了。优莉看着心软了，走过来把金星搂在了怀里，温柔地说："好了，妈妈不跟女儿争了，女儿从出生就没见过爸爸，怪可怜的。"

听妈妈这么说，金星心里的委屈全释放了出来，趴在优莉的怀里放声大哭。大龙没想到女儿对他的感情这么深，他走上来张开双臂把她们娘儿俩搂在怀里，说："从今以后，咱们全家人幸福地生活在一起，再也不分开了。"

当晚，优莉在自家开的饭店里大摆宴席，为大龙接风。龙氏集团部门经理以上的管理人员全来了。优莉在祝酒词中说："各位同事，今天龙氏集团的创办人、我的丈夫龙先生回来了，这对我们龙氏集团是件天大的喜事。今后大家要在龙先生的领导下，励精图治，大力发展，创造更加辉煌的明天！干杯！"

优莉讲完话，集团里的百十多位高层管理人员，轮流来给大龙敬酒。大龙兴奋得满脸通红，他举着酒杯对大家说："各位同事，今天在座的我大部分都没见过，毕竟过了这么多年了，以前的老员工剩下的不多了。这二十年里，龙氏集团之所以没有倒闭，还发展得这么好，是我夫人优莉董事长与大家辛勤努力的结果。她为了保护龙氏集团的产业可以说是兢兢业业，鞠躬尽瘁呀，甚至在生产的当天还坚守在饭店主管的岗位上。在此我要对夫人说一声，你辛苦了！"

大龙走到优莉面前深深地给她鞠了一躬，在座的人们爆发了热烈的掌声。大龙举起酒杯说："为劳苦功高的优莉董事长，干杯！"

"干杯！"全体人员起立，齐声高呼，优莉激动得热泪盈眶。

宴会结束以后，女儿金星回外婆家了，他们两人回到了大龙自己家。二十年没回来了，走进自家的院子，大龙激动得心都要跳出来了。这一草一木、一砖一瓦，大龙看着都特别亲切。他站在自家院子里深深呼吸了几口空气，说："真好，还是原来的味道。爸，妈，儿子回家了。"

优莉说："大龙哥，这院子里的鲜花，我没照顾好都枯萎了，请你原谅。"

"不能怪你，你撑起龙氏集团这么一大摊子，哪还有精力管它们呀。我现在回来了，明天就把鲜花种上，让它恢复从前的景象。"

"大龙哥，我特喜欢你身上的这股子认真劲。"

"亲爱的，你知道我喜欢你身上的什么吗？"

"你喜欢我唱歌跳舞吧？"

"不全对。"

"还有什么呀？"

"我喜欢你的一切，喜欢你身上的每一根汗毛。"

"太肉麻了吧，你说得我直起鸡皮疙瘩。"

"是吗？我现在就要看看你的鸡皮疙瘩。"

大龙说着话，一把抱起了优莉，进了他们当年新婚之夜的卧室。

夫妻二人都很兴奋，他们互相宽衣解带，激动地相拥在一起。优莉躺在大龙怀里娇羞地问道："大龙哥，你看我变了吗？"

大龙温柔地抚摸着优莉，说："变了，变得让我更欣赏你了。"

"我都当妈妈了，没有做姑娘时候好看了吧？"

"是吗？那得让我好好看看你。"

大龙捧起了妻子的脸，端详了一番，在脸蛋儿上亲了亲，说："依然有闭月之容羞花之貌，我再看看你的身体吧。"

大龙从床上下了地，站在一边仔细欣赏着美丽的妻子。优莉侧卧在床上，灯光照在她身上，滑润丰满的肌肤就像一朵出水芙蓉。大龙赞叹道："真是清水出芙蓉，天然去雕饰呀。有人说，女人裸体是一件精美艺术品，亲爱的，你就是一件完美的艺术品，简直是东方维纳斯呀。"

优莉满脸通红，双手捂着脸说："羞死了，让你这么看我，太难为情了。"

大龙走过来轻柔地亲着妻子的身体，从头到脚亲了个遍，她羞涩地闭上了眼睛，任凭丈夫深情地爱抚。大龙紧紧地抱住了优莉，一用力，优莉轻轻叫了一声："疼呀。"

"不好意思，把你弄疼了。"

优莉努力配合着丈夫的激情，虽然有点刺痛，可久违的幸福感就像电流一样传遍了全身，她和他都尽情享受着，双方爱的碰撞达到了高潮。云雨之后，大龙说："亲爱的，与你同床，我梦想了二十年，今天算是圆梦了。"

"我怎么感觉就跟新结婚似的。"

大龙笑了，说："这就叫'久别胜新婚'嘛。"

"大龙哥，你也没采取避孕措施，这要是怀孕了可怎么办呀？"

"那才好呢，咱们就金星这么一个女儿，多孤单呀。我还想让她再有个小弟弟和小妹妹呢，人丁兴旺是好事嘛。"

"我都快成老太婆了，还能生孩子吗？"

"又胡说，你才三十八岁，生孩子正当时呀。再生三五个孩子一点儿问题没有。"

"要生这么多孩子呀，咱们家不成幼儿园了？"

"这是天伦之乐呀，是人生幸福的一个重要方面嘛。"

夫妻俩分开太久了，有着说不完的话，直到后半夜了，才温情相拥着进入了梦乡。

第二天清晨大龙很早就醒了，他看了看熟睡中的妻子嘴角上还挂着一丝微笑，心想她仍然沉浸在幸福之中，二十年来这样甜蜜的睡梦很少有过，让她好好睡吧。他在妻子额头上亲一下，起身下了地。

大龙在院子里打着太极拳。这时阿迪师傅来了，他说："龙先生，新加坡星洲集团林老板给家里打来了长途电话，他今天下午要来巴厘岛和董事长见面。"

"好的，我这就去告诉她。"

大龙不得不叫醒优莉了，他来到卧室，见她依旧睡得很香甜，就在她美丽的脸蛋上轻轻亲吻着。优莉被他鼓捣醒了，睁眼一看是大龙，娇滴滴地说："人家还没睡醒呢，你陪我再睡会儿吧。"

"亲爱的，别睡了，林老板下午要来见你。"

优莉一听顿时睡意全无，说："林老板亲自来，看来这事敲定了。"

"什么事呀？"

"我想入股星洲批发零售集团总公司。"

"这个想法很有意思，你是怎么打算的？"

"林老板是咱爸的至交，也是咱们家的恩人。这些年来他没短了帮助我们，我心里很感动。林老板的公司也是一家国际化大公司，实力雄厚，发展前景很好。林老板本人是个仁厚的长辈，我想入股他们公司，风险低，回报高，你看行吗？"

"行呀，你打算入多少股？"

"最初入股百分之十，以后争取达到百分之二十，你看怎么样？"

"我同意，你还要征求一下林老板的意见，看看人家同意不同意。"

"上个月我已经跟他通过信了，他本人很欢迎我们投资他们公司，他说还要召开董事会研究确定。林老板今天亲自来找我，说明他们集团董事会通过了我们入股之事，他肯定是谈这件事来的。"

"这个林老板我认识，那时候我还年轻，他给我的印象很好。本来我想过几天这儿事情办完了，咱俩一起去新加坡拜会他，我要当面谢谢他，没想到他亲自来了，这可太好了。优莉，你打算怎么接待他呀？"

"先让林老板在咱家饭店总统套房住下吧，晚上给他接风。"

"你在饭店里建总统套房了？我和爸爸当年都没有做到这一步，你的经营理念很前卫呀。"

"这也是经营上的需要嘛，一会儿我带你去那里看看。"

来到龙氏大饭店总统套房，大龙眼睛不够使了，这里有宽大的卧房、起居室和配备厨房的餐厅，有衣帽间、书房、琴房和浴室，还有游泳池和酒吧台。在一处安静角落里还建有个小花园，花园里小桥流水，假山怪石，飞瀑清泉，奇花异草，应有尽有，妙趣横生。室内还以巴厘岛美丽夜景为背景幕布，能使客人尽情享受巴厘岛的浪漫夜晚。这样的套房，让人感觉有数不完的房间，一间连着一间，大得像个迷宫。最令人赞叹的是无处不见的各种小摆设和工艺品，这些都是从世界各地淘换来的，极具异域特色。

大龙边看边赞叹："真漂亮，太讲究了。这间总统套房有多大呀？"

"五百多平方米，这一层全是。"

"这么大面积，租价会很贵吧？"

"当然了，我们是按整层租价再上调一倍定的价。"

"这么贵的房子，平时有人租吗？"

"客户很多呢。总统套房不光是外国总统和元首来了要住，一些高级商务代表和大企业老板等重要贵宾来了以后，专住气派大、档次高、房价昂贵的豪华客房，差一点的人家根本看不上。"

"对，这些人有钱，赚就赚他们的钱。只是对林老板要特殊优惠哟。"

"当然了，我们不会收林老板钱。"

"在我印象里，这个林老板是北京人吧？"

"是的，我听他说过。"

大龙双手一拍说："那可太好了，我亲自下厨款待他。"

"大龙哥，你打算给林老板做什么好吃的呀？"

"我给他做一顿老北京家常饭，炸酱面！他要是在咱们这里住上几天，我接着给他做包子、饺子、炒疙瘩、糊塌子、馅合子，不重样做给他吃，保准儿他喜欢。"

要说大龙会做饭真是一点儿不假。他年轻时在龙氏大饭店当总经理，常泡在后厨向厨师们讨教做饭的本事，回到北京后，住在太原会馆大院里的爷爷、奶奶和弟弟二龙每天吃饭都要他来做。时间一长，他做饭手艺娴熟，炒菜色香味俱全。做炸酱面对他来说是小菜一碟，他不仅面和得好，软硬适中，最关键是酱炸得特别香，那是地道小碗干炸，吃起来别提多解馋了。

优莉记得她在和大龙恋爱时吃过一次他做的炸酱面，感觉特别好吃，溜溜儿吃了两大碗。看她吃得这么香，大龙当时还给她盛了一碗面汤，对她说："这叫原汤化原食，小姐您可着劲儿吃吧。"

优莉抹了抹嘴儿说："大龙哥，咱家饭店主打就是中国菜，把这道炸酱面也加进去吧，北京来的客人肯定爱吃。"

"说得好！要依我说呀，不仅是炸酱面，北京小吃也应该加进来。到时候北京的客人大老远来到巴厘岛，一进咱家饭店喝上豆汁了，吃上麻豆腐和卤煮火烧了，您说这得多亲切呀，这才叫宾至如归呢。"

"豆汁我喝过，我也是豆汁迷呢。"

"可当初你还管豆汁叫'臭泔水'呢。要不是它治了你上火的毛病，你也不会坚持喝下去。"

"不光是我，谁第一次喝豆汁也会呛出来的，只有坚持喝下去，才会品出味道来呢。"

让大龙想不到的是，这一顿炸酱面把优莉的馋虫勾出来了，后来只要大龙和她在一起，她就不吃别的饭了，只吃大龙做的饭，生生把这位印尼姑娘变成半拉北京人了。

优莉想着这些往事乐了，说："大龙哥，你这么招待林老板太棒了，一来让他能吃上可口的北京家乡菜，二来龙老板亲自下厨，这礼遇多高呀。"

"林老板对咱家有恩呀，怎么招待他都不为过。"

当天下午林老板来了以后，大龙和优莉热情地接待了他，双方谈得很好，龙氏集团入股星洲集团之事最终敲定，林老板和优莉正式签署了协议。林老板高兴地说："今天真是双喜临门呀，一来咱们两家集团强强联合，今后会带来更大的发展，二来你们夫妻团圆，龙氏集团这艘大船有了龙公子掌舵，会更加行稳致远，真是值得好好庆祝一下嘛。"

"叔叔，大龙要亲自下厨为您做一顿北京家乡菜，您想吃吗？"

"哪里是想吃吗，我馋这口儿有几十年了，龙公子亲手掌勺，肯定错不了。"

大龙问："叔叔，您最想吃咱们老北京哪一口儿啊？"

"炸酱面。"

"得嘞，您跟我来吧。"

林老板跟着大龙来到餐厅，大龙朝桌子上一指，说："叔叔您看这炸酱，用咱们北京六必居干酱和上好的五花肉丁做的小碗干炸，您再看这菜码，给您备下了黄瓜丝、水萝卜丝、扁豆丝、青豆、黄豆芽和青蒜六种面码，预示着六六大顺，您老可喜欢吗？"

"哎哟喂，龙公子这饭太对我胃口了，就冲这个我得在这儿多住几天，好好解解馋呀。"

大龙和优莉相视一笑，说："叔叔，您就是连着住上一个月，我天天让您吃咱北京家乡菜，保准儿不重样。明天请您吃卤煮火烧，后天请您吃炒肝包子，再后天……"

大龙一连气说了十几种北京特色小吃，给林老板馋得直咽口水。他摆了摆手说："别再说了，我知道咱北京小吃品种丰富，号称'京城三千碰头食儿'，你要是挨排儿做出来，我就甭想回新加坡了。"

林老板说完话，大家全笑了。

大龙在巴厘岛住了一个来月，优莉带着他参观了龙氏集团所有企业，又一起为大龙父母和老保姆扫了墓，优莉的父亲为了弥补过去对女儿和女婿欠下的这笔感情债，特为女儿补办了婚礼。

婚礼仪式结束后，大龙对优莉说："痛苦的日子过去了，我们终于可以在一起踏踏实实地过日子了。亲爱的，咱俩回中国还要再补办一次婚礼。"

"你是说回北京的家吗？"

"是呀，我爷爷、奶奶身体都挺硬朗，时不时还问我，你小子结婚了没有啊，我说结了，爷爷说那你倒把媳妇带回来让我看看呀。我老说过几天给您带回来，这一说就说了二十年，爷爷奶奶都那么老了，他们还在等着见你呢。"

优莉听着眼圈红了，她说："下个月咱们就回北京吧，带上金星一起回去。"

大龙这次是衣锦还乡呀，带着漂亮妻子和女儿回了太原会馆大院，老街坊们看见了，都替他们龙家高兴。让大龙难办的是，他在爷爷奶奶面前费了不少口舌，才解释清楚为什么女儿都这么大了，才举办婚礼。过了老人这关后，大龙带着优莉娘儿俩先去拜谢了秦老板。大龙向优莉介绍说："这位秦大伯是咱们家的贵人，他先帮助了我爸爸妈妈，接着又帮助了我，要不是秦大伯慷慨解囊，我就不可能在香港开公司，也就见不到你父亲，咱俩的团圆不知道还要等上多少年。"

优莉和金星听了，都感激地起身给秦老板鞠躬致谢。秦老板乐呵呵地说："侄媳妇，你别这么客气，当年要不是你公公救了我，我哪有今天呢。说了归齐，咱两家是打断骨头连着筋的亲人，谁帮谁都是应该呀。"

大龙说："秦大伯，过两天我要在饭店办个喜宴，你们全家都得来呀。"

"喜宴？莫非是你和侄媳妇补办个婚礼吗？"

"就是这意思。我大龙结婚这么多年了，还欠大院里老街坊们一顿喜酒呢。"

"好，好。这喜酒我一定得喝，我这也是替芒种兄弟喝呀。"

大龙告别了秦老板，随后，又带着优莉娘儿俩在大院里挨家走访，常三爷、高小燕、常老大、董二爷、金老爷子、李大爷、张大妈、赵大爷、赵大婶、老郭两口子、杨世春老爷子、老铁、张喜子、田福余，还有徐大婶、刘婶儿家都走到了，大家伙全都高高兴兴答应了下来。高小燕接着又张罗着各家随份子，里里外外这一通忙活。

正日子这天，老街坊们喜气洋洋地来到饭店，大龙和优莉在饭店门口亲自迎接，金星引导各位老人入座。高小燕笑嘻嘻地对大龙说："新媳妇这一捯饬多年轻呀，跟女儿都分不出大小了，活脱脱就是姐俩呀。大龙啊，你小伙子真有福气，两个大美女围着你转，你可别乐晕喽。"

大龙笑了，说："不会的高姨，我常三爷守着您这大美女都没乐晕喽，我就更晕不了啦。"

常三爷在一边听着乐了，说："别拿你高姨说事儿，她要是让你气着了，留神我的'常三披'。"

"哎哟，三爷，千万别价，您对付鬼子的招儿给我使，我这小身板儿可不是个儿。"

优莉在旁边听着似懂非懂，赶紧问大龙："什么是'常三披'，是北京菜吗？"

大家伙儿全笑了。大龙说："这可吃不得，你咬一口，非崩了牙不可。"

说说笑笑中，街坊们来齐了。大龙看着各位坐好后，他和优莉站起身，给大家鞠躬行礼。大龙说："各位长辈，今天把大家请来聚聚，就是请你们见证我和媳妇的婚礼。其实我俩二十年前就结婚了，女儿都十九岁了。前不久我们在巴厘岛媳妇家补办了婚礼。今天在咱们这儿，我再办一次喜事儿。各位长辈年岁都大了，那些复杂的仪式咱们就免了，请大家来就是喝喜酒。"

"行啊，是那么个意思就行了。"董二爷大声说。

"我还有件事情要跟大家商量一下。现在改革开放了，人们是八仙过海，各显其能，凭本事吃饭。我发现咱们太原会馆大院里，能人就不少，您比如说，杨大爷捏面人儿的手艺，高姨刺绣绝技，刘婶做的喜活儿，徐大婶剪纸技巧，还有铁大叔的厨艺，喜子叔养鸟的本事，田大爷养小金鱼的功夫，这些都是财富呀。如果你们愿意显显身手，我可以组织大家合理合法挣钱。"

听大龙这么说，街坊们全兴奋了，大家交头接耳，议论纷纷。高小燕不放心地问："大龙啊，挣钱是好事，谁跟人民币有仇啊，这得要符合国家法律和党的政策，不能胡来。你给我们具体说说，打算怎么干呀？"

"高姨，我不会胡来的。我打算在北京和广州办两个企业。在北京呢，我办个特种技能学校，请你们当老师，传授你们的绝活，招收一些待业青年和回城知青当学生，学习你们的技艺。"

"学这些个有什么用啊？"

"有很大用处，他们有了手艺，能生产一些产品，比如捏面人儿、刺绣、喜活儿、剪纸，等等，如果能保证质量，我收购，在香港我开的旅游商品公司里销售。这样一举两得，既可以解决我们旅游商品紧缺问题，又可以协助政府解决回城知青和待业青年就业问题。而且，你们这几位老师既能领到工资，你们本人的作品也可以售卖。"

"你这个想法听着挺新鲜的。可是学生招多了，大家的产品多了，卖不出去怎么办呀？"

"这个我也想到了，我在广州办一个进出口贸易公司，把咱们的产品推向世界，肯定会供不应求。远的不说，五年以内，咱们的产品，光我家在香港、印尼和新马泰的旅游饭店就能全部包销。"

"你这个学校在哪儿开呀？"

"我们就在市内开办学校，我准备找一些中小学或企事业单位，租他们空闲的房子当学校。找好了地方，我就去工商局起照，办各种手续，我想请秦大伯当校长，高姨当教导主任，其他长辈当教师，每月给大家发工资和奖金。"

"学校里就我们这几个教师呀，太少了吧？"

"是太少了，我还想请大家帮我联系联系咱们老北京手艺人，比如说画鼻烟壶的，做毛猴的，花丝镶嵌，书法绘画，金石篆刻，等等吧，有什么特长都行，只要他手里的绝活儿能在旅游商店出售，我们都欢迎。"

"大龙，你请他们当教师我能理解，你请我这个厨子干吗呀？在学校里做饭？"老铁不明白地问。

"铁大叔，您的作用可大了，从眼面前儿说，我们龙氏集团在各国的饭店都需要您这样的中国特一级厨师，您到哪家饭店来，我们都高薪聘您当主厨。从长期来说，我们要办厨艺学校，您绝对是校长的不二人选啊。"

老铁听大龙这么说，开心地乐了。其他老街坊都不断地点着头，大家伙儿的劲头被大龙鼓动起来了。

优莉看着大家的高兴劲也很兴奋，突然感到恶心反胃，按捺不住，一张嘴吐了出来。她这个举动引起了高小燕注意，她凑上来问："侄媳妇，不舒服吗？"

优莉摇了摇头，说："也说不上不舒服，只是最近常这样。"

"您想吃酸的吗？"

"想吃。"

高小燕乐了，她拿起餐桌上的醋瓶子，倒出来一小杯递给了优莉，说："这是山西宁化府老陈醋，你喝一口就舒服了。"

优莉将信将疑，试着抿了一小口，果然舒服多了，她冲高小燕点了点头，笑了。

"侄媳妇，你这个月来月经了吗？"

"好像没有吧。"

"明白了，你有了。"

"有什么了？"

快人快语的高小燕回过头对大龙说："大龙啊，你媳妇有了，你准备抱儿子吧。"

大家一听全乐了，秦玉接过话茬说："行呀大龙哥，刚结婚就怀上了，比我还快呢。"

大龙差点没乐晕喽，一下子把优莉抱了起来，在地上转了好几圈。

大龙和优莉是好事成双，夫妻俩团圆后产生了爱情的结晶，优莉怀孕了，十个月以后金星的小弟弟出生了，大龙给儿子起了个好听的名字：晨星。

第二十七章

　　大龙是改革开放的受益者，借着这股春风，干得有声有色。这时候，太原会馆大院里的老少爷们儿也都没闲着，有人摆起了小摊，有人开办了公司，还有人成了倒爷。

　　"倒爷"是一九八〇年以后，在社会上公开出现的。倒爷在前些年并不招人待见，六十年代说他们是"投机倒把"，七十年代叫他们"二道贩子"。这些人在那个年月不敢明目张胆倒腾买卖，赚钱的手段也是很隐蔽的。

　　到了八十年代改革开放初期，国家当时是计划经济价格下的"双轨制"，经济上同时存在着国家统配价和市场价，这就具备了倒爷滋生的土壤，太原会馆大院里就有几位爷干起了这个行当。

　　这一天，西院赵大爷的儿子赵武着急忙慌地从屋里跑了出来，正碰上东后院秦老板的儿子秦玉，秦玉问他："哥们儿，这么着急干什么去？"

　　"有人呼我，要买两吨聚乙烯，我得赶紧给人家回电话去。"

　　"聚乙烯是什么玩意儿呀？"

　　"回头跟你细说吧。"

　　赵武没工夫解释，一溜儿小跑，找公用电话去了。

　　当时电话还不普及，人们家里大都没有电话。到了一九八三年以后，中国有了寻呼台，BB机成了时髦玩意儿。又过了几年，移动电话也有了，它最早的一代，有个响亮的名字"大哥大"，可谓是风靡一时。

赵武是大院里最早有BB机的，别提多牛了，你看他把BB机往腰上一挂，整天在大院里晃悠。只要这小东西一叫唤，赵武马上就会大声说："有人呼我了，看见没有，又是一单大买卖。"

秦玉看着赵武这么忙活，心里挺羡慕的，他和赵武还有西院的李杉是发小，当年在李大妈家葡萄架下，这小哥儿仨曾拜过把子，长大以后就各奔东西了。

李杉进了工厂，后来又当了机关干部，八〇年娶了个温柔漂亮的媳妇，人家给他生了个大儿子，一家人本本分分地过日子，生活上虽说不宽裕，可两口子知足常乐，小日子过得有滋有味儿的。

赵武这些年一直就没踏实过，中学时候他就敢拍婆子，长大以后，见了漂亮姑娘就多瞄人家几眼，后来看花了眼，谁都瞅不上了，一直没找上对象，把赵大爷和赵大婶急得够呛。

工作以后，赵武被分配到一家街道工厂当了冲压工。他在工作中吊儿郎当，精神不集中，不小心让冲床把手指头砸掉了一截，赵武疼得哭爹喊娘的，在家休了半年多工伤病假。伤好以后，赵武对冲床产生了恐惧症，说什么也不愿意在这家工厂上班，就开始泡病假，到后来索性在家吃劳保了。

秦玉生活上比这哥儿俩都不顺，他在上初一的时候就跟着铁豹上山下乡了，又早婚早育，四年生了仨闺女，被岳父赶出了家门，后来父亲把他们一家人接回了北京。秦玉这些年虽说净遇上倒霉事儿了，可他有一股犟脾气不服输。他不愿意在家啃老，踅摸着干各种活计养家糊口。他曾经卖过冰棍、卖过报纸，在建筑工地当过临时工，还在永定门火车站当过搬运工。

有一天，秦玉在火车站搬运水泥，弄得一身脏兮兮的，下班后回到家，在大院门口碰上赵武刚回来，他瞄了秦玉两眼，说："兄弟，你干什么活呢？弄得跟灶王爷似的。"

秦玉苦笑了一下说："搬运工呗，挣钱养家呀。"

"干这活也太委屈你了，我帮你想个辙吧，咱们干点儿轻省的、来钱快的活计。"

"那敢情好了，什么活呀，你跟我说说。"

"走，咱哥儿俩先上清华池吧，洗干净了我再跟你说。"

"是吗，我身上没带钱，你等我回家拿钱去。"

"算了，哥哥我请你洗澡。"

哥儿俩在清华池洗干净了，往床上一躺，让服务员给上了壶茶，舒舒服服地聊上了。赵武说："兄弟，现在改革开放了，人们都在想办法挣大钱，当'万元户'，谁像你呀，还在那里傻卖力气，当搬运工，累一身臭汗不说，还挣不了几个大子，你图何许呀。"

"咳，谁让我没本事呢，除了年轻，有把子力气，别的什么也不会，只能卖力气吃饭呗。"

"我手里有几样轻省活，你想干不想干？"

"什么活，你说说，看我能不能干得来。"

"第一个，倒票。平时咱们去电影院、剧场倒票，节假日去火车站倒票。"

"这个我知道，这叫票贩子，我不干这种事儿。"

"为什么？"

"自己要先花钱买票，再加价卖出去，如果卖不出去就砸手里了。万一让警察逮着，吃不了兜着走，我不干。"

"好，干不干由你。我再跟你说第二个，倒号。每天晚上去大医院挂号处排队，第二天把号加价卖出去，也能赚钱。"

"这个我就更不能干了，我们老爷子和我媳妇看我天天晚上不着家，一了解我干这种事呢，他们能答应吗？"

"那好，我再跟你说第三个，倒蛋。"

"你这是骂我呢吧？"

"不是，是真的倒蛋。咱们去农村老乡家收鸡蛋，回城里用鸡蛋换粮票，再把粮票卖出去，你看怎么样，干不干？"

秦玉摸了摸后脑勺说："这个倒有点门儿，我在农村待过，知道怎么收鸡蛋。回来后除了你说的用鸡蛋换粮票，还可以让我媳妇把鸡蛋煮熟了，在街上摆摊卖茶叶蛋。我看这个还能行。"

"那咱们就算说定了，明儿个你就去乡下走一趟吧，鸡蛋收上来我帮你换粮票。"

"不行，不行，收鸡蛋得给老乡钱，我自己个儿没钱，得找老爷子借，明天走早了点儿，你容我个工夫。"

"咳，不用你们老爷子出钱，还得费口舌跟他解释，哥哥我出钱收鸡蛋，你挣了钱再还我就行了。"

"好吧，我明儿一大早就走，往哪儿走啊？"

"去大兴王家村吧，村长是我们家远房亲戚，我把村长的名字告诉你，找他就行，好说话。"

秦玉不愧是下煤窑挖过煤的人，真能吃苦。他一连气在农村收了三天鸡蛋，饿了就啃口干馒头，渴了喝几口井水，夜里就在大队场院玉米秸垛上一躺，天当被，地当床，一觉睡到大天亮。三天下来，秦玉收了足足两大筐鸡蛋，还收了三瓶香油。他把这些东西都放在筐里，用绳子拴在扁担上，他生怕被人看出来招事儿，就把自己身上穿的汗衫和背心脱下来盖在筐上，光着膀子挑着两个大筐，颤颤悠悠地往城里走。为了省钱，秦玉连公共汽车也没舍得坐，硬是走了一天一夜才到家。

秦老板和小妮看着秦玉挑了两筐鸡蛋回来，是又惊又喜，秦玉走之前虽然跟他们打了招呼，可他们都没当回事儿，以为秦玉就是说着玩儿的，大不了收几十个鸡蛋，回来一煮，还不够三个闺女抢着吃的。现在一看，溜溜儿两大筐鸡蛋，还有三瓶香油，太让他们意外了。

秦老板看着儿子瘦了一圈，肩膀被压得又红又肿，心疼地说："你怎么不坐公共汽车，两筐鸡蛋这么沉，得受多大累呀。"

秦玉擦了把头上的汗珠子，说："我怕坐汽车把鸡蛋颠碎了，还是挑着走放心。这两筐鸡蛋也不算重，比起我挖煤时背的煤筐轻多了。"

小妮走过来说："再去收鸡蛋带上我呀，咱俩轮换着挑就轻省了。"

"不用你去，你在家盯着卖茶叶蛋就行了。"

秦玉这趟去农村收获不小。他把一筐鸡蛋交给了赵武，让他拿去换粮票，自己留下一筐，煮成了茶叶蛋，让小妮在达智桥胡同口上摆了个地摊，没几天工夫，茶叶蛋就卖光了。

这天晚上，秦玉让小妮和面包饺子，又买了酒和酒菜，他把赵武请到家里吃饭。哥儿俩推杯换盏，喝得十分尽兴。秦玉说："赵武，你脑子就是好使，兄弟我真是佩服你。你给我出了这么个好点子，我真挣着钱了，这日子一下子就宽裕了，说了归齐还得谢谢你呀。"

"兄弟，见外了。你从远郊区生生地挑了两大筐鸡蛋回来，受了多大累，哥哥我真心疼你呀。我用鸡蛋换成了粮票，现在粮票全卖了，哥哥我也小赚了一笔，这还得谢谢你呢。"

哥儿俩越说越高兴，当晚都喝高了。第二天秦玉又下乡了，他是照方抓药，又把鸡蛋挑回来了。前前后后，秦玉在乡下收了大半年的鸡蛋，他媳妇小妮在达智桥副食店租了个摊位，专卖茶叶蛋。一切似乎都走入了正轨。然而，正是应了农民常说的那句话"家财万贯，带毛的不算"，秦玉再下农村收鸡蛋时，正赶上闹鸡瘟，村里的鸡不是病死了，就是让人杀了，秦玉这趟一枚鸡蛋也没收上来。村里人还告诉他，半年以内别来收鸡蛋了。

秦玉傻了，日子刚刚有了起色，一下子又回到了原点。他愁眉苦脸地找到了赵武一说，人家根本没当回事。赵武说："条条大路通罗马，挣钱的路子多着呢。兄弟别发愁，不就是收不上来鸡蛋了吗，咱们再干别的呀。"

"你还有什么挣钱的招儿呀？"秦玉揪心地问道。

"上广州，你敢不敢去？"

"有什么不敢去的，太行山的深山老林里我一个人都走过，去个城市算什么呀。"

"那就好，你把钱拢拢，我带你去广州找个买卖人儿，他家里牛仔裤、布拉吉、蛤蟆镜全有，还特新潮。你从广州买回来，到咱北京市场上卖，准能赚钱。他手里还有电子表，一水儿的进口货，在咱们这儿是稀罕物，他那儿论斤称。你买二斤电子表回北京一卖，能赚翻了你，它比你的茶叶蛋值钱多了。"

听赵武这么说，秦玉又来了精神，说："行，只要能挣钱，干什么都行。"

赵武带着秦玉风风火火地来到了广州，下了火车以后，赵武说："兄弟，头一次来广州吧？"

"可不是吗，我长这么大，除了北京和东岭村以外，哪儿都没去过。"

"行嘞，我先带你逛逛，让你开开眼，看看人家这儿开放到什么样儿了。"

哥儿俩在广州转悠上了，从中山路到北京路，再从上九路走到下九路，可以说当时广州市最繁华的商业街，他们逛了个遍。秦玉看着那些林林总总的服装和百货商品眼都花了，见了什么都喜欢，都想买。赵武及时制止了他，说："兄弟，这不是给你老婆孩子买衣服，你喜欢什么就买什么，咱来这儿是趸货来了，回北京得卖得出去，得什么好卖买什么，明白吗？"

秦玉为难地说："我头一次干这行，不知道什么好卖呀。"

"没关系，明天我带你去见黄阿贵，人家是这里面的虫儿，北京卖什么货赚钱，人家门儿清。"

第二天，赵武带着秦玉来到了广州洋服一条街，昌兴街。这里两三层楼高的房子间隔紧凑，楼下的商铺一家挨着一家，熙熙攘攘的人拥挤不动。头顶上，晾衣绳在狭窄街巷两旁的房屋间腾空架起，家家户户趁着有日头晾晒洗好的被套床单，更显得空间紧凑。在这条小巷里，还零星散落着几家钟表铺、牙医诊所和小吃店，真是够热闹的。赵武要找的黄阿贵，就住在这条街上。

在这条街中间，有一个不起眼儿的小铁门，赵武说："黄先生就住在这儿。"

秦玉上来刚要拍门，赵武赶紧拦住他说："按门铃，人家这不兴拍门找人。"

赵武按过门铃，这时就听门里边有人用广州话问道："你系边个吖？"（你是谁呀？）

赵武赶紧说道："晃仙山，返屋企吗？"（黄先生，在屋里吗？）

秦玉在一边听呆了，他小声问赵武："哥们儿，你还会说广州话？"

赵武笑了笑说："小事一桩，跟广东人打交道不懂他们的话，人家骂你，你还以为夸你呢，那不丢人现眼吗？"

"够聪明！"秦玉佩服地伸出了大拇指。

这时，屋门开了一条缝，一个人从门缝里往外看了看，看见是赵武，这才打开了门，笑嘻嘻地说道："召仙山，雷好啊！"（赵先生，你好啊。）

"雷好，雷好！哥们儿，好久不见，挺想你的。"

"哥们儿，我也想你呀。"敢情这个黄阿贵也会说北京话。

赵武急忙把秦玉引见给黄阿贵："我给你们介绍一下，这位是我的发小，秦玉先生，这位是黄老板。"

秦玉仔细打量了一下黄阿贵，三十来岁，个头不高，身体偏瘦，皮肤微黑，留着背头，嘴上留着两撇小胡子，他高颧骨小眼睛，眼珠子滴溜溜地乱转，让人琢磨不透。黄阿贵热情地向秦玉伸出了手，说道："旬仙山，丰映梨。"（秦先生，欢迎你。）

"哥们儿，我这位发小不懂广东话，你直接说北京话吧。"

"得嘞，哥们儿，欢迎你。"

"你好，你好。"秦玉上来和黄阿贵握手。

"我看这样吧，家里有点儿乱，就不进家了。秦先生初来乍到，我请你们喝下午茶。"

"恭敬不如从命，哥们儿，到了你的地界儿，我们全听你的。"

三个人来到了街口的小吃店，黄阿贵点了几样小吃，又要了壶茶，边吃边聊了起来。

"你们俩是怎么认识的呀？"秦玉问。

"我们是在海淀三舅开的大酒楼里认识的，这一晃儿也有三年了。"

"三舅是谁呀？"

"这你可问着了，让黄先生给你说说他吧。"

黄阿贵冲秦玉点了点头，说："提起三舅就离不开高第街，秦先生听说过广州高第街吗？"

"没听说过。"

"那我就跟你说说，这个高第街呀，是广州市乃至全国第一个工业品市场，是服装的海洋。现在有个说法：'到广州不去高第街，就等于没来过广州'，全国的服装批发商还有香港客商都来这里拿货。高第街一天的客流有几十万人，外地客特别多。

"三舅是从高第街做服装批发起家的，生意做得特别火，他是最早的百万富翁。我们这些人，都是在三舅关照下做上服装生意的，大家都很尊重他。有了钱，三舅又到北京发展，在海淀开了一家大酒楼。除了做服装和餐饮，他老人家是咱们这行里的大把头，是广州地面上最大的倒爷。人家特有路子，在北京又有一大群朋友，紧俏的商品，比如说聚乙烯、盘条、水泥、煤炭、三合板、彩电、批文、药材、石油、外汇，这些别人搞不到的抢手货，三舅是一句话的事儿，就搞定了。"

"他这么大本事？"秦玉都听傻了。

"那可不是吗，兄弟，你知道法国有个埃菲尔铁塔和巴黎圣母院吧？"赵武说。

"知道呀，它们太有名了。"

"去年，三舅差点给倒腾卖喽。"

"这怎么可能呢？"

"有什么不可能的，在三舅这儿，就没有不可能的事儿。上一次我见到三舅，你知道人家在做什么买卖？"

"什么呀？"

"说出来能吓死你，人家在忙活太阳系的事呢。"

"啊？他忙活什么呀？"

"人家张罗着在世界各国卖月球上的地皮呢，到年底就卖光了。三舅说，太阳系有九大行星，且卖一阵子呢。他们公司都做好规划了，明年开始卖火星地皮，那个地界儿更值钱，现在预约登记的有好几千人呢。"

"是吗？"秦玉惊得吐出了舌头，半天都缩不回去。

"好了，咱们不说三舅了，说说你们吧，你们哥儿俩找我干什么呀？"黄阿贵说。

"黄先生，我这位发小人仗义，也能吃苦，就是家里没底儿，手头儿缺钱，想从你这儿趸点儿货，回北京做点儿小买卖。你看怎么样，给他批点儿货吧。"

"这个好说，秦先生带了几方呀？"

"你说什么，我没听懂。"秦玉说。

赵武解释道："兄弟你还不知道啊，这是咱们的行话，管一万叫一方，一千叫一本，一百叫一棵，十块叫一张，黄先生问你带了几方，就是带了几万块钱。"

"我哪有那么多钱呀，全算上也就一千来块钱。"

"太少了，这点钱够干什么用呀？"黄阿贵皱起了眉头。

"是少了点儿，黄先生，你看这样成不成，我给他凑点儿，拢共三本怎么样，你先给批点货，他回去卖得好，肯定还会再回来的，下次让他多带上点儿钱不就得了吗？"

"行，就这么办吧，哥们儿，我这可是冲了你的面子啊。"黄阿贵指着赵武说。

"谢了，咱哥们儿没的说，你不是爱吃白灼基围虾吗，下次你去北京，粤菜大酒楼我请你吃个够。"

黄阿贵笑了笑，带着他们哥儿俩回了家。

进了黄阿贵的家门，秦玉往四下里一看，好家伙，五间房子，堆的全是货呀，纸箱子从地上摞到了屋顶。黄阿贵从角落里搬出了三个大纸箱子，对秦玉说："这是最新潮的牛仔服，你拿回去卖吧，在北京是抢手货。"

"谢谢您黄先生，这是我们的三千块钱，您看还能再批点儿别的货吗？"秦玉眼巴巴地盯着黄阿贵问。

"我这已经是相当优惠了，一般人我是不会这个价出手，这都是冲了赵先生的面子。"黄阿贵说完瞄了赵武一眼。

"是，是，您是给足了我面子。黄先生，我们哥儿俩来一次广州花费也不少，您好人做到底，送佛送到西，再加点儿别的吧。"

"哥们儿，你话都说到这份上了，我再不出点血，就显得不通情理了是不是呀？这样吧秦先生，我再给你加一盒蛤蟆镜和一盒电子表吧，不过咱们是亲哥们儿明算账，你那三本不够买下这两盒货的，这可是赊给你们的，下次见面你可得给我结账啊。"

"嘿！真够意思。秦玉，还不谢谢黄先生。"

秦玉赶紧冲黄阿贵双手抱拳说："谢谢您，黄先生到北京，我请您喝酒。"

"不用那么客气，我做生意从来是不赊账的，要不是看你实在拿不出钱了，我也不会这样做。咱们生意人讲究诚信两个字，我这次先赊给你货，在你这儿就有了信任，下次你把钱押在我这儿，让我给你进货，不也就放心了吗，秦先生，你说对吧？"

"是这么个理儿，黄先生，您说得没错。"

老实巴交的秦玉根本没有看出来，这是人家放出的诱饵，还感激不尽深谢黄阿贵呢。

赵武和秦玉辞别了黄阿贵，雇了一辆三轮车，拉着货奔了火车站，那三大箱子服装托运了，两盒蛤蟆镜和电子表，秦玉把它们装在包里，就像宝贝疙瘩似的紧紧抱着。坐上火车以后，秦玉松了口气，他对赵武说："这个黄阿贵头一次和我见面，就肯赊货给我，挺仗义的。"

"这不是有我在这儿呢吗，要是就你一个人，别说赊账了，他都不会和你见面的。"

"你们是铁哥们儿呀？"

"这倒说不上，主要是有三舅在我后边戳着，黄阿贵不敢不买我的账。"

"你怎么认识三舅的，他不是广州人吗，怎么会给你戳着呢？"

"这可说来话长了。三年前，我经人介绍，在宣武门饭店认识了三舅。我们俩互相一递名片，人家是'环球贸易集团公司'董事局主席，我递给他的片子上写着'五洲发展集团'董事长。"

"你开了那么大的公司哪，我怎么不知道呀？"

"我开狗屁呀，那不都是为了抬高身份，瞎编乱造的吗？现在你信什么也别信名片，没有几个是真的。兄弟，你是不知道呀，倒爷们见了面，就是'吹'呀，一个比一个吹得邪乎。开办个公司没有几个人，公司里的那几块料，全是经理以上的身份，您看看他们手里的名片，都冠以'总经理''董事长''董事局主席'之类的头衔，两三个人的小公司，就会把这些官称占满了，要不为什么说总经理都臭街了。公司的名称也叫得特别响，什么'五洲'呀，'环球'呀，'国际'呀，'世界商贸中心'呀，哪个大叫哪个。"

"合着全是假的呀？"

"不光名片、头衔是假的，说起话来更假。你听听我们的对话，三舅问我，赵总平时很忙吧？我说，没干什么正事，我这个董事长就是个闲职，平时我都不用去上班，就在家里办公，有事都是秘书来回跑。"

"你可真能吹呀。"

"三舅更能吹，说他这个环球贸易集团公司董事局主席，是个受累的差事，手底下管着十几万人，一年到头，世界各大洲跑，前几天刚从非洲考察回来，下个月应外国总统的邀请，还要去南美洲访问，累得够呛呀。"

秦玉点了点头说："这话说得也够神乎的。"

"不过三舅确实有钱，人家都是高档消费，头一次见面他就给我踩咕了。做生意不是讲究'烟搭桥'吗，我给他递烟，拿出来'红梅'，人家说，对不起，我不抽国产烟。人家拿出来'三五'，你说我多没面子呀，当时恨不能有个地缝钻进去。"

"你也是，去见这么大老板，怎么不拿好烟呀？"

"我平时就爱抽'红梅'，哪知道人家抽什么牌子呀。后来我就变聪明了，身上老是备着两种烟，没外人时，我就抽'红梅'，来了客人，人家掏出来硬翻盖中华，我也拿出好烟说，您抽我的吧，软中华，你说这多有面儿呀。"

"你这么抽烟累不累呀？"

"这不是没辙吗？在商圈儿里混，就得充门面呀。你看那些进进出出大饭店的倒爷们，一个个西装革履，背头溜光，皮鞋锃亮，手里还拎个大皮包。看着那皮包鼓鼓囊囊的，其实里边没钱，全塞的是报纸和手纸。他们身上就是锛子没有，也要这副打扮儿。"

秦玉一听乐了，说："你怎么对这些门儿清呀？"

"我前两年也这么干过。"

"原来你是深有体会，怪不得你说得这么准呢。"

"让你见笑了。"

"赵武，你和三舅见面为了什么事儿？"

"他当时刚从广州过来，身上带了不少钱，有秘书和保镖跟着，派头不小。他想在北京发展，听人介绍说我是玩儿房的，就想让我帮着找处地界儿，开个酒楼。"

"你答应了？"

"能不答应吗，这是找上门儿的大买卖，真要是做成了，那得挣多少好处费呀。"

"买卖做成了吗？"

"咳，别他妈提了，我带着他四九城这通转悠，前后看了不下二十处地块，有两块地界儿三舅特别喜欢，都要和卖家签协议了，没想到都他妈黄了。一处卖方的上级主管部门，知道情况后说，这是国有资产，不能卖。还有处地块我们买卖双方在一起谈了一个多月，条件谈得都差不离儿了，眼看着就要签约了，我甚至都梦想着买卖做成后，我拿到好处费就先买辆桑塔纳开着。没想到人算不如天算，在正式签约前三天，卖方的上级把这处地块卖给港商了，给我气的，回到家用脑袋撞墙呀。"

"这搁谁身上也得生气呀。"

"兄弟,你是不知道呀,我为了做成这单生意,费了多少心,受了多少气呀。每天都得赔着笑脸,带着三舅去和卖方谈判。有时谈得不爽,他们双方就找我碴儿,我成了他们出气筒了,一句话说不对付,人家就连损带挖苦,一点儿面子都不给留。在他们眼里,我就是拐客、牙人,说白了就是房虫子,他们把我看得很低贱。比如说我跟一个卖方老板套近乎,我说买卖不成仁义在,以后咱们就是朋友了,你猜他说什么?"

"他怎么说呀?"

"他就说了仨字:'你不配!'"

"这人也太牛逼了!要是我,非抽丫挺的不可!"秦玉听着气红了脸。

"为了挣钱,这些我都忍下了。那年夏天特别热,我夜里开空调睡觉中风了,早上起来觉得不对劲,对着镜子一看,嘴歪眼斜的。可这天上午我和三舅约好了要带他去看地块,没办法,我只能捂着半拉脸去谈生意。"赵武说到这儿眼圈红了。

"你后来怎么样了?"

"着实让家里人吓了一跳,要不是靠着我爸爸及时给我扎针灸和按摩,我这嘴歪眼斜的真怕过不来呢。"

"听着都让人后怕,你以后也要多加小心了。"

"是呀,老人们说头一次中风还问题不大,千万别再有第二次,那就不好办了。"

"也不用太紧张,你还年轻嘛。你那单生意谈成了吗?"

"兄弟,我这么跟你说吧,现在有两句话说得特别对:'钱难挣,屎难吃','挣钱时是孙子,花钱时是爷爷'。中间商,也就是咱们倒爷,经常是风箱里的耗子,两头受气。我花了那么大力气,也没帮三舅做成这单生意,最后他有个朋友在海淀帮着找了块地,在那儿建起了酒楼。"

"你费了那么大工夫,还没挣到钱,太可惜了。"

"三舅最后给了我点儿辛苦费,他说赵先生你人挺好的,做生意不怕吃苦,带着病还陪他看地块。生意虽然没做成,但是交情建立了,以后有赚钱的买卖,他会想着我的。这个黄阿贵就是他介绍我们认识的。"

"我这么听着，你和三舅也就是生意上的关系，不是铁磁的哥们儿呀，他怎么会给你戳着呢？"

"兄弟，你不知道，我帮了三舅一个大忙呀。"

"是吗？怎么回事儿呀？"

"我帮着三舅离了婚。"

"嘿，看你干的算什么事儿呀，俗话说宁拆十座庙，不毁一桩婚，干这种事儿可是够缺德的。"

"谁说不是呢，开始我也不想干。就冲三舅身边那个骚货的贱样，我看着气就不打一处来。可谁让三舅喜欢呢，俗话说王八看绿豆，对上眼儿了。男人有钱就变坏，女人变坏就有钱，臭味相投嘛，三舅为了那个骚货，非要抛弃自己结发妻子，谁都拦不住。可是三舅没想到，他老婆死活不离婚。"

"这下三舅没辙了吧？"

"这可难不住他，那老小子肚子里阴损坏的招儿多着呢。他把我找了去，送给我一箱茅台、一箱软中华，请我出趟差，去广州他家里，给他老婆送封信。为此他给我买了北京到广州往返的软卧车票，并对我千恩万谢。"

"为了送一封信，就对你这么好？"

"我当时心里也纳闷呀，可反过来一想，管那么多干吗呀，先得实惠再说。我把三舅的礼物拿回了家，坐着软卧舒舒服服去了趟广州。"

"你把信给了三舅的老婆了？"

"给了。"

"她看了信没折腾得寻死觅活的呀？"

"没有，她就和我说了三句话：'你是赵武吗？'我说是。她又问我：'这封信你打开看过吗？'我说绝对没有。她点了点头，说：'你回去吧，我们早离婚了。'接下去就什么也不说了。可我琢磨着她随便跟我一说，我回北京跟三舅回话，无凭无据的他不相信怎么办呀？我说：'对不起，请您把刚才说的给我写个字据吧。'"

"她写了吗？"

"她不写我不走呀。她没辙了，给我写了个字据，说他们夫妻已经离婚，今后谁也不对谁的欠账负责。我这才回了北京。我把这张字据复印了一份，原件给了三舅，复印件我自己留下了。"

"你留它干吗用呀？"

"给人办事儿就得多留个心眼。"

"三舅在信里都说了什么呀？"

"后来我才知道，三舅在信中说，他在北京生意做赔了，欠了赵武不少钱，赵武现在去广州找你要钱，你千万别给他钱。你告诉赵武咱们俩离婚了，他就不找你要钱了，你别担心，这只是假离婚，等这阵风过去，咱们再复婚，一切还和从前一样。"

"真够损的，三舅是拿他老婆耍着玩儿，你可成了他的枪呀。"

"是呀，可我也就攥着他的把柄了，他要敢对不住我，我把实情跟他老婆一说，那老小子还有好日子过吗？"

"哥们儿，你也够坏的。"

秦玉说完话，两个人都笑了。不知不觉到北京了。

第二十八章

秦玉回到家，穿上牛仔服，鼻梁上架着蛤蟆镜，胳膊上戴着一串电子表，在屋里来回走了两圈，在家人面前这通显摆，他问："看看，我潮不潮？像个时代青年吗？"

"我看你流里流气的，时代青年没看出来，倒像个流氓。"秦老板说。

"老头子，你太落伍了，就冲咱儿子捯饬得这么帅气，就是个时代青年嘛。"秋萍在旁边可着劲地夸儿子。

小妮美滋滋地看着秦玉说："真帅，你这么一穿，比咱俩结婚时穿得可精神多了。"

秦玉说："明天拉着咱们的货去西单夜市卖，我就穿成这样往那儿一站，准得有人抢着买。小妮，我卖货，你管收钱，账可算好喽，别卖赔了。"

"让大丫儿算账吧，她明年上初中了，账比我算得好。"

"也行，让大丫儿也历练历练。"

"我也去，帮你们看着摊子，防止坏人捣乱。"秦老板也表了态。

"咱们全家人都一块儿去吧，省得我们留在家里不放心。"秋萍说。

"不用，不用，我们带着大丫儿去就足够了，爸妈你们就在家歇着吧，省得我分心还得照顾您俩。"

"废话，还用你照顾，你爸爸可是练武的，别看我老了，就那些街头小痞子，来个三五个人照样近不了身，儿子你信不信？"

"我信，您那大武生的底子，再过十年都管用。人家夜市有人管，不用您操心。"

"我这不是看着新鲜吗，起码也能站脚助威吧。"

"儿子，我和你爸爸就是去夜市逛逛，你就别拦着了。"秋萍在一边打着圆场，爷儿俩都不再争了。

西单夜市，虽说没有广州高第街那么热闹，可也是熙熙攘攘人来人往的。每天下午五点夜市就开始营业了，这里主要是卖服装和日用品的摊位，后来逐渐增加了卖水果和卖小吃的。秦玉一家老小推着辆三轮车，拉着从广州趸回来的服装和蛤蟆镜、电子表就来了。

他们在夜市管理部门登了记，交了管理费，工作人员给他们指定了个固定摊位，秦玉就卖上货了。他在三轮车的四边竖起了竹竿，横着拉上绳子，把牛仔服一件件在绳子上挂好，把蛤蟆镜和电子表分别摆在三轮车上，秦玉围着三轮车转了两圈，问小妮："媳妇，你看像那么回事儿吗？"

"挺好的，比我们村里的货郎车还气派呢。"

"行嘞，那咱们就开始吆喝。"

秦玉套上一身牛仔服，戴上蛤蟆镜，把袖口挽到胳膊肘，手腕子上戴了一串电子表，就喊上了："瞧一瞧，看一看啦，香港最新潮的牛仔服、蛤蟆镜啦，日本原装进口电子表啦。哎，走过，路过，不要错过，过这村可没这店啦……"

秋萍在旁边听着乐了，她对秦老板说："咱儿子还真像那么回事儿，吆喝起来蛮在行的。"

"这小子都跟谁学的呀，还一套一套的。"秦老板也笑了。

听秦玉这么一吆喝，人们纷纷围拢了上来，有人问道："老板，牛仔裤怎么卖呀？"

"牛仔裤二十一条，三十一套。"

"电子表怎么卖？"

"十五块，蛤蟆镜十块。"

"给我来块电子表。"

"我买一身牛仔服。"

"我要个蛤蟆镜。"

人们纷纷掏钱买货，秦玉和小妮兴奋地张罗着，女儿大丫儿紧张地收着货款，秋萍在旁边帮着点钱，秦老板站在一旁，犀利的目光扫视着人群，唯恐坏人捣乱。

全家人各尽其责。一个晚上，三轮车上的货卖光了，秦玉收拾完车摊，让父母和媳妇、闺女全坐在车上，他蹬着车回家了。大丫儿高兴地说："爸爸，咱们卖了五百多块钱呢，书包都装满了。"

"赚回本钱了吗？"秋萍不放心地问。

"妈，咱们赚海了。"

"行啊，你小子长本事了，会赚钱了。"秦老板也夸上儿子了。

"爸，您儿子不是尿包，会干出个样来的，您和我妈腈等着享福吧。"

一家人高高兴兴回到了太原会馆大院。第二天中午，秦玉带着家里人下了馆子，把赵武也请来了。秦玉说："我这趟广州真没白去，趸回来的货赚钱了。昨天晚上我在西单夜市一晚上赚的钱，比我媳妇半年卖茶叶蛋赚的都多。我今天请大家来吃个饭，一起庆贺庆贺。"

哥哥秦彪说："弟弟就是有本事，这叫三年不鸣，一鸣惊人，三年不叫，一叫吓人一跳。"

姐姐秦坤说："这些年，小弟日子过得一直不太顺，我也没少为他担心。小弟是个要强的人，也是个不服输的人，他一直撑着这个家。现如今改革开放过上了好日子，我们心里也就踏实了。"

秋萍说："这还得好好谢谢赵武，是他带着秦玉来回地跑，从下农村收鸡蛋，到这次去广州跑买卖，全靠赵武帮了大忙呀。"

赵武说："大婶您别这么客气，我和秦玉是发小，我们哥儿俩和李杉从小拜过把子，我不能眼看着秦玉兄弟生活上不如意，帮他一把是应该的。"

"得嘞，哥们儿，我给你满上，兄弟我什么也不说了，全在酒里了。"

秦玉给赵武满上酒，自己也倒满了酒，哥儿俩一扬脖全干了。

打这儿以后，秦玉带着媳妇和女儿，天天在西单夜市摆摊，货卖完了，就通过广州的黄阿贵进货。赵武看到他们彼此也熟识了，再去广州赵武就不陪着了。

秦玉是个厚道人，每次去广州进货，他都给黄阿贵带不少礼物过去，有北京烤鸭、稻香村的点心匣子、北京果脯蜜饯、义利红虾酥糖和巧克力。这些好吃的，秦玉和老婆孩子都舍不得吃，但是给黄阿贵送礼，秦玉连眼都不眨，每次都买好几大包。

黄阿贵来北京，秦玉就像迎接外国来宾似的，专程去机场接他，还找上档次的大馆子，给他接风，陪着他在北京玩儿上几天，费用都是秦玉承担，末了，秦玉还要去机场送行。

黄阿贵很不客气，他知道秦玉想赚钱离不开他，自己是秦玉的上家，也是他的财神，因此他在北京吃秦玉、喝秦玉，都很心安理得。

有一天，黄阿贵对秦玉说："秦先生，你买卖做得太小了，总是在夜市里卖货，赚不到大钱的。"

"黄老板，依您看，我怎么才能赚大钱呢？"

"你应该租个店铺呀，有柜台，有卖货的服务员，你当老板。这样既体面，又不会那么辛苦，还能赚大钱，一举三得，你说好不好呀？"

"好是好，只是租店铺要花不少钱，我怕钱不够呀。"

"你从我那里拿货有半年多了吧？"

"有了。"

"还是呀，这半年多你赚了多少，我心里可是蛮清楚的，你拿出点钱租个店铺困难吗？"

"行，听您的，我把钱凑凑，还得找个合适的店铺，这得花些工夫。"

"你不用找了，我手里就有一间店铺可以转手给你。"

"您在北京也开着买卖呢？"

"都开三年了，是个很好的店铺，蛮赚钱的。要不是我在广州新盘下了一家酒楼，手头钱紧，我是舍不得出手呀。秦先生，你接手我的店铺，很便宜。"

"黄老板，您一直这么关照我，真是太谢谢您了。"

"你回去和老婆商量一下，要是都同意，明天我就带你去看房子。"

秦玉回到家里对小妮说："媳妇，我想开个店，你看怎么样？"

"咱家在夜市，货卖得挺好，干吗要开店呀？"

"货卖得是挺好，每天晚上俩钟头就卖完了。就一辆三轮车的货，太少了，想多赚钱都不行。这要是有家店铺，搞好几个柜台整天卖货，那就能多赚钱了。"

"你想开啥店呢？"

"牛仔服专卖店。咱们从广州黄老板那儿多进些货，在店铺里大量卖。有了固定店铺，就好创出名声，今后顾客是慕名而来，那买卖就更好做了。"

小妮让秦玉说动了心，她高兴地说："好吧，丫儿她爸，我听你的。"

两口子打定了主意，第二天秦玉带着媳妇上宾馆找黄阿贵来了。秦玉知道黄阿贵爱吃白灼基围虾，他俩特地赶在饭口上来了。见了黄阿贵，秦玉热情地张罗道："黄老板，您还没吃午饭吧？"

"昨天夜里跟几个朋友打了一宿麻将，起晚了，别说午饭了，早茶还没吃呢。"

"那正好，我们两口子也没吃饭呢，黄老板咱们一起吃午饭吧。我听说楼下那家粤菜馆不错，我请您吃白灼基围虾。"

"哎呀，老让你请客，太不像话了。今天正好弟妹也过来了，咱们一起吃个饭，说好了，我买单。"

"黄老板，哪能让您……"

秦玉话刚说了一半，黄阿贵打断了他的话，说："就这么定了，我买单，你不许跟我争。"

秦玉看了看黄阿贵，又扭头看了看媳妇，心想，黄阿贵从来没这么大方过，他今儿个唱的是哪出呀。

三个人来到宾馆的粤菜餐厅，分宾主落座，黄阿贵把菜单递给小妮说："女士优先，请弟妹点菜吧。"

小妮脸红了，说："我不会点菜，请您点吧。"

"好，那我就不客气了。"

黄阿贵把服务员叫了过来，也不看菜单，干脆地说："烤乳猪，烧鹅，白灼基围虾……"

黄阿贵点了一大桌子好菜，秦玉在旁边听着汗都出来了。心说好家伙，这一桌子菜得花多少钱呀，幸亏黄阿贵张罗着买单，这要是让我买单，我身上都没带够钱，非丢人现眼不可。

菜上来以后，黄阿贵殷勤地给小妮夹菜，他那股子热情劲，任何女人都会被感动的。黄阿贵看见小妮用筷子夹起一只基围虾，放进嘴里，使劲嚼着，连头带尾都咽了下去，就问道："弟妹以前吃过基围虾吗？"

小妮嘴里被食物塞满了，说不出话，只得红着脸摇了摇头。黄阿贵轻声说："基围虾不是你那个吃法，你看看我怎么吃。"

要说黄阿贵在吃上真是很讲究，他拿起一只基围虾，把虾皮轻轻撕开，揪住虾尾一拽，虾肉就出来了，又用牙签挑去虾背上的虾线，把虾肉在蘸料碗里一涮，这才放进嘴里，有滋有味地嚼了起来。

小妮学着黄阿贵的方法吃虾确实很爽，就下手撕巴开了。吃了几只虾后，她偷偷看了黄阿贵一眼，顿时又羞红了脸。她看见自己的菜碟里，撕开的虾皮、虾头、虾尾，凌乱地堆在一起，很不雅观。黄阿贵的菜碟里，吃完的虾皮还是完整的，一只一只按原样摆在那儿，猛一看，真看不出这是吃剩下的虾皮，似乎这是刚上来的虾，还没人动过，太神奇了。秦玉在旁边看了也觉得挺新鲜，不由得说："黄老板吃虾真是一绝，这要是不告诉服务员，他会认为这盘虾要打包呢。"

黄阿贵笑了笑说："雕虫小技，不足为奇。"

这顿饭吃了很长时间，秦玉和小妮两口子真开眼了，整桌菜有一多半他们都是第一次品尝，这才发现粤菜虽说很贵，可贵得有道理，它们确实太好吃了。

通过这顿饭，黄阿贵达到了自己的目的，他要让秦玉明白，你平时请我吃饭不够档次，我黄老板吃饭品位很高的，肯赏脸吃你点的菜，是给你面子，别以为我占了你多大便宜。他在小妮面前有意出手大方，是为了让她感到我黄老板是个很有礼貌又很大方的人，在接下来店铺价格的谈判上，不好意思跟我斤斤计较。

黄阿贵很精明，他早把秦玉两口子琢磨透了，他精心设了个套，要把秦玉装进去。老实巴交的秦玉两口子根本没识破这个套，一直把黄阿贵当成了贵人，能不吃亏吗？

吃完饭，黄阿贵说："那间店铺的事，你们夫妻俩商量好了吗？"

"我们商量过了，同意把那间店铺租下来。"

"好的，我现在就带你们去看房。"

黄阿贵带着秦玉和小妮来到了菜市口附近一条小胡同里，七拐八拐才走到了门口。秦玉一看，这不过是间二十几平方米的平房，虽说门窗都做了改建，有个店铺的样子，可地理位置太差了，秦玉心说，在这儿开店铺，有人来买货吗？小妮心里也不太满意，悄悄拽秦玉的衣角，轻轻摇着头。黄阿贵一眼就看出了他们的心思，他说："你们对这间店铺是不是不太满意呀？"

秦玉和小妮都点了点头，秦玉说："这间铺面位置太偏僻了，真要是在这儿开店，不得赔死呀。"

"你还真说错了，这两年我在这里卖货就从来没赔过。你们知道这里有什么绝招吗？我告诉你们吧，关键是看你卖什么货了。我一直在这里批发牛仔服，都是抢手货。你们北京不是有个说法吗？'酒好不怕巷子深'，还有一句，'人叫人千声不语，货叫人点首自来'，就是这个道理。"

黄阿贵看秦玉和小妮仍有些犹豫，继续说："在这里开店铺还有三大好处，一个是房租便宜，它比市中心开店铺要便宜三倍以上。再有，这里没人检查，什么起没起照呀，交没交税呀，卫生合格不合格呀，根本没人管。最后，也是最大的一个好处，这里的房子待不住，很快就要拆迁了。"

"要拆迁的房子怎么能租呢，你前脚搬进来，人家后脚就要拆你的房，那不得从爷爷家赔到姥姥家呀，这种房子绝对不能碰。"

"哥们儿，你又说错了，你知道现在拆迁是什么政策吗？不知道吧，我告诉你，店铺遇上拆迁了，拆迁单位会给经济补偿的，还要在繁华地段找间同等规模的店铺让你经营。这等于是又得钱又得利，一举两得，多好的事呀。我当初为什么要租下这间店铺呢，我又不是傻子，要是没有这几条好处，我才不租它呢。现在我把它转手给你，是看在咱们哥们儿这份交情上，俗话说得好，'肥水不流外人田'嘛，你们要是租下这间店铺，占多大便宜呀，仔细算算吧，我说得没错！"

黄阿贵凭着三寸不烂之舌，硬是把秦玉和小妮说动了心，秦玉问："黄老板，您说了半天，这间店铺一年租金是多少呀？"

"三万。"

"这么贵？它值这么多钱吗？"

"哥们儿，你到西单、王府井打听打听，那里的店铺，即使比这里的面积还小的，哪间一年的租金不得十万八万的，比这里贵多了。"

"这租金还有商量吗？"

"对别人来说，没商量了，因为它的价码已经非常低了。但是对哥们儿你，有商量。"

"怎么个商量法？"

"你要是一次性付款，可以便宜五千元，一年两万五就行了。"

"还是觉得有点高，黄老板再给便宜点吧，两万行不行？"

"我要的价没有那么大的水分。两万五是一分钱也不能再降了。"

"要是这样的话……"

看着秦玉要打退堂鼓，黄阿贵马上说道："不过可以变通。"

"怎么变通？"

"你们先付两万，必须是一次性支付。余下那五千，年底再说。要是盈利了，就把钱交给我，如果没盈利，这钱我就不要了。要是做亏了算我的，你们亏多少，我补你们多少，旱涝保收！这样总成了吧？"

秦玉和媳妇听着都直点头。秦玉说："媳妇，人家黄老板开出这么优惠的条件了，咱们要是再不同意，就不识抬举了。"

"是呀，咱们就租下来吧。"

秦玉把大半年夜市卖服装挣的钱，敛巴敛巴，凑足两万块，一咬牙，全交给黄阿贵，这间房子就租给秦玉了。黄阿贵拿了钱，瞟了秦玉一眼，嘴角上露出了得意的笑容。

黄阿贵这间铺面房他是用五千元的年租金盘下来的，现在翻了几番，两万块钱转给秦玉，一进一出他可赚大发了。这么偏僻的位置，根本不适合经营，他在这里从来就没开门营业过，只把它当成库房，临时存放货物。懂行的人是不会接手这处店铺的。本来以为砸手里的东西，偏偏碰上秦玉和小妮这么实心眼儿的两口子，黄阿贵几句话就搞定了，他心里这叫一个美呀，把对方玩弄于股掌之上的兴奋感让他胆子更大了，他为秦玉两口子挖了更大的一个坑。

秦玉和小妮心里还是挺高兴，有了属于自己的店铺，那份兴奋劲就甭提了。两口子换上工作服，拿来笤帚、墩布和洗脸盆，把这间屋子归置得干干净净，门窗上的玻璃擦得锃亮。秦玉还自己动手做了一排货架子，刷上白漆，更显得洁净，秦老板请人给儿子的店铺做了一块招牌，名字叫"大众服装店"。三天以后，随着两挂鞭炮的响声，他们喜气洋洋地开门营业了。

大众服装店虽说是正式营业了，却没有大众光顾，一天到晚冷冷清清的，偶尔有两三个人进来转转就走了。秦玉站在门口，对每一个经过这里的人笑脸相迎，也没起多大作用，时常还能听到人们的议论："在这里做买卖，赔死了算。"

"嘿，真新鲜，在犄角旮旯儿的小胡同里开服装店，脑子进水了吧。"

秦玉和小妮互相宽慰着，秦玉说："咱们做买卖，要沉得住气，过一阵子大家都熟悉了，就会掏钱买货了。"

小妮说："不来人也不怕，反正黄老板说了旱涝保收，咱们还落个轻闲呢。"

头一个月过去了，没有卖出一件衣服，秦玉两口子咬牙坚守着。第二个月过去了，终于开张了，卖出了一身牛仔服，秦玉乐了，似乎看到了希望。第三个月过去了，还是没人买货，连着三个月，只卖出了一身衣服，秦玉和小妮都沉不住气了。秦玉说："看来这处店铺选错了，卖不出东西，我得找黄阿贵说道说道。"

"是呀，他说旱涝保收，我们真要是赔太多了，他不认账可咋办？"

小妮这么一说，秦玉慌了神儿，他急着往广州打长途电话，找到了黄阿贵，秦玉急赤白脸地说："黄老板，那个店铺我不租了，没人买货，根本赚不到钱。"

黄阿贵显得很淡定，说："我猜到了你可能没赚钱，算计着你头一个月就得找我，没想到你坚持了三个月。"

"黄老板，我没开过店，不摸门儿。想多等些日子看看，可是怎么等也挣不了钱呀。"

"光等哪行呀，你那里干零售是不行的，你得搞批发，才能赚大钱。"

"是吗，批发就能挣到钱呀？"

"那是当然了。搞商业，批发和零售是两码事，零售店要设在繁华地段，越热闹越赚钱。批发不看重这些，交通便利就行了。我转给你的这个店铺，当年就是靠批发赚的钱，这个我对你说过。"

"哦，看来是经营方式搞错了。"

"对呀，你以后专干批发吧，流水大，赚钱也多。你下星期来广州吧，我给你趸足了货，保你发财。"

"黄老板给我多少货呀？"

"三万。你可要把货款带齐呀。"

"哎哟，要带这么多？我盘下这个服装店，手头挣的钱全搭进去了，拿不出钱了。"

"没钱你做什么买卖呀！你不会去借钱吗，赚了钱再还给人家嘛。我们干商业，经常与别人借钱，这是再正常不过的事。"

"您说得也在理，可谁能借给我这么多钱呢？"

"你向赵武借吧，那小子手里有钱。哥们儿，我可告诉你，这批货是抢手货，你要不快点来，别人可就买走了。你到底要不要货，给我个痛快话。"

"我要呀。黄老板，您容我两天工夫，我去想想辙。"

"哎，这就对了。哥们儿，你要是现金一次性付清，我再给你让两成利，怎么样，够意思吧？"

秦玉一听激动了，声音都有些颤抖，大声说："黄老板，您放心，我马上就去筹款，这批货我要定了！"

秦玉找到了赵武，想跟他借三万块钱。赵武说："兄弟，我这还真拿不出这么多钱，顶多给你凑一万，剩下的你再找别人想想办法吧。"

"一万就一万吧，我再找家里人凑那两万去。"

秦玉没敢跟父母张嘴，他怕老人担心，找了哥哥和姐姐，一家借了一万。姐姐当时问他：

"小弟，你借这笔钱什么时候还给我呀？"

"一个月以内吧，准能还给你。"

"那就好。不是姐姐小气，我公公有心脏病，和医院约定好了，下个月做手术。这一万块钱是我们给他做手术准备的钱。"

"姐，你放心吧，不会耽误你用这笔钱。"

秦玉总算凑齐了三万，他和小妮风风火火地赶到了广州。双方见了面，黄阿贵更加殷勤了，特意给小妮买了条时髦的花裙子，小妮穿上很漂亮，一个劲感谢他。黄阿贵说:"这是我的一片心意,你们两口子来广州好几次了,总是忙忙碌碌的,没有好好玩过。这次时间宽裕,秦玉带着弟妹去白云山玩玩吧。你们知道吗,我们广州白云山,是南粤名山之一,被称为'羊城第一秀',由三十多座山峰组成,登高可俯览全市,遥望珠江,美极了。"

"黄老板,谢谢你的好意,我们俩现在没心情游山玩水,就想赶紧把货带回北京卖,好把这三个月亏的钱赚回来呀。"

"不用着急,你们付了款,也要等上三四天,利用这个时间玩玩不是正好吗?"

"什么,你没有现货?"

"是呀。以前有现货,都是我先花钱买回来,再批给你们。我现在盘下了一个酒楼正在装修,手头钱紧没有闲钱给你们进货了。你们想要货就把钱拿来,我好去进货,这跟以前没有多大区别呀。"

"黄老板,不是我们信不过您,以前咱们一直是一手交钱、一手交货的。这次要先交钱,我们没这么干过呀。何况钱又交这么多,三万块哪。"

"我听出来了,你们信不过我,那咱们还做什么生意呀,你们请回吧,以后咱们各干各的,不要再来往了。"黄阿贵说完话,脸都气白了。

"黄老板,别生气,我们信得过你。"小妮急着解释。

"行,有弟妹这句话,我不生气了。我知道你们这三万块钱全是借的,不放心也是可以理解的。这样吧,你们去看看我盘下的酒楼,现在正装修呢。俗话说'跑得了和尚,跑不了庙',那么大的酒楼摆在那里,好几百万价值,我会为了你们这区区三万块钱跑路吗?"

秦玉和小妮一听,人家说得在理,就跟着黄阿贵来看这家酒楼。眼下酒楼装修已接近完工了,从外面看,足有五层高的大酒楼,装潢精美,气派非凡。黄阿贵带着秦玉两口子来到酒楼大厅,几个装修工人见了他,都主动打招呼:"黄总好。"

黄阿贵笑嘻嘻地冲他们点点头,说:"注意安全。"

"谢谢黄总。"

黄阿贵转身对秦玉说:"你看到了吧,工人们全认识我。我为什么不给你们现货,钱全用来装修了。这么个大酒楼,马上就要竣工营业了,我用这大酒楼作保，押在这里，你交给我三万块钱还不放心吗？"

秦玉不好意思地点了点头，说："黄老板，您别见怪，我们俩没什么见识，可能有点儿小心眼儿啦。"

"行了，这么长时间的朋友了，理解万岁吧。三万块钱给我吧，我再给你写个字据，让你们放心。"

秦玉让小妮把钱交给了黄阿贵，又问道："黄老板，我们哪天能见到货呀？"

"三四天吧，最多不超过五天。"

"好吧。我们就先不回北京了，来回跑不值当的，我们就在这里等您的货了。"

"好呀，我不是说了吗，你们去白云山玩玩，风景可好了。这里出门就有公共汽车，直达那里，可方便了。"

秦玉和小妮冲黄阿贵点了点头，扭头走了。他们怎么也想不到，这三万块钱如同肉包子打狗，有去无回了。

第二十九章

秦玉和小妮哪有心思玩儿呀，他们在黄阿贵家旁边一条小巷里，找了家便宜的小旅馆住了下来。小妮神秘兮兮地对秦玉说："我看这里住着的每一个人都不怀好意，他们都用奇怪的眼神看着咱俩。丫儿她爸，咱俩夜里睡觉都要睁着一只眼，留神被人偷了东西。"

秦玉笑了，他把小妮搂在怀里说："媳妇，别那么紧张，我看这些人都挺友善，人家多看我们两眼是因为我们穿戴跟他们不一样。他们大都是南方人，比我们开放，穿着比较时尚，在他们眼里我们就是'土老帽儿'，住几天就习惯了。"

听秦玉说得在理，小妮点了点头，不说什么了。头一天夜里小妮就是睡不着觉，她躺在床上，两只眼睛瞪得溜圆，哪屋有点儿响动，她都要下地看看，以至于别人去茶炉打热水，上公共厕所，她都小心翼翼盯着人家的背影儿看。直到天光大亮了，她才感到又困又疲乏，躺在床上睡着了。

秦玉夜里也没睡好，他一直在盘算着怎么尽快把赔了的钱赚回来，他想把自己开的"大众服装店"，转型为"大众服装批发部"，等黄阿贵把服装运来了，他和小妮要用最短时间批发出去，然后再从黄阿贵这里拿货，争取一个月周转一次，一年之内最少周转十次。这样，有个两三年的工夫，自己就发了。想到这儿，秦玉脸上露出了笑容，迷迷糊糊地睡着了。

第二天将近晌午了，秦玉才睡醒，看了看身边的小妮，她睡得正香。心说媳妇这些天也够累的，跟着自己走南闯北着实不容易，让她好好歇歇吧。

秦玉走出了小巷，看到路边有个小吃店，里面飘出来一股诱人的香味，让他停住了脚步，不由自主地走了进去。小店虽说不大，食客真不少，五六张桌子周围坐满了人。虽说听不懂人家说的广东话，可从他们眉飞色舞的谈吐中，秦玉看出来了他们吃得很享受。

秦玉咽了咽口水，摸了摸兜，掏出来一块钱，买了份沙河粉和一小碗艇仔粥，自己舍不得吃，捧在手里闻着香味儿给媳妇端回来了。

小妮睡醒了，见秦玉不在屋里，开门看看也没有他的影子，想大声叫喊，又怕招来人家不满，她六神无主地坐在床上，心里怦怦乱跳，头上的汗珠子冒了出来。正当她急得要哭时，秦玉高高兴兴回来了，小妮的眼泪唰的一下流了下来，走上来抱住了秦玉的脖子，说："丫儿她爸，你吓死我啦，也不说一声就走了，门都没锁，我一个人躺在屋里睡大觉，这要是让坏人钻了空子可咋办呢。"

"大白天能有什么事儿，别瞎想了。媳妇，你看我给你端回来什么好吃的？"

秦玉说着话把买回来的饭盒摆在了茶几上。小妮闻了闻说："嗯，好香呀！我是真饿了，能把它们全吃光。丫儿她爸，你吃了吗？"

"我吃过了，这是给你带回来的一份，你吃吧。"秦玉说完话，使劲咽了口吐沫。

"那我可就吃了。"

小妮吃得那叫一个香呀，转眼的工夫，吃了个盆儿光碗儿净，秦玉看了看小妮意犹未尽的样子，问道："吃饱了吗？"

"饱了，都吃撑了。"

"什么味儿呀，好吃吗？"

"你不是说吃过了吗，怎么不知道什么味儿？你没吃吧？"小妮吃惊地看着秦玉。

秦玉憨厚地笑了笑说："我刚才身上就带了一块钱，不够买两份，就给你买了一份。"

"你咋能不吃饭呢，走，我陪你去吃饭。"小妮不容分说，拉起秦玉走出了客房。

吃完饭，秦玉说："媳妇，咱俩闲着没事儿，你看是去白云山玩玩儿还是去高第街逛逛呀？"

"去白云山还得花钱，咱俩身上带的钱不多，还得在这里住上好几天呢，咱们省着点，就去高第街，反正逛街也不花钱，等以后赚到钱了，再去白云山玩吧。"

"真会过日子。好，听你的，咱们逛街去。"

两口子公共汽车都舍不得坐，溜溜达达奔高第街来了。这条街不算长，也就一里多地，可很有名气。早在清道光年间，当地的族人在这里修祠建宅，建了家庙、戏台、书室、花园等，古色古香，非常雅致。历史上的名人如清代广州名绅许祥光、民国粤军总司令许崇智、红军将领许卓、教育家许崇清和鲁迅先生的夫人许广平等都曾住在这里。

街中店铺林立，商品琳琅满目，著名的老字号"九同章""三多轩"等都在这里开店。当时街内店铺多为前店后坊式工场，是广州有名的日用百货集散地，主要经营布匹、服装、鞋帽、百货等。一九八〇年十月，高第街作为广州市第一个工业品市场正式开设，成为了全国第一条经营服装的个体户集贸市场，灵活的经营方式以及新潮服装款式吸引了来自全国各地的旅客和商贩。

秦玉和小妮走在街上，眼睛都不够使了，他俩东瞧瞧、西瞅瞅，看着什么都喜欢。秦玉说："媳妇，等以后咱们赚钱了，也在这条街上开个店怎么样？"

"那敢情好呀，这条街多热闹，什么东西都能卖得出去。"

"可不是吗，就跟咱们北京王府井一样，一块砖头包张纸都能卖得出去。"

"真有这事吗？"

"我就是打个比方。"

两口子说说笑笑来到了街中心，突然看见前面围了一群人，有个妇女正在呼天喊地地大哭大闹，他俩不明白发生了什么事，赶紧走了过去。来到近前，只见这个中年妇女坐在地上，身边站着个七八岁的小男孩，娘儿俩胳膊上都戴着黑纱。就听那个妇女哭喊道："老天爷呀，救救我们吧，我丈夫让人给气死了！我们孤儿寡母没法活了！"

这时一个市场管理员分开人群走了过来，说："大嫂，不要着急，有什么事跟我说行吗？"

大嫂擦了把眼泪问道："你是这里的领导吗？"

"不是领导，我负责维持这里的秩序，只要是在这里发生的事，我都可以管。"说着话，他把大嫂从地上拉了起来。

"那我就跟你说说吧。我们孩子他爸跟这条街上一个姓陈的老板一块儿做服装生意，起初他俩合作得挺好，陈老板搞服装批发，我们家开零售店，生意挺红火的。可是后来陈老板起了歪心，预收了我们家一笔订金，说是随后给我们发货。没想到他拿了钱就跑了，我们孩子他爸哪儿都找不着他，又急又气一病不起，上个星期人走了。家里就剩下我们娘儿俩，今后这日子可怎么过呀！"

大嫂说完话，又呜呜地哭开了。旁边围观的人们都不住地摇头叹气，很同情她家的遭遇。秦玉在旁边听着，后脖梗子直发凉，冷汗流了下来。

"这位大哥，您可一定要帮我们抓到那个陈老板呀，他是个大骗子，骗走了我们家全部积蓄，要是钱找不回来，我们娘儿俩真没法活了！"大嫂说到这儿，小男孩也跟着哭了起来。

"大嫂，您别哭了，我带着您到派出所报案吧。争取抓到罪犯，把钱找回来。"

"就算是找回钱来，孩子他爸也回不来了……"

市场管理员搀扶着大嫂走了。秦玉看着他们的背影半天说不出话来。小妮过来一拉他，发现他手冰凉，两眼发直，不免有些害怕，紧张地问："丫儿她爸，你想啥呢？"

"媳妇，这个陈老板你不觉得他很像一个人吗？"

"像谁呀？"

"黄阿贵呀！"

"哎哟，你这么说还真是有点像，他们的做法好像是一样啊。"

"咱们会不会也让他给骗了？"

"不至于吧。咱们知道他家住哪儿，又去过他的大酒楼，他自己也说，有几百万的大酒楼押在这里，不会骗我们这三万块钱。"

秦玉一丁点儿逛街的心情也没有了，拉着媳妇回到了小旅馆。

秦玉晚饭也没吃，忐忑不安地躺下了。这一宿，秦玉感觉特别漫长，他闭着眼，心里总是想着黄阿贵，怎么也睡不着，起身下地看看窗外，天还没亮呢，不得已又躺到了床上。过了一会儿，他又起来了，就这么反反复复折腾了好几次，小妮也让他闹醒了。她揉了揉眼睛问："丫儿她爸，你不睡觉闹啥呀？"

"我担心被黄阿贵骗喽，我怕他跑了。"

听秦玉这么说，小妮吓得一激灵，立马儿从床上坐了起来，慌忙说道："我白天不是对你说了吗，他拿大酒楼作担保，不会跑的。"

"可我还是不放心，给了他那么多钱，我怕他见财起意。这笔钱可全是借的，这里面还有从我哥姐家借的两万块，真要是被黄阿贵骗走了，咱们这些年就白干了，还背了一屁股债，那可就麻烦大了。"

"丫儿她爸，你说得我心里发紧，你看怎么办呀？"

"咱们不能傻等着了，天一亮我就去找黄阿贵。"

"今天才第三天，黄阿贵不是说要等个三五天货才能运到吗，我们不如踏实等上两天，再去找他。"

"不行，我今天就去找他，晚两天到货没什么，只要能见到他本人就行。"

"好吧，天亮了咱们就去找他。"

秦玉和小妮睡意全无，睁大眼睛看着窗外，总算挨到了天明，两个人洗漱完了早饭也没顾得上吃，着急忙慌地就奔黄阿贵家来了。

他俩来到黄阿贵家门前，秦玉上来就拍门，"咚咚咚，咚咚咚"，"黄先生，黄老板……"

秦玉又是拍门又是喊叫的好一阵折腾，门里面一点儿动静也没有。小妮说："丫儿她爸，是不是咱们来早嘞，黄老板还没起床呢？"

"那怎么可能呢，这么大动静，就是睡得再死也能敲醒了。"

"是不是货还没到呢，他不想见咱们呀？"

"甭管他想见不想见，我非给他叫出来不可。"

秦玉说着话攥紧了双拳，玩命砸门，"咚！咚！咚！"

"外边是哪个？闹腾没完，好烦吖！"

这时紧挨着黄阿贵家的一户邻居门开了，走出来个四十多岁的中年男子，他打着哈欠，伸了伸懒腰，扭头看了看秦玉，说："靓仔，你用这么大力气敲门，比打鼓还响，我们还怎么瞓觉（睡觉）呀！"

"对不起，吵着您了，我就是想找住在这屋里的黄阿贵。"

"他两天前就搬走了。"

"搬走了，这不是他自己家吗？"

"哪里是他的家，分明是我家嘛，他租我的房住，我才是房东吖。"

"从来没听他说过呀？"

"你不信是吧，我这里有钥匙，你进去看好了。"

说完话，他掏出钥匙打开了门，秦玉和小妮进屋一看，空空如也，屋里什么东西也没有了。两个人当时就慌了神，秦玉急忙问房东："先生，您知道黄先生搬到哪里去了吗？"

"听说他开的酒楼要完工了，是不是搬到酒楼里住去了，你们认识他的酒楼吗？"

"认识，认识。"

"你们去那里找他吧。"

"好的，谢谢您。"

秦玉和小妮二话不说，直奔酒楼来了。为了尽快找到黄阿贵，秦玉破天荒地叫了辆出租车，路上他一个劲催着司机师傅："开快点，再开快点，我有急事。"

好在是大清早儿，路上车不多，出租车很快就给他们拉到了地方，秦玉跳下车直眉瞪眼地就往酒楼里跑。司机急忙叫住他："你仲无俾钱（你还没给钱）！"

小妮大概齐明白了司机的意思，赶紧拿出钱交给了司机，才算完事。两口子进到酒楼里一看，内装修已经基本完工了，工人们正在清理杂物。秦玉看着一个师傅眼熟，他就是上次管黄阿贵叫"黄总"的人。秦玉走上来打招呼："师傅您好，黄总在酒楼里住吗？"

"黄总，哪个黄总？"

"黄阿贵，黄总呀。"

"没听说过。"

"怎么能没听说过呢？上次他带我们来酒楼，你们主动跟他打招呼，叫他'黄总好'，他对你们说'注意安全'，你还说'谢谢黄总'，你不记得啦？"

"噢，你说的是那个小个子，嘴上留着两撇小胡子的人吧？"

"对，就是他，他是你们老总吗？"

"不是，我们老总是林老板。那个姓黄的我们根本不认识他。"

秦玉听罢血往上涌，脑瓜子要炸开了，小妮两只眼珠子立马儿就直了。秦玉强压着狂跳的胸口，怀着最后一线希望问道："那我就不明白了，你们既然不认识他，为什么还管他叫'黄总'呀？"

"他给钱了。就在他带你来的前一天，那个姓黄的来到我们这里，在楼下干活的工人，他每人给了十块钱，他说：'明天我带人来这里参观，你们都叫我黄总，这样我会很有面子。'他前后带来好几拨人到这儿参观，每次都给我们十块钱。我们还觉得他挺大方，就为了听句称呼，每次都花好几百块钱呢。"

"哎呀，上当了！"

秦玉顿时觉得天旋地转，站立不稳，妻子小妮"啊！"大叫一声，直挺挺摔倒在地，人事不省。秦玉赶忙把妻子抱起来大声哭喊着："媳妇，你醒醒，你快醒醒呀！"

小妮一点反应也没有。秦玉抬起头，无助地央求着身边的工人师傅："各位师傅，救救我媳妇吧。"

"她得了什么病呀？"干活的师傅问。

"我们被人骗了，家里的钱全被黄阿贵骗走了，我媳妇受了这个刺激昏死过去了，求大家帮我救救她吧。"

"哦，是这么回事呀。她这是急火攻心，一时背过气去了。你赶紧掐她人中，我再给你打盆凉水来。"

在师傅们的帮助下，秦玉一通忙活，总算让小妮醒了过来，两口子紧紧拥抱在一起放声大哭。旁边的师傅们十分同情他俩的遭遇，人们议论纷纷："早就看着那个姓黄的不像好人，正经人哪有花钱买称呼的。"

"嘻，这也怨咱们头脑简单，就图那两个小钱，让这位先生上了当，咱们也有责任呀。"

"现在说什么都晚了，咱们帮他报案吧，人家也怪可怜的。"

众人簇拥着秦玉两口子到派出所报案，民警同志说："这个黄阿贵确实是个大骗子，骗了不少人，被骗金额巨大，我们正在全力抓捕他，你们回家等着吧，一旦抓到他，我们立刻通知你们。"

"真要是抓到他，我们被骗走的钱能追回来吗？"秦玉眼巴巴看着民警问。

"这个不太好说，要看罪犯挥霍了多少。如果他骗走的钱没动，赃款全部追了回来，那就有可能退还你们被骗的钱。这种可能性很小，一般的犯罪分子，赃款到手后，都会大肆挥霍。钱不是好来的，他们就不会珍惜，尽情享乐。所以，你们要有追不回钱的思想准备。"

秦玉和小妮眼泪汪汪听着民警的话，心里一阵阵发紧。秦玉有些喘不上气来，他解开衣服扣子，大口喘着粗气，脸色煞白，满头虚汗。民警同志关心地问："你身体不舒服吗，用不用去看医生？"

秦玉痛苦地摇了摇头，手扶着墙壁站起来，他深深地给民警同志鞠了一躬，说："给你们添麻烦，我们家就指望着民警同志破案了。"

说完话，他擦了把眼泪拽着媳妇摇摇晃晃走出了派出所。两个人漫无目的地朝前走着，小妮边走边哭，秦玉也跟着流泪。他俩不知不觉走到了珠江边上。看着宽阔静谧的珠江水，秦玉心潮难以平静，他说："我这辈子命也太苦了，什么脏活累活我都干过，什么苦我都吃过，就想着让家里人过上好日子，到头来全是一场空啊，现在又成了穷光蛋。媳妇，你凭良心说，我爱你不爱你？"

"你爱我，我也爱你呀。"

"你说我顾家不顾家？"

"这个家全靠着你呢。"

"你说我生活上简朴不简朴？"

"那还用说吗，你平时不抽烟不喝酒，省吃俭用，一分钱都不乱花。"

"是呀，我从不乱花钱，一块钱一碗的肉丝面我都舍不得吃，到头来却被黄阿贵这个王八蛋一下子骗走了三万块钱，骗得我倾家荡产。我真笨真傻呀，我他妈的就是个欠抽的大傻瓜！"

秦玉说完话，左右开弓抡圆了抽自己大嘴巴。小妮扑上来双手使劲搂着秦玉哭着说："丫儿她爸，你不要打自己了，都是我不好，轻信了黄阿贵，要打你打我吧。"

"媳妇，你别拦着，我心里太憋屈了，这口恶气出不来呀。"

秦玉推开小妮，又玩命地抽自己大嘴巴。小妮几次拦着都拦不住，秦玉就跟疯了似的，一连气抽了自己三十几个大嘴巴，鲜血顺着鼻子和嘴角往下流。小妮没辙了，她扑通一下跪在了秦玉面前哭着说："丫儿她爸，是我害了你，是我害了这个家，我用死来赎罪！"

小妮说完话，站起身头也不回朝着珠江就冲了过去。秦玉傻眼了，他本能地追上去，还是晚了一步，小妮一头扎进了珠江里。秦玉大声呼喊着："媳妇，你等等，我也不活了！"

秦玉紧跟着也跳进了珠江。

两个人在水里拉扯到了一起，互相拼命地拽着，挣扎着，他俩都不会游泳，身子不由自主地往下沉。就在这生死关头，江面上的巡逻艇发现了他们，立即展开营救，真是不幸之中的万幸，他俩已然走到了鬼门关前，被巡逻人员救了上来。

他俩都喝了不少江水，小妮已经神志不清了，救援人员急速地把他俩送到医院抢救。经过医生全力救治，两个人脱离了危险，软弱无力地躺在病床上。秦玉扭脸看了看小妮哭了，他悲伤地说："媳妇，你怎么这么想不开呀，不就是钱没了吗，只要人活着，咱们还可以再挣。要是人没了，就真的全完了。咱们这个家能离得开你吗？你要是走了，三个孩子怎么活？爸妈怎么活？你让我怎么活呀？"

秦玉边哭边说，小妮躺在病床上失声痛哭。秦玉强忍着身上的疼痛，抬腿下了地，一下子扑到小妮的身上哭喊着："媳妇，你可别想不开呀，我真害怕啦。"

小妮伸出双手牢牢地抱紧了秦玉，热泪止不住地往下流。

在医院住了三天，他俩才出院，身上的钱也花得差不多了，回北京的车票钱都拿不出来。秦玉不敢跟家里说，怕父母承受不住这么沉重的打击。没别的办法，他只得给赵武打了电话。赵武在电话那边听说秦玉被黄阿贵骗了三万块钱，气得七窍生烟，他破口骂道："黄阿贵你个孙子王八蛋，别让我碰上，早晚废了你丫挺的。哥们儿，甭着急，我马上去海淀找三舅，让老爷子给评评理，有他黄阿贵这么坑朋友的吗？我让三舅收拾他，一定帮你把钱找回来。你们两口子赶紧回北京吧。"

"我们回不去了。"

"怎么回事儿呀？"

"我们没钱买车票了。"

"干吗不早点回来呀，非等着把钱花光喽才想着回家呀。"

"不是，小妮想不开跳珠江了。"

"啊？"

赵武眼泪当时就流了出来，他问道："人救上来没有啊？"

"救上来了，差一点儿人就没了。"

"好兄弟，千万别着急，钱是什么呀，钱就是王八蛋！为钱闹出个好歹来不值当。我马上把车钱给你寄过去，你们一定要平平安安回北京来，有什么事儿咱们从长计议，留得青山在，不怕没柴烧，人不会老走背字的。兄弟，听人劝，吃饱饭，你们两口子一定要往开了想啊。"

赵武放下电话马上就把路费给他俩汇去了，秦玉和小妮总算回到了北京，赵武亲自到车站接他们。哥儿俩见了面后，紧紧拥抱在一起，谁也不说话，眼泪默默地流着，小妮两只眼睛哭得通红。哭了好一会儿，赵武说："得了，后悔药咱们不吃，重打锣鼓另开张吧。什么也不说了，咱们东来顺涮锅子，我给你们两口子压惊。"

在饭桌上，秦玉对赵武说："我被骗的这三万块，有一万是跟你借的，你放心，我早晚都会还给你。"

赵武说："我这一万你甭放在心上，什么时候还都成。"

秦玉问赵武："你找三舅了吗？"

"找了。"

"他怎么说呀？"

"还他妈提呢，三舅也满世界找黄阿贵这孙子呢，他不仅骗了你，还骗了三舅的几个铁哥们儿。这丫挺的也真够贼的，用那座酒楼当幌子，骗了不少钱，三舅估摸着可能有五十多万。"

"骗了这么多？这小子胆子也忒大了！"

"他这么干就是死催的，哪一天他被公安局抓到了就是俩字：枪毙。要是被道上的人逮住了，非玩儿死丫挺的不可。这孙子，下场好不了。"

秦玉两口子听着不住点头，小妮说："要是逮着这个黄阿贵，就给他灌凉水，也让他尝尝喝江水是啥滋味。"

小妮恨得咬牙切齿的，秦玉和赵武听着脸上浮现出了一丝苦笑。

听说秦玉从广州回来了，姐姐秦坤高高兴兴找他来了。她对秦玉说：

"小弟，又赚大钱了吧，祝贺你呀！快把那一万块钱还给我吧，下个星期我公公就要住院做心脏手术了，医院催着我们交手术费呢。"

"哦，这么急呀。姐，你再容我两天工夫，我去想想办法。"

"想想办法？你手头没钱吗？"

"姐，我这次生意做赔了，手头没钱了。"

"赔了？赔了多少呀？"

"三万块钱全赔进去了。不瞒你说，我都回不来北京了，回家的车票还是赵武帮我买的。"

"赔了这么多？到底是怎么回事儿呀，跟姐说说。"

秦玉含着眼泪把事情的经过从头至尾说了一遍，说到小妮跳珠江时，秦玉失声痛哭。秦坤也跟着流泪，她伤心地问："你们今后有什么打算呀？"

"我现在全乱套了，以前在西单夜市卖货和后来开服装店，所有进的货，全是从黄阿贵手里拿的。他现在卷钱跑了，我们货源也断了，一家老小的生活立马儿就没了着落，我真不知道今后的日子该怎么过呀！"

"别着急小弟，你们俩千万别想不开，没有过不去的火焰山，总会有办法的。"

"姐，你放心，欠你和我哥的钱，就是再难，我也会想办法还上的。"

"算了，你现在这么难，先想法子渡过难关吧。"

秦坤起身告辞，秦玉含着泪送走了姐姐。

秦坤虽说在弟弟面前显得很大度，她自己其实是真没辙了，她和丈夫都是普通工作人员，家里没多少积蓄，亲戚朋友也都是工薪阶层，手头都不宽裕，想马上筹集一万块钱还真不好办。手术的时间好不容易和医生约好了，绝不能再推了。秦坤思前想后，只有回家跟爸妈求援了。

秦老板这些天身子骨儿不大舒服，秋萍给他抓了汤药，正服侍着他喝药。秦坤进屋看到这些，想好了要说的话全咽了回去。秦老板看见闺女回家了挺高兴，问："坤儿呀，你公公的身子怎么样了，不是听说要做手术吗？"

"爸，您就甭操心了，养好您的身体比什么都重要。"

"我没什么大事儿，就是受了点儿夜寒，喝两服汤药就好了。"

秦坤心里有事，又不便对爸爸说，急得抓耳挠腮的。秋萍看出了秦坤的心思，低声问道："坤儿，有事儿找我们呀？"

"妈，您出来一下，我跟您说点儿事儿。"

秋萍看了一眼老头子，明白秦坤有话不好当着她爸爸说，抬脚和闺女来到了屋外。秦老板看着奇怪，心说背人没好事，我非要听听她们娘儿俩说什么。他悄悄把门打开了一条缝，自己把耳朵贴上去仔细听着。秦坤说："妈，您手里有钱吗？我想借一万块。"

"要借这么多，干什么用啊？"

"给我公公做手术。"

"你们自己没做个准备呀？"

"我们早就准备好一万块钱了，让秦玉借走了。他原来说一个月内还给我，可没想到这次去广州他让人把钱骗走了。"

"什么？到底是怎么回事呀，快跟我说说。"秦老板听罢，一把推开了屋门，扯开嗓子就喊。

秋萍和秦坤吓了一跳，秦坤说："爸，不带您这样的，还偷听别人说话。"

秋萍说："反正也听见了，他对老儿子最上心，瞒着他也不是个事儿，进屋说吧。"

三个人回到屋里，秦老板迫不及待地问："秦玉让谁给骗了？"

"就是他的供货商黄阿贵。"

"骗走了多少钱？"

"整整三万块，全骗走了。"

"秦玉手里怎么会有这么多钱？"

"这三万块钱有一万是借他哥哥的，还有一万是跟我借的。我这一万就是给公公准备的手术费。"

"这小兔崽子，就是个废物点心，没脑子，愣让人骗走了这么多钱，把他叫来，我非骂死他不可！"

秦老板怒不可遏，非要找秦玉算账。秦坤害怕地说："爸，您别为难秦玉了，他们两口子寻短见，跳珠江了。"

"什么？"秦老板听罢就感觉胸口憋闷，张开嘴噗的一口鲜血喷了出来，人晃了两晃，一头栽倒在地，不省人事。

第三十章

秦玉和小妮正在东头儿屋子里睡觉，猛然间听见父亲屋子里有人哭喊，秦玉一骨碌就下了地，鞋也顾不上穿就跑了过来。进屋一看爸爸满嘴是血倒在地上，妈妈和姐姐正在大声哭喊着。秦玉惊恐地问道："我爸这是怎么了？"

"都怨你姐姐不把话说清楚，说你和小妮寻短见跳了珠江，你爸一着急就吐了血。你也是，昨天和媳妇从广州回来了，也不让你爸知道，偷摸着就回你屋了，你爸没见着你，才着这么大急。"

"妈，我是没脸见您和我爸，才躲着没出来。"

"什么都甭说了，先把你爸送医院吧，救人要紧。"

"是，我上董二爷家借平板车去。"秦玉说完跑了出去。

工夫不大，平板三轮车推来了，大家七手八脚把秦老板抬上车，秦玉蹬着车，秋萍坐在车上抱着老伴，小妮和秦坤紧跟在后面。秦坤后悔不已，怨自己嘴快，让爸爸急成了这样，边走边抹着眼泪。

三轮车出了大院门口，迎面碰上了高小燕，她看见秦老板双眼紧闭，面无血色，不由得吃了一惊，赶忙问道："秦大哥这是怎么了？"

"我爸病了，我们去医院。"秦玉边蹬车边说。

"需要我们帮忙吗？"

"不用了，高姨，谢谢您。"

秦玉顾不得多说，蹬着车子飞快地走了。高小燕刚要进院，看见秦坤眼泪扑簌地走了过来，截住她问："坤儿，你爸这是怎么了？"

"高姨，我爸吐血了，着急昏倒了。"

"什么事儿呀，给老爷子急成了这样？"

"唉，都怨我嘴快，把我小弟两口子寻短见跳珠江的事儿跟我爸一说，老爷子才旧病发作，急成了这样。"

"跳珠江，因为什么呀？"

"他让人骗走了三万块钱……"接着秦坤就把弟弟的遭遇对高小燕说了。

"哎哟，秦玉摊上了这事儿是够让人着急的。坤儿呀，你先去医院照看你爸爸，你公公的手术费我在院里老街坊中张罗张罗，大家给你凑凑钱。"

"这合适吗？"

"没什么不合适，这是救命的事儿，院里人都会伸手帮一把，你放心吧。"

秦坤感动得流了泪，她说："高姨，您真是热心肠，谢谢您了。"

秦玉拉着爸爸去了宣武医院急诊室，经过紧急抢救，秦老板苏醒了过来，他闭着眼痛苦地叫道："儿呀，疼死我也！"

一家人围在他身边，听到这句话，全哭了。秦玉哭得跟个泪人儿似的，他跪倒在爸爸跟前说："爸，我没死，又让您着急了，您骂我吧。"

秦老板闻听此话睁开了眼睛，看见秦玉和小妮活生生站在他面前，急忙揉了揉眼睛问道："我不是在做梦吧？"

"老头子，这不是梦，是真的。"秋萍急忙向他解释。

"爸，都怨我没把话说清楚，让您着了这么大急。"秦坤也说。

秦老板说："扶我坐起来。"

秦坤和秦玉急忙把他扶了起来，秦老板伸手拉着秦玉和小妮的手说："孩子，爸爸不会骂你们的，你们俩都是好孩子，为了这个家你们没少吃苦，爸爸能体谅。钱让人骗了，你俩着了大急才跳江，多吓人呀。多亏你俩命大，这万一要是真走了，我这白发人送黑发人，我也就活不了啦。"

说到这儿秦老板是老泪纵横，秋萍也用衣角擦着泪。

秦玉哭着说："爸，我们以后不再干傻事，您甭担心。"

小妮说："爸爸，您一定要保重身体。"

秦老板听罢，点了点头，又疲乏地躺下了。

高小燕心里替秦家着急，回到家赶紧找出了铅笔和一个小本子，又拿了个布兜，挨家敛钱去了。老街坊们都挺同情秦家，各家都出了钱，手头宽裕的人家有出三十、五十的，手头紧巴的人家就出个十块、二十块的。高小燕把出钱人姓名和钱数都记在了小本子上，还一个劲替秦家谢谢街坊们。

不大会儿工夫，高小燕敛了五六百块钱，心里是又高兴又犯愁，她心说，大院里街坊们多好啊，没有一家不肯出钱的，可走了快一圈了，才凑了这几个子儿，离一万块钱差老鼻子了，秦家的忙还是帮不上呀。

高小燕正着急呢，大龙手提着行李箱风风火火地回来了。他看见高小燕马上打招呼："高姨，忙着哪您。"

"是大龙啊，刚回国呀？"

"是，刚下飞机，回来看看我爷爷奶奶。"

"真是个大孝子，得嘞，快回家歇着吧。"

"回见您哪，高姨。"

高小燕看着大龙的背影点头赞叹道："多有出息的孩子呀，在太原会馆大院真是没的挑啊。"

说到这儿，高小燕眼前一亮，心说大龙是做大买卖的主儿，又跟秦老板家走得很近，让他伸把手帮帮秦家准错不了。想到这儿，高小燕径直来到了大龙家。她伸手敲门，大龙走了出来，惊异地问道："高姨您这是？"

"大龙啊，你看我也不会挑个时候，你刚回来没容歇口气儿呢，我就找上门来了，实在对不住啊。"

"高姨您甭跟我客气，有什么事儿您尽管说。"

"不是我的事儿，是秦老板家遇上事儿了。"

"我大伯家遇上什么事儿了？"大龙眼睛顿时瞪圆了。

"是这么回事儿……"高小燕是竹筒倒豆子，把秦家的事儿全跟大龙说了一遍。

"哦，我知道了。高姨您甭忙活了，这些事儿我来处理吧。我现在就去医院。"

"我跟你一块儿去看看秦老板。"

"行呀，咱们走着吧。"

两个人来到秦老板的病床前，高小燕说："秦大哥，您好点了吗？"

"好多了，还劳烦您惦记着。"

"咱们院里的街坊都挺关心您的，大家伙凑了些钱让我带来了，回头让秋萍嫂子给您买点好吃的，好好补养补养身子吧。"说着话，高小燕将敛钱的布兜塞到了秋萍的手上。

"哎哟，怎么好让街坊们出钱呢，他高姨，您把钱还给街坊们吧，谁家都不宽裕。"秦老板红头涨脸地说。

"这是街坊们的一片心意，您就别客气了。"

大龙这时说："秦大伯，您老这一辈子走南闯北的，什么大风大浪都遇上过，您都挺过来了，怎么现在心里搁不下事儿了，着点急就弄成这样了？"

"大龙啊，不是大伯心里搁不下事儿了，我是心疼秦玉这孩子，他命苦呀，十四岁那年下乡，在农村结了婚。为了养活老婆孩子他下煤窑挖煤，遇上塌方把脖子都砸坏了。就这样他也没服过输，去农村收鸡蛋，为了省下那几毛钱车钱，他用肩膀头子挑着两大筐鸡蛋，愣是走了五十多里地回到家。他平时省吃俭用从不乱花钱，他挣的钱都是汗珠子掉地下摔八瓣得来的，是挣的血汗钱呀。"

"秦玉兄弟是真能吃苦，这方面我都不如他。"

"秦玉当然不能跟你比了。我平时一直教育他向你学习，他也真努力了。别看我时常骂他，可他要有个好歹，我还真动心动肝的。"

"大伯，您甭着急，我回来了，用钱的事儿就不是个事儿了。坤儿姐，明天你在家等着，你公公的手术费我给你送家去。秦玉，这两天找工夫咱哥儿俩好好聊聊，你开服装店的事儿，我帮着你忙活。那个黄阿贵也跑不掉，我发动朋友们帮着公安民警一起找他，早晚能逮着他。"

大龙这番话如同拨云见日一般，秦老板全家人的脸上都露出了笑容。

黄阿贵卷款后带着他表弟黄三生跑了，这个黄三生是黄阿贵的跟班，以前一直跟着他打拼。后来三舅在北京海淀开了酒楼，黄阿贵就安排黄三生到三舅身边听差，一方面是伺候好三舅，另一方面也是为了打探信息。这个黄三生，头脑灵活，见什么人说什么话，在北京没待几年，练出了一口京片子，结交了不少生意上的朋友。这次黄阿贵诈骗巨款，黄三生就帮了大忙，他凭着三寸不烂之舌，把几个北京款爷说动了心，上了黄阿贵的贼船。事发之后，黄三生在北京待不下去了，跟着他表哥黄阿贵一起消失了。

他们跑到了广西桂林，在漓江边上找了家小饭店住下了。傍晚，两个人坐在饭店阳台上欣赏着眼前的景色，漓江水流平缓，清澈的江面上映照着一层金色的晚霞如丝似锦，江两岸绿树成荫，形成浓浓的倒影。渔民们轻快地划着小船，鱼鹰在船头昂首挺立，神气十足。它们时不时地跃入水中，随后叼起一条条欢蹦乱跳的鱼儿扔到了船上。眼前这一切犹如一幅油画，美丽极了。

黄阿贵心情不错，他让黄三生买来几个小菜和一箱啤酒，看着漓江美景喝上了。黄三生端起酒杯和黄阿贵碰了杯，一扬脖全干了，他抹了抹嘴，说："表哥，这地方真叫美呀，咱们手里有钱，下半辈子就在这儿养老吧。"

黄阿贵点上根烟，深深吸了一口，朝空中吐出了一串烟圈，说："三生，你真是没见过什么大世面呀，来到桂林你就走不动了？告诉你吧，世界大着呢，表哥我还想去欧美转转呢，只要手里有钱，全世界我都要逛到喽。"

"三哥，现如今您是腰缠万贯的大富豪了，想去哪儿都成。我特佩服三哥您这脑子，真会想办法，就凭着别人家装修的一座酒楼，您是空手套白狼，愣是卷了五十多万。这主意您是怎么想出来的？"

"想是想不出来的，这都是从战争中学习战争，我是被人骗出来的。"

"这么说三哥您也被人骗过？"

"可不是吗。就在去年，我和一个合伙人去北京倒盘条，经人介绍，认识了个九洲钢材批发总公司的马老板，他说手里有两千吨盘条，还让我们看了批文。说实在话，我佩服这孙子的手段，他伪造的批文那叫一个真，我们看了半天也没看出假来，就和他签了合同。"

"付款了吗？"

"能不付款吗？你不付款那孙子不带你去看货。"

"你们见到货啦？"

"见到了。他带我们去了个堆放盘条的地方，紧挨着一条铁路，不断地有盘条装车运走。他说我们要的盘条就放在这儿了。我不信，我说这里货这么多，怎么证明哪吨盘条就是我们的？"

"是呀，盘条长得都一个模样，他怎么证明呀？"

"他说了，每捆盘条上都有批号，我们走近了一看，还真是。在盘条头上贴着一个小纸条，上面有批号。他拿着我们合同上的批号一对还真对上了。"

"那个批号肯定也是假的吧？"

"那是当然了，他们连批文都能作假，做个假批号那不是小菜一碟吗？"

"你们就这样让他骗了？"

"那孙子还有更绝的招儿呢，他把看货场的一个姓焦的工人叫了过来，说他负责发货，我们把合同和提货单让这个工人看了，他说没错，你们的货就在这儿呢，你们回去准备卡车吧，三天后来拉货。你说人家功夫都做到这份上了，不由你不信，能他妈不上当吗？三天后等我们租好了拉货的卡车兴冲冲来到货场，那个姓焦的工人影都没了，所有贴着我们批号的货全不见了。我们跟货场的负责人一打听那个姓焦的工人，人家说这里的工人根本没有姓焦的。"

"嘿！这可真叫天衣无缝，骗了个瓷实！"

"我那合伙人当时坐在地上就起不来了。这一趟买卖，他赔了十万，我赔了五万，气得我三天没吃饭。"

"表哥您不亏，虽说被人骗了五万，可您也学会了，照方抓药一转手赚了五十万，翻了十倍呀。"

"是呀，还得要感谢那孙子，没有他这个钢材骗子做示范，我也不会想出今天这个骗招。说实话，在我骗的这些人里，那几个北京款爷我一点也不可怜他们，这些人早早就发了，钱也不是好来的，他们赚的第一桶金，肯定不干净，骗他们的钱活该！倒是那个秦玉我起初有些不落忍，他挣的钱都是辛苦钱，我本来不想打他主意。可我翻来覆去一想，去年我被人骗的时候多惨呀，谁他妈可怜过我呀。想到这儿我牙关一咬，索性一勺烩吧。"

"表哥，谁的钱不是钱呢，拿在自己手里都一个样，您跟谁也甭客气。表哥，您是高人呀，就您想出来的这些骗招，够我学个十年八年的，我得好好拜您为师呀。"

"得了吧，你小子早就出师了。"

两个人互相一挤眼，捧腹大笑。

两个小子看着美景，聊着开心的事儿，一箱啤酒很快就喝光了。黄阿贵看着一个个空酒瓶若有所思地说："三生，咱哥儿俩还得接着干呀，不能只花不挣，要不然会坐吃山空的。"

"您说得是，依您看咱们下一步拿谁下手？"

"咱们现在肯定被公安局盯上了，在大陆不好挣钱了。"

"您是说去台湾发财？"

"废话！咱们他妈的过得去吗？"

"那去哪儿呀？"

"三生，你会赌博吗？"

"这您可问对人了，我不是会吗，您把那'吗'字去喽，就剩下会了。不是跟表哥您吹，我在三舅那大酒楼里天天陪着客人打麻将，这里的门路早摸清了，兄弟我是麻将高手，独孤求败呀。"

"光会打麻将不行。"

"扎金花、二打一我都行呀，每天都赚钱。"

"这都是雕虫小技，不值一提。我是问你在赌场上玩过老虎机吗，玩过二十一点吗？"

"听说过，没玩过。表哥，您这是要带我去赌场吗，是大西洋城还是拉斯维加斯呀？"

"你小子口气不小呀，留神风大闪了舌头。甭说你去不了那地方，真要是到了那儿，就你一句'英格力士'都不会说，别人给你卖了，你还帮人数钱呢。"

"表哥，您小瞧兄弟了，我至于那么笨吗？"

"笨不笨赌场上见。我决定了，下个星期咱们去澳门，上葡京大酒店试试运气。"

"去那儿怎么玩呀？"

"咱就先玩儿老虎机，它没什么技术含量，也花不了多少本钱，咱们争取爆大奖，那可是一本万利呀。"

黄阿贵把黄三生煽呼起来了，他兴奋地搓着手，说："表哥，咱俩是福将，就凭咱哥儿俩这份聪明劲儿，到了赌场准能赢钱，您就瞧好吧。"

葡京大酒店富丽堂皇，黄三生跟着黄阿贵进来以后，立刻被它的豪华震慑住了，他指着大厅中间挂着的一幅《金鱼》刺绣说："表哥快看，好大的金鱼。"

"是很大呀，它号称'自古刺绣最大鱼'，足有八十多平方米呢，出自大师之手。"

黄阿贵指着酒店门口的一块醒世牌说："三生，这上面的字你看见了吗？"

黄三生低头一看，只见醒世牌上写着两行字：赌博无必胜，轻赌可怡情，闲钱来玩耐，保持娱乐性。

"这话说得挺轻巧，其实进来玩儿的人哪有那么超脱呀，净是他妈的直眉瞪眼来，红着眼珠子出去的主儿，有几个善类呀。"

黄三生边说边摇了摇头，不屑一顾。黄阿贵也没拿它当回事儿，两个小子直接奔了老虎机。

老虎机的魅力就在于以小博大，常有意外的收获，投资小而收益大。只要投入硬币，然后拉一下把，运气好的话，就可以赚到数万美元。其实老在赌场上混的人都知道，玩赌博机，不是十赌九输，而是十赌十输，因为所有赌博机的赔率都是可以调节的，一般为四五个幅度，赌博参与人少时，老板会将赔率调高，让参与者尝到甜头，吸引围观者，然后再调低赔率，参与者长期去赌必输。

黄阿贵和黄三生毕竟是初来乍到，在赌场上绝对是生瓜蛋子，他们净听说玩老虎机一夜暴富的传说了，没有人给他们讲过赌场老板暗中控制赌博赔率宰客的事儿，也就是说他俩只知其一，不知其二。

果不其然，赌场对两个生客挺客气，头一天让他们小有收获，每个人赚了几百美元。两个小子高兴极了，黄三生说："表哥，敢情在赌场这么好赚钱呢，这头一天我就赚了三百美元，这要是一个月下来咱们得赚多少钱呀？"

黄阿贵也挺高兴，说："要不然我干吗带你来葡京呀，你刚才说对了一半，只算了发一个月的财，咱们要在这里赌上个一年半载的，你算过能发成什么样了吗？"

"哎哟我的妈呀，还是表哥您有魄力，算得那么远，到那时候咱哥儿俩不得成澳门首富了！"

"哈哈哈哈……"两个小子发出了忘乎所以的一阵狂笑。

"三生，今晚上就住在葡京大酒店了，先去吃海鲜大餐，吃饱了咱们去夜总会找俩妞玩玩。"

"好呀，表哥，我全听您安排。"

这两个红着心要发大财的小子，说什么也想不到赌场的残酷，他们第二天就开始输钱了。一连三天下来，不仅没赚钱，还赔了三万多。黄三生沉不住气了，他说："表哥，玩点儿别的吧，赌场这么大，咱们别一棵树吊死呀。"

"行呀，咱们去玩二十一点吧。"

二十一点经常被奉为来钱最快、最刺激的游戏。它是众多的牌场里必玩的纸牌游戏，它玩法简单、变化多端深受赌客的欢迎。黄阿贵和黄三生玩二十一点几乎与玩老虎机的命运相同，头一天，两个人很有运气，净抓到黑杰克的牌点，赢钱了。从第二天开始运气就变坏了，手里的牌没有一次黑杰克，黄阿贵有些急眼了，他加倍投注，更换风水，招儿都用上了，还是没少输钱。一个月下来，黄阿贵身上带的五十来万，吃喝玩乐，再加上赌博输的钱，已经是所剩无几了。

巨大的打击让两个小子发大财的幻想彻底破灭了，黄阿贵的头脑也冷静了，他对黄三生说："三生，咱哥儿俩不走运呀，被赌场坑了。看来这里不是咱哥们儿发财的地方，咱们还得回家干老本行去。"

"是呀，人们常说久赌必输，今天我算是信了，咱们赶紧离开这儿吧，要是再待下去，就成他妈的穷光蛋了。"

两个小子灰溜溜地回来了，重操旧业，还打算做他们干熟了的服装批发业务。

他们的这个结局，远在北京的大龙早就算到了。他说："黄阿贵以前是靠倒腾服装起家的，他干这行最熟。别看他卷了五十多万跑了，我估摸他用不了多长时间就会造光喽，手头没钱了，他要生活还得回来干他熟悉的业务。这样就好抓到他了，咱们守株待兔等着他。"

大龙的公司也有服装买卖业务，对广州地面上服装批发渠道很熟悉，为了协助公安局抓到黄阿贵，大龙特地给他们广州公司的同事们布置了任务，让他们与各个服装批发商联系，发现黄阿贵的行踪，立刻报警。

黄阿贵和黄三生琢磨着被他俩骗了的人可能会报警，不过这些人都住在北京，不可能老在广州候着他俩，过个数来月，风声一过去，就没什么大事儿了。

这俩小子夯着胆子回来了，头几天没敢出门儿在家里猫着，三天以后黄阿贵对黄三生说："这里认识你的人少，你出去走走，听听风声。"

黄三生心领神会，说："明白，我先去高第街转转，没事儿了就回来请您出山。"

这俩小子没想到，他俩的案子是诈骗巨款的大案，公安局早已布下大网在等着他们。他俩的照片印了很多张，当地商户们手里都有。

黄三生不知轻重，还是吊儿郎当地在高第街里晃悠，一家门店的老板看着他眼熟，偷偷拿出照片一比对正是他，立刻报了警。便衣警察很快跟上了他，顺藤摸瓜，找到了他俩的住处。

黄三生进门后还吹呢："表哥，吗事没有，咱们出去捞钱吧。"

黄阿贵嘴上叼着烟，喜滋滋儿地刚要说话，公安民警破门而入。

"举起手来！"随着严厉的喊声，五六个黑洞洞的枪口对准了他们。

黄阿贵嘴上叼着的烟掉到了地上，脸色唰的一下变成了土灰色，黄三生顺着裤腿往下滴答水儿，吓尿了，乖乖地举起了手。

"黄阿贵抓到了！"

这个信息很快传到了北京，大龙听到后马上来到秦老板家。秦家正要吃饭看见大龙来了，秋萍赶紧张罗："大龙啊，赶上饭口了，跟着一块儿吃吧。"

"婶，我就是来吃饭的，您看我带什么来了？"

说着话，大龙从怀里掏出了酒瓶子，秦玉一看高兴地喊道："茅台！太棒了！"

秦老板乐呵呵地说："大龙啊，这不节不年的，干吗喝这么好的酒啊，还是留着过年的时候再喝吧。"

"大伯，咱们就得今天喝，今天有件大喜事儿值得庆贺。"

"什么喜事？大龙哥你快说呀。"小妮问。

"黄阿贵抓到了！"

小妮听罢，一下子站了起来，当时就哭了，她边哭边说："我还以为再也抓不着这个坏蛋了，没想到他也有今天！"

秦玉的眼圈也红了，他抬头看着天说："真是老天有眼呀，黄阿贵是兔子的尾巴，没折腾几天就进去了，太好了！"

"秦玉，法院审判黄阿贵的时候，你和小妮是被害人，肯定要出庭指证罪犯，你们要做好准备。"大龙说。

"好嘞，我要当着面骂他个痛快。"秦玉咬牙切齿地说。

"不行，法庭上不许骂人。"

"法庭让喝水吧？"小妮问道。

"喝水当然是可以了。"

"那就好，我要让黄阿贵也喝喝珠江水，尝尝是啥滋味。"

"行了，咱们不高兴的事儿就不说了，喝酒庆祝吧。"

大龙打开瓶盖，为大家的酒杯里倒满酒，说："来吧，让这醇香的茅台酒为我们带来好运气，今后的日子越过越好。咱们干了！"

"干！""干！"秦老板和秦玉都是一饮而尽，随后是放声大笑。

审判黄阿贵和黄三生的日子定下来了，法院给秦玉和小妮发来了通知，大龙陪着他俩来到了广州。当晚，秦玉和小妮再次来到了珠江边上，秦玉看着波光粼粼的珠江，说："不一样，真是不一样了。在咱们跳江的那一刻，看着珠江是暗淡无光的，特别可怕。今天晚上看着它，是那么美丽，让人心情舒畅。"

"丫儿她爸，我和你的感受一样啊。明天就要审判黄阿贵了，就算他骗我们的钱追不回来了，我们这口气也出了！"

说完话小妮从包里掏出了一个水瓶子，她来到珠江边上灌满了一瓶子江水，秦玉不明白，问她："你装珠江水干什么用呀？"

小妮从牙缝里挤出了三个字："解气用！"

第二天上午十点法院开庭，黄阿贵和黄三生被法警押了上来，秦玉眼珠子都红了，瞪着他们。公诉人在宣读了起诉书后，法庭开始审理，秦玉和小妮作为被害人出庭作证。秦玉讲完了被骗经过后，指着黄阿贵说："黄阿贵，你个大坏蛋！你想不到有今天吧，这就叫恶有恶报！活该！"

小妮哭着走到黄阿贵身边，冷不丁从兜里拿出一个水瓶子，打开瓶盖，一下子将瓶里的水泼到了黄阿贵脸上。黄阿贵吓得大声叫唤："法官，她往我身上泼油，她要烧死我！"

"胡说八道！我泼的是珠江水，也让你尝尝它是啥滋味嘞！"

法庭制止了小妮过激的行为，对她进行了批评教育，小妮愤愤地坐回了原位，法庭开始宣判。

由于诈骗数额巨大，所骗钱款挥霍殆尽，情节十分恶劣，两个坏小子均被判了无期徒刑，随后被法警押上了警车。看到被诈骗的钱款退还无望，秦玉和小妮抱头痛哭。

大龙走过来安慰道："钱没了，咱们再挣吧，花钱买个教训，以后就变聪明了。"

回到太原会馆大院后，大龙对秦玉说："你们两口子明天随我看个门脸儿去。"

"干什么呀？"秦玉不解地问。

"你们还想做服装生意吗？"

"想是想呀，现在手里没有本钱呀，起初赚的钱全被黄阿贵骗走了。"

"我帮你，你跟着走就行了。"

大龙带着秦玉和小妮两口子来到了西单北大街，他指着一处挂着窗帘的门脸儿房对秦玉说："这里交给你们两口子经营怎么样？"

"这个位置太棒了，肯定能赚钱。它有多大面积呀？"秦玉兴奋极了。

"进去看看吧。"

大龙说着话掏出钥匙打开了店门。秦玉和小妮进去一看吃了一惊，小妮说："好大呀，可以摆很多柜台。"

"是不小，有二百多平方米呢。"大龙说。

"这么大，我们两口子忙活不过来呀。"秦玉为难地说。

"我为你今后的发展留下了空间，你可以招聘售货员嘛。"

"那我就成老板了。"

"是呀，秦老板好！"大龙笑着叫道。

"不行，不行，这跟我爸爸的称呼一样了，犯忌呀，不能这么叫。"

"那就叫秦经理好，秦总好，秦董事长好……"

大龙一口气说了一大堆，把秦玉和小妮都给说乐了。秦玉想了想说："还有些问题，这间门脸儿一年的房租是多少？另外我以前的供货商就是黄阿贵，现在他进去了，我的货源断了，要经营服装店打哪儿进货呀？"

"这都不是问题。首先来说，这间门脸儿的产权是我们公司，上个月我把它买下来了。你们两口子在这儿干多少年，我一分钱房租也不收，你们没有压力。另一方面，我公司在广州的批发部直接给你们供货，保证都是时尚抢手的服装，非常好卖。怎么样，秦总还有什么问题吗？"

听了这些话，秦玉感动得哭了，他握着大龙的手说："大龙哥，多亏有了你呀，我们家才有了活路，这让我怎么谢你呀？"

"兄弟，说这话就远了，咱们两家是父一辈子一辈的交情，在我最困难的时候，秦大伯帮助了我，我才有今天。咱俩之间谁也甭跟谁客气，你今后有什么不明白的就直接问我，咱们不怕摔跤，吃一堑长一智嘛。关键是要总结经验，正像金老爷子说的'渐悟'，咱们在这个过程中就逐渐成熟了。兄弟，你说是这么个理儿吧？"

秦玉深深地点了点头。

第三十一章

　　秦玉是个本分老实人，下海经商栽了个大跟头，也买了个明白，在大龙帮助下东山再起，一心一意做他的小本儿生意，虽说没有暴富，而五口之家的小日子衣食无忧，再没遇上大的风浪。

　　赵武可就不一样了，打小儿这孩子就不安分，小学没毕业呢，就在冰场上"拍婆子"，上中学以后又常和"圈子"鬼混在一起，只不过他父亲赵大爷家教很严，再加上赵武这小子色大胆小，没敢和"圈子"玩儿真格的，顶多就是逗个闷子，亲个嘴儿，好歹没惹出大事儿来。

　　初中毕业后赵武进了街道工厂，在冲压车间当了名冲压工。他在一次工伤事故中被冲床砸掉了一节手指头，医院给他做了断指手术，在他胳膊上拉开了个大口子，把受伤的断指插进去，再缝合上。半个月以后，断指在胳膊里长圆了，再把胳膊的皮肤拉开，拔出断指。

　　这个工伤和这样的手术把赵武吓着了，他伤好后看到冲床就哆嗦，产生了恐惧症。冲压工的活他没法干了，从此离开了工厂。改革开放以后，赵武看到了发财的机会，干上了倒爷，他四下里张罗着，逮空子就钻，什么来钱儿快干什么，一门心思就想赚大钱。

　　在改革开放之初，价格的双轨制为倒爷们钻空子创造了条件。赵武和这些倒爷脑袋瓜子灵活，嘴皮子利索，能说会道，遇上做买卖的人他们是"自来熟"，很快就能跟人家说到一块儿，你想买什么货，倒爷们就卖什么货，你要什么，他那准有什么，先把你稳住了，以为他就是卖方呢，然后他再凭着自己身后的关系网到处踅摸你要的货，一旦找到货了，甭管多贵，倒爷们都会加上自己的价码卖给你。

您还别说，最初那批倒爷还真有发了大财的，这些人关系广，路子野，一些社会上紧俏的物资，什么彩电、盘条、聚乙烯、水泥、煤炭、三合板、药材、石油、外汇、批文，等等，别人搞不来，倒爷们都能弄得到，很快就发了财。

倒爷们一夜暴富后，很多人不太安生，总喜欢在人前显贵，你看他们腰上挂着 BP 机，手里拿着"大哥大"，脖子上戴着 24K 的纯金项链比拴狗的链子都粗。其中有些发了大财的倒爷，更是开着大奔，傍着小蜜，保镖跟在身边，前呼后拥的，派头别提多大了。

赵武也发了一笔财，他倒腾了二十吨盘条和一百台彩电，赚了五万块钱。这在当时人们每个月的工资大多不到一百块钱的年代，算是一笔大财了。手里有了钱，赵武跟吃了蜜蜂屎似的别提多美了，他一身西装革履，背头溜光，皮鞋锃亮，手里还拎个大皮包。看他那一身行头，不知道的人以为他是大公司的老板呢，圈里人一看就知道他这是倒爷"标配"。

赵武看着太原会馆大院一块堆儿长起来的发小儿们，都穷不拉唧的，就他发了，心里那叫高兴，为了显摆自己个儿有钱，赵武也不抠门了，时常主动掏钱请大院里的发小儿们吃饭。这一天，他请李杉喝酒，哥儿俩在金井小酒馆里推杯换盏，一瓶二锅头很快见底儿了。赵武美滋滋儿地瞄了李杉两眼，说："哥们儿，你现在忙活一个月，也就落个百十来块，兄弟我折腾了十几天就赚了好几万，这一年下来，咱哥儿俩可就是王奶奶和汪奶奶，差的不是一点半点了。"

"是呀，你是第一世界的大款，我是第三世界的工人，咱俩不在一个档次上呀。"李杉笑了笑说。

"哥们儿，跟我一块儿干吧，别看倒爷名声不好听，可实惠呀，先他妈的赚了钱再说。"

"不行，我没你那本事，我这人心眼儿实，嘴也笨，满大街侃大山的活儿我可干不了。"

"这有什么呀，我的哥哥耶，没有三天的力巴儿，你学学就会了。"

"说实话兄弟，我没那兴趣，人各有志，咱们谁也别勉强谁，你手里攥着大把的钱高兴，我干我的模具钳工上瘾，听天由命吧。"

"你这不是听天由命，是穷命呀！"

"没办法，有句歇后语说得好，'老太太喝豆汁，好稀'。"

赵武让李杉弄了个烧鸡大窝脖儿，满脸通红，气哼哼地说："你说你岁数也不大，怎么这么死脑筋呀。"

赵武虽然埋怨李杉不开窍，可想不到的是，没过多久，他竟和李杉的姐姐做上倒汇的生意了，为这事儿赵武是丢尽了脸面。

当时外汇牌价是双轨制，有官方汇率和市场汇率之分，一些企业和个人手里有多余的外汇，就以市场汇率倒出去，从中赚取差价牟利。在这种外汇交易中，倒爷们往往都会掺和进来，他们替买方找到卖方完成交易，自然不能白忙活，要收取中介费。

李杉的姐姐李菊大学毕业后，分配到了外贸部一家进出口大公司工作。公司所属企业经常要购买国外的一些先进设备，要花大笔的外汇。当时国家外汇储备不足，公司计划内的外汇额度不够用，没办法，就要自己寻找一些外汇调剂一下，以解燃眉之急。

李菊的工作就是购置进口设备，她和同事们到国外考察，选中了几款先进设备，也与人家签订了意向书。回国后，李菊兴奋地向主管领导做了汇报，领导苦笑着双手一摊说："巧妇难为无米之炊呀，你们选中的设备是不错，我也真想买，可今年外汇额度用完了，只能等明年再说了。"

"人家卖方等不了那么长时间，到时候价格上去了怎么办呀？"李菊着急地说。

"没办法，谁让咱们罗锅上山，钱紧呢。"

"咱们能不能从社会上调剂一些外汇呀？"

"调剂是可以呀，不过咱们需求的外汇数额不是个小数，最起码也要一百万美元，你从个人手里零敲碎打搞来一些，猴年马月能凑齐这个数呀？"

"话是这么说，可试试总比干等着好吧。"

"那你就试试吧，散碎银两的事儿甭找我，什么时候把大数凑齐了再跟我汇报。"

领导虽然没有明确拒绝李菊的请求，也不相信她真能把上百万美元搞到手。李菊是个办事认真的人，工作上向来是一杆子插到底，在社会上踅摸美元这件事儿，她还真上心了。

星期天李菊回娘家看望父亲，李大爷看闺女回来了，甭提多高兴了，亲手做了炸酱面，还特意买了两个松花蛋款待闺女。吃完饭，李菊沏了杯茶，坐在葡萄架下边乘凉边喝茶。赵武这时候找李杉来了，他一眼看见了李菊，赶紧凑上来搭话："大姐，好兴致呀您，葡萄架下，小叶茶一喝，芭蕉扇一扇，优哉游哉，胜过活神仙呀！"

"你可真会说话，我哪有你自在呀，你们当倒爷的，每天干什么活儿自己安排，没人给你们压担子，还能赚大钱，你多美呀。"

"没有，没有，大姐看您把我说的，您是净看贼吃肉，没见贼挨揍呀，我们吃的苦受的罪都没法对人说呀。"

"甭管怎么说，你小子年纪轻轻就挣大钱了吧？"

"小钱，小钱而已。"赵武假了巴唧地掩饰着。

"你这 BP 机是什么牌子的呀？"

"摩托罗拉的。"

"名牌呀！"

"还行，还行。"

"大哥大是什么牌子呀？"

赵武脸红了，他不好意思地说："大姐，我还没买大哥大呢。"

"这不是你们的标配吗？"

"哪儿的话呀大姐，一部大哥大要好几万呢，我是买不起，以后要是发了大财，才能想着配它呢。"

"敢情也有你买不起的东西呀，看你这派头，我以为你能把前门楼子买了呢。"

"大姐寒碜我，拿小兄弟开涮是不是？"

李菊苦笑了一下，说："心里烦呀，拿你开开心，别介意呀。"

"您烦什么呀，能跟我说说吗？"

"还不是为了搞些美元的事儿，真愁死我了。"

赵武闻听这话眼前一亮，赶紧凑上来压低了嗓门问道："大姐您要多少美元，跟我说，我能帮着您呀。"

李菊冲着赵武摇了摇头，说："不成，不成，你搞不来，我要的数目太大，你们小打小闹炒汇，搞不到这么多。"

赵武一听急了，抬高了嗓门说："大姐您小瞧人了，我认识不少倒汇的哥们儿，您要多少美元能不能跟我说个数？"

"我们现在急需一百万美金。"

"就这些呀，好说。我认识个哥们儿，上个月帮着一个公司弄到了两亿美金。"

"什么？弄到这么多，你就胡说吧，真要是引进这么多外汇，绝不会无声无息的，报纸上早登了，你说得不靠谱。"

"大姐，咱们不管他们的事儿，我就管您这一百万美元，您听我话儿吧，不出三天给您准信儿。"

赵武在李菊面前拍了胸脯，他那份信誓旦旦的样子，不由李菊不信，她当场表示："赵武，你要是真把美元搞来，我一定请你吃饭。"

"别价，大姐光吃顿饭可不行，干什么有什么规矩，倒汇不是我一个人能办的事儿，我得托朋友，人家可不讲究吃饭。"

"他们要怎么样？"

"人家肯定要收中介费呀。"

"他们收多少？"

"据我所知，一块钱人民币，人家要提一毛钱的中介费，按现在的汇率换一百万美元，要七百多万人民币，中介费大概要七十多万。"

"百分之十的中介费？太高了吧。"

"没办法，现在就这行情，您要是答应呢，我就给您踅摸美元去，您要是不答应，我就不管这事儿了。"

"这么大数，我做不了主，要请示领导。"

"是嘞您哪，大姐我就听您话儿了。"

李菊抬眼看了看赵武，心说士别三日这小子当倒爷长本事了，别看他平时吊儿郎当的，有事相求他真不含糊，这么多美元，我们公司都没办法，赵武眼都不眨就应下了，看他那副志在必得的样子，不像是在吹牛呀，保不齐他真有路子。

李菊满心欢喜地向领导汇报说一百万美元有门了。领导态度很明确，只要真能把美元搞来，百分之十的中介费可以给他们。领导还责成财务处的徐处长和李菊一起去找赵武，签中介协议书。

赵武当着两位的面，又是信誓旦旦一通白话，说："二位大姐，我赵武把话放这儿，不出一个月，保准儿把一百万美元打到您账上，你们就赚好吧。我有个小要求，您先得把中介费打到我账上。我声明，这些钱不是给我一个人的，我求别人帮着搞美元不能白求，你们也知道，现在人们是无利不早起，不见兔子不撒鹰，不给人家好处费搞不来美元。"

李菊说："话是这么说，万一搞不来美元，这中介费一分钱不能少，你还得退回来。"

"那还用说嘛，无功不受禄，这是在论的。"

"这笔中介费数目不小，我们要是先打到你账上，赵先生你能保证这笔钱的安全吗？"财务处徐处长不放心地问。

"一点儿问题没有。我和李菊大姐住一个院，我们两家几辈子的老街坊了，知根知底儿，你们完全可以信得过我。"

两位没什么疑问了，李菊和徐处长代表他们公司和赵武签了中介协议，当场付了中介费，一张七十万元人民币的支票递到了赵武手里。

赵武简直要乐疯了，他长这么大从来没见过这么多钱，他偷偷一笔一笔地把现金取回家。当时市面上还没有一百元面值的人民币大票，十元一张的人民币是面值最大的了，一沓十元人民币共计一千元，赵武取了七十万元人民币现金，总共七百沓，他把这些钱全码在了自己睡觉的床上，码满了三层。看着这么多钱，赵武激动得眼珠子都红了。他把床褥子盖在钱上，每天夜里躺在钱上睡觉，刺激着他夜里净做发财梦了。

赵武感叹道："到底是大公司呀，办事就是爽快，协议刚签完，钱就打到我账上了，可我这美元还没谱儿呢，要想真把这笔钱落到手里，我还得玩儿命找美元去。"

赵武什么事也不干了，满世界地踅摸美元。他挨个给倒汇的哥们儿打电话："张老板，有一家进出口的大公司，做生意需要一百万美元，人家答应给中介费，现在七十多万都打到我账上了，您费费心，找来美元，这笔中介费咱哥儿俩对半分。"

"刘经理，我要兑换一百万美金……"

"王兄，你那儿有美元吗……"

赵武这通吆喝，所有他认识的倒爷电话都打到了，说来也怪，这些平时在他面前都说手里有美元的主儿，现在到动真格的时候，全成了缩头乌龟，谁也没辙了。气得赵武把公用电话都摔了，破口大骂："这帮孙子真他妈不是玩意儿！平时一个比一个能吹牛皮，都说自己本事大着呢，今儿个玩儿真的了，全没了下文，我手里这笔中介费愣是给不出去，提着猪头就是找不到庙门，气死我啦！"

想到搞不来美元，自己在李菊大姐面前得多栽面儿呀，而且那一床的人民币还得一分不少给人家退回去，赵武心里就像刀绞似的难受。

就在赵武如同热锅上的蚂蚁没着没落的时候，孙福给他带来了好消息。

孙福自打改革开放以来也没闲着，看着别人都下海经商了，他心里直痒痒，他跟媳妇小凤儿商量："凤儿，现在改革开放了，国家的政策是允许一部分人先富起来，你看咱家干点儿什么呀？"

小凤儿十分信任地看着孙福，说："那还用说吗，凭你这一身本事，早该出去干一番事业了。"

"你是说我在古玩鉴定上的本事吗？"

"是呀，你们家古玩店开了好几十年，你从爷爷和爸爸身上学了不少真本事，眼多毒呀，尤其是在瓷器鉴定上，你瞄一眼就能分清是高仿的还是老物件，从没打过眼。赵武他们那帮倒爷，有什么本事呀，就凭着上嘴唇一碰下嘴唇，靠侃大山挣钱，长不了。你有真本事，一定能超过他们。"

小凤儿的这番夸奖，孙福听着挺舒服，他想起了前几年自己做过的一件人前显贵的事……

有一天晚上，孙福正在家吃晚饭，这时有人敲门儿，孙福问道："谁呀？进来吧，门儿没锁。"

"兄弟，是我来了。"随着话声儿，他原来工厂里的同事武师傅推门儿进来了。

这个武师傅平时有个业余爱好，就是喜欢收集点儿古玩。武师傅知道孙福家里上几辈子人都是开古玩店的，他在古玩行里道行挺深。自己费劲巴拉淘换来的玩意儿，总要拿给孙福掌眼，有了他鉴定真伪才放心。武师傅这回又抱着个书包来了，神秘兮兮地说："兄弟，哥哥我淘换到宝贝啦，你给掌掌眼，看看值多少钱？"

"是不是又拿赝品到我这儿哄事儿来啦？"

"不能够！我这次可是下了血本买来的。卖我这件古董的朋友是我的发小，四十多年的交情了，他绝不会蒙我！"

"是吗？那就拿出来让我看看吧，是什么好宝贝。"

孙福说完话，把饭碗和酒瓶子推到了旁边儿，腾出了桌子。武师傅打开书包，掏出了个纸盒子，小心翼翼地从盒子里面儿拿出了个小碗，放到了桌子上。孙福瞄了一眼，漫不经心地说了一句："鸡缸杯呀，多少钱弄来的？"

"正宗的成化斗彩鸡缸杯，二百块买下来的，怎么样，赚了吧？"

"你刚才说什么来着，四十多年的发小卖给你的？"

"是呀。他爸爸住院，急等着用钱，这才把他们家的传家宝卖给了我，让我捡了个大漏儿。"

"你这个发小也太不地道了吧，有这么坑人的吗？"

"孙福，这明明是老玩意儿嘛，你都没仔细看一眼，凭什么这么说话呀？"

"哟，还嫌我说话不好听了，那我今儿个教给教给你什么叫古董！就拿这鸡缸杯来说吧：正宗的明代成化斗彩鸡缸杯，是用成化时期特有的淡雅青花釉作轮廓线，再以艳丽的红、绿、黄、紫等颜色填在釉上，入窑经低温二次烧成。它姹紫嫣红，交相辉映，特别好看。现存于世的，到不了二十只。除了个别几只保存在私人手里，其余的全在博物馆里，随随便便的能弄到手吗？"

"我这只，没准儿就是你说的保存在私人手里的那只呢？"

"想发财想疯了吧？斗彩鸡缸杯，那是瓷器里的精品，特别名贵。老武，你知道一只真品鸡缸杯值多少钱吗？"

"怎么也得上万吧？要不怎么说我这是捡了个漏儿呢。"

"捡个屁漏儿呀！就你说的上万那个数，万前边儿起码要加上个千字才行！能随便捡到吗？"

"上千万！有那么值钱吗？"武师傅惊得半天说不出话。

孙福又端起了酒杯，抿了一口酒，夹了个花生米扔进了嘴里，一副神气活现的样子。

"兄弟，麻烦你再仔细看看，我这只鸡缸杯是什么时期的，我心里好有个数。要是清代高仿的，也能值俩钱儿不是。"武师傅急切地恳求着孙福。

"好吧，我再给你看看。"

孙福顺手抄起了鸡缸杯，眯缝起眼睛看了两眼，一松手，"叭嚓"一声儿，鸡缸杯掉在地上，摔了个粉碎。

"哎呀，你怎么给摔了，这可是古董呀！"

"它能是古董？就冲这泛青的釉面、呆滞的纹饰和浅淡的颜色，一看就是现代仿品，不值钱。说它是'传家宝'，不是你被人坑了，就是你那个发小被人坑了。"

"孙福你办事儿也太损了，就算它是仿的，我好歹也是花了二百块钱买回来的。你一抬手给摔了，我这二百块钱就白扔啦！"武师傅真急眼了，话语中都带着哭腔。

"老武，这是咱们古玩行里的规矩，见了赝品就是一个字'摔'！以防它继续坑人。你要是心疼，没关系，我花二百块能给你买回一堆来，你要吗？行啦，让你那个发小退钱吧，少退一分钱就去告他，跟他打官司，我保准你能赢！"

武师傅没办法，把地上的碎片捡了起来，装进盒子里，垂头丧气地走了。到家后他立即去找那个发小理论，人家不认账，还主动上法院把孙福给告了，告他损坏古董，诋毁名声，要孙福赔偿损失。

孙福接到法院传票后，哈哈大笑，得意地说："看来轮到孙爷我出名得利啦！老武这个发小还真不是个骗子，可绝对是个棒槌，任屁都不懂，那就该着这小子倒霉了。"

孙福也写了份起诉书，递到了法院，向对方来了个反诉。武师傅的发小是真不懂行，他请专家对鸡缸杯的碎片进行了鉴定，结论和孙福说的一样，就是件儿现代仿品。他傻眼了，不得已提出庭外和解。最后在法院的主持下，双方撤诉，庭外和解成功。发小退回了武师傅的二百块钱，事情才算完了。

鸡缸杯的官司让孙福一炮打响，自此以后，孙福不仅对自己的古董鉴赏能力更有信心了，在古玩圈儿里也有了名气。每当想起这件事，他都是洋洋自得。

孙福信心十足地对小凤儿说："咱们就开个古玩店吧，还在琉璃厂，当年我爷爷的古玩店就在那儿开的，咱们也沾沾老爷子的财气，店名还叫我爷爷起的那个店名'聚宝轩'，凤儿你看怎么样？"

"好呀，只是我得把丑话说在前头，咱们做古玩生意，要对得起良心，不能用赝品当真品卖，不能做坑人的买卖，这一点千万别学你爸爸。"

"哎哟，我爸爸都走了那么多年，你还把他老底儿翻出来，有劲吗？给亡人留点儿面子吧。"

孙福脸上有些不高兴，小凤儿赶紧道歉："我话说多了，对不起。"

"行啦，你放心吧，我不会干亏心的事儿，不会为了赚钱做坑人的买卖。不仅如此，我们古玩店还增加一项业务，免费为老百姓鉴宝。"

"好，我赞成。开古玩店得有古玩呀，你在那场运动中保护下来的两件国宝都已经献给国家了，咱们聚宝轩里摆什么呀？"

"这个你放心，我家里有镇店之宝，今儿个就拿出来，让你开开眼。"

孙福拿来一把铁锹，关上屋门又拉上窗帘。小凤儿在旁边看着吃惊地睁大了眼，不明白他要干什么。孙福说："凤儿，帮个忙，咱俩把八仙桌抬开。"

两口子把屋里的八仙桌抬到了旁边，露出了一小块空地。孙福把地面上的砖头一块一块地起下来放在旁边码好，接着就用铁锹挖开了。大约挖了两米多深，铁锹碰到了硬物，孙福高兴地说："就是它了！"

孙福轻轻扒拉开上面的土，从地下搬出了个包着铁皮的木头箱子，双手举过头顶放到地面上，随后他双手一撑从坑里爬了出来。孙福接过小凤儿递给他的毛巾，擦了擦头上的汗，瞧着锈迹斑斑的铁皮箱子，长出了一口气，说："凤儿，你看见没有，这箱子保护得多好，我出事儿后家被抄了，愣是没把它翻出来。至今它已经埋了二十多年，你看都锈成了这样，多亏今天把它挖出来了，要是再埋上几年就沤烂了，那时候再挖，非伤了里面的宝贝不可，真悬呀！"

小凤儿神情紧张地看了看箱子，问孙福："这里面是你们家祖上留下来的金银财宝吧？"

孙福一听乐了，说："凤儿，你可真够逗的，就冲我爸爸抽大烟，他能给我留下金银财宝？他老人家走的时候除了给我留下一杆大烟枪，啥也没留下。这箱子里是我捡漏儿踅摸来的宝贝。"

孙福小心翼翼地打开了箱子，拿出了两个物件，上面包着好几层油纸，他一层一层地揭开油纸，露出了这两件宝贝的真容，一件是清康熙中期景德镇御窑厂烧制的二龙戏珠瓷盆儿，还有一件是元青花大罐儿。孙福得意洋洋地说："康熙十九年景德镇恢复了御窑厂，它烧制的青花瓷器特别名贵，这件二龙戏珠瓷盆儿，现在的市场价最少也得上百万。"

"值这么多钱？"小凤儿惊讶得直吐舌头。

孙福又指着元青花大罐儿说："这件元青花大罐儿就更甭说了，它比那件康熙青花瓷器还要贵重，可以说是价值连城。用它们做聚宝轩的压堂货没问题。"

"这么值钱的古董做镇店之宝当然没问题了。孙福哥，这两样好宝贝你是从哪踅摸来的？"

"嘿，这两件宝贝到手可有故事了，它的原主儿就在咱们太原会馆大院，我是从老郭家捡漏儿弄来的。老郭媳妇原来是大户人家小姐，这些宝贝全是她出阁时娘家的陪嫁，有好几个大箱子呢。后来生活所迫，她把陪嫁都典当了，就剩下这两件好宝贝，最后总算到了我手里。"

"人家老郭家的宝贝让你给蒙来了多不合适呀，都是一个院住着的老街坊，咱们不占人家便宜，把这两件宝贝还给他们家吧。"

"话可不能这么说，我是慧眼识珠花钱买来的。凤儿，你是不知道呀，老郭家根本没拿它们当好东西，当时老郭的儿子小宝用二龙戏珠瓷盆儿养小金鱼儿，瓷盆就放在一个瘸腿的破椅子上，随时可能歪倒摔了它。那件元青花大罐儿更悬，它被老郭媳妇当成了针线笸箩用，整天在手里拎来拎去的，这要是一不留神掉地上摔了，你就是卖了十个太原会馆大院，也顶不上它呀。要不是我买下他们家的这两件瓷器，他们家平时不小心摔了暂且不说，

394

老郭家里孩子多，挑费大，全指望着老郭一个人挣钱养家，他又一身的病，经济上时常挤窄，家里手头紧巴，随时可能把这两件瓷器当了出去。就算这两关都过了，到了'破四旧'运动中他们家能保得住这两件古董吗？还不得让人给砸喽。在我保护下，这两件古董才能毫发无损的到了今天，我拥有它们问心无愧。"

"可它们原来毕竟是老郭家的宝贝嘛，那么值钱，你这么便宜买来了，我这心里不安生。"

"凤儿啊，捡漏儿就是捡漏儿。甭说是街坊，就是亲戚朋友，你不识货，我从你手里买来了，它的所有权就是我的了，就算你以后知道它的价值了，再反悔是不行的，这是古玩行里的规矩。当然了，毕竟是街里街坊住着，我不会吃独食的，以后有收藏家把这两件古玩收了去，我拿出一半儿收益送给老郭家，你看这么办行不行？"

小凤儿想了想，点头同意了。就这样，孙福在琉璃厂开起了古玩店。店名还叫孙福爷爷开店时起的那个名字"聚宝轩"，原来的牌匾早就没了，孙福又重新定做了牌匾，他还聘请了爷爷的两位朋友，仍然健在的古玩专家作为"聚宝轩"顾问，帮着掌眼。

在店内布置上，孙福把自己多年前踅摸来的一些古董都摆了出来，在店铺中心有两个展柜，一个里面摆放着康熙中期的青花瓷器，景德镇御窑厂烧制的二龙戏珠瓷盆儿。在另一个展柜里只放着元青花大罐儿的照片，下面标上了四个大字"镇店之宝"。因为这件古董太贵重了，为了它的安全，孙福没把实物摆放出来。整个店铺孙福是精心设计，雍容华贵，既古色古香又新颖别致。

开业这天，"聚宝轩"张灯结彩锣鼓喧天，好不热闹。太原会馆大院的街坊们听说孙福和小凤儿开了买卖，觉着新鲜，都来"聚宝轩"看热闹。赵武也来了，他上下打量着店铺，冲着孙福伸出了大拇指，说："气派！福子哥就是有本事，不干是不干，一干就闹出这么大动静，在琉璃厂这块风水宝地，开这么大的买卖，您得大发了！"

孙福摇了摇头，说："不行呀，做古玩生意来钱慢，这一行讲究的是'三年不开张，开张吃三年'，平时不容易卖出去几件货，每个月还要交不少的房租，一年下来不亏本就不错了，哪像你们干倒爷的，没什么本钱，还能挣大钱。"

"福子哥又笑话我了，你们做古玩买卖的只要手里有俏货，早晚能赚大钱。干我们这行就不行了，倒爷净是牛逼大爷，平时能把牛吹到天上去，一到根节儿上就虾米了，害得我跟着坐蜡，丢人又栽面儿。"

赵武说完话叹了口气。孙福看着赵武的情绪有些反常，就问他："老弟遇上什么不顺心事儿了，跟哥哥我说说，看看我能不能帮帮你。"

"我看难呀。"赵武无精打采地说。

"到底什么事儿，你倒是说说呀。"

赵武就把替李菊筶摸美元的事儿一五一十跟孙福说了。最后他气哼哼地说："不瞒您说，兄弟我长这么大也没见过那么多钱，人家给的中介费溜溜码满了一张床呀，当时我激动得眼泪都流出来了，这倒好，到头来是他妈猫咬尿泡空欢喜一场，太刺激人了！"

"看来你老弟是没遇上真有钱的主儿，让一帮侃爷把你耍了。"

"可不是嘛。早知如此，我就不接李菊这宗生意了，还省得丢人现眼呢。"

"也别这么说，做生意嘛，谁也不能保证做一把成一把，做不成也是常有的事儿。你就拿我们古玩店来说吧，进店来看货的，向来都是看的人多买的人少，有的顾客穿得光鲜亮丽人五人六的，未必真有钱，别看他们对哪件古玩都感兴趣，其实哪件都买不起。而有的人衣着平常，不显山不露水的，没准儿就是个收藏家，家底儿厚着呢。"

赵武听了这话，眼前一亮，赶紧对孙福说："福子哥，你们古玩店经常会遇上有钱的主儿，特别是一些海外华侨，有些人就是大老板，他们肯定不缺美元，您要是遇上这样的客人帮我搭咕搭咕换美元的事儿，事成之后中介费您拿大头，怎么样？"

孙福扑哧一声笑了，说："我看老弟你是有病乱投医呀。别说我不一定能帮上你忙，就是真帮你把事儿办成了，你该拿多少就拿多少，我一分钱都不要你的。"

"那可不成，哪能让您白受累呢。再说了，您凭什么不要钱呀？"

"凭什么，就凭咱们是太原会馆大院父一辈子一辈的老街坊，就凭你叫我

396

一声哥哥，我就不能拿你的钱。"

赵武没词了，双手抱拳，说："福子哥，您仗义。"

"行了，你回去等信儿吧，我帮你扫听扫听，真要是找着有美元的主儿，我呼你。"

"谢谢哥哥！"赵武给孙福深鞠一躬，高高兴兴回家了。

第三十二章

　　孙福也真认识一些有钱的朋友，就拿开古玩店的老板们来说吧，玩儿的是古董，出手入手的玩意儿都价值不菲，手里没钱的主儿，压根儿就不干这营生。孙福开的聚宝轩也是个不小的门店，柜台里摆放着瓷器、玉器、陶器、书画、竹、木、牙、角、文房四宝、漆器、绣品、铜器、佛像、鎏金器物等琳琅满目，都很值钱，外人一看孙福绝对是个有钱人。

　　孙福的爷爷还真是个大老板，在琉璃厂开着古董店，生意做得红红火火，那时候孙家绝对是有钱人家。到了孙福他爸爸孙有财这辈就完了，孙有财是个大烟鬼，他抽大烟把家产全败光了，他死的时候除了给儿子留下把大烟枪，一毛钱也没给孙福留下。那么孙福哪儿来的钱淘换了这么多好东西呢？其实他没花几个子儿，这满屋子的老玩意儿，全是他捡漏儿弄到手的。

　　在当年"破四旧"的风潮中，很多老玩意儿成了烫手山芋，人们不敢留着，能甩就甩了。就拿孙福的一个忘年交严老先生来说吧，旗人，祖上传下来一些旧家具和瓷器字画都在他手上，平时他对这些东西看得比命都重要，那真是捧在手里怕摔了含在嘴里怕化了，家里人谁也不敢碰这些老玩意儿。他曾认真地对儿女们说："我收藏的这些宝贝，值老鼻子钱了，将来我死了，它们就是传家宝，你们要一代代传下去，年头越长越值钱。"

　　严老先生虽说很看重手里的这些老玩意儿，可运动一来，他就沉不住气了，他跟孙福说："大兄弟，我手里这些老玩意儿拿不住了，我想甩喽。"

孙福对严老说："您手里的老玩意儿是好东西，虽说现在社会上'破四旧'，依我看它就是一股风儿，您老沉住了气，这股风儿刮过去就没事儿了，您就踏踏实实留着吧。"

严老当时不说什么了，高高兴兴回了家。没过几天他心里又犯嘀咕了，找到孙福说："大兄弟，我出身不好，这些旧东西放在家里悬，指不定哪天招来灾祸，你能不能帮我找人收了去。"

"找人没问题，可现在这日子口儿，这些老玩意儿卖不出价呀。"

"这个我清楚，只要有人要，给钱就卖，免得留在家里生祸害。"

"您要是这么说，您手里那些个老玩意儿我要了，我身上的钱全给您。"

"得嘞，咱们就说定了。"

孙福身不动膀不摇，没花费多少钱就收了一批老玩意儿，心里那叫一个高兴。最让他得意的就是收了严老家的那件沉香木屏风，它特别名贵，世间难寻，价值连城。孙福把它摆放在屋里，满屋芳香，在它旁边一站，就感觉提神醒脑身心舒畅。孙福高兴得整宿觉都没睡，净在屋里深呼吸了。到了第二天孙福又害怕了，他怕被人知道他家里有这么值钱的好东西，赶紧用床单和被卧把沉香木屏风包了个严严实实，他悬着的那颗心才放了下来。

当时已经没有当铺了，大街上能见得着收旧货的商店叫委托商行。运动开始后，委托商行里堆满了各种旧货，价格都很便宜，例如明代的黄花梨多宝槅十块钱一个，一对儿清代黄花梨浮雕龙纹太师椅八块钱；牛皮西洋沙发两块钱一个。这些东西偶尔还能遇上买主儿，委托商行也就摆在店铺里卖。一些明清的瓷器字画，委托商行大多都不敢收，唯恐在运动中把它们毁喽，委托商行就赔了。后来"破四旧"的风儿刮过去了，委托商行才敢收一些旧瓷器字画，价格也是出奇的便宜。

孙福是古玩行里的虫儿，很有眼力，能估得出来这些旧货值多少钱。看着这些地板价的老玩意儿摆在委托商行里没人买，孙福心说，该着孙爷我捡漏儿，他把自己工作后十几年的积蓄全从银行里取了出来，还从亲朋好友们手里借了一笔钱，他买下了金丝楠木书柜、明代黄花梨多宝槅、罗汉床、座屏和清代黄花梨浮雕龙纹太师椅、小叶紫檀条案等一屋子的明清旧家具，还买了一大堆古董。

孙福是有心人，他知道自己出身不好，把这些旧货摆在家里太扎眼，指不定哪天让人给砸了，那就亏大发了。他仔细盘算了一下，把这些明清旧家具从委托商行直接拉到了杨秀琴家。秀琴是他的知己，又是贫农出身，没人找她的麻烦。秀琴当时很好奇，问孙福："弟弟，这些旧家具人家都往外扔，你怎么还当宝贝儿似的，往家里划搂啊？"

　　"杨姐，我喜欢这些老玩意儿，看着高兴，我家里窄巴放不下，先在您家里放一阵子，容我把家里腾腾地方再拉回去。不好意思，给您家里添乱了。"

　　"哪儿的话呀，反正我家里也有空地，你就放这儿吧，多长时间都行，甭急着拉走。"

　　孙福把老家具放在秀琴家的空房里，用大床单遮了个严严实实，仔细看了看，外表基本上看不出来是老家具，这才放心离开。接着孙福又把划搂来的古董溜溜儿地装满了三个大箱子，上了锁，用三轮车拉着就奔武师傅家来了。

　　武师傅工人出身，自己也是个产业工人，根儿红苗正，在当时很吃得开。孙福与他是好哥们儿，两个人都喜好玩儿古董，孙福说："哥们儿，这三箱子古董是我这大半年捡漏儿弄来的，虽说不是什么奇珍异宝，可也说得过去。我出身不好，不敢把它们放在家里，指不定哪天被人抄了家，这些老玩意儿可就保不住了。"

　　"这个我明白，你就放我这儿吧，保准儿没事儿。"武师傅为人耿直仗义，当时就应了下来。

　　"那可太好了，等以后没事儿了，我再把它们拉回去。这箱子里的老玩意儿您随便挑两件，算是我对您的答谢。"

　　"兄弟，你这么说就远了，咱哥儿俩谁跟谁呀，用得着这么客气吗。你这箱子里的玩意儿不都是从委托商行里淘换来的吗？"

　　"是呀。"

　　"那不就结了嘛。你有工夫陪着哥哥我去委托商行溜达溜达，帮着掌掌眼，我也捡个漏儿不就得了嘛。"

　　"这个太好说了，咱哥儿俩明儿个就捡漏儿去。"

　　孙福凭着眼力和心计，抓住了这个难得的机会，没花多大本钱就划搂来了这么多的宝贝，并妥善保护了起来。后来孙福遭难被判了刑，由于他有先见之明，这些宝贝并未受损。如今孙福在琉璃厂开了聚宝轩，它们都派上了用场。

俗话说，什么人交什么朋友。孙福开古玩店以后，在古玩行里结交的朋友越来越多了，特别是一些京城的收藏家，是琉璃厂的常客，孙福能说会道，与这些人私交都不错。自从赵武托付孙福帮着找手里有美元的主顾之后，孙福也就上心了。

这一天，大收藏家余先生溜达到了聚宝轩，孙福赶紧上来施礼："余爷，您老一向可好啊，小的孙福给您请安了。"

"孙老板不必多礼，您这买卖挺红火呀。"

"托您的福，还算说得过去。余爷最近忙什么呢？"

"新加坡要办个中国文物展，邀请我参加。"

"肯定得请您，您老手里有老玩意儿呀。"

"这个展览是当地的华侨商会组织的，是为了让世界见识见识咱们老祖宗留下来的宝贝。"

"应该，应该。咱们中国有五千年的文明史，奇珍异宝多的是，就应该在世人面前显摆显摆，让老外眼馋去吧。"

孙福说完话两个人都笑了，他话锋一转，问余先生："余爷，您老认识不少华侨，他们手里有多余的美元吗？"

"孙老板买卖做大啦，要在国际上收购文物了？"

"不是我要，是这么回事儿……"

孙福把赵武托他的事原原本本说了一遍。余先生听后点了点头，说："我听明白了，是咱们国家的一家进出口公司外汇不足，急着找美元买设备。"

"是呀，余爷您说这个忙咱们是不是得帮一把呀。"

"那还用说吗，替国家分忧解愁是应该的呀。我明天和新加坡的一个华裔老板有个饭局，我求他帮帮忙。"

"那可太好了，余爷，谢了您哪。"

"孙老板等我话吧。"

过了两天，余先生打电话来了，他说："这个华裔老板最近头寸上吃紧，挤不出一百万美元来。他认识一个河北廊坊的贸易公司，他们专做外汇买卖，他把这家公司的电话告诉了我，你们可以打电话跟这家公司联系一下。如果不成，咱们再想办法。"

"得嘞，谢谢余爷。"

孙福记下电话号码，赶紧去找赵武。

赵武这两天正在家里着急呢，吃不下睡不着，嘴角上起了一串大水疱。孙福看着他狼狈不堪的样子忍不住笑了，故意逗他："兄弟，怎么上这么大的火呀？看来整天睡在人民币上不是个事儿呀，太燎人了。"

"福子哥，我都这样了，您还拿我打镲呢。不瞒您说，这些钱我都装箱了，下午就去银行存上，给李菊他们公司汇回去，兄弟我这面儿算是栽到家了。"

"这么着急干什么，你还是把钱铺在床上吧，多做几个发财梦呀。"

"福子哥，你……"

赵武刚要起急，眼珠一转他明白了，笑模样立刻就堆在了脸上，他眉开眼笑地说："美元有戏了，福子哥你是来报喜的对不对？"

孙福先是摇了摇头，赵武一看立马儿就要哭出来了，孙福扑哧一声笑了，开心地说："兄弟，你真不识逗，我来就是要告诉你，美元有门儿了。"

"嘿，太好了！福子哥您先在这儿歇会儿，我打酒去。"

孙福赶紧伸手拦住了他，说："兄弟，先别急着庆贺，八字刚有一撇，离事成还早着呢。你坐下，先听我把话说完。"

孙福把余先生给的电话号码告诉了赵武，并嘱咐他说："兄弟，一百万美元不是个小数，容不得任何闪失。你先去探探路，具体操作时你叫上我，我帮你把着点儿。"

赵武一个劲点头，对孙福是千恩万谢。孙福走后，赵武立即给廊坊的这家贸易公司打电话，还真联系上了，人家约他第二天上午在饭店见面。

赵武明白在饭店见面，短不了吃饭，由于是有求于人家，吃饭肯定得自己买单。好在赵武手头不缺钱，他往皮包里塞了两沓大票，第二天上午神气活现地上饭店来了。

来和赵武见面的是个四十出头的中年人，个头不高，身材匀称，穿着一身黑色的制服，脚上一双老人头的皮鞋锃亮，人显得很精干。他和赵武互递了名片，他的名片上写着：国际金融集团廊坊贸易发展公司总经理康明。

赵武看罢名片，笑嘻嘻地和他握手，说："能认识康总，荣幸之至呀。"

"赵总客气了，咱们是一见如故啊。"

双方寒暄之后，坐了下来，赵武要了两杯咖啡，谈话进入了正题。赵武是单刀直入，说："我现在急需一百万美元，需方的中介费已经打到了我账上，只要康总能找来美元，中介费咱二人平分。"

康明笑了笑说："我想问一下赵总，中介费给了多少？"

"七十万。"

"哦，百分之十的比例，是按规矩给的。"

"是呀，我就是按规矩跟他们要的，人家毕竟是大公司，出手大方，事还没成呢，钱就打了过来，多爽快呀。"

"好的。看来赵总说的是真事，我们公司会认真运作。只是中介费分配比例咱们还要细商量。"

赵武闻听此话表情严肃了起来，问道："依康总的意思，中介费怎么个分法？"

康明注目看了看赵武淡然一笑，说："依我看赵总不过是个体公司，你开的公司就你一个人吧。而我们公司有百十号人，比赵总的公司要大得多，这人吃马喂的开销不小啊。要找来这一百万美元，我要动员全公司的力量，费不少劲呢。因此事成之后五五分成对我们公司来说不太公平。"

赵武听罢微微点了点头，心说这小子够贼的，一眼就看出了我的短处，他说得头头是道，看来五五分成是行不通的。赵武低头想了想，觉得中介费数目不小，只要把生意做成，钱拿到手，多点少点无所谓，总比一分钱拿不着强。想到这儿赵武心态平衡了，他平静地问康明："康总的话在理，您到底想要多少？"

"三七分成吧，我七你三。"

赵武一听就急了，心说你小子太黑了，总共七十万，你要拿走近五十万，太欺负人了。他使劲地摇了摇头说："康总此言差矣，我们公司虽然没有康总公司人多，但中介费不是我独占，事成之后我要给买方公司的当事人打回扣，以后人家再换美元，还会找到我，康总不会希望咱们之间是一锤子买卖吧？"

"赵总说得也在理，那我就让一步，四六分成吧。"

"康总，我看咱们把零头去掉，事成之后，七十万中介费您拿走四十万，余下的三十万是我的，您看怎么样？"

"赵总真会算账，这一出一入你又多要了两万。好吧，我再让一步，就按你说的这个数，咱们签个协议吧。"

条件谈妥了，赵武拿出纸和笔当场写了协议书，一式两份，双方各有一份，两个人分别拿出公司印章，签字盖章后双方握手，赵武说："合作成功！"

"恭喜发财！"康明也笑着说。

赵武收好了协议书，心里一块石头落了地，深深地长出了口气，心说迈出这步，离发财就不远了，赵武兴奋得满脸通红。康明则很淡定，他收好公章，提上皮包站起身要走，赵武一看急忙拦住他说："康总，这家饭店的菜口味儿不错，我请您在这里小酌一杯，您可否赏光呀？"

康明笑了，说："赵总太客气了，盛情难却，那就恭敬不如从命了。"

"好的，康总请。"

赵武这回是真出了血，为了不在康明面前跌份，他要了一大桌子好菜，上了瓶茅台，还开了一瓶法国红酒。席间两个人是推杯换盏，谈笑风生。赵武说："康总，我跟您真是相见恨晚呀，要是早认识您，我也就早发达了。"

"是呀，咱哥儿俩情投意合，今后在生意场上还要互帮互助呀。"

"没的说，今后只要哥哥您说话，兄弟我定效犬马之劳。"

"兄弟言重了，我哪敢这样对你呀，咱哥儿俩今后是同舟共济，有福同享，有难同当。"

两个人都没少喝，赵武已然喝高了，康明还有量，他看了看赵武说："兄弟，我认识个新加坡华侨是个大老板，现在来中国了，住在北京饭店，他手里有的是美元，我这几天就去找他安排和你见面。"

"谢谢康总，我全听您安排。"

"兄弟，哥哥我也有个要求，不知你能不能办到。"

"哥哥，您说吧，只要您张嘴，一句话的事儿，兄弟我照办就是了。"

"好的，那我就说了，我想请买方公司管事的人吃顿饭，交个朋友。"

赵武虽说喝得有点高了，但并没醉，头脑还是清醒的，他听康明这么说，打了个愣，心说这小子没憋好屁，这是要抄我的后路呀，丫的也太不是东西了。转念一想，自己大话说出去了，收不回来了，现在怎么下台呀？他想了想说："康总，您和我想到一块去了，我也正想请那个新加坡老板吃顿饭呢，您看能否安排一下呀？"

"这个……"康明一时答不上来了。

"吃饭不行，喝杯咖啡也行呀。"

"好的，我安排一下，赵总听我话儿吧。"

赵武听罢，嘴角露出了一丝得意的微笑，心说你别拿我当傻子，没见到真佛，我绝不烧香，想把我甩喽，姥姥！

此时二人是酒足饭饱，互相搀扶着走出了饭店。康明把嘴凑到赵武耳边说：

"今天让老弟破费了，改天我请你，想着叫上买方的朋友。"

"没的说，事成之后，咱们把酒言欢。"

赵武说完话打了个酒嗝，熏得康明一扭头，赶紧和赵武道别，赵武看着他的背影哈哈哈地笑了。

康明说话算话，两天后他带着赵武来到北京饭店见那个新加坡华侨大老板。赵武在咖啡厅里等着，康明上楼去请他。工夫不大，随着电梯门打开，一群人鱼贯而出，为首的是个五十来岁的人，秃顶，鼻子上架着副金丝眼镜，手里拎着一根镀金的拐杖，金光闪闪十分显眼。他穿着一身高档西服，腕子上戴着瑞士名表，足蹬意大利皮鞋，浑身上下全是世界名牌。在他的身边前呼后拥地跟着五六个保镖，一个漂亮的女秘书抱着文件夹走在最后。

康明恭恭敬敬地跟在他身旁，边走边低眉顺眼地和他说话。赵武马上明白了来者的身份，赶紧迎了上去。康明向赵武介绍："这位是新加坡华侨巨商，令人尊敬的钱老板。"

赵武一听，赶紧递上自己的名片，说道："久仰久仰，钱老板，本人赵武，初次见面，请多关照。"

"好说。赵老弟想见我有何贵干呀？"

"钱老板，我想请您喝杯咖啡，咱们边喝边聊吧。"

"可以。"

赵武、康明陪着钱老板在咖啡厅里坐了下来，保镖和秘书站在不远处候着他们。咖啡端上来后，赵武喝了一小口，随后说道："钱老板，我们急需换一笔美元，经朋友介绍找到了您，不知钱老板能否与我们合作，完成这笔交易？"

"你们需要换多少美元？"

"数目不算小，要换一百万美元。"

"小数目而已嘛，我账上有两千多万美元呢，你要的这一百万美元，我分分钟就能打到你的账上。"

赵武听罢兴奋得涨红了脸，脱口说道："那可太好了，咱们什么时候兑换这笔钱？"

钱老板端起咖啡杯轻轻地喝了两口，回头看了看康明，不紧不慢地说："我们兑换美元的方式，康总告诉赵先生了吗？"

康明紧张地摇了摇头。钱老板也不急着说话，他向秘书伸出了两个手指头，秘书赶紧跑过来，掏出一根大雪茄递给了他，一名保镖走上来掏出打火机给他点着了烟。钱老板深深吸了两口，吐出了一串烟圈，舒服得闭上了眼睛，赵武不知所措地看着他，焦急地等着听他的下文。

过了大约五分钟的光景，钱老板睁开了眼，看了看赵武问道："赵先生要不要也抽一根，正宗的哈瓦那罗密欧与朱丽叶雪茄，世界名牌。"

"谢谢您钱老板，雪茄劲太大，我抽不惯，我习惯抽这个。"说着话，赵武从兜里掏出软中华点上了一支。

这时钱老板说话了："赵先生，我们兑换美元的比例是按照一比七进行兑换，你们同意吗？"

"没问题，我们就是按照这个比例准备的人民币。"

"好的。在具体操作方法上是这样的：你们先把七百万人民币的支票打到我指定的账号上，三天以后钱到账了，我再把一百万美元打到你们指定的账号上，还是三天以后美元到账了，咱们的交易就完成了。你听明白了吗？"

"我听明白了，只是我有一个问题想问您。"

"赵先生请讲。"

"按惯例是不是人民币和美元同时交换呀？"

"你怕我骗了你们？"

"不，不，钱老板您别误会，我没那意思。只不过咱们初次交易，我们比较谨慎而已。"

"说了归齐还是不放心呀。赵先生，初次合作你们谨慎小心是对的。我们公司一贯都是这样运作的，不信你看看这些。"

钱老板说完话向秘书一招手，秘书赶紧递过了文件夹，钱老板打开文件夹，里面夹着一沓支票，足有二三十张。他把支票拿出来在赵武眼前晃了晃，说："看到了吗赵先生，这些支票全是一些急需美元的单位交到我手上的人民币支票，人家相信我，都跟我这样运作，没有出任何问题，你们公司也不能特殊呀。"

钱老板手里的支票真真切切都盖着各单位的财务章，绝不是假的。赵武傻眼了，他不明白这些单位为什么敢这么干，就不怕有风险吗？赵武脑子乱极了，他结结巴巴地说："钱，钱老板，我做不了主，我要向他们汇报，等确定下来了，我再来找，找您。"

"可以理解，只是赵先生要抓紧哟，你看到了吧，我一天就收这么多支票，两千多万美元很快就要兑换光了，你们要是动作慢了，没换成，那时你可别埋怨我。"

"知道了钱老板，我回去立马儿就汇报，不出三天给您准信儿，三天内请您一定给我们留一百万美元，我们确实等着急用。"

"好，我等你三天，到时候你还拿不来支票，我可就不给你留着了。"

"太好了，一言为定！"

赵武从北京饭店出来，心里感觉很不踏实，这时他想起了孙福说的话："兄弟，一百万美元不是个小数，容不得任何闪失。你先去探探路，具体操作时你叫上我，我帮你把着点儿。"

赵武心说对呀，孙福经多见广，他比我有经验，我找他商量去。想到这儿赵武来了精神，立马儿奔琉璃厂找孙福来了。

孙福听赵武说完后摇了摇头，说："不行，这么兑换美元，风险全压在咱

407

们这一方了，一旦这个姓钱的有问题，把钱卷跑了，你哭都没地方哭去。这么多钱被骗，这得捅多大娄子呀，真到那时候，你小子就等着坐牢吧。"

孙福的话让赵武吓得一激灵，他急赤白脸地说："那可怎么办呀，万一他手里真有美元呢，人家就等三天，我好不容易找到这个有美元的主儿，能眼看着他全兑换出去吗？"

"你何以见得他账上就真有美元呢？"

"你看他那身行头，再看他那派头，绝对是个有钱人呀。"

"兄弟，看人可不能以貌取人。俗话说得好，'包子有肉不在褶上，肚里有货不在嘴上'，我不是跟你说过吗，有人穿得光鲜亮丽人五人六的，未必真有钱。"

"要这么说，我这单买卖没法做了。"赵武像个泄了气的皮球，瘫倒在了椅子上。

"兄弟，你别着急，我给你出个主意，那个钱老板张口闭口不是说有两千万美元吗，你就通知李菊公司的财务处长，带上七百万人民币支票，去北京饭店找他，跟钱老板谈判签协议，条件就是一个：同时兑换。双方都在场，跑不了你，也走不了我，这是对双方负责。我觉得有这么大国有公司出面，钱老板不会再固执己见的。如果这还不行，那他就肯定有问题，咱们就抛开他，再找别人呗。"

赵武无可奈何地点了点头，说："也只能这么办了，我这就去给李菊打电话。"

李菊出差了，赵武又打电话找到财务处的徐处长，把事情进展情况向她做了汇报。徐处长也做不了主，放下电话就向领导汇报，领导指示："不见兔子不撒鹰，宁肯兑换不成，也不能有闪失。"

徐处长心里有了底，她告诉赵武要和钱老板见面谈，赵武通知了康明让他约钱老板。康明听说买方公司要出面了，心里非常高兴，他赶紧打电话给钱老板："钱总，明天这家公司就带着钱来了，他们想跟您签个协议，您看如何呀？"

"签什么协议都不怕，就是一点：钱必须先打到我的账上，其他的都是扯淡。"

钱老板"砰"地挂断了电话，康明吓了一跳，无奈地摇了摇头说："有钱人就是任性呀。"

双方约定第二天上午十点在北京饭店见面，孙福从赵武那儿得到信，他放心不下也赶来了，他不是当事人，不便参加谈判，躲在不远处瞄着。

双方见面后没有客套直奔主题，刚开始谈判就谈崩了。徐处长提出人民币和美元同时兑换，钱老板坚持人民币先打到他的账上，他说："我为什么要这么做，因为我们吃过亏。起初我们和一些公司兑换美元，没有经验同时打款，我把美元打到了对方账上，他们给我开的是空头支票，再找他们，人去楼空跑路了。吃一堑长一智嘛，后来我就坚持先见到人民币，再打美元，这也是惨痛的教训教会了我呀。"

钱老板说得唾沫星子乱飞，看他那副煞有其事的样子，似乎真被人骗过，他这么做是不得已而为之。徐处长很有经验，没被钱老板这通话糊弄住，她坦然说："钱老板，我们是国有大公司，不会拿信誉开玩笑，从来不开空头支票，这点你不用有顾虑。我们还是希望双方签协议后到指定银行同时打款。"

钱老板脑袋摇晃得跟个拨浪鼓似的，不耐烦地说："我话已经说过，不再重复了。我们公司就是这个规矩，你们能接受咱们就接着往下谈，不能接受就另请高明吧，找我换美元的都排着队呢。好了，咱们就谈到这儿吧，半小时后我还要见一个老总。再见！"

钱老板说完话，站起身就走了。

大家全被他晾在这儿了，康明一脸尴尬，说："徐处长，您别介意，钱老板就是这个坏脾气，您容我再劝劝他。"

"算了，这么蛮横的人，跟他没什么好谈的。"徐处长面带愠色，站起身往外就走。

康明也没辙了，他急忙掏出名片递给徐处长，说："徐处长，咱们交换个名片吧，以后再找到有美元的公司我联系您。"

赵武在旁边看着干生气，他想上前阻拦，可又说不出口，眼看着徐处长掏出了名片递给了康明，他心里就如同打翻了五味瓶，不知道是什么滋味了。赵武气不打一处来，他生钱老板气，哪有他这么谈生意的，一点儿面子不留，分明就是个混蛋。他又生康明的气，这小子也太能钻空子了，直接和我的下家联系,这不是明摆着抄我后路吗,倒爷们做生意最怕的就是这手呀。他还生徐处长的气,心说这老娘儿们有奶就是娘,跟我这还没断呢,又跟康明有一腿,太不是东西了!

孙福在一边看得真真儿的,他紧走几步来到赵武身边问道:"谈崩了吧?"

"能不崩吗?那个姓钱的就是个王八蛋,一点儿不开面儿。"赵武没好气地说。

"崩了也好,那个钱老板我好像认识,他根本不姓钱,这里面有诈。"

"啊?这是怎么回事儿呀?"

"你知道他住哪个房间吗?"

"住顶层。"

"好,我带你会会他。"

孙福和赵武找到了钱老板的房间,赵武上去敲门,保镖在门里边问道:"请问你是哪位?"

"请通知钱老板,赵武找他。"

听到是赵武的名字,钱老板示意保镖开门让他进来。

赵武和孙福一前一后进了屋,钱老板坐在写字台后面,两只脚跷到桌子上,脑袋靠在老板椅背上,嘴里叼着支大雪茄,闭着眼正在云雾缭绕地吐着烟圈。听赵武走近了,他眼皮都没睁,问了一句:"想明白了,什么时候打款呀?"

"钱老板,不是换美元的事儿,我给你带来个人。"

"谁呀?"钱老板依旧是闭着眼,一副趾高气扬的样子。

孙福走上来在他的耳边轻声叫了一句:"秃爷。"

钱老板惊得立马儿站了起来,定睛一看是孙福,乐了,脱口说道:"活太监!敢情是他妈的你。"

孙福摆了摆手说:"秃爷,别这么叫我了,多他妈难听呀,哥哥我如今也是有家室的人了。"

"哟,命根子治好了,快跟秃爷我说说,用的什么偏方呀?"

"这个说来话长,以后有工夫我慢慢跟您聊。我想问问,您是哪年出来的?"

"咳，你刑满释放后，我在里面又憋了五年，才他妈放出来。"

"您出来得晚，可混得不错呀，入了新加坡籍，还成了大老板，不得了。"

"这都靠朋友帮忙，再加上秃爷我胆儿大敢干，才有了今天。"

"秃爷，我记着您姓侯呀，怎么改名还改姓呀？"

"原来那个名字侯满囤多他妈土啊，一听就是东北农民，怎么做生意呀？后来有个哥们儿跟我说，有文化的人都起个笔名，我要想发财也得起个好听的名字才行。"

"那您现在叫什么名呀？"

"钱缘。怎么样？和钱结缘，多吉利呀。"

"真会起名，不错。"

"孙福，咱哥儿俩老没见了，你甭走了，一会儿我请你吃谭家菜。"

"谢谢秃爷美意，家里头老婆还等着我呢。"

"叫嫂子一块儿过来呗，咱哥儿俩好好聊聊。"

"改天吧，我今儿个就是打这儿路过，正巧看见您了，才上来和您聊聊。"

"你和赵武也认识呀？"

"我们是一个院的街坊。得嘞，秃爷，咱哥儿俩再见吧，有工夫我再来看您。"

"想着来啊，我还想听你讲故事呢。"秃爷说完话放声大笑。

孙福给赵武使了个眼色，两个人迅速退了出来。

第三十三章

　　钱老板——侯满囤，何许人也？原来他是孙福的"狱友"。一九六〇年，孙福和强子以斗蛐蛐儿为名骗小宝儿和二龙赌博，东窗事发，孙福被判了三年徒刑。在牢房里侯满囤是牢霸，这小子因为猥亵少女被判刑，当时他脑袋上长了几块秃疮，人们都叫他"秃爷"。孙福服刑期间，没少受"秃爷"欺负，挤对得他好几次想自杀。

　　虽说已经过了二十多年，孙福仍然对"秃爷"记忆犹新，这次在北京饭店相遇，孙福一眼就认出了他。赵武对这些全然不知，他看着钱老板和孙福亲热的样子，暗自庆幸天助我也，他兴奋地说："福子哥，敢情你和钱老板是哥们儿，冲你的面子，他可以答应咱们的要求了吧？"

　　"兄弟，你太嫩了，钱老板百分之百是骗子。"

　　赵武吃了一惊，他急着问道："你根据什么呀？"

　　"这不是明摆着吗，他手里要是真有那么多美元，就凭李菊他们国有大公司这么响的牌子，人家财务处长亲自出面用公司信誉担保，他有什么可不放心的，同时打款怎么就不行呢？这小子下过大狱经过见过，一身的贼胆子谁都敢骗，依我看他不仅名字是假的，说的是假话，他手里有两千万美元也是假的。"

　　赵武如梦初醒，倒吸了一口凉气，说："我的妈呀，真要是如你所说，这个姓钱的可不是个小毛贼，绝对是江洋大盗呀，福子哥，咱们遇上大骗子了。"

"咱们也甭瞎琢磨他，请公安局查查他吧。"

"你想报案呀？"

孙福点了点头，说："咱们太原会馆大院东院里刘婶的大儿子刘锋不是在市公安局工作吗，我想请他帮着咱们查查这个钱老板。虽说我跟侯满囤认识，举报他似乎有点不仗义，可这小子玩儿得太大了，手里攥着几十张支票，他真要是个骗子，这得骗了多少人呀，有多少单位遭殃呀，咱们不能眼看着不管。"

"对，咱们这就去刘婶家找刘锋大哥报案。"

"要报案就越快越好，留神这小子脚底板抹油，溜了。"

哥儿俩越说越着急，家也不回了，径直地奔东院刘婶家来了。

刘婶正在和面拌馅包饺子，看见孙福和赵武来了，说："你们哥儿俩可真有口福，赶上我们家吃饺子。来吧，洗洗手一块帮着包，回头下锅就煮，尝尝我拌的馅，可好吃了。"

孙福低头闻了闻说："猪肉茴香馅真香，我就好这口儿，杨姐以前老给我包，我一顿能吃五十多个呢。"

赵武说："那可不成，照你这么吃，一会儿刘锋大哥下班回来就没的吃了。"

"没事儿，你们哥儿俩敞开了吃，刘锋今儿晚上加班，明儿晚上才回来呢。"

孙福和赵武听刘婶这么一说全愣了，赵武说："嘿，你瞧这事儿闹的，人家根本不回家，这可怎么办呀？"

刘婶看他俩心急火燎的样子，问道："你们找刘锋有急事儿吗？"

赵武点了点头说："挺着急的事，马上就得找他。"

刘婶说："要不你们吃完饺子去单位找他吧。"

"刘婶，我们不等了，现在就去找他。刘锋兄弟是在市局上班吧？"孙福问道。

"是呀，市局经侦处。"

"好嘞，谢了刘婶。"

孙福说完话拉着赵武往外就走，刘婶急忙叫住了他们："等一下，你们要去找刘锋，带上饺子吧，这孩子早就磨叨着要吃饺子，我现在就下锅煮，耽误不了多大工夫。"

"有妈疼就是好啊。"孙福感慨地说。

工夫不大，一锅热腾腾的饺子煮熟了，刘婶拿出两个大饭盒装得满满当当的，赵武看着直纳闷，问："刘锋大哥饭量不小呀，一顿吃这么多饺子？"

"不光是他一个人，给那些一起加班的同志也尝尝，那些小伙子平时都挺辛苦的，哪有工夫吃顿饺子呀。"刘婶说着话，麻利儿地把饭盒装进网兜里，交给赵武拎着。

孙福和赵武不敢耽搁，骑上自行车飞快地奔市公安局而来。刘锋在接待室见了这哥儿俩，惊奇地问道："这大晚上的，你们哥儿俩找我干吗呀？"

孙福把饭盒往桌上一搁说："你妈包的饺子趁热吃吧，吃完了咱们再说。"

刘锋打开饭盒闻了闻，说："真香呀，我从小就爱吃妈包的饺子。"

说着话，他一下抓起了两个饺子塞进嘴里，大嘴嘛牙地吃上了。他边吃边说："说吧，你们找我什么事儿？"

"挺严重的事儿，你吃完了再说。"赵武说。

刘锋一听这话推开了饭盒，冲着里屋喊道："小王。"

随着答应声，一个年轻的警官走了进来，刘锋说："我妈给哥儿几个包的饺子，拿去吃吧。"

"谢谢刘队。"小王拿着两饭盒饺子进里屋了。

刘锋抹了抹嘴，转过身看着他们说："什么要紧的事儿？"

"你还没吃饱呢。"

刘锋摆了摆手，示意他们接着说。赵武和孙福先后把事情的原委说了一遍。听完他俩的话，刘锋说："你们俩的报案很好，让我们进一步掌握了他。这个侯满囤根本不是新加坡客商，他就是一个黑龙江省的农民，他的账户里只有四十多万美元，两千万美元的说法是假的。这个人我们市局经侦处早就盯上他了，他跑不了。谢谢你们！"

孙福和赵武听了刘锋这番话都长出了一口气，庆幸自己报案及时，没让罪犯逃脱。出了市公安局，赵武说："福子哥，听了刘锋大哥的话，我这手心里直冒冷汗。我看这换美元不是个好活儿，利润大风险也大，回头我把七十万中介费给徐处长退回去，我不玩儿了。"

"你不怕栽面儿啦？"

"丢面子总比丢了自由强啊，我要是跟着蹚浑水儿，早晚得搭进去，那时候后悔可就晚了。"

"对喽，兄弟你算想明白了，不能见钱眼开，人为财死，鸟为食亡，只有蠢货才那么干呢。"

第二天，赵武给徐处长打了电话，他说："实在不好意思，我忙活了一个来月，也没有碰上手里真有美元的主儿，按照咱们的约定，一个月没兑换成美元，中介费如数退回，我想今天就把中介费还给您。"

徐处长说："赵先生，谢谢你信守承诺，这一个月你辛苦了，事情虽然没有办成，你为我们公司的事忙前忙后尽心尽力的，也有一些开销，我们公司支付你一部分劳务费吧。"

双方约定下午在饭店见面，赵武开出一张七十万元现金支票交给徐处长。事情本来就这么好说好散地结束了，没想到康明从中插了一脚，又使事情复杂化了。

康明和徐处长交换过名片，有她的联系方式，就在赵武刚和徐处长打完电话，康明的电话就打了进来，他听说两个人下午要在饭店见面，表示自己也要去，他说："您别太相信那个赵武，万一他给您开张假支票，可就把您坑了。"

徐处长一听害怕了，说："那可怎么办呀？"

"没关系，我跟您一起去，帮您把着点儿，赵武绝对不敢骗我。"

"谢谢康总，你下午也来吧。"

这天下午，赵武按时来到饭店，一看康明也来了，他身后还跟着一个又高又壮的年轻人，他俩和徐处长都很严肃地坐在一张餐桌后面。赵武很意外，他不明白徐处长为什么把康明叫来，来不及多想，赵武在餐桌的对面坐了下来，客气地跟各位打招呼："徐处长好。"

徐处长有些尴尬地笑了笑。赵武接着说："康总今儿个怎么这么闲在呀，也过来了。"

"我听说你要把中介费退给徐处长，生意不做了？"

"咳，这不是时间到了吗，我和徐处长的公司签有协议，约定的时间是一个月，到期事儿没办成，中介费退回，咱们得信守承诺呀。"

"这么大一笔钱不想挣了？"

"谁跟人民币有仇呀，咱不是没有那金刚钻吗，揽不下这瓷器活儿呀。"赵武说完话，无奈地摇了摇头。

"你退给徐处长的是转账支票吧？"

"现金支票。当初徐处长他们给我的也是现金支票。"

"是吗，你把支票拿出来我看看，你可别开错了，拿转账支票糊弄人家徐处长。"

"这怎么可能呢，不信你看看。"赵武说着话拿出支票不假思索地递给了康明。

康明接过支票，低着头仔细看了一遍，把支票塞进了自己上衣兜里，立马儿变了脸，严厉地说："我看这张支票有问题，我得拿回去让我们公司财务室鉴定一下。"

赵武闻听此话，脑瓜子轰的一下就蒙了，他马上意识到康明是醉翁之意不在酒，他没怀好意，七十万现金支票康明拿回去入了他自己的账号，当天就能取出钱来，他要是卷钱跑了怎么办？自己只听说他公司的总部在廊坊市，公司是真是假，具体在哪里办公，根本不知道，这该如何是好？

赵武下意识地看了看徐处长，见她脸都吓白了，知道她也被康明骗了，赵武急眼了，他冲着康明大声说："你拿走支票算怎么回事呀，我又不是从你那儿拿的支票，就算要鉴定也得给人家徐处长拿回去鉴定呀。"

"是呀，康总这张支票你应该给我才对。"徐处长也说。

康明脸色煞白，目光冷漠，赵武从没见过康明这副凶狠的样子。这时坐在康明身后那个年轻人一拍桌子吼上了："你们别他妈乱嚷嚷，都听我们康总的，再废话我花了你们丫挺的。"

年轻人手里紧紧攥着一个茶碗，随时可能砸向赵武头上。赵武这时反倒冷静了，他感到康明是来者不善，他之所以带人来，就是冲着这张七十万的支票，他要行抢呀。要让他们把支票坑了去，就是把我卖了也赔不起呀，我就是拼了命也不能让他们得逞。赵武这时平静地说："康总，至于吗，为这点儿小钱跟兄弟我翻脸，再说了，徐处长他们公司今后生意多着呢，你不想就这么一锤子买卖吧？"

赵武说着话看了徐处长一眼，冲她使了个眼色，徐处长心领神会，跟着说："是呀康总，昨天我还跟领导说呢，康总的公司很有实力，我们领导说以后有机会和你们公司多合作。"

康明听到这句话，紧绷着的神经缓和了下来，赵武趁机说："哥哥，您先把支票拿出来，摆在桌面上，有什么话咱哥儿俩好商量。"

康明似乎也觉得硬把支票抢走不太容易，他们不会答应，他从兜里拿出支票放在了桌子上，一只手紧紧地摁住支票，并没有交给徐处长。他仍然不愿意错失这个劫走巨款的机会，眼珠子滴溜乱转，脑瓜子里飞快地思索着，他要尽可能找出一些说法来，名正言顺地把支票拿走。他心说，自己也是个体公司，七十万巨款一旦入到账上，我他妈就来个金蝉脱壳，到天边吃香的喝辣的去，再想找到我呀，下个世纪吧。

赵武看得明白，心说这小子食亲财黑已经利令智昏了，讲道理没有用，就得来硬的了。他笑嘻嘻地拿出一支中华烟递给康明，顺手掏出打火机给他点烟，康明放松了警惕刚要抽烟，就在这一刹那，赵武猛然间伸出另一只手一把就抢到了支票，康明赶紧用手去捂支票已然来不及了，支票被撕成了两半，两个人手里各有半张支票。赵武低头一看乐了，他把手上的支票晃了晃说："光天化日朗朗乾坤，你就敢在北京抢劫支票，想发财想疯了吧。"

康明赶紧赔着笑脸说："兄弟你误会我了。"

"放屁！就冲你带着这个小王八蛋来，就没安好心！"

赵武又冲着那个年轻人骂道："孙子，你他妈的不是想花了赵爷我吗，有本事你花一个试试，我保证让你小丫挺的到大牢里哭去！"

赵武说完话把手里的半张支票撕了个粉碎扔到了康明脸上，解气地说："姓康的，你不是想要这张支票吗，现在我全给你，你回家把它糊上，拿着七十万花去吧！"

"赵，赵，赵总，你这是干什么呀，你真误会我了。"康明边说边双手抱拳一通给赵武作揖。

赵武回头对徐处长说："走吧，我送您离开这儿，这个姓康的和那个姓钱的都不是好东西，咱们正经人离他们越远越好。"

徐处长瞪了康明一眼，鼻子里愤怒地哼了一声，提起皮包跟着赵武头也不回地走了。

赵武回到家解开外衣才发现，过度的紧张使他出了很多汗，内衣内裤全湿透了。他回想着刚才发生的事，心里真是很后怕，心说这帮倒爷坏人多，好人少，再也不能和这帮人瞎混了，要不然自己早晚也得像秦玉和小妮似的被逼得跳了江呀。

第二天赵武重新开了一张七十万元现金支票，来到徐处长的公司直接交给了她，徐处长激动得眼圈红了，说："赵先生你真是个好人，昨天要不是你急中生智从康明手里抢回支票，这笔巨款就被歹人劫走了，损失可就大了，咱们俩都要承担重大责任呀，我都不敢回想昨天发生的事。"

"是呀，我怎么也没想到康明外表文绉绉的，谈吐也不俗，却也是见钱眼开的主儿，竟然干出这么弱智的蠢事。"

"这就叫知人知面不知心呀。"

赵武点了点头，徐处长语重心长地说："赵先生，通过昨天的事，我看出你是一个勇敢正直的人，以后别干倒爷了，这会毁了你的。趁着年轻多学习学习，干点儿实业吧，实业兴邦嘛。"

"大姐，不瞒您说，我也正有此意。"

"好啊，以后遇到什么困难就跟大姐说，我会想办法帮你的。"

"得嘞。谢谢您！"

赵武辞别了徐处长，他的倒爷生涯就此画上了句号。

半年以后，赵武在报纸上看到一条消息："侯满囤，黑龙江省农民，冒充新加坡富商，以换汇为名，诈骗一亿七千五百万人民币，昨天已被正法。"

"嘿，真是罪有应得！"

赵武激动得一拍大腿，拿着报纸找孙福来了。孙福正在聚宝轩接待客人，看见赵武来了向他点了点头，继续跟客人谈话。

赵武凑了过来，就听孙福向客人说道："您老就认定我这件屏风了？"

"是呀，我来你这好几回了，早看好了，就是它了。"

"您不想收点别的？"

客人环视四周看了看，说："看来孙老板是舍不得出手呀？"

"还真让您老说着了，您闻闻它多香呀，我这屋里不用点香，有它就齐了，满屋子都是香的。"

客人伸头闻了闻，说："是呀，真正的沉香木会随着时间的流逝越来越香。"

赵武听人家一说，赶紧凑到屏风前仔细闻了闻，确实有些香气，他又抬手去摸屏风，孙福急忙说："别摸，这木头软，你没轻没重地摸它，会留下痕迹的。"

赵武缩回了手，问："这木头很名贵吧？"

孙福说："看怎么说了，你知道古代君子有四雅吗？"

赵武摇了摇头说："不知道，哪四雅呀？"

"斗香、品茗、插花、挂画，沉香为四雅之首。古人常说'沉檀龙麝'，指的是沉香、檀香、龙涎香和麝香，而沉香又居这四香之首，可见沉香的名贵呀。"

客人接过话茬说："孙老板说得不错，沉香还可入药，《本草纲目》中记载：沉香木具有强烈的抗菌效能、香气入脾、清神理气、补五脏、止咳化痰、暖胃温脾、通气定痛，是上等药材极品。"

孙福边听边点着头，说："所以说这件沉香木屏风很贵重，世间难找呀。"

客人这时笑了，问孙福："孙老板，我不多说了，你开个价吧。"

孙福没辙了，他把客人拉到了一边，低声说了个数，赵武侧着耳朵想听听，什么也没听见，只见客人点了点头，打开书包掏出一张支票，填上数字交给了孙福，起身走了。孙福恭恭敬敬地将客人一直送到了门外。

孙福回屋后，赵武走上来问道："刚才这位爷是谁呀？"

孙福淡淡一笑说："你瞧见没有，刚走的那位就是我跟你说过的大收藏家余爷，他看上我店里摆着的沉香木屏风了，非要收了去。其实我不太想出手，这件老玩意儿太名贵了，在全国来说找不到几件。"

"那你怎么还卖了呢？"

"余爷份儿在这儿呢，以前人家也时常关照我，实在不好意思驳他老人家的面子，我就出了高价，没想到人家余爷眼都没眨，一口就应了下来。"

"这个屏风你卖了多少钱呀？"

孙福笑了笑没说话，掏出了支票，赵武一看惊叫道："一个屏风卖了三十万，福子哥，你发大财了！"

"三十万只是订金，总共是一百三十万，年底余爷来提货，到时候再把余款结清。"

"我的妈呀，这么一件旧家具你卖了一百三十万，太牛逼了！"

孙福说："兄弟，你别以为我卖高了，实话告诉你，这还是今年的价码，到了明年还能卖得更高。我敢断定，过不了五年，这件沉香木屏风就值上千万，要是再过二十年，就是一个亿出手也有人要。"

"福子哥，听你这意思还不大甘心哪。"

"可不是吗。"

"这么说你没赚多少，这件沉香木屏风几十万收来的？"

孙福狡黠地一笑，说："说出来怕你不信，我三十块钱收的。"

"啊？三十块钱收来的，卖了一百三十万，四万多倍的差价，福子哥你比全国所有倒爷都牛逼呀！我三十大几的人了，今天才算看见什么叫真正捡漏儿。我真服您了。"

"我是'破四旧'运动中捡的漏儿，当时人们都不敢留着这些东西，能卖就卖了，我店里的这些老玩意儿大多数是从委托商行收来的，也有从朋友手上收的，以后不会再有这样的机会了。"

"即使再有这样的机会，不识货也是瞎掰呀。"赵武说。

孙福看了看赵武，问："你来店里找我有事儿吗？"

赵武这才想了起来，他赶紧掏出报纸说："福子哥，你看报纸了吗，侯满囤给毙了。"

"我早知道了，前两天在院里碰上了刘锋，他说侯满囤的案子结了，这小子死定了。"

"可不是吗，这孙子骗了一亿七千五百万，多大胆子呀！"

"这就叫多行不义必自毙。"

"我看这小子演技挺棒的，头一次接触他的时候，你看他那身打扮，一水儿的世界名牌，他那派头跟黑社会老大似的，又是保镖又是女秘书，抽着大雪茄，秘书递烟，保镖给点烟，那叫一个牛逼，真他妈唬人。这小子没当演员瞎材料了。"

"那管什么呀，靠骗钱过日子，能踏实吗？中国有句老话说得好，'不做

420

亏心事，不怕鬼叫门'，侯满囤就是亏心事做多了，被鬼带走了。他不是能骗吗，把阎王爷也骗喽，在阎王殿旅游一圈再溜达回人间来，那才叫真有本事呢。"

"福子哥，这话您可说绝了，除了孙猴子，是人都没这本事，侯满囤下地狱受罪去吧，再托生也回不了人间了，只能托生个畜生。"

哥儿俩正聊得开心呢，太原会馆大院西后院的街坊小宝儿一推门进来了，他胳膊上戴着黑纱，见了孙福哭着说："孙福哥，我妈走了……"

小宝儿泪流满面，冲着孙福单膝下跪双手抱拳，孙福惊讶地扶起小宝儿问道："这是什么时候的事儿呀？"

"昨天晚上，她觉着喘不上来气，我赶紧送她上医院，到了医院没抢救过来，人就走了。"

"哟，郭婶的身子骨儿一直挺硬朗呀，怎么就走了？"

"心梗，突发的，谁也没想到。"

孙福很难过，眼泪流了出来，他掏出手绢擦了擦说："唉，郭婶多好的人哪，说没就没了，真让人难受。小宝儿兄弟，哪天发送呀？"

"三天以后，您来吗？"

"我必须得去呀！"

说着话，孙福拉开抽屉拿出了一沓钱，顺手递给小宝儿，说："这是我们家的一点心意，有什么需要帮忙的就说话。"

小宝儿哭着说："谢谢孙福哥。"

赵武一见赶紧摸了摸兜，说："小宝儿兄弟，没想到在这儿碰上你，我身上没带钱，份子钱我回到院里给你送过去。"

孙福叹了口气说："去年郭叔走了，这转过年郭婶又走了，你那四个姐姐也都出嫁了，现在家里就剩下你一个人了，小宝儿兄弟，你今后有什么打算呀？"

"跟着我二姐夫干呗。"

"你二姐夫是干什么的呀？"赵武问。

"他原来是二锅头酒厂的业务员，改革开放以后辞了职，下海单干了。他在东北绥芬河成立了一家外贸公司，主要向俄罗斯出口二锅头酒和一些服装百货商品。"

"哦，怪不得我老没看见你呢，原来你一直在绥芬河忙活呀。"

"可不是吗，我平时很少回北京，除了过节过年，就是到酒厂联系业务时才回来，这些年一直没能在爸妈跟前尽孝，现在二老全走了，想起来真对不住他们。"

小宝儿说到这儿，眼泪又流了下来，掏出手绢不停地擦着。赵武安慰他说："这次郭婶病故你赶上了，能送老人最后一程也算圆满了。"

"这次是因为从酒厂联系了一车皮二锅头酒，我回来筹款，正赶上我妈出事。"

小宝儿说到这儿叹了口气。孙福问道："筹款顺利吗？"

"不顺利，一车皮二锅头酒要四十多万，我手里满打满算才十万块钱，差一多半呢。我们原本想交一部分订金，余下的售后结账，酒厂领导觉得欠款数目太大没同意，我看这车皮酒可能要吹了。"

孙福听到这儿沉思了一会儿，对小宝儿说："小宝儿，你忙完郭婶的后事就去酒厂提货吧，差那三十万我给你垫上。"

小宝儿吃惊地说："孙福哥，您怎么会有这么多钱？"

孙福掏出了那张三十万元支票递给了小宝儿，说："你今天来得正巧，我刚收了这张支票，你要是昨天来，哥哥我还是个穷光蛋呢。"

小宝儿说："孙福哥，这三十万我得把酒卖了再还您，利息就按银行的标准行吗？"

"还说什么利息呀，本不还都行。"

"那怎么成呀，这三十万不是个小数，您要是白送，我可不敢要。"

孙福说："得啦，这三十万算我入股，我是你们公司的股东还不成吗？"

"这没问题，以后我们年年给您分红就是了。"

赵武这时说："小宝儿兄弟，我手头也能拿出几万块钱，我也入个股行吗？"

"当然行了，股东越多我们越欢迎呀，何况咱们都一个大院住着，街里街坊的，知根知底，你当股东，我举双手赞成。"

"小宝儿兄弟，我还有个要求，不知道你能不能答应？"

"什么要求呀？"

"你看我现在也没正经工作，我想加入你们公司，去绥芬河跟着你们做生意，你看行吗？"

小宝听后吃了一惊，说："你在北京干倒爷，动动嘴就能赚大钱，干吗要跟我去东北呀，那旮旯又冷条件又艰苦，你去不是活受罪吗？"

孙福说："小宝儿，赵武不干倒爷了，他大彻大悟了，想干实业，你要能帮就帮一把，带他去东北吧。"

"赵大爷赵大婶能同意吗？他们舍得吗？"

"我们家老爷子巴不得我滚远远的呢，他看见我就烦。"

"他不是看你烦，是看你干倒爷烦。看看你大哥大姐不是医生就是老师，都挺体面的，就你小子是倒爷，赵大爷又是个要脸面的人儿，看你这一身打扮，油头粉面的，他能不烦吗？"

孙福这番话说得赵武十分羞愧，他辩解说："我要是去了东北，他看不见我就不烦啦。"

"还不光是为了这个，你不结婚，连个女朋友也不找，三十大几的人了，整天耍单，你们老爷子能不烦吗？"

"以前是没碰上合适的，我这回去东北踅摸一个，东北姑娘漂亮呀。"

孙福乐呵呵地说："你们不是和俄罗斯做生意吗，有本事你找个洋妞带回来，在太原会馆大院一溜达，那得多牛呀，赵大爷非乐晕喽不可。"

"我是有那心没那胆呀，就我们老爷子那么保守，我要是带个洋妞回来，老爷子非打得我满地找牙不可。"

"这不可能，你也该成家立业了，真要是找个好姑娘回来，甭管是东北大妞还是洋妞，我看你们老爷子都没二话，就是偷着乐呗。"

"赵武，你要想找俄罗斯姑娘还真有机会，在绥芬河有不少俄罗斯姑娘做边贸生意，一个个又白又漂亮，人品也不错。你要和她们打交道，得会说俄语，你俄语说得好吗？"小宝儿问。

"这个你可要我短了，我中学时候学的是英语，除了认识二十六个英文字母，就只会说两段英语的毛主席语录，还是会说不会写。俄语是一窍不通，就会说一句'乌拉'，是看电影《列宁在十月》学的。"

小宝儿皱了皱眉说："这可不行，到了绥芬河还得给你恶补俄语，你必须在一两个月内学会俄语的初步对话才行，你能做到吗？"

赵武想了想说："差不多吧，我大哥是学俄语的，我可以先跟他学学。"

"恐怕没有那么宽裕的工夫让你学俄语，你要真想跟我走，今儿回家就做准备，我去买下个星期的火车票，咱们说走就走。"

"好嘞，就这么着了。"赵武下定了决心，要在东北干出一番事业来。

第三十四章

赵武进了家门，闻到一股中药味儿，问："妈，您煎药啊，谁病了？"

"你爸感冒了，我给他煎两服汤药喝。"

"我爸发烧吗？"

"发烧还咳嗽。"

"哟，那我蹬车送他上宣武医院吧，您甭瞎对付了，别耽误喽。"

"你爸不爱去医院，我煎的药挺对症，你去屋里歇着吧，饭这就得。"

赵武答应了一声，没回自己屋子，他看着年近桑榆的老母亲，头发白了，背也驼了，行动缓慢，端着药锅的手不住地抖动。赵武鼻子一酸眼圈红了，他走上前来接过母亲手里的药锅，说："妈，您歇会儿吧，我给爸煎药。"

"你会吗？"

"这又不是什么技术活儿，一看就会。"

"常翻着点儿药，千万别煎糊了，那就不能喝了。"

"知道了。"

赵大婶步履蹒跚地上厨房做饭去了。这时候赵大爷走了进来，他不住地咳嗽，赵武赶紧迎上来搀扶住父亲，说："爸，您出去了？"

"上了趟茅房，碰上金大哥了，这一聊天儿呀，就占工夫了。"

"金老爷子身体还好吧？"

"挺硬朗的，奔九十的人了还没拄棍儿，不易呀。"

"我妈说您感冒了，碍事不碍事呀？"

"算不了什么，回头我打趟拳，出点儿汗就好了。"

赵武点了点头，扶着父亲上床躺下盖好被子，自己又去看药锅。赵大爷躺在床上寻思着，赵武今儿个有些反常呀，平时这小子吃凉不管酸，油瓶子倒了都不扶的主儿，今儿个怎么这么乖呀，知冷知热的，是不是他又做了什么错事怕我骂他，跟我这装蒜呢？

赵大爷越想心里越不踏实，问赵武："你有什么事儿吗？"

"是有点儿事要跟您和我妈说。"

赵大爷一听躺不住了，急忙从床上坐了起来，说："我猜得没错吧，你小子准有事儿。说吧，什么事儿呀？"

"快吃饭了，吃完饭再说吧。"

"甭等吃饭，你现在就说，要不然我吃不下去。"

赵大爷心里不搁事儿，立马儿就要弄个明白。赵武知道老爷子脾气急，不敢惹他，赶紧去厨房把母亲请了过来。

待父母坐定，赵武给二老鞠了一躬，说："爸、妈，儿子要出趟远门儿，干一番事业。"

赵大爷闻听此话心里纳闷，从上到下看了看赵武，说："好啊，你小子长出息了，想干什么去呀？"

赵大婶也急着问："你打算去哪儿呀？"

"我去东北绥芬河，跟着小宝儿和他二姐夫做边贸生意。"

老两口听赵武这么一说全不吭声了。赵武看着爸妈这副表情心里没底，不放心地问：

"爸、妈，你们同意吗？"

赵大婶眼泪流了出来，说："东北那么冷的地儿，你受得了吗？"

"没什么问题吧，人家小宝儿都行，我也能行。"

赵大爷说："眼瞅着就要过冬了，东北比北京可冷多啦，尤其是绥芬河离海边近，冬天里海风一吹扎骨头，滋味儿不好受啊。"

赵武看着老爷子目光里充满了怜爱，心里有些酸楚，他解释说："爸、妈，你们别不放心，我不干倒爷了，儿子是去干正经事儿，和老毛子做生意，过

426

两年没准儿给你们带回来个洋媳妇呢。"

"放屁！有你这么不着调的儿子，再给我带回来个更不着调的洋儿媳妇，我和你妈受得了吗？净满嘴胡咧。"

赵大爷虽说嘴上数落着儿子，心情却宽慰了，说话的语调变柔和了。这一细小的变化赵武听了出来，他说："东北那旮旯冬天是冷了点儿，夏天凉快呀，等我在那边安顿好了，夏天我接您老两口去避暑，那才叫一个舒坦！"

能说会道的赵武把父母的心说活了，二老点头同意他去绥芬河做事。一个星期后赵武动身远行，临出门儿这天，哥哥姐姐都来了，他们凑了五百块钱给弟弟带上，母亲起早贪黑地缝制了一身加厚的棉袄棉裤，还拿出了条狗皮褥子都塞进了他的行李箱。父亲走上来搂着赵武肩膀说："儿子，别勉强自己个儿，实在受不了那边的气候就回来，我和你妈上岁数了，身子骨儿也不太好，总想着孩子们能守在身边，见天儿的看见你们心里安生呀。"

赵武说："爸、妈，儿子不孝，你们都这么大岁数了，我还要离二老远去，这也是不得已而为之呀。孝顺爸妈就请哥哥姐姐代劳了，我逢年过节一定回家来看你们。"

父亲拍了拍儿子的肩膀说："去吧，要干就干出个样来，给我和你妈瞧瞧，我儿子是有出息的。"

赵大婶擦了把眼泪，说："儿子，记住你爸爸说的话！"

"放心吧，儿子不会让你们失望的。"

这会儿小宝儿拎着行李箱找赵武来了，两个人互相帮衬着去了绥芬河。

八十年代的绥芬河是个风光秀丽的边境山城，东边与俄罗斯滨海边疆区接壤，边境线长二十七公里。在这个辖区面积四百六十平方公里的小镇里，当时的总人口只有几千人，其中有十分之一是内地到这里做边贸生意的买卖人。这时中国改革开放好几年了，边贸生意开展得红红火火。

赵武来到绥芬河镇上，小宝儿带着他进了一栋俄式小洋楼。这座三层的小楼在当时是镇上最豪华的建筑，有十几家外贸公司在里面办公。小宝儿的姐夫侯魁创办的荣达贸易公司也在这栋小楼里，他们租了三室一厅的办公室，分为总经理室、会计室和业务员室。客厅中间用屏风隔出了两个区域，一边是茶水室，另一边是会客厅。知道赵武要来，侯魁为他在业务员室里添加了一套办公桌椅。

小宝儿带着赵武走进了办公室，他向公司同事们大声介绍道："大家先停下手头的工作，我来介绍一下，他叫赵武，北京来的，今后就是咱们新同事了。"

"欢迎你！"业务员老王首先上来和赵武握手。

"你好！""很高兴见到你！"会计张姐和业务员小李也都热情地和他打招呼。

侯魁从总经理室走了出来，他伸开双臂和赵武拥抱，嘴里说道："达瓦里希赵，滋得拉斯特为接，大瀑落拔拉娃起。"

赵武听傻了，不知该说什么好，小宝儿解释说："侯总说的是俄语，意思是'赵同志，你好，欢迎你'。"

赵武这才明白，为了用俄语回敬人家，自己搜肠刮肚地想了想，冷不丁冒出一句："乌拉！"

大家伙儿全乐了，侯魁说："哥们儿，你就会说这一句吧？肯定是从电影《列宁在十月》里学的。"

"真让您说着了。我还会用俄语唱一首俄罗斯名歌呢，《莫斯科郊外的晚半晌儿》。"

"哦，我的天哪！"侯魁大叫一声，他和屋子里的人都笑喷了。

"我敢说，你唱的俄语歌，俄罗斯人准听不懂！"小宝儿笑着说。

"会唱总比什么都不会强，过两天娜塔莎来了，你给她唱吧，向俄罗斯姑娘展示一下北京音的俄语歌曲嘛。"侯魁笑嘻嘻地说。

"娜塔莎？你说的是瓦西里的妻子吗？"

"嗨，这都哪儿跟哪儿呀，你还是没走出《列宁在十月》。达瓦里希赵，你醒醒吧，你说的那个娜塔莎，是一九一七年的人了，如今过了六十多年，就算这个人还活着，也是娜塔莎奶奶了，还能称作俄罗斯姑娘吗？"

"哦，不是一个人呀。"赵武也乐了。

小宝儿对赵武说："瓦西里和娜塔莎在苏联是很常见的名字，十个人中可能就有三四个人叫这个名字。我姐夫说的这个娜塔莎是一家苏联外贸公司业务员，经常和咱们公司联系生意，是个很不错的俄罗斯姑娘。"

"哦，是个俄罗斯大妞呀，怎么样，漂亮吗？"

"那还用说吗，盘儿亮，条儿顺，倍儿飒。怎么样达瓦里希赵，你有什么想法吗？"侯魁笑呵呵地问。

"不敢，不敢，就是有好的俄罗斯妞也得先尽着侯哥您呀，您挑剩下才能轮到我呢。"

"啊呸！赵武，你小子拿这儿当窑子了，这可不成啊，你得给我放规矩点！"

"侯哥，我就是跟您打个哈哈，你放心，兄弟我色大胆小，绝不敢私闯禁地，不会越雷池一步的。"

赵武点头哈腰，又是摇头又是摆手，大家看他那紧张兮兮的熊样，都乐了。

公司来了新同事，分工更具体了，老板侯魁给大家做了工作安排：业务员老王和小李还是负责与外商联系，小宝儿带着赵武负责国内采购货源。赵武刚来，业务生疏又不懂俄语，侯魁给他一个月的时间，熟悉业务和学习俄语。赵武在旁边听着很为难，说："侯总，俄语挺难学呀，您就给我一个月的时间学习，太紧了点儿吧？"

"按你的意思先去那边进修两年俄语？"

"两年都是勉勉强强的，连着学三年可能就差不多了。"

"达瓦里希赵，你睁眼看看，我这里是荣达贸易公司，不是外语进修学院，没那么长工夫教你说俄语，我们这儿的人没一个是俄语科班出身，大家都是边干边学，给你一个月还算长的呢。如果一个月后你还说不了俄语，对不起，我只能请阁下另谋高就了。"

"这，这……"赵武急得满脸通红，使劲揉搓着两只手，不知说什么是好。

"小赵，你甭太着急，只要用心学，还是可以过关的。"会计张姐和风细雨地说。

"张姐说得对，你只要有心学，一个月也够用。要是不给你压力，稀松二五眼地学，一年你也学不会。这样吧，张姐在我们公司俄语说得最好，让她教你，一个月以后考核，过关你就接着干，不过关就走人。"侯魁毫不客气地说。

"那好吧，我整天就死磕俄语啦。"

"整天可不成，白天还有活干，你得下班以后抓空学。"

"白天还让我干什么呀？"

"咱们有一车皮二锅头酒下个月初就运来了，从今天算起到酒运过来满打满算不过二十来天，在这个空闲期间要抓紧干件大活儿。"

赵武一听干大活儿脑瓜子就疼，他皱了皱眉，问："干什么大活儿呀？"

"这批酒运来占地方不小，镇上没有这么大的仓库存储，只能在露天堆放，很不安全。咱们这里有的是空地，完全可以自己盖一间仓库嘛，我给街道办事处打了报告，已经批了下来，施工队也找好了，明天就开工，赵武你负责和泥、脱砖坯。"

"他们施工队不能干这些活吗？"

"他们人手紧，如果咱们不伸把手帮忙，施工进度快不了。酒马上运来了，咱们等不起。如果让施工队加班干，工钱就要翻倍，咱们公司经费很紧张，给不了他们那么多钱，所以我决定和施工队一块儿干，小工的活儿咱们全包了。"

"啊？我刚来就赶上这么个苦差事，真是倒霉催的！早知如此，我过俩月再来呀。侯总，您让我学俄语还得当小工，不得把兄弟累傻喽呀？"

侯魁笑了，说："不是你一个人干，咱们大家一起上，张姐都得干，拼死拼活也得在这车皮二锅头酒运来之前，把仓库盖起来。"

赵武暗暗地咧了咧嘴，心说资本家的心真他妈够黑的。

侯魁是有意为难赵武，他心里清楚，赵武就是个公子哥儿，在家时游手好闲懒散惯了，平时又爱吹牛，没什么真本事。当初小宝儿跟他商量让赵武来自己的公司上班，侯魁是一百个不乐意，他对小宝儿说："赵武是干事儿的人吗？吹牛逼行，吃苦受累找不到他头上。咱们吃饱了撑的，请个北京侃爷来，到我这儿整天价云山雾罩、海阔天空地胡侃乱吹，不得把咱们好端端的荣达外贸公司搅和散喽。"

"赵武现在变了。"小宝儿说。

"他再变，又能好得到哪儿去？能像咱俩当初创建公司时那么吃苦受累，那样玩命干吗？"

侯魁说的这些话，让小宝儿想起了当年的艰苦创业之路。五年前，他二姐夫侯魁从酒厂辞职，带着他来到冰天雪地的绥芬河，他们为了省钱，住在大车店里，那房子破得四处露风，每当暴风雪袭来，狂风裹着雪花可着劲猛吹，外面下大雪，屋里飘小雪，炕上落了一层雪渣子，夜里睡觉前先得把炕上的雪扫扫，能扫出一小簸箕冰雪渣子来，然后才能铺上被卧睡觉。

屋里就一个小煤球炉子，它就如同萤火虫的屁股，没有多大热度，况且夜里睡觉前还要把火封上，要不然到不了半夜火就灭了，第二天起来屋里就像冰窖似的，能把人冻呲喽。小宝儿和侯魁上炕睡觉时除了脱下棉鞋，白天穿的衣服一件也不敢脱，还要把被卧褥子棉大衣，所有能盖的东西全盖在身上，脑袋缩进被窝里睡觉，这样才勉强没被冻死。小宝儿手上和脚上都是冻疮，又疼又痒，难受极了。

当时身上没有多少钱，从北京运过来的二锅头酒他们雇不起车拉，哥儿俩就自己个儿一箱一箱地从火车站背回来，身上穿的棉袄都被绳子勒破了，棉花飞了出来，累得侯魁和小宝儿是抱头痛哭，哥儿俩牙都要咬碎了，拼了命苦干，整天价背呀背，连着背了一个星期才把所有的酒都背了回来。第一批二锅头酒卖出去了，他俩从俄罗斯客商手里接过酒款时，都流了泪。回到大车店，侯魁买了两瓶高度伏特加，说："兄弟，咱们也享受享受吧，尝尝他们的好酒。"

"好啊，喝个痛快！"

兄弟俩把两瓶伏特加喝了个底朝天，酣畅淋漓地大醉一场。

想想当年的苦日子，看看今天的好生活，侯魁深感来之不易，他要守住自己公司，不能让外人搅和乱喽，因此他对赵武是很排斥的。

小宝儿却不这么看，他对侯魁说："姐夫，咱哥儿俩是亲郎舅，打折了骨头连着筋，外人当然比不了咱们这层关系，不可能一个心眼地跟着咱们玩命干。赵武是浪子回头，俗话说浪子回头金不换嘛。人家诚心诚意带着五万块钱入股，他又是孙福哥举荐的，孙福哥对咱们有恩，不好驳了他面子，看在老街坊的情分上，咱们公司得收下赵武呀。"

小宝儿的话说得入情入理，侯魁没词了，他想了想说："让赵武来也行，咱们必须按公司的规章制度办，严格要求他，帮着他改掉身上那股子吊儿郎当的坏毛病，等他适应以后，也就成好员工了。"

"好，就照你说的办。"

哥儿俩商量好了对策，这才敢把赵武招来。对于这一切赵武是全不知情，他当然是满身的委屈了。

侯魁领着大伙儿，第二天就开工了。要说当地盖房也挺简单的，在八十年代，镇里面盖房大都是土坯房，茅草屋顶，用报纸糊在窗户上，有个门出入就成了。侯魁盖的是库房，为了安全起见，库房没有窗户，土坯从墙根一直垒到屋顶，然后用茅草和泥封顶就完事了。整间库房二十米长，十米宽，三米来高，进出就一个门。这间仓库虽然简陋，四梁八柱和库房门都不含糊，用的是真材实料的东北原木，特别结实。侯魁得意地对公司员工们说："咱们公司目前资金紧张，所以用土坯垒墙，它花不了几个子儿，是临时的。这库房的筋骨足够结实，几十年也坏不了。明年咱们公司把这车皮二锅头酒卖了就有钱了，到时候把土坯推了换成砖头墙，它就更结实了。"

"那我们还得受二茬累呗。"赵武小声嘟囔着。

小宝儿捅了一下赵武说："就你怪话多，你就跟着干呗，咱们有福同享，有累同受嘛。"

搭建这间仓库，施工队在工地打好了地基，把柱子和房梁立起来就撤走了，余下的活儿就是脱砖坯，侯魁带着公司全体员工承担了这个活儿。他们在附近的高坡上挖土，用手推车推过来和成泥，然后用施工队带来的模子脱成砖坯放在空地晾晒，待砖坯晒干再请施工队的师傅们过来垒墙封顶。

脱砖坯是强体力活儿，它的进度快慢决定着库房能否早日建成。要说侯魁是真不含糊，特别能吃苦，面对这样的重活儿他不怵头，捋胳膊挽袖子，抢起铁锹就招呼上了。他带着小宝儿、老王挖土，赵武、小李和泥，张姐给大家伙儿做饭。侯魁给每人分工明确各负其责，谁也没说什么，只有赵武龇牙咧嘴的。

赵武如今三十出头，要说也是正棒的时候，只是他平时懒散惯了，从小到大没干过体力活儿，眼下和泥脱砖坯这么重的活儿，可给他累着了。赵武每天早上起来是腰酸腿疼，两只胳膊都抬不起来了，他真想跟侯魁请假歇歇。看看大家伙儿都按时出工，人家张姐也来了，他实在不好意思说出请假的话，无精打采低着头朝工地走去。侯魁走了过来问他："赵武，怎么样，干这么重的活儿，你身体顶得住吗？"

"侯哥，您想听真话还是假话？"

"这不是废话吗，听假话有什么用啊，实话实说。"

"说真话，我累得要背过气去了。"

"坚持一下吧兄弟，大家谁不累呀，好歹就干十几天，很快就完工了。"

"侯哥，我这几天甭学俄语了，每天干下来累死累活的，我哪有精神头儿学那玩意儿呀。"

"这可没商量，咱们事先说好了的，就给你一个月，到时候你考核不过关，谁也帮不了你。"

赵武听罢耷拉着脸，垂头丧气地走了。侯魁找到张姐在她耳边叨咕了几句，张姐点了点头。

大家玩命干了十天，脱砖坯的活儿全干完了。这天晚上收工后，赵武躺在工地上赖着不走，小宝儿说："别在这儿躺着呀，留神着凉。"

"我一点儿劲都没了，再走回去就累死了。"

侯魁对他说："别犯赖，快起来，回公司开会。"

"活祖儿，您饶了我吧，哥们儿我累得就剩下舌头能动弹了，我打算就死在这儿，不起来了。"

"净说废话，小宝儿、小李子，你们哥儿俩把赵武架起来，回公司开会。"

"好嘞！"他们哥儿俩连拉带拽拖着赵武回了公司。

一进门儿，大家看到会客厅的桌子上摆着三瓶伏特加酒，旁边有两个大铝盆，分别装着猪肉炖粉条和小鸡炖蘑菇，蒸锅里还有米饭和大白馒头。大家看着这么香的饭菜全兴奋了，老王说："今儿这晚饭太够意思了，敢情侯总说回公司开会就是请我们会餐呀，谢谢侯总美意。"

小李说："解馋！侯总真会疼人。"

张姐乐呵呵地走出来说："侯总看大家这些天太辛苦了，特意让我做些好吃的，犒劳咱们。"

赵武这会儿也不用人搀着了，他走上去闻了闻盆里的菜，说："还算凑合，就是东北家常菜。受这么大累，吃点荤腥是应该的，收麦子的时候，地主还给长工吃白面馒头呢。"

小宝儿瞪了赵武一眼说："你小子别不知足啊。"

赵武不服气地说："这就让我感天谢地呀，我在北京吃得比这好多了……"

赵武还想往下说，看到侯魁正在瞪着他，头一歪不说话了。

侯魁没搭理赵武，说："大家干得不错，提前完成了任务，在这车皮二锅头酒到来之前，咱们这库房就能盖好了。各位劳苦功高，受了不少累，今天我请大家喝酒吃肉，咱们一醉方休。"

侯魁给每人倒了杯酒，唯独没给赵武倒酒。赵武急眼了，说："侯总，我也会喝酒。"

"我知道你会喝酒，不能让你喝。"

"为什么呀？"

"吃完饭你还得跟张姐学俄语呢，你要是喝了酒，舌头大了，俄语的卷舌音你还发得出来吗？"

"什么叫卷舌音呀？"

"就是说话打嘟噜儿。如果你说不好，还得去医院做手术，切开舌头下面和下腭连接的韧带才能发出卷舌音来。"小宝儿煞有介事地虎着脸说。

"这么严重啊，那我不喝酒了。"赵武吓得边说边胡噜着下巴颏儿，脸色都变了。

侯魁忍住了笑，接着说："不光今天不能喝酒，你学俄语这一个月里，每天都不能喝酒，什么时候俄语说熟了，才能喝酒呢。"

"哟，那我不成出家人了？"

同事们听他这么说，忍不住都笑了。

吃完饭，张姐拿出了本《俄语初级教程》对赵武说："走吧，去我房间，我教你学俄语。"

赵武不敢怠慢，抹了抹嘴，拿出笔记本跟着张姐进了她的房间。张姐打开电灯，赵武往四下里瞅瞅，吃了一惊，只见迎面墙上挂着俄语字母表，四周贴满了俄语单词和语法的小卡片。赵武不解地问："张姐，您每天还在学俄语吗？"

"是呀。我虽然已经来这儿三年多了，俄语对话说得还算是熟练了吧。在工作中还经常会遇到一些陌生的单词和语法，要及时记录下来，迅速掌握它，这样才能跟上趟儿。"

赵武伸出了大拇指说："张姐，您真刻苦，三年了还在学俄语呢，侯总让我一个月就把俄语拿下来，这不是刁难我吗？"

"别这么说，他也没说让你在一个月内把俄语全部掌握，这谁也办不到。你只要把俄语的三十三个字母、十个元音字母、二十一个辅音字母、三十六个辅音背熟了，再掌握一些基本对话就行了。至于俄语语法，如一格、二格的使用方法，量词、动词、形容词的用法，以后边工作边学习吧。只要你坚持不懈，加强对话练习，两三年的时间里就能基本掌握了。"

听张姐说完，赵武长出了口气，说："只要过些天考核能通过，侯总别轰我走就行了。"

赵武其实是个好较劲的人，从来不服软，你看他表面上发牢骚，可私下里非常用功，不到一个月的时间就把俄语字母背熟了，二三十句基本对话也掌握了。张姐给他搞了个小测验，满分。张姐高兴地说："赵武，你真是个用功的学生，这么短时间就学会了这些俄语基本知识，比我当初学得快多了。"

赵武说："这都是张老师您教得好呀，学生赵武谢谢您了。"

赵武说完话给张姐鞠了一躬，张姐乐了，说："我记得铁人王进喜说过，'人无压力轻飘飘，井无压力不出油'，侯总给了你压力，你才有了动力，看来侯总做法是对的，这也说明你身上真有潜力呀。"

赵武兴奋地说："张姐，明个儿你就让侯总考核我吧。"

"好呀，你做好准备。"

第二天中午吃完饭，侯魁带着大家伙儿来到新盖好的库房里，侯魁打开了电灯，库房空荡荡的，显得很宽敞，侯魁高兴地说："各位，好好看看吧，这是咱们汗水的结晶，是咱们自己盖的库房，我提议咱们大声喊一个吧！"

侯魁话音刚落，赵武抢先大喊一声："乌拉！"

大家也一同高喊："乌拉！"

赵武眼圈红了，他看了看大家，每个人都很激动，小宝儿抬起袖口擦了擦眼泪。侯魁接着说："还有件高兴的事儿，赵武兄弟在一个月内学会了俄语的基本知识，张姐对他进行了书面测验，成绩优良。今天咱们集体给他做个鉴定，要是通过了，赵武兄弟就是咱们公司的正式员工了。"

大家都热烈鼓掌。考核开始，赵武熟练地背诵了一遍俄语字母的发音，元音、辅音，说得很标准，同事们你一句我一句用俄语向他提问，赵武也用俄语进行了回答，基本正确。侯魁满意地点了点头，走上来握着赵武的手，说："不错，考核通过。"

赵武说："谢谢侯总，要不是被您逼上梁山，我也学不下来呀。"

"这只是最初级的，离俄语过关还差得远呢，你还要继续努力。将来说好了俄语可以作为我们公司的翻译，去跟他们谈生意嘛。"

"谢谢侯总抬爱，我会努力学好俄语。"

侯魁接着对大家说："下个星期，咱们那车皮二锅头酒就到货了，买家也谈得差不离儿了。酒运来后先放进库房里，为了保证安全，这一段时间咱们晚上要留人在库房值班，谁来接受这个任务呀？"

"我来吧。"赵武抢先答道。

侯魁看了看赵武，说："现在天冷了，库房里没有暖气，存放的是酒，易燃易爆，不能点明火取暖，你待在里面会很不舒服。"

"没事儿，我克服呗。"

"要不让小李和你一起值班，你们俩倒换着回宿舍取暖，怎么样呀？"

"我一个人就行，夜里实在冻得慌，我就在库房外面点堆火，守在火旁边就不冷了，小李还得抓紧卖酒呢，不用再搭上他了。"

"赵武，你真是浪子回头啊，让哥哥我刮目相看呀。"侯魁用赞许的眼神看着赵武。

"侯总，大家都是老臣了，功劳显赫，唯独我是新来的，寸功未立，您就让我表现表现吧，这也对得起您对我的栽培不是。"

赵武这一番话说得侯魁倒有些不好意思了。

几天以后酒运到了，全搬进了库房里，赵武从侯魁手里接过库房钥匙，又从宿舍里搬来了一张床板，用凳子支了起来，他在上面铺了条毯子，满意地说:"这就是赵爷我这几天的卧榻了,我估摸着怎么也得熬个十天半拉月,等这批酒卖完喽咱爷们儿再起驾回宫啊。"

说着话他还哼哼唧唧唱上了:"我本是,卧龙岗上散淡的人……"

侯魁走过来说:"在库房门外点篝火,千万注意安全,库房存的酒最怕火了。另外,夜里出来进去的手上拿根棍子,这儿是山区,狼和熊都有可能出来转悠,提防着点儿。"

"知道了。"赵武嘴上答应着,心里并没当回事儿,没想到这天夜里他真遇上大麻烦了。

绥芬河镇周围森林茂盛,连接着长白山支脉的老爷岭原始森林。山里有熊、虎、野狼、野猪等猛兽出没。眼下已是深秋,熊快要冬眠了,它要尽量多找食物吃,在体内积蓄脂肪,以备熬过漫长的冬眠期。零星的山果已经满足不了熊的需要了,它会趁着黑夜从山里走出来,溜达到山下的镇子里踅摸好吃的东西。

赵武长年住在北京城里,根本不知道野生动物的厉害,心里也没有防范意识。晚上吃完饭,赵武打着饱嗝就溜达出来了,来到库房里他插上门,用顶门杠把门顶结实了,打开电灯,身子往床板上一躺,就着灯光学上俄语了。

夜深了,赵武突然感觉肚子不太舒服,他从库房里跑出来找了处僻静的地方解大手,完事以后正在往回走的路上,猛然发现前方不远处有个体形巨大、圆头圆脑的家伙,拱着背,缓慢地在地上晃动,仔细一看是头东北棕熊,赵武立马儿就定在原地不敢动了。

大熊也发现了他,站立起来看了看,赵武又是一惊,心说这家伙怎么这么大个儿呀,少说也有两米多。让赵武紧张的是,他在南边,熊在北边,相隔不到一百米,库房处在他和熊中间,要想回库房就得迎着熊跑回去,太危险了。

赵武本来可以掉头就跑,不远处就是他的宿舍,跑回宿舍就安全了。可是由于出来得急,库房门没锁,大门敞开着,库房里除了堆放着二锅头酒,还有公司储备过冬用的肉、菜和米面,自己要是不管不顾跑了,这头大熊真闯了进去,肯定会给库房来个大扫荡,后果不堪设想呀。

赵武冷汗流下来了，心说自己刚来公司，好不容易站住了脚，自告奋勇领受的这头一项任务要是干砸了，给公司造成极大损失，我还有脸干下去吗？想到这儿赵武急眼了，发着狠说："说什么也不能丢下仓库不管！"

　　他目测了一下距离，自己离库房有三十几米，棕熊距库房有五十来米，如果自己玩命往库房跑有可能先于棕熊进库房，进到库房里就安全了。话又说回来，自己要是跑不过熊，让它占了先，把自己堵在库房外，那时再想逃命可就跑不掉了，自己等于是往棕熊怀里撞，相互间的距离太近了，立马儿就得被它拿住，真是太悬了！

　　赵武迅速思考着，他觉得自己已经没有退路了，今天要是跑赢了，那是命不该绝，要是跑输了，身丧棕熊之口，那就是命该如此，拼了吧！

　　想到此，赵武瞪圆了眼珠子，头发丝都乍了起来，双手攥拳高举过头顶，玩命大喊一声"拼啦！"，迎着大熊猛跑过来。这头棕熊起初吓了一跳，本能地掉头跑了两步，回头看看，来者个头比自己小多了，大熊生气了，它停了下来，立起身子张开大嘴露出了尖利的牙齿，朝赵武发出了"嗷呜"的警告声，赵武听着大熊的嚎叫，后脖梗子都发凉，求生的欲望促使着他拼命往库房跑。熊被逼急了，它俯下身子，呼哧呼哧喘着粗气，迎着赵武跑了过来。熊这一跑把赵武吓着了，他原本以为熊这家伙又笨又蠢跑不快，那都是在动物园里的印象。野生棕熊跑起来时速能达到近五十公里，是人跑的速度两倍以上，跟马跑的速度差不多。

　　这头大熊边跑边扬头冲着赵武咧开大嘴嚎叫着，它巨大的身躯跑起来呼呼带着风，把身边的浮土和干树叶子都卷了起来，如同凶神下凡，非常恐怖。它急速地逼近了赵武，眼看着双方就要迎面相撞了，赵武使出全身力气，屏住呼吸，来了个生死冲刺，终于先大熊一步跑到了库房门前，一头钻了进去，回手就关上了门，又迅速用顶门杠顶住，这才顾得上喘口气。

　　棕熊奔到门前，看见赵武跑进去了，自己被挡在门外，气得嗷嗷乱叫，立起身子用又粗又大的熊掌拍门，库房大门被拍得砰砰乱响。赵武被眼前的情景震惊了，他知道熊这家伙就是一根筋，它要认准了什么非达到目的不可。自己要是不想个办法对付它，任凭它这么折腾，这库房大门虽说挺结实的，可也禁不住这家伙没完没了地拆呀，用不了多大工夫，门被拆散了架，它闯进来，不仅库房保不住，自己也性命休矣。

赵武此时急中生智，他从床板上拽下毯子扔在地上，抓起两瓶二锅头酒摔碎在毯子上，他又四下里踅摸木棍子，想把毯子裹在木棍外面点着，做成个火把，心想长毛的动物都怕火，要是举着火把冲出去，准能把熊吓跑。赵武心急火燎地四下里寻找，挺大的库房里愣是没有一根木头棍子，他正抓耳挠腮地着急呢，门外面的大熊又是砰的一巴掌，门板被拍了个大窟窿，赵武与大熊透过这个窟窿已经能够互相看见了。大熊看见赵武的影子更来劲了，发疯似的拍门，赵武连急带吓，浑身都让汗水湿透了。

人在绝望的时候，往往会迸发出一股拼死的精神，在这种精神作用下，人已经不知道害怕了，就是想着要绝处求生。赵武也是这样，他这时反而冷静了，脑子里迅速思考着对策。他计算着大熊还有多长时间会冲进来，他下意识地看了一眼那根顶门杠，心想有这根杠子支撑着大门，应该还能坚持几分钟。顶门杠，赵武又看了一眼它，顿时欣喜若狂，这不就是现成的火把棍子吗，就用它了。赵武也想到了现在大熊撞门这么凶，如果撤去顶门杠，门瞬间就会被冲开，那时就要和这头猛兽面对面了，一旦火把没及时点着，自己就是必死无疑。

赵武觉得与其坐以待毙，不如杀出一条血路，跟这个家伙拼了。想到这，他一把抓过来顶门杠，迅速用毯子裹住了它，毯子上面的二锅头酒不住往下滴答，他掏出了打火机刚要把毯子点着，库房门猛地被棕熊撞倒了，赵武正站在门后，大熊一下子扑到了他的身上，巨大的体重压得他喘不过气来，它张着大嘴在赵武脸前呼呼喘着气，嘴里的黏液都流到了赵武脸上。

赵武的性命已是危在旦夕，此时他脑子里什么也顾不得想了，就一个念想，点着火把！他咬着牙点着打火机，扔到了火把上，呼，火把点着了，就在棕熊张开大嘴刚要咬赵武脑袋的瞬间，他抬手举起火把一下子横在了他的脸和熊的大嘴中间，火焰把赵武的头发和眉毛都给燎了，大熊一口咬下来，正咬在火把上，熊的舌头给烫着了，脸上头上的熊毛都着了，它疼得蹦了起来，掉头往外就跑。赵武这招拼死抵抗见效了，从熊口下把自己的命捡了回来。

看着棕熊狼狈地逃窜，赵武气坏了，他也顾不得害怕了，从地上站起来，手里举着火把撒腿追了上去，边追边喊："我烧死你！烧死你！"

赵武一口气追出了二里多地，眼看着棕熊越跑越远了，这才停下脚步，转身走了回来。他把倒在地上的库房门扶了起来，又四下里捡了一大堆干树枝，在库房门外点起了个大火堆，自己守在旁边，脱下被汗水湿透的衣服在火边烘烤，顶门杠紧紧抓在手里，再也没敢离开库房半步。

第三十五章

　　第二天早晨天刚蒙蒙亮侯魁就起来了，他心里惦记着赵武，心想昨儿夜里有霜冻，气温下降了五六度，这可够赵武受的，他咋样了，没冻坏吧？侯魁顾不上洗漱抱起件棉大衣径直奔库房来了。

　　远远儿的他就看见库房门口的火堆了，火苗子老高，火光把四周围照得通亮。侯魁心说赵武这小子鬼精鬼精的，愣是点了这么大一堆火，他这么整，别说是晚秋了，就是十冬腊月也冻不着他。

　　走近了一瞅，侯魁感觉不对劲，赵武浑身是土，头发都烧焦了，低着头坐在火堆旁边睡着了。扭头看看库房，昨天还好端端的库房大门从门框上掉了下来，门上还破了个大洞，倚里歪斜地勉强支在那里。侯魁当时就蒙了，看着眼前这幅惨状，心想昨天夜里这儿肯定有场激战！是库房让歹人抢了吗？他赶紧走上去往里看了看，库房里整整齐齐，酒箱完好无损地码放在那里，这是怎么回事呢？

　　侯魁走到赵武身边推了推他，没醒。赵武昨天夜里和棕熊拼命，身上的力气全用尽了，他也累坏了，虽说是坐在地上睡着了，依然睡得很沉。听着他均匀地打着鼾声，侯魁不忍心叫醒他，顺手把棉大衣盖在了赵武身上，转身跑回了宿舍。

　　侯魁迅速地把公司的同事们都叫醒了，他对大家说："库房出事了。"

　　"啊？出什么事了？"大家都很紧张。

"库房门被拆下来了，门上还破了个大窟窿。"

"赵武怎么样啊？""库房里的货怎么样了？"大家关切地问。

"赵武和库房都没出大问题，具体发生了什么事，得等赵武睡醒了问他。张姐，做碗热汤面，再卧俩鸡蛋，给他端过去。老王，你赶紧找施工队木匠，请他帮我们再做个库房大门，包上铁皮，弄结实喽。"

"知道了。"

张姐和老王答应着出去了，侯魁带着其他同事一溜儿小跑来到了库房。赵武还没睡醒，侯魁对小宝儿说："把他叫醒吧，问问昨夜里发生了什么事？"

小宝儿走过来拍了拍赵武的肩膀，大声叫着："赵武，醒醒，醒醒呀。"

赵武这时还在睡梦中，他在梦着夜里那惊险的情景，棕熊在仓皇逃窜，小宝儿、老王和小李都赶来追那头熊，猛然听到小宝儿在耳边急切地呼叫他，赵武惊醒了，睁眼一看真是小宝儿，激动的眼泪流了出来，他对小宝儿说："小宝儿哥，我没劲了，你要追上那头熊烧死它！"

赵武抬起头把小宝儿吓了一跳，只见他头发、眉毛全让火燎了，脸上还有几处大水疱，看着挺吓人的。小宝儿不由得惊叫道："赵武你脸怎么伤成了这样？"

侯魁和小李听到小宝儿这声叫唤全凑了过来，也都惊住了。赵武这时才明白过来，他抱住侯魁哭着说道："侯哥，兄弟昨夜里差点儿让熊吃了。"

"这是怎么档子事呀？"侯魁着急地问。

赵武把夜里发生的事讲了出来，同事们都惊出了一身冷汗。他拉着侯魁的手说："侯总，兄弟为了保护公司的财产，昨夜里把命都豁出去了，我对咱们公司可是尽心尽力啦，你们以后别再看不起我了。"

赵武的话说得侯魁是热泪盈眶，他紧紧抱住了赵武说："兄弟，真是我的好兄弟！"

这时张姐端着饭盒来了，老王也请来了木匠。侯魁等赵武吃完早饭，带他上医院了。

经医生诊断，赵武脸上烧起了水疱的地方属于二度烧伤，为了有效医治，不在脸上留下疤痕，医生要求他住院治疗。赵武担心花钱多，茶呆呆看着医生不敢答应，侯魁没有犹豫张口说道："住院吧，花多少钱都由公司报销。"

听了这话，赵武眼泪流了下来，他感动地说："侯总，谢谢您。"

"应该的。兄弟，你安心养伤吧，我们每天都来看你。"

医生给赵武烧伤的部位上了药，用纱布包了起来，侯魁帮着给他喂了药，看着赵武睡着了才走。

第二天下午，侯魁带着公司全体员工来病房看望赵武，张姐手里捧着鲜花儿，小宝儿拎着罐头，老王提着水果，小李拿着洗漱用品，只有侯魁看似两手空空，其实他带着最实惠的东西来了。

赵武看大家都来了，赶紧从病床上坐了起来，同事们挨个跟他握手问候。侯魁最后走了过来，他从兜里掏出了个信封拍在赵武手上，说："赵武，这个信封里有两千元，是公司发给你的奖金，请你收下。"

"这怎么行呀，我现在不干活在医院里住着，花那么多住院费，公司都给我报销，我哪好意思再拿奖金呢。侯总，您拿回去吧。"

"不要这么说。兄弟，你舍命保护公司财产不受损失，这是多可贵的精神呀！你是最棒的员工，大家都应该向你学习，给你发奖金是应该的。"

一个星期以后，赵武的伤势明显见好，医生打开了他脸上裹着的纱布，没有留下明显的疤痕，医生高兴地说："恢复得不错，再换两天药就可以出院了。"

赵武对着镜子照了照，没想到一把大火烧在脸上，没留下残疾，自己真是太走运了。他得意地说："嘿，真没给哥们儿毁了容，找个洋媳妇还有门儿。"

"谁想找洋媳妇呀，我这可有现成的。"

赵武自言自语叨唠着，让刚进门的侯魁听了个正着，他笑呵呵地答着话，他身后真跟着一位漂亮的俄罗斯姑娘。赵武当时看傻了，这位姑娘身材高挑，金发披肩，皮肤细腻白净，水灵灵的双眸忽闪忽闪的十分美丽迷人。姑娘大方地向赵武伸出了手，用一口流利的中国话说："你好，勇士，我是娜塔莎，很高兴认识你。"

赵武机械地握住了娜塔莎的手，转脸问侯魁："侯总，这个外国妞怎么知道我呀？"

"你成了英雄，上报纸了，娜塔莎看了那张报纸。"

"我怎么会上报纸了？"

"这事儿说来也巧，那天省报记者来绥芬河采访，向我了解公司的发展情况，我们聊到了你。他听后特别感兴趣，写了一篇报道：'古有武松打虎，今有赵武斗熊'，写得挺生动。今天上午娜塔莎来咱们公司找老王联系业务，老王没在办公室，她就坐在客厅里随手翻起了报纸，正看到这篇报道，她很佩服你，非要我带她来见见本人，我这不就带她来了嘛。"

"哦，是这么回事儿呀。"

赵武听明白了，他客气地对娜塔莎说："谢谢您来看我，其实我也没做什么，一切都是巧合而已。"

"赵先生太谦虚了。在我认识的人里面，还没有人能把棕熊斗败，你凭着勇敢、忠诚、智慧和不怕死，做到了，你是了不起的英雄！"娜塔莎对赵武赞不绝口。

赵武听她这么说太开心了，说："今天能认识您是我的荣幸，我在苏联的老电影里就见到过娜塔莎，她是瓦西里的妻子，温柔又漂亮。电影里有几句话我现在还记得：'面包会有的'，'让列宁同志先走'，'他已经不咳嗽了'！"

赵武连说带比划，把娜塔莎逗笑了，她感兴趣地问："赵先生很爱看苏联老电影吗？"

"不光是电影，我很欣赏苏联文化，你们国家有很多大作家、大诗人、大画家、大作曲家和大科学家……"

赵武滔滔不绝地说起了列宾批判现实主义的画，普希金的爱情诗，门捷列夫的化学元素表，柴可夫斯基的《天鹅湖》，还谈到了托尔斯泰、肖洛霍夫和高尔基。

他东拉西扯这通白话，虽说是夸夸其谈，却让娜塔莎听了美滋滋的。赵武说完后，出于礼貌，娜塔莎也是娓娓而谈，她说到了中国的四大发明，五千年文明史，孔子、孟子的儒家学说，诗仙李白、诗圣杜甫的诗歌成就。赵武吃惊地听着，心说这个娜塔莎还是个"中国通"呢。

侯魁在旁边津津有味地听着，根本插不上话，他心说这简直就是擂台赛呀，我倒要看看他们俩谁更能侃。两个人神聊了半个多小时，娜塔莎抬起手腕看了看表说："赵先生，我还有些事情要办，今天就聊到这儿吧，改天再来看你。"

"谢谢，欢迎您再来。"

侯魁送娜塔莎出了门，他回来后，赵武笑眯眯地说："侯哥，真是天上掉下个林妹妹，我和娜塔莎这就是缘分吧？"

"你小子别臭美了！人家娜塔莎不是看上你了，她心里有英雄情结。你知道吗，娜塔莎的爷爷是苏联老红军，见过列宁，参加了十月革命，她的大伯在卫国战争时参加了攻克柏林的战斗，她二伯随着苏联红军一九四五年八月出兵东北，消灭了日本关东军，她的父亲是一位炮兵指挥官，牺牲在了抗美援越的战场上，被授予战斗英雄勋章。"

"哦，她没父亲了？"赵武若有所思地说。

"是呀。娜塔莎出生在苏联英雄的家庭里，从小就听奶奶和妈妈讲他们的战斗故事，她对英雄特别崇拜。你与棕熊勇敢搏斗的事，在她眼里也是一种英雄行为，让她敬佩。你别想多喽，最后落个剃头挑子一头热，那就没劲了。"

"侯总，你这么了解娜塔莎家里的情况，你们俩是不是——"

赵武说到这儿不说了，眯缝着眼睛坏笑。侯魁马上解释道："你别瞎联想，我有家有室的，能干那种事儿吗？再说了，人家娜塔莎是黄花大姑娘，心气儿高着呢。我们认识好几年了，是无话不说的好朋友，她家的那些事儿都是平常聊天时，听她自己说的。"

"娜塔莎有男朋友吗？"

"据我了解娜塔莎还真没有男朋友。赵武，你小子胆子不小啊，惦记上外国姑娘了。"

"谁让我对她一见钟情呢。"

"你是认真的吗？"

"绝对是认真的！侯哥，我喜欢娜塔莎，她对我也有好感，起步挺理想的，我不想错过这个机会。"

"你说得也是，至于能不能追上她，就看你小子的造化了。"

"侯哥，要想追上娜塔莎，您还得助我一臂之力呀。"

"我能帮你什么呀？"

"您得让我和娜塔莎多接触，我们只有经常见面，才有可能互相了解，增进感情呀。"

"看你现在三十大几的人了，还耍单儿呢，家里老人一直惦记着你能尽早成家立业，他们心里也就踏实了。眼下你远离亲人，跑这么老远来投奔我，哥哥我是得帮一把。娜塔莎是个好姑娘，让男人爱慕是正常的。爱情方面不分国度，跨国之恋向来就有，况且你真要是把娜塔莎追到手，对我们中俄两家公司的合作也会有帮助的。下个月，咱们公司准备在俄罗斯滨海边疆区设立个办公室，负责收集俄罗斯特产运到中国来卖。我原打算让老王和小李去驻守，现在就把小李撤下来，换成你和老王去吧，娜塔莎的家就在那里，可要抓住机会哟。"

"侯哥，您真是善解人意的好大哥，兄弟我谢谢您了。"赵武紧紧地握住了侯魁的手。

滨海边疆区位于俄罗斯的最东南，临日本海，西面分别与中国和朝鲜接壤，它是俄罗斯一个很发达的地区。由于背靠群山面朝大海，物产丰富，除了山里的矿产，还盛产松子、野果、野生蘑菇、蕨菜、人参、海带和珍贵的伊谷草，这些物产都是侯魁的荣达贸易公司想要采购的商品。

前不久侯魁和娜塔莎所在的俄罗斯滨海贸易公司签了合作协议，相互出售各自国家的特色产品，相互设立贸易代表办公室。根据协议，荣达贸易公司在俄罗斯滨海贸易公司的办公楼里设立了办公室，娜塔莎就在这座楼里上班，赵武来了以后每天都有机会见到她。

赵武为了给娜塔莎一个好印象，特意洗澡刮脸理发吹风，穿上了笔挺的西装，打上了名牌领带，把自己捯饬得跟个大堂经理似的。老王在旁边看着他忍不住笑了，说："看你这架势是要见外国丈母娘吧？"

赵武乐了，说："那不是早晚的事儿吗？"

"兄弟，悠着点儿。"

这天早晨，赵武第一个来到了办公楼门口，他不进楼里去，双手插在兜里来回溜达，两只眼睛紧盯着来楼里上班的人。猛然间他看见了那个思念已久的俄罗斯姑娘，她穿了件浅米色的风衣，金发飘逸、步履轻盈地走了过来。赵武心里一阵激动，他整了整领带微笑着迎了上去。娜塔莎看到有个人冲自己走来，注目一看是赵武，她又惊又喜，问："怎么是你呀赵先生，你是来找我的吗？"

"是，也不是。"

"这话怎么讲？"

"要说是呢，自从上次和你相见印象深刻，总希望有机会再见到你，就到这儿来找你了。"

娜塔莎听赵武这么说，脸红了，她问："'也不是'又怎么讲呀？"

"我们公司在你们这里设立了办公室，我是业务代表，今后咱们就在一个楼里办公了，我上这儿来也是为了工作。"

"这件事我知道，听说荣达贸易公司有人要过来，我还在猜是谁呢，没想到是你。太好了，欢迎赵先生！今天中午我做东给你接风，有时间吗？"

"时间没问题，我请你吧。"

"不，我要尽地主之谊呀。"

"好的，恭敬不如从命，下次我请。"

娜塔莎带着赵武来到了当地一家豪华的俄式餐馆，室内布置十分考究，墙壁上绘制了俄罗斯名画，一盏盏古色古香的水晶吊灯悬挂在天花板上，高高大大的窗户气派十足，窗前绘有天鹅湖图案的淡蓝色纱帘挡住了室外强烈的阳光，形成了若明若暗的神秘氛围，餐桌上点燃了红蜡烛，客人坐在两边的皮沙发里喝着红酒，品尝俄式菜肴，浪漫又温馨。

赵武坐下后看了看屋里的陈设，说："看着很亲切呀。"

"是吗，绥芬河也有这样的餐馆吗？"娜塔莎好奇地问。

"没有。此情此景让我想起了老莫。"

"老莫是哪里？"

"我们北京的莫斯科餐厅，北京人都亲切地称呼它老莫，正宗俄罗斯口味儿。"

"赵先生这一说我想起来了，以前在北京留学时，常听同学们提到老莫，只是那时我还是个穷留学生，不敢去那么豪华的馆子吃饭。"

"这是个小小的缺憾呀，下次再去北京我请你去老莫吃俄式大餐，把这个缺憾补上。"

"好的，谢谢你。赵先生看看这家餐厅的菜品合你口味吗？"

赵武打开了菜谱，虽说俄语标注的菜名他看不懂，但那一张张精美菜品照片却看得很明白。有俄式烤火鸡、奶汁烤乳猪、奶油烤鲟鱼、鱼子酱沙拉、小牛舌头冻，还有俄式罐焖牛肉和红菜汤。赵武把菜谱合上说："太精美了，看着它很勾人食欲呀。"

"好呀，请赵先生点菜吧。"

赵武很懂事，他怕花钱太多让娜塔莎为难，就点了一道罐焖牛肉和红菜汤，别的菜都没点。娜塔莎吃惊地说："你就吃这么少吗？"

"我饭量不大，吃一点就饱了。"

娜塔莎看了看赵武笑着说："赵先生是怕我多花钱，不好意思点菜吧。我要是点这么少，你该说我抠，北京话怎么说，抠什么来着？"

"抠门儿。"

"对，抠门。"

"哎呀，亲爱的娜塔莎，我真服你了，你连北京土话也懂呀？"

"我曾在北京留学三年，去过很多小胡同，还品尝过北京小吃，炒红果、豌豆黄、炸灌肠……好多好多，我都没吃够，可好吃了。"

"明白了，你说的这一口流利的北京话找到根儿了。"

娜塔莎又拿起了菜谱，大方地点了两道大菜。她和赵武情意绵绵，边吃边聊，特别开心。饭后两个人意犹未尽，起身去花园散步，来到了一片茂密的白桦林。深秋时节白桦树叶子变成了金黄，在午后阳光照射下，连成了片的白桦林非常壮美。

赵武轻轻地抚摸着树干，说："白桦树真有特色，树皮白色光滑得像纸一样，能分层剥下来，很有意思。"

娜塔莎说："白桦树是我们俄罗斯的国树，是我们这个国家民族精神的象征。它生命力极强，在大火烧毁森林后，首先生长出来的就是白桦树，用不了多久就能形成大片的白桦林。二战时德国人侵略我们国家，杀死了成千上万俄罗斯人，烧毁了我们的家园。我们的人民就像白桦林一样浴火重生，在敌人炮火下坚强地站立起来，同敌人进行了殊死斗争，最后取得了伟大胜利！"

赵武扭头看着娜塔莎，她眼里闪动着泪花。赵武动情地说："俄罗斯人民有着不屈的斗争精神，很多英雄人物让人敬佩，我在中学时就读过《卓娅和舒拉的故事》，他们姐弟俩太伟大了。"

448

"是的。我也很敬佩他们。"

赵武说："战争已经是过去时了，今天，我们生活在和平的阳光下，感到很幸福啊。"

"我们要拥抱和平的阳光，把青春献给幸福的生活！"娜塔莎边说边展开双臂伸向了天空。

"你在朗诵诗吗？"赵武笑着问道。

"我在抒情呀。"娜塔莎说完也笑了。

赵武说："你喜欢唱歌吗？我给你唱首俄罗斯民歌吧。"

娜塔莎抿嘴微微一笑，白嫩的脸蛋儿上露出了两个小酒窝，显得更加楚楚动人。她说："好呀，我也很爱唱歌，你唱完了我再给你唱一首中国歌曲。"

赵武嗽了嗽嗓子，用俄语唱起了《莫斯科郊外的晚上》。虽说他俄语发音不准确，引得娜塔莎发笑，可赵武嗓音不错，声音富有磁性，唱得又很投入，把娜塔莎的情绪带了起来，由跟着轻声吟唱到男女声合唱。一曲唱完，娜塔莎拍着手说："赵先生嗓音真好，唱歌很好听。"

赵武脸红了，摆了摆手说："在您面前献丑了。下面该欣赏您的歌喉了。"

"好吧，我给你唱一首《茉莉花》。'好一朵茉莉花，好一朵茉莉花，满园花开香也香不过它……'"

赵武听着娜塔莎甜美的声音，看着她妩媚的身姿随着歌曲的音节轻轻摆动着，他沉醉了。娜塔莎唱完歌曲，赵武热烈鼓掌，忍不住走上来挎起娜塔莎的手臂，跳起了维也纳华尔兹圆舞。赵武嘴上哼着"嘭嚓嚓"的圆舞曲节奏，在森林的空地上搂着娜塔莎纤细的腰肢，不停旋转、滑动……

两个人都非常投入，陶醉在这华丽的舞步之中了，直到累得气喘吁吁、汗流浃背才停了下来。他俩紧紧地拥抱在一起，彼此都能感到对方心脏怦怦的跳动声。赵武看了看娜塔莎，她脸蛋儿绯红，性感的嘴唇饱满迷人，赵武把嘴唇凑了过来，刚要贴住她的嘴唇，娜塔莎害羞地躲开了，赵武有些尴尬，他感到自己过分了，赶紧松开手，说："对不起，我失礼了。"

娜塔莎不好意思地将了将头发，说："咱们该回去了。"

白桦林中这浪漫的一幕，在两个年轻人心里留下了甜蜜回忆。赵武回到宿舍后想着今天和娜塔莎相处的情景，脸上充满了幸福的笑容。他心想这个俄罗斯姑娘美丽善良又温柔，她对中国文化和北京生活有那么深刻的了解，跟她交流没有任何障碍，真是千里难寻的红颜知己呀！自己也老大不小了，以前曾被父母逼着多次去相亲，没一个看得上的，不是俗不可耐，就是容貌丑陋，形成了很大的感官刺激。久而久之，提起相亲，就感到很畏惧，产生了逆反心理，甚至有了削发出家的想法。娜塔莎的出现，唤醒了自己追求新生活的勇气，这是上天赐予的好姻缘，要牢牢把握好，让她成为我的终身伴侣。

娜塔莎有写日记的习惯。回到家里以后，妈妈已经睡下了，桌子上给她留着晚饭，她怕惊醒了妈妈，轻轻地倒了杯牛奶端着走进了卧室，拿出自己的日记本就上了床。她在日记中写道："这个中国小伙子，是个勇敢无畏的人，以一个普通人的身躯打败了一头凶猛的棕熊，给了我很好的印象。今天他又展示了多才多艺的一面，那么富有磁性的嗓子唱歌真好听，那么欢快的舞步，带着我跳呀，转呀，简直要飞起来了，白桦树林似乎变成了莫斯科大剧院的舞台，我们尽情抒发着青春情怀。他活泼幽默，讨人喜爱，跟他在一起，总是感觉很愉快。我俩虽然接触时间不长，他给我留下的美好记忆已然很深很深了……"

娜塔莎想起了赵武在她嘴上轻轻一吻，自己虽然害羞地躲开了，却留下了难以磨灭的记忆，每当想起来仍然是心潮起伏。心想这算不算是自己的初吻呢？她轻轻摸着嘴唇，激动羞涩，难以入眠。

赵武也睡不着，他在床上辗转反侧，思绪始终围着娜塔莎转，他时而庆幸，时而紧张，生怕这个姑娘被别人抢走了，他甚至苦恼地琢磨着，离开了她，自己的人生将失去光泽。

夜里没睡好，第二天上班赵武和娜塔莎全迟到了，他俩在办公楼门口巧遇，赵武冲娜塔莎双手一摊，耸了耸肩，娜塔莎揉了揉有些发肿的眼皮，冲赵武羞涩地笑了笑，迅速跑进了办公室。

老王看赵武一个劲打哈欠，问他："昨儿夜里失眠了吧？"

"让您说着了，前半宿特别兴奋，天快亮了才睡着。"

"是娜塔莎闹的吧？"

"您也知道我和她的事？"

"出国前侯总跟我说了你在追求娜塔莎，让我关照你的个人问题，适当的时候给你提个醒，不要影响了工作。怎么样，你们俩到什么程度了？"

"八字还没一撇呢。"

"不会吧，她昨天中午不是主动请你吃饭了吗？"

"饭是吃了，可我想吻她一下，她立马儿就躲开了。"

"你太着急了。昨天是你们俩第一次约会吧？"

"就算是吧。"

"还是呀，正经姑娘哪有头一次和男性约会就又亲又啃的，真要是那么随便的女人，你和她相处放心吗？"

"可也是呀，好姑娘都比较矜持嘛。"

"赵武，你想好了，真打算娶个外国姑娘做老婆啦？"

"您看我像是闹着玩儿吗？"

"好，认真就好。不过娶外国媳妇可比娶中国媳妇复杂呀。"

"这个我知道，办结婚证的时候手续麻烦点儿。"

"不光是这方面，跨国婚姻搞不好是要付出惨痛代价的。我表姐五十年代留学苏联，爱上了个苏联大学生，两人可好了，已经准备结婚了，这时中苏关系出了问题，表姐和那个苏联大学生的婚姻也告吹了，表姐被迫回了国，可她已经怀上了孩子，回国后未婚生育，还生了个外国种，那遭的罪就甭提了。好不容易熬到'四人帮'倒台，运动结束了，表姐带着孩子去苏联寻夫，人家早结婚了，表姐为此守了一辈子活寡呀。赵武，你如今也是热恋着娜塔莎，你没考虑将来两国关系一旦有变化，对你们婚姻的影响吗？"

"我没想那么多，我觉得现在改革开放了，不会再回到过去那样了。就算真有些风浪，我又不是当官的，就是个平头老百姓，有什么可怕的？到时候她那里不容她，就上我这儿来，咱这儿不容我，我就上她那儿去，反正到哪儿也是过日子呗。"

"你还真想得开，那就好，你就一门心思地追娜塔莎吧。作为过来人，我提醒你一下，追姑娘要张弛有度。"

"哦？老王您跟我细说说，怎么个张弛有度呀？"

"女孩子嘛，甭管中国的还是外国的都比男孩子害羞，在最初接触男孩儿时会保持距离，不是上来就满足男人的需求，又亲又啃又搂又抱，这就要求你要把持住，你先把内心的激情平复下去，接触时间长了，两个人更深地了解了对方，感情发展就水到渠成了。反之，如果你刚见人家女孩子，不和她谈情说爱，上来就想动真格的，这就会引起她反感，特别是一些有气质的女孩子会把你当成流氓看待，那可就吹了。"

赵武深有感触地说："您说得真对。昨天幸亏我稳住了，一见她躲闪赶紧道歉，算是没伤了她，要不然可能就没有下次约会了。"

"你和娜塔莎见面，刚开始不要次数过多。一来你们俩都有工作，不要因恋爱受影响。二来要有新鲜感，最好是在她想你的时候去和她见面。"

"这可难了，我哪知道她什么时候想我呀？"

"她什么时候打电话约你，那肯定是想你了，这时去见她就很合适呀。"

"她要是老不来电话呢，我就一直傻等着吗？"

"当然了，人家也可能工作忙出差了或是家里有什么事，没能及时联系你，那你就自己把控一下时间呗，一般来说最初相处阶段，双方十天八天的联系一次就可以了，以后进入热恋了，天天见面也是常有的。"

"老王，真没看出来，您是恋爱专家呀，您要是写本书《恋爱秘籍》一定大受欢迎。"

"扯淡。我说的是过来人经验之谈，当初我谈恋爱，家里人也这么教过我。"

赵武听进去了老王这番话，还真没急着联系娜塔莎。可他也没闲着，每天下班就在城里四处转悠，踅摸中餐馆，他打算请娜塔莎吃顿中餐。功夫不负苦心人，他还真找到了家北京人开的餐馆，进去一看菜品还挺丰富，烤鸭涮肉全都有。赵武高兴地说："这家餐馆真给咱哥们儿争面子，就请她在这儿吃了。"

周末下午快下班时候，赵武早早地就守在娜塔莎办公室门外等着她。下班时候到了，赵武躲在一边看着，人们纷纷走了出来，直到没人了，也没见到娜塔莎的影子。他慌神了，赶紧追上最后出来的一个人，用半生不熟的俄语跟人家打听娜塔莎去哪儿了，人家告诉他娜塔莎出差了，一个月以后回来。

赵武的心凉了半截，当时手机还没普及，他联系不上娜塔莎，垂头丧气地回到宿舍。老王见赵武这副模样吃了一惊，问："怎么了，吹啦？"

"她出差了。"

"嗨，我以为发生了什么大事儿呢，不就是出个差吗，过两天就回来了。"

"她出差一个月呢。"

"一个月算什么呀，你等着不就得了吗？正巧这段时间咱俩也得活动活动，明天去趟莫斯科。"

"干什么去呀？"

"有一批出口到中国的货物要去莫斯科办个手续。"

第二天赵武和老王匆匆踏上了行程，连去带回用了二十来天。在回来的火车上，老王对赵武说："咱俩这趟出差收获不小，手续办齐了，明年的指标都拿下来了，侯总挺高兴，他来电报说要给咱俩发奖金呢。"

"这主要是您的功劳，我就是跟着跑趟腿，发奖金，也是您拿大头。"

"那可不行，咱俩是个整体，有活同干，有福共享。"

赵武无精打采地听着，老王看他这副样子，猜到他心里在想什么，主动说："娜塔莎快回来了吧？"

"下个星期吧，具体是哪天我也不知道。"

"我认识她的办公室主任，回去我跟他打听一下告诉你。"

赵武一听来了精神，说："谢了，听您这句话比听说发奖金还高兴呢。"

"我就知道你小子犯相思病了，让我猜着了吧。"

老王说完哈哈大笑了起来，赵武也不好意思地笑了。

娜塔莎这次出差去了印度，由于业务繁忙，前后用了一个月的时间。闲暇之余她心里也很想家，她思念母亲，担心老人体弱多病的身体近来是否安然无恙？她也想到了赵武，心说走时比较紧急，也没来得及跟他打声招呼，他不会生我气吧？娜塔莎反复想，自己跟赵武到底算是一种什么关系呢？恋人，似乎又不像；朋友，也不全是。为什么自己心里总是有他的影子呢，抹都抹不去。这时她忽然有一种莫名的担心，他在中国有没有女朋友呢？他对我好是不是出于对待国际友人的礼貌呢？娜塔莎越想越吃不准，心里产生了一股焦虑情绪，她急切地盼着回家，去看望母亲，去见赵武。

总算盼到回家这天了，娜塔莎兴奋地来到了德里甘地国际机场，在机场商店里她给妈妈买了块印度纱丽，她很喜欢，把它裹在身上对着镜子反复地欣赏着。忽然她想到了赵武，自己是不是也应该给他买件礼物呢？即使这只是头脑里的一个闪念，她也丝毫没有犹豫，精心挑选，买了只镀金小象。她把小象捧在手里把玩，冲它做了个鬼脸，又亲了它一下，顿时脸红了，赶紧把小象装进了行李箱。

飞机起飞了，娜塔莎的心一下子绷紧了，心想他知道我今天回来吗？他会不会回中国了？想到这些心脏止不住狂跳，她闭上眼睛，抬起手轻轻地按住了胸口。

飞机降落了，娜塔莎在等行李的间隔不断探头向外张望，即便什么也看不到，还是不由得往外看。行李总算拿到了，她拎起箱子迅速走了出来，她多么希望自己心中想念的那个人能够神奇地出现在面前，她两只大眼睛四处寻觅着，目光飞快地扫遍了接机大厅每个角落，他没有来。娜塔莎很失望，低着头缓步走了出来。

眼看着就要出大门了，从柱子后面走出来个男士，头上戴着黑色礼帽，身穿黑色燕尾服，眼睛上架着副大墨镜，上嘴唇夸张地粘着一对八字胡，手上戴着白色手套，潇洒地挂着根精致的文明棍，足蹬时髦尖头皮鞋，迈着一字步，活脱脱的卓别林来了。他风度翩翩走了过来，娜塔莎好奇地看着，心说他真像那个喜剧大师。"卓别林"欠身给她鞠了一躬，猛然从身后掏出了一大把鲜花献给她。娜塔莎惊喜地接过鲜花，刚想道谢，"卓别林"摘下了墨镜，拿下了八字胡，竟然是赵武！他面带微笑，一往情深地看着娜塔莎，说："欢迎你。"

"天哪，你太会演戏了，完全把我蒙住了！"

娜塔莎笑得前仰后合，忘情地扑到了赵武怀里，两个人幸福地拥抱在了一起。

第三十六章

在回家的出租车上，娜塔莎问赵武："你学过演戏吗？"

"没正式学过，在业余宣传队里演过戏。"

"你演过卓别林吧？"

"还真没演过。"

"今天你演得真像他，你这身装扮都是特意买的吗？"

"哪儿买去呀，商店里买不到的，这是我从剧团里租的。"

"就是为了表演给我看吗？"

"是呀。我想你出差一个月了，生活上挺单调的，就想装扮得滑稽一点，让你高兴。"

"赵先生，你真好。"

娜塔莎将头靠在赵武肩上，手里摆弄着"卓别林"的那些装束，她把那对八字胡粘在了自己嘴唇上，噘着嘴说："老爷爷，你看我像老爷爷吗？"

"太可爱了！"

娜塔莎又把八字胡粘在了眉毛上，说："我像老奶奶吗？"

"你像幼儿园里调皮的小宝贝儿。"

娜塔莎开心地笑了。她忽然想起了什么，马上打开行李箱一通翻腾。

"你找什么呢？"赵武问。

"请你闭上眼。"娜塔莎笑嘻嘻地说。

赵武顺从地闭上了眼睛，娜塔莎摸出了她买的那只工艺品小象，双手举在赵武眼前说："睁开眼睛吧。"

赵武睁眼一看，惊讶地说："太漂亮了！是给我买的吗？"

娜塔莎点了点头，说："喜欢吗？"

"喜欢极了！这头小象跟你一样，太可爱了！"

赵武接过小象亲吻着，娜塔莎在旁边看着，脸红了。

出租车来到了娜塔莎家楼门前，赵武想下车帮她搬行李，娜塔莎按住他的手说：

"赵先生，你就送到这儿吧，我还没跟妈妈说起过你，请你不要着急，过一段时间再来吧。"

赵武点了点头，说："明白，你好好休息吧，我走了。"

娜塔莎目送着出租车远去，自己才提着行李上了楼。

赵武回到住地，老王问他："接到啦？"

"接到了，一直送她到家。"

"她见了你高兴吗？"

"那还用说吗？"赵武拿出了那只小象让老王看。

"她给你买了礼物，看来有门了。"

"难说，车到她家楼门口，她都不让我下车，我心里挺别扭的。老王，您说她这是什么意思呀？她到底认不认可我做她男朋友呀？"

老王乐了，他拍着赵武肩膀说："又犯幼稚病了不是。人家一个大姑娘，跟你这个外国人相识不久，对你还不完全了解，又没跟你确定恋爱关系，是不会把你介绍给她的亲人和邻居的。"

"她出差都想着给我买礼物了，这难道不是确定恋爱关系的意思吗？"

"你这么说有些勉强，就是普通朋友关系，送个礼物不可以吗？"

"这……"赵武没词了，脸上露出了痛苦的表情。

老王拉着赵武坐了下来，说："兄弟，谈恋爱嘛，关键得谈。男孩子和女孩子只有谈得来，才能确立朋友关系，再经过相互了解，兴趣、爱好、生活习惯呀，都能谈到一块了，才能确立恋爱关系。这要有一个过程，循序渐进这个词你听说过吧，就得这么来，太着急了不行。"

赵武点了点头，问："那我下面该怎么办呀？"

"接着追呀！你要投其所好，做些让她高兴的事，展示你身上的优点，让她越来越喜欢你，这样发展下去，她早晚就是你的人了。"

"王哥，您看我怎么做才能让她越来越喜欢呢？"

"娜塔莎喜欢吃吗？"

"是，我们俩吃过一顿饭，我看出来了她很喜欢美食，对菜品选择也挺讲究的。"

"你就从这方面下功夫呀。"

"那我就拉着她到处吃去呗。"

"也不光是下馆子，要想让她对你有个好的认识，就要想法子抓住她的胃，最好是对她口味给她做好吃的饭菜，让她离不开你。"

"这您可要我短了，我哪会做饭呀，在家时从来都是吃老妈做的饭。"

"不会做就学呀。"

"跟谁学呀？"

"跟我学，我们家一直是我做饭，不是跟你吹，煎炒烹炸焖熘熬炖，咱都拿手，你嫂子就特爱吃我做的饭。我教你，保准儿能把她的胃拿下。"

"就算我学会了，上哪给她做饭去呀？"

"上她家呀。"

"她都不让我进门。"

"她还老不让你进去？只要进了她家，就可以耍你手艺了，把饭菜做好，她和妈妈都爱吃，那不是一举两得吗？连未来丈母娘的胃都让你抓住了，这媳妇还能跑了吗？"

老王的话把赵武说乐了，他说："王师傅，今天我就拜您为师了，请受徒弟一拜。"

赵武说着话，假模假样地就要跪倒磕头，老王急忙拉住了他，说："别玩那些虚头巴脑的，每天吃完饭你刷碗就行了。"

赵武咧了咧嘴说："又多了个苦差事，为了娜塔莎，哥们儿认了。"

老王做饭手艺还真不错，就拿这刀功来说吧，他切的菜，不论是丁、丝、片、条、块，薄厚均匀，互相不粘连，透着那么清爽利落。再说这烹调手艺吧，他做菜色香味儿俱全，闻着就香，吃起来真是一种享受。赵武在旁边看着，佩服地竖起了大拇指。老王告诉他："我十五岁就会做饭了，至今快三十年了，练出些手艺也是必然的。你今天开始学，要想达到我这个程度那可非一日之功。我看你也不用全都学会，就跟你学俄语似的，拣实用的学就行了。"

"对，我也这么想，我又不想开饭馆当厨子，会做几个菜，能说得过去就行了。您看哪些最实用呀？"

"俄罗斯不比中国，它这地方冷，蔬菜品种少，主要就是土豆、胡萝卜、西红柿那几样，你练刀功就练切土豆、胡萝卜，无外就是切丁、丝、片，你把这几样练熟了，我再教你炒菜。"

赵武按照老王的要求，练了一个月刀功，又练了两个月烹饪手艺，十几种家常菜他已经做得很熟练了。这几个月以来，他和娜塔莎交往也更加频繁了，时常请她看电影、跳舞、下馆子。在餐馆吃饭时，赵武不再像以前那样只顾闷头吃了，他会对各种菜肴品头论足，甜了、咸了、淡了、欠火候了，他说得头头是道。娜塔莎好奇地问他："能对菜品说得这么明白，看来你很会做饭了？"

"是呀，我做饭很好吃的。"

"那我可要尝尝你做的美味了。"

"行呀，你看哪天合适，我去你家里给你和妈妈做好吃的。"

提起妈妈，娜塔莎皱起了眉头，说："我妈妈病了。"

"啊，什么病呀？"

"她昨天下楼扭伤了脚，一走路就疼。"

"去医院没有啊？"

"去医院照了片子，医生说没有骨折，给开了些止疼片。妈妈的病也不见好，她现在都不敢下地，一直躺在床上。"

"光吃止疼片不是个事，我去给你妈妈治病行吗？"

"你会看病？"娜塔莎感到很意外。

"是的。我父亲是骨科医生，对于跌打损伤的病特别在行，他还教儿子们行医治病，骨科治病一些基本手法我们都会。你妈妈可能就是崴了脚，我给她揉揉就好了。"

"这么神奇吗？太好了。今天下了班你就来我家吧。"

"好的。"

赵武心里一阵狂喜，心说总算找到机会进她家门了。他向老王请了半天假，去市场上买肉、菜和水果，下班时他和娜塔莎去了她家。

娜塔莎的家是栋三层俄式风格别墅，每层住着一户居民，她家住在顶层。楼房建筑别致，门窗呈弧形，房间坐北朝南，通风向阳，每层都有宽敞的走廊，屋顶八角小塔刺入天空，奇特美观，充满了童话世界的味道。楼前环境幽静，景色迷人。

赵武在楼前欣赏着这栋别墅，赞叹道："原来你家住得这么讲究呀。"

娜塔莎解释说："这栋楼是政府奖励为国捐躯烈士家属的，这三层楼房里每家都有人在战场上牺牲了。"

"哦，是这样啊，烈士家属应该受到优待。"

两个人说着话走上了三楼，娜塔莎小声对赵武说："我妈妈可能睡着了，咱们轻点声，不要惊醒她。"

赵武点了点头，门打开了，两个人轻手轻脚进了屋，娜塔莎朝妈妈的房间里看了看，她睡得很沉。赵武小声问："厨房在哪儿，我先把鸡炖上。"

"好的，我来帮你吧。"

"不用，你只管收拾好餐桌就行了。"

赵武为做这顿饭可是下了功夫，他要给她们娘儿俩做清炖老母鸡、土豆烧牛肉、西红柿炒鸡蛋、冷酸鱼和水果沙拉。他还带来了二斤北京玉泉山产的京西稻米，蒸了锅香喷喷的大米饭。赵武这通忙活，累得顺着脖子往下流汗。娜塔莎闻到了饭菜的香味儿，在厨房门口耸了耸鼻子，说："好香呀，你给我们做的是什么美味呀？"

"好了，小馋猫再等一下吧，吃饭的时候你就知道了。"

两个人说话声惊醒了妈妈，她问道："莎莎，谁来咱们家了？"

"妈妈，是给你治病的医生来了。"

"好呀，你快把我扶起来见见医生。"

娜塔莎和赵武来到妈妈床前，老人看着有些奇怪，问道："莎莎，怎么是外国人呀，上次给我看病的医生不是他呀。"

"妈妈，他是中国医生，能治你的病，是我特意请来的。"

赵武蹲下身子，慢慢给老人脱下袜子，脚踝有些红肿。他仔细地查看了扭伤的部位，随后拿来个饭碗，倒了小半碗白酒，又点着了一张餐巾纸扔到酒碗里，酒被点燃了，冒出蓝色火苗。娜塔莎和妈妈吃惊地看着他，不明白他接下来要做什么。只见赵武抬手往酒碗里一蘸，火苗粘到了他手上，他顺势把手在老人受伤的脚踝上按摩了起来，在治疗过程中，他不停蘸着燃烧着的酒，反复按摩。

娜塔莎不放心地问妈妈："你感觉怎么样啊？"

"挺舒服的，好像疼痛减轻了。"

娜塔莎那颗悬着的心放了下来，她赶紧倒了杯水端给了赵武，说："休息一下吧，你辛苦了。"

赵武冲她笑了笑，说："每次要连续按摩十分钟以上，这样疗效比较好。"

十分钟后赵武结束了按摩，他冲娜塔莎说："扶着你妈妈，下地走两步看看还疼吗？"

娜塔莎搀扶着妈妈下了地。老人试着用受伤的脚站立了一下，疼痛感减轻了，她兴奋地说："中国医生真神奇，我的脚不怎么疼了。"

娜塔莎笑了，她撒娇地对妈妈说："女儿有本事吧，为你请来了这么好的中国医生，你喜欢他吗？"

妈妈听女儿这么说话，似乎悟出了什么，她看了看赵武，又看了看女儿，笑了。

赵武去厨房看了看清炖鸡，笑嘻嘻地走出来对娜塔莎说："鸡炖好了，我再炒几个菜，你扶妈妈去餐厅吧，品尝我为你们做的美食。"

娜塔莎搂着妈妈脖子悄声说："他还做了美味的饭菜，你尝尝吧。"

妈妈听后瞪了女儿一眼，说："医生来给我治病很辛苦，应该我们招待人家，怎么能让他做饭呢。"

娜塔莎调皮地冲妈妈做了个鬼脸，妈妈心里已经明白了他俩的关系。

饭菜做熟了，摆了满满一桌子，十分丰盛。娜塔莎和妈妈惊喜地看着餐桌上的美味佳肴，挨个儿尝尝，味道绝了，母女俩都很爱吃。更让她们赞不绝口的是北京玉泉山产的京西稻米饭，她们以前从来没吃过，太香了，越吃越爱吃，一碗饭很快就吃光了。妈妈惊奇地问赵武："白米饭味道这么好，产自哪里呀？"

"这是我们北京玉泉山产的京西稻米，以前是给皇上吃的，现在也很不好买，这次我来俄罗斯是妈妈特意让我带来一些。妈妈说：'生病了，喝用它熬的粥好得快'，今天我全拿来了，您吃了它，脚伤会好得快一些。"

娜塔莎把赵武的话翻译给妈妈听，老人很感动，说："多么善良的年轻人呀。"

饭后，赵武又看了看老人的脚，已经消肿了，他亲手给老人穿好袜子，扶她上了床，说："您在床上休息，要把伤脚垫高一些，止疼片就不要吃了。明后天我再给您按摩两次，脚伤就全好了。"

赵武说完话告辞出来，娜塔莎跟在他身后，一直把他送到楼下，临分别时她说："我看看你的手烧伤了没有。"

赵武笑了，他说："我动作快，烧不伤我。"

"为什么要把酒烧着了按摩呢？"

"酒可以舒筋活血，把酒点着了按摩有利于消肿止痛。我是从爸爸那儿学的。"

"看着你把手伸向火里，我和妈妈都紧张极了，你真勇敢！"

赵武笑眯眯问道："我治病的本事行吗？"

"行呀，我和妈妈都很满意。"

"我做的饭菜好吃吗？"

娜塔莎犹豫了一下说："你离近点，我告诉你。"

赵武把耳朵贴到了她嘴边，没想到娜塔莎搂住了他脖子，在他脸颊上轻轻亲了一下，随后发出了一串银铃般的笑声，跑上楼去了。赵武茶呆呆站在原地，看着娜塔莎长发飘飘的背影，心里充满了幸福感。

回到家里，娜塔莎脸上仍是笑意盈盈的，妈妈眯缝着眼看了看她说："他是你男朋友吧？"

娜塔莎愣了一下，爽快地说："是的，你看他好吗？"

"不！"妈妈表情严肃，瞪着眼看着她。

娜塔莎立刻就不笑了，她走到妈妈身边，问："他哪里不好呀？"

妈妈紧闭着嘴唇不说话，娜塔莎更加紧张了，她摇晃着妈妈肩膀，哀求道："妈妈，你说话呀。"

妈妈终于绷不住劲了，扑哧一声笑了，说："这个小伙子挺好的。"

"妈妈，你吓死我了。"娜塔莎搂着妈妈开心地笑了。

时间老人步履匆匆，转眼春天到了。赵武和娜塔莎又来到那片白桦林，两个人依偎在白桦树下，明媚的春光照在他们脸上，透着幸福快乐。赵武说："达拉噶呀（亲爱的），你还记得这里吗？"

"达啦过侬（亲爱的），我当然记得，在这里你唱了《莫斯科郊外的晚上》，我唱了《茉莉花》。"

"还有呢？"

"你还带我跳起了维也纳华尔兹圆舞。"

"还有呢？"

"没有了，还有什么呀？"

"还有我和你的初吻。"

娜塔莎听他这么说，脸红了，推了推他说："你真坏。"

赵武一把搂过来娜塔莎，两个人脸贴得很近，她害羞地看着他，赵武低下头深情地亲吻着娜塔莎，她没有躲避，彼此都感到很甜美。

赵武高兴地拉着娜塔莎再一次跳起了华尔兹。他边跳边说："达拉噶呀，你考虑过咱俩的婚事吗？"

娜塔莎害羞地说："达啦过侬，我全听你的。"

"好的。我想让你见见我爸爸妈妈。"

听赵武这么说，娜塔莎停下了舞步，说："我是应该拜见你爸爸妈妈，可我是个外国人，他们能同意吗？"

"我妈没问题，关键是我爸，他比较固执，让他马上接受你不容易，要适应一段时间才行呀。"

"那我应该怎么办呢？"娜塔莎双手一摊，着急了。

赵武低头想了想说："我看这样吧，咱们还是按照让你妈妈接受我的方式，让我爸妈接受你。"

"你也让我装扮成医生，给你爸妈治病？"

"那哪成呀，我爸妈都是医生，你在他们面前装扮医生非穿帮不可。你可以装扮成导游，带着我爸妈去旅游，让他们对你产生好感，到时候我再跟他们挑明咱俩的关系，估计就没问题了。"

"你这个办法真好。我在北京留学时，利用寒暑假在旅游公司兼职做过导游，我知道这里面的技巧，能干得来。"

"太好了，你把旅游景点的资料准备齐背熟喽，到时候全看你了。"

赵武和娜塔莎打定了主意，回到宿舍赵武给家里写了封信，他在信中说："爸、妈安好。儿子来俄罗斯工作繁忙，好几年没顾上回家了，心里很想家。近日，我偶染微恙，心中更加思念你们，常常梦见你们亲切的容貌，清晨醒来泪湿衣衫。我想请您二老今年夏天来俄罗斯避暑，以解我思念之苦，也有利儿子微恙痊愈。请务必成行，甚念！"

赵武写完信自言自语说："看到这封信，我就不信你们不来。"

"你让谁来呀？"同宿舍的老王问他。

"王哥，我想请爸妈来咱这儿玩玩儿，见见未来的儿媳妇，我给他们写了封信，您给看看这么写行吗？"

老王看完信乐了，说："赵武，你小子真是个半彪子，这么写信就不怕你父母急出个好歹来呀？"

"他们都是医生，病人见多了，不会吓着他们。"

"你这么咒自己也不应该呀。"

"我不是怕他们不来嘛。"

"行，真有你的。"

"王哥，我爸妈真要是来了，我还得请几天事假，公司里的事儿麻烦您多担待点儿。"

"好说，你和父母团聚有什么需要我帮忙的，说话。"

"谢了王哥，侯总那儿我也打声招呼。"

在太原会馆大院家里，赵大爷和赵大婶这些日子也一直在念叨着赵武，赵大爷说："赵武去俄罗斯这一蹦子有四年多了吧？"

"可不是，他也不想着抽空回家来看看，过春节都不回来，他们公司至于这么忙吗？"赵大婶说完话叹了口气。

老两口正说着，就听门外邮递员喊道："赵武挂号信，拿戳。"

"嘿，真不禁念叨，老婆子快拿图章去。"

赵大婶从邮递员手里接过信，兴奋得双手都有些颤抖，她急着拆开信封，把信纸交给赵大爷，说："你眼神儿好，看看赵武在信上写了什么？"

赵大爷看完信，无奈地叹了口气，一屁股坐在了椅子上。赵大婶紧张地问："赵武怎么样了？老头子你倒是说句话呀。"

"这孩子病了，想让咱俩去看看他。"

"啊？"赵大婶赶忙抢过信，眯缝着眼睛吃力地看着，眼泪流了下来。

"老婆子，你别着急，赵武打小就爱无病呻吟、小病大养，他不一定有多大事儿。"

"你就是老看不上他，才把他逼得去了那么远的地方，孩子都走四年了，你还这么说他，你是亲爹吗？"

"你看，还跟我急眼了。我不跟你办扯，这就给老大打电话，让他给咱俩办签证去俄罗斯看儿子。"赵大爷说完话赌气摔门出去了。

两个月以后，签证批了下来，赵大爷、赵大婶要出国了。临出门儿的头天晚上，老两口都有些激动，躺在床上睡不着。赵大婶说："老头子，明天早上想着把家里的京西稻给儿子带上，到了地方我给他熬锅白米粥，这孩子从小生了病，一喝这粥准好。"

"那东西可沉，拎着多费劲呀。"

"再沉也得带着，谁让咱儿子爱喝粥呢。"

"哼，你就知道惯着他，真不怕我受累。"

"不用你拿，我扛着。"

"得了吧，让你受了累，又腰酸腿疼的，回头还得我给你按摩。"

赵大婶乐了，说："你练武的出身，体格那么棒，拿几斤米算什么呀。"

"行了，我就背着它呗。这次去见了赵武就带他回来相亲，东院金大哥还给他介绍了个姑娘呢。"

"谁家的姑娘呀，多大了？"

"听说是他老同事的孙女，三十岁了。"

464

"老姑娘呀，咱儿子看不上吧。"

"那怎么办呀，赵武也三十大几了，想找个十七八的可能吗？"

老两口絮絮叨叨聊了大半宿才睡。

航班飞机飞行了两个半小时到了符拉迪沃斯托克国际机场，赵武早早就赶过来接机。当赵大爷和赵大婶的身影出现后，赵武眼圈红了，他飞快地跑上去，一把搂住了爸妈。赵大婶双手捧着赵武的脸说："儿子，让妈看看，哪儿不舒服呀？"

"妈，我就是想您和我爸，想得胸口疼。"

"去医院检查了吗？"赵大爷关心地问。

"不用检查，看见你们就好了。"

赵大爷扭头看着老伴说："我说什么来着，就知道他是无病呻吟，让咱们大老远跑来看他。"

赵大爷气哼哼地把米袋子往赵武肩头上一搭，说："你背着吧，可把我累着了。"

"米，是京西稻吗？"赵武惊喜地问。

"是药，你妈说了，它能治你的病。"赵大爷没好气儿地说。

"太好了，谢谢爸妈！"

这时娜塔莎轻快地走了过来，给赵大爷赵大婶分别鞠了一躬，笑盈盈地说："叔叔好，阿姨好。我是娜塔莎，欢迎你们来到俄罗斯。"

"哟，这位漂亮姑娘是谁呀？"赵大婶吃惊地问。

"这是我请的导游，她将带着咱们去旅游，爸妈你们想去哪儿玩玩呀？"

赵大爷看了看娜塔莎说："早就听说俄罗斯出美女，看来是名不虚传呀。"

"谢谢。"娜塔莎客气地回答。

"老不正经，儿子问你想去哪儿旅游，你倒是说呀，别老盯着人家外国姑娘看。"赵大婶瞪了老伴一眼说。

赵武和娜塔莎都笑了，赵大爷红着脸赶紧说："我想去红场看看列宁，看看冬宫和阿芙乐尔号巡洋舰。"

"您是想再回忆回忆'十月革命'吧。"赵武笑着说。

"中国人来这儿就想看看这些嘛，毛主席说'十月革命一声炮响，给我们送来了马克思列宁主义'，儿子你知道吗，'一声炮响'就是阿芙乐尔号巡洋舰炮打冬宫发出进攻的信号，它揭开了'十月革命'的序幕。"

"叔叔说得很对。阿芙乐尔号巡洋舰从一九四八年十一月起，它作为十月革命的纪念物和中央军事博物馆分馆，永久性地停泊在涅瓦河畔，供人们参观、瞻仰。冬宫被称为世界四大博物馆之一，它和阿芙乐尔号巡洋舰全在列宁格勒。另外，叔叔想看列宁，就要去莫斯科，那里有克里姆林宫、红场和列宁墓，都可以去参观。"

娜塔莎按赵武说的，把这些旅游景点资料都背熟了，说起来头头是道，真有专业导游的样子。

"克里姆林宫也可以参观吗？"

"可以。克里姆林宫享有'世界第八奇景'美誉。宫内保存有俄国铸造艺术的杰作：重达四十吨'炮王'和二百吨'钟王'。克里姆林宫由此成为俄罗斯备受珍视的文化遗产。您参观以后会感到不虚此行。"

"姑娘说得真好，有你陪伴，我们旅行会很快乐。"赵大婶看了看娜塔莎，赞许地说。

"谢谢阿姨。"

娜塔莎美滋滋地扭头看了看赵武，两个人相视一笑，赵武悄悄伸出手指，冲她比划了个 OK 的手势。

赵大爷赵大婶这趟俄罗斯旅游是真惬意，想看的景点都去到了，赵武和娜塔莎为老两口服务得周到又体贴，赵大爷每天换下来的袜子和内衣内裤赵武全包了，他都给洗得干干净净，隔两天还亲手给老爷子搓个澡。赵大婶换下来的衣服不用她动手，娜塔莎也全给洗干净了，她每天还给老太太捏捏胳膊揉揉腿，敲打敲打后背，让老太太舒筋活血，疲劳感顿时就消退了。每天吃早餐，老两口在宾馆里不用出屋，赵武都给端上来吃。一日三餐吃得味美可口不重样，伺候得老两口那叫舒坦顺心。

赵武高兴地对娜塔莎说："达拉嘎呀，谢谢你帮助我照顾爸妈，他们年岁大了，出一次国不容易，要让他们对这次旅行留下美好的回忆。"

"我也是这么想，你还有什么需要我做吗？"娜塔莎爽快地说。

"我想回到滨海边疆区家里，跟他们把咱俩的关系说清楚，在征得他们同意后就和你妈妈见面，双方老人坐在一起吃个饭，咱俩就算订了婚，再找个时间回北京结婚。达拉噶呀，你看我这么安排成吗？"

"你想得真周到，我全听你安排。"

这几天的旅行，赵大爷和赵大婶是真开心，可心里也挺纳闷，赵大爷说："老婆子你不觉得奇怪吗，赵武怎么变得这么懂事儿了？"

"是呀，还有那个娜塔莎，对我这么好，她要真是赵武请的导游，那得花多少钱呀。"

"你看着吧，这里头准有事儿，回去就该见真章儿了。"

一个星期以后，旅行结束了，他们回到了滨海边疆区家里。赵武亲自下厨，做了一桌子菜，把父母全惊着了，在他们印象里，赵武是衣来伸手、饭来张口的主儿，怎么几年不见，长本事了？

赵大爷伸手捏了一块盘子里的红烧牛肉尝尝，不由得伸出了大拇指说："嗯，真香，做得不错，你小子出息了，跟谁学的这门手艺呀？"

"爸，咱爷儿俩四年没见面了，儿子我是不是让您老刮目相看呀？"

"那是当然了，我们这次来俄罗斯就发现你变样了，我和你妈都快不认识你了。"

"我们这次来俄罗斯还想带你回去相亲呢，你变得这么好，肯定招姑娘喜欢，我看这回相亲有门儿了。"赵大婶高兴地说。

听到这句话，在厨房里熬粥的娜塔莎沉不住气了，她放下粥勺走了出来。再看赵武夸张地蹲在一边干呕，似乎要把五脏六腑全吐出来。赵大婶慌了，紧张地问道："儿子，你这是怎么了？"

赵大爷看了看娜塔莎也问："他经常这样吗？"

娜塔莎摇了摇头说："他从来不这样，就是别跟他提那两个字。"

"哪两个字呀？"

"相亲。他自己说已经得了相亲恐惧症。"

"嘻，这不是胡说八道吗，哪有这种病呀，全是瞎编的。"赵大爷生气地一甩手坐到了椅子上。

赵武这时不呕了，他胡噜了把脸说："爸妈，你们别再刺激我了好不好，这些年您儿子相亲不下上百次了，真没见到一个看上眼的。有一次人家给介绍了位姑娘，模样挺好看，可这位姑奶奶一张嘴那叫吓人，她说：'兄弟，咱俩能见面是你的造化，你去南城打听打听姐们儿的绰号'南城十三姨'，市面儿上混的兄弟都敬重我，你要是从了我，今后四九城你随便蹚，没人敢惹你。'爸您听听，这就是个女混混儿呀，我差点没让她抓去当了压寨爷们儿，想起她夜里都做噩梦。"

"这是特殊的，哪能全这样呀。"

"咳，其余的长相也都不咋地，稀松平常，扔到人堆儿里就找不着了。爸，您别再为难我了，您儿子都躲到了俄罗斯，您还惦记着这件事，真不让我消停。"

"废话！你倒是找漂亮的去呀，有本事你找一个像娜塔莎这么漂亮的女孩子，我和你妈也跟着高兴不是。"

赵武听了老爸这句话暗自高兴，心想我就等您这么说呢。他沉住气，表面上一本正经地问："爸，提醒您一下，娜塔莎可是外国人，按您说的我找外国姑娘您也不反对，是吗？"

"是呀，可你不能光图漂亮，人品也得像娜塔莎这么好才行。"

"爸，我听明白了，我谁也不找了，干脆就是娜塔莎得了。"

"你别臭美了，人家娜塔莎这么漂亮的好姑娘会看上你？"

"这可是您说的，来吧达拉嘎呀，咱们让老人当见证人吧。"

赵武说完话，从兜里掏出了一枚戒指，单腿跪在娜塔莎面前，说："娜塔莎，嫁给我吧。"

娜塔莎激动得眼泪流了出来，她伸出手刚要接戒指，又缩了回去，她小声提醒赵武："达啦过依，你是在向我求婚吗？"

"是的，我是认真的。"

"再找个时间吧，要当着我妈妈面才好呀。"

赵武有些尴尬地收回了戒指说："是呀，求婚应该有双方老人做证，改日吧。"

赵大婶听明白了，顿时眉开眼笑，说："敢情你们俩真是处对象呢，太让我们意外了！"

赵大爷哈哈哈大笑着说："我早就看出来了，你们俩关系不一般，我用激

468

将法让你小子把实话说出来了吧。"

赵武把娜塔莎搂在了怀里，说："爸、妈，儿子背着你们找了个外国儿媳妇，你们不会生我气吧？"

"看你说的，这么漂亮的好姑娘，心地又善良，我喜欢。"赵大婶乐呵呵地说。

"爸，您也这么想吗？"

"你既然认定了娜塔莎，我们尊重你的选择。娶了这么好的媳妇，要好好待人家，相互扶持着，踏踏实实过一辈子。"

娜塔莎默默听着二位老人的话，眼中含着幸福的泪花，她头扎在赵武怀里，甜美地笑了。

第三十七章

　　赵武和娜塔莎恋爱关系被父母认可了，赵大爷想在回国前见见亲家母，把孩子们的婚事定下来。他对赵武说："我和你妈来这一趟不易，该办的事儿要办完喽，你们俩安排一下，明天我们去见见她妈妈。"

　　娜塔莎说："好呀，我马上回家告诉她。"

　　"达拉噶呀，我跟你一起去。"

　　两个人急匆匆回到了家。娜塔莎的妈妈正坐在走廊的摇椅上休息，听到响动站了起来，看见女儿带着赵武来了，高兴地伸出了双臂说："孩子们回来了，快让我抱抱。"

　　娜塔莎抱住妈妈激动地说："妈妈，我有好消息告诉您。"

　　"什么好消息呀？"

　　"赵武的爸爸妈妈准备明天来家里拜访您。"

　　"哎呀，这可是让人高兴的事，孩子快把家里收拾一下，再去找饭店订位子，我要隆重迎接远道来的客人。"

　　赵武说："阿姨，别去饭店了，您下楼也不太方便，咱们就在家里吃饭吧，我做的菜也很好吃呀。"

　　"这样做会不会失礼，让客人不高兴呀？"

　　"不会的，我跟爸妈解释一下就行了。"

　　"好的，要做得丰盛可口啊。"

"交给我了，您放心吧。"

赵武在这边忙活，那边赵大爷赵大婶也没闲着，他们请赵武的同事老王带着去了商场，老两口按照北京老礼儿给未来的儿媳妇买了只纯金手镯，算是见面礼，还买了两盒点心、两瓶茅台酒和两盒茶叶。东西置办齐了，赵大爷高兴地对老王说："没想到在这儿还能买着咱们中国商品，太好了。"

"老爷子，这家店里卖的商品，大部分都是从中国运来的，改革开放让咱们的国货走向了世界。"

"是呀，你和赵武也是做这种买卖吧？"

"对，您看商店里摆着的二锅头，就是我们公司运过来的。"

"嘿！听着真让人高兴，老婆子你赶紧买一瓶二锅头，我今儿晚上就喝。"

"老爷子，您甭买了，咱家里有。"

"那不一样，我就是要喝从外国商店里买的北京二锅头，喝着自豪啊。"

赵大爷说完爽快地笑了。

第二天上午，赵武一家人早早出发了，来到娜塔莎家的院子里时间还有点早，他们静静地在楼下等候。赵大爷仰面看了看周围高大的白桦树，说："这才是俄罗斯呀，每棵白桦树都有它的印记，战争年代它坚强挺立在敌人枪炮面前，和平年代它又彰显出风光无限的优美景色，真好。"

赵大婶也说："白桦树是那么繁茂，静谧，它们一片连着一片，形成了广袤的森林，站在它面前能呼吸到清新的空气，感受大自然无穷的魅力。"

听到说话声，娜塔莎欢快地跑下楼迎接他们，双方老人见面后既新奇又像久违的老朋友，娜塔莎的妈妈热情地用中文说："你好，欢迎。"

赵大婶回答："撕吧西吧（谢谢）。"

赵大爷也用俄语说："滋得拉斯特为接（你好）！"

这些简单对话都是前不久在去莫斯科旅行途中，赵武教他们的，现在用上了，大家听着都挺亲切。

赵武说："爸、妈，娜塔莎出生在革命军人家庭，她的亲人们都当过兵。前两天您参观了冬宫，十月革命时，娜塔莎的爷爷就是一名红军战士，参加了攻打冬宫的战斗，胜利后他们还受到了列宁的接见。"

娜塔莎说："我妈妈对中国很有感情，在她卧室里一直挂着两张伟人的照片，你们可以看看。"

娜塔莎带着赵大爷赵大婶来到了她妈妈的卧室，只见正面墙上挂着两张领袖画像，一张是列宁，另一张是毛泽东。画像已经发黄了，可见挂在墙上很多年了。赵大爷看后很激动，他走出屋子冲娜塔莎的妈妈伸出了大拇指，说："列宁、毛泽东，达瓦里希（同志）。"

娜塔莎的妈妈也很兴奋，跟着赵大爷说："毛泽东、列宁，达瓦里希。"

双方老人的心一下子贴近了，他们回忆起了十月革命、卫国战争和抗日战争，还说到了五十年代中苏友好的日子。娜塔莎的妈妈说："那张毛泽东画像，是当年毛泽东主席访苏时，我举着画像站在欢迎的人群里，毛泽东主席看到了，还冲我招手微笑，我很激动，就把这张画像挂在卧室里，至今已经三十多年了。"

听完娜塔莎妈妈的介绍，赵大爷对赵大婶说："咱们这位亲家，对中国很有感情呀，所以她才同意女儿和咱们儿子搞对象。"

"这就是缘分。"赵大婶高兴地说。

这时赵武走了过来，当着双方家长面向娜塔莎求婚，她羞涩地应允了。

双方家长见证了这幸福时刻，把孩子们的婚事也谈妥了，时间定在了一九八五年中秋佳节，在北京为赵武和娜塔莎举办婚礼。

赵武向公司打了结婚报告，公司的同事们都替他高兴，侯魁和小宝儿还要参加他的婚礼，他们陪着赵大爷和赵大婶一同回了北京。赵武和娜塔莎在当地主管部门开出了结婚证明信，又为娜塔莎的妈妈办好了出国签证，在中秋节前起程来北京了。

太原会馆大院再一次热闹了起来，高小燕听到信儿，张罗着街坊们凑份子。年过八旬的董二爷问她："这是谁家办喜事儿呀？"

"二爷，西院的赵武要结婚啦。"

"赵武？你这猛不丁一说，我还真想不起来他是哪家的小子了。"

"他就是北屋赵大爷的公子，长连毛胡子那孩子。"

"哦，是他呀，倒爷！"

"人家现在走正路了，娶了个洋媳妇，据说长得可好看了。"

"得嘞，我凑个份子，回头再给他送坛'五毒酒'过去。"

472

高小燕从董二爷家出来，来到了西小院杨世春老爷子家，杨老爷子的老伴儿半年前过世了，儿子杨明和儿媳妇小娅为了照顾父亲从广东回到了北京。他俩原来都在广东外贸部门工作，小娅回来后经李菊帮忙去了外贸部下属的一家公司上班。杨明本想也调回来，可公司领导舍不得放他，不得已他辞职回了北京。

　　杨明在大学里学过俄语，工作中也常去东欧和苏联谈生意，俄语水平不低，高小燕打算让杨明当司仪，她对杨明说："杨明啊，你以前当过司仪吗？"

　　"当过，我在大学做学生会主席的时候，大大小小联欢会、表彰会我主持过很多，这对我来说不算什么。"

　　"那就好，你知道赵武中秋节结婚的事儿吗？"

　　"听说了，他找了个俄罗斯美女，赵武老大不小的了也该结婚了。"

　　"是呀，我想你俄语说得好，能不能帮着主持婚礼呀？"

　　"没问题，有什么忙不过来的，您就找我吧。"

　　这件事落听了，高小燕又张罗上另一件事儿。她找到了孙福，说："大侄子，我有件事儿跟你商量商量。"

　　"高姨，只要是您张口，一句话的事儿。"孙福爽快地说。

　　"你们家东前院那间房现在空着呢吧？"

　　"没错，空着呢。自打董二爷把英子娶进了家门儿，我那间房一直就让英子的婆婆住着。去年老太太驾鹤西去，房子一直空着。您想住啊？"

　　"不是我住，赵武的丈母娘，是个俄国老太太，她来北京参加女儿的婚礼，要在咱们这儿住上些日子。我想要是能在你那间屋里临时住住，孩子们照顾她也方便。"

　　"没问题。我回头就和小凤儿去归置，给屋里摆盆鲜花，洒上点儿香水，放几袋咖啡，我那儿还有瓶伏特加酒，也给带过去，让俄罗斯老太太就跟住在自己个儿家里一样，高姨您就赡好吧。"

　　"你想得真周到，我替赵武谢谢你。"

　　"高姨，客气了您哪。"

　　热心的高小燕帮着赵武家把办喜事儿的大事小情都安排得妥妥儿的了，大家伙儿就眼巴巴等着新媳妇上门了。

娜塔莎在妈妈陪伴下来到了北京，她们坐车经过天安门时，妈妈一眼就认出了天安门城楼上的毛主席画像，她激动地说："毛泽东，莎莎快看，那是毛泽东主席，他认识我。"

赵武听了也很激动，他说："我也见过毛主席，上小学的时候，国庆游行，我们小学生在天安门广场组图，游行队伍过去后我们组图队伍拥向金水桥，当时毛主席他老人家站在天安门城楼上向我们大手一挥，那真是伟人气魄，我当时不由得眼泪就流下来了。你们往南看，那就是毛主席纪念堂，有时间我带你们去瞻仰老人家的遗容。"

娜塔莎说："好呀，让妈妈再去见见毛主席。"

他们坐的出租车来到了太原会馆大院门口，赵武抬头一看，好家伙，足有半院子人都在大门口站着，等着看洋媳妇。这是怎么回事呢？原来侯魁和小宝儿清楚航班到达时间，他俩看着时候差不多了，来到太原会馆大院门口等着接人。哥儿俩西装革履，每人手里捧着一把鲜花，要献给娜塔莎和她妈妈。大院里出出进进的街坊，看着这哥儿俩穿得这么笔挺，不明白他俩这是要干什么，一打听才知道赵武的洋媳妇要进门了，这一下好看热闹的人都出来喽，所以才这么热闹。

车子停稳后，赵武走出来和侯魁小宝儿拥抱，娜塔莎随后搀扶着妈妈下了车，人群顿时一阵躁动，人们议论纷纷，有的说："这洋妞太漂亮了，个头多高呀，看着比赵武还猛呢。"

还有的说："白皮肤，黄头发，纯正的俄国人。"

有知道娜塔莎名字的孩子大声喊："娜塔莎，面包会有的。"

侯魁冲这帮孩子摆了摆手，说："别起哄！"

他越制止，孩子们喊的嗓门越大，集体叫着："娜塔莎！娜塔莎！"

侯魁笑着走上前，把鲜花献给了娜塔莎的妈妈，说："兹德拉夫斯特无遗，交加（阿姨好）！"

小宝儿也把鲜花献给了娜塔莎，说："大瀑落拔拉娃起（欢迎你）！"

娜塔莎微笑着接过了鲜花，大方地朝看热闹的人们挥了挥手，大家都礼貌地给她们娘儿俩鼓起了掌，赵武激动得一个劲给街坊们作揖道谢。

新人进了赵武的家，赵大爷一家人喜气洋洋迎接远道来的洋儿媳妇和她妈妈。全家人都换上了新衣服，屋子打扫得干干净净，茶壶里沏了小叶茶，又特意为亲家煮了杯咖啡。桌子上摆上了稻香村的京八件点心，北京果脯和大红石榴。娜塔莎和妈妈笑盈盈地见过了亲家和前来贺喜的街坊们。

高小燕把大家凑的份子钱包了一个大红包送了过来；杨明把他和父亲捏的面人端了过来，杨世春老爷子精心捏了龙凤呈祥结婚大喜馒头，只见大花盘子上摆着用面捏的龙凤和鸳鸯，栩栩如生，鲜红的牡丹花跟真的一样，特别喜庆。娜塔莎和妈妈都惊讶地叫了起来，她们从来没见过这样精美的面塑艺术品。

杨明用流利的俄语向她们介绍了北京面人儿制作技巧和欣赏特色。接着他又拿出了自己制作的一件面塑作品，那是赵武和娜塔莎穿着中式结婚礼服，相互挽着手，走在铺满鲜花的地毯上，特别甜蜜浪漫。让娜塔莎惊叹不已的是，这一对儿半尺来高的面人儿模样与她和赵武十分相像，简直就是照片印上去的。她好奇地问杨明："杨先生，你怎么知道我长的模样？"

"我从赵大爷那里看过你的相片，就这样捏出来了，你看像你吧。"

"天呀，简直跟真人一样，你太棒了！"

"谢谢你的夸奖。"

赵大爷当天在家里大摆宴席，为亲家接风洗尘。他宣布："赵武和娜塔莎结婚正日子定在中秋节，地点在宣武门饭店。亲家母，您看怎么样啊？"

娜塔莎的妈妈笑眯眯说："太好了，你们安排得很周到，我们很高兴。"

中秋节的当天，赵武和娜塔莎坐着喜车来到了宣武门饭店，餐厅里张灯结彩喜气洋洋，院子里的老街坊们纷纷前来祝贺。已经年近九旬的金老爷子让常三爷和高小燕挽着来了，董二爷还是蹬着他的平板车拉着英子来了，秦老板和秋萍老两口在秦玉和小妮的挽扶下也来了。随后，西院李大爷和儿子李杉与西小院杨世春杨明父子搭伴儿来了，老铁、田福余和张喜子老哥儿几个一块堆儿来了，孙福、小凤儿挽着刘婶也来了。大家是欢声笑语，兴高采烈。

主持人杨明用中俄两种语言做了开场白，他说："赵武先生和娜塔莎小姐是自由恋爱，喜结良缘，这是跨国婚姻组合，是中俄两国人民友谊的结晶。我们深深地祝福他们百年好合，白头到老。"

他说完以后侯魁走上台宣读了赵武和娜塔莎的结婚证书，他又向来宾们介绍了这对新人的恋爱过程。侯魁声情并茂讲述了赵武勇斗棕熊那惊险一幕，大家听得惊叫不止，赵大爷和赵大婶则是老泪纵横，他们没想到儿子在东北差点儿把命搭上。侯魁最后宣布说："前不久我们荣达贸易公司与俄罗斯滨海贸易公司新签了合作协议，我们两家共同出资，在俄罗斯滨海边疆区组建一家土特产品加工厂，赵武担任厂长，娜塔莎担任质量总监，他们厂生产的产品将在中俄两国销售。我们祝赵武和娜塔莎工作顺利，生活幸福，明年生个大胖小子。"

来宾们热烈鼓掌，赵武激动得眼圈红了，娜塔莎也流下了幸福的泪水。

随后，按照中式结婚仪式，一对新人拜天地、拜高堂、夫妻对拜，结婚仪式礼成。

杨明说："下面有请德高望重的金老爷子上台讲话。"

在街坊们掌声中，金老爷子缓步走上台，向大家展示了他写的一副对联：

上联：中俄情侣天作同心成佳偶；
下联：异国龙凤白首齐眉结良缘。
横批：人间正道。

金老爷子向大家讲解了这副对联的含义，他说："我为什么要用'人间正道'这四个字来做横批呢，这与赵武的经历有关。这孩子是我看着长大的，他聪明，心地善良，对生活充满了美好向往。可是以前他也走了不少弯路，当倒爷，差点儿没把自己个儿搭进去，家里老家儿没少为他操心。好在赵武悟性高，他知道总结教训，最终走上了正路，这也就是我常说的那句话'渐悟'。咱们太原会馆大院里很多孩子也有着'渐悟'的过程，比如常小虎、孙福、秦玉都是这么过来的。人这一生有无数条道路可走，只有一条是光明大路，那就是人间正道。我希望赵武在这条道路上越走越顺当，越走越幸福！"

街坊们为金老爷子热烈鼓掌，赵大爷站起来说："谢谢金大哥的墨宝和老街坊们的贺礼。下面开席了，大家伙儿吃好喝好啊！"

赵武拉着娜塔莎挨桌给大家敬酒，他们走到金老爷子面前深鞠一躬，赵武说："老爷子，您总结得真好，我赵武这些年就是这么坎坎坷坷走过来的，是那头棕熊让我惊醒了，我觉得舍命为公家做点儿事是对的，这也赢得了娜塔莎的爱，今天您这么一说，我才真正明白了自己走的是'渐悟'之路，也是人间正道，我不会让您失望的。"

金老爷子笑着点了点头，说："孩子，和你的洋媳妇齐心合力往前奔吧，我看好你们。"

赵武夫妇又走到董二爷面前，大声说："二爷，您老可要喝好啊，看着您这么硬朗，我们打心眼儿里高兴。"

董二爷说："我今儿个带来了一坛'五毒酒'，我怕人家外国人不认，没敢拿出来，回头你小子拿家去一个人喝吧。"

"得嘞，这'五毒酒'可是没处淘换的好东西，我要好好留着它，二爷谢了您哪。"

娜塔莎越听越糊涂，她悄声问赵武："五毒酒是什么东西呀？毒酒还能喝吗？"

赵武笑了笑，说："'五毒酒'是用毒蛇、蝎子等五种有毒的虫子泡的酒，喝了它能治病。"

"哦，我明白了，这叫以毒攻毒对吗？"

"是这么个意思。我们中国是个古老的国度，神奇东西多着呢，你慢慢了解吧，可有意思了。"

他俩又来到了杨世春老爷子面前，赵武给他倒了杯白酒，说："老爷子，感谢您给我们做的结婚大喜馒头，我媳妇和我岳母都特别喜欢，我们俩敬您一杯。"

"老爷子，我先干为敬。"娜塔莎说完话把手里端着的白酒一扬脖全干了。

"好，爽快！"

"看看，人家俄罗斯女人也这么能喝，真了不得！"

街坊们赞不绝口，李杉和秦玉端着酒杯走了过来，李杉说："当年咱们哥儿仨葡萄架下三结义，如今都各自发展了。赵武，甭管你走到哪儿，别忘了咱哥儿仨这份交情。"

秦玉也说："在我最难的时候，赵武哥帮过我，我这伤残脖子也是赵大爷给我治好的，赵家对我有恩。赵武哥，兄弟我祝你一生幸福。"

赵武很激动，说："咱们一辈子都是好兄弟！"

哥儿仨共同举杯，一饮而尽。

孙福这时走上来说："赵武，跟你洋媳妇干一个，看看中国人喝得过俄罗斯人吗？"

赵武乐了，说："哥哥，她是酒神，从来没醉过，我不是个儿，哥哥您也是海量，要不您替兄弟我跟娜塔莎干几杯？"

小凤儿走上来笑嘻嘻说："赵武，虽说新婚三天无大小，可大了伯子和弟妹拼酒也不大像话吧，孙福想喝呀，回家跟我喝去。"

大家一阵哄笑。高小燕看大家吃得差不多了，急着走上台对街坊们说："大家都在，就趁着这机会我通知个事儿，下周就是一九八八年国庆节了，咱们各家各户要把屋里、院子里的卫生搞搞，不留死角，干干净净欢度国庆。"

"是喽。"

"放心吧，我们回去就归置。"

酒宴在热热闹闹中结束了，街坊们说说笑笑地走出了餐厅。

高小燕回到家里，拿出了一面国旗要挂在太原会馆大院门口，刚出门正碰上杨明，他说："高姨，挂国旗呀，我来吧。"

高小燕把国旗交到杨明手上，顺口问道："大侄子，今天在赵武结婚酒席上，我怎么看着杨老爷子不大高兴呀？"

"嗐，老爷子正跟我怄气呢。"

"为什么呀？"

"自打我妈去年走了以后，老爷子脾气就变了，经常为芝麻大点小事儿生气。我和小娅都不敢招惹他，尽量哄他高兴。"

"你们两口子对老爷子孝顺那是没的说，他今儿个不高兴这又是为了哪一出儿呀？"

"我不是从广东回来了嘛，就为了这个跟我鼻子不是鼻子、脸不是脸地折腾好几天了。"

"你长年在广东工作，家里的事儿什么也帮不上，现在回到他身边了，这是好事儿呀，他还不高兴，这说不通呀？"

"我不是辞职了嘛，老爷子不乐意，他觉得供我上大学不容易，毕业后找到了这么正规的机关单位上班很体面，现在我辞了职，变成了无业游民，他生气了。"

"要这么说，你们老爷子生气也有道理。像你现在这岁数正是干事业的时候，你把铁饭碗扔了，这生活来源都没了，今后这日子可怎么过呀？"

"高姨，我们家老爷子跟您想法一样，其实是多虑了。咱们国家现在改革开放了，摆在每个人面前都有很多发展机会，高姨您说，像我这样的能混不出来吗？"

"当然不会了，你有文化，有素质，精明强干，甭管干什么也错不了。杨明啊，你现在是不是已经找好目标了？"

"已经有三四家公司聘请我了，有的公司甚至让我去当副总呢。"

"哟，这可是美差呀，赶紧答应人家吧。"

杨明摇了摇头，说："大龙也想让我上他那儿。他现在去了海南搞房地产开发，人手不够。我俩是发小又是校友，知根知底儿，小娅也同意我去帮他。"

"可也是呀，俗话说'一个篱笆三个桩，一个好汉三个帮'嘛，你去帮大龙做事，哥儿俩齐力同心，可以干出一番大事业来。你应该去。"

高小燕也很赞同。

第三十八章

一九八八年国庆节刚过，杨明就奔了海南。这一年海南脱离广东独立建省，成立了海南省，新的发展机遇展现在世人面前，国内一大批房地产开发商涌来淘金，大龙的龙氏集团也来了。

这几年龙氏集团发展扩张速度很快，他们的触角已经延伸到了欧洲和北美，经营范围也由旅游商品、酒店、超市等行业转向了房地产开发，动用的资金量越来越大，集团员工也达到了上万人。

大龙和优莉这对伉俪，是业内公认的成功人士，他俩思路敏锐，决策果断，能抓住稍纵即逝的市场机遇投入资金，取得了丰厚的回报。也正因为如此，大龙头脑发热，无视经济规律，走上了风险极大的投机发展道路。大龙看到这是个诱人的房地产市场，带着大笔资金来海南了。

杨明这时来到了大龙在海南的房地产开发公司。他在海口市一家豪华五星级酒店门前停了下来，仰面一看"龙氏集团"四个霓虹灯大字竖立在酒店楼顶，红光闪耀，气派非凡。杨明笑了笑，自言自语道："今非昔比，鸟枪换炮啦。"

走进酒店大堂，一位身穿红色旗袍的姑娘走上来客气地打招呼："先生您好，有什么需要我帮您的？"

"我找你们龙董事长。"

"您有约吗？"

"三天前就约好了。"

"好的，请您跟我走。"

姑娘带着杨明来到了董事长办公室，一按门铃，秘书迎了出来，他问明情况后请杨明稍等，进门通报。很快房门大开，大龙哈哈哈地笑着走了出来，见到杨明伸出双臂，两个人紧紧拥抱在了一起。大龙说："杨明哥，可把您盼来了，再不来我就要打飞的上太原会馆找您去了。"

"我有那么重要吗，来了也就是给你当个小参谋而已。"

"什么小参谋呀，您是姜太公在此，诸神退位，您来了，我这个董事长位子都得您来坐。"

"兄弟，别把哥哥我吓着，我胆儿小，你再跟我云山雾罩的，我可脚底板抹油溜了。"

"那可别价，这么着吧，我也不给哥哥您设头衔，您在我这开发公司里转转，想在哪干就在哪干，这样行了吧？"

"这还差不离儿。说吧，干吗这么急着叫我来呀？"

大龙一拍大腿说："机遇，难得的机遇呀！您看看海南的经济形势太好了。房地产圈里流传着一句经典：搞开发长期看人口、中期看土地、短期看金融。这几样海南现在都具备。"

"兄弟，你是要在这里搞房地产开发吧？"

"是呀。您看这里每年，每个月，甚至每天都有高质量人口流入，如今海南省与中国历史上著名的几次人口迁徙潮闯关东、走西口、下南洋一样，他们有一个响亮的名字'闯海人'，这势必会带动就业增长、产业发展，也会让这儿的房子升值更快。"

"你分析得有道理。"

"就是嘛，说了归齐，我们投资的动力，就是要判断哪里更有投资潜力，更能吸引人才，人口不断净流入，有更多的年轻人聚集，人才与产业政策的结合更具可行性。投入回报会很高的。"

"我们具体怎么干呢？"

"拿地，炒楼花。"

"炒楼花？"

"是呀，你没听这里时下流传着的那句话吗？'要挣钱，去海南；要发财，炒楼花'。只要我们凭着龙氏集团的实力，从政府手中拿到地皮和房地产项目审批手续，我们不用真打实干地把房子全部盖起来，只做到七通一平，顶多把地基的大坑挖出来，就可以到市面上炒，这就叫炒楼花，保证有人买。咱们收回资金再申报新的房地产开发项目，这样利润高，资金回笼快，一举两得。"

"听着是不错，可我怎么觉得这像是在吹个泡泡呀？"

"即便是吹泡，也不是咱一家在吹，国内很多知名的房地产开发公司都来了。我们这里有一个房地产开发商沙龙，每个周末聚会一次，我在那里见到了很多精英人士，他们都看好海南。明天就是周末，我带你去沙龙里玩玩儿。"

星期天晚上，大龙带着杨明来到了一家法式巴洛克建筑风格的酒吧，大厅里摆着路易十四紫玫瑰，墙面上挂着波旁王朝宫廷酒会的巨幅油画，吧台上摆满了各种进口啤酒、红酒、鸡尾酒以及酒精类饮料，现场有专业乐队演奏着舒缓的法国古典乐曲，高级调酒师表演着精彩的花式调酒。

杨明看了看四周，说："这种格调真像是在法国，满满的异国风情呀。"

"这就是一个法国商人开的酒吧，每个星期天晚上是我们包场，咱们的沙龙就设在这里。怎么样，来这里坐坐，可以身心放松一些吧？"大龙说。

"挺好，这好像到了另一个世界，欧罗巴世外桃源嘛。"

这时房地产开发商们陆续走了进来，大龙热情地和他们打着招呼。他把一位中年人介绍给了杨明，他说："这位是关世继先生，他是北京守成实业房地产开发公司董事长，是咱们北京老乡呀。"

杨明礼貌地和他握手，说："我叫杨明，请多关照。"

关总微微一笑，说："老乡见老乡，两眼泪汪汪嘛，咱们北京爷们儿今天都到天涯海角发财来了，是得相互关照啊。"

杨明感到这位关总为人挺随和，一种亲切感油然而生，拘谨顿时就消除了。大家坐下后，杨明问他："关总喝什么酒？"

"拉菲。"

杨明又问大龙："兄弟你喝什么？"

"巴伐利亚白啤。"

杨明向服务生打了个手势，一个男孩子快步跑了过来，问道："先生需要什么？"

"一杯拉菲，两杯德国白啤。"

"好的。"

服务生很快把酒端了上来，三个人举杯畅饮，谈笑风生。杨明说："关总来海南多长时间了？"

"不长，去年过来的。"

"您怎么看'炒楼花'这种事？"

"炒楼花嘛，确实来钱快，只要是一手楼花，买卖都没有多大问题。"

"哦？在您看来怎么就有问题了呢？"

"有些楼花都炒到五六手了，那就不能要了。"

"为什么呢？"

"很简单，炒一手就往上加一次价，到五六手后，都加到天价了，你弄到手里还有利润可赚吗？非砸手里不可。这样的楼花风险太大了，坚决不能要。"

杨明若有所悟地点了点头，接着问："关总您看海南房地产现在这么红火，它还能火几年呢？"

"这个说不太准，如果市场发展有序，需求旺盛，还能火上个四五年吧，再往后就不好说了。"

杨明看了看大龙，悄声问："你认同关总的话吗？"

"他比较保守，依我看，最少还能火十年。哥哥，好日子刚开始，您就放心大胆地挣钱吧。"

杨明笑了，陷入了深深的沉思。

杨明来了以后，大龙很高兴，他把远在印尼的妻子优莉也请到海南来了，杨明和优莉还是头一次见面，杨明说："当年我还是从大龙项链坠里见过你的相片，今天总算见到本人了。"

"我想起来了，您按照画像给我们捏了面塑作品，大龙和我都很喜欢，今天还在家里摆着呢。"

"女儿金星没来呀？"

"她在家里照料弟弟晨星呢。"

"你们有儿子了，今年多大啦？"

"八一年生的，今年七岁。"

"真好，儿女双全，幸福美满呀。"

"谢谢杨明哥。"

杨明和大龙、优莉真是好朋友相见，喜不自禁。他们两口子对杨明很信任，两人商量后，任命杨明为龙氏集团海南房地产开发公司总经理。

两口子在饭店里为杨明举行了盛大欢迎酒会，房地产开发公司的全体员工都来了。大龙在酒会上宣读了任命书，他对员工们说："杨明先生是我的好大哥，对我有知遇之恩，当初在我最绝望的时候，是他引导我上了外经贸大学，从此开启了我的精彩人生。杨先生才华出众，他在原来从事的外贸工作中是业界翘楚。今天他来到咱们龙氏集团，是龙氏的大幸。今后，这里一切工作就全权交由杨明先生负责，各部门、各位员工都要服从他领导。"

优莉在祝酒词中说："这几年我们集团业务开展得顺风顺水，在世界各地都能看到龙氏企业，我们现在已经发展成了国际企业集团。今天在海南开展房地产业务，要乘着海南建省的东风，形成新的利润增长点。希望大家共同努力，在杨明先生带领下，闯出一片新天地。请大家举杯，为我们美好的明天，干杯！"

大龙把公司中层以上的干部向杨明做了介绍，众人纷纷举杯向杨明表示祝贺。

欢迎酒会后，大龙陪着杨明熟悉业务，并与主管部门取得了联系，待一切工作就绪后，大龙要回集团总部了，临行前他嘱咐杨明说："龙氏集团下一步打算向非洲和南美拓展，那些地域对我们来说还很陌生，需要下大力气打基础，投入很可观呀。集团内部意见也不太统一，我要回去协调各方面的意见。现在看来，海南的条件最好，你们要在这几年尽快创出效益，支持整个集团发展，咱们龙氏的这盘棋能不能下活，杨明哥，全看您了。"

杨明说："我这里你尽管放心，绝不会给你捅娄子。我记住了你的话，尽快创出效益，支持集团发展。"

大龙眼里充满了信任和期待，他用力握了握杨明的手，起程回巴厘岛了。

杨明送走大龙后，感觉身上担子沉甸甸的，他迅速召集公司副总、各科室负责人和专业技术人员开会。杨明对大家说："各位，咱们开个诸葛亮会，商讨一下当前海南房地产开发的趋势和我们公司工作重点。"

规划科的殷科长说："当前趋势用一个字就可以概括：'火'。具体火到什么程度呢，我举个例子，我有个同学在海南鲲鹏房地产公司上班，他们公司当前的工作重点就是拼命建住宅楼，他们老总有一句名言'能建得出来，就能卖得出去，卖不掉我炸了它'，这说明了什么，要是不火他敢这么说吗？"

"殷科长说得有道理，现在住宅楼确实是紧俏的抢手货，谁手里有手续齐全的住宅项目，准能赚钱。"余副总也附和着说。

"要真如大家说的，那咱们的工作重点就放在住宅项目上，一定要取得个开门红。"杨明说。

"杨总，您手上拿到住宅项目啦？"同事们兴奋地问。

"龙董事长和我跑了一个多月，他回印尼前两天手续批下来了，五万多平米住宅项目。"

"太好了！"

"这下要发大财了！"

同事们都欢呼了起来。杨明示意大家少安毋躁，他接着说："现在的问题是怎么运作，是卖楼花，卖期房，还是卖现房。请大家讨论一下这个问题。"

财务科安科长说："各有利弊，卖楼花、期房，资金回笼快，价位上吃亏；卖现房时间长，资金回笼慢，但价位高，盈利大。"

余副总说："要依我看呀，把两者结合起来最划算。"

"哦，怎么个结合法呀？"杨明感兴趣地问。

"我们把五万平方米的住宅项目分成三期来卖。一期，我们集中资金和人力物力，先建成五千平方米现房。这部分现房要精益求精，建成高质量样板工程，起到轰动的广告效应，创立龙氏集团品牌，赢得社会良好口碑。我们再组建一支精明强干的销售队伍，吸引大批客源，房子很快会售罄。二期，再拿出五千平方米卖期房，由于一期现房在社会上赢得了赞誉，必然会加快二期房销售。前两期我们只卖出了一万平方米，占总量五分之一。二期房售出以后，公司拿到预收款，再加上一期销售的房款，大部分投入已经收了回来，我们就没有了后顾之忧。余下三期的四万平方米怎么销售咱们就随心所欲了，换句话说，不是市场制约我们，而是我们左右市场了。"

说到这里余副总狡黠地一笑，拿起茶杯悠然自得地喝了口茶，然后说："我们手里三期的房子想怎么卖就怎么卖，我们也可以把房子捂在手里不卖，通过囤积居奇的方式步步推动房价上涨，房价上涨又为我们收取下一个项目预收款创造了条件。因为在房价上涨过程中，在买涨不买跌的心理推动下，人们对未来房价增值的预期会变得更为强烈，这种循环推动力促使房价屡创新高，我们的收益也越来越高，这余下的四万平方米能让我们抱个大金娃娃。杨总，你说是这么个道理吧？"

杨明听着不是个滋味儿，心说他这一套完全是奸商做法嘛。可他是公司副总，人脉关系广泛，自己刚来势单力薄，不便跟他公开争辩，只是笑了笑，说："大家看看，余总说的这种做法可行吗？"

"行呀，这招挺高的。"殷科长带头赞成。

"余总说的办法不错，能使利润最大化。"安科长也表了态。

参会人员没有提出不同意见，杨明总结性地说道："既然大家同意余总的方案，就先试行一年看看效果，如有什么不妥，随时调整。"

让杨明想不到的是，五万平方米住宅项目，按照余副总出的主意，一年以后全部卖了出去，这个项目给公司净赚两个多亿。杨明向大龙汇报了情况，他高兴极了，在电话里兴奋地说："请你代我向公司的每名员工表示感谢，每个人加发两个月工资，轮换旅游放假十天，费用公司报销。"

杨明说："谢谢董事长，员工们知道后会喜出望外的。"

"杨明哥，你把小娅嫂子和儿子带上，我把优莉和金星、晨星也带上，咱们去非洲度假。"

"非洲我们家还真没去过，咱们都去哪儿玩儿呀？"

"看看金字塔，船游尼罗河，飞越大裂谷，鸟瞰马赛马拉国家野生动物保护区，可好玩儿了，这么安排怎么样？"

"那可太好了，你小娅嫂子特喜欢拍照，这回可以让她近距离拍摄野生动物了。"

"不是在地面上，咱们在天上拍照。"

"那是怎么个照法呀？"

"哥哥还不知道吧，我们家金星也是个摄影迷，为了满足她的爱好，我指示集团旅游公司与肯尼亚兰托里营地签了约，每年可以租用他们营地的直升机航拍，在天上兜风，看野生动物，这可比地面上看神奇多了。杨明哥，让嫂子和儿子开心地玩儿吧。"

杨明听了挺高兴，他回到太原会馆大院家里，对媳妇说："小娅，大龙要带着咱们家去非洲玩玩儿。"

"去欧美玩儿不好吗，干吗去非洲，那里生活条件很差呀。"

"你说的是普通老百姓，条件是比欧美差，咱们是跟着有钱的龙大老板去非洲游玩儿，到哪都是奢华享受呀。大龙还要让咱们坐着直升机到天上拍摄野生动物呢。"

"嘀，到底是有钱人，玩儿的都那么花哨。"

一周以后，杨明和大龙两家人在埃及会合了，开始了他们的非洲之行。他们参观了金字塔和狮身人面像，去了卡特巴城堡和卢克索神庙。骑骆驼漫步在无边的沙漠，驾轻舟荡漾在尼罗河上。他们品着伊尔普埃及葡萄酒，吃着鲜美的罗非鱼，有滋有味儿地大嚼着卡巴布烤肉串和库沙利美食，大家脸上都露出了甜美的笑容。

随后，他们来到了美丽的非洲心脏——东非大裂谷。这条长度相当于地球周长六分之一的大裂谷，气势宏伟，景色壮观，是世界上最大的裂谷带，古往今来不知迷住了多少人。

大龙站在乞力马扎罗山下，让女儿金星尽情拍照，他大声说："看吧，这里就是东非大裂谷，我身后就是非洲最高山，今天我来到了它的脚下，明天我就要征服它！"

大龙说完放声大笑。小娅在一边悄声对杨明说："成功人士是不是都这么豪放呀？"

杨明笑了，说："当然了，事业上失败的人哪有勇气说这种大话呢。"

他们穿行大裂谷来到了肯尼亚，在兰托里营地坐上了直升机，很快升到千米高空以上，这时放眼鸟瞰，脚下的非洲大地如同展开的伊甸园画卷，美丽极了。飞机来到纳库鲁湖的上空，二百多万只火烈鸟在湖畔栖息，如同一片粉红色海洋。大龙对驾驶员说："请飞得低一些，我们要拍照。"

"好的。"

直升机降低了高度，螺旋桨的声音惊动了火烈鸟，它们一片片飞了起来，顿时遮天蔽日映红了半边天。飞机上的两家人全被震撼了，大龙说："天呀，我头一次看见这么多鸟一起飞翔。"

"太壮观了！"杨明也激动地说。

金星和小娅拿着照相机拼命地拍照，唯恐落下那美丽的瞬间。

看过火烈鸟，飞机在天上转了个弯儿，又带着他们来到了麦加底湖的上空，这个湖是约一百平方公里的盐碱湖，雨季期间，雨水冲击着湖底，翻起来含有各种颜色的化合物，产生出了五光十色的造型，不断变换着，有时它们像太空熔岩，瞬间变成了星河流动，须臾又如同梦幻飞行。此时湖面变成了火红色，红彤彤的美轮美奂。大龙说："快看，这湖面像铺满了红玫瑰的地毯，像股票指数全封上了涨停板，也象征着我们集团的事业红红火火，杨明哥，你说是吧？"

"是呀，咱们中国人喜欢红颜色，看着就喜庆吉利嘛。"

直升机又带他们飞到了马赛马拉国家公园上空，一百五十多万头角马正在迁徙，这支大军浩浩荡荡，一眼望不到边，它们有的还在悠闲自得地吃草，有的已在一路狂奔。经过马拉河时，它们还要面对世界上最大、最为凶残的尼罗鳄的猎杀。

晨星眼睁睁地看见一只小角马被尼罗鳄一口咬住，难过得流下了眼泪，他把头扎在优莉怀里，痛苦地说："妈妈，小角马太可怜了。"

"儿子快看，小角马的妈妈冲了上来，它要从尼罗鳄嘴里救出自己的孩子。"

"是吗？"

晨星睁圆了眼睛使劲盯着河面，只见小角马妈妈一头顶在了尼罗鳄的嘴上，疼得它松开了嘴，小角马顺势挣脱出来。妈妈把孩子护到前面，母子俩拼命向河对岸游去，尼罗鳄跟在后面，几次试图咬住它，母角马都用有力的后蹄踢开了尼罗鳄的嘴。晨星在直升机上大叫着："加油！冲啊！"

两家人紧张地盯着命悬一线的角马母子，大龙不住地擦着额头上流下的汗水，杨明使劲攥着拳头，手心里全是汗。终于，小角马和妈妈胜利地冲上了河岸，晨星高兴地叫着，大龙和杨明击掌相庆，小娅一只手捂着还在狂跳不止的胸口说："真是太惊险了！"

大龙说："惊险才刺激嘛，每年都有大批游客来这里观看角马过河。它们不是天天过河，有时要等上两三天才能看到。咱们今天运气不错，正赶上这壮烈的一幕，不虚此行呀。"

非洲之行给两家人留下了美好的记忆，大龙的一掷千金让杨明产生了隐忧，在回国前一天，杨明拉着大龙在宾馆的咖啡厅里聊了起来。杨明说："兄弟，哥哥感谢你这次带我们全家玩儿了个痛快，真让我们大开了眼界呀。"

"您甭客气，今年咱们来了非洲，明年去南美，亚马孙河的热带雨林也挺有意思。"

"兄弟，你为人仗义，做事豪爽，这都没的说。只是我多少有点儿担心。"

"哦，您担心什么呀？"

"你这么大把花钱，花顺了手，一旦形势发生变化，要过紧日子的时候，你还能适应吗？"

大龙表情严肃了起来，说："您提醒得有道理，眼前形势发展这么好，还没有出现危机的迹象，我们还可以过一段舒心的日子。"

"从海南的发展形势看，这一两年确实挺给力，可全集团的发展有没有隐忧呀？"

"杨明哥，您是不是看出了什么问题，不妨直说。"

"我来龙氏时间不长，看得不一定准确。"

"您敞开了说吧，我认真听着。"

"这些日子给我的感觉是龙氏一直在扩张，不仅亚洲、欧美有了我们的企业，集团还准备在非洲和南美发展，我担心咱们集团拉的战线太长，负担过重。不仅占压资金大，在人力物力上也都吃紧。如果市场风云变幻，我们的资金链断了，那将使龙氏处于非常危险的境地。"

杨明的话让大龙震惊，这么严肃的问题他以前不是没想过，只是集团各个分公司喜报不断，容不得他想，他也不愿意想这种悲观的预测。今天杨明这么一说，还真让大龙后脊梁发凉，心绪不宁。

　　大龙说："杨明哥，谢谢您提醒。龙氏集团对外发展业务一直是优莉主管。据我了解，龙氏集团与南美和非洲的酒店建设协议已经签订，购买这两处地皮的首付款已经支付给了卖方。现在没有退路啦，如果我们不把后续资金补齐，之前的投资不仅白扔了，我们还要支付违约罚款，那可真成赔本儿赚吆喝了。"

　　"看来是骑虎难下呀。"

　　"是。一年前我对您说过，眼下集团主要利润增长点在海南，我们要用海南房地产赚的钱，支持集团在南美和非洲的项目建设。龙氏这盘棋能不能下活，杨明哥，就看您了。"

　　听了大龙这话，杨明愈加感到肩上的担子沉重，压得他有些喘不过气来。回国以后，杨明按照大龙的要求，狠抓项目建设，连续三年赢利，有力地支持了龙氏集团业务拓展。到了一九九三年，龙氏集团在非洲和南美的酒店工程都已开工，两个建筑的地基已经打好，马上就要大规模建设了，这正是需要大笔资金投入的时候，偏偏这时海南房地产大开发泡沫破了，很多房地产开发公司资金链断了，有些开发商卷款逃离，剩下了荒芜的土地、空置商品房和"烂尾楼"。

　　杨明感到问题严重，他约北京守成实业房地产开发公司董事长关世继先生在沙龙里见了面，杨明急切问道："关总，现在海南房地产开发泡沫破了，您看这是什么原因造成的？"

　　"老弟呀，前一段时间房地产投资太热了，大家看到这里好赚钱，都挤进来投资建房，资金通过各种渠道源源不断涌入海南，很多房地产开发商和购房人，不是为了度假居住的需要，纯粹是为了投机。可以说这里出问题的根本原因是投机性需求过度，换句话说就是房子盖得太多，哪儿有那么多买房的主儿呀，你盖了房卖不出去，还不上银行贷款，就只有破产。现在就如同滚雪球一样，破产的公司越来越多，这个教训很深刻呀。"

　　杨明低头想了想，觉得关总分析得很准确，让他揪心的是大龙来海南搞房地产开发也是一种投机行为呀。他抬起头看了看关总，问："关总，面对这种状况，您有什么对策吗？"

"在这里不好干啦，我们公司下周就回北京了，你告诉龙董事长，赶快撤吧。"

关总的话让杨明很紧张，他马上向大龙做了汇报。听到这种情况发生，大龙急眼了，他和优莉第一时间从印尼来到海南。见到杨明，大龙气急败坏地张口质问："你们怎么搞的，弄成了这种局面？"

杨明感到有些委屈，他说："这个局面出现，不是我们公司造成的，这是整个房地产行业内在的问题呀。"

"咱们公司现在业务上是一种什么状况？"

"咱们公司处境还不算差，有两栋楼花没有出手，公司账面上还有五千万资金。"

大龙想了想，用印尼语与优莉商谈了好长时间，杨明听不懂他们说了些什么，只见两个人从争论最后达成了统一，大龙对杨明说："我和优莉商量好了，咱们不从海南撤离，继续卖楼花，公司账上那五千万全部拿出来买'烂尾楼'。"

杨明吓了一跳，他紧张地问大龙："我没听错吧，你要买'烂尾楼'，它根本卖不出去呀，这个决定是完全错误的！"

大龙摇了摇头说："杨明哥，你没买卖过股票吧？"

"没有。"

"我看也是。没玩儿过股票的人就不知道什么叫'地板价'，更不懂得逆向思维。面对这么多'烂尾楼'，我们要反其道而思之，它们没人接手，价格就跌到了地板价，现在我们出手接盘，可以用白菜价收购大批优质资产，从成本上说是最划算的。一旦形势好了，我们再转手卖出去，价格会远远高于我们的收购价，到了那会儿能翻着番儿地赚个盆满钵满，杨明哥我保证你会数钱数到手软。"

"你这个想法有一定道理，问题是时间等不起呀。"

"为什么这么说呢？"

"买'烂尾楼'虽然便宜，可不敢保证近期就能卖出去，一旦砸在手里，我们那五千万就泡汤了，那是我们收的买房人的预收款，到时交不出现房给他们，又退不了款，人家把我们公司告上法院，我们就赔等着破产吧。"

大龙和优莉听杨明这么说，都很紧张，优莉问："依照杨大哥的意思，咱们怎么办呀？"

"现在只有撤退一条路可行。我们把预收款五千万退给买房人，把两栋未出售的楼花留下，以后形势好转了再卖出去，这样可以全身而退，没有多大损失，毕竟我们这几年一直在赢利嘛。"

大龙一听就急了，头上的青筋都鼓了起来，他近乎是咆哮着嚷道："一派胡言！杨经理，你这里全身而退了，你想没想过我非洲和南美的项目怎么办？它们现在就像两个嗷嗷待哺的婴儿，正眼巴巴指望着海南的项目赚钱去养育它们，你这儿断了奶，那两个婴儿非饿死不可！"

杨明听大龙这么对他说话很憋屈，他本想反唇相讥，可转念一想大龙真是遇到难处了，自己不能再火上浇油让他生气，平静地说："非洲和南美的项目可不可以通过项目抵押贷款的方式向当地银行申请贷款呀？"

大龙双手一摊苦笑着说："我们是以投资者的身份进入这两个洲的，协议上清清楚楚写着，'自筹资金建设'，当地很困难，从银行是贷不出这么大款项的。"

听大龙这么说，杨明也无计可施，他轻声说："看来最不愿意看到的事情发生了。前年我就跟你说过，一旦资金链断裂是多么可怕，你们为什么不早做打算呢？"

大龙生气地说："谁也不是神仙，没有先见之明，不要瞎埋怨了。"

优莉看到杨明面露愠色，赶紧拉了一下大龙的衣角，打圆场说："依我看，现在还没到山穷水尽的时候，咱们不妨死马当活马医，再搏一把，先按龙董事长的意思办，不行再想退路吧。"

"哪儿还有退路呀。"杨明小声叨咕着，一脸的愁云。

大龙这时冷静了下来，他拉着杨明的手说："杨明哥，刚才我有些冲动，言语上多有得罪，看在咱们好兄弟的面儿上，您多担待吧。"

杨明没再说话，只是默默地点了点头。

大龙和优莉心事重重地走了，杨明紧急召开公司全体员工大会，他说："各位同事，现在海南房地产的形势摆在这儿了，我也不想多说，只强调四个字'同舟共济'，希望大家不要气馁，朝着'山重水复疑无路，柳暗花明又一村'的美好前景共同努力。"

"杨总身上很有诗人气质呀，你搞房地产是干错行了。"余副总不阴不阳地说了一句。

"余总，你是老人了，你看下一步咱们怎么办呀？"杨明压着怒气问了他一句。

"这个公司又不是我说了算，甭听我的。昨天董事长两口子不是来了吗，你们怎么商量的呀？"

"龙董事长的意思是买'烂尾楼'……"杨明把大龙的想法跟大家说了。

大家听罢面面相觑，只见余副总一脸的阴笑，他说："这个世界上就怕遇上作死的，无药可救。看来龙氏房地产公司的好日子也过到头了，我是小孩撒尿，该挪窝啦。"

说完话他站了起来，冲着杨明说："杨总，本人才疏学浅，很不称职，请您向龙董事长报告一声，我引咎辞职啦。"

杨明的怒火实在压不住了，他一拍桌子说："站住！余先生，平时公司待你不薄，龙董事长也很器重你。现在公司遇到了难处，你不想着帮公司一把，带头撂挑子，你对得起公司和龙董事长吗？"

"杨总，你这么说话太过了，平时我鞍前马后的没少为公司出力，这几年公司赚了不少钱，请你掐着手指头算算，基本上都是我给出的主意，我对公司贡献不大吗？既然你说了让我帮公司一把，那我就再给你们尽份力，龙董事长不是说要买'烂尾楼'吗，我就给你介绍家价码最低的，鸿泰房地产公司有四栋住宅楼，十层大楼已经盖到六层了，总共三万平方米，你们把它买下来，将来准能卖个好价钱，这也算是我对公司最后的贡献。"

说完话他一甩手走了，殷科长等一批人都跟着辞了职，他们出了公司，余副总对那些铁杆追随他的人说："明人不在昏君手下做事。别人如今都在撤退，那个姓龙的却要一头扎进去，这不是作死嘛，咱们此刻不走，下个月就发不出工资了。古人说得好，良臣择主而事，良鸟择木而栖，现在龙氏房地产公司已是日薄西山，咱们不在他那儿等死，另谋高就吧。"

杨明回到办公室，看着空空如也的公司办公大楼，想着往日红红火火的办公场面，心里很不是滋味儿，他来到财务科，看到安科长和出纳员小赵还在办公，不免有些惊喜，他问道："你们俩怎么不跟着他们走呀？"

安科长说："咱们公司账上有一大笔钱，没和接替我的人办理交接手续，我怎么能走呢。"

杨明点了点头，觉得安科长说的是大实话，便对他说："安科长，现在业务不是很忙，公司的人也走得差不多了，满打满算也到不了十个人，中层干部就剩你一个人了，那咱们就得身兼数职，明天你随我去踅摸'烂尾楼'吧，看看能不能抄个便宜的。"

安科长皱了皱眉说："杨总，不能听龙董事长的，他这做法太离谱了，要不是听了他的打算，人还不至于走这么多呢，他出了个馊主意，是自杀行为呀！"

"他毕竟是董事长嘛，有他全盘计划，咱们明天先下去跑一跑，搞个调查研究，最后再做决定。"

第二天杨明带着安科长就转悠上了，他们跑了十多处建筑工地，大都是人去楼空，门口连个值班的都没有，好不容易见到一处工地有个门卫，杨明赶紧上去搭话："师傅，您这栋楼是谁建的呀？"

"广东老板建的。"

"您能跟他联系吗？"

门卫仔细打量了一下杨明问道："你找他干什么呀？"

"我想问问他这栋楼卖不卖？"

"你要买吗？"

"有这个想法。"

"你是干什么的呀？"

"跟你们是同行，也是搞房地产开发的。"

门卫一听，翻了翻眼珠子说："去吧，去吧，哪儿凉快哪儿待着去，别跟我这儿胡说八道。现在人们都甩楼，你要买楼，这不是神经病吗？别拿我们看门的穷开心，回头我真给老板找来了，您来一句'逗你玩儿呢'，我这饭碗就丢了。你呀，干点正经事去吧。"

杨明和安科长让门卫撵了出去，两人无奈地摇了摇头，杨明说："看来'烂尾楼'是臭街了，龙董事长决策有误呀。"

494

"确实不能买呀，要不然这几千万就糟蹋了。"安科长态度坚决地说。

"好吧，咱们不听他的，我替董事长做回主。安科长，你明天带着公司剩下的所有员工就做一件事，通知交了预付款的客户到公司来领退款，咱们连本带息退还给人家。"

"杨总，您真是个明白人，您这么做不怕得罪龙董事长吗？"

"我们这么做是为他好，我想他早晚会想通的。"

按照杨明的安排，交了预付款的购房人第二天开始陆续接到了通知，纷纷前来领取退款，人们在龙氏房地产开发公司门前排起了长队，大家都有些兴奋，有的说："现在净听说开发商卷款跑了的，还是头一次遇上主动退款的，这可真是个有良心的开发商。"

有的说："人家龙氏集团是跨国企业，办事就是规矩，以后买房还买他们家的。"

还有的说："人家办事这么义气，我也不为难他们，只要把我交的本钱退回来就行了，什么利息不利息，给不给无所谓。"

大家的议论，杨明都听到了，这更增加了他心中的底气，晚上回到宿舍，他给大龙写了一封长信，信中说："买'烂尾楼'绝对行不通，这等于是'饮鸩止渴'，就目前阶段来说，买了肯定卖不出去，只能是砸在手里，成为我们公司一个甩不掉的大包袱。而且交了预付房款的客户拿不到房又领不回退款，必然去法院告我们，这将加速我们公司破产，并且在国内主管部门留下不良记录，在国人心中留下恶名，这对我们公司今后东山再起，都会造成不小的阻力。

"我经过调查研究得出了上述结论，因此硬着头皮做出了违背董事长旨意的事，把钱退还了交预付款的客户，'烂尾楼'一栋也没买。这可能让你们感觉不快，我这也是不得已而为之。你们要是看到拿回预付款的客户兴高采烈的样子，听到他们对咱们公司各种良好评价，你们也会欣慰的。

"我来公司时间不长，回想自己这五年来的工作，感觉还是兑现了我当初的承诺，那就是没给公司捅娄子。这次给客户们退清了预付款，压在我们身上的包袱也轻松地卸掉了，我们龙氏集团海南房地产开发公司做到了既无内债又无外债，还清了全部银行贷款，并且还有两栋楼花属于我们公司的财产在海南地面上竖立着，将来形势变好了，建成它们卖出去，也是一笔可观的收入。

"龙氏集团海南房地产公司虽然保存了下来，遗憾的是它已经变成了一个空壳，人员都走光了。现在我也要回北京了，请董事长最近派接替我的人来海南和我办交接手续。在走之前，对于龙氏在非洲和南美的两处酒店建设项目，我提点建议：如果无力继续建设，就转手卖掉吧，不要让它们成了烫手的山芋。俗话说'留得青山在，不怕没柴烧'，只要龙氏集团能够保住，丢掉的失地，早晚还能夺回来。

"大龙、优莉、可爱的侄女金星、小侄子晨星，祝你们全家工作顺利，事业发达，生活幸福。我在北京为你们祝福，也希望与你们再次相聚。谢谢你们这几年来对我的关照，有空儿回太原会馆大院小住几日，和老街坊们说古论今。月是故乡明，人是故乡亲，你们什么时候回家，我们都欢迎。"

大龙看了杨明的信后哭了，他伤感地对优莉说："杨明是我的好大哥，他一直在帮我，咱们集团海南房地产公司他管理得多出色呀，公司没有一分钱欠账，还给我们留下了两栋楼花。这些年靠着杨明大哥兢兢业业地工作，给我们集团上交了四个多亿，他真是人才难得呀！杨明大哥，我谢谢你呀！"

优莉看大龙哭得那么伤心，劝解道："算了，以后条件具备了，再请他回来呗。"

大龙摇了摇头说："他不会回来了。杨明大哥自尊心很强，上回我说话不顾及他面子，说他没做过股票，不知道地板价，不懂得逆向思维，这些话都伤了他的自尊心。我真浑呀，杨明大哥是我们外经贸大学的高才生，这些简单的商业常识他怎么会不懂呢？我拿这些话来刺激他，也可以说是在羞辱他，他能不往心里去吗？所以他才坚决地回北京，我犯了个致命错误，就是失去了杨明大哥，我真是蠢死了。"

优莉也说："那天杨大哥为集团着想，出主意想办法，你说人家是一派胡言，这能不让他生气吗？我看这样吧，以后咱们找时间，一起回太原会馆大院，真诚地给杨大哥道歉，我想他会原谅你的。"

大龙听了这话，长出了一口气，说："太原会馆大院是我的家呀，虽说爷爷奶奶都走了，二龙也出国定居了，杨明大哥还在院里住着，秦大伯也在，院儿里的老街坊们我真想他们呀。"

这时秘书把一封电报交给了大龙，说："非洲酒店工地来电报催促工程款。"

大龙闻听此话犹如晴天霹雳，顿时愁容满面，两只眼愣磕磕地看着天花板，说不出话了。

第三十九章

　　一九九三年初秋，杨明从海南回到了北京，心情十分郁闷，一天到晚沉默不语。妻子小娅很理解他，想着法儿地跟他搭话，小娅说："遇事儿往开了想吧，不就是不在大龙那儿干了嘛，咱们再找别的事由，凭你的本事，还能闲得住吗？"

　　"唉，我不是想自己的事儿，我在想大龙啊。他在海南的房地产公司业绩那么好，说垮就垮了，想起来我心疼呀。"

　　"可也是，这几年你把心思都用在这家公司上了，没少操心受累，也没少给龙氏集团创利，现在遇到这么大的风浪，你还保住了公司没有倒闭，可以心安理得了。"

　　"有什么可心安理得的，公司虽说没有倒闭，也成了僵尸公司，半死不拉活儿的，龙氏根本没钱恢复公司经营。再者说，他们在南美和非洲的基建项目资金链断了，这可真够大龙喝一壶的。"

　　"算了，不在其位不谋其政，你就别瞎担心了，人家大龙和优莉都那么有本事，要不然他们也创建不了这么大的跨国集团，眼面前儿这些困难他们能对付。你闲着也是闲着，干点儿咱们家里的事儿吧。"

　　"家里有什么事儿呀？"

　　"昨天我归置屋子，翻腾出来了上海飞乐音响的股票，这一转眼快十年了，也不知道它作废了没有，你去营业部看看，要是没作废就卖了吧，儿子要结婚家里正等着钱用呢。”

“是那两千股面值一元的飞乐股票吧，当初我是觉着新鲜买着玩儿的，你要是不提呀我都忘了。”

杨明带上飞乐股票，去了股市营业部。中午吃饭的时候，他兴冲冲回来了，一进门儿神秘地对小娅说：“媳妇，你猜咱们那两千块钱买的飞乐股票卖了多少钱？”

“哼，不赔钱就冲北烧高香了。”

杨明乐了，从包里掏出了两大沓人民币，说：“你数数，溜溜儿两万块！”

“什么，翻了十倍，太棒了！”小娅高兴得眉飞色舞。

杨明兴奋地说：“早知道买股票这么赚钱，当初多买点儿就好了。”

“现在也不晚呀，拿这两万块钱当本，接着炒股呗，怎么说股市上赚的钱也比银行存款利息高呀。”

“话是这么说，你到股市营业部里转转，墙上贴着十个大字‘投资有风险，入市需谨慎’，你明白什么意思吧，投资股票高风险和高收益同时存在，有赚就有赔，到时候要是赔了钱，你可别后悔。”

“这个我心里清楚，我不是说了吗，你就用这两万块炒股，这里面就有两千块是咱家的本钱，其余都是股市赚的，你再赔能剩下两千块就不亏，如果赚了呢，不是更好吗？”

“媳妇，你说得还真是这么个理儿，我从明天开始就当专业股民了，你要全力支持我，不许打退堂鼓。”

“行呀，你去炒股吧，我不拉你后腿。”

中国股市自二十世纪八十年代中期，在改革开放东风的推动下，随着上海飞乐音响股票上市，股市的大幕徐徐拉开了。杨明虽说不上是第一个吃螃蟹的人，也算是最早的那一批股民了。

杨明是个有心人，在下决心炒股后，并没有一头扎进股市里，而是先去图书馆查阅资料，学习炒股的技巧。他在一大摞相关书籍中惊喜地看到了一本石磊写的《浅析股市投资技巧》，这个作者是他大学的恩师，外经贸大学金融学教授，自己大学毕业论文就是在石老师指导下完成的。杨明决定先回母校，找石老师当面请教。

第二天是星期日，杨明一大早就回到了母校。三十年前，他是这里莘莘学子中一位优秀的代表，在母校入了党，当了校学生会主席。小娅和大龙都是他的校友，他们经常漫步在学校林荫树下，探讨学术问题和人生价值。转眼三十年过去了，杨明看着母校的一砖一瓦、一草一木都备感亲切，不由得发出了长叹："母校啊，学生看您来了！您风采依然，我已进入天命之年。当年的年轻学子，如今两鬓已染霜啦。"

　　这时迎面走来了一位鹤发童颜，精神矍铄的老人，他穿了身运动服，足蹬白球鞋，似乎是刚晨练完正在舒展筋骨。杨明一眼就认出了这正是石老师，赶紧迎面走上来给老师深鞠一躬，说："石老师好，学生杨明看您来了。"

　　"杨明？你是当年的那个学生会主席吗？"

　　"石老师，您记忆力真好，您还给我指导过毕业论文呢。"

　　"可不是嘛，这一晃都三十年了，时间过得真快呀。"

　　"您身体真棒呀，还像当年那么精神。"

　　石老师乐了，说："哪儿的话呀，年过古稀老朽了。"

　　杨明把手里拎着的两个大网兜往上一举说："老师，我刚从海南回来，给您带了些当地特产，您和师母尝尝吧。"

　　"哎呀，客气了，你能来看看老师，我就很高兴了，还带这些东西干吗呀。"

　　"应该的，老师，我给您拎家里去吧。"

　　"好啊，到家里聊吧，回头让你师母炒几个菜，多年不见了，咱们喝两口儿。"

　　来到石老师家，杨明一看这哪是家呀，分明就是图书馆嘛，迎面是四个大书柜，摆满了各种书籍，桌子上、茶几上、沙发上、床头上到处都摆着一摞摞的书籍。在写字台上方墙上悬挂着两个条幅，是石老师手书的北宋文学家欧阳修的名言："立身以立学为先，立学以读书为本。"

　　杨明感叹道："学者的家充满了书香呀。"

　　"是呀，虽说我是研究金融学的，在我家里闻不到铜臭气。"

　　石老师幽默地说笑着，随手把他最近出版的一本新书《股市投资指南》递给杨明，说："这本书是我去年写的，你拿去读读吧，如果想买卖股票，会对你有帮助的。"

"石老师，我今天找您就是想请教股票买卖技巧，这本书对我太有用了。"

"想当股民啦？"石老师笑眯眯地说。

"有这个打算，石老师，我是个新手，很多方面都感到陌生，您看我在股市上应该怎么操作呀？"

石老师笑了笑，说："改革开放以后，咱们国家开设了股票市场，这是当前的新生事物，你作为新股民来说，确实是个外行。你入市的资金准备好了吗？"

"准备好了，先入两万块。"

"不是借的钱吧？"

"不是，是我卖了飞乐股票赚的钱。"

"那就好，股市最忌讳借钱炒股，这是反复证明的道理。一些人看到股票上涨牛市来了，别人都赚钱了，自己手也痒痒，梦想着在股市发大财，可自己手中钱不够，就跟别人借钱或从银行贷款，来到股市后满仓买入，等着赚钱。可他哪里知道股价已到高点，自己买了个顶。很快庄家开始出货，庄家一旦砸盘，手段是非常凶猛的，连续几个跌停板，别人根本进不去。股市也由牛转熊，再想等股价上涨要等好长时间，这时如果是自己的钱买的股票，虽然被套住了，也不用急着'割肉'，你可以忍着，进入'冬眠期'，等股市行情来了再出手，这样不容易赔钱。如果是借钱炒股，那就麻烦了，你借的钱还款期限到了，怎么办？只有'割肉'认赔出局。所以说绝对不要借钱炒股。"

杨明点了点头，说："我记住了，就是以后想增加投资，我也不借钱。"

"再有，不要用赌博心理炒股。买卖股票的高收益性，的确让很多人一夜暴富。可不要忘了，股市赚钱容易，赔钱更容易。当投资屡屡受挫时，有些人就急眼了，不惜背水一战，把资金全押在这只股票上，像赌棍一样加注，恨不得把自己的身家性命全都押上去。这么买卖股票风险就更大了，万一这只股票亏损，他就可能倾家荡产。赌博心理对股民来说是大忌呀！"

杨明认真听着，把老师的话一字不落地记在脑子里。石老师接着说："有人把股市看作是投机市场，用投机的心理和手法去炒股，这也容易赔钱。还是要以投资的心态去炒股，关键是买业绩好的公司股票，也可以说买股票就是买公司。举个例子说吧，国外有个老太太二十年前买了一万股可口可乐股票，之后就没去管它。二十年后，老太太要破产了，想起来这一万股可口可乐股票，拿到股市上卖了，老太太变成了百万富翁。"

"可真是呀，我十年前买了两千股飞乐股票，十年后卖了，赚了两万块。"

"所以说嘛，用投资的理念进入股市才能真正赚到钱。当然了，在具体操作方法上有很多种，比如说不盲目投资，全面分析你要买的股票价值，设立盈利点和止损点，不听流言蜚语，不信小道消息，逆向思维操作等都很重要。我给你讲个故事吧，有个老头在一家股市营业部门口卖煎饼，他用卖煎饼赚的钱也买了一些股票，做得特别好，总是赚钱。有人问他：'老爷子，你怎么掌握得这么好，总是低点买入，高点卖出呀？'老头说：'我也不懂买卖股票的道理，我就是按买我煎饼的人数来看的。买煎饼人少的时候我就进股市里买点股票，买煎饼人多的时候我就卖了股票，结果就赚钱了。'这个老头其实就是用逆向思维来炒股。买他煎饼的人少时，股市正是冷清的时候，这时股票价位低，老头就买些股票。买他煎饼的人多时，正是股市红火的时候，这时股价高，老头把股票卖了，正卖在高点，当然就赚钱了。"

"这么容易赚钱呀，那我明天也去股市营业部门口卖冰棍得了。"杨明说完话，他和石老师都乐了。

要说杨明一九九三年入股市赶的时机并不好，中国股市自这一年开始连续走熊三年，许多股票已跌到地板价。杨明在大盘前看到的是绿茫茫一大片，他试着以二十元价格买了一百股深发展，很快就被套牢了。杨明没敢再追加买入，眼光盯上了四川长虹，以十元股价也买了一百股，不久又被套住了。

杨明回到家，小娅看他情绪不高，问道："股票做得怎么样呀？"

"不怎么样，出师不利，买了两只股票都被套住了。"

"赔钱了？"

"没割肉，算不上赔。"

"那不就得了吗，你甭不高兴，冷静想想下一步怎么办呀？"

"我想出趟差。"

"上哪儿呀？"

"下个月四川长虹开股东大会，我想去参加，顺便仔细了解一下这个企业，好为今后做打算。"

"你买了多少长虹股票呀？"

"就买了一手，总共一百股，是最少限额。"

"这么说你是最小的股东了？"

"当然了。"

"那你干吗去参加人家股东大会呀，来回旅费可比买那一百股长虹股票花的要多，这么干划得来吗？"

"账不能这么算，要想大量买入一只股票，必须要弄清这个企业有没有前途，值不值得买，要把这些都搞清楚才能下手呢。我看好四川长虹这个企业，想买它的股票，必须要做调查研究。"

"哦，你是这么打算的，那你去吧。"

杨明很感激媳妇这么通情达理，他风尘仆仆地去了趟四川，参加了四川长虹股东大会，又对这个企业进行了全面考察，回来后，他高兴地对小娅说："媳妇，这趟没白去，我对长虹企业有了全面了解，它属于朝阳企业，有着光明的未来，我决定大量买进这只股票。"

"你看准了？"

"是。"

"那你就买吧，要是那两万块钱不够，再增加点投资也行。"

"是得增加，两万块钱够干什么呀，我想把大龙给我发的那八十万元奖金全投入进去。"

小娅听后吓了一哆嗦，说话的音儿都变了："用这么多钱炒股，太悬了吧？"

杨明乐了，他自信地说："八十万还算多呀，我在龙氏房地产公司做生意的时候，出手入手，都是上亿资金，本人见过大世面，不会被这点小钱儿吓着的。"

"这可不一样啊，你给公司办事，经手钱再多也是人家的呀，你现在动用的可是咱自己家的存款，万一赔了怎么办呀？"

"放心吧，我心里有数。"

杨明决心已定，在追加了投资以后，并没有急着买入四川长虹股票，而是又耐心地观察了一段时间，到了一九九六年年初，他看到四川长虹股票已经由两年前开盘价的 16.8 元，跌到了 7.35 元，下降幅度超过了百分之五十，眼看着成交量萎缩，技术指标显示出明显的 K 线底部形态，杨明感觉该出手了。他在 7.5 元的价位果断买入，一下买了十万股。杨明当时也是很紧张的，他在准备敲下买入确认键的时候，心跳加快满脸通红，敲键的一刹那，杨明不由得说了一句话："相信我的判断，天佑小股民吧！"

杨明买了十万股四川长虹以后，他本人很淡定，媳妇小娅却背上了个大包袱，她每天晚上都问杨明："长虹股价涨了没有？"

"今儿涨了五毛。"

小娅高兴得直拍手，说："真棒，一天就挣了五万，明天我请你下馆子。"

第二天她再问，杨明说："今儿持平。"

"算了，那就在家里吃吧。"

第三天杨明主动告诉她："今儿跌了七毛。"

"哎哟，七万块没啦，赔大发了，今儿晚上喝粥就咸菜吧。"

杨明让媳妇气乐了，他说："你别这么敏感好不好，你整天神经兮兮的，弄得我心里都乱了。我告诉你股市有个铁的定律，股价涨也好跌也罢，你不买不卖它就是个符号，什么时候你买卖键敲下去了，那时候才算数呢，是赢是亏才能看得出来。你把心放在肚子里，甭再想它了好吗？"

小娅让杨明说得脸红一阵白一阵的，自己也觉着挺没意思，索性不管股票的事了。

杨明去调研和分析是正确的，他买入四川长虹以后，这只股票表现不俗，一直在上升通道里运行，股民们评价说：什么时候买长虹都是对的，什么时候卖长虹也都是对的，因为它股价一直在上涨。

一年以后，四川长虹已经成了上海股市的领头羊，以至于当时股市里的说法是："沪市看长虹（四川长虹），深市看发展（深发展）。"

四川长虹股价已经飙升到五十元整数关口。杨明轻松地出了口气，这天下午他主动对小娅说："媳妇，今儿晚饭你别做了，咱们去顺峰吃吧。"

小娅惊喜地说："看来是股票赚钱了，我说得对吧？"

杨明点了点头说："涨到五十了。"

"啊？老天爷，咱们成百万富翁啦！"

"是呀，咱们现在是北京水萝卜——心儿里美呀！"

小娅高兴之余想起了杨明说过的话，又紧张上了，她说："杨明哥，你说过股价甭管涨多高，你不卖，股票都是个符号，也就是说咱们现在名义上是赚钱了，钱没到手不算数，过些日子又跌下去怎么办呀？"

杨明严肃了起来，他说："从 K 线图走势来看，长虹还处在上升通道里，各项技术指标都没有出现见顶的信号，还可以再持有一段时间，我心里已经设立了赢利点。"

"你准备什么价位出货呀？"

"咱们买长虹的本钱是 7.5 元，我准备 58 元以后陆续出货。"

"你是打算确保每股赢利五十元，是吗？"

"对。我争取从长虹这只股票上赚一巴掌。"

"五百万！"小娅说完话赶紧用手捂住了嘴，唯恐让外人听见。

杨明淡淡地笑了笑，说："别那么大惊小怪的，这只是刚起步，以后赚得会更多，你要学会习惯，处变不惊。"

没过多久，长虹的股价真涨到了 58 元，杨明果断地卖了五万股，股价到了 59 元，他又卖了三万股，股价到了 60 元的时候，杨明卖了最后两万股，全部清仓了。到了一九九七年五月，长虹的股价最终涨到 62.88 元，见顶了。杨明真真切切地从四川长虹这只股票上赚了五百多万元。

小娅为了表示对四川长虹的感谢，把家里彩电换成了长虹牌彩电，又置办了最时尚的意大利进口组合家具，杨明也开上了新款桑塔纳 2000，他是太原会馆第一个买了私家车的人。

杨明入股市四年，经历了股市大落大起的一波行情，他果断抓住了这个机遇，得到了丰厚的回报。股市里的股民向他请教赚钱秘诀，杨明说："我是一九九三年入市的，第一年股市出现大跌，大盘一片惨绿，我没急着交易，用了将近一年时间观察，与业内人士交流学习。一九九四年初试着买了一百股深发展和一百股四川长虹，被套以后没再跟进，又用了近两年时间去这两家企业和选中的其他上市公司实地考察，掌握了大量的第一手资料，看清了企业未来发展趋势。经过反复分析研究后我对投资四川长虹心里底气很足，因此一九九六年初长虹股价跌到地板价时果断满仓买入，并在一九九七年长虹股价见顶之前及时抛出，践行了'低吸高抛'的完美过程，我的这套做法正是人们常说的那句话：'机会总是留给有准备的人'。"

股民们纷纷点头称赞他的做法，人们给杨明起了个外号"杨长虹"，他听着心里美滋滋儿的。杨明在股市的成功被人们当成了神话，四处传开了。

太原会馆大院里的老街坊们，见杨明在股市上发了财，瞅着眼儿热，大家也都想让杨明帮着买卖股票。

第一个来找杨明的就是东院的刘婶，老太太着急地对杨明说："大侄子，我现在手头紧巴，你能帮着我从卖股票那地方挣俩钱儿吗？"

杨明看着白发苍苍的刘婶恳求的样子，心里十分不落忍，问道："刘婶，您缺钱花了，刘锋兄弟每月不给您钱花吗？"

"他一个当警察的，就那点儿死工资，他儿子上小学，每个月都不少花钱。原来呀我能干的时候，给街坊们缝些个喜活儿，挣俩子接济刘锋的日子。虽说给不了多少，也能顶个馋。可现在呀，我上了岁数，眼神儿不太好使，缝不了活儿了，这手头儿锅子进项也没有，有时候孙子跟我要钱买吃的，我都拿不出来。"

"我明白了，刘婶您是想从股市挣零花儿钱吧？"

"我就是这么想的，听院里街坊们说你可能挣钱了，小汽车都开上了，大侄子你行行好，帮老太太我一把吧。"

杨明听着心里一阵发热，他说："刘婶，我帮您挣钱，您放心吧。"

刘婶一听这话乐了，从怀里掏出了个小布包，打开包拿出来个存折，说："我这辈子就存了这两万块，全在这个折子上了，都交给你吧。"

"好嘞，我收下这个存折，您老就等着年底分红吧，我给您写个字据。"

"写那玩意儿干吗呀，我信得过你。"

刘婶说完话，高高兴兴走了。没过两天赵大婶也找上门儿来了，她对杨明说："大侄子恭喜你发大财了，我和你赵大爷都挺佩服你的。"

"赵大婶，您和赵大爷身体都这么硬朗真好。赵武和您那个俄国儿媳妇他们日子过得挺好的？"

"挺好，赵武结婚以后两口子五年里生了仨，两儿一女，小家伙可招人疼了。"

"嘿，赵武这步棋还真走对了。"

"大侄子，大婶我今天想让你帮个忙……"

杨明没容她说完就明白了她的意思，主动接过话茬说："大婶您是不是也想让我帮着炒股呀？"

"哟，要不说你这孩子能挣钱呢，脑瓜子就是聪明，我这话刚说了半句，你就明白了，我就是这么个意思。"

"行呀，您这个忙我帮了。"

送走了赵大婶，小娅不乐意了，说："我说你怎么谁的钱都接呀，炒股票是有风险的，你帮人家赚了钱那没什么说的，要是赔了钱呢，你怎么跟老太太们交代呀。"

"收了她们的钱，我就没打算让她们赔钱。"

"你敢保证回回都只赚不赔吗？"

"那是不可能的。赚了有她们的，赔了算我的。"

"你欠她们的呀？"

"话不能这么说，她们都是看着我长大的大妈大婶，从小没少疼我。现在老了，挣不了钱了，她们也渴望过上好日子呀，咱们家发了，伸手帮帮人家是应该的。"

小娅说："咱们院儿这么大，要是家家儿都找上门来，我看你怎么办？"

"老街坊们拿过来的钱加在一起也没有多少，只要是力所能及，我就帮大伙儿一把。"

打这以后，高小燕、张婶、王姨等几户街坊也纷纷找上门来，杨明是来者不拒，挨家收了钱打了字据，街坊们都高兴地走了。小娅把钱拢了拢一点数，十几家街坊送过来的钱总共不到三十万，她对杨明说："这钱加起来也不算个小数了，你找街坊们开个小会吧，每年怎么给他们分红最好事先说清楚，俗话说'亲哥们儿，明算账'嘛。"

"你这个提议很好，牵扯到钱的事儿，马虎不得。"

第二天下午，杨明把大家伙儿找来开了个会，杨明说："感谢大妈大婶阿姨们信得过我杨明，我今天就说两点，第一，您交给我的钱是平时您不常用的闲钱，因此放在我这儿您别着急，我把钱拿到股市上买股票，不是今天买了，明天就卖，要等行情来了才能卖。您平时甭老跑来问我卖了没有，我不好回答您。以往您把钱存银行死期，不可能三天两头去银行问您的存款吧，您把钱放我这儿就当是死期存款了。第二，我每年立冬那天给大家伙分红，分红多少按咱们实际赚了多少来定，赚得多就多分，赚得少就少分。我向大家保证两条，一个是分红的钱准比您存银行的利息高，再一个绝不让您赔钱，真要是没弄好赔了钱也算我的，大家不受影响。"

街坊们听杨明这么说都挺高兴，高小燕说："大侄子，你别这么干，这让我们心里不落忍。谁都知道股市有赔有赚，没有常胜将军只赚不赔的，我们有心理准备，真要是赔了，咱们大家伙共同担着，不能让你一个人顶着。大家说是这么个理儿吧？"

"没错。""赔了我们一起担着。"

杨明和小娅听着不住地点头，杨明悄声对媳妇说："你看老街坊们多通情达理呀。"

小娅也说："人家这么信任咱们，绝不能让他们失望。"

在杨明炒股赚钱的带动下，太原会馆大院的老少爷们儿也都对炒股有了兴趣，只是不像杨明那么成功，不少人赔了钱，其中玩儿得最惨的就算是大庆了。

大庆是养虫儿世家，祖上是山东人。当年家里的老祖爷曾经跟乾隆爷斗过蛐蛐儿，并被皇上赏赐了黄马褂。借着祖上的威名，大庆在京城养虫儿圈里很有名气，他家里养着蛐蛐儿、蝈蝈儿、金钟儿、油葫芦四大鸣虫，饲养出了"火赤链""盘龙翅"等名贵蛐蛐儿，"琵琶翅""寿星头"等珍贵的油葫芦以及铁皮蝈蝈儿、异色蝈蝈儿等好品种，在鸣虫儿市场上卖得很好。改革开放以后，大庆家的买卖做得更火了，他凭着卖虫儿赚的钱，买了住房和铺面房，小日子过得挺舒坦。

有一天，大庆正在店里招呼着客人，这时门一开德福来了，他是董二爷的老来得子，从小被董二爷和英子宠坏了，虽说已到了而立之年，好吃懒做，脑瓜子里整天想着发大财，净是白日做梦。他和大庆挺聊得来，有事没事都爱往人家店里跑，今儿个他来是合计买股票的事儿。

大庆看德福来了说了一句："兄弟，自己倒茶喝，我这正忙。"

"得嘞哥哥，忙您的吧。"

德福也不客气，拿起茶壶倒了杯小叶茶，自己津津有味地品了两口，起身欣赏着店里陈设。大庆这间店铺面积不小，足有七八十平方米，店门开在南边，北墙下是一对太师椅和一个茶几，墙上挂着四个条幅，上面画着梅兰竹菊四君子。东西两面全是柜台，上面摆满了澄浆罐、蝈蝈儿葫芦和装在一个个小玻璃盒子里的四大鸣虫儿。

德福拿起一个小玻璃盒在手里把玩，他对大庆说："哥哥，这个蛐蛐儿个头不小啊，足有一分大吧？"

"是，那是山东宁阳老家运过来的黑头。"大庆说。

"要说玩儿蛐蛐儿还得说人家山东，品种就是好，个顶个都有大将军的架势，要不为什么乾隆老佛爷都上山东溜达呢。哥哥，这个黑头怎么个要价呀？"

"给两万您拿走。"

"这么贵呀，哥哥您看我值两万吗？我便宜点儿，谁给二百五把我领家里养活去得了。"

德福说完话，屋子里的人都乐了。

大庆送走了客人转过身对德福说："兄弟，你是无事不登三宝殿，今天找我有什么事儿呀？"

"哥哥，兄弟我找您当然是好事儿了。"

"是不是又教我发大财的事儿呀，打住吧！这几年你可没少念秧子，我听着耳朵里都起茧子了。"

"这回可不一样。哥哥，杨明您认识吧？"

"那能不认识吗，捏面人儿杨老爷子的大公子。"

"没错，他炒股票发大财了您知道吗？"

"哟，这我还真不大清楚。自打前年我在外面买了房，就很少回太原会馆，个数来月我回院里看看我们老太太，点一卯就走，大院里的事儿，我们老太太也不怎么跟我念叨。"

"这就是了，人家杨明在股市不费吹灰之力就赚了一巴掌。"德福说着话向大庆伸出了五个手指头。

"不就是赚了五万吗，有什么呀，我卖俩虫儿就能赚这么多。"

"哥哥，您在五后面再加六个零好吗，这才是人家赚的钱。"

"五百万？这可不是个小数。你又胡侃吧。"

"千真万确呀，人家现在私人小汽车开得嗖嗖儿的，大院子里老太太们都把压箱子底儿的棺材本儿钱取出来了，交给了杨大公子，请他帮着在股市上赚钱呢。"

"这么说杨公子本事不小啊？"

"嘿，我听街坊们说杨公子前两年在海南搞房地产，他是公司大老板，一年赚好几个亿呢。"

"哟，我跟他这么一比是王奶奶和玉奶奶，差一点了。"

"可说呢，我要跟他一比是王奶奶和汪奶奶，差得不是一点了。"

"行啦，咱俩甭这逗咳嗽了，你找我有什么打算呀？"

"哥哥，我是这么想的，您这小买卖做得挺好，不愁吃不愁喝的，只不过都是小鼓捣油儿，每月挣的都是小钱儿，虽说小数怕加，您一年算下来也能挣个六位数，可来钱慢呀，您每天还得在店里盯着，一只虫儿一只虫儿地卖，不爽快呀。您手头能拿出钱来，在股市里炒一把，随随便便赚三五百个那不是手到擒来的事儿吗？"

德福给大庆说得心里直痒痒，大庆问他："买股票要筹措多少钱合适呀？"

"这随您呀，您多投就多赚，少投就少赚呗。我听说杨大公子最开始入了两万，结果赔了，后来人家一下子就投进去八十万，愣是赚了五百万。哥哥，虽说八十万不是个小数，在您来说也不是拿不出来吧？"

"凑一凑也八九不离十吧，可能还要动用一张死期存单。"

大庆说到这儿眼珠一转，问："兄弟，你净撺掇着我拿钱，你不出点儿血呀，怎么说这种好事儿也不能落下你呀。"

"哥哥，我跟您比不了，大小您是个老板，底儿比我厚多了，我就是个商店售货员，家里穷得咣当咣当的，可着我们家让您搜三天，顶多也就搜出我们老爷子泡的那坛'五毒酒'，别的什么都没有。"

"'五毒酒'是好东西呀，让董二爷做他几十坛，你卖出去钱就来了嘛。"

"哥哥，您饶了我吧，做几十坛'五毒酒'，那得抓多少蝎子长虫呀，我们家不成蝎子洞了。再说了，我们老爷子九十多了，还逮得了蝎子吗？"

"话说得也是。那你一个劲地提股票，你又没钱，过嘴瘾呀？"

"哥哥，我是这么想的，咱哥儿俩合起来做股票赚钱您看行不行？"

"可以呀，你多少得出点儿吧。"

"我就别出钱了，回头我要说出个三头五百的，您该说我装孙子了。"

"合着你是瓷公鸡一毛不拔呀。"

"不能够！我出信息，等同于技术入股了。"

"怎么个出信息法呀？"

"哥哥您没听说过股票市场上流传的说法吧，股市就是政策市，也就是说股价是随着政策波动的，上面的政策利多，股票就上涨，政策利空，股票就下跌。这时候消息灵通人士就特别灵光，他们跟上面的人有联系，可以在利多政策出台之前买入股票，利空政策出台之前卖出股票，这些人是股市的神仙，可以保证稳赢不赔。"

"是吗？股市还有这种人哪，你给我约约，我请他吃饭。"

"别价呀哥哥，你们俩一碰面我还怎么挣钱呀。"

"合着你要当我们的中间人呀？"

"不是那么回事儿，我的哥哥耶，我这叫信息传递，我得到内部小道消息告诉您，您该买就买，该卖就卖，事后您股票赚了钱，想着给我意思意思就行了。"

"说了归齐你认识股市神仙吗？"

"看您这话说的，没有金刚钻我敢揽这瓷器活儿吗？我不会平地抠饼，敢说从哥哥您这挣钱，我自有挣钱的门道。"

"是这话，那咱们说定了，只要我在股市挣了钱，绝少不了你的。"

"得嘞，哥哥您就赇好吧。"

第四十章

　　大庆原本是个很踏实的人，十几年来闷头鼓捣着小买卖，生意做得挺好，衣食无忧，手头也有些积蓄，买了住房和店铺，在外人看来他家已进入小康。只是大庆有个特点，争强好胜不服输，什么事都要争第一。这可能与他时常和人斗蛐蛐儿有关。他蛐蛐儿养得好，又能从山东老家调来好品种，在京城蛐蛐儿比赛中总能争出个子丑寅卯来。

　　改革开放以来，大庆属于太原会馆大院最先富起来的那拨人，他心中憋着股劲，要人前显贵，成为太原会馆大院首富。当听说杨明在股市挣了大钱把自己甩在了后面，大庆心里绝对不服，再经德福这通忽悠，他动心了，心说你能在股市上捞一把，我也能行。他把家里的现金和银行存单划搂一气，凑了三十来万，着急忙慌地入了股市。

　　大庆入股市的心态和杨明相比差距大了，杨明入市后先搞调研分析，摸清了企业的状况后才下手。大庆可不是，他直眉瞪眼的上来就想抱个大金娃娃，哪有那么好的事儿呀。

　　德福也没闲着，跟在大庆屁股后头上股市来了。大庆站在大盘面前看着红红绿绿的股票指数正发蒙呢，看见德福美滋滋儿地来了，就跟遇上救星似的，一把拉住了德福的手说："兄弟，你扫听到什么消息了？"

　　"哥哥，我问专家了，人家说买小盘次新绩优股能赚钱。"

　　"什么叫小盘次新绩优股呀？"

"好像就是刚上市，盘子小，业绩优良的股票。"

"眼面前儿这乱七八糟的一大堆，我看着都眼晕，买哪只股票好呀？"

"就买实业科技吧，我一哥们儿买这只股票发财了。他说这只股票盘子不大，他十块钱买的，三十二块钱抛的，挣了几十万。前些日子这只股票还给股东高分红十股送十股，股民都抢着买它。今儿个它才十五块钱，股价多低呀，哥哥您现在抄了它，再涨到三十块不就挣钱了吗？"

"可也是呀，实业科技以前三十多块，如今才十五块，多便宜呀，我就买它了。"

大庆在十五块的价位上买了一万股实业科技，他入市的三十万，立马儿就花了一半，敲下买入键后他对德福说："在股市上花钱真是容易，我这手指头一敲，十五万就花出去了，看来这三十万也不禁花呀。"

"哥哥，您花得多挣得还多呢，赌等着收银子吧。"

大庆听德福说得挺对心缝，可心里还是一个劲打鼓，自打买了这只股票后，连着几天夜里都没睡踏实。店里的生意也没心思打理了，每天让媳妇盯着，自己个儿天天往股市里跑。这只股票成心跟他过不去似的，股价一路阴跌到了十块钱。大庆蒙了，立马儿把德福找了过来，说："你让我买实业科技，还说让我等着收银子，哪有的事儿呀，眼看着股价往下跌，今天都到十块了，我的五万块说没就没了，这是什么破股票呀！"

德福也傻了，赶紧去问他哥们儿，人家告诉他，这只股票十送十后就稀释了，你们十五块钱买入的，实际上相当于分红前三十块了，买了个顶，要想不被套牢，就要摊低买入成本，在股价跌到底时再买呗。

德福弄明白了，他对大庆说："哥哥，跌了你再买吧，等股价涨高了以后再抛。"

"看来也只能这样了，那我现在就再买一万股？"

"您先等等，跌了再买更踏实。"

大庆听了德福的话又耐心等了两天，在股价跌到八块时，他沉不住气了，一下子又买了一万八千股实业科技，自己入市的三十万基本上全花出去了，手里没钱了，大庆也打蔫了。

过了些日子，实业科技股价反弹了，涨到二十块，大庆和德福都乐坏了，德福说："哥哥，按现在这个价位，您每股挣十块了，合起来赚了二十六万多了，可是没少赚，抛了吧，落袋为安嘛。"

"兄弟，你太小瞧哥哥了，二十几万就打发我了，姥姥！杨明不是挣了五百万吗？你那个哥们儿也挣了几十万，我算清楚了，等它涨到五十再抛，能挣个一百多万，这样用不了两年我准能超过杨明。"

"要说哥哥您就是气魄大，出手就打算挣个一百万，行，我真服您了。真要是一百万到手了，能给兄弟我分多少呀？"

"百分之一是你的。"

"得嘞哥哥，我挣一万是一万，您吃肉我喝汤呗，谢谢您了。"

德福高兴得脖子上青筋都鼓起来了，他低头一琢磨，又很担心，问道："哥哥，实业科技涨到五十，就等于分红前的一百块了，它涨得了那么高吗？"

"兄弟，炒股票就是赌博，得敢于下注，我就赌它涨到五十了，你看着吧，咱哥儿俩准能抱个大金娃娃。"

大庆对实业科技这只股票没有深入了解，用赌博的心态去炒股，犯了股市大忌，结果实业科技在涨到二十八块的时候股价见顶了，庄家开始疯狂抛售，连续跌停板。大庆还没弄明白是怎么回事儿呢，股价跌到了五块，他买入的两万八千股一股都没卖出去，全砸在手里，深度套牢。

大庆急得捶胸顿足，德福在旁边跟着唉声叹气，他埋怨说："我跟哥哥您说了，股价到了五十就等于以前的一百块了，不可能那么高，您不听劝呀，非要赌一把，结果把自己个儿玩里边了吧。您不能跟它赌，俗话说'十赌九输'，要见好就收。"

"德福，你小子别站着说话不腰疼，要不是听你瞎忽悠让我炒股票，我能把这十六万赔进去吗？"

"哥哥，别狗咬吕洞宾，不识好人心呀，股价涨时看把您乐的，嘴都咧到后脑勺了，那会儿您怎么不埋怨我呀？我介绍的股票不是没让哥哥挣到钱呀，架不住您太贪，总想抱个大金娃娃，太不现实了。"

德福嘴皮子利索，大庆说不过他，他的这通话就像小刀子似的，句句都扎在大庆的心上，把大庆气坏了，他用手一指德福说："行了，你小子别在这儿教训我，哪儿凉快上哪儿待着去吧。"

"哥哥，听人劝吃饱饭，我这不是为您好嘛。再说了您至于吗，就为这俩钱跟兄弟我翻脸，不值当的。"

"这俩钱？那是十六万，全是我一只虫儿一只虫儿卖出来的辛苦钱。你小子一分钱不掏还在这儿说风凉话，你气我呢！"

"哥哥我没那意思，您别把我往歪处想。"

"甭管歪了正了的，你给我走人吧。"

大庆一气之下轰走了德福，他在股市里更孤单了，连个商量的人都没有。大庆又是个不服输的主儿，他一不做二不休把自己住的两居室卖了，全家人没地方住，又搬回太原会馆大院和老妈挤在那两间平房里凑合住。

大庆把卖两居室到手的三十万全投入了股市，这次他没敢再买实业科技，他听股市营业部里的人说买垃圾股便宜，而且它们大都有重组题材，赶巧了用不了多长时间股价就能打着滚儿地往上翻。

大庆对这些小道消息深信不疑，他找了一只最便宜的股票，股价只有一块钱，一下子把钱全投了进去，买了三十万股垃圾股票。大庆心里不停地祈祷着，求这只股票股价往上翻，他心说，都一块钱了，股价不可能再低了，剩下就只有涨了，它涨一块钱我能挣三十万，它要涨十块钱呢，三百万就到手了。

大庆算得挺美，正应了那句话，"理想很丰满，现实很骨感"，也可以说是人算不如天算。在大庆买了这只垃圾股以后，股价始终没有起色，还没等到它涨呢，这家公司发了个公告，股票无限期停牌，大庆投入的三十万全搁了进去，想认赔出局都不行了。

大庆简直要急疯了，去死的心都有，回到家里摔杯子砸碗，打孩子骂媳妇，看哪儿都不顺眼。媳妇哭着求他："孩子他爸，你别闹了，钱没有人重要，你把儿子打坏了或者你自己个儿气伤了身子那多不值得呀。咱们摔个跟斗买个明白，吃一堑长一智，你看人家杨明大哥股票做得多好，年年给大院里老街坊们分红，全院人都念他好。你干吗不找他请教请教，让他给你出个主意呀。"

媳妇这几句话点醒了大庆，他垂头丧气地上大户室找杨明来了。

杨明自打卖了四川长虹股票赚钱后，更加坚定了他买有发展前景公司的股票，坚持买绩优股，到了一九九八年，杨明在股市的收益已经达到八位数了。他在股市上赚了钱，跟他合在一起炒股的大院里大妈、阿姨们也都受了益，老街坊们提起杨明，都伸出大拇指，说他是有本事的大能人！

这天大庆臊眉耷眼儿地来了，杨明看见他挺高兴，问道："大庆兄弟，买卖做得怎么样呀？哪天我去你店里买只蝈蝈儿给我们家老爷子听叫，他可喜欢了。"

"跟我还提什么买呀，明儿个我给你送家里去，再给老爷子带只油葫芦，冬天都能听叫。"

"哎哟，那可太谢谢你了。兄弟找我有事儿吗？"

杨明这一问，大庆脸红了，他吞吞吐吐把自己在股市上赔钱的经过一五一十都说了。杨明听后说："兄弟，你胆儿可真大，对你买的股票根本不了解就敢往里投钱，你错就错在用赌博的心态去炒股，还听信小道消息，能不赔钱吗？当初你怎么不来找我呀，我给你推荐几只有发展前景的股票，你拿在手里放心。"

"我最开始也挣着钱了，想跟你似的在一只股票上挣它个几百万，结果被套牢了。"

杨明乐了，说："兄弟，股市忌讳贪，你净看我挣钱了，你知道这些年我去上市公司调研花的差旅费有多少吗？都在五位数以上了，你看看这一柜子都是上市公司的各种材料、报表，我天天都在研究它们，就像古人说的'知己知彼，百战不殆'嘛，这一点兄弟你做到了吗？"

大庆红着脸摇了摇头，杨明接着说："在股市想挣钱得有个学习过程，你赔进去的钱，就只当是交学费了吧。通过不断总结经验教训，你就摸清里面的门道了，正像金老爷子说的有个'渐悟'的过程。"

大庆不住地点着头。杨明最后说："兄弟你买的实业科技和这只垃圾股我给你查查他们的资料，明儿个我告诉你，看看接下来该怎么操作。"

第二天大庆又来了，杨明对他说："实业科技今年业绩下滑，前一段时间它股价之所以创新高，那是个多头陷阱，主力手法很隐蔽，新手看不出来，在追涨心理作用下，很容易被套，你不幸中招了。"

大庆在旁边听着冷汗流了下来，他急切地问："我现在怎么办呀？割肉出局吗？"

"先别急着抛出，往往多头陷阱之后跟着还会有空头陷阱，市场主流资金大力做空，通过盘面明显疲弱的形态，诱使投资者恐慌性抛售股票，主流资金暗中吸货，以极低的成本买入股票后，为下一次拉高出货做准备。你要是再中了空头陷阱的招儿，那离倾家荡产可就不远了。"

"杨明哥，我听您说得头头是道，我是啥也不懂呀，跟个大傻帽似的在股市里瞎撞一气，赔了钱也是活该，自作自受呀。哥哥，您看接下来我怎么办呀？"

"可以采取两种对策，一种是按兵不动，等庄家拉高出货时你把它卖了就行了。这得有耐心，要等段时间，好在你不是借钱炒股，用自己个儿的钱买股票你等得起，这些日子你就歇了吧，先别去股市，省得看着大盘心烦。你要调整好心态千万不能再贪了，只要解套就果断出手把股票卖喽，要是不卖再被套，那就得等到猴年马月了。第二种方法换股，找新的上市公司，股价与你手里股票价格差不多，抛了旧的股票，买这些新股票。一般来说新上市的公司，还没有炒过，总会有一波行情，要找市盈率低的股票买入，股票市盈率过高，就有泡沫了，这种股票沾不得。"

大庆这回是彻底服了，心说难怪人家杨明挣钱，他脑子多清楚呀，他的股票知识够我学几年的。大庆又问杨明："您看我买的那只垃圾股停牌了，怎么办呀？"

"这个你不能太着急，咱们国家上市公司资源很紧俏，目前还没有直接退市的，一些上市公司业绩不好出现了股价下跌或是股票停牌后，往往会找业绩好的公司资产重组，重新上市。你买了这只垃圾股不至于血本无归，早晚有收回本钱的一天。你得有耐心，关注这家公司发布信息就行了。"

杨明说的话让大庆心里舒坦多了，他再也没敢以赌博的心理买卖股票。经过一段时间的等待，杨明的话应验了，实业科技股价又拉升了，刚一解套，大庆果断地把它全卖了。那只垃圾股最终重组上市，大庆赶紧全部抛出，他在股市上虽说没挣到钱，也没赔多少，教训却是很深刻的。大庆不敢再玩儿股票了，退出了股市，继续经营他的老本行四大鸣虫儿生意去了。

时间过得真快，转眼到了一九九九年十二月，太原会馆大院的街坊们在祥和的日子里准备进入新世纪了。院子里最高兴的就是金老爷子，他是一八九七年生人，到了二〇〇〇年，老爷子一百零三岁了，他经历了三个世纪，世间少有。他的老兄弟董二爷，一九〇〇年生人，到了二〇〇〇年也一百岁了，这二位百岁老人是太原会馆大院里最受人敬重的老爷子。董二爷身边有老伴儿英子伺候，日子过得挺舒坦。金老爷子独身一人年事已高，身边没人照顾不行，常三爷和高小燕一商量，把保定老家常老七的孙女小红请来了，给金老爷子当保姆，小红姑娘二十出头，干活勤快，手脚麻利，把金老爷子照顾得舒舒服服的。

这一天董二爷由英子搀扶着找金老爷子聊天来了，老哥儿俩回首往事真是感慨万千呀。金老爷子说："董二兄弟，咱老哥儿俩命大，赶上好时候了，这一晃都是百岁老人了，不易呀！"

"金大哥，您还记得我当年说的吗？咱老哥儿俩都得养好了身子，谁也不许先走！"

"现在社会上对老年人真好，我们争取多活几年，看看国家的新变化。"

董二爷说："别看我一百岁了，电视里播的很多事儿我都看着新鲜，没活够呀。"

"是呀，想想院子里的老街坊走了不少啦，自打他张大妈走了以后，大龙的爷爷奶奶走了，西院的李大爷活了七十七岁，走得早了点儿，老郭两口子也差不多这个岁数没的。赵大爷、赵大婶去年秋天前后脚走的，老铁两口子和秦老板也没熬过去年冬天，今年开春常老大在保定老家走了，最可惜的就是杨明的爸爸杨世春老爷子，上个月走的，差一个月他就赶上新世纪了。"

"金大哥，现在太原会馆大院里就剩下咱老哥儿俩岁数最大，往下数就得算张喜子和田福余了，就连他常三爷也都八十多了。在女的里面寿星老就算东院刘婶了，八十好几了，我们家英子和高小燕也奔八十去了，您说这一茬人没感觉怎么着呢，说老都老了。"

"这就叫光阴似箭日月如梭嘛。要说现在这好日子口儿，人们都长寿了，九十多岁不算新鲜，搁以前人活七十古来稀的年代，像咱老哥儿俩能活到一百岁，做梦都不敢想呀。"

老哥儿俩正聊得高兴呢，常三爷和高小燕来了。如今的常三爷头发全白了，身子骨儿还很结实，腰不弯背不驼，走起路来挺胸抬头，看他那架势哪像八十多岁的人呀。高小燕也不显老，眼角虽然长了鱼尾纹，但二目依然明亮，脸上一个老年斑都没长。他俩今天甭提多高兴了，添了大孙子啦，小家伙白白胖胖，八斤多重，特别招人喜欢。

要说常小虎和沈悦两口子也不算年轻了，自从一九八三年他们结婚以后，在生育下一代上特别不顺利。一九八八年，两口子结婚五年后，沈悦才怀上孕，可是一次意外的车祸让沈悦流了产，自此以后沈悦就落下了习惯性流产的毛病，前后怀了三胎都没落住，把常三爷和高小燕愁得没着没落的。常小虎带着沈悦遍访名医，寻求良方妙药，一位老中医给他们开了很对路的药方，并嘱咐他们不要再急着怀孕，要吃他开的药调理五年以上，再考虑怀孕的事。

常小虎和沈悦也真有耐心，坚持不懈地吃药调理，结果在他俩结婚十六年后总算喜得贵子，这时常小虎已然到了知天命之年，沈悦也四十七岁了，真是很不容易，全家老老少少都万分兴奋，常三爷和高小燕老两口特来向金老爷子报喜，高小燕说："干爹，告诉您件大喜事，我们家小虎有儿子了，您老又见一辈人，四世同堂了。"

"哎哟，这可是大喜事儿呀，孩子办满月时正赶上新世纪的到来，咱们可得好好庆贺庆贺呀。"金老爷子高兴地说。

"是呀，我想按武林方式，广发英雄帖，把太原会馆大院在外工作的街坊们都请回来，一个是给我孙子办满月，更重要的是一起庆祝新千年到来，您看怎么样？"常三爷说。

"这个主意好，咱们大院很多孩子们搬出去住了，我常年见不着，这一说还真想他们。就拿小虎这孩子来说吧，今年都五十有余了吧？"金老爷子问。

"小虎五十二了。"

"你看看，这孩子刚从保定来的时候才两岁多，这一晃五十年过去了，想想就跟昨天的事儿似的。"

董二爷也插话说："可不是吗，拿孙福来说吧，都六十八了，也成个小老头了。"

说说笑笑中，这件事就算定下来了。高小燕回到家里以金老爷子的名义给太原会馆大院里能联系上的街坊们写了邀请函，请大家共度千年岁末，见证新世纪到来，时间就定在了一九九九年十二月三十一日晚上，地点在宣武门饭店。

金老爷子在太原会馆大院德高望重，大伙儿想着能和这位走过三个世纪的老人一起迎接新千年的曙光，都感觉特有意义，纷纷从四面八方赶回来了。

十二月三十一日这天下午，宣武门饭店的餐厅里特别热闹，常三爷、高小燕带着杨秀琴、常小虎、骨力儿、胖丫、秦玉和小妮一大帮人早早就来了，把餐厅布置得既温馨又浪漫。高小燕还是请杨明当主持人，他高兴地应承了下来。

杨明特地准备了一本精美的签到簿，请街坊们留言签到。刚布置妥当，大龙、优莉和女儿金星走进了大厅，他们一家三口从印尼巴厘岛赶来的。杨明和大龙四目相对，两个人的眼圈都红了，他俩紧紧拥抱在了一起。大龙说："杨明哥，我们总算又见面了，真想你呀！"

"我也很想你们。怎么样，非洲和南美的那两个基建项目后来落听了吗？"

"全赔进去了，总共赔了十个亿。"

"赔了那么多，我不是写信让你出手卖了它们吗？"

"另一方不配合，他们就想让我们违约，吃我们的罚款，我们联系的一些买家都让他们阻挠了，最后过了期限，法院判我们违约，给予基建造价三倍的罚款。我当时是叫天天不应，叫地地不灵呀，不得已我们把在欧美的酒店产业都卖了，才凑足了罚款。龙氏集团受到了致命打击，险些倒闭，最后还是靠优莉一些生意上的朋友仗义相助才把集团保全下来。我们龙氏集团现在又回到了原点，企业只剩下印尼和新马泰这几家酒店，员工也由上万人减少到不足三千人。唉，都怪我当时没有听您的劝告呀。"

"难关总算过去了，往前看吧。"

"教训太深刻了，我当初去海南炒房，走上了风险极大的投机扩张道路，把宝押在了海南房地产的收益上，结果资金链断了，险些断送龙氏集团呀。"

"还得按经济规律办事，要不然就会吃大亏呀，这个惨痛的认识过程就是金老爷子常说的'渐悟'的过程呀。"

"金老爷子身体怎么样啊？我们都特盼着见到这位三世纪老人，我女儿金星说'金爷爷是世界奇迹'呢。"

"是呀，老爷子一会儿就来了。"

优莉这时走上来说："杨大哥最近忙什么呢？"

"我炒股，当专业股民了。"

"我听说这几年在股市赚钱不容易呀。"

"还行吧，我在股市没怎么赔钱。"

大龙看到杨明自信的神态，凑到他耳边问道："哥哥在股市赚了多少？"

"不多，也就是八位数吧，跟你们跨国集团没法比呀。"

优莉在一边听得真切，她拉了一下大龙衣角说："董事长，你看看杨明哥多有本事，现在要想请他，不给他准备八位数报酬人家是不会来的。"

杨明笑了，说："哪儿的话呀，就冲咱们这交情，你们真是需要我，不给钱我也去。"

"我哪敢请您当义工呀，到时候小娅嫂子该说我们是抠门公司了。"

杨明笑了笑，问："晨星怎么没来呀？"

"他在大学里学习挺紧的，不方便请假，让我们给各位长辈带好。"

"这一晃儿晨星都上大学啦，是哪所大学呀？"

"牛津。"

"世界名牌大学呀，晨星太有出息了。"

"让他上牛津我有个打算，将来他毕业，就留在欧洲，我们龙氏集团还要把那里的酒店业务恢复起来，这一摊子就让晨星负责。"

"想法不错，大龙，看来你是不服输呀。"

"杨明哥你不也是这样的人嘛。"

大龙说完，两个人都笑了。

这时候就听有人喊："铁县长来了！"

众人回头观看，原来是铁豹和张红来了，这两口子现在都在山西沁县任职。原本他俩在大学新闻专业毕业后，都分到了北京的新闻单位工作，一个在报社，另一个在杂志社。由于工作表现好，成绩突出，他俩先后被提拔担任了新闻部主编和采访部主任。

张红的父亲张德忠将军离休后，很想回当年他打鬼子的革命老区太行山看望乡亲们，张红和铁豹陪着老人家去了沁县东岭村，这也是他俩插队的村子。乡亲们看见当年八路军的张团长回来了，全村沸腾了，扶老携幼都出来迎接，耿书记和张将军紧紧握着双手，两人都激动万分，耿书记说："老团长，可把您盼回来了，乡亲们想您呀！我们经常向娃儿们讲八路军的张团长带着他们团，从日本鬼子机枪下救了我们全村人的命，娃儿们都吵着让我带他们去北京看望您呀！"

张将军动情地说："在那场战斗中我负了重伤，是咱们东岭村的乡亲们把我从战场上抢救回来，喂水喂饭，洗衣换药，才保住了命，我这辈子也忘不了东岭村的乡亲们。"

耿书记说："您家的俩娃儿张红和铁豹接了革命的班，他俩在我们村劳动、入党、考上了大学，乡亲们可夸赞他俩嘞。"

"他们俩也常说，是东岭村的小米养育了他们，总想找机会回来报效乡亲们呢。"

"那可太好了，咱们革命老区太需要他们这样的好青年带着乡亲们奔小康嘞。"

耿书记这句话，张将军记在心里了。回到北京后，他对张红和铁豹说："太行山的乡亲们在战争年代无私地支援八路军打鬼子，在和平年代又接受和培养了你们。吃水不忘挖井人，他们现在生活上还很艰苦，你俩有机会要去帮帮他们。"

铁豹和张红记住了父亲的嘱托，这一年正好组织上安排新闻单位党员干部去革命老区挂职锻炼，他们两口子都报了名，去太行山区工作三年。

三年工作结束后，当地政府对他俩的工作表现非常满意，一再恳请他们留下来，张将军和老铁都很支持。他俩就留在了沁县，组织上安排铁豹当了副县长，张红当了县委宣传部长。他俩长年工作在外地，心里时常思念太原会馆大院里的亲人和老街坊们，接到高小燕的书信，立马儿赶了回来。

高小燕赶紧走过去拉住张红的手说："晒黑了，还是那么漂亮！"

"高姨看您说的，我都奔五十的人了，您还把我当小姑娘夸呢，让人多不好意思呀。"

铁豹这时说："你才四十几，别把自己说那么老，在我眼里你跟当年没什么两样。"

这时餐厅门口一阵喧闹，孩子们呼喊着："乌拉！娜塔莎回来了。"

大家瞅见赵武和娜塔莎拉着他们的两儿一女高高兴兴地来了，侯魁和小宝儿跟着他们也进来了。杨明赶紧走上前对娜塔莎说："滋得拉斯特为接，大瀑落拔拉娃起（你好，欢迎你）！"

　　娜塔莎笑了，用一口纯正的京片子说："杨哥，客气了您哪。"

　　大伙儿都乐了。

　　杨明说："这京腔京味儿绝对是赵武教的。"

　　赵武说："我还真没教过她，人家是自学成才。"

　　侯魁说："她还没学到家，不分场合，在哪儿都敢招呼这一套京片子，那天我刚从厕所出来，碰上娜塔莎，人家张嘴就来一句：'侯哥，吃了吗您哪？'"

　　大家是哄堂大笑，娜塔莎臊得满脸通红。高小燕走上来摸着孩子们的小脸儿说："这几个小朋友长得真好看，他们三个都几岁了？"

　　娜塔莎说："老大十岁，老二八岁，小女儿五岁。"

　　杨明说："中俄联姻孩子漂亮又聪明，就是不一样啊。"

　　这时又有人喊道："孙校长来了！"

　　大家扭头一看，孙福和小凤儿来了。如今的孙福已然是三所希望小学的校长了。他这几年古玩生意做得风生水起，手里那几件值钱的古董都出了手，元青花大罐和清早期的二龙戏珠瓷盆让上海的一位收藏家收了去，那一屋子明清家具合在一起被广东老板收走了，孙福已然成了亿万富翁。

　　孙福手里有了钱，媳妇小凤儿提醒他说："有钱了也别瞎嘚瑟，咱们把赚来的钱用在正地方，多做些善事。再说了，这里还有老郭家的一份呢。"

　　"凤儿啊，我心里有数，你看我的吧。"

　　孙福说到做到，他把小宝儿从俄罗斯叫了回来，把当年从他们家拿走的元青花大罐和二龙戏珠瓷盆的事原原本本说了一遍，并当场开出了一张支票递给了小宝儿。孙福说："以前我跟小凤儿说过，从你们家拿走的这两件玩意儿，甭管卖了多少钱，我都跟你们郭家二一添作五，咱们一家一半，这是你们家的那一份。小宝儿兄弟，你代表全家拿走吧，回去和你那几个姐姐分分。"

　　小宝儿脑袋摇晃得跟个拨浪鼓似的，他说："孙福哥，谢谢您这份好意，这笔钱不能算我们家的。我知道古玩行里的规矩，捡漏儿就是捡漏儿，没有吃后悔药的。当初我们家根本不知道这两件瓷器的价值，指不定哪天就摔了或是卖给收废品的了。孙福哥您慧眼识珠，把这两件瓷器保护起来，也就是捡了漏儿，它们就是您的，您卖多少钱跟我们家一毛钱关系都没有。您甭替我们家想，我们家里人都不是见钱眼开的主儿。"

"小宝儿兄弟，要不这么着吧，你现在也开着公司呢，我用这笔钱入股你的公司，你想怎么用就怎么用。"

"入股当然可以了，您这笔钱投进来就是第一大股东了，我们公司以后怎么经营可就是您说了算了。"

"不能够！我给你写下字据，入股但没有经营决策权，这样可以了吧？"

"谢谢孙福哥。"

要说孙福这些年来没少做善事，就拿他对严老先生来说吧，真是让人另眼相看。有一天早上，孙福从店里出来，冷不丁看见门前石头台阶上躺着一位老先生，衣衫不整胡子拉碴，病病歪歪的。孙福吓了一跳，上前摸了摸老人脑门儿，有些发热，他赶紧把小凤儿叫了出来，公母俩把老人搀扶起来，孙福说："别在这儿躺着呀，容易着凉，先让这位老爷子进店里歇会儿。"

老人进店里坐稳后，孙福给他递上杯热茶，老人一口气全喝了，小凤儿投了把热手巾让老人擦了把脸，老爷子这才缓过神儿来。他睁眼看了看孙福说："孙老板谢谢您。"

孙福吃了一惊，问："老先生您认识我？"

"看来孙老板是贵人多忘事呀，您不认识我啦？我姓严。"

孙福这才看清，这位老人是自己的忘年交严老先生。孙福是百感交集，他一把拉住了老人的手，说："老爷子，敢情是您呀，都怪孙福眼拙，真没认出来您，恕罪，恕罪。咱爷儿俩这一晃有二十年没见面了，您老今年高寿？"

"八十了。"

"怪不得呢，您跟二十年前变化不小呀，您老挺好啊？"

"好什么呀，老伴儿五年前走了，剩下我这糟老头子，虽说膝下有儿有女，全是一群白眼狼。他们把我当成迟累，谁也不想管我，特别是我那个混蛋儿子，他现在也是古董商，他还记着我当年把家里的老玩意儿卖给了你，他骂我是'败家子'，一天到晚不给我好脸子。昨天晚上他又把我从家里骂了出来，我走投无路，想跟您吐吐我心里的苦水儿。走到这儿看见你们家店关门上板儿了，我就在外面的台阶上忍了一宿。"

孙福听着眼泪流了出来，说："老爷子，我当年就说您手里的老玩意儿是好东西，您就踏踏实实留着吧，可您非要出手，那么便宜就给卖了，怪可惜了的。"

"唉，我当时胆儿小，怕这些老玩意儿在'破四旧'中给家里招来灾祸，也是为了一家老小的平安，才狠心卖了它们。我家里这几个狼崽子根本不明白当时的处境，心里就盘算着钱，说要不是我当年冒傻气，他们今天都发财了。就这么着，他们一提起发财的事，就没大没小地数落我，我净受他们的气啦。"

严老说完话泪如雨下。孙福心里很不是滋味儿，他想了想，说："老爷子，我从您手里买来的老玩意儿都出手了，确实赚了钱。您看这样成不成，我在香山脚下建了个养老院，上个月刚竣工，我把您接过去住，每天有护理人员照顾您，吃、住、看病您老一个子儿都不用花，您就把我当成亲儿子，我管您老一辈子。"

"孙老板，您真是个大好人呀，我老头子谢谢您了。"严老先生含着泪笑了。

此后，孙福又在山西、河南和唐山陆续建了养老院。他还建了三所希望小学，专门接收孤儿、下岗职工子女和贫困家庭的孩子入校读书，他们的住宿费、学杂费、书本费、饭费，全免。在社会上引起了极大反响，孙校长——慈善家的美名也传了出去。

大家看见孙福来了都爱跟他逗两句，德福说："大侄子，你可是大慈善家呀，新千年就要到了，你打算捐什么呀？"

"我打算把你捐出去。"

"跟你叔我这狗戴嚼子胡嘞是不是？"

"怎么是胡嘞呢，你一天吃这么多，我把你捐出去，董二爷得多高兴呀，一年省下来的粮食能养两头猪了。"

"哇！"众人对孙福机智幽默的对答拍手称快，德福弄了个灰头土脸儿，闪一边去了。

"董二爷来了！"

随着喊声，董二爷坐在轮椅上，英子在后面推着进来了。大家是鼓掌欢迎，董二爷双手抱拳，高兴地说："老街坊们都来了，咱们今天一块堆儿乐和乐和。"

街坊们纷纷走上来向董二爷问好。张喜子、田福余、刘婶和儿子刘锋、秋萍和女儿秦坤、徐大婶和女儿小娅、李松、李菊、李杉跟在董二爷身后走了进来。这时就听见个大嗓门的人说道："给大家拜年了，新年快乐！"

说话的是王大彪，他带着二愣子、小全、老疙瘩等天桥跤行里出来的老哥儿几个来了，餐厅里顿时就热闹了起来。

杨明这时大声宣布："各位，请大家起立，让我们隆重欢迎三世纪老人、德高望重的金老爷子入场！"

随着话声，金老爷子坐在轮椅上让大庆推着，小红跟在后头走了进来，街坊们热烈鼓掌欢迎。

金老爷子很高兴，他颤颤巍巍地说："在有生之年，还能跟全院的街坊们欢聚一堂，真是太好了。我一百多岁啦，在咱们太原会馆大院里是最年长的人，让人高兴的是今天还有一个太原会馆大院最小的人儿跟我们一起庆祝新千年的到来，他就是常小虎刚出满月的儿子，我的重孙子也来了。小燕呀，小孙子叫什么名字呀？"

"他叫常久。"

"这名起得好，谐音就是长长久久嘛，不错。这孩子来了吗？"

"来了。"

随着一声答应，沈悦抱着常久出现在众人面前，大家争先恐后地围了上来，只见小家伙在襁褓里甜美地酣睡着，金老爷子看着孩子慈祥地笑了，说："别把孩子鼓捣醒喽，让他睡吧，明天他一睁眼，新千年就到了，这一觉睡了两个世纪，也可以说睡了两个千年，等他长大了，跟他说说这件事儿多有意思呀。"

常小虎这时双手捧着一本书走了上来，他把书郑重地递给了金老爷子，说："金爷爷，我这一生走了不少弯路，在磕磕碰碰中逐渐明白了人生的道理，正像您常说的'渐悟'。我写了一本书，书名叫《人生渐悟》，总结了我和院子里一些发小们成长的经历。今天在这个迎接新世纪和新千年的大喜日子里，我把这本书献给您，以表达我们对您最深的敬意。"

金老爷子笑眯眯地接过书，说："我听你妈说了，你写了这本书，我很高兴，特地为你写了一首诗，你看看吧。"

金老爷子说完话向小红一招手，她马上把一张宣纸展开了，只见上面写道：

人心向善孝为先，

生活磨砺眼界宽。

渐得睿智观世界，

悟出真谛迎明天。

常小虎阅后激动地说："金爷爷，您写的是首藏头诗呀，竖着念正好是我的书名《人生渐悟》，明天我就把它裱起来，它是我人生的座右铭。"

金老爷子笑了，说："咱们太原会馆大院里的孩子们都长大了，一辈人接着一辈人，生生不息呀，我今天见着四辈人，真是太高兴啦。孩子们都很有出息，就拿孙福来说吧，三十多年前，他要多坏有多坏，可后来也逐渐变好了。那时我就曾说过，孙福一旦渐悟了，就是浪子回头金不换，衣锦还乡做贤人，现在应验了吧。这么多年风风雨雨的，你们经历了大的时代，大的社会变革，也受到了很大的磨炼。在人生的经历中谁都难免会遇到一些挫折，走一些弯路。只要认真总结教训，跨过这些沟沟坎坎，对事物的认识就会升华到一个新高度，一生都很有裨益。这种不断学习、认识和自身修炼的过程，就是渐悟的真谛所在。这也算是我对大院里孩子们的寄语吧。"

大家静静地听着，孙福、大龙、大庆、常小虎、赵武、秦玉都不住地点着头。金老爷子讲完话，人们爆发出了热烈的掌声。

在老街坊们的欢声笑语中，时针指向了零点，钟鼓楼和世纪坛鼓乐齐鸣，古老的北京城沸腾了，伴随着永乐大钟浑厚绵远的钟声，二十一世纪到来了。

初稿二〇一六年春

终稿二〇一九年春

北京春晓书屋